Grim
Sumpfland
Bacas
Haus
Mollis
Aschengrund
Rabenfels
Kleeweiden
Raulintreppe
Golker

Nicole Blome

Mandergrimm
Das Buch der Magoi

mit Zeichnungen der Autorin

Layout: Joachim Vaross
Coverbearbeitung nach Motiven der Autorin:
Manuel Blome und Susanne Hartmann
Druck: Druckerei Boxberger GmbH,
Marsberg

MK
Verlag
Der Märchenkönig

Obermarsberg

1.Auflage Juni 2013

ISBN 978-3-943257-06-9

www.Der-Märchenkönig.de

Nicole Blome

Mandergrimm

Das Buch der Magoi

Für Lion

Gern wäre ich die heilende Sonne, der wahrheitsliebende Mond
und der weisende Stern für dich.
Doch weiß ich, dass du eigene Verletzungen erfahren,
eigene Wahrheiten erkennen und eigene Wege beschreiten wirst.
Glaube nur immer fest an dich und halte es wie Nimrod:
Folge der Liebe, dann wirst du das Glück finden.
Und höre auf niemanden, der meint, Elfen und Kobolde
gehörten nicht zusammen.

Vorzeichen

Düster war die Nacht über Grim, gerade so, als sei sie mit dickem Pinsel und schwarzer Tinte gemalt. Nicht ein Stern schmückte sie, diese Tintenschwärze, aber hin und wieder schien der Mond durch ziehende Wolkenfetzen. Im unsteten Licht erschien eine Krähe. Sie flog mit dem Wind einher, der mit ihr spielte und sie vorantrug auf ihrem Weg zum Rabenfels, der höchsten Erhebung im Norden Grims. Dort wohnte der Wind. Er kannte sich aus und führte die Krähe zum Friedhof, denn hier suchte sie etwas. Als sie angekommen waren, verabschiedete er sich stürmisch. Dann wurde es still und für einen Augenblick stand die Krähe in der Luft. Da entdeckte sie ihn, er saß inmitten des verwilderten Gräberfeldes: Ein Engel aus weißem Marmor mit Flügeln, die bis auf die feuchte Erde reichten. Er trug ein fließendes Gewand und neigte das Haupt über die zu einer Schale gewölbten Hände in seinem Schoß. Da hinein weinte er Regentropfen. Tränen für die Toten, zu denen kein Lebender mehr fand, um sie zu betrauern. Niemand pflegte ihre Ruhestätten und niemand bewahrte ihr Andenken. Wer sollte sich auch erinnern, waren die Menschen doch vor Zeiten aus Grim geflohen. Was sie vertrieben hatte? Nun, vielleicht war es ein Krieg mit all seinen Schrecken im Gefolge, vielleicht war es eine Krankheit, die ihr Unwesen getrieben hatte, vielleicht aber war es auch etwas ganz anderes. Die Krähe stieß herab und landete auf dem Schoß des Engels. Durstig war sie von der langen Reise, denn sie kam aus einem Land inmitten der Trollberge, aus dem Lande Halalu. Einen Kieselstein hatte sie von dort hergebracht, den sie nun vorsichtig beiseite legte, um den Schnabel in das Wasser zu tauchen, welches sich in den Händen des Engels gesammelt hatte. Das Wasser schmeckte traurig. Nachdem sie einen Schluck getrunken hatte, blickte die Krähe sich um. Da wurde sichtbar, dass sie das linke Auge verloren hatte. Dieser Makel aber schränkte sie kaum ein, konnte sie doch mit dem verbliebenen Auge weit mehr sehen als eine gewöhnliche Krähe. Ein Umstand, den sich die Elfen zu Nutze gemacht hatten, deren Spionin sie war. Sie: *Rahab die Sturmfeder.*

Nach jedem Schluck traurigen Wassers wandte die Krähe den Kopf. Sie wusste, dass hier oben an jeder Ecke Gefahren lauerten, insbesondere jenseits der Friedhofsmauer. Da lag Golker, eine Geisterstadt, deren Schiefergemäuer langsam, aber stetig verfielen. Seit dem Verschwinden der Menschen ruhte sie in ewigem Schlaf. Ihre Leere erschreckte. Nichts schien sich hier zu regen, wirklich nichts. Doch horcht! Es regte sich der Wind. Und horcht nur genau, denn wer nie diesem Wind gelauscht hat, der unablässig durch die Gassen Golkers fegt, der hat keine Ahnung davon, wie verstörend die Einsamkeit klingen kann. Hier erwartete man vor lauter Trostlosigkeit alles andere als Leben vorzufinden. Vielmehr hielt man es für möglich, jeden Moment auf Gespenster zu treffen. Wollte man es nun aber glauben oder nicht – auf dem Rabenfels gab es vielfältiges Leben: neben Eidechsen, Schlingnattern und Ratten, die die Ruinen in Scharen bevölkerten, lebten auch Eulen und Turmfalken in den alten Gemäuern, an denen Schieferfresser nagten, große Käfer mit grünen Flügeldecken.

Plötzlich bewegte sich etwas zwischen den Grabsteinen und Sturmfeder richtete das Auge aus. Neben einem rostigen Kreuz raschelte etwas im Gebüsch. Beunruhigt duckte sich die Krähe und nahm vorsichtig den Kiesel in den Schnabel, zum Sprung bereit.

Und da ...! Aber es war nur eine Maus. Sie huschte vorbei an Regenpfützen, drückte sich an einen schiefen Grabstein und hielt kurz inne. Bis sich das Spiel wiederholte. Nach einiger Zeit schlüpfte sie durch ein kleines Loch in der Friedhofsmauer. Nun war sie auf dem Vorhof der Kirchenruine angelangt, dem gefährlichsten Ort für ein Nagetier, waren doch seine Schieferplatten wie ein Präsentierteller für Eulen und Turmfalken. Die Maus zischte darüber hinweg und suchte Schutz an der Mauer der Kirchenruine. Jetzt war der Weg fast geschafft.

Die Krähe allerdings hatte die Maus aus dem Auge verloren, deshalb sprang sie in den Wind und segelte über das Gräberfeld. Vor dem dunklen Himmel zeichneten sich die Überreste der Kirche ab, auf die Sturmfeder nun zuflog. Es ging hinauf zum Kirchturm, wo sie in der Schallöffnung für die Glocke landete. Von hier aus suchte sie nach der Maus, die bereits an der Bibliothek angelangt war. Unter dem gewaltigen Tor des altehrwürdigen Gebäudes zwängte sie sich hindurch und war verschwunden. Die Krähe wartete ein Weilchen, doch als sich nichts mehr tat, verlor sie das Interesse. Noch wusste sie ja nicht, dass diese unscheinbare Maus den Stein ins Rollen bringen würde. Die Krähe wandte sich um und hüpfte durch die Schallöffnung in den Turm, worin das Gebälk des Glockenstuhls unter der Last der Glocke ächzte, an der sich der Wind verausgabte. Dann und wann erklang ein bronzener Ton, eine kleine Terz, die über die Dächer von Golker schallte. Sturmfeder prüfte das Gemäuer, dann hüpfte sie hinüber zu der Ecke des Turmes, wo das Dach am besten erhalten war und steckte den Kiesel in eine Nische im Mauerwerk.

Sturmfeder liebte Kiesel.

Nun flog sie zurück in die Schallöffnung, plusterte sich auf und warf einen zufriedenen Blick auf den Grimwald und die Landschaft ringsum. Das Sumpfland, das sich im Westen erstreckte, wurde fortwährend von Nebelschwaden überzogen und es hieß, Wassergeister lebten dort. Im Osten, hinter dem Stillen See, erhoben sich die Berge, in deren Höhlen die Trolle hausten. Das ganze Gebiet unterhalb des Rabenfels war ein stillgelegter Steinbruch, der Aschengrund. Sowohl die Schlucht als auch das

Tal und der Stille See waren dadurch entstanden, dass die Menschen hier ehemals Schiefer abgebaut hatten. Seit ihrem Verschwinden hatten sich die Kobolde den Aschengrund erobert. Sie lebten zwischen Schieferhalden und dunklen Stollen im Dorf Kleeweiden. Die Mitglieder dieses Volkes waren menschenähnlich, eine Elle lang und hatten spitze Ohren. Von diesem harmlosen Erscheinungsbild sollte man sich nicht blenden lassen. Streiterei war bei den Kobolden, die nie ein Blatt vor den Mund nahmen, an der Tagesordnung. Der Hut wurde nur vor dem Tüchtigeren gezogen, denn nichts zählte mehr als handwerkliches Geschick. Beispielsweise gab es einen allseits bewunderten Kobold namens Raulin, ein Steinmetz, der eine Treppe in den Rabenfels gehauen hatte. Diese Treppe, sein Lebenswerk und ein wahres Grimwunder, verband den Aschengrund mit dem Vorhof der Kirchenruine von Golker. Ihre Stufen überbrückten dabei mehr als hundertfünfzig Koboldlängen.

Ein besonderer Umstand hatte dazu geführt, dass gerade diese Treppe zwei Kobolde auf den Rabenfels verschlug, die sich überhaupt nicht aufs Handwerk verstanden. Wissenschaftler eben. Diese klugen Köpfe waren Raban, der Seher und Ibrahim, der Gelehrte. Solange sie in Kleeweiden gelebt hatten, war ihnen der Spott auf allen Wegen ein treuer Gefolgsmann gewesen. Das Koboldvolk wurde nämlich nicht müde, sie Traumtänzer und Faulenzer zu nennen. Für ruhiges Schaffen sahen die beiden da keinen anderen Ausweg, als über die Raulintreppe das Weite zu suchen. Während Ibrahim in Golker die alte Bibliothek bezog, ließ sich der Seher in der Kirche nieder. Was immer sie benötigten, sie fanden es in den Ruinen. Im Aschengrund aber ließen sie sich nur noch äußerst selten blicken. Neben der Tatsache, dass sie dort nichts Erfreuliches erwartete, hielt sie auch die lange Raulintreppe davon ab, allzu häufig ins Tal hinunterzusteigen. So kamen sie nur, um Wichtiges zu erledigen, oder wenn die hohen Festtage anstanden. Vor ihren Volksgenossen aber hatten sie für die restliche Zeit des Jahres Ruhe. Denn kaum jemand von ihnen, der nicht einen ernsthaften Grund dafür hatte, wagte sich hinauf auf den Rabenfels.

Weil Sturmfeder ein Geräusch gehört hatte, spähte sie hinunter auf den Vorhof nach dem Verursacher desselben. Es war ein Kobold: Unter dem maroden Holz des Kirchenportals trat gerade der Seher Raban auf den Hof hinaus. Eine Windböe zerzauste die Rattenfelle, in die er gehüllt war. Seit einigen Jahren schon lebte der Alte, dessen Gesicht an das eines weisen Habichts erinnerte, hier oben. Wenn der Wind wie heute durch die zerbrochenen Kirchenfenster heulte und die Turmglocke in Unruhe versetzte, liebte er Golker besonders. Er sog die frische Luft in seinen Brustkorb und stemmte sich den Windböen entgegen.

„Den Stock, Meister?" Raban verabscheute den mütterlichen Tonfall, den sein Lehrling anschlug, wenn er sich hilfsbereit zeigen wollte. Jedes Mal, wenn er ihn so reden hörte, fühlte er sich alt wie die Trollberge.

„Vielen Dank, Aray", knurrte Raban. „Ich muss sagen, du erfrischst meinen Lebensmut immer wieder aufs Neue." Damit nahm er ihm den langen Stock aus Wurzelholz ab, worauf sich im schmalen Gesicht des Lehrlings ein Lächeln zeigte.

„Ach", entgegnete der, „ich freue mich doch, wenn ich behilflich sein kann."

Raban schüttelte den Kopf und lachte matt. „Immer zur Stelle, was?" Er musterte Aray, der nichts war als ein Milchgesicht – eher eine Seltenheit unter den Koboldmännern, die üblicherweise mit üppigem Bartwuchs aufwarteten. Sein feines, dunkles Haar versteckte er am liebsten unter einem lächerlich kleinen Filzhut in der Form eines gestürzten Pfifferlings. Seit dem Tag, da der Doktorensohn bei Raban lernte, brachte er ihn wieder und wieder an den Rand der Verzweiflung. Es stellte sich nämlich heraus, dass er ein rechter Trottel war, der nicht Elfe von Kobold unterscheiden konnte.

Raban rammte den Stock in den Boden und atmete geräuschvoll durch seinen langen Schnauzbart. Nachdenklich betrachtete er den Mond. „Er steht mehr als günstig. Heute werden wir sicher etwas sehen", raunte er. „Komm, Aray! Folge mir, Söhnchen!"

Im nächsten Moment schritt der Seher so unerwartet flink die Stufen der Raulintreppe hinab, dass Aray Mühe hatte, ihm zu folgen. Starke Windböen, die ihm den Umhang um seine dünnen Beine schlugen, erschwerten den Abstieg zusätzlich. Außerdem sah er kaum etwas, weil er sich den Hut auf den Kopf pressen musste, damit er ihm nicht davonflog. An einem wackeligen Geländer aus Holunderzweigen entlang schritt Aray langsam abwärts. Das Schiefergestein bröckelte unter seinen Füßen und erst als er ins Leere trat, fiel ihm plötzlich wieder ein, dass hier und da eine Stufe fehlte. Wind und Wetter hatten sie wohl über die Jahre abgetragen. Vor Schreck klammerte er sich ans Geländer, das bedenklich unter seiner Last ächzte. Zitternd tastete er sich voran und aus purer Verzweiflung über seine Lage begann er damit, Selbstgespräche zu führen:

„Wenn das nur g-g-gut geht. Ich sollte m-m-mal lieber umkehren, sonst werde ich abstürzen und im Aschengrund z-z-zerschellen. Da w-w-werden sie mich im Morgengrauen finden, in alle Einzelteile z-z-zerschmettert. Dann w-w-werden sie meinen Vater benachrichtigen und der w-w-wird sagen: ‚Wusste ich doch immer! Taugt zu nichts, dieser Trottel, nicht mal mehr zum Sezieren'."

„Aray! Was trödelst du so? Beeil dich!", rief Raban. „Ihr Jungkräuter habt ja heutzutage keinen Schneid mehr!"

Aray versuchte, zuversichtlich zu klingen: „I-i-ich komme schon, Meister! Komme schon!"

Solange Raban auf den Schüler wartete, zog er die Rattenfelle fester um sich, denn er spürte mehr und mehr den nahenden Winter in seinen Knochen. „Und mein Schneid schwindet merklich", murmelte er, die kleine Verschnaufpause nutzend, um ins Tal zu blicken. Das Dorf der Kobolde lag noch weit unter ihnen. Während es nach dem geschäftigen Treiben des Tages ruhte, drang das bronzene Licht verglühender Herdstellen durch die Ritzen der geschlossenen Fensterläden. Beinahe romantisch sah es aus, wie sich die Häuser von Kleeweiden um das Rund des Marktplatzes schmiegten.

Der Lehrling fand den Meister nachdenklich auf das Geländer gestützt.

„Wenn man es nicht besser wüsste, Aray, so könnte man meinen, Kleeweiden sei das friedlichste Fleckchen Erde, das man sich vorstellen

kann." Nach einer Weile fügte er hinzu: „Aber ich weiß es besser, ich weiß es besser."

„Ja, ich auch", meinte Aray schlicht und seufzte.

„*Du* Grünschnabel?" Raban sah ihn verwundert an, dann lachte er lauthals. „Du hast ja keine Ahnung, was du da redest! Überhaupt keine Ahnung, ha!" Worauf er seinen Stock packte und rief: „Komm! Weiter geht's!" Und mit Schwung hatte der Alte vier Stufen gleichzeitig genommen.

Aray ließ die Schultern hängen und stöhnte kläglich. Dann nahm er allen Mut zusammen, den er nur aufbringen konnte und drückte sich an die Felswand, um sich auf die nächste Stufe gleiten zu lassen. Als der Lehrling nach geraumer Zeit endlich den Aschengrund erreicht hatte, humpelte der Seher bereits auf den Marktplatz zu. Nun war er nicht mehr so schnell auf den Beinen, weil der Regen im Verlauf des Tages haufenweise Schieferschlamm den Rabenfels hinuntergespült hatte. Dieser Schlamm bildete nun im Aschengrund unwegsame Hügelketten.

Aray huschte hinter Raban drein wie ein ängstliches Wiesel, weil er nicht wusste, was der Meister im Schilde führte. Wenn er mit dem Alten unterwegs war, musste er wirklich auf alles gefasst sein – und das war er, fürwahr! – jedoch nicht auf das, was nun passierte: Er stolperte über einen Stein und stieß gegen eine monströse Gestalt. Entsetzt schrie er auf, ruderte mit den Armen, strauchelte und fiel in eine Grube, die zu seinen Füßen klaffte.

Sofort stürzte Raban heran. „Komm da raus, Söhnchen, was soll denn der Unfug, träumst du?"
Neben dem Meister sah auch das Monster zu Aray hinunter ins Loch. Zitternd deutete der Schüler darauf: „Da! Da!"

„Hm?", brummte Raban und sah sich um. „Du meine Güte, Aray!", lachte er. „Hast du etwa Angst vor einer Baumwurzel?"

Über diese Baumwurzel muss man nun dringend eines wissen: Sie war – wie jedes Jahr zur Wintersonnenwende – von den Koboldmännern aus dem tiefsten Stollen gezogen und auf dem Dorfplatz von Kleeweiden aufgestellt worden. Daraufhin hatten sich die Koboldfrauen ihrer angenommen, um sie in den Schwarzen Kräutermann zu verwandeln. Das war eine alte Tradition und ging folgendermaßen vor sich: Zuerst bekam er Augen aus schwarzem Obsidian, das war vulkanisches Glas, poliert wie Spiegel. Anschließend bedeckten sie ihn mit einem schweren Umhang, der mit unzähligen Ähren gespickt war, um Vögel anzulocken. Zuletzt wurde eine Räuchergrube vor ihm ausgehoben. Das alles diente dem Zweck der Totenhuldigung. Dem Glauben der Kobolde nach holte der Schwarze Kräutermann sie am Lebensende, wobei Totenvögel sein Erscheinen durch mythischen Gesang ankündigten.

Während Raban dem Kräutermann beherzt auf die lange Nasenwurzel schlug, schien Aray vor Scham noch tiefer im Boden zu versinken, als er sowieso schon darin steckte.

„Das Schwarzkräuterfest hatte ich ja ganz vergessen!", rief er verlegen.

Der Meister blies ungeduldig die Wangen auf. „Aber an die übliche Trödelei hast du gedacht", versetzte er. „Nun komm schon endlich!" Er reichte seinem Schüler die Hand und zog ihn heraus. „Und mach gefälligst nicht so einen Lärm! Wenn Köbes mitkriegt, was du mit seiner Räuchergrube angestellt hast, wird er zu Ehren der Toten nicht etwa Kräuter räuchern – Nein, denk dir! – er wird *dich* räuchern, du Schlafmohn!"

Aray zupfte sich betreten am Ohr und machte einen großen Schritt über die sorgsam angeordneten Steine, die um den Kräutermann und die Räuchergrube einen Halbkreis bildeten.

„Wohin gehen wir denn eigentlich?", flüsterte er.

„Wirst du schon sehen", sagte der Meister und lief ihm voraus. „Nun komm schon, spute dich!"

Am Marktplatz von Kleeweiden hatten sich die Handwerker mit ihren Geschäften angesiedelt, deren Schilder im Wind schwankten und quietschten. Eben passierten sie das Geschäft des Webers Baltram, als Raban plötzlich die Richtung änderte und zur Mitte des Platzes marschierte. Am Brunnen hielt er schließlich inne, lehnte den Stock ans Mauerwerk und beugte sich über den verwitterten Rand. Aray, der hinter dem Meister zum Stehen kam, blickte auf dessen dicken, schlohweißen Flechtzopf, der auf seinem gebeugten Rücken lag wie eine Schlange. Raban sah angestrengt auf die Spiegelung des Mondes im Brunnen. Nach einer Weile begann sie zu schlingern und tanzte zur glucksenden Melodie des tiefen Wassers, das sich mehr und mehr aufwühlte, bis es den Anschein hatte, als leckten Feuerzungen am Brunnenrand. Gelbe und blaue Flammen wirbelten umeinander, bis sie sich zu einem Smaragdfeuer vermischt hatten. Mit einem Mal teilten sich die Flammen und aus deren Mitte schoss eine mächtige Gestalt heraus. Der Seher nickte wissend.

„Sieh an, sieh an! Ein alter Bekannter", murmelte er. „Ich wusste, einer von euch würde eines Tages wiederkehren." Der Alte neigte sich noch tiefer über den Wasserspiegel. „Komm heran, Aray!", rief er dann. „Schau selbst!" Er streckte die Hand aus und zog den zitternden Lehrling über den Mauerrand, so dass sie nun beide darüber hingen. „Was siehst du, Bürschlein?"

„I-Ich?" Vor Aufregung drückte Aray den Hut auf seinem Kopf platt. „Ähm, ich kann überhaupt n-nichts sehen. Ich ... doch jetzt! Jetzt sehe ich etwas: Es ist ein Drache, der aus grünem Feuer besteht. Er umschlingt den Mond. Was hat das denn für eine Bedeutung, Meister?"

„Dieser Drache deutet auf den Wahrsager hin", erklärte Raban und seine Stimme hallte im Brunnenschacht wieder.

Der Schüler blickte ehrfurchtsvoll zum Lehrer auf, in dessen Augen sich das Grün des Feuers spiegelte. „Auf dich also, Meister?"

Raban kräuselte ärgerlich die Stirn: „Doch nicht auf mich, Bursche! Auf einen Magoi."

Aray sah hilflos aus.

„Heiliger Trollschwanz, was weißt du eigentlich?", platzte da der Meister heraus, wobei er fast den Halt am Brunnenrand verlor. Erst als er das Gleichgewicht wiedererlangt hatte, erklärte er pustend: „Der Magoi ist ein Amulett von solcher Form." Er deutete hinab. „Diesen Drachenleib, der einen Mondstein fasst, nennt man Wahrsager, weil er die Lüge entlarvt und die Wahrheit zeigt."

„Ach so", meinte der Schüler.

„Nun sieh genau hin! Was tut der Magoi?"

Aray brauchte einen Moment, bis er es erkannte: „Der Drache frisst sich selbst, mit der Schwanzspitze voran. Das ist sein Ende, aus ist es mit ihm! Jetzt ist nur noch der Mond zu sehen. Meister, sag mir doch, was heißt das denn nun wieder?"

Um ihm das zu erklären, richtete Raban sich auf und zog Aray vom Brunnenrand zurück. Daraufhin nahm er ihn bei den Schultern und blickte in sein schmales Gesicht: „Es bedeutet, dass sich bald die Wahrheit zeigen wird. Es ist ein Gleichnis: So wie sich der Drache selbst verschlungen hat, so werden sich auch die Trugbilder selbst verschlingen und an ihre Stelle wird die Wahrheit treten."

„Der Mond steht also für die Wahrheit?"

„So ist es."

Aray war zwar froh, dass er etwas verstanden hatte, aber eines war ihm noch nicht klar geworden: „Ist es denn nicht erfreulich, wenn die Wahrheit sich zeigt?" Er war unsicher, weil der Ausdruck im Gesicht seines Meisters keinerlei Freude andeutete.

„Aray!", schnaufte Raban. „Der Verstand ist wie ein Werkzeug, gebrauche ihn doch mal!" Aber dann fügte er seiner Empfehlung schnell hinzu: „Warte mal besser noch damit. Ich will dir lieber Anleitung geben, wer weiß, was sonst noch dabei herauskommt." Er räusperte sich. „Also pass auf: Du musst nur auf ganz einfache Fragen antworten. Bist du bereit?"

„Klar!" Aray nickte und verkniff das Gesicht, was veranschaulichen sollte, wie sehr er den Verstand nutzte.

„Soll recht sein. Also: Hast du jemals gelogen und wenn ja, worum ging es dabei?" Der Seher verschränkte die Arme und zwinkerte seinem Schüler zu: „Na, nun leg mal los! Bin ganz Ohr!"

Aray senkte den Kopf, ließ den Blick nach rechts und wieder nach links schweifen, hob dann die Schultern und piepste jämmerlich: „Da f-f-fällt mir gerade n-n-nichts ein."

„Ha!", entfuhr es dem Meister, während er dem Lehrling amüsiert den Hut übers Gesicht zog. „Eindeutig ein Schwindel! Dir fällt sicher etwas ein; nur willst du es mir nicht auf die Nase binden."

Aray rückte maulend den Hut zurecht.

„Du sitzt in der Tinte. Hast es irgendwann mit der Wahrheit nicht so genau genommen, ihr womöglich ihre Unebenheiten poliert. Hast 'ne glatte Lüge daraus gemacht. Und nun? Nun willst du das gute Stück lieber nicht präsentieren."

Aray kratzte sich die Wange. „Geht es bei der Drachenvision etwa um meine Geheimnisse?"

„Befürchtest das wohl, was? Lange werden wir jedenfalls nicht warten müssen, denn schon in den nächsten Tagen wird es sich zeigen, noch bevor die Elfen Richtung Süden ziehen." Raban kniff ein Auge zusammen und starrte den Schüler abschätzend mit dem anderen an. „Ich frag mich, ob ein Grünschnabel wie du überhaupt etwas zu verbergen hat."

Aray, der das Auftreten des Meisters unbehaglich fand, blickte ausweichend in den Brunnenschacht. Nicht lange, und er deutete auf den Wasserspiegel. „Wofür stehen eigentlich die anderen Drachen?"

„Welche anderen? Was zum Troll redest du da?" Verwundert schob Raban seinen Lehrling beiseite. „Du machst wohl Scherze mit mir, was?" Der Meister sah ihn fragend an. Als ihm das keine Antwort einbrachte, warf er sich so weit über die Ringmauer, dass Aray befürchtete, er würde hineinstürzen. Vorsorglich hielt er deshalb eines seiner zerschlissenen Hosenbeine fest.

„Heiliger Schieferfresser, nicht das! Nicht auch das noch! Das kann doch nicht ..." Der Alte rappelte sich wieder auf. „Hast du eine Ahnung, was das bedeutet, Grünschnabel?"

Der Lehrling schüttelte verloren mit dem Kopf.

„Sie verbünden sich! Die drei Magoi verbünden sich!" Aus Rabans Blick sprach Sorge. „Das kann nur Unheil bedeuten, Söhnchen, furchtbares Unheil!"

„*Drei* Magoi gibt es also, Meister?"

Raban nickte: „Drachenamulette mit besonderen Steinen in der Form von Himmelskörpern. Der wahrsagende Magoi trägt den Mond, der heilende trägt die Sonne und der weisende trägt den Stern."

„Wo befinden sich die Amulette eigentlich in Wirklichkeit?"

„Das zeigen sie uns nicht", gab der Seher zur Antwort und blickte wieder in den Brunnen. „Sie sind ein Mythos und jahrhundertelang wusste niemand, ob sie überhaupt existieren. Deshalb war mein Erstaunen umso größer, als sie damals in meinen Visionen auftauchten. Da wusste ich, dass sie ..." Er unterbrach sich, weil sich ihm ein bedenkliches Schauspiel zeigte: Nicht nur der Mondmagoi verschwand, auch die übrigen fraßen sich selbst.

„Na dann Prost-Mahlzeit!", sagte Raban, dessen Gesicht im Mondschein so blass wirkte, als sei es das eines Geistes. „Es *ist* genau wie damals."

„Damals, Meister?", wisperte Aray.

„Ich weiß es noch wie heute: An einem Tag während der Kräuterblüte wurde ich gebeten, den Rat der Schicksalssterne einzuholen. Und nun rate einmal, was sie mir gezeigt haben, diese allwissenden Sterne, na?" Der Alte deutete bebend auf den Wasserspiegel. „Ein solches Vorzeichen wie hier, mit einem Unterschied: Die Drachen fraßen nicht sich selbst, nein! Sie verschlangen die Himmelskörper und offenbarten mir dadurch, dass Krankheit, Verzweiflung und Verrat auf dem Vormarsch waren."

Da stutzte Aray, überlegte einen Moment und äußerte dann: „Aber heute zeigen sie uns doch das Gegenteil. Also könnte es sich auch um ein gutes Vorzeichen handeln, oder?"

„Sicher, ein Grünschnabel wie du könnte das denken!", grunzte Raban, der Erklärungen überdrüssig. „Merk dir doch endlich: Mit Magie ist nicht zu spaßen. Sie kennt weder Gut noch Böse. Und die Magoi sind so mächtig, dass sie in den falschen Händen ungeheuren Schaden anrichten können. Nur bei dir, Aray, würde sich die Magie vermutlich die Zähne ausbeißen. Aber lassen wir das mal beiseite. So oder so bedeuten die Magoi ein verheerendes Vorzeichen, damals wie heute."

„Damals, Meister? Wer hat euch eigentlich damals um Rat gefragt?"

„Ein eher ungewöhnliches Paar."

Aray kräuselte die Stirn und kratzte sich am Kinn. „Hm?", machte er.

„Also gut, wenn du es genau wissen willst ...", fing der Alte an, doch mit einem Mal zögerte er, denn es schien ihm nicht leicht, mit der Sprache herauszurücken. Schließlich aber verriet er: „Sie war eine Frau aus dem Elfenvolk und er ein Mann aus unseren Reihen, die eine heimliche Verbindung eingegangen waren. Zu allem Übel trug sie sein Kind unter dem Herzen, weshalb ich nicht gerade versessen darauf war, für diese dummen Toren in die Zukunft zu schauen. Doch ich tat es! Was auch immer mich dazu getrieben hat, ich tat es! Und glaube mir, ich bereue es noch heute." Raban schüttelte langsam den Kopf. „Da standen sie nun mit hoffnungsvollen Mienen und ich musste ihnen offenbaren, dass jemand im Begriff war, sie zu verraten. Weißt du, wie man sich in so einem Moment fühlt, Aray? Ahnst du es wenigstens?"

Der Schüler nickte stumm.

„Ich konnte ihnen bloß raten, die Flucht zu ergreifen, und zwar umgehend. Doch wie so oft wurde meine Warnung nicht ernst genug genommen und so verweilten sie zu lang – nur einen verflixten Tag zu lang." Unvermittelt nahm Raban den Stock auf, schlug damit heftig auf den Brunnenrand ein und rief gepresst: „Zu lang, zu lang, zu lang ..."

Das ängstigte Aray und er wagte kaum zu fragen: „Was ist ihnen denn zugestoßen?"

„Na, was denkst du wohl?" Rabans Augen verengten sich zu Schlitzen und er warf den Stock auf den matschigen Boden. „Wenn jemand sein Schicksal auf eine so harte Probe stellt, dann kann das nicht gut ausgehen: Der Kräutermann holte sich einen von ihnen. Unten hockt er nun, in den ewigen Schatten. Deshalb kannst du beim Schwarzkräuterfest für diesen armen Toren räuchern."

Weil er den schmerzlichen Ausdruck im Gesicht seines Meisters bemerkte, blieb Aray jede weitere Frage im Hals stecken.

„Wessen Lied mögen die Totenvögel wohl dieses Mal anstimmen?", wisperte Raban und sah auf die Wasseroberfläche, um die Antwort zu schauen. Nicht lange, und es schossen gleißende Flammen aus dem Brunnen. „Verflixt! Erst das Sonnwendfeuer wird es zeigen!", fluchte er.

„Das ist zu spät! Beim verfluchten Elfenstaub, wieder werde ich zu spät sein!“

Aray zog die Nase hoch. „Was ist eigentlich Elfenstaub, Herr? Das wollte ich immer schon genau wissen.“

„Oh, Aray! Da laust mich doch der Troll! Es gibt hier ein ernstes Problem und du kommst mir mit Elfenstaub! Man könnte ja meinen, du hättest dein bisheriges Leben in den Stollen tief unterhalb von Grim verbracht!“ Zwar schnaufte er, doch insgeheim bewunderte er den Wissensdurst seines Schülers, der keine Frage ausließ, und sei sie noch so haarsträubend. Er sah ihn milde an. Dann stützte er sich auf dem Brunnenrand ab, nahm eine Hand auf und beschrieb Kreise über dem Wasserspiegel. „Schau nur, das hier ist Elfenstaub.“

Staunend blickte Aray in den Brunnen, in dem sich das Wasser kräuselte und blutrot schimmerte. „Wie habt Ihr das gemacht?“

„Still!“, flüsterte Raban. „Schau nur hin, schau hin!“

Im Spiegel des Wassers erschien ein Wächterelf, ein Oltmann, der verfolgt wurde. Gegner waren im Wasserspiegel nicht auszumachen, aber die Pfeile, womit sie ihn beschossen. Der Oltmann flog zwar sehr schnell, aber seine Flucht gelang nicht. Er wurde von einem Pfeil getroffen und starb. Eine Zeitlang schwamm das traurige Bild auf dem Wasser, bis schwarz gewandete Totenelfen erschienen, die den Gefallenen bargen. Sie wickelten ihn in ein Laken aus weißer Spinnenseide. Nachdem sie Holz geschichtet hatten, betteten sie ihn vorsichtig darauf. Als die Trauernden versammelt waren, entzündeten die Totenelfen ein Feuer um ihn, das brannte, bis vom Oltmann nichts als Asche übrig war. Die Totenelfen beschworen nun mithilfe der Krähen den Wind, der die Asche forttrug. Sie wirbelte den Brunnenschacht hinauf gen Himmel.

Aray fuhr mit dem Finger durch die Erscheinung. „Diese Asche ist der Elfenstaub?“

„So ist es, Aray. Dem Glauben der Elfen nach entstehen aus der Asche ihrer Toten – dem Elfenstaub – Sturmgeister. Und wenn die Zeit für sie gekommen ist, ein neues Leben zu beginnen, werden sie mit den Schneeflocken zur Erde zurückkehren.“

„Oh, das ist aber eine nette Vorstellung“, meinte Aray ergriffen.

„Nett?“, gab der Meister bissig zurück und deutete erneut in den Brunnenschacht hinab. „Du meine Güte, nett? Ich verrate dir eins: Ich hoffe, *wir* werden nicht zu Staub zerfallen, denn ich sehe Unheil. Demnach werden die Magoi das Herz des Grimwalds erreichen, es wird erbeben und Erschreckendes wird den Weg in unsere Welt finden!“

„Etwa Elfengeister?“, rief Aray panisch aus.

Nun platzte dem Meister endgültig der Kragen. „Heiliger Trollschwanz, was für ein Firlefanz!“, fluchte er. „Du verflixter Dummkopf!“ Aber bevor er noch ganz aus der Haut fahren konnte, wurden die klapprigen Fensterläden eines der umstehenden Häuser aufgerissen. Sie knallten geräuschvoll gegen die Wand, wovon Lehmputz abbröckelte und auf den Dorfplatz rieselte.

„Ruhe da unten!“, rief eine aufgebrachte Stimme. „Kann man nicht mal nachts ...?“ Aus dem Fenster zwinkerte der Schuhmacher Brokk verschlafen über seine knollige Nase. Aus kleinen Augen erblickte er den Seher am Brunnen. „Ah, Raban natürlich, du Stümper!“, johlte er. „Wenn die Kröten nichts zu quaken haben, dann kommst du und blähst dich auf. Na, was verrät dir dein Jungbrunnen? Wirst du ein alter Tattergreis oder schaffst du es nicht so lange?“ Brokk lachte so laut auf, dass es über die Dächer von Kleeweiden und durch den ganzen Aschengrund schallte. Darauf streckte er seine dicke Nase so weit wie es ihm nur möglich war aus dem Fenster: „Hey da, Aray!“, höhnte er. „Was der Alte weissagt, ist nur Schmu, hörst du! Lern was Vernünftiges, rat ich dir!“

„Du bellst wie ein Hund, Brokk!“, zischte Raban.

„Ach, hast doch von Tuten und Blasen keine Ahnung, du Stümper!“, rief Brokk noch einmal zum Brunnen hinunter, machte eine verwerfende Handbewegung und schlug dann die Fensterläden wieder zu.

„Es ist doch ein Fluch!“, jammerte Raban. „Ein verdammter Fluch!“

„Ein Fluch?“, wiederholte der Schüler, dessen rechtes Augenlid hektisch zu zucken begann.

Raban nickte gedankenverloren. „Ein Fluch ist es, dass ich diese

Dinge sehen, sie aber nicht ändern kann. Niemand wird mir Glauben schenken – Niemand!“ Hierauf sah er Aray ernst an. „Wahrscheinlich nicht einmal du, nicht wahr?“
Dem prüfenden Blick seines Meisters konnte Aray nicht lange standhalten. Er bekam einen hysterischen Lachanfall, der sich gewaschen hatte.

Raban blickte leeren Auges auf seinen Schüler und bedauerte ihn aufrichtig: „Vielleicht solltest du wirklich etwas Vernünftiges lernen, Söhnchen, was Vernünftiges.“

1. Nimrod

Stolperfallen werden – das ist die Regel – übersehen und können zu bösen Verletzungen führen. Und durch eben so eine Stolperfalle kam die ganze Geschichte ins Rollen:

Es war um die Mittagsstunde am Stillen See. Alles war friedlich. Nach Sturm und Regen der letzten Tage hatte sich das Wetter beruhigt und kein Lüftchen regte sich über Grim. Nichts deutete auf das Bevorstehende hin. Verstohlen huschte eine Maus durchs Gebüsch am Ufer, die auf dem Weg war zum Rabenfels, um Ibrahim einen Besuch abzustatten. Ibrahim war der Kobold, der in der Bibliothek lebte. Die Maus war vor nicht allzu langer Zeit das erste Mal dort gewesen. Eigentlich hatte sie nach Essbarem suchen wollen, als sie von der beruhigenden Stimme des Alten in Bann gezogen wurde. Von diesem Tag an nahm sie immer häufiger den beschwerlichen Weg auf sich, um ein Mittagsschläfchen zu halten, während er aus den alten Schriften der Menschen las. Bevor die Maus Ibrahim aufsuchte, wollte sie sich noch den Bauch mit Nüssen vollschlagen. Zu ihrer Verwunderung aber fand sie den Haselstrauch von einem jungen Koboldmann besetzt vor: Nimrod.

Der Kobold mit dichtem dunklem Haar war von schlanker Gestalt, hatte ein schmales Gesicht und ein winziges Bärtchen an der Unterlippe. Er trug tabakfarbene Hosen aus Rattenleder und darüber ein geschnürtes Leinenhemd mit weiten Ärmeln. Mehrere Säckchen, aus denen der Duft von Kräutern strömte, hingen an seinem Gürtel. Ein größeres Bündel aus schmutzigem Leinen stand zu seinen Füßen. Nimrod, dessen Stiefelabdrücke im Sand offenbarten, dass er sich seit längerer Zeit hier aufhielt, kniete und linste durch die Blätter des Haselstrauches.

Nach anfänglichem Zögern stöberte die Maus drauf los, weil der Kobold sie nicht bemerkte, nicht einmal, als sie sein Bündel beschnupperte. Der Grund, weshalb er die Maus nicht wahrnahm, war Aura, denn er sah einzig und allein sie. Die Elfe wiegte sich auf einer Hortensienblüte. Ihr seidenes Gewand schwebte leicht auf und ab, in ihrem goldenen Haar verfing sich das Licht des herbstlichen Tages und Obstfliegen umtanzten sie wie kleine Feuerfunken. Als Nimrod nun einen vorsichtigen Schritt nach vorn trat, um sie besser sehen zu können, da geschah es:

Er stolperte über die Maus. Das Tier quiekte und Nimrod fiel gegen die Haselzweige, wodurch er ein stürmisches Blätterrascheln verursachte.

Was für ein Schreck für die Elfe, glaubte sie sich doch unbeobachtet. Sie stieß einen spitzen Schrei aus, verlor den Halt und stürzte von der Blüte geradewegs in ein Meer aus Lavendelhalmen. Während Blüten über Blüten auf sie herabregneten, wurde sie von einer Wolke aus Pollenstaub eingehüllt. Als der Schauer endete, wurde alles ruhig.

Nimrod, der hoffte, Aura sei nichts passiert, biss sich auf die Unterlippe und kratzte sich am Bärtchen. Während er nach einem Lebenszeichen von ihr horchte, stieg seine Anspannung fast bis zum Zerreißen. Da stieß sie unvermittelt einen Fluch aus, der ohne weiteres einen Troll in die Flucht geschlagen hätte. Nimrod schlug sich die Hand vor den Mund, um ein Lachen zu unterdrücken. Dann lugte er vorsichtig durch die Haselblätter und entdeckte, dass Aura soeben unter dem Lavendel hervorkrabbelte.

Weiß der Himmel, wie oft er sie schon beobachtet hatte, aber so nahe wie in diesem Augenblick war er ihr noch nie gekommen. Zum Greifen nahe! Nimrod stand wie angewurzelt in seinem Versteck, während Aura begann, den Lavendel von ihrem Kleid zu zupfen. Er schluckte, als einige der Blüten bis vor seine Fußspitzen segelten. Und noch bevor er wusste, wie ihm geschah, schüttelte sie das Haar, so dass eine Locke seinen Arm streifte. Die unerwartete Berührung war zu viel für das arme Koboldherz – man stelle sich den Schock vor, den es erleiden musste – es tat einen Sprung. Nimrod fuhr zurück und schloss die Augen in der Hoffnung, sich auf diese Weise in Luft aufzulösen, unsichtbar zu werden oder weiß der Troll was sonst. Auf keinen Fall durfte sie ihn hier entdecken! Aber es schien unausweichlich, war sie ihm doch inzwischen so nahe, dass er ihren Atem hören konnte.

„Bitte nicht, bitte nicht“, flüsterte er in sich hinein.

„OH, WER IST DA?“, schrie die Elfe plötzlich.

Er riss die Augen auf. Das musste ja kommen! Aura hatte ihn entdeckt!

„Du da! Zeig dich, und zwar schleunigst!“, zischte sie und deutete in den Haselstrauch.

Nimrod, der das lieber nicht riskieren wollte, griff vorsichtig nach seinem Beutel und drückte sich tiefer in die Schatten, wobei er erneut die Maus anstieß. Die piepste empört und fällte die Entscheidung, dass es längst an der Zeit sei, sich aus dem Staub zu machen.

„Das alles ist nur deine Schuld!“, raunte der Kobold ihr hinterher. „Böse Maus!“

„Komm da sofort raus!“, rief Aura.

Nimrod weigerte sich still. Er wollte verschwinden, wie die Maus es soeben getan hatte. Verrückt musste er gewesen sein, als er sich diesen Moment ersehnte. Absolut übergeschnappt. Um ehrlich zu sein, hatte er sich die Situation des ersten Zusammentreffens mit Aura irgendwie anders vorgestellt. Viel romantischer ...

„Ich sagte: SOFORT!“, wiederholte sie.

Nimrod atmete geräuschvoll aus, gab sich einen Ruck und erschien, aus dem Schattenspiel tretend, vor Aura.

Bei seinem Anblick erschrak sie. Ein Kobold! So einen hatte sie hier nicht erwartet! Sie fragte sich, wie der – von Oltmannen unbehelligt – so nah an den Elfenhain gelangt sein konnte. Noch nie war sie Kobolden begegnet, hatte sie sich doch ferngehalten von ihnen, weil sie als gefährlich galten. Angesichts dieses Exemplars – das nicht einmal wagte, sie anzusehen – kam sie allerdings ins Zweifeln darüber, ob diese Einschätzung auch der Wirklichkeit entsprach. Da war ihr Schreck augenblicklich vergessen. Und sie fuhr ihn an:

„Was machst du hier?“

Als Nimrod ihren bebenden Atem an seinem Hals spürte, jagte ihm das einen ordentlichen Schauer über den Rücken. „Ich-ich habe nur etwas gesucht. Ich-ich wollte nur ...“ Sein Gestammel verebbte, als sein Blick den ihren traf. Noch nie hatte er ihre Augen aus der Nähe gesehen. Während er sich noch über die Entdeckung freute, dass sie lindgrün waren, zeigte sich darin Ärger. Er war ihr die Antwort schuldig geblieben, deshalb fuhr er schnell fort: „Ähm, ich wollte, ähm ...“ Einer Eingebung folgend hielt er ihr seinen Beutel unter die Nase. „Ich habe Preiselbeeren gepflückt.“

„Wie, Preiselbeeren gepflückt?“, forschte sie. „Etwa im Haselstrauch?“

Nimrod zog den Beutel zurück. „Na ja, ich wollte noch ... auch noch Nüsse.“ Er gab sich Mühe ernst zu bleiben, doch ein Zucken um seine Mundwinkel verriet die Schummelei.

„Unverschämtheit!“, schimpfte die Elfe, der das nicht entgangen war. „Ich glaub dir kein Wort. Verschwinde hier, du Kobold!“ Bestimmend wies sie hinunter zum alten Steinbruch. „Ab mit dir in den Aschengrund, wo du hingehörst! Und lass dich hier nie wieder blicken! Das ist ein Elfenhain. Hier haben solche wie du nichts verloren.“

Wo du hingehörst? – Solche wie du? Ihre Äußerungen brachten ihn auf den Boden der Tatsachen zurück. Wer war er denn schon? Ein

Kobold. Eines Flötenschnitzers Sohn, der weder ein Handwerk gelernt noch das Talent seines Vaters geerbt hatte. Seine einzigen Taten bestanden darin, dass er seiner Mutter zur Hand ging, um den Rest des Tages Träumereien von einer Elfe nachzuhängen, die dem Verwandten ihres Königs versprochen war. Was hatte er sich eigentlich gedacht?

Wo du hingehörst? – Solche wie du? Verabscheute sie ihn denn? Nimrod prüfte jede Regung ihres Gesichts.

Aura fühlte sich von ihm ausspioniert, waren doch seine rotbraunen Augen wie Spiegel, in denen sie ihr eigenes Bild erkennen konnte. Weil sie darin sah, welche Kälte ihr Gesicht ausstrahlte, senkte sie den Blick. Und einen ausweglosen Moment standen sie so voreinander. Bis Nimrod all seinen Mut zusammennahm, um die Hand nach ihr auszustrecken. Langsam nur, dennoch wurde sie misstrauisch:

„Was tust du?"

Behutsam zupfte er an ihrem Haar. „Tut mir leid, dass ich dich erschreckt habe", sagte er leise. Die Locke, die er lang gezogen hatte, sprang in ihre Form zurück und zwischen seinen Fingern verblieb eine Lavendelblüte, die er auf seine Handfläche legte. Dann wagte er einen kühnen Vorstoß, indem er einen Vergleich anstellte:

„Sie ist so schön wie du."

„Dieser Dreck? Oh, was fällt dir ein?", keifte die Elfe, die nach seiner Hand schlug. „Der Feuertroll soll dich holen, du unverschämter Kobold!" Die Blüte segelte zu Boden und Aura trat sie in den Staub. „Und jetzt verschwinde hier, oder ich hetze die Oltmannen auf dich!"

Nimrod starrte auf die zertretene Blüte, über deren Zustand sein Herz einen Schlag aussetzte. „Natürlich!", sagte er fast feindselig.

Und im selben Moment wünschte sich Aura, er würde sie noch einmal so freundlich ansehen, wie er es zuvor getan hatte. Nun waren seine Augen groß und streng. Sie hatte ihn verletzt. Sie hatte es auch gewollt – immerhin war er ein Kobold. Aber als er sich nun von ihr abwandte, zeigte sich Bedauern in ihrem Gesicht. Sie streckte schnell noch die Hand nach ihm aus; doch der, den sie erreichen wollte, bemerkte es nicht mehr. Nimrod wollte fort. Zuerst lief er langsam, dann immer schneller und am Ende ganz so, als ginge es um sein Leben. In gewisser Weise traf das auch zu, nur konnte er das in diesem Moment noch nicht ahnen.

*

Zum Stehen kam er erst, als er das Haus im Schatten eines großen Weidenbaumes erreicht hatte. Es lag etwas außerhalb von Kleeweiden in der Nähe des Waldrandes und bestand aus dicken, blattlosen Efeuranken, die zu dichten Wänden ineinander verwachsen waren. Jede Öffnung im natürlichen Flechtwerk war mit Butzenscheiben versehen und wie jedes Haus in Kleeweiden, so hatte auch dieses ein Schieferdach. Drei Stufen führten auf die hölzerne Veranda, die das Haus umsäumte. Nimrod ergriff den Handlauf aus Korkenzieherhasel und zog sich die erste Stufe herauf. Dann ließ er sich rücklinks auf die Veranda fallen – direkt auf das Tuch mit den Preiselbeeren.

„Ach, so ein Mist!", schnaufte er, das heiße Gesicht mit den Armen bedeckend.

Durch die geöffneten Rundfenster strömte ein angenehmer Geruch heraus.

„Nimrod?", hörte er seine Mutter Mollis rufen. „Bist du schon da? Wie schön, genau rechtzeitig."

„Rechtzeitig?", flüsterte er bei sich. „Wofür um alles in der Welt rechtzeitig? Wohl eher zu spät – viel zu spät! Es ist einfach zu spät und absolut vorbei, für immer." Er erhob sich gequält und betrat mit einem dicken Preiselbeerfleck am Hemd das behagliche Häuschen. Hier überreichte er Mollis das Tuch, aus dem der rote Saft tropfte wie Blut. „Tut mir leid, war ein Unfall!", sagte er zerknirscht.

„Du liebe Güte, das ist ja 'ne schöne Bescherung!", rief Mollis, die das Tuch sofort in eine Tonschale warf. „Ist nicht so schlimm, dann koche ich eben Gelee daraus. Setz' dich doch einfach schon mal hin." Sie wischte sich die Hände an der bestickten Schürze ab und stellte sich zurück ans Herdfeuer.

Derweil schlich Nimrod hinüber zum Tisch und setzte sich ans geöffnete Fenster. Während des Wartens fuhr er mit dem Fingernagel den Furchen im Holz der Tischplatte nach, die von fröhlichen Stunden erzählten. Neben Macken vom Besteck, das er und seine Schwester Baca darauf geschlagen hatten, waren Kerben von Vaters scharfer Messerklinge verewigt. *„Spuren echten Lebens!“*, dachte er bei sich und damit kreisten seine Gedanken wieder um Aura.

Mollis sah ihn über die Schulter hinweg an. „Du siehst ja so bedrückt aus.“

Nimrod blickte nachdenklich zurück: Mollis, in deren Augenwinkel sich Sorgenfalten gegraben hatten, trug die dunklen Locken zu einem wilden Dutt aufgedreht. Trotz des Kummers der Vergangenheit flackerte Freundlichkeit und Anmut in ihren rotbraunen Augen. Tagtäglich bewies sie Tapferkeit, nach dem Verlust, den sie hatte erleiden müssen. Was würde sie dann wohl zu seinen kleinen Sorgen sagen? Da schwieg er lieber.

„Hier, extra für dich, mein Herz“, sagte sie und stellte ihm einen Teller mit einem dampfenden Pfannkuchen aus Sperlingseiern und Bucheckermehl vor die Nase.

Aber heute war er auch mit seiner Lieblingsmahlzeit nicht aufzumuntern. Den Kopf in die Hände gestützt, saß er über seinem Teller, wobei ihm das selbstmitleidige Gesicht beinahe zwischen den Fingern zerfloss. *„Pfannkuchen? – Pah! – Pustekuchen!“*, dachte er missmutig. Und kleinlaut gab er zu verstehen, er habe gerade keinen Hunger. Dabei war er sich sogar ziemlich sicher, niemals wieder Hunger zu verspüren. Aus diesem Grund würde er auch – und das sicher bald – vor Liebeskummer vergehen wie eine verdorrte Pflaume. Sein Leben war soeben sinnlos geworden, weder Kupfernickel noch Silberkurre und erst recht keine Goldlohe mehr wert. Weil er sich vor Aura zum Troll gemacht hatte, war sie für ihn verloren – für immer! Das konnte kein Pfannkuchen der Welt wieder gut machen!

„Was ist denn nur los mit dir?“, fragte Mollis, die ihn mitfühlend anblickte. – „Nichts“, sagte er ausweichend.

Aber Mollis kannte ihn nur zu gut. Sie wusste von seiner Sehnsucht. „Du denkst an Aura, nicht wahr?" Sie seufzte, da sie wusste, dass Elfen niemals Kobolde erhören und erinnerte ihn: „Du weißt, dass im Winterhain von Anderia der Reigen stattfinden soll, in dem Aura an Jaris vermählt werden wird. Und gleich nach der Sonnwendfeier wird das Elfenvolk zur Reise über den Grimwald aufbrechen."

Zur Reise über den Grimwald aufbrechen bedeutete, dass er Aura nicht folgen konnte. Undurchdringlich und unüberwindbar war dieses Dickicht. Wer immer dort hineingeriet, kehrte nicht zurück. Niemals.

„Soll sie doch glücklich werden mit diesem Strohkopf", entgegnete Nimrod mit aufglühendem Zorn. „Ist mir Schnuppe." Aber eine Träne, die über seine Wange lief und auf den Pfannkuchen tropfte, strafte ihn Lügen.

„Was könntest du auch schon daran ändern, mein Sohn? So ist es nun einmal. Außerdem weißt du doch gar nicht, wie es um ihr Herz bestellt ist. Du hast ja noch nie mit ihr gesprochen."

„Habe ich wohl", gab er zurück, „vorhin."

Mollis, die eben ihre Schürze abnahm, war überrascht: „Und was hat sie gesagt?"

„Dass ich zu Staub zerfallen soll oder so ähnlich." Nimrod verbarg das Gesicht in seinen Händen.

„Deshalb also diese Kummermiene!", sagte Mollis und konnte sich ein Schmunzeln nicht verkneifen. „Manchmal ist es auch ein gutes Zeichen, wenn man von einer Elfenfrau ausgeschimpft wird."

„Warum sollte das denn wohl ein gutes Zeichen sein?"

„Elfenfrauen verstecken ihre wahren Gefühle meistens."

„Meistens, aber wohl nicht in meinem Fall. Sie hasst mich, weil ich ein Kobold bin!" Nimrod nahm die Hände vom Gesicht und verschränkte sie vor seiner Brust. Er schniefte.

„Wer könnte dich schon hassen?" Mollis strich über sein dichtes Haar.

Da wich er zurück und wischte sich über das Gesicht, weil er sich mit einem Mal kindisch vorkam. „Und ich werde sie *doch* bekommen;

du wirst es schon sehen." – „Dann", sagte Mollis leise, „wünsche ich dir Glück dafür." Dabei wurde ihr Blick unerwartet traurig und wanderte abwesend aus dem Fenster. „Wirkliches Glück …"

In eben diesem Moment steckte eine Meise den Kopf durch die Fensteröffnung. Offenbar war sie vom Duft der Pfannkuchen angelockt worden. Sogleich sprang Mollis auf und verscheuchte sie energisch mit dem Wedeln ihrer Schürze: „Husch, fort mit dir, husch!" Als sie darauf das Fenster schloss, wischte sie sich verstohlen eine Träne aus dem Augenwinkel.

„Ist alles in Ordnung?", fragte Nimrod, der es dennoch gesehen hatte.

Aber Mollis wich seiner Frage einfach aus: „Nun iss, mein Sohn, bevor es kalt wird. Ich hab auch ein Glas Grimtau für dich besorgt." Sie ging, um es für ihn zu holen.

„Wie, etwa von Knox, dem alten Gierschlund? *Sein* Grimtau ist nichts anderes als Waldhonig. Und wie ich dich kenne, hast du ihm wieder Stickereien dafür gegeben, oder? Ein Tausch weit über Preis. Und Knox, der es genau weiß, reibt sich die Hände."

Mollis winkte ab. „Was machst du dir bloß für Gedanken?" Damit stellte sie ihm ein großes Glas voll des köstlichen Honigs vor die Nase und berührte in besänftigend an der Schulter. „Iss lieber!"

Achselzuckend gab Nimrod nach. „Hm, na gut." Und er löffelte den bernsteinfarbenen Saft auf den Kuchen, dass er nur so Fäden zog und es für Mollis ein Fest war, ihm den klebrigen Mund zu wischen.

In dieser Nacht wurde Nimrod von einer Maus geweckt, die aus einem Traumversteck in sein Bewusstsein huschte. Und wie er so wach lag und ins Grübeln geriet, fasste er einen Plan: Er würde Aura für sich gewinnen, schon morgen.

*

In den nächsten Tagen strich Nimrod unauffällig im Elfenhain am Stillen See herum, um Aura zu suchen. Die Elfen beanspruchten das Land rings um die mächtige Blutbuche Alburga, in der sie Hofstaat hielten, alleine für sich. An den Grenzen dieses Gebietes patrouillierten Wächterelfen, die Oltmannen. Der Kobold, darauf bedacht, ihnen nicht in die Quere zu kommen, schaffte es tatsächlich, bis zur Elfensiedlung vorzudringen. Alburga, deren untere Äste sich bis auf den Boden senkten, war hochgewachsen und in ihren dichten, schwarzroten Blättern rauschte der Wind. Den Kopf im Nacken, bestaunte Nimrod den Prunk der Elfensiedlung, die geschmückt war mit den Purpurbannern des Königs. Geschnitzte Blätter, Blüten und Ranken zierten die Türen und Portale zu Wohn- oder Speisekammern, die in den Stamm und die Äste gebaut waren. Die Türgriffe, allesamt schilfgrüne Muscheln aus dem Stillen See, schimmerten weithin im gedämpften Tageslicht. Am schönsten aber fand Nimrod die Fenster, deren Buntglas von der Kirchenruine in Golker stammte. Sie hatten die Form von Elfenflügeln, wobei sich die prächtigsten dort im Stamm befanden, wo der König residierte.

Um nicht aufzufallen, tat Nimrod so, als sammle er Feuerholz. Wenn er allerdings meinte, niemand achte auf ihn, warf er es hinter sich und begann von neuem. Das Elfenvolk war jedoch so eifrig mit den Vorbereitungen für die Sonnwendfeier beschäftigt, er hätte eine laut quakende, feuerrote Kröte an der Leine führen können, auch dann wäre er nicht bemerkt worden.

Am Spätnachmittag, die bunten Fenster von Alburga waren erleuchtet, flogen Elfen hinunter zum Stillen See, an dessen Ufer sie ihren Festplatz errichtet hatten. Sie trugen Naschwerk und Holz dorthin. Nimrod beobachtete sie genau, doch Aura war nicht unter ihnen. Sie war einfach nicht aufzufinden.

Niedergeschlagen wandte er sich vom arbeitsamen Treiben ab, als ausgerechnet Jaris vor ihm landete. Er trug die Uniform der Oltmannen, deren Brustschilde aus den grünen Flügeldecken von Schieferfressern gefertigt waren. An seinem Gürtel steckte ein beeindruckendes Schwert und das blonde Haar hatte er zu einem strengen Zopf gebunden, was den bohrenden Blick seiner hellgrauen Augen noch verstärkte. Sie blitzten heimtückisch, als er sagte: „Was sucht ein so auffallend hässlicher Kobold wie du wohl hier im Elfenhain?“ Jaris kam näher, wobei er ihm mit dem Finger in den Brustkorb stach, als wollte er ihn aufspießen.

„Das geht dich gar nichts an!“ Nimrod hasste diesen Kerl, der dachte, er würde bald Auras Bräutigam sein. Der würde sich noch wundern!

„Du bist in unser Hoheitsgebiet eingedrungen. Spionierst du?“, forschte der Oltmann.

Nimrod antwortete, jede Silbe betonend: „Ich sam-mle Feu-er-holz!“ Um das zu verdeutlichen, fuchtelte er mit einem dürren Stock herum.

„Bravo!“ Jaris applaudierte. „Da wirst du es ja sicher bald schön warm haben!“ Er entriss dem Kobold das Holz und warf es davon. „Also, pack schon aus! Was machst du hier und wer hat dich geschickt?“

„Nichts und niemand!“

„So, so.“ Jaris griff ihn beim Kragen und zog ihn fest zu sich heran. „Das ist sehr gut, dann wird dich ja weder nichts noch niemand vermissen.“

„Lass mich gefälligst los!“

„Das ist mir leider nicht möglich.“ Jaris‘ Stimme tanzte vor Vergnügen. „Du weißt sicher, dass wir auf der Suche nach einem *Freiwilligen* sind, der über das Sonnwendfeuer springt. Und da du dich augenscheinlich mit Asche auskennst ...“, er fuhr ihm mit dem Daumen einmal quer über die staubige Wange, „wärst du genau der Richtige dafür.“

Nimrods Augen verfinsterten sich. „Dazu kriegst du mich nicht! Nie!“, rief er und riss sich los.

Der Oltmann aber ließ ihn nicht weit kommen. Flink streckte er seine Hand wieder nach ihm aus und packte ihn am Hals. „Du nimmst den Mund ganz schon voll, Kobold!“

Im selben Augenblick wirbelte Nimrod herum, ging in die Hocke, streckte die Arme aus und zog dem Widersacher die Beine weg. Da machte Jaris, nach einem ungewollten Salto rückwärts, eine Bauchlandung.

„Na, wer nimmt jetzt wohl den Mund voll?“, lachte Nimrod.

Jaris, der sich sofort wieder aufgebäumt hatte, setzte zum Flug an, um ihn aus der Höhe mit Fußtritten zu attackieren. Durch ein geschicktes Ausweichmanöver bekam Nimrod aber sein linkes Bein zu fassen, zog ihn herunter und verpasste ihm einen Schlag ins Gesicht. Der Getroffene brüllte auf und fuhr sich mit dem Handrücken unter die blutende Nase.

„Das wird dir noch leidtun!", blaffte er, zog blitzschnell sein Schwert und setzte es dem Kobold auf die Brust. „*Du* wirst mir nicht entkommen! *Du* wirst heute Nacht über das Feuer springen und in der Glut versengen! Wir werden dir schon noch zeigen, wie ein *richtiges* Feuer aussieht!" Nach dieser Ankündigung rief er zwei weitere Oltmannen zu sich.

„Los, holt euch diesen garstigen Kobold!", befahl er, wobei er ihn mit dem Schwert von sich stieß, genau in die Arme der Wächter.

Sofort warfen die beiden Nimrod zu Boden und drückten ihn in den Staub, bis der Sand zwischen seinen Zähnen knirschte und er zu jammern begann. Anschließend stopften sie ihm einen Knebel in den Mund und fesselten ihm die Arme auf dem Rücken.

„Los, aufwärts!", rief einer dem anderen Oltmann zu, worauf sie den Gefangenen bei den Armen griffen und ihn mit einer solchen Geschwindigkeit in die oberen Äste der Blutbuche beförderten, dass ihm ganz übel wurde. Hier in der Höhe zwängten sie ihn in eine Art Kammer, die nicht mehr war als ein Loch ohne Fenster. Darauf verschlossen sie die Tür mit einem eisernen Riegel.

2. Brokk

Ist man im Dunkel eingesperrt, so wie Nimrod es war, dann läuft die Zeit anders. Wie ein Käfer im Glas scheint sie nicht voranzukommen. Quälend lang wurde ihm dieser Tag, war er doch so entscheidend, weil er mit Aura sprechen wollte, bevor sie mit ihrem Volk den Zug nach Süden antreten würde. Nun schien diese Chance, die er sich so gut ausgerechnet hatte, langsam zu zerrinnen wie der Sand in einem Stundenglas. Ein schwarzer Tag.

Während Nimrod im Gefängnis der Oltmannen hockte, schlich ein anderer Kobold die steilen Stufen der Raulintreppe hinauf. Es war der Schuhmacher Brokk, dessen dicker Bauch von einem breiten Gürtel gehalten wurde. Über dem Bauch spannte sich ein feines Wams. Zur Feier des Tages trug er die besten Schuhe und hatte sich den spärlichen Haarschopf frisiert. Es dunkelte zwar bereits, doch wollte er noch vor dem Schwarzkräuterfest etwas erledigen. Unterwegs kam er gehörig ins Schnaufen. Und als er endlich auf dem Vorhof der Kirchenruine angekommen war, pfiff er wahrhaftig auf dem letzten Loch.

„Wo ist nun der Stümper?“, fragte er japsend und sah sich um. „Kann ja nicht weit sein.“

Brokk schlich unter dem Portal hindurch und staunte nicht schlecht, als sich ihm das Innere des Kirchenschiffs erschloss, in dem Fledermäuse ihre Kreise zogen. „Beim Feuertroll, das ist fantastisch!“, zischelte er und blinzelte die brüchigen Säulen empor, die die Reste des gewölbten Daches trugen. Dort, wo es erhalten war, leuchteten Überreste von Fresken in kräftigen Farben. „Golker hat wirklich was zu bieten!“, schwärmte er, dann aber stutzte er plötzlich. „Was glotzt ihr denn so?“, schimpfte er und sah dabei die moosbewachsenen Heiligenfiguren in den Mauernischen schief an. „Ist ja unheimlich, man kommt sich ja vor wie ein ungebetener Gast!“ Auf das eigene Wort hin trat plötzlich ein breites Grinsen auf sein Gesicht. „Da fällt mir ein: Ich bin ja auch nicht ausdrücklich *eingeladen* worden!“ Jetzt begann er voller Vorfreude zu glucksen und machte einige Schritte vorwärts.

Während der Wind durch die zerklüfteten Mauern blies und Blätter hereinwirbelte, die vor dem Altar tanzten, warf die späte Sonne ihre Strahlen schräg durch die bunten Fenster und verbreitete ein himmlisches Licht.

„Wirklich nicht übel. Ja, wirklich!“, raunte Brokk. „Da kann man verstehen, warum sich der Alte hier eingenistet hat.“ Plötzlich schwebten ihm Wolken aus Räucherwerk um die knollige Nase.

„Aha!“, schnüffelte er. „Hier muss er sein.“ Er folgte dem Geruch von Kopal und Lorbeer, der unter einem zerschlissenen roten Vorhang hervorräucherte. Mit seinem Nebelfinger lockte er ihn ins Allerheiligste. Dort saß Raban auf einem wuchtigen Stuhl in der Form eines Drachen und linste durch eine messingfarbene Röhre.

„Ja, das könnte gehen, Aray. Man kann sicher weit genug damit sehen.“

Aray, der gerade die geschliffenen Kristalle und Kugeln polierte, sah irritiert zu den Talismanen auf, die über Raban an der Wand hingen, denn der Luftzug, den Brokk mit sich durch den Vorhang gebracht hatte, ließ sie leise klimpern. Neben den Talismanen zierten geheimnisvolle

Schriftzeichen die Wände. – „Das sind wohl Abwehrzauber?“, wisperte Brokk. „Pah! Die werden ihm gar nichts helfen.“ Während er noch in die Formeln vertieft war, hatte Rabans Auge ihn entdeckt. Durch den Lupenstein aus Beryll blickte es riesengroß und argwöhnisch auf den Besucher und blinzelte.

„Na, sag einmal, Brokk“, sagte Raban erstaunt, „da hast du dich aber hoch hinaufgewagt!“

Erst jetzt bemerkte Aray den Besucher und ließ den Lappen sinken. Die Kugeln glänzten nun genug, da war es an der Zeit, sich etwas Neuem zu widmen.

Brokk atmete geräuschvoll aus: „Nun, ich komme, weil ich dich um Verzeihung bitten möchte für die Beschimpfung als Stümper.“ Er zog die Brauen wie zwei Dächer so hoch. „Du musst wissen, ich gönne jedem sein *eigenes* Gewerbe – auch wenn deines *sehr eigen* ist, wie du zugeben musst.“

Stirnrunzelnd legte Raban das Fernglas beiseite. „Was soll denn das bedeuten?“ Er deutete auf den Zinkeimer, den Brokk auf dem Sandsteinboden abgestellt hatte.

„Ein Geschenk“, erklärte der. „Wasser aus dem Brunnen. Dann brauchst du nicht mehr des Nachts in Kleeweiden herumzuschleichen – dann brauchst du gar nicht mehr in Kleeweiden herumzuschleichen. Es ist ja auch eigentlich viel zu beschwerlich für dich.“ Er nahm den Eimer auf und reichte ihn dem Seher.

Ohne sich zu rühren, wartete der auf den Fortgang des Schauspieles, denn dass dies ein inszeniertes Stück war, dessen war er sich gewiss.

Brokk zuckte die Schultern. „Aber wenn ich es mir genau überlege, habe ich eine bessere Idee, was ich damit anstellen könnte!“ Und er grinste hämisch, als er Raban das eiskalte Wasser über den Kopf schüttete.

Aray sprang aus dem Weg. „Himmel!“, rief er aus. „W-Weshalb tut Ihr so was?“ Aber mehr noch als über den Übeltäter wunderte sich der Lehrling über seinen Meister, der etwas prustete, jedoch sonst eine seltsame Gelassenheit an den Tag legte.

Raban nahm zur Kenntnis, dass Brokk ihm augenscheinlich die Rolle des Narren in seinem Schauspiel zugedacht hatte.

„Im Grunde, Raban, bin ich für diese Wasserprobe gekommen", gestand Brokk. „Es liegt doch auf der Hand: Dein ganzer Wahrsagerkram ist nur Humbug! Du hättest nämlich bereits wissen müssen, dass ich mit dem Eimer komme und hättest längst einen Schirm aufspannen können." Er lachte schallend. „Sieh' dich nur an! Da sitzt du nun in deiner Pfütze aus Lug und Trug."

„Aber", schaltete sich der Schüler ein und vor Aufregung überschlug sich seine Stimme fast, „A-aber wie könnt Ihr nur behaupten, e-er sei ein Lügner?"

Beschwichtigend hob der Meister eine Hand. „Ist schon gut, Aray! Reg dich nicht auf, es lohnt nicht!" Derweil wischte er sich das Wasser aus den Augen. „Höre, Brokk! Ich sehe nur wichtige Dinge!" Nachdem er sich mit dem Ärmel über den Schnauzbart gefahren war, sah er den ungebetenen Gast ernst an. „Heute früh zum Beispiel, da sah ich, dass jemand zu mir kommen würde. Ich sah nicht, wer es sein würde, doch dass ihm bereits der Schwarze Kräutermann auf den Fersen ist, das habe ich gesehen."

Als er das hörte, blieb Brokk ein Grunzen im Hals stecken.

„Also sei vorsichtig auf deinem Weg hinunter in den Aschengrund. Die Raulintreppe ist wirklich halsbrecherisch!" Mit steinernem Ausdruck im Gesicht sprach Raban seine Warnung aus.

Brokk sah sich gehetzt um. Die Rollenverteilung hatte sich urplötzlich geändert: Nun war er wohl selbst der Narr! Brokk spürte, dass sein *überraschender* Besuch ein *überraschendes* Ende genommen hatte. „Alles Humbug, ich habe dir noch nie auch nur ein einziges Wort geglaubt!", schimpfte er. „Du bist der größte Hochstapler, den Grim je gesehen hat!" Damit ging er ab.

„Du solltest heute Abend beim Schwarzkräuterfest besser gleich für dich selber räuchern!", rief Raban hinter ihm her. „Ich höre nämlich schon deine Totenvögel zwitschern!" Während der Seher die Lippen spitzte, um ein paar schiefe Töne anzustimmen, stand Aray bloß der

Mund offen: „Ist das denn wirklich wahr, Meister?“ Er schluckte. „Wie schrecklich. Ich meine, sehr höflich hat sich dieser Brokk ja nicht verhalten, aber ich muss gestehen, dass ich dennoch Mitleid mit ihm habe. Gibt es denn gar keine Hoffnung für ihn?“ Er sah dem Schuhmacher bekümmert hinterher.

„Natürlich nicht!“, sagte der Meister kurz und erhob sich von seinem Stuhl. „Er stirbt, wie wir alle sterben müssen.“

„Alle, Herr?“

„Denkst du, für ihn gäbe es eine Ausnahme, hm? Sicher nicht! Nur zu welchem Zeitpunkt der Kräutermann bei Brokk anklopfen wird, das vermag ich natürlich nicht zu sagen.“ Mit Bedauern zuckte Raban die nassen Schultern.

„Also habt ihr ihn beschwindelt?“, sagte Aray detektivisch.

„So könnte man es wohl ausdrücken“, gab der Seher zu, wonach er die durchweichten Felle abwarf.

„Aber warum habt Ihr das getan?“ Aray sah fragend zu seinem Meister auf. „Er wird jetzt sicher schreckliche Angst haben und zittern bis in den kleinsten Knochen.“

„Das hoffe ich doch“, entgegnete Raban, „denn es fehlt Brokk eindeutig an Demut!“ Er griff nach seinem Fernglas und entfernte behutsam einige Wasserspritzer von dessen Oberfläche. Gleich darauf schnappte er sich seinen abgetragenen Umhang vom Wandhaken und äußerte: „Wenn du heute noch eine Elfe sehen willst, Aray, dann sollten wir uns auf den Weg zum Sonnwendfeuer machen.“ Während er den Vorhang für seinen Schüler beiseite hielt, fiel sein Blick auf die Wasserpfütze, in der sich der Kerzenschein spiegelte. Plötzlich bemerkte er ein Gesicht darin. Zuerst meinte er, es sei Arays Spiegelbild, doch der war bereits neben ihm. „Sieh nur! Schnell, sieh hin!“ Raban deutete zur Pfütze. „Siehst du das Gesicht?“

Aray kam dem nach, sah aber außer der Kerzenflamme nichts darin. „Wer ist es?“, fragte er deshalb.

„Verflixt“, murmelte Raban und legte das Fernrohr zurück. „Die Elfen müssen warten, Aray! Wir gehen aufs Schwarzkräuterfest.“

3. Sonnwendfeuer

„Nun mach schon! Gerade guckt keiner! Greif zu, los!“ Flink tastete eine kleine Hand nach den erlesenen Speisen, die der verlockende Duft feiner Gewürze umhüllte. Hast du's? Gib schon her, ich will auch mal probieren. Du hattest schon so viel davon!“, flüsterte es unter dem Tischtuch der prächtig angerichteten Tafel. Dort hockten in aller Heimlichkeit drei Elfenkinder. Es waren die beiden Elfenjungen Ilex und Lux sowie das Elfenmädchen Flora, die ihre weißen Nachtgewänder trugen und vom Bankett naschten. Das war ein höchst entzückendes Schauspiel, nur gab es bedauerlicherweise keine Zuschauer. Die Elfenkinder wiederum grämte das nicht, denn eigentlich hatten sie längst in ihren Betten zu liegen. Unbemerkt hatten sie entwischen können, und wollten nun die rauschende Sonnwendfeier miterleben.

„Hm, lecker!“, machten sie, während ihre beschmierten Finger nach den Köstlichkeiten griffen. Sie kicherten immer wieder über den geglückten Streich, erbeuteten schmelzenden Grimtau und zuckersüße Beeren, polierte Nüsse und schmackhafteste Samenkörner. Viele der Naschereien konnten sie nicht einmal benennen, denn Vergleichbares hatten sie zuvor noch nie gekostet. Am besten von allen Leckereien aber schmeckten ihnen die kandierten Lindenblüten.

„Pst, Ilex!“, sagte Flora streng, die ihre Locken schüttelte und den Honigbart verzog. „Schmatz nicht so laut, du verrätst uns noch! Du hörst dich ja an wie 'ne gefräßige Raupe!“

„Stimmt ja gar nicht“, gab Ilex zurück. „Selber gefräßige Raupe!“ Er machte seiner Komplizin dicke Backen.

„Seid beide still! Da kommen die Oltmannen!“, warnte Lux, der sich den Zeigefinger an den Mund presste.

Aus Furcht entdeckt zu werden, verstummten die Streithähne und konnten beobachten, dass wiederholt Wächter mit Fackeln um die Tafel und den Festplatz kreisten. Als einer von ihnen in der Nähe landete, krochen die kleinen Langfinger enger zusammen und wagten es kaum, zu atmen. Während das Licht der Fackel näher und näher kam, wurde auch das metallische Klingen von Stiefelschnallen immer eindringlicher. Schließlich standen die Stiefel plump und schwarz vor ihnen und beglotzten sie anklagend: „Na, na“, schienen sie zu sagen, „wenn unser Herr nur wüsste, was ihr hier treibt, ihr kleinen Diebe. Wie gern würden wir euch verraten!“

Sekunde um Sekunde verging – aber für die Elfenkinder war es eine Ewigkeit – bis der Oltmann endlich abzog. Da atmeten sie erleichtert auf.

„Puh, das war knapp.“ Ilex hieb Lux den Ellenbogen in die Rippen.

„Au, nicht so fest!“ Lux tippte sich an die Stirn. „Bist du verrückt?“ Immer noch ängstlich, linsten die Kleinen dem Oltmann hinterher,

wobei ihnen die Lichterpracht auffiel, die sie nun, da es zu dämmern begonnen hatte, umgab. Und mit einem Schlag vergaßen sie alle Furcht. Staunend krabbelten sie aus ihrem Versteck, um alles zu betrachten.
In Kerzenhaltern aus Perlmutt, die auf der Festtafel standen, flackerten säuselnde Lichter, während das Geäst der Blutbuche, die den Platz dominierte, behängt war mit zahllosen Lampionblüten, in denen Glühwürmchen saßen. Es war ein wahrer Farbrausch, der mit Weinrot, Gold, Purpur und Orange aufwartete.

„Ob sie wohl wirklich bis in den Himmel schlagen, die Flammen?", fragte Flora, als ihr Blick jetzt auf das trockene Holz fiel, dass hoch aufgeschichtet war. Ungeduldig wartete sie auf den ersten Funken, denn sie wollte endlich das große Feuer sehen, von dem sie schon so viel gehört hatte.

„Klar!", bemerkte Lux. „Die Flammen schlagen bis zum Mond hinauf."

„Genau!", meinte Ilex. „Und morgen kann man ihn nicht mehr sehen, weil er total verrußt ist."

Für einen Moment heftete Flora den Blick an den Himmel, dann sah sie die Elfenjungen an und sagte in einem Ton als habe sie saure Milch getrunken: „Verstehe, sehr spaßig, *ein Rußmond*!"

Ilex und Lux lachten.

Flora verschränkte die Arme vor der Brust. „Amüsiert euch ruhig auf meine Kosten. Dafür habe *ich* gehört, wer dieses Jahr übers Feuer springen muss."

„Ach", entgegnete Ilex und machte eine verwerfende Handbewegung, „das ist doch gar nichts! *Wir* haben sogar gesehen, wie Jaris denjenigen eingefangen hat: Einen echten, pestmäßigen Kobold."

„Pestilenzartigen heißt das", verbesserte Flora.

„Sag ich doch, pestmäßigen", wiederholte Ilex, der erneut nach den Leckereien auf der Tafel griff. „Wollt ihr noch was?", fragte er und reichte seinen Freunden die kandierten Lindenblüten, die er soeben erbeutet hatte.

„Nein danke, mir ist so kribbelig", sagte Flora.
„Puh!" Lux strich sich angestrengt über den Bauch. „Ich kann auch nicht

mehr. Ich bin schon so fett, dass ich nicht mehr fliegen kann."

Ilex zuckte die Achseln, stopfte sich die Blüten selbst in den Mund, bis nichts mehr reinpasste und presste dann hervor: „Wann geht es denn endlich los?"

Wie auf ein Stichwort hin wurde es plötzlich mucksmäuschenstill um sie her. Selbst dem Wind stockte für einen Moment der Atem. Hochspannung knisterte über den noch unbelebten Festplatz, bis endlich feierliches Glockengeläut erklang, das die große Sonnenwendfeier eröffnete:

Nach und nach schwärmten die Elfen aus, von Alburga über den Stillen See heran. Jede trug ein Licht in Händen, ein Licht für den sehnlichsten Wunsch. Sie landeten am Uferrand, um die Lichter auf Blättern ins Wasser zu setzen, die blinkend mit den seichten Wellen auf den See hinausschwammen. So entstand ein Meer aus vielen kleinen Wunschlichtern.

Nur *ein* Licht schien heller und größer als all die anderen. Es war die Fackel, womit das Sonnwendfeuer entzündet werden sollte. Sie wurde, wie es der Brauch verlangte, vom zukünftigen Bräutigam Jaris getragen, der den Elfenreigen anführte. Als sich alle um die Holzscheite auf der Kräuterwiese versammelt hatten, zögerte Jaris, um die Spannung noch zu erhöhen. Dann hob er die Fackel hoch über seinen Kopf und entzündete mit einer beifallheischenden Geste das Feuer. Das Aufrauschen der Flammen verursachte Jubelgeschrei unter den Elfen, die vor Aufregung hüpften und klatschten. Darauf nahmen sie sich bei den Händen und flogen spiralförmig um das Sonnwendfeuer herum, es willkommen zu heißen. Ihre Silhouetten, die sich vor dem Feuer abzeichneten, warfen tanzende Schatten auf den Boden.

„Sieh doch nur, wie schön das ist und wie hoch sie schweben!", staunte Flora. „Wunderschön, wie gern würde ich mit ihnen fliegen!"

„Pah!", machte Lux. „Guck doch mal, wie eng sie die Schleifen um das Feuer fliegen! Das könntest du nie. Dein Haar würde verkokeln und dein Kleid verschmoren. Lichterloh würdest du brennen, wie ein Streichholz." – „Ich könnte das sehr wohl", gab Flora scharf zurück und als Lux anhob, etwas zu erwidern, da rief Ilex plötzlich: „Seht ihr das?" Er deutete in den Nachthimmel. Dort waren bereits die Hüter der Ewigen Lichter erschienen. Mit ihren Laternen flogen sie dem Königspaar voraus, das in purpurfarbene Festtagsgewänder gehüllt war und von Oltmannen flankiert wurde. Langsam schwebten sie zum Feuer hinunter, wo sich das Volk um sie versammelte.

Der Elfenkönig Boreas unterschied sich von der Elfenkönigin Ava, wie Feuer sich von Wasser unterscheidet: Boreas war rotwangig und aufbrausend, während Ava blass und zart wirkte – ganz so, als sei sie aus Wachs und der nächste Windstoß könne ihr Lebenslicht aushauchen. Sie zuckte zusammen, als ihr Gemahl mit tragender Stimme zu sprechen begann:

„Mein Volk!" Und erst als auch der Letzte verstummt war, um zu lauschen, da fuhr er fort: „In diesem Jahr erfreuten wir uns einer reichen Ernte. Symbolisch verbrennen wir nun den Herbst und verneigen uns vor seiner Fülle. Wir werden speisen und tanzen und erst im Morgengrauen an die kärgeren und kälteren Tage denken, die uns im Winterhain Anderias bevorstehen. Möge der Tanz um das Sonnwendfeuer gelingen, damit uns ein milder Winter beschert sei. Die Sturmgeister bewahren uns vor dem Erwachen des Winterwolfs. Und nun esset mit uns."

„Essen?", rief Ilex erschrocken. „Oh, sie kommen! Sie kommen jetzt hierher! Versteckt euch! Schnell! Versteckt euch!" Im Nu verschwanden die Elfenkinder wieder unter dem Tisch.

Der Einladung ihres Königspaares folgend, flog die frohgestimmte Schar auf und fand sich an der Tafel ein. Heißhungrig griffen die Elfen nach den köstlichen Speisen, ließen Gläser klirren und erfüllten die Luft mit ihrem Gelächter. Während sie tuschelten und hinter vorgehaltenen Händen kicherten, tauschten sie leuchtende Blicke aus, dabei saßen sie so eng beieinander, dass ihre gläsernen Flügel aneinander flirrten. Eine lange Zeit über saßen sie so und speisten, bevor *sie* entdeckt wurden: Drei rotwangige, beschmierte Elfenkinder. Sie lagen aneinandergekuschelt unter der großen Tafel und schliefen in aller Seelenruhe.

Als Boreas davon erfuhr, rief er einen der Oltmannen zu sich. „Nun, was siehst du da?", fragte er ihn und hob das Tischtuch an.

„Elfenkinder, mein König!", entgegnete der Wächter.

„Ja, so ist es. Und woran erinnern sie dich?"

„Mein König?"

„Nun, du weißt es nicht? Dann werde ich dir auf die Sprünge helfen: Sie erinnern dich sicher an dein Versagen, nicht wahr?"

„Aber es sind doch nur Elfenkinder, Majestät", meinte der Oltmann zerknirscht.

„Aber es hätten auch Feinde sein können, die du nicht entdeckt hast, beispielsweise Kobolde, diese Giftmischer! Ein paar Tropfen von irgendeinem Gebräu in meinem Wein, und ich hätte unter dem Tisch hier gelegen; allerdings von etwas weniger gesunder Farbe im Gesicht als diese Früchtchen sie haben." Der Elfenkönig deutete auf die Schlafenden.

„Ja, Majestät! Natürlich, Majestät!"

„Das wird ein Nachspiel für dich haben!", drohte Boreas und dann fügte er hinzu: „Schaff endlich die Kleinen weg und bring den Kobold her. Ich hoffe, er entwischt dir nicht, du Nichtsnutz!" Nach diesen Worten schwebte er davon.

Erst als der König fort war, kroch der Oltmann unter den Tisch und rüttelte die drei Elfenkinder wach. „Los, kommt schon, der Spaß ist vorbei!" Schlaftrunken flogen sie hinter ihm drein – nicht ganz ohne Murren – allerdings machten sie zufriedene Gesichter. Von dieser Nacht an wurden sie unter den Elfenkindern als große Helden gefeiert, deren Geschichte noch heute an großen Festtagen zum Besten gegeben wird.

Nun, als die Zikaden zu zirpen begannen, war es Zeit für Musik und Tanz. Der Wind entlockte den gestutzten Schilfrohren am Uferrand alte Weisen, die um geleerte Gläser und über letzte Brocken des Festmahls huschten. Sie erzählten von lauen Sommernächten mit sternenübersätem Himmelszelt und brachten die Elfen zum Träumen. Das Zikadenorchester, das in Grim berühmt war für kuriose Klänge, hockte auf einer Bühne aus Seerosenblättern. Dirigiert wurde es von einer Gottesanbeterin, die mehr als streng dreinblickte und keinen Hehl daraus machte, dass sie die Zikade, die es wagen sollte, einen falschen Ton anzustimmen, mit Flügel und Panzer auffressen würde. Auf ein Zeichen dieser Dirigentin hin entstand ein Moment der Stille, worauf Heuschrecken zischende Laute mit ihren Flügeln erzeugten und Klopfkäfer ins Konzert einstimmten. Zunächst trommelten sie ganz zaghaft, doch schon nach einigen Takten schlugen sie einen wilden Rhythmus, der die Elfen auf die Kräuterwiese lockte. Hier tanzten sie in der Nähe des Feuers zwischen langen Grashalmen einen Reigen. Ringsum in den Büschen hatten sich unzählige Vögel eingefunden, um ihr Abschiedslied zu singen, bevor sie wie die Elfen den Zug nach Süden antreten würden.

Solange er in seinem Gefängnis steckte, bekam Nimrod von den Feierlichkeiten überhaupt nichts mit. Bis zu dem Augenblick, da sich überraschend die kleine Tür öffnete und Lichtergefunkel hereinflutete.

„Los, komm schon raus!", rief ein Oltmann übellaunig und zerrte Nimrod auf die Beine, die ihm im finsteren Loch schon ganz steif geworden waren.

Ein zweiter Oltmann verband ihm unsanft die Augen. „So, du abscheulicher Gnom machst jetzt einen anständigen Hüpfer über das Sonnwendfeuer und kannst wieder in den Aschengrund verschwinden. Tust du es nicht, braten wir dich darin. Hast du das verstanden?"

Nimrod antwortete nicht. Der sandige Knebel, der immer noch zwischen seinen Zähnen steckte, verhinderte das ohnehin. Aber auch ohne diesen Knebel hätte er keinen Ton gesagt. Er hätte sie bespuckt, diese brutalen Angeber, ja, genau *das* hätte er getan!

„Schnell jetzt!", trieb der eine den anderen Wächter an. Sie griffen ihn bei den Armen, flogen hinauf in den dunklen Himmel und ließen ihn zwischen sich baumeln wie ein Pendel.

Zum Sausen des Windes in Nimrods Ohren mischten sich feierliche Musik und fröhliches Gelächter. Die Stimmung, in die die Wächter mit ihm hineintauchten, war zweifelsohne ausgelassen. Er selbst dagegen war auf Sturm gebürstet, erst recht, als er die Elfen rufen hörte:

„Da kommen die Oltmannen mit dem Feuertroll!" – „Da ist er ja schon", kicherten Elfenfrauen. „Sieht er nicht wirklich zum Fürchten aus – so aschgrau?"

Nachdem er auf die Füße gestellt worden war, spürte Nimrod, dessen Kleidung von Hitze durchdrungen wurde, wie nah er dem Feuer sein musste. Trotzdem wurde er immer noch weiter geschubst. Als ihm dann mit einem plötzlichen Ruck Knebel und Augenbinde abgerissen wurden, sah er es vor sich: Das Sonnwendfeuer! Man hatte ihn inzwischen so dicht herangeschoben, dass er die blendenden Flammen wispern und zischen hörte. Nur mit knapper Not konnte er vor dem heißen Atem des Feuers zurückweichen, denn hinter ihm drängelte sich bereits das Elfenvolk. Über ihn hinweg schwirrten weitere Elfen, die von einem Ascheflockentaumel begleitet wurden.

„Spring, spring doch schon, spring schnell!", riefen sie, während die Stimmen aus der Menge ihn verhöhnten:

„Los, heizt dem Troll ordentlich ein!"

„Mach schon, sonst rösten wir dich!"

„Wir verwandeln dich in Asche, du Wicht!"

Und plötzlich lehnte sich ein Elfenmann zu Nimrod über die Schulter. Es war Jaris, der ihm ins Ohr brüllte: „Zuerst machen wir Staub aus dir, und danach pusten wir dich zurück in den Aschengrund!"

Wütend schob Nimrod Jaris weg, verschränkte die Arme vor der Brust und schob die Unterlippe nach vorn. Sollten sie es alle ruhig an seiner Haltung ablesen: Ganz genau! Gar nichts würde er tun, da könnten sie warten, bis sie schwarz wie die Raben würden, nicht eine Muskelfaser würde er bewegen. Wagten sie es auch nur, ihn anzuschmoren, er würde fuchsteufelswild werden! Doch was nun geschah, hatte er nicht eingeplant: *Aura* flog plötzlich über seinen Kopf hinweg.

Nun zögerte er nicht mehr, das wogende Feuer verlor seinen Schrecken. „Platz da!", rief Nimrod, schob die Elfenmeute hinter sich auseinander, nahm Anlauf und sprang dann in einem hohen Bogen über die lodernden Flammen. Genau in diesem Augenblick sackten die Holzscheite in sich zusammen, was eine wahre Funkenexplosion verursachte, in der Nimrod verschwand. Und einen winzigen Moment lang hielten alle die Luft an. Dann aber brach tobender Jubel aus im Elfenvolk, weil Nimrod auf der anderen Seite des Feuers wieder erschienen war.

Als Aura den angesengten Kobold wiedererkannte, der da so ausgelassen befeiert wurde, landete sie vor ihm. „Du schreckst ja vor nichts zurück, du Spion“, meinte sie schnippisch.

Nimrod stockte der Atem, denn ihr hellwacher Blick verbrannte ihn stärker, als es das Sonnwendfeuer vermocht hatte. Sie sah aus, wie einem Märchen entsprungen: Der Stoff ihres Kleides war zart wie ein Nebelstreif, der Schein des Feuers brach sich flimmernd in ihren Flügeln und in ihrem Haar steckten schneeweiße Maiglöckchenblüten.

„Der Tradition gemäß“, begann Aura, „so verlangt es der Elfenkönig, tanzt die zukünftige Braut mit dem Feuerspringer. Das ist ein symbolischer Tanz, der zwischen elementaren Kräften wie Feuer – das bist du – und Eis – das bin ich – Einklang herstellen soll. Dieser Tanz soll uns in Anderia vor dem Winterwolf schützen, den ein zu strenger Frost aus seiner Höhle locken würde. Also“, seufzte sie und nahm seine Hand, „ich hoffe, du kannst tanzen.“

Nimrod durchfuhr ihre Berührung wie ein Blitz. Unfähig zu einem klaren Gedanken, folgte er ihr bei Fuß wie ein Hündchen, weshalb Aura einen belustigten Blick in die Runde warf. Erst als sie Jaris in der Menge erkannte, machte sie ein gequältes Gesicht. Hanay, die neben ihm stand, knickte sich buchstäblich die Flügel vor Lachen über den nach verbranntem Haar stinkenden Kobold an der Seite ihrer Schwester. Als schließlich eine Nachtigall auch noch ein romantisches Lied anstimmte, warf Aura dem Vogel einen verärgerten Blick zu. Die Nachtsängerin störte das nicht. Sie sang eben, um Herzen zu erweichen, das war ihre Natur. Aura zog Nimrod zur Mitte der Kräuterwiese, näher ans Feuer heran, dorthin wo das Elfenvolk ihren Auftritt erwartete. Geziert legte sie seine Hand auf ihre Hüfte. Aber ganz unerwartet zog Nimrod sie wieder zurück. Wie um alles in der Welt sollte er es wagen, sie zu berühren? Was er sich so sehr gewünscht hatte, schien ihm mit einem

Mal undenkbar. „Ich kann überhaupt nicht tanzen!“, log Nimrod, der in Wirklichkeit ein guter Tänzer war, weil Mollis großen Wert darauf gelegt hatte. Das gehöre sich für einen richtigen Koboldmann, hatte sie erklärt und auf der Veranda Übungsstunden mit ihm abgehalten.

Weil die Wartenden zu tuscheln begannen, sah Aura sich unsicher um. „Du bringst mich in Verlegenheit. Alle starren uns an!“, bemerkte sie. „Mach es einfach wie ich, dann wird es schon gelingen. Dieser Tanz ist wirklich von großer Bedeutung für mich. Das Wohl meines Volkes liegt in unseren Händen.“

Als sie Nimrod so flehend ansah, überwand er seine Scheu und legte die Hand zurück auf ihre Hüfte. *Wie weich ihr Kleid war*! Langsam und etwas ungelenk begann er mit Aura in die Richtung zu tanzen, die sie ihm wies. Dabei strich der zarte Nachtigallengesang über sie hin und aller Augen ruhten auf ihnen. Nach ersten Tanzschritten stellte Aura zu ihrer Verwunderung fest, dass *sie* nun vom Kobold geführt wurde. Er hielt sie fest im Arm, tanzte leichtfüßig, und seine Augen vertieften sich in die ihren. Ein eigenartiges Gefühl der Wärme ging von ihm aus, was sie verunsicherte. Um Abstand vom ihm zu gewinnen, sah sie ihn herausfordernd an: „Deine Wangen sind grau wie Asche, du kannst deine Herkunft nicht verleugnen“, bemerkte sie.

Nimrod hob die Schultern. „Hab ich auch nicht vor. Außerdem hörte ich, Asche stünde mir gut zu Gesicht.“ Er lächelte entwaffnend.

„So?“, gab sie zurück.

Seine Augen funkelten im Lichterschein. „Etwa nicht?“

„Es zeigt nur, dass du gern mit Feuer spielst!“

„Wie spitzfindig.“

„Ist es nicht so?“, fragte sie und legte den Kopf schief.

„Du meinst, ich sei leichtsinnig?“

„Das muss ich doch annehmen, wenn du ständig im Elfenhain spionierst.“

„Deshalb war ich nicht hier. Ich bin kein Spion. Ich kenne keinen Kobold, der Elfen ausspioniert. Ehrlich gesagt haben die so wenig Interesse an Elfen, wie Bergtrolle an Kieselsteinen.“

„Das ist mir neu, du spionierst doch wohl ständig hinter uns her!“

„Bei mir ist das natürlich was anderes.“ Nimrod hob die Augenbrauen, was seinen Blick noch intensivierte.

„Was meinst du damit?“, fragte Aura.

„Ich habe schon Interesse.“

„Woran?“

„Woran? Woran?“, echote Nimrod voller Ungeduld, hatte er doch nichts als die Dauer dieses Tanzes, um zu überzeugen. „Weißt du es denn nicht?“, fragte er nun zurückhaltender, schließlich wollte er seine Chance nicht verpatzen.

„Nein, ich weiß es nicht!“, sagte Aura, der langsam der Kopf schwirrte.

„Wenn das so ist ...“, meinte Nimrod und wirbelte sie mit Feuereifer herum. Danach schob er sie möglichst nah an Jaris vorbei, um ihm einen vielsagenden Blick zuzuwerfen, der den Oltmann in Alarmbereitschaft versetzte. Jaris entspannte sich erst, als Nimrod die Tanzschritte nach einigen Runden wieder verlangsamte.

Und da wagte Aura zu fragen: „Was willst du denn von mir hören?“ Als Nimrod darauf keine Antwort gab, flehte sie: „Bitte sag es mir doch: Was wolltest du im Elfenhain, wenn nicht spionieren?“

Eine Zeit lang blickte Nimrod sie still an. „Komm näher!“, bat er dann. Aura zierte sich zunächst, doch als sie ihm schließlich das Ohr zuneigte, flüsterte er: *„Halt dich an die Weiden, dass du nicht ins Wasser fällst, denn ich mag dich leiden, weil du mir gefällst.* Und nun weißt du, weshalb ich hier war: Nichts Schöneres gibt es für mich. Und glaub mir, ich wäre für niemanden sonst in ganz Grim durch dieses Feuer gegangen.“

Der Elfe weiteten sich die Augen vor Schreck. „Pst, schweig still! Sprich bloß nicht weiter.“ Ein geteiltes Gefühl überkam sie; einerseits wollte sie sich von ihm losreißen, andererseits hielt sie ihn fester als zuvor.

„Aber genauso ist es“, sagte Nimrod, der ungeahnte Kräfte in sich spürte, weil endlich alles gesagt war. Jetzt schlug er eine unerwartete

Richtung ein und drehte Aura dabei so gewandt um die eigene Achse, dass alle ringsum in „Oohs“ und „Aahs“ ausbrachen, alle außer Jaris.

„Nicht so schnell, nicht so schnell“, flüsterte sie atemlos.

Nimrod aber wirbelte sie weiter; zuerst links, dann wieder rechts herum, nur, um sie anschließend noch fester an sich ziehen zu können. Und da, das spürte er, war der Zeitpunkt gekommen, seinen Herzenswunsch zu äußern: „Aura, halt dich an Kleeweiden, dass dich der Winterwolf nicht frisst.“ Als er das sagte, machte er eine schnelle Kopfbewegung in Jaris‘ Richtung. „Bleib hier und halt dich an mir fest.“

„Was?“ Ihre Stimme klang heiser. „Was redest du da? Das meinst du doch nicht ernst. Bist du übergeschnappt? Das Feuer hat dir den Verstand geraubt, du Kobold! Was fällt dir eigentlich ein?“

„Bitte, Aura, bleib hier. Bleib hier mit mir!“, flehte er, wobei er behutsam über ihre Flügel strich.

„Lass das!“, entfuhr es ihr, aber es kostete sie Mühe, dabei den nötigen Ernst zu zeigen.

Nimrod, der das bemerkte, lachte bloß und drehte sie voller Überschwang im Kreis herum. Bald verlor Aura jede Orientierung. Wie in einem Kaleidoskop wirbelten Farben und Formen um sie her. Deshalb legte sie den Kopf haltsuchend an Nimrods Brust. Und da, als sie es schlagen hörte, sein wildes Herz, da wünschte sie sich, er würde ewig so mir ihr tanzen – ewig!

E W I G? War sie denn wahnsinnig geworden? Erschrocken fuhr sie mit dem Kopf hoch. Sie hatte sich vergessen, sich – und alles ringsum!

Jaris, der bemerkt hatte, dass etwas Eigenartiges vor sich ging, verfolgte das Geschehen mit argwöhnischen Blicken, sein Blut begann langsam überzukochen, und Hanay musste ihn zurückhalten, als er Anstalten machte, sein Schwert zu ziehen.

Und Aura? Die rang um Fassung, stand sie doch bereits so unter dem Bann des Kobolds, dass sie seine Nähe zu fürchten begann. Und nun sah er sie auch schon wieder so flehend an, mit diesen großen, dunklen Augen. *Würde er doch nur endlich damit aufhören, sie so anzusehen!*

„Pfeif doch auf den Hochzeitsreigen mit diesem selbstverliebten

Eisklotz, und bleib bei mir ..." Nimrod flüsterte jetzt, als er hinzufügte: „ ... im Aschengrund."

Aschengrund! Dieses Wort brach den Bann, denn Aura verstand plötzlich, was mit ihr geschehen war: Längst hatte sie Feuer gefangen, ihr Selbst loderte wie eine Fackel. Sie war drauf und dran, alles aufs Spiel zu setzen – Jaris, ihre Familie, ihr Elfendasein – wegen eines Kobolds, in dessen Armen sie nichts war als Elfenstaub. Er ließ sie alles in Frage stellen, woran sie bisher geglaubt hatte. Er brachte sie zum Straucheln. Und um dieser Stolperfalle auszuweichen, trat sie bloß in die nächste: Sie brach den Sonnwendtanz ab.

Aber sie blieb nicht etwa nur einfach stehen und täuschte Übelkeit vor. Sie machte auch keinen höflichen Knicks und ging ab – nein!

Sie verpasste Nimrod eine Ohrfeige, die so laut über die Wiese schallte, dass die Zugvögel in alle Himmelsrichtungen davonstoben, allen voran die Nachtigall.

4. Schwarzkräuterfest

Zur gleichen Stunde, da die Elfen das Sonnwendfeuer am Stillen See entzündeten, erreichten Raban und Aray den Aschengrund. Munteres Treiben umgab den Dorfplatz, denn die Kobolde trafen sich zum diesjährigen Schwarzkräuterfest, um ihrer Toten zu gedenken und sie zu ehren. Zwischen den Ständen, die rund um den Brunnen aufgebaut waren, loderten hier und da kleine Feuer und in ganz Kleeweiden roch es nach geräucherten Eidechsenschwänzen, Froschschenkeln, gebratenen Rattenrippchen und Hekapeka, dem allseits beliebten Heckenrosenlikör.

Raban sowie Aray schauten flüchtig mal hier und mal da, wobei der Seher fortwährend knurrte: „Was für ein Gedrängel! Anscheinend ist auch der letzte Troll auf den Beinen! Ist ja nicht zum Aushalten!“

Der Lehrling hingegen fand es ganz wunderbar, nach der Stille und Abgeschiedenheit auf dem Rabenfels das Leben um sich herum zu spüren; es ging ihm großartig. Als sie eben an einem Stand mit Eisengallustinte stöberten, da packte Aray der Übermut. Weil er den rot-orangen Galläpfeln nicht widerstehen konnte, stibitzte er den schönsten von ihnen, warf ihn in die Luft und ließ ihn auf dem rechten Zeigefinger kreiseln.

„Warum sind wir denn nun eigentlich hier, Meister?", fragte er mit beiläufigem Grinsen. Schnell aber wich die Lässigkeit aus seinem Gesicht, denn der Gallapfel hatte zu trudeln begonnen, wonach er haarscharf über die Tintenfässer hinwegschoss, um dann gegen die Köcher zu knallen, worin Federkiele ausgestellt waren. In einer gewaltigen Farbexplosion stoben die Federn von Grünspecht, Blaumeise und Rotschwänzchen auseinander.

Raban packte Aray am Schlafittchen. „Jedenfalls sind wir nicht hier, damit du deine albernen Kunststückchen aufführst!", grollte er und stieß ihn hinter den Stand ins Zwielicht.

„Wenn ich den erwische!", hallte es dumpf hinter der Plane, auf der sich das Schattentheater abzeichnete, dass Aray durch sein Missgeschick verursacht hatte: Der Standbesitzer raufte sich die Haare, während Übereifrige mit den Federn herumfuchtelten, die sie soeben aufgehoben hatten.

„Reiß dich mal zusammen!", riet Raban seinem Schüler, der zitterte wie Espenlaub. Darauf blickte er ihn verschworen an: „Du erinnerst dich doch noch, was ich dir am Brunnen gesagt habe – du weißt schon – dass der Tod auf jemanden warte?"

„Ja", quietschte Aray.

Raban sah sich vorsichtshalber um, bevor er weitersprach: „Ich weiß nun, um wen es sich handelt, wer das Unheil heraufbeschwören wird. Und vorhin habe ich gesehen, dass er mit seinem Vorhaben unser aller Leben gefährdet. Darum sind wir hier. Will sehen, was ich tun kann. Also halt dich zurück und stell keine dämlichen Fragen!"

Aray nickte schwach.

„Komm nun!“ Der Seher warf einen schnellen Blick vor die Plane. Die Luft war rein, denn die Lage am Stand hatte sich beruhigt: Alle Federn zierten bereits wieder die Köcher, aus denen Aray sie herausgeschossen hatte. Unbemerkt verschwanden die beiden im Gedränge.

Als sie nach einiger Zeit an das wohl älteste Haus von ganz Kleeweiden gelangten, sagte Raban wie aus heiterem Himmel: „Ich muss eben noch was erledigen. Bleib mal hier hinter mir stehen. Und keinen Mucks!“ Nun klopfte er an die schäbige Tür. Es dauerte ein Weilchen, ehe sie sich öffnete und ein uralter Koboldmann dahinter erschien, dessen spärliches, weißes Haar in Büscheln über seinen spitzen Ohren abstand. Aray bemerkte, dass er dieselben eisgrauen Augen hatte wie sein Meister – mit dem Unterschied, dass der Alte ein Monokel vor dem rechten Auge trug.

„Ah, Raban, endlich!“, krächzte der Alte.

„Wie geht‘s dir denn, Corvin?“

Weil Raban Anstalten machte, ihn zu umarmen, winkte er ab und machte sich steif wie ein Brett.

„Schon gut, schon gut“, sagte Corvin zittrig, dann fügte er hinzu: „Hab schon auf dich gewartet. Du weißt ja, bin nicht mehr so gut zu Fuß. So ist das im Alter. Die Feierei ist nichts mehr für mich. Zu viele Leute. Sei doch so lieb und räuchere gleich Augentrost für unsere Runa, deine arme, arme Mutter.“ Nachdem er sehr lange in der Gürteltasche gekramt hatte, übergab er Raban einen Leinenbeutel. „Und zusätzlich ein wenig Zeder, bitte! Sie mochte den Geruch ja so gern. Hast du Zeder bei dir?“

„Natürlich, Väterchen!“

„Gut so, gut so“, meinte Corvin, und nach einiger Zeit des Nickens fuhr er fort: „Sag, wie geht‘s dir denn da oben auf dem Rabenfels?“ Er flüsterte jetzt: „Ich habe Geschichten gehört. Man munkelt, in Golker spukten Menschengeister, weil ein Kobold bei ihren Gräbern lebe, noch dazu in ihrem Gotteshaus. Sie fänden das sehr lästerlich und kämen deshalb nicht zur Ruhe.“ Er sah ihn eindringlich durch das Monokel an. „Du erschaffst Poltergeister, Raban.“

„Sei nicht albern", knurrte der Seher, dessen Laune den Tiefpunkt erreicht hatte. „So ein Unfug! Ich bin da oben noch keinem Geist begegnet. Heimgesucht werde ich bloß von engstirnigen Kobolden wie Brokk."

„Schimpfe mal nicht über Brokk. Der ist immerhin Ratsvorsitzender und macht ein ordentliches Handwerk, ganz im Gegensatz zu dir, mein Lieber. Und wenn du, so wie er, hier in Kleeweiden leben würdest, könntest du mir auch mal zur Hand gehen. Du siehst ja, was alles zu tun wäre: Die Schindeln auf dem Dach, die Tür hier und die Fenster da. Es zieht durch alle Ritzen und wenn ein ordentlicher Wind weht, hört es sich an, als heulten deine Golkergeister hier um die Wette. Der Mörtel dieses Hauses ist die bloße Gewohnheit, und es wäre längst über mir zusammengebrochen, wäre es nicht so stur."

„Da seid ihr euch ja ähnlich ...!", murmelte Raban.

„WAS?", zeterte Corvin, der den Einwurf nicht verstanden hatte.

„Ähm ... weißt du, Corvin, ich habe zurzeit einen Schüler, den ich in Wahrsagerei unterrichte. Sein herausragendes Talent verlangt meine intensive Betreuung." Raban zauberte Aray hinter seinem Mantel hervor und hielt ihn vor sich wie ein Schutzschild. „Sieh dir dieses Genie an!", drängte er.

Corvin verzog den zahnlosen Mund und rückte das Monokel zurecht. „Na, der Scharfsinn steht ihm aber nicht gerade ins Gesicht geschrieben. Und wenn meine alten Augen richtig sehen, dann handelt es sich bei deinem Mündel doch um den Doktorensohn, nicht wahr?"

„Archimedes' Sohn, ganz recht!" Der Seher schlug seinem Schüler auf die Schulter. „Klug, der Bursche!"

„Du Bursche", meinte Corvin, „kannst aber so klug nicht sein, wenn du darauf verzichtest, ein Handwerk zu lernen. Am Ende sitzt du gar in der Bibliothek bei Ibrahim und studierst, oder wie? Was ist nur mit euch Jungkräutern los? Wer soll uns Alte denn ernähren, wenn ihr nicht mal Buchweizen säen könnt?"

„Och!" Raban tätschelte seinem Schüler die Wange. „Nun hack mal nicht auf dem Kleinen rum!"

Corvin schüttelte brummend den Kopf, dann stutzte er plötzlich: „Weißt du, dieser Bursche ..." Er blinzelte, das Monokel vor- und zurückbewegend. „Wie heißt er gleich?"

„Aray", erwiderte Raban.

„Ja, dieser Aray hier, der erinnert mich an jemanden."

Hastig zog der Meister seinen Schüler wieder fort. „So? Naja, ich würde ja gern noch ein wenig plauschen, doch leider haben wir es eilig, denn Aray hat heute noch einiges zu lernen. Du musst wissen: Er hat noch nie geräuchert! Stell dir das mal vor! Mach's gut, mein Alterchen." Raban klopfte Corvin auf die magere Schulter und wandte sich zu Aray um: „Komm schon, komm schon!", raunte er.

„Tssssss! Diese Jungkräuter!", zischte Corvin, schüttelte noch einmal den Kopf, schlurfte ins Haus zurück und schloss die knarrende Tür.

Als sie um die Ecke gebogen waren, stoppte Aray mit einem Mal.

„Was ist los?", fragte Raban überrascht.

„Was meinte er? Wem soll ich ähnlich sein?", wollte Aray wissen.

„Ach was weiß denn ich", winkte Raban ab. „Der Alte sieht nicht mehr besonders gut. Vielleicht hat er einfach entdeckt, wie ähnlich du deinem Vater bist."

„Archimedes? Ähnlich?" Aray kam das komisch vor, weil er eigentlich das Abbild seiner Mutter war, so hatte es jedenfalls sein Vater immer behauptet. Prüfen konnte er das nicht, denn sie war längst über alle Trollberge. Daher – so vermutete er – konnte Archimedes seinen Anblick nicht ertragen. Immer sah er nur *sie* in ihm, die Verräterin, wie er sie gern nannte. Seither war Hekapeka der Verbündete seines Vaters. Ein Bündnispartner, dem er allerdings schon immer treu gewesen war und mit dem er alle hintergangen hatte, ob Frau, ob Kind.

„Nun komm schon!", drängelte der Meister.

Aray, der noch immer zögerte, sagte verhalten: „Tja, Väter können furchtbar sein."

„Was meinst du damit?", forschte Raban.

„Es ist ... na ja, *mein* Vater zum Beispiel: Er hasst das Schwarzkräuterfest wie die Pestwurz! Wenn er mich hier erwischt, macht er mir Beine. Er hält es für Unsitte, Kräuter zu verbrennen. Insbesondere wenn es sich um solche handelt, die er dringend zur Medizinherstellung braucht. Außerdem meint er, das Fest sei bloß ein Vorwand, um zu trinken."

Raban stutzte: „Ist mir ja ganz neu. Seit wann hat Archimedes denn was gegen Trinkerei?"

„Ich ... also ..."

„Na, lass mal gut sein", lenkte der Seher ein. „Der wird sich hüten, immerhin bin ich dein Lehrmeister! Da wird er sich schon zurückhalten, glaub mir." Darauf griff er in die Gürteltasche. „Apropos Lehrling: Hier ist übrigens dein Lehrlingslohn." Mit diesen Worten warf er ihm eine Münze zu.

„Eine *ganze* Goldlohe?", platzte Aray heraus, als ihm die goldene Sonne aus seinen Händen entgegenleuchtete.

Aber der Meister schenkte der Begeisterung des Schülers wenig Aufmerksamkeit, da er sie inzwischen auf etwas anderes gerichtet hatte: „Felle! Aray! Ich brauche ein neues Fell, bin ja bereits ein Eiszapfen." Schon humpelte Raban auf einen Stand zu, in dessen Auslage Felle von Ratten und Eichhörnchen gestapelt waren. Zuerst fuhr er mit der Hand über ein obenauf liegendes Eichhörnchenfell. „In diesem Pelz sieht man bestimmt aus wie ein tollwütiger Fuchs!", kläffte er naserümpfend. Dann prüfte er die aushängende Ware mit seinem Stock, wobei er auf etwas stieß, das so ganz nach seinem Geschmack war. „Was ist denn dies für ein Fell?"

„Biber", antwortete der Standbesitzer Jorde. Neben der Tatsache, dass er Rattenjäger war, sah er einer Ratte auch noch zum Verwechseln ähnlich. Er verlor nicht gern viel Worte und zählte gelangweilt die Vorzüge seiner Ware auf: „Biber hält sehr warm, ist robust und nahezu wasserdicht."

Raban fuhr sich übers Kinn. „Aha, wasserdicht!" Er war schon fast überzeugt. „Das ist genau das, was ich suche! Wie viel?", fragte er.

„Zwei Goldlohen."

„Zwei Goldlohen? Hat dich 'ne Schlingnatter gebissen?" Rabans Überzeugung schmolz dahin. – „Zwei Goldlohen!", sagte Jorde fest.

„Und was ist dies?“, fragte Raban, der nun unschlüssig geworden war und auf ein Fell daneben deutete.

„Maus.“

„Mäusefell also ... hm.“ Der Seher fuhr nachdenklich mit der Hand über das weiche, dünne Fell.

„Für Koboldbabys“, erklärte Jorde, der unverschämt grinste und dabei eine Reihe fauliger Zähne entblößte.

Der Seher starrte Jorde, an dem er so ziemlich alles verabscheute, durchdringend an. Oft sah er ihn die Raulintreppe raufsteigen, bewaffnet bis an die Zähne, um in den Ruinen von Golker auf Rattenjagd zu gehen. Jetzt witterte er die Chance, ihm eins auszuwischen, allein dafür, dass er ihn nicht ausstehen konnte. Deshalb eröffnete er ihm: „Hüte dich vor mir, lieber Rattenjorde, denn ich kenne dein dunkelstes Geheimnis. Und ich weiß auch, wen das brennend interessieren könnte.“

Mit einem Schlag wich Jordes gesunde Gesichtsfarbe einem blassen Grün.

„Na, soll ich es ausposaunen?“, fragte Raban herausfordernd. „Wäre mir nämlich eine Freude, wirklich.“

„Halt bloß dein Schandmaul und verschwinde! Sofort!“, schrie Jorde ihn an. Mit einem vernichtenden Blick auf Aray fügte er hinzu: „Und nimm deinen Lakaien mit!“

Während Aray in Deckung ging, blieb der Meister standhaft und wies mit dem Stock auf das Biberfell.

Da riss Jorde es von der Stange und warf es Raban vor die Füße. „Pack‘s ein! Aber hätte ich mein Jagdmesser hier, hätte ich dich aufgeschlitzt wie ‘ne verlauste Wasserratte!“, rief er. „Wenn du dein Maul nicht hältst, dann komm ich rauf auf den Rabenfels und hol‘s nach! Das versprech ich dir!“

Raban aber hörte gar nicht hin. Zu sehr war er versunken in den Anblick des schönen Fells, das nun ihm gehörte.

„Aray, heb es auf!“

Der Lehrling bückte sich widerspruchslos nach dem Fell, das unsagbar weich war. „Bitte, Meister!“ – „Hm“, brummte der und nahm es an sich.

„Und jetzt geh schon mal voraus. Ich komme gleich nach, Aray."

Als der Schüler losmarschiert war, warf Raban sich das Fell um die Schultern, und schon im nächsten Moment hüllte ihn lauschige Wärme ein. Er sah Jorde noch einmal ins Gesicht, auf dem sich der blanke Hass spiegelte. „Mach dir keine Sorgen, ich werd's für mich behalten!", sagte er versöhnlich. Dann hinkte er davon. Doch auf halbem Wege drehte er sich noch einmal zum Rattenjäger um. „Mein Schweigen kostet übrigens zwei Goldlohen. Folglich sind wir quitt, Jorde. Quitt!"

*

Der Weber Baltram hatte den größten Stand aufgebaut. Während er sich nach getaner Arbeit in der Schänke vergnügte, verkaufte seine Tochter Lelia die Stoffe. Als Aray sie sah, verschlug es ihm den Atem, so schön fand er sie. Das Licht der Feuer ließ ihr langes, goldenes Haar schimmern und nichts schien ihren wachen Augen zu entgehen. Während des Verhandelns zupfte sie am gerüschten Ausschnitt ihres Kleides, das fliederfarben war. Weiße Blumenstickerei zog sich darüber hin wie ein blühendes Band. Weil Aray sie so verliebt ansah, mied sie seinen Blick und bediente ausschließlich andere Kunden.

„Eine hübsche Wahl, wirklich!", meinte Raban zweideutig, der plötzlich hinter seinem Schüler aufgetaucht war. Amüsiert nahm er ihm einen Blümchenstoff aus den Händen und fügte hinzu: „Sie wird dich nicht erhören, Aray! Selbst dann nicht, wenn du dir ein Kleid nähst." Er warf den Stoff in die Auslage zurück: „Habe ich nicht Recht, Lelia?" Raban war es ein Genuss, dass sie merklich zusammenzuckte, sobald er sie angesprochen hatte. „Ich will dir eine wichtige Frage stellen", fuhr er fort.

Lelia zupfte nun an ihren Haarspitzen herum. „Ja, bitte?"

„Ist Mollis hier gewesen?"

„Mollis?" Die Erleichterung in ihrer Stimme war nicht zu überhören. „Nein, tut mir leid, die war noch nicht hier."

Einen Moment stand der Seher noch so da, allein um ihre Unsicherheit auszukosten. Schließlich aber sagte er an Aray gewandt: „Komm schon, Söhnchen, gehen wir weiter. Hier gibt es nichts für uns."

Außer Hörweite flüsterte Aray andächtig: „Meister, wenn sie Flügel hätte, würde sie wie eine Elfe aussehen."

Raban warf die Augen zum Nachthimmel. „Weißt du, Aray, wenn *du* Flügel hättest, dann hättest du sicher auch Chancen bei ihr."

*

Als die beiden außer Sichtweite waren, tauchte Lelia ab, unter den Stand. Zitternd ließ sie den Handspiegel sinken, den sie hinter ihrem Rücken versteckt hatte, als Raban so plötzlich aufgetaucht war. „Ich dachte, er würde es bemerken", flüsterte sie ihrem heimlichen Geliebten zu, der sich zwischen Stoffballen versteckte. „Weißt du, er sieht alles."

„Fürchte dich nicht. Niemand hat uns bemerkt", raunte die Stimme ihres Liebsten beruhigend aus dem Schatten, worauf seine Hand zärtlich über ihre Wange strich. „Ich muss nun fort, Lelia."

Sie sah ihn traurig an.

„Mir gefällt es ebenso wenig, aber ich komme schon bald zurück, schon bald. Das verspreche ich dir." Darauf zog er sie hinunter ins Dunkel und zum Abschied – fern aller Blicke – küssten sie sich.

Bis plötzlich eine Stimme krähte: „Wird man hier auch bedient? Ich kann ja meine Goldlohen auch woanders ausgeben!"

Blitzschnell tauchte Lelia auf, und strich die Haare zur Seite, wobei sie ihr himbeerrotes Gesicht entblößte. „Hertwiga! Ich habe dich ja gar nicht bemerkt. Ich habe eben nach einem Stoff gesucht. Ich bin ja schon für dich da!", beteuerte sie. Doch ihre Augen ließen das Gegenteil vermuten, denn sie suchten die Dunkelheit hinter dem Festplatz ab. Lelia wollte ihrem Geliebten, den sie nun so lang vermissen würde, noch einen letzten Blick zuwerfen.

„Hast du nicht für meinen Köbes einen derberen Stoff, der dem Feuer besser standhält?", fragte Hertwiga ungeduldig und blies die feisten Wangen auf. „Guck doch, hier. Der letzte Stoff, den du mir verkauft hast, hat so große Brandlöcher bekommen, dass ein Bergtroll durchpasst." Sie hielt Lelia eine alte Hose unter die Nase und steckte ihren dicken Daumen durch eines der Löcher.

Doch Lelia achtete gar nicht darauf, denn endlich hatte sie ihren Liebsten entdeckt – als dunklen Schatten, der hinter dem Festplatz davonhuschte. Sehnsüchtig schickte sie ihm ein Lächeln hinterher.

„Was ist nun?" Hertwiga stampfte mit ihrem plumpen Fuß auf.

„Ist ja schon gut!", meinte Lelia, die energisch die Hand der Alten mit der muffigen Hose aus ihrer Reichweite schob. Sie musste an sich halten, um nicht aus der Haut zu fahren. „Ein Kaminbauer braucht natürlich einen derberen Stoff. Recht hast du, Hertwiga! Nimm doch Zwergziegenleder, das ist sehr robust." Sie hielt ihr den entsprechenden Ballen entgegen.

„Wie viel?", fragte Hertwiga mit abschätzendem Blick.

„10 Silberkurren das Maß", erwiderte Lelia.

„WAS?", krächzte Hertwiga. „Wie soll ich denn bei solchen Preisen den Winter überstehen?"

Jetzt war kein Halten mehr: „Was denkst du wohl, wie *ich* diesen verflixten Winter überstehen soll!", platzte Lelia heraus, der Tränen aus den Augen stolperten.

„Schon gut, schon gut, du Jungkraut, ich nehme es schon! Drei Maß, drei Maß! Du meine Güte, musst ja nicht gleich plärren deswegen."

*

„Bei allen dicken Trollnasen, sieh nur!", rief Raban zum nächsten Stand deutend. „Wie hat Knox bloß diesen ganzen Krempel über die Tonkelbrücke bis hierher geschafft, ohne dass sie eingestürzt ist? Würd' ihm raten, noch mehr Laternen anzuzünden, denn sein Plunder lockt die Ratten an. In Scharen werden sie über ihn herfallen." Er lachte kehlig.

Zwischen dem besagten Plunder stand ein hagerer, alter Kobold mit dem Profil eines Halbmondes. Er strich sich gerade sorgsam den spärlichen Haarschopf zurück, als er Raban entdeckte.

Da rief er zu ihm rüber: „Hey, Wahrsager, darf ich vorstellen? Ein neues Buch von Ibrahim! Das ist genau das Richtige für dich." Er zog ein verstaubtes Exemplar unter einer Lage von kleinen Metallteilen hervor, die laut schepperten. „Nicht zu verachten! Ist so ein hochtrabender Kram."

Raban kam heran, um den Einband zu beäugen. *„Der Mensch und seine Götzen?* Nein, vielen Dank, von denen hab ich genug bei mir zu Hause. Bin nicht scharf drauf. Wollte nur was wissen: Hast du vielleicht Mollis gesehen?"

Knox knallte das Buch wieder auf den Tisch und zog die Mundwinkel herunter. „Keine Spur von ihr. Warum sollte sie auch hier sein?"

„Na, um zu Räuchern, was sonst."

„Solange sie meint, sie habe keinen Toten zu betrauern, wird sie auch nicht hier auftauchen", sagte Knox. „Sie war eben schon immer die Sturheit in Person."

„Wem sagst du das?", erwiderte Raban, der mit spitzen Fingern in Knox' angestaubter Ware stöberte, wobei er eine Krebsschere zu fassen bekam, die entsetzlich nach Fäulnis stank. „Das haut ja den ärgsten Troll aus den Socken!", schnaufte er und ließ sie fallen.

„Für Schadenszauber", erklärte Knox und hob die Achseln.

„Zauber braucht man nicht, um damit Schaden anzurichten", meinte Raban, dem vom Würgereiz Tränen in die Augen schossen. „Beim Troll der Gezeiten!" Er hustete und wedelte mit der Hand. „Also, wenn du Mollis sehen solltest, sag ihr, ich sei noch eine Weile hier, wenn ich nicht vorher umkomme."

„Sicher. Und falls du eine ihrer Stickereien kaufen willst ..." Er deutete mit dem Daumen über die Schulter, „Ich hab 'n ganzen Haufen davon."

Raban schüttelte den Kopf, kam aber wieder auf Ibrahims Buch zu sprechen. „Gib diesen Wälzer mal meinem Lehrling! Ein bisschen Geistesfutter kann sein Schaden nicht sein." Da horchte Aray auf und ein dankbares Lächeln huschte über sein Gesicht.

„Aber", sprach Knox, „ich will sechzig Silberkurren dafür, und Handeln ist nicht drin."

„Ein Halsabschneider wie du kriegt höchstens fünfzig!“ Nach längerem Hin und Her gab Knox nach, wusste er doch, dass er in ganz Grim und weit über die Grenzen hinaus keinen anderen Käufer finden würde. Er fuhr sich mit dem Ärmel über die Nase und reichte das Buch über den Tisch. Aray nahm es und presste es sich an die Brust. Sein erstes eigenes Buch! Davon hatte er bisher nur träumen können. Als die beiden Alten ihn erwartungsvoll anblickten, blickte Aray fragend zurück.

„Na, was ist denn Söhnchen?“, fragte der Seher endlich.

„Ähm, Meister ...?“ Als der Lehrling ihn ratlos ansah, raunte er ihm erklärend zu:

„Du weißt schon, du musst noch *bezahlen*!“

„A-ach so!“, Aray räusperte sich verschämt, dann sah er Knox etwas zögerlich an, bevor er sagte: „I-ich kenne dein g-geheimstes Geheimnis!“

Knox stutzte und Raban, der sich mit der Hand vor die Stirn schlug, ächzte: „Ach, du meine Güte! Du bist ja nicht gescheit, du Trottel!“

Knox brach plötzlich in schallendes Gelächter aus. „Was hast du denn da für ein pfiffiges Kerlchen, Raban!“ Er rieb sich die tränenden Augen. „Fantastisch!“

„Ja, nicht wahr?“, entgegnete der Seher. „Nur an seinem Ausdruck muss er noch feilen.“ Nebenbei langte er in den Beutel des Schülers, um den Lehrlingslohn herauszunehmen, und ihn Knox zuzuwerfen, der gierig auf das goldene Feuer der Münze blickte. Doch seine Freude währte nicht lang, weil Raban die Hand aufhielt. „Ich warte.“

Knox gab zögerlich die Wechselkurren heraus. „Bitte, du Geizhals!“, brummte er.

„Auf bald dann, du Raffzahn!“, verabschiedete sich Raban.

„Auf bald, auf bald!“, knurrte Knox und fügte nach einem amüsierten Blick auf Aray hinzu: „Und bring deinem Lehrling Manieren bei!“

So zogen die beiden weiter in Richtung Räuchergrube, die Aray nach seinem Sturz in nicht allzu guter Erinnerung geblieben war. Der Schwarze Kräutermann sah im Fackelschein fast noch gespenstischer aus, als in der letzten Nacht: Die Obsidianaugen, die die zahlreichen Feuer widerspiegelten, schienen lebendig und wachsam auf die Menge zu blicken. Ausladend reckte er die Wurzelarme nach vorn, worüber eine bronzene Schale hing. Im Loch darunter, in das Aray des Nachts gefallen war, flimmerte nun die Glut und in der Schale räucherten Kräuter. Einige Kobolde standen davor Schlange. In stiller Andacht versunken, waren sie zu kleinen Gruppen vereint. Sie hielten gefüllte Leinenbündel, getrocknete Kräuter und anderes Räucherwerk in Händen und sprachen leise miteinander. Es roch intensiv nach verschiedensten Gewürzen und Holzarten. Einige Koboldkinder scherzten über die lange Nase des Schwarzen Kräutermannes, bis der Kaminbauer Köbes, der für das Feuer zuständig war, ihnen drohte:

„Passt auf! Gleich kommt er und holt euch, ihr ungezogenes Gesindel!“

Da rannten sie kreischend davon.

Während Köbes mit einer Eisenkelle glühende Kohlen in die Schale legte, schafften seine Zwillingssöhne Dix und Brix ständig neues Holz heran. Als Raban mit dem Räuchern an der Reihe war, öffnete er den Leinenbeutel, den er von Corvin bekommen hatte, nahm Augentrost heraus und warf es auf die heiße Bronzeschale. Sofort begann das Kraut zu schmoren und Rauch stieg auf, der einen beißenden Geruch verströmte. Kurz darauf fügte er aus einem anderen Beutel Holzspäne hinzu, die dagegen einen angenehmen und schweren Duft verbreiteten. „Für die Seele meiner lieben Runa, die bei dir im Zwischenreich weilt, und darauf wartet, als Jungkraut wiederzukehren!“, flüsterte Raban, der zuerst mit den Händen durch den Rauch fuhr und ihn dann dem Schwarzen Kräutermann zufächelte. „Raban und Corvin halten sie in ehrfurchtsvoller Erinnerung“, schloss er und machte eine Handbewegung, die für den Kreislauf des Lebens stand. Aray konnte beobachteten, dass der Meister noch einen weiteren Beutel aus seiner Gürteltasche nahm, der vollkommen anders beschaffen war, als der erste. Dieser bestand aus einem schimmernden roten Stoff, wie nur die Elfen ihn zu weben vermochten, und war mit feinstem Goldfaden bestickt. Heraus nahm er Kamillenblüten und ein rotes Pulver, das Aray als Drachenblut kannte. Darauf wiederholte Raban das Ritual.

Aber während das Drachenblut zischend in weißem Rauch aufging, sprach er so leise, dass Aray nicht verstehen konnte, wem es galt.

Gerade als Köbes mit einem Krähenflügel fächelte, um die Glut neu anzufachen, beendete Raban das Ritual und hinkte wortlos an seinem Schüler vorbei, eine seltsame Starre im Gesicht.

Aray lief eine ganze Zeit neben seinem Meister einher, wagte jedoch nicht, die Frage zu stellen, die ihm auf der Zunge brannte: Wem nur galt das zweite Ritual?

Als Raban an einem Stand eine weiße Kerze kaufte, weiteten sich die Augen des Schülers vor Schreck. „Wohin gehen wir denn jetzt?", fragte er ganz in Hysterie verfallen, weil er es bereits ahnte.

„In den Stollen!", brummte der Meister.

„D-Dahin w-will ich a-aber nicht m-mitkommen." Aray wusste, es handelte sich um den tiefsten Stollen, in dem die Baumwurzel aufbewahrt wurde, der symbolische Schwarze Kräutermann. Daneben verwahrten die Kobolde aber auch etwas ganz anderes dort unten.

„Stell dich doch nicht so an", blaffte Raban. „Die können dir nichts tun, sie sind tot."

„D-deswegen w-will ich ja auch nicht mit-mitkommen."

„Vor denen musst du im Übrigen weniger Angst haben als vor mir. Lass dir das gesagt sein!"

Aray presste die Lippen aufeinander. „Aber ich habe mehr Angst vor ihnen."

„Du wirst auch mal da unten liegen, besser du gewöhnst dich an den Gedanken. Besichtige es ruhig, dein Grab."

„Ich f-finde, das hat noch Zeit."

„So? Woher weißt du das?" Mit diesen Worten schob er seinen Lehrling durch den Eingang des Stollens. Aray wehrte sich und stemmte die Füße in den Schiefer, doch Raban schob ihn weiter.

„Wie ein Sack Bucheckermehl", schnaufte er. „Aber mit deinem Firlefanz kommst du nicht durch. Ich nehm dich mit, und wenn du dich noch so sträubst!" Vom Meister vorangedrängt, begann der Lehrling mit wildem Quieken. „Sei still, Bursche! Du klingst ja wie ein Teekessel!"

„Nein, bitte nicht, bitte nicht!“, wimmerte Aray. „Ich kann sie nicht ansehen.“

„Es ist doch dunkel, Trottel.“ Und das stimmte. Es war nicht nur dunkel, es war sogar stockdunkel. Aray sah die Hand vor Augen nicht. Raban kam das zupass; er ließ von seinem Schüler ab, um einfach ohne ihn weiter zu gehen. Hatte er sich doch ausgerechnet, dass er ihm über kurz oder lang folgen würde.

Das Labyrinth des Stollens fürchtete Aray, seit er denken konnte. Die Albträume der Koboldkinder entstammten diesem Ort. Mit ihren Gruselgeschichten darüber beabsichtigten die Alten, die Totenruhe der Ahnen zu wahren. Der Nachwuchs sollte in den Stollen nicht Verstecken spielen. Deshalb erzählten sie ihnen, Menschengeister spukten dort von Toten, die einst im Stollen verschüttet worden seien. Obwohl erfunden, hatten sich die Geschichten für Aray zu Geistern manifestiert, die in der Dunkelheit ihre klammen Finger nach ihm ausstreckten.

Als Raban jetzt die Kerze anzündete, verrauchten diese Geister, lösten sich buchstäblich in Luft auf. Noch nie war Aray so froh gewesen, den Meister zu sehen.

„Da bist du ja! Du Fürchtenicht-sondergleichen!“, spottete Raban, als er die Erleichterung im Gesicht seines Schülers bemerkte. Er zog ihn am Ärmel hinter sich her, während er die Stollenwände ableuchtete. Derweil kniff Aray die Augen zusammen. Ab und zu siegte die Neugierde, dann blinzelte er. Doch als er schemenhaft Körper in den Nischen entdeckte, presste er die Lider schnell wieder zusammen. Er gruselte sich wie nie. Und der Meister dirigierte ihn: „Hier lang – und jetzt hier – nun da entlang – Achtung! Kopf einziehen! Und jetzt noch einmal hier herüber – So, da wären wir.“

Im gleichen Moment, da er Arays Ärmel losließ, blieb der wie angewurzelt stehen und linste durch die Finger. Raban stellte die Kerze vorsichtig in einer Nische ab, worin die Mumie einer Koboldfrau aufgebahrt war. Die Flamme brannte still neben ihrem Kopf und verbreitete ein sanftes Licht.

„Da wunderst du dich sicher“, begann Raban zu der Toten zu

sprechen. „Dein alter Sohn kommt mal auf einen Besuch vorbei. Und ich muss dir ein Kompliment machen, Runa: Du hast dich im letzten Jahr wahrhaftig besser gehalten als ich."

So unglaublich klang es, was der Meister da sagte, dass Aray den Mut fasste, einen Blick auf Runas Überreste zu werfen. Und tatsächlich: Es sah fast so aus, als schliefe sie. Aray kam einen Schritt näher heran, um sie genauer zu betrachten. Runas Mumie lag auf einem Hermelinfell. Ihre Haut war wie Leder und dunkel wie Schiefer. Sie trug ein helles Leinengewand und ihr Haupt schmückte ein Kranz aus getrockneten Blüten mit kleinen Beeren daran. Teile ihres weißen, langen Haares waren in feine Zöpfe geflochten und kunstvoll in den Kranz gearbeitet worden. Irgendwie sah sie anrührend aus. Ein Bild für die Ewigkeit.

*

Als Raban endlich wieder mit seinem Schüler aus dem Stollen herauskam, hing eine einzige Rauchwolke über Kleeweiden und die Stimmung des Schwarzkräuterfestes war auf dem Höhepunkt angelangt. Sie waren kaum einige Schritte gegangen, da jodelte es plötzlich:

„Ist das da nicht mein Junge?" Die Stimme erreichte ihre Ohren an der Schänke, wo eine Horde Kobolde darüber in Freudentaumel geraten war, dass Weber Baltram artistische Kunststückchen aufführte und dazu sang wie eine heisere Kohlmeise.

Aray erschrak. „Das musste ja kommen", murmelte er.

„Siehst du", sagte Raban finster. „Wie ich schon vermutet habe: dein Vater ergibt sich der Trinkerei. Er mag es nur nicht, wenn du ihm dabei zusiehst, Söhnchen." Archimedes näherte sich mit einem großen Tonkrug in der Hand. Sein gemütliches Gesicht, mit Augen groß wie die eines Uhus, wurde von Löwenmähne und drahtigem Barthaar umrahmt. Im Fackelschein loderte seine Haarpracht wie der Kranz der Sonne. Über und über war er behängt mit Säckchen und Kräuterbündeln, die er anderen Kobolden abgeschwatzt hatte.

„Archimedes!" rief Raban. „Reiche Beute, was...

...Machst wohl dem Kräutermann Konkurrenz?“

„Ha!“, machte der Doktor mit Blick auf Rabans Fell. „Und du wohl einer Bisamratte!“

Während Raban sich über seine Worte ärgerte, sah Archimedes streng auf Aray und der Geruch von zu viel Hekapeka mischte sich in die rauchige Luft. „Was macht mein Sohn denn überhaupt hier unten? Er hat doch nicht etwa geräuchert?“

„N-Nein!“, winselte Aray. „I-Ich, ähm, ich habe was gekauft, nur was gekauft.“ Und er hielt sein neues Buch vor sich wie ein Schutzschild.

„Du Dummkopf, kannst doch nicht mal lesen!“, schnauzte der Vater.

„Natürlich kann ich ...“

Archimedes beachtete nicht, was sein Sohn einwerfen wollte, stattdessen sah er begierig auf die Beutel, die an Rabans Gürtel schaukelten. „Was hast du denn geräuchert, Raban? Hast du noch etwas übrig?“ Mit gönnerhaften Lächeln reichte er dem Seher den Tonkrug.

„Versuch‘s erst gar nicht, du Quacksalber! Ich werde dir weder meine Kräuter geben, noch will ich einen einzigen Schluck von diesem Trollzeug. Das stört die Weitsicht. Plätscher es dir doch selbst hinters Wams!“

Das ließ Archimedes sich nicht zweimal sagen. Er nahm einen kräftigen Schluck. Danach guckte er wild um sich. „Also ich kann noch weit sehen!“, tönte er. „Meinen Sohn hier zum Beispiel. Und ich kann sogar wahrsagen: Er hat noch immer keine Ahnung von nichts, hab ich recht? Na?“

„Er macht sich ganz gut“, sagte Raban.

„Gut also ...? So, so! Das halte ich für die größte Schwindelei, seit ich gehört hab, der Feuertroll soll der Bruder sein vom Eistroll. Ich weiß zwar nicht, was du damit erreichen willst, aber bitte! Wahrscheinlich willst du dich als den besseren Lehrmeister darstellen. Wenn er dir Schwierigkeiten macht, dann brauchst du gar nicht erst bei mir anzukommen. Reißt er sich nicht zusammen, dann ziehe ich ihm das Fell über die Ohren und schick ihn über die Tonkelbrücke. Da kann er bei Knox im Laden den Dreck sortieren, für den Rest seines lausigen

Lebens.“ – Aray blickte beschämt auf seine Schuhspitzen.

„Das wird nicht nötig sein“, meinte Raban.

„Warten wir‘s ab“, sagte Archimedes, in dessen Stimme tiefe Enttäuschung mitschwang. Plötzlich geriet er ins Wanken und stützte sein Gewicht auf den Schultern des Sohnes ab. „Na, dann zeig mir mal, dass du kein Hasenfuß bist“, hauchte er Aray ins Ohr, nahm die Gelegenheit wahr, hob den Krug an dessen Mund und flößte ihm einen ordentlichen Schluck Hekapeka ein.

Aray, der fauchte und hustete, ließ das Buch fallen.

„Memme!“, rief der Vater da. „Nie wird ‘n echter Koboldkerl, wer nicht ‘nen ordentlichen Schluck verträgt.“ Und wieder versuchte er, Aray den Krug aufzuzwingen.

„Das ist jetzt genug, du Saufeule!“ Raban riss Archimedes das Gefäß aus der Hand und warf es in ein nahes Feuer, worauf eine Stichflamme in den Himmel schoss.

Eine geraume Zeit war Raban nun damit beschäftigt, den tobenden Archimedes loszuwerden, daher bemerkte er nicht gleich, dass Aray verschwunden war. Nur das Buch lag noch da. Während er es aufhob und den Dreck vom Buchdeckel entfernte, fragte er sich: „Wo ist der Trottel denn bloß hin?“

Mehr als einmal suchte der Meister die Stände ab, aber als er seinen Schüler nicht fand, wandte er sich vom festlichen Treiben ab, warf noch einen um den anderen Blick hinter sich und hinkte dann ins Dunkel. Vom vielen Herumlaufen schmerzte sein Fuß langsam unerträglich, deshalb legte er das Buch auf den Brunnenrand und lehnte sich darauf, um zu verschnaufen. Nachdenklich zwirbelte er seinen Schnauzbart und genoss den Augenblick der Stille, als plötzlich eine Hand seine Schulter packte. Erschrocken fuhr der Seher herum und blickte – ins eigene Gesicht. Es brauchte einen Augenblick, bis er erkannte, dass Aray ihm einen Spiegel in der Form eines Blattes vor die Nase hielt.

„Hab ich eben am Stand von Bries ge-e-kauft“, hickste er. „Man sieht viel jünger darin aus, siehst du, M-Meister? E-er ist aus Obsi-Obsi-Obsidian. Bries hat mir g-gesagt, dass man G-Geister reinbannen kann.“

Er wedelte mit dem Spiegel herum und machte: „Buh, huh, huh!“

Raban schnappte sich das Handgelenk seines Schülers. „Hör auf damit!“, fauchte er. „Dieser Spiegel ist gefährlich! Wenn du etwas reinbannen kannst, dann kann es auch wieder raus! Das hat dir der Dummkopf Bries wohl verschwiegen. Und jetzt nimm das Ding aus meinem Gesicht!“

In dem Moment veränderte sich das Spiegelbild. Raban wollte nicht hinsehen, weil er über Obsidian keine Macht hatte. Dieser Stein zeigte ihm Visionen mit unverschlüsselten Bildern. Er schonte ihn nicht, was der Grund dafür war, dass er keinen Obsidian in seiner Sammlung von Spiegeln besaß. Zu seinem Unglück aber war es bereits zu spät und er sah etwas so Grauenhaftes auf der Oberfläche des Spiegelblattes, dass er brüllte:

„Nimm es weg, verdammt!“ Und nun stieß er mit solcher Wucht Arays Handgelenk von sich, dass dem der Spiegel entglitt. Er zerbrach auf einem spitzen Stein, der aus dem matschigen Boden ragte.

Mit hängenden Schultern stand der Schüler da, untröstlich über die Scherben. „Er hat den Rest von meinem L-Lehrlingslohn gekostet“, schluchzte er verhalten. „Ich dachte, er sei etwas b-besonderes und ich würde Euch eine F-Freude damit machen.“

Jetzt überkam Raban das Mitleid. „Ach, das konntest du ja nicht wissen, Söhnchen.“ Und weil Aray nun endgültig in Tränen ausbrach, tätschelte er ihm die Schulter. „Ist ja schon gut!“, brummte er.

Aus den Spiegelscherben aber war – von ihnen unbemerkt – etwas ausgetreten, das aussah wie Quecksilber. Zäh rann es über den Boden, und als Raban Aray das Buch zurückgab mit dem Vorschlag, heim nach Golker zu gehen, trat der Schüler hinein. Das *Lebendige Silber* verschwand unter seinem Schuh. Und was sich darin versteckte, war ein Etwas, das nur auf den rechten Zeitpunkt wartete, den Lauf des Schicksals zu beeinflussen.

5. Asche

War man ein Vogel, so war dieser Tag wahrhaftig ein Freudentag zu nennen. Nachdem die Stare unter großem Spektakel die Ähren des Schwarzen Kräutermannes geplündert hatten, zogen sie im Schwarm über den Stillen See zum leer gefegten Festplatz der Elfen, um sich auch noch über die Reste der großen Nascherei herzumachen. Dort trafen sie auf einen Kobold, der einsam vor einem riesigen Haufen Asche saß.

Nimrod konnte die Freude der Vögel nicht teilen, denn nichts war übrig geblieben von seinem Traum. Ein schlimmeres Ende hätte die letzte Nacht kaum nehmen können. Nachdem Aura ihm die Ohrfeige verpasst hatte, war Jaris plötzlich aufgetaucht, kochend vor Wut. Mit solcher Wucht hatte er ihm einen Schlag an die Schläfe verpasst, dass er wie tot umgestürzt war. Zu sich gekommen war er erst wieder, als die Elfen fort waren, und zwar allesamt.

Das Gesicht schwarz von Ruß und im Herzen einen stechenden Schmerz, blickte Nimrod auf die verkohlten Holzreste, zwischen denen sich blauer Rauch emporschlängelte. Es knackte im Kohlenhaufen, worüber zwei Ascheflocken schwebten. Als er sie eben beneiden wollte, wie sie so miteinander tanzten, da löste sich die eine von der anderen Ascheflocke und taumelte aufwärts gen Himmel. Er sah ihr traurig nach, bis sie fort war. Dann schrieb er mit dem Finger etwas in die Asche. *AURA* schrieb er und wisperte: „So weit weg bist du jetzt, so weit ..."

Seufzend schrieb er den eigenen Namen neben den ihren. Es war ein gutes Gefühl, sie so beieinander zu sehen. Weil aber plötzlich eine Windböe darüber hinfuhr und die Buchstaben wieder wegblies, packte Nimrod die Wut. Er sprang auf und trat in den Kohlenhaufen wie ein Rumpelstilzchen. Dabei wirbelte er so viel Staub auf, dass er bald von Kopf bis Fuß davon bedeckt war.

„Immer nur ASCHE, ASCHE, nichts als ASCHE! ELENDE ASCHE!", schrie er und bekam einen bellenden Hustenanfall, der ihn in sich zusammensinken ließ. Ein Häuflein Elend auf einem Haufen Asche. Das war wirklich der Tiefpunkt seines bisherigen Lebens.

Über diesem traurigen Schauspiel braute sich ein Unwetter zusammen. Wie jedes Jahr nach dem Auszug der Elfen näherte sich der Winter mit großen Schritten. Es war, als wäre die Wärme ihnen gefolgt. Unaufhaltsam schob sich die kalte Luft über Grim. Und obwohl es noch früh am Tag sein musste, wurde der Himmel mit einem Mal so schwarz wie sonst nur bei Nacht. Als zudem starker Wind aufkam und Blitze über den Himmel schossen, wurde Nimrod wieder munter. Er richtete sich auf und starrte einen Moment auf das dunkle Treiben am Himmel.

Als eine Windböe um ihn wirbelte, dachte er daran zurück, wie er mit Aura getanzt hatte – da plötzlich erinnerte er sich wieder an etwas von großer Bedeutung: In dem Moment, als er sie gebeten hatte, bei ihm zu bleiben, da hatte sie sich ihm zugeneigt; nicht lang, doch sie hatte es getan.

Plötzlich ertönte ein ohrenbetäubender Donner über dem Grimwald, und der einsetzende Regen spülte die Asche in Rinnsalen von Nimrods Gesicht.

*

Mollis rannte unruhig umher. Sie vermisste ihren Sohn bereits seit dem Tag des Schwarzkräuterfestes. Nachdem sie ganz Kleeweiden abgesucht und die Ratten scheu gemacht hatte, wartete sie zu Hause. Immer wieder öffnete sie die Tür, um Ausschau nach ihm zu halten. Als sie ihn endlich erblickte, eilte sie ihm entgegen.

„Beim Kräutermann, Nimrod, was ist denn mit dir passiert?“, rief sie gegen das Unwetter an, das ihr die Haarsträhnen ums Gesicht peitschte. „Ich hab mir Sorgen um dich gemacht. Wo warst du? Und wie siehst du denn überhaupt aus?“

Nimrod sagte etwas, doch der Sturm zerfetzte seine Worte.

„Komm erst mal rein!“, schrie Mollis und schob ihn ins Haus. Kräftig schlug sie die Tür zu, an der wütend der ausgesperrte Wind rüttelte. Während sie sich atemlos durch die Haare fuhr, musterte sie ihren Sohn, wie er so dastand und betrübt dreinblickte. „Was ist nur passiert?“, fragte sie. Und als er nicht antwortete, wurde sie ungeduldig: „Nun sag schon was, Junge! Du machst mir ja Angst.“

Doch alles was Nimrod zustande brachte war ein tiefer Seufzer. Da seufzte sie ebenfalls.

„Also schön. Ich kümmere mich wohl erst mal darum, dass du etwas im Magen hast, hm?“

Da nickte Nimrod schwach und ging hinüber zur Waschschüssel, die auf einem Tisch unter der Treppe stand. Während er sich Wasser hineingoss, hörte er Mollis mit Geschirr klappern. Er stützte die Hände auf dem Tisch ab, starrte auf sein Spiegelbild im Wasser und erkannte sich kaum. Je mehr Asche er abwusch, umso deutlicher trat ein großer Bluterguss an seiner Schläfe zu Tage.

„Meine Herren Kobolde! Wer hat dir das denn angetan?“, rief Mollis, die herbeigeeilt war, um sich die Verletzung genauer anzusehen.

„Au!“, murrte Nimrod, als sie ihn dort berührte. „Lass das!“ Er entzog sein Gesicht ihren Händen. „Ich leg mich erst mal hin“, sagte er und schleppte sich die Treppe hinauf. In seiner kleinen Kammer angekommen, ließ er sich auf das kühle Bett fallen, in dem unruhige Träume auf ihn warteten.

Als er endlich wieder erwachte, schlug Regen ans Fenster. Und durch die Ritzen zog heulender Wind, der gegen das Feuer der dicken Kerzenstumpen auf dem Fensterbrett blies. Auf dem knarrenden Stuhl an seinem Bett saß Mollis, die vor Nervosität ihre Schürze zu einem Knäuel zerknautscht hatte.

„Bist du wach?“, fragte sie ins Dämmerlicht.

„Aura ist fort, Mollis ...“, sagte Nimrod halblaut.

„Ich weiß“, erwiderte Mollis.

„Es war ... Ich bin ... Ich ...“

„Bevor du alles erzählst, solltest du etwas essen.“ Mollis reichte ihm eine dicke Scheibe Kastanienbrot auf einem bunten Teller.

Zwischen langsamen Bissen erzählte Nimrod: „Als ich Aura im Elfenhain gesucht habe, hat Jaris mich erwischt und einsperren lassen. Später haben sie mich gezwungen, über das Sonnwendfeuer zu springen, als ihr Heilsbringer sozusagen. Danach musste ich – durfte ich – ich habe mit ihr getanzt, Mollis! Mit Aura habe ich getanzt! Ich konnte ihr alles sagen! Alles! Und ich weiß es jetzt: Sie liebt mich auch!“ Aufgewühlt würgte Nimrod die Reste des Brotes hinunter. „Aber am Ende ist sie trotzdem nicht bei mir geblieben.“

„Was erwartest du denn auch von ihr? Sie hat sich sicher gefürchtet, denn es ist sehr gefährlich für Elfen, sich mit Kobolden einzulassen. Wusstest du das nicht?“ Mollis stellte den Teller beiseite.

„Was soll daran schon gefährlich sein? Sie hat sich höchstens vor sich selbst gefürchtet." Nimrod verzog das Gesicht vor Enttäuschung und wischte sich einige Krümel von der Wange.

„Da hast du sicher recht", sagte Mollis und nach kurzem Zögern fügte sie hinzu: „Aber so einfach ist die Sache nicht. Du musst wissen: Abtrünnige Elfen werden so hart bestraft, dass es sicher genug Anlass für Aura gibt, sich auch vor ihrem Volk zu fürchten – sogar *sehr* zu fürchten!"

Mollis finsterer Blick erschreckte Nimrod und er bekam Angst um Aura. „Das hier hat Jaris gemacht." Er deutete auf sein verunziertes Gesicht. „Der macht sicher vor gar nichts halt! Meinst du, er könnte Aura etwas antun?"

„Wenn Jaris jemals erfahren sollte, dass Aura auch nur ein Fünkchen Gefühl für dich hegt, dann ..." Mollis atmete scharf ein. „Dann würde es ihr schlecht ergehen. Wenn es also zutrifft, dass sie dich liebt, wie du sagst, dann ist es das Beste für sie, es zu verdrängen. Ihre Hochzeit steht nun bevor. Sie ist als Jaris' Braut bestimmt worden, der ein Günstling des Elfenkönigs ist, da kann sie sich keinen Fehltritt erlauben."

„Einen Fehltritt?" Nimrods Augen funkelten zornig. „So denkst du?" Plötzlich durchzuckte ein gleißender Blitz den Himmel, worauf ein gewaltiger Donnerschlag folgte, der das Fensterglas klirren ließ. Eine mächtige Windböe zischte durch den Fensterspalt, löschte die Kerzenflammen und ließ sie in der Finsternis sitzen.

„Was für eine furchtbare Nacht!", sagte Mollis mit belegter Stimme und suchte nach den Schwefelhölzern in der Tasche ihrer Schürze. Kurz darauf zischte eine Flamme auf, mit der sie eben die Kerzen neu entzündete, als plötzlich mehrere Donnerschläge hintereinander rumpelten und grollten.

„Ich glaube, da ist jemand", sagte Nimrod unvermittelt.

„Wo?", fragte Mollis erschrocken und blies das Schwefelholz aus.

„An der Tür, es hämmert an der Haustür."

„Das ist der Wind", sagte Mollis.

„Nein, es klopft. Horch doch!"

Und tatsächlich, nun hörte sie es auch. „So spät nachts? Aber wer kann das sein?“ Nimrod wollte schon aufstehen, doch da hob Mollis die Hand. „Bleib liegen, ich mach das schon!“, sagte sie und legte die Schürze auf dem Stuhl ab. Dann eilte sie aus dem Zimmer, die Treppe hinab zur Haustür.

*

„Bei allen Wetterhexen!“, rief Raban erfreut. „Was für ein aufregendes Wetterchen!“

Das fand Aray gar nicht. Außerdem hatte er noch immer Kopfschmerzen vom Hekapeka, den sein Vater ihm in der letzten Nacht eingeflößt hatte. Er drückte sich den spitzen Hut auf dem Kopf platt und von seiner feinen, langen Nase rann das Regenwasser.

„Wir sind schon da, du nasses Prinzengesicht“, spottete Raban, als er die blasse Qual auf Arays Miene sah. Darauf betrat er die Veranda von Mollis‘ Haus. Mit seinem Stock donnerte er wiederholt an die Tür, nahm sich das Biberfell ab und legte es Aray in die Arme. Kurz erwog er, den Schüler mitzunehmen, doch dann sagte er: „Du wartest besser draußen!“ Und als die Tür geöffnet wurde, schob er ihn einfach aus dem Lichtkegel.

Mollis sah zaghaft heraus. „Du, Raban? Zu so später Stunde? Und bei solch einem Wetter ... Ist was passiert?“, fragte sie. „Komm doch nur schnell rein!“

Aray, der unentdeckt im Schatten zurückblieb, spürte behagliche Wärme austreten, als sein Meister eintrat. Aber dann schloss sich die Tür auch schon und es wurde wieder kalt, bitterkalt. Weil der Wind den Regen in alle Richtungen schleuderte, fand Aray unter der Veranda nur wenig Schutz und zu allem Übel hatte das Gewitter nun seinen Höhepunkt erreicht. Ein gleißender Blitz schoss knallend einmal quer über den Horizont. Aray strauchelte, denn schwer wog Rabans Biberfell in seinen Armen, dennoch traute er sich nicht, es niederzulegen. Deshalb lehnte er seine Last gegen die Hauswand, drückte die Nase an der runden Fensterscheibe platt und versuchte, sich mit Lauschen abzulenken. Aber so sehr er seine Ohren auch spitzte, von der Unterhaltung im Haus konnte er absolut nichts verstehen. Einige Zeit stand er so und Atemnebel umhüllte seine Nasenspitze. Weil es ihm aber bald langweilig wurde, trat er einen Schritt zurück und schielte auf die beschlagene Scheibe. Über den Abdruck, den seine Nase darauf hinterlassen hatte, malte er Augen und darunter einen breit grinsenden Mund. Es war ein lustiges Gesicht dabei herausgekommen, mit dem Aray sich kurz unterhielt – ein paar Höflichkeitsfloskeln, sonst nichts – aber es führte dazu, dass er sich nicht mehr so allein auf der Veranda fühlte. Er schien nun ganz zufrieden mit seiner Lage. Beim nächsten Blitzschlag aber änderte sich das wieder, denn das lustige Gesicht verwandelte sich in eine grässliche Fratze. Aray quiekte wie ein aufgeschrecktes Ferkel, warf das Biberfell weit von sich und sprang zurück. Mit Entsetzen starrte er auf das verzerrte Gesicht vor sich, das gerade sein Maul zu einem dämonischen Brüllen aufriss. Stinkender Atem schoss Aray ins Gesicht, der ihn würgen ließ. Kaum hatte er sich überlegt, besser abzuhauen, da war es schon zu spät, denn das dämonische Gesicht löste sich von der Fensterscheibe ab und wurde zu einer vollständigen Gestalt. Sie streckte ihre schwarze Hand aus, um Aray zu packen, dessen erstickter Angstschrei eins wurde mit dem tobenden Gebrüll des Donners.

*

Zwischenzeitig bot Mollis Raban den Stuhl am Fenster an. „Setz dich doch!“

„Nein, vielen Dank! Ich will lieber gleich zur Sache kommen: Ich würde gern wissen, warum du gestern nicht auf dem Schwarzkräuterfest gewesen bist. Ich hab die ganze Zeit nach dir gesucht.“ Zur Verdeutlichung seines Ärgers trumpfte er einmal mit dem Stock auf den Holzdielen auf. Mollis fuhr sich angespannt mit der Hand übers Haar. „Ich hatte andere Sorgen.“

„Wovon sprichst du?“

„Das geht dich gar nichts an!“, versetzte Mollis.

„Ich weiß es eh längst!“, entgegnete der Seher.

„So?“

„Ja, so! Ist Nimrod hier im Haus?“ Sein Blick forschte durch den Raum. „Es ist wichtig!“

Mollis verschränkte die Arme. „Er ist oben.“

„Ich muss mit ihm sprechen!“ Als Raban sich zur Treppe wandte, trat sie ihm in den Weg.

„Das ist keine gute Idee, denn es geht ihm nicht besonders gut. Er schläft. Aber ich werde ihm alles Wichtige ausrichten.“

„Bist du sicher?“

„Was soll das heißen? Traust du mir nicht?“

„Seit wann kann man Weibsbildern denn trauen?“

Wütend kräuselte Mollis den Mund.

„Na, aber wenn du meinst ...“ Raban zuckte die Achseln. „Gut, so sei es dann.“ Er räusperte sich und begann in anklagender Tonlage: „Sag, Mollis, ist es wahr, dein Nimrod liebt eine Elfe?“

„Ist das alles? Kommst du etwa nur hierher, um ihm das vorzuwerfen?“, fragte sie argwöhnisch.

Raban spielte mit wenig Überzeugung den Entrüsteten: „Wie kannst du das überhaupt denken? Bestimmt nicht. Ich will ihm nichts vorwerfen. Ich möchte bloß wissen ...“ Eine Weile wartete er, ehe er mit seiner Frage herausrückte: „Liebt sie ihn auch?“

„Was zum Troll geht dich das an?“

„Soll ich ihn lieber selbst fragen?“ Raban stellte seinen von Gicht geplagten Fuß auf die erste Treppenstufe, doch Mollis hielt ihn zurück.

„Na gut.“ Sie flüsterte nun, weil sie sich wie eine Verräterin vorkam. „Er sagt, sie liebe ihn auch.“

Still und aufrecht stand Raban, als er nun auf Mollis blickte. „Wenn er in den Grimwald geht, um ihr zu folgen, dann wird er furchtbares Unheil über uns bringen! Weißt du etwas darüber? Will er ihr folgen?“

„Nein!“, sagte sie. „Ich meine, ich weiß es nicht.“

„Aber ich weiß es! Und wenn du ganz ehrlich bist, dann weißt du es genauso." – Mollis, deren Mund trocken wurde, beschlich eine diffuse Angst. Sollte Nimrod etwa...? Auch er ...? Würde sie auch *ihn* verlieren? Vielleicht hatte Raban Recht mit seiner Annahme und es war tatsächlich sein Plan, Aura zu folgen. Sie sagte aber nichts.

Der Seher, dem das Antwort genug war, fuhr fort: „Höre, Mollis! Sollte es deinem Sohn nicht gelingen, rechtzeitig bis nach Anderia vorzudringen, um die Elfe zu finden, dann wird sie sterben. Ich habe es gestern gesehen, in einem Spiegel aus Obsidian. Und Obsidian lügt nicht."

„Wie furchtbar!", rief Mollis aus und schlug die Hände vor den Mund.

Raban fuhr fort: „Die Sturmgeister wollen sie zum Totentanz führen. Und ist dein Nimrod zu spät, kann er sie nur retten, indem er eine schreckliche Tat begeht, die unser aller Leben gefährden wird. Du siehst also: Dein Sohn hat eine schwere Entscheidung zu treffen."

„Aber dann hat er ja keine andere Wahl, als ihr zu folgen."

„Wie kommst du denn auf den Mumpitz?"

„Na, er muss sie retten, sonst stirbt sie", sagte Mollis aufgebracht.

„Du hast nicht richtig zugehört, meine Liebe. Darum geht es ja gerade. Komme was da wolle, er darf sie eben nicht retten!"

„Aber eine Möglichkeit gäbe es. Du hast es doch gerade gesagt: Ist er rechtzeitig, dann kann er sie retten und damit rettet er uns alle."

„Kokolores! Niemals schafft er das."

Betroffen senkte Mollis den Blick.

„Es geht hier doch nicht um Liebeleien – seien sie nun gern gesehen oder nicht – es geht hier um viel mehr. Versteh das doch, Mollis! Bedenke, die Entscheidung deines Sohnes ist folgenschwer."

Sie griff sich aus Verzweiflung an die Stirn. „Aber was kann er denn nur tun?"

„Nichts!", warf Raban ein. „Da gibt es gar kein langes Überlegen. Er darf nicht gehen, sonst hat er uns alle auf dem Gewissen! Hörst du? Uns allesamt!"

„Nun lass es gut sein, Raban!"

„Na, wenn du meinst!", sagte er beleidigt. „Ich wollte lediglich einen

Rat gegeben!“

„So, welchen denn?“, fauchte Mollis und erhob den Zeigefinger. „Ich weiß, dass deine Visionen dich sehr plagen. Aber du willst sie gar nicht *mitteilen* – nein, deshalb kommst du nicht – du willst ihre Last *teilen*, damit du sie nicht allein tragen musst. Und ich weiß noch etwas: Du hilfst niemandem damit!“

„Wenn man meinen Rat nicht immer in den Wind schlagen würde, dann wäre er schon das ein oder andere Mal eine Hilfe gewesen!“ Rabans eisgraue Augen funkelten zornig.

Angestrengt lauschte Nimrod dem aufgeregten Gemurmel, weil er aber nichts verstehen konnte, kroch er aus dem Bett und schlich zum Treppenabsatz. Von dort aus konnte er den nächtlichen Gast besser hören. Es war Raban, der Mollis warnend etwas zuraunte:

„Es ist sehr wichtig, dass du ihm wirklich alles sagst! Vergiss das nicht, sonst ...“ Bevor er zu Ende sprechen konnte, ertönte mit einem Mal ein Schrei auf der Veranda, der noch das Donnergetöse überschallte.

„ARAY!“ Urplötzlich erinnerte sich Raban wieder an seinen Schüler auf der Veranda. Als er die Haustür aufriss, fand er ihn kreidebleich und starr wie einen Besenstiel vor. „Aray!“, rief er. „Du hast wohl einen Geist gesehen?“

Mollis sah Raban empört an. „Der arme Junge!“, sagte sie vorwurfsvoll. „Du hättest ihn reinbitten sollen, Raban! Ich wusste ja gar nicht, dass er auch hier ist.“

„Nun sag schon was, Bürschlein!“ Der Meister nahm seinen Schüler bei den Schultern und schüttelte ihn kräftig durch. Das weckte seine Lebensgeister und er stotterte:

„I-Ich glaube, i-ich hatte eine Vis- eine Vis- eine Vision, Meister. M-Meine erste, eigene Vision.“

„Aber ist das nicht erfreulich?“, fragte Raban.

„Ich hatte ja keine Ahnung, wie furchtbar es sein würde!“, schlotterte Aray und Freude suchte man vergebens in seinem kalkweißen Gesicht.

„Gut gemacht, Bürschlein!“, lobte Raban. „Komm, erzähl mir davon!“ Er schlug seinem Schüler beglückt auf die Schulter und vergaß prompt alles um sich herum. So griff er nach seinem Fell, das vor ihm auf der Veranda lag und stapfte dann mit väterlichem Stolz neben seinem Schüler in den Sturm hinaus. Und niemand bemerkte, dass dort, wo Aray gestanden hatte, eine quecksilberne Flüssigkeit zurückgeblieben war.

„Es war ein Dämon, Herr …“ Arays Worte hallten so lange nach, bis schließlich nur noch der prasselnde Regen zu hören war. Mollis sah den beiden Gestalten nach, wie sie im Grau des Unwetters verschwanden.

„Was wollte er?“ Nimrod war die knarrende Treppe hinabgestiegen und sah Mollis neugierig über die Schulter.

„Nichts!“, sagte sie bestimmt. „Gar nichts!“ Ihre Mundwinkel bebten und der Regen benetzte ihr Gesicht. „Nun wirst du ihr folgen, nicht wahr? Du wirst Aura durch den Grimwald folgen.“

Nimrod schwieg betreten. Und Mollis wusste, dass dieses Schweigen eine verhängnisvolle Antwort beinhaltete; doch sie selbst würde auch schweigen. Kein Wort von Rabans Verheißung würde über ihre Lippen kommen. Noch lange stand sie in der offenen Haustür – aufgesperrt für die Schatten, die eine ungewisse Zukunft hereinwarf.

6. Ibrahim

Wer eine bedeutende Frage hatte, die das Leben betraf, der ging zu Ibrahim in die Bibliothek von Golker. Aber kannte man das Koboldvolk – kannte man es genau – so wunderte man sich nicht, dass der Alte nur selten Besuch bekam. Am heutigen Tage aber war jemand auf dem Weg zu ihm.

Nimrod warf den Kopf in den Nacken und sah an dem steilen Gemäuer empor, über dessen Zinnen Wasserspeier ihre grauen Hälse reckten. Mischwesen waren es, halb Tier, halb Dämon. Von ihren Köpfen rann Regenwasser in langen Fontänen herab und wühlte den feinen, schwarzen Schieferkies auf, den es in den Aschengrund runterspülte. Das Tor zur Bibliothek war mit silbergeschwärzten Buchstaben verziert, die ineinander verschlungen waren und das Wort WAHRHEIT in verschiedenen Sprachen abbildeten. Um das gewaltige Tor auf einfache Weise öffnen zu können, hatte Ibrahim ein Seilzugsystem ausgeklügelt, dessen Hebel Nimrod entdeckte. Nachdem er daran gezogen hatte, begannen sich die schweren Torflügel wie von Geisterhand zu öffnen. Die Seile schnurrten, die verrosteten Scharniere quietschten und das alte Holz ächzte.

*

Ibrahim war einzigartig in Grim, insofern er die Sprachen der kleinen Völker so gut kannte wie jüngere und alte Sprachen der Menschen; darunter Griechisch, Latein und Hebräisch. Zudem war er Spezialist, wenn es um die Geschichte und Philosophie der Menschen ging. Umfangreiches Schriftwerk hatten sie hinterlassen, woraus der alte Kobold für sein Leben gern zitierte, um anschließend darüber zu philosophieren. Oft stundenlang. Doch in den Genuss seiner geistreichen Vorträge kam niemand außer einer Maus, der er den Namen Parzival von Eschenbach gegeben hatte, weil sie das erste Mal aufgetaucht war, als er in einem Buch über die Gralssage las. Seit jener Zeit besuchte sie ihn täglich. Ibrahim hatte bald herausgefunden, dass es sich bei seinem kleinen Gast um eine Waldmaus handelte. Sie war ihm eine rechte Freude, mit ihrem bräunlichen Fell und den großen Knopfaugen. Aber ob die Maus ihm wirklich bei seinen Ausführungen zuhörte oder nur auf eine Zwischenmahlzeit wartete, das wusste er natürlich nicht zu sagen. Am Ende war es ihm auch gleich, Hauptsache, sie legte ihren weißen Bauch auf seine Pantoffeln und wärmte ihm die Füße – und das Herz gleich mit.

Heute saß der Alte, gekleidet in einen weinroten, abgewetzten Morgenmantel, im knarrenden Lehnstuhl, den er auf eine gewaltige Bibel gestellt hatte. Seit vielen Jahren widmete er sich hauptsächlich der Übersetzung des heiligen Buches in die Koboldsprache. Er seufzte und sah der Maus in die blinkenden Knopfaugen.

„Weißt du, Parzival, diese Arbeit ist eigentlich für die Katz. Nicht *ein* Mitkobold wird für mein Werk Interesse zeigen, dabei ist es doch ein so brisantes Buch. Und nun erkläre ich dir mal, warum das so ist:

In der Bibel wird erzählt, wie die Welt entstand mit allen Geschöpfen. Selbst von dir ist da die Rede, mein kleiner Freund. Später tauchen sogar Trolle auf, auch Riesen genannt, wie Goliath zum Beispiel. Nun komme ich zum brisanten Teil: Die kleinen Völker werden in den Texten nicht erwähnt, mit keinem Wort. Somit wären Kobolde und Elfen für die Menschen nichts als Fantasiegestalten, nicht existent also."

Parzival legte den Kopf schief und zwinkerte.

„Ja, da staunst selbst du, nicht wahr?", fuhr der Alte fort. „Ich habe lange gesucht und Buch für Buch gewälzt, um schließlich eines heraus-zufinden: Wir kleinen Völker sind nur Thema in Märchen und Sagen; da tauchen wir als garstige Störenfriede oder Elementargeister auf." Er zuckte mit den dürren Schultern. „Wenn wir Gegenstand einer wissenschaftlichen Untersuchung sind, dann kommt als Ergebnis oft haarsträubender Kokolores dabei heraus. Da gibt es beispielsweise eine Theorie, die besagt, dass Menschen von Kobolden abstammen. So ein Quatsch! Stell dir vor, Parzival, das stand tatsächlich in einem Buch mit dem Titel *Mutationen*. Der Bibliothekar von Golker hatte es geheim gehalten, indem er es hinter den Regalen in einem Loch in der Wand versteckt hat. Als ich dort eine Herdstelle einrichten wollte, habe ich es gefunden. Da hab ich etwas über sie gelernt. Über die Menschen, meine ich: Sie halten sich für das Sahnehäubchen im Tee."

Die Maus trippelte näher heran und schnupperte an der Buchseite mit der Überschrift *Hiob*, worauf des Alten Lehnstuhl thronte. Sie krabbelte herauf.

„Aus diesem Grund leugnen sie unsere Welt. Die Möglichkeit, zu einem Urahn aufsehen zu müssen, der ihnen nicht einmal bis ans Knie reicht, scheint ihnen nicht zu behagen. Wer könnte es ihnen auch verdenken?" Ibrahim blickte auf Parzival hinunter. „Obwohl ..." Er nahm die Maus hoch und hielt sie sich dann vor das Gesicht. „So könnte es doch gehen."

Parzival piepste und zappelte.

„Ja, das magst du nicht", erkannte der Alte. „Ist auch nicht angebracht, wenn man sich auf Augenhöhe begegnen will."

Er setzte die Maus wieder ab, die beleidigt ihr Schnäuzchen krauszog und sich hinter dem Sessel versteckte.

„Entschuldige, du denkst jetzt sicher, ich sei ein Grobian. Das war auch wirklich ungehobelt von mir. Ich hoffe, du verzeihst mir diese Dummheit, mein kleiner Freund."

Parzival streckte zuerst nur die Nase aus seinem Versteck, um dann langsam wieder hervorzukommen. Als er sich versichert hatte, dass Ibrahim tatsächlich keine weiteren Dummheiten anstellte, legte er sich auf die Pantoffeln des Alten, um zu schlummern. Dabei verdeckte er den Vers 41. Aber das störte Ibrahim wenig, da er noch immer über den letzten Absatz grübelte, den er übersetzt hatte. Der handelte vom *Behemoth,* einem kraftvollen, unvergleichlichen Geschöpf ohne Furcht. Die Angst, so hieß es, tanze vor ihm her und den Fluss Jordan könne er austrinken.

„Interessant! Ich frage mich seit langem, wie die Schwarzelben die Quellen zum Versiegen bringen. Hätten sie lediglich einen klitzekleinen Behemoth, so würde dieser einen Wasserfall frühstücken." Ibrahim warf seinen Blick an die gläserne Kuppel der Bibliothek und kraulte sich den Bart. Weil er das beim Nachdenken immer tat und weil er doch so viel nachdachte, war sein Bart davon schon ganz struppig geworden.

„Ach nein", zeterte er nach einer Weile und machte eine verwerfende Handbewegung. „Ist wohl zu weit hergeholt. Ein Behemoth – und sei er noch so klein – im Grimwald, und der wäre in zwei Monden eine ausgedünnte Schonung mit einem Entengrützeteich." Dieses Gedankenbild zerplatzte wie eine Seifenblase, als mit einem Mal das Bibliothekstor laut knallte. Parzival schreckte auf und huschte davon. Durch den Mechanismus des Tores wurde eines mehr als gewissenhaft angekündigt, nämlich Gäste. Daher wartete Ibrahim gespannt, wer es wohl heute sein würde, der ihn besuchte.

Aus dem Dunkel trat ein junger Koboldmann ins Licht einer der dicken Kerzen, die Ibrahim rings um die Bibel aufgestellt hatte. „Verzeihung, dass ich solchen Lärm gemacht habe", sagte er und stieß aus Verlegenheit ein loses Mosaiksteinchen mit dem Fuß davon.

Ibrahim erkannte ihn sofort: „Ach, Nimrod! Mach dir mal darüber keine Gedanken, verwende sie für dein Anliegen. Warum kommst du zu mir?" Der Alte blinzelte interessiert durch seine gesprungenen Brillengläser und beugte sich im Lehnsessel vor, um ihn eingehender zu betrachten. Seit Nimrods letztem Besuch waren Jahre ins Land gegangen. Von einem Jungkraut keine Spur, war er doch inzwischen ein ausgewachsener Bursche mit einem hübsch geschnittenen, intelligenten Gesicht.

Intelligent strich Ibrahim aus seiner Beurteilung gleich wieder heraus, als er Nimrods Vortrag gehört hatte.

„Das darf doch nicht wahr sein! Reitet dich denn der Troll? Einer Elfe wegen willst du durch den Grimwald?" Ibrahim rückte mit zitternder Hand seine Brille zurecht, die ihm durch seine aufgebrachte Rede bis über die Nasenspitze zu rutschen drohte. „Und ich soll dir auch noch zu dem Wahnsinn raten? Gar Hilfe leisten?", rief er. „Niemals!" Mit Nachdruck sank er im Sessel zurück und vergrub den Kopf zwischen den Schultern, so dass er aussah wie eine alte Eule, die ihr Federkleid aufplustert. „Das ist der blanke Irrsinn, du Einfaltspinsel!", schimpfte der Alte. „Ich kann dir nicht helfen. Auf gar keinen Fall, hörst du!?"

Ein kurzer Moment verstrich, in dem beide schwiegen.

„Aber Mollis schickt mich doch", erklärte sich Nimrod schließlich.

„So, deine Mollis also ...", zischte Ibrahim über die Sessellehne blickend. „Und? Ist sie etwa erfreut, dass du deinem Vater nacheifern willst?"

„Nein, also ich ..." Nimrod zog die Schultern hoch und presste die Lippen aufeinander.

Und wie er ihn nun so verzweifelt dastehen sah, passierte es: Mitleidvolle Blicke purzelten Ibrahim unter den Brillengläsern hervor. Sogleich rügte er sich aber für das alberne Mätzchen. Mitleid war hier schließlich nicht angebracht! Deshalb ließ er seinen Arm über die Lehne schnellen, den knorrigen Finger auf Nimrod gerichtet. „Du wirst nicht einmal deine Zehenspitze in den Grimwald stecken und du wirst des Todes sein!" – Nimrod fuhr zusammen. – „Einer Elfe wegen!" Ibrahim schüttelte den Kopf. Dieses arrogante Flügelvölkchen war ihm zuwider;

mit seinem lieblichen Glockengebimmel lenkte es von seiner Bosheit ab und alle Welt fiel darauf rein. Der Alte reckte seinen Kopf nun so weit über die Sessellehne, dass sein Bart über dem Boden pendelte. Er sah seinen Besucher durchdringend an. „Hat sie etwa gesagt, sie würde dich lieben, du armer Tor?"

Die Antwort, die Nimrod vermissen ließ, erklärte sich von selbst:

„Also nicht! Wie zum Troll kommst du dann zu der Annahme, du könntest sie für dich gewinnen, falls du den unüberwindbaren Wald überwinden würdest?"

Nimrod kam sich dumm vor. Der Alte hatte es geschafft, ihn ordentlich einzuschüchtern, deshalb druckste er herum: „Aber ich ... ich konnte es in ihren Augen sehen, dass ... dass sie mich liebt. Und ich weiß, dass sie nur aus einem Grund nicht bei mir bleiben konnte. Sie ..."

„Und der wäre?", fiel ihm Ibrahim ungeduldig ins Wort.

„Es wäre zu gefährlich für sie gewesen."

„Das klingt mir eher nach Einbildung, mein junger Freund. Wunschdenken ist das, nichts als Wunschdenken!"

Diese Bemerkung machte Nimrod zornig und seine Stimme überschlug sich fast, als er sagte: „Aber ich habe es mir nicht eingebildet. Wir lieben einander. Ganz sicher, ganz sicher!"

Um seinem fordernden Blick auszuweichen, vermied es der Alte ihn anzusehen. „Der Himmel gehört den Elfen und uns die Asche. Das ist seit jeher so."

„Aber bitte, Ibrahim, du musst mir helfen."

Das Flehen nötigte Ibrahim einen schnellen Seitenblick ab. Die Verzweiflung des jungen Burschen erwuchs aus einer Sicherheit, die ihn überdenken ließ, ob er ihm Unrecht tat. Deshalb forschte er: „Wie ist denn bitte der Name dieser holden Elfendame, für die du Kopf und Kragen riskieren willst?"

Nimrod schniefte den Namen aus, als habe ihm jemand kräftig auf den Fuß getreten: „Aura!"

„Natürlich, Aura, die kleine Brise!" Der Alte kannte das Elfenmädchen. „Und nun verrate mir mal eines: Hat sie dich ordentlich ausgelacht, als du ihr die Liebe gestanden hast?"

„Nein ...", sagte Nimrod zögerlich, dann platzte er aber mit der unangenehmen Wahrheit raus: „Sie hat mich geohrfeigt!"

„So? Geohrfeigt also, sagst du? Hm, seltsam, in der Tat seltsam ..." Ibrahim rutschte in seinem Sessel herunter und nahm damit die Stellung ein, in der er am besten nachdenken konnte. Seltsam fand er den Umstand, weil Elfen die Bewunderung und Verehrung von Kobolden förmlich erwarteten, das war nichts Neues. Sie sparten auch nicht mit Spott, sollte ein Kobold einen Annäherungsversuch wagen, aber deshalb Ohrfeigen zu verteilen – das *war* etwas Neues. Dieser unreife Kerl musste Aura wirklich etwas bedeuten – mehr noch als sie zugeben durfte. Nach einiger Überlegung kam Ibrahim also zu der Einsicht: „Du wirst vermutlich zu Recht denken, dass sie dich liebt; jedoch ändert das nichts an der Unüberwindbarkeit des Waldes."

„Aber hat denn bis heute niemand aus Kleeweiden versucht, den Wald zu durchqueren?", fragte Nimrod.

Bedauernd sah Ibrahim ihn an. „Nur der Eine."
Mit dieser Antwort verlor Nimrod ein Stück Hoffnung, denn er wusste, wer gemeint war: „Vater", flüsterte er.

„So ist es, dein Vater Elias, mein alter Freund." Ibrahim musste sich sammeln, bevor er weitersprechen konnte: „Weißt du, damals, als Elias in den Grimwald auszog, um dort nach einem Heilkraut für deine Schwester zu suchen, da zogen all unsere guten Wünsche mit ihm. Er war so voller Zuversicht, dass wir nicht an seinem Vorhaben zweifelten. Wir waren sogar sicher, dass er es schaffen würde. Aber es sollte anders kommen. Wir warteten und warteten. Ein Winter folgte dem nächsten und immer noch gab es kein Zeichen von ihm – bis heute gibt es keins. Deine arme Mollis! Und ihr wart ja noch so klein, und Baca so krank. Dem Kräutermann sei Dank, dass er Nachsicht übte und sie nicht zu sich holte, dem Kräutermann sei Dank!"

„Baca sucht die Schuld an Vaters Tod bei sich. Sie wohnt schon einige Jahre nicht mehr bei uns in Kleeweiden. Sie ist zu Randan gezogen, an die Grenze des Sumpflands, um da gemeinsam mit ihm Zwergziegen zu hüten. Deshalb, so meint sie, habe sie wenig Zeit, uns zu besuchen. Aber ich glaube ..." Nimrod ließ die Schultern hängen, als er es aussprach: „Ich glaube, sie will nicht kommen."

„Davon hörte ich", sagte Ibrahim. „Und nun willst du also auch fort ...? Komm doch zu dir, Bursche! Schlag es dir aus dem Kopf! Einer Elfe wegen willst du so eine Dummheit anstellen? Du könntest Mollis wirklich großen Kummer ersparen, wenn du von deinem Plan Abstand nehmen würdest."

Die Bedenken des Alten machten die Angelegenheit nicht gerade leichter für Nimrod, doch sein Entschluss stand fest: „Ich werde gehen, auch wenn du mir nicht helfen solltest!"

Ibrahim seufzte und blickte ins Leere. Nach einer Weile sagte er: „Befürchtet habe ich das schon, denn du bist zweifellos deines Vaters Sohn, ein ebenso sturer Dickkopf! Deshalb werde ich wohl tätig werden müssen."

Nachdem Ibrahim sich langsam aus dem Sessel geschält hatte, stieg er gemächlich von der Bibel herunter. Er schlurfte, sich das krumme Kreuz haltend, an seinem Besucher vorbei. Auf dem staubigen Mosaik hinterließ der herabhängende Gürtel seines Morgenmantels eine lange Schleifspur. „Mal sehen." Er lugte in staubige Kisten und unter raschelnde Dokumente, schaute zwischen und hinter Stapeln von dicken Wälzern nach. „Nein, hier nicht!", murrte er und kratzte sich am Kopf, während er seine wenigen Möbelstücke musterte, die aus den Ruinen stammten – altes Puppenhausinventar. Er durchsuchte alles und schaute überall: unter dem himmelblauen Bett, in beiden Kommoden und im Schrank. Er überlegte, zog knarrende Schubladen auf und wühlte darin herum; was in ihnen lag, klimperte.

„Auch nicht, verflixt! Das ist ja wie verhext!" Er begann seinen Bart zu kraulen, was ihm wohl dabei half, sein Gedächtnis aufzufrischen, denn urplötzlich riss er die Augen weit auf und deutete auf die andere Seite der Bibliothek. Dort stand noch ein tiefblauer Schrank mit silbernen Beschlägen. Ibrahim schlurfte hinüber und ließ sich etwas ungelenk davor nieder. Darauf öffnete er ein geheimes Fach in der unteren

Zierleiste, worin er herumfingerte. „Wie konnte ich das bloß vergessen? Ich habe sie ja extra hier hinein ... Ah hier!", rief er und hüpfte so schnell auf, dass ihm ein höllischer Schmerz in den Rücken schoss. „Au haha hier-hier ist er ja!" Er humpelte auf seinen Besucher zu und ließ ihm einen Samtbeutel in die Hände gleiten.

Zunächst bestaunte Nimrod den Stoff, der aussah, als sei er aus verschiedensten Metallen gewebt. Ein Brandzeichen schmückte ihn, das eine Sonne darstellte, im Zentrum ein Halbmond und ein achtzackiger Stern. Er fuhr mit dem Finger darüber und erfasste anschließend die Kordeln, die den Inhalt des Beutels verbargen.

„Bist du denn gar nicht neugierig? Eil dich!", drängelte der Alte. „Du hast nicht ewig Zeit. Öffne ihn schon!"

Da endlich zog Nimrod die Kordeln auseinander, um einen zaghaften Blick in den Beutel zu werfen. Im Dunkel des samtenen Stoffes glänzte etwas. Vorsichtig griff er danach, um es ans Licht zu befördern. Es war ein Amulett, ein kupferner Drache, der den Schwanz um eine feingliedrige Kette gewunden hatte. Der Kupferdrache umfasste mit Klauen und Zähnen einen Mond, der schimmerte wie grünes Eis.

„Ein Magoi!", sagte Ibrahim und legte damit bei Nimrod eine verschüttete Erinnerung frei, die ihm das Gesicht von Elias in den Sinn brachte mit hellen, liebevollen Augen.

Als das Amulett begann, auf Nimrods Handfläche zu erstrahlen, wiederholte dieser: „Ein Magoi ..." Und er konnte die Augen nicht abwenden von dem Kleinod. „Was hat er für eine Bedeutung?"

Was ich dir sagen kann, ist dies", erklärte Ibrahim. „Von diesen Amuletten gibt es drei an der Zahl; ein silbernes, ein bronzenes und dieses, das du in deinen Händen hältst. Ihr wahres Alter ist zwar unbekannt, aber es rankt sich eine Legende um die Namensgebung der Amulette. Die Magoi waren Könige. Die Bibel kennt sie als die Weisen aus dem Morgenland. Sie folgten einem Stern, der im Osten aufgegangen war, um den neugeborenen Retter der Welt zu finden. Diese Könige waren die berühmtesten Träger der Amulette, die sie auf ihrem Weg schützten und leiteten."

„Was sagst du? Dieses Amulett wurde von einem Menschenkönig getragen?“, fragte Nimrod verwundert und besah sich den Magoi von allen Seiten.

„Du wunderst dich zu Recht. Möglicherweise ist ein Verkleinerungszauber darauf ausgeübt worden. Vielleicht aber können die Magoi ihre Größe auch selbst wählen, denn sie sind sehr mächtig.“

„Mächtig, sagst du? Was bewirken sie denn?“

„Ungeheuerliches, so erzählt es zumindest die Sage. Besonders dann, wenn die drei zusammentreffen. Jeder für sich genommen vermag jedoch auch Wunder zu vollbringen: Der silberne Sternenmagoi weist den richtigen Weg, wie es eben ein Sternendeuter vermag. Der bronzene Sonnenmagoi beschützt den Reisenden, bewahrt ihn vor Unwetter und Krankheit. Der kupferne Mondmagoi bringt Licht ins Dunkel wie es ein Wahrsager kann.“

„Ein Wahrsager? Dann kann er mir bestimmt zeigen, wo Aura ist und ob sie mich wahrhaft liebt!“, so Nimrods Vermutung.

„Ja, glaubst du denn, dieser Magoi sei nichts als eine von Rabans Kristallkugeln?“, entgegnete der Alte und kräuselte die Stirn. „Das kannst du gleich wieder vergessen! Der Magoi hat seinen eigenen Willen. Erst wenn *er* meint, du benötigst seine Weisung, wird er sie dir mitteilen, nicht früher und nicht später. Trage ihn Tag und Nacht bei dir und achte gut auf ihn, dann wird er zur rechten Zeit sprechen.“

Während Nimrod sich das Amulett um den Hals legte, fragte er: „Wo sind eigentlich diese anderen Magoi?“

„Den Sternenmagoi habe ich nie gesehen, er gilt als verschollen. Den Sonnenmagoi allerdings habe ich Elias damals mit auf den Weg in den Grimwald gegeben, damit er ihn schütze. Dort ist er zusammen mit ihm verloren gegangen.“

„All das hat Mollis mir ja nie erzählt!“, wunderte sich Nimrod.

„Die Zeiten damals waren sehr schwer für sie. Ich denke, du solltest ihr nicht übel nehmen, wenn sie das eine oder andere für sich behält. Sie will dich damit sicher nur schützen.“ Nun deutete der Alte auf den Beutel, aus dem Nimrod den Magoi genommen hatte. „Das ist ein

Zaubersack, den ich damals Elias geben wollte. Ich bin ihm schnell nachgelaufen, als ich bemerkte, dass er ihn vergessen hatte. Aber ich kam zu spät. Am Waldrand war keine Spur mehr von ihm zu finden. Verliere ihn nicht, denn wenn du aus irgendeinem Grund den Magoi verbergen musst, dann bewahre ihn hierin auf. Es ist eine magische Hülle."

„Danke!" Nimrod umarmte den Alten, der ihm gütig auf den Rücken klopfte.

„Ist schon gut. Kann ich dir sonst noch weiterhelfen?", wollte Ibrahim wissen.

„Ich brauche ein Schwert. Weißt du, wo ich ein gutes bekommen kann?"

„Du kannst zwar den Rattenjorde fragen, aber was willst du mit einem Schwert gegen die Magie des Grimwalds ausrichten? Nimm ein Messer, damit kannst du im Notfall einen Dachs abwehren und lass das Schwert Schwert sein, es würde dich nur behindern. Du musst äußerst wachsam sein und klug handeln. Der Magoi wird dich durch seine magischen Kräfte dabei unterstützen und er wird deine wirksamste Waffe sein, dein Schutz."

Als er sah, wie erwartungsvoll sein Besucher an das Amulett griff, bemerkte Ibrahim seine Ungeduld.

„Du musst nun eilen, nicht wahr?", sagte er. „Ich will dich gar nicht länger aufhalten."

Nimrod seufzte. „Ja, ich mache mich besser auf den Weg." Er band den Zaubersack an seinen Gürtel. „Ich danke dir vielmals, Ibrahim! Wirklich vielmals."

„Komm mir bloß heil zurück, hörst du! Und bringe das Elflein mit."

„Das werde ich", versicherte Nimrod, worauf er davonlief, einem ungewissen Abenteuer entgegen.

Ibrahim stellte sich an das vergitterte Fenster der Bibliothek, um ihm nachzusehen.

„Du kleiner Narr!", flüsterte er.

Und als er Nimrod aus den Augen verloren hatte, setzte er sich zurück in den Lehnsessel, um in der Bibel die Stelle bei *Hiob* zu suchen, auf der zuvor noch Parzival gelegen hatte. Er fand sie sofort, da die Maus durch den Schreck von vorhin ein Lesezeichen darauf hinterlassen hatte: Ein schwarzer glänzender Krümel auf Vers 42,2. Was dort stand, verblüffte Ibrahim und er hoffte, dass es ein gutes Vorzeichen bedeuten möge:

Ich erkenne, dass du alles vermagst, und nichts, das du dir vorgenommen, ist dir zu schwer.

7. Schwarzelben

Um auf einer abenteuerlichen Reise zu bestehen, braucht man neben der Hilfe von Magie und besten Wünschen auch eine besondere Ausrüstung. Um diese für ihren Sohn zu erstehen, gab Mollis all ihre Ersparnisse her. Als der letzte Kupfernickel ausgegeben war, tauschte sie bei Knox ihren Ehering gegen einen Kompass ein.

Zu Hause widmete sie sich nun den neuen Schätzen. Zuerst putzte sie die Stiefel, die aus robustem Biberschwanzleder bestanden. Sie waren mit besonders biegsamen Sohlen ausgestattet, wie nur Brokk sie herzustellen verstand. Danach nahm sie das Wams aus Zwergziegenleder her, das ebenfalls aus seiner Werkstatt stammte. Es war wie ein Brustpanzer geschnitten und über der Schulter mit breiten

Riemen versehen. Sie strich es glatt. Als sie damit fertig war, faltete sie einen Umhang aus Rattenunterwolle zusammen, den sie in Baltrams Geschäft ausgewählt hatte, weil er sehr warm war, aber ganz leicht wog. Sie ordnete alles auf dem Tisch an und fuhr dann immer wieder mit den Händen über die Dinge, so als wolle sie auf diese Weise einen Schutzzauber darüber legen. Zu guter Letzt legte sie den Kompass zu den übrigen Sachen. Die Nadel vibrierte unter ihrer Berührung und reflektierte das matte Licht, das durchs regennasse Fenster hereinfiel. Nun war alles bereit und einen Augenblick stand sie vor ihrem Werk, um es zu begutachten.

Da stürmte mit einem Mal Nimrod ins Haus.

Mollis fuhr zusammen und warf ihm einen nervösen Blick zu. „Da bist du ja schon“, sagte sie.

Zwar war er nass bis auf die Knochen, aber ein hoffnungsvolles Lächeln lag auf seinen Lippen und an seinem Hals hing ein Amulett, das ihr sehr bekannt vorkam. Er war seinem Vater in diesem Augenblick so ähnlich, dass es ihr schier das Herz zerriss.

Nimrods Lächeln wich Erstaunen, als er die Dinge entdeckte, die auf dem Tisch lagen. „Was ist das denn alles?“, fragte er.

„Dein Weg ist weit, da brauchst du doch etwas Ordentliches.“
Er besah sich die neue Ausrüstung und nahm zuerst den Kompass, um einen genaueren Blick darauf zu werfen. Ein so fein gearbeitetes Stück hatte er noch nie zuvor gesehen. Golden war er und über der zierlichen Nadel wölbte sich das Glas zu einer Kuppel.

„Mollis!“, rief er aus. „Das muss ja ein Vermögen gekostet haben, womit hast du das denn alles bezahlt?“ Als er sie so fragend ansah, schob sie die Hände unter die Schürze, damit er das Fehlen des Ringes nicht bemerkte.

„Mit einem Haufen Stickereien“, sagte sie leichthin. „Probiere doch mal, ob alles passt.“

Das ließ Nimrod sich nicht zweimal sagen. Zuerst warf er die nassen Sachen ab und frische über, die Mollis ihm bereit gelegt hatte. Danach wählte er die Stiefel, zog sie an und lief ein wenig damit auf und ab.

„Die passen ja wie angegossen!" Erfreut drückte er Mollis und gab ihr einen dicken Kuss auf die Wange. „Danke!"

Sie freute sich mit ihm, doch als er das neue Wams schnürte, sah sie sehr ernst aus. „Sei bloß achtsam, mein Junge!", sagte sie.

„Natürlich bin ich das", versicherte Nimrod, während er das Leder zurechtzupfte. „Und was sagst du?", fragte er dann und zeigte sich von allen Seiten. „Wie sehe ich aus, hm?"

„Wunderbar", entgegnete Mollis, um ein Lächeln bemüht. „Wie ein Held."

„Aber etwas fehlt noch", meinte er. „Darf ich vielleicht Vaters Messer mitnehmen, das aus Obsidian?"

„Natürlich", entgegnete Mollis. „Warum sollte ich dir das wohl abschlagen?" Sie erhob sich, um es für ihn zu holen. Da erst bemerkte sie, dass ihre Glieder schwer waren wie Blei. Was sie so lähmte, war die Angst ihren Sohn zu verlieren. Sie kramte im Schrank herum, obwohl sie wusste, wo sich das Messer befand. Im Stillen rügte sie sich selbst dafür, denn Zeit schinden würde auch nichts helfen. Sicher zählte jede Minute. Schließlich hob sie seufzend den Deckel einer kleinen Kiste an und nahm das Messer heraus. Mit dem Überreichen aber zögerte sie trotzdem, denn etwas brannte ihr noch auf der Seele: „Wenn du im Wald bist und wenn du dort auf ein Zeichen von ihm stoßen solltest – nur irgendein Zeichen – könntest du dann ...?"

„Vater ist tot, Mollis", unterbrach Nimrod sie und nahm ihr das Messer aus der Hand. „Wäre er noch am Leben, dann wäre er doch zu uns zurückgekommen. Denk doch nur, wie lange es schon her ist, dass er fortgegangen ist."

„Ja, da hast du sicher recht", raunte sie und ihre Lippen zitterten wie die Flügel eines Schmetterlings. „Ich weiß es ja auch. Ich dachte nur ..."

„Tu dir nicht selbst weh, Mollis!", sagte Nimrod ernst.

Da schwieg sie betreten.

Es war eine schwierige Sache mit der Hoffnung. Anfänglich glaubte auch Nimrod, sein Vater würde eines Tages zurückkehren. Doch inzwischen hatte ihn diese Hoffnung verlassen.

„Mollis!“, sagte er und nahm sie versöhnlich bei den Schultern. „Ich muss doch so schnell wie möglich durch den Wald hindurch. Da werde ich keine Zeit finden, um nach Spuren von Vater zu suchen.“

„Das weiß ich“, lenkte sie ein. „Ich weiß es ja.“

Nimrod nahm Mollis in die Arme. „Ich bereite dir Kummer, und das tut mir in der Seele weh, aber ich muss diesen Weg gehen. Ich muss einfach.“

Am frühen Nachmittag war es endlich soweit: Das Abenteuer sollte beginnen. Zum Abschied hatte Mollis ihm noch Pfannkuchen, Kastanienbrot und Nussplätzchen in ein grünes, von ihr besticktes Seidentuch geschlagen und ihn gedrückt, bis ihm fast keine Luft mehr blieb. Dann war er drauflos marschiert, dem Waldrand entgegen. Sein Weg war von Goldnesseln gesäumt, und weil es inzwischen zu regnen aufgehört hatte, roch der Boden nach schwerer Erde. Es dauerte nicht lange, da stand er dem Wagnis Grimwald gegenüber.

Noch zögerte er, den ersten Schritt hinein zu tun, warf nur einen um den anderen Blick ins Unterholz. Allmählich wurde ihm mulmig zumute. Was nur erwartete ihn hier im Dunkel? Er wusste es nicht, ahnte es noch nicht einmal. Erst recht ahnte er nicht, dass er schon längst von wenig wohlwollenden Kreaturen entdeckt worden war.

Schließlich arbeitete sich Nimrod durch dichte Brombeersträucher vor, wobei er sich immer wieder nach Mollis‘ Haus bei der Weide umsah, aus dessen Schlot matter Rauch quoll. Ein letztes Bild von daheim, das er in sein Herz einschloss, bevor er sich zwang, nur noch vorauszublicken.

Eben hatte er die Brombeersträucher hinter sich gelassen, da donnerten Eicheln neben ihm auf den Boden. Weil er damit beschäftigt war, ihnen auszuweichen, bemerkte er die kleinen Schwarzelben nicht, die sich in der Krone einer mächtigen Eiche verborgen hielten. Für sie war es ein Wettbewerb, den Kobold mit einem Treffer hinzustrecken. Hämisch gackerten sie, wenn ihre Geschosse das Ziel verfehlten. Nun war ein Elb mit dem Wurf an der Reihe, in dessen grünen Augen die Bosheit nur so funkelte. Sein Eichelgeschoss traf Nimrod so hart am Kopf, dass er umfiel. Kaum lag er am Boden, da krabbelten die Schwarzelben aus ihren Verstecken hervor. Sie fuhren wie ein Gewittersturm durch die Zweige, ließen Blätter rascheln und Eicheln auf die Erde prasseln. Im Nu waren die Schwarzelben neben dem Ohnmächtigen gelandet, versammelten sich um ihn und traten ihn mit Füßen. Als der sich nicht rührte, brüllte der Grünäugige schrill:

„Los, auf! Er gehört mir!“

Auf diesen Befehl hin griffen ihre kleinen schwarzen Ärmchen nach dem Opfer und zogen es hysterisch kichernd ins Dickicht. Der eben wieder einsetzende Regen verwischte die Schleifspur, die sie bei ihrem Manöver hinterlassen hatten.

Einige Zeit später erwachte Nimrod, ohne eine Ahnung davon zu haben, wo er sich befand. Sein Schädel brummte als habe er sich mit Hekapeka betrunken. „Verdammt!“, ächzte er.

Als er die Beule an der Stirn ertastete, richtete er sich mühsam auf. Zwinkernd versuchte er etwas von der Umgebung zu erkennen, in der es finster war wie in einer Trollhöhle. Es war nichts zu sehen, bis mit einem Mal grüne Augen in der Dunkelheit aufblitzten. Nebenher erklang ein Stimmchen so schrill als würde an Metall gesägt: „Du gehörst jetzt mir, mein Knecht! Mir gehörst du ganz allein!“

Gleich darauf entflammte ein Licht in einer quietschenden Laterne, in deren Schein Nimrod einen Schwarzelben erkannte. Da tastete er hastig nach seinen Habseligkeiten, stellte aber beruhigt fest, dass alles noch an Ort und Stelle war. Deshalb wandte er seine Aufmerksamkeit wieder ganz dem Elben zu, der ihn genau beobachtet hatte und sich einen Kommentar nicht sparen konnte: „Wir machen uns doch nichts aus Tand. Was sollten wir mit solchem Quatsch anfangen?“ Wieder gackerte er. „Wir haben einzig und allein Interesse an dir.“

„An mir?“, wunderte sich Nimrod. „Warum denn? Was wollt ihr von mir?“

Ohne Antwort zu geben, beleuchtete das Grünauge mit schaukelnder Laterne den kleinen Raum, in dem sie sich befanden. Es war nicht mehr darin als an Haken hängende Seile und eine Tür.

Nachdem der Elb sie unter Knarren geöffnet hatte, befahl er: „Los, raus mit dir!“

Nimrod blinzelte nach draußen und zögerte, denn er musste feststellen, dass da bereits unzählige Schwarzelben warteten. Eine wahre Meute, deren Mitglieder einander glichen wie ein Ei dem anderen. Doch bei genauerer Betrachtung fiel auf, dass sie sich in der Augenfarbe unterschieden. Augen in allen Schattierungen des Regenbogens blickten auf die geöffnete Tür. Niemand machte ein Geräusch; weder gab es Gemurmel noch Geflüster. Nimrod war das unheimlich. Dies und die Tatsache, dass der eine oder andere Elb einen Sklaven an der Leine führte.

Über die Sklavenhalterei der Schwarzelben lässt sich sagen, dass sie vielen Zwecken dienlich war. Neben der Beschaffung von Nahrungsvorräten ermöglichte sie ihnen, wahre Kunstwerke zu erschaffen. Ihre Wohnstätten glichen kleinen Kobelburgen, die in die Bäume rings um den Versammlungsplatz gebaut waren. Kleine Türmchen und Hängebrücken, geschwungene Fenster und vorspringende Dächer folgten der Wuchsrichtung der Bäume, wodurch sie sich fast unsichtbar einfügten. Wer sie aber entdeckte, der kam aus dem Staunen nicht heraus. So erging es auch Nimrod.

In Gefangenschaft der Schwarzelben befanden sich Meißelmeister wie Spechte, Nahrungssammler wie Hamster oder Mäuse und Reittiere wie Grimwachteln. Die Grimwachteln waren flugunfähige Vögel, die tiefblaues, silberbetupftes Gefieder hatten und über deren kurze Schnäbel fleischige, scharlachrote Kämme hingen. Sie waren der ganze Stolz der Elben, die sie mit goldenem Zaumzeug und Sätteln ausstatteten. Der Sklave, der vor allen anderen Nimrods Aufmerksamkeit erregte, war ein Eichhörnchen, das von fünf Schwarzelben gleichzeitig in Schach gehalten werden musste. Feuerpelz wurde es genannt. Es sah Furcht einflößend aus, mit dem schwarzen Stofflappen vor dem linken Auge und dem gespaltenen linken Ohr. Während es giftig durch lange Zähne zischte, hieb es mit scharfen Krallen nach den Schwarzelben.

Da der Schwarzelb hinter Nimrod die Warterei langsam satt hatte, gab er ihm einen kräftigen Stoß in die Kniebeuge, was ihn heraustrieb. Als er in der geöffneten Tür erschien, entstand ein wildes Geplapper.

„Ruhe!", brüllte der Grünäugige, der einiges an Autorität zu besitzen schien, denn sofort verstummten alle. Hinein in die so entstandene Stille sprach er: „Da ist er, der Kobold! Seht nur genau hin, seht ihn euch an! Er ist *meine* Beute! Kräftige Arme hat er." Der winzige Sklavenhalter deutete auf die Oberarme des Gefangenen, um dessen Stärke zu verdeutlichen. „Kann sicher gut arbeiten!", fügte er hinzu.

Neidvoll blickten die anderen Elben auf den Kobold, den sie selbst so gern für sich errungen hätten, denn wer einen so wackeren Knecht besaß, dessen Einfluss in der Sippe stieg beträchtlich. Wer einen solchen Sklaven sein Eigen nennen durfte, der war mächtig, um nicht zu sagen übermächtig!

Durch das eifersüchtige Gemurmel der Umstehenden erfuhr Nimrod den Grund, weshalb der Grünäugige ihn für sich beanspruchte wie Jagdbeute, hatte er ihn doch mit einer Eichel abgeworfen. Da bedurfte es keiner langen Überlegung, was zu tun war. Er musterte die Elben, bis ihm einer mit roten Augen auffiel, der besonders missgünstig dreinblickte. Auf den deutete er.

„Ich dachte eigentlich, dein Wurf hätte mich getroffen!", behauptete Nimrod.

Vor Erstaunen fingen dem Angesprochenen die Augen zu leuchten an, gerade so, als habe jemand in seinem Inneren ein Licht angezündet. „Ja!", schrie da der Elb und rang die Hände. „Endlich spricht jemand die Wahrheit aus! Ich wusste es doch!" Das Rotauge wies auf das Grünauge und schimpfte: „Du hast mich betrogen! Es war doch mein Wurf, der ihn getroffen hat. Also gehört er mir, du Schurke!"

Weil sein Plan funktionierte, ließ Nimrod den Schwarzelben keine Zeit zum Nachdenken und deutete auf andere von ihnen. „Nein, entschuldige! Ich habe mich wohl geirrt, denn du da bist es gewesen. Oder du? Hm? Nein, deine Augen habe ich zuletzt gesehen! Ich weiß nicht, hm? War es nun Rubinrot oder Feuerrot, vielmehr Violett oder schon fast Kobaltblau? Ein wenig Gelb kann beigemischt gewesen sein, womit wir wieder bei Grün wären."

Allein durch die Erwähnung der breiten Farbpalette entfachte Nimrod einen furchtbaren Streit unter den Elben. Unablässig schleuderten sie sich Beschuldigungen und Anfeindungen entgegen. Dabei fuchtelten sie mit ihren Ärmchen herum und schwatzten sich so heiß, dass ihre bösen Blicke in allen Farben zu blitzen begannen. Wie leuchtende Katapulte wurden sie von Elb zu Elb geschmettert, was ein hervorragendes Feuerwerk abgab.

Die Elben bemerkten in ihrer Raserei gar nicht, dass ihr Gefangener inzwischen die Gelegenheit beim Schopf gepackt hatte, um ihnen zu entfliehen.

Als er sich weit genug entfernt hatte, suchte er sich ein Versteck, um Rast einzulegen. Unter dem Schirm einer Linde ließ er sich auf den Boden fallen und sah hinauf in die Baumkrone aus herzförmigen Blättern. Der betörende Duft, den die Blüten verströmten, lockte Hunderte von kupferfarbenen Grimbienen an. Bei der Beobachtung des fleißigen Volkes fiel ihm plötzlich ein, wie hungrig er selbst war. Deshalb setzte er sich auf, löste das Tuch von seinem Gürtel und breitete es aus. Ein Haufen aus Brot, Nussplätzchen und Pfannkuchen purzelte auseinander.

„Hm!", machte Nimrod mit einem frohen Blick auf die Köstlichkeiten, durch die Mollis' Goldstickerei schimmerte. Nachdem er sich das Brot genommen hatte, erkannte er mit einem Mal die Bedeutung des Bildnisses, das einen Kobold und eine Elfe in inniger Umarmung zeigte. Er klemmte das Brot unter den Arm und strich mit dem Finger über die Stickerei.

„Wie schön!", sagte Nimrod, den Tränen nahe. Und er dankte Mollis im Stillen dafür, dass sie seinem Streben ein Bild gegeben hatte.

Später, nachdem er etwas gegessen hatte, legte er sich ins Lindenlaub, rollte den Umhang auseinander und deckte sich damit zu. Den Kopf aber bettete er auf das Tuch, und mit den Gedanken ganz bei Aura schlief er ein.

8. Grimwald

Wollte man die Liebe seines Lebens erobern und drängte die Zeit, so diente es nicht dem Zweck, sich nach dem Aufwachen noch einmal umzudrehen. Nimrod tat es trotzdem. Er schob ein paar Lindenblätter mehr unter das Tuch und schlief wieder ein, verlor sich ganz in Träumen.

Das sollte sich rächen, denn als er ausgeträumt hatte, blickte er in ein starrendes Auge. Vor Scheck fuhr er zurück und sah Feuerpelz, das einäugige Eichhörnchen der Elben. Anscheinend war es den Schwarzelben entwischt und nun ausgehungert von seiner Flucht, denn es nagte soeben das Kastanienbrot ab.

„Hey da!“ Nimrod, der im Nu aufgesprungen war, schnappte kampfbereit nach den Resten seiner Wegzehrung. „Gib das wieder her!“

Aber Feuerpelz dachte überhaupt nicht dran, die Beute aufzugeben, schmeckte sie ihm doch so gut. Aufs Schärfste wurde sie verteidigt, einem Krallenhieb ließ das Eichhörnchen den nächsten folgen. Nach einigen Ausweichmanövern seitens des Kobolds traf diesen ein Hieb unterhalb des Halses, wobei es Feuerpelz gelungen war, den Magoi abzureißen. Eine Schrecksekunde verging, bevor Nimrod es realisierte.

„DAS AMULETT!“, rief er in heller Aufregung. „Nicht das Amulett!“ Nimrod bückte sich hastig nach den Brotresten, die Feuerpelz für den Magoi weggeworfen hatte. „Hier, die schenke ich dir. Hier, nimm das! Kannst du haben, ehrlich. Hab gar keinen Hunger. Hier, nimm schon! Nur lass den Magoi fallen!“

Feuerpelz, der ihn gar nicht beachtete, untersuchte den neuen Schatz. Gierig schnupperte er am Amulett. Aber ehe er das Maul öffnen konnte, um daran zu knabbern, bewaffnete sich Nimrod mit einem Stock und schlug damit nach dem Räuber.

„Wag es ja nicht! Ich warne dich!“ Nimrod ließ den Stock durch die Luft zischen, was endlich Wirkung zeigte. Zu seinem Leidwesen allerdings die falsche: Feuerpelz floh und nahm den Magoi gleich mit. Da Eichhörnchen bekanntlich pfeilschnell sind, geriet Nimrod in Hektik und rannte fuchtelnder Weise mit dem Stock hinterher.

„Nein, nein, nein! Du dummes Biest, hast ja keine Ahnung ...“ Immer wieder verfehlte er Feuerpelz, bis endlich ein Schlag saß, der ihn zielgenau am gespaltenen Ohr traf. Quiekend ließ das Eichhörnchen den Magoi fallen, um auf einen Baum entkommen zu können. Inmitten von einem Laubhaufen landete das Kleinod, dem Nimrod mit einem Hechtsprung nachfolgte. Er wühlte in feuchten Blättern und Tannennadeln, fand den Magoi aber erst, als der durch ein schwaches Leuchten auf sich aufmerksam gemacht hatte.

„Da bist du!“, keuchte er, nahm ihn vorsichtig in die Hand und ließ sich auf den Rücken fallen. Erleichtert streichelte Nimrod über den Magoi und drückte ihn fest an sich, wobei er die Wunde berührte, die Feuerpelz ihm beigebracht hatte.

„Ah! Verflixt noch mal!“ Nimrod biss die Zähne zusammen, kroch langsam aus dem Laubhaufen und schnürte sich vorsichtig das Wams auf, um nach der Verletzung zu sehen. Da entdeckte er, dass sie stark blutete. Anscheinend hatte Feuerpelz bei seinem Angriff auf ihn genau eine Ader getroffen. Mit geschabter Beinwellwurzel aus seiner Reiseapotheke von Mollis und einer Bandage versorgte er die Wunde. Danach begutachtete er sein Werk: Blut war bereits durch den Verband gesickert, den er schräg von der rechten unter die linke Schulter gewickelt hatte.

„Das fängt ja gut an!", murmelte er vor sich hin. „Dabei war das bloß ein Eichhörnchen, bloß ein Eichhörnchen!" Kopfschüttelnd fragte er sich, was ihn erwartete, würden erst die Geister des Grimwalds auf ihn losgelassen. Er vertrieb diesen Gedanken schnell, denn die Geister würden kommen, ob er nun wollte oder nicht. Vorsichtig schnürte er das Wams zusammen und legte sich den Magoi wieder um den Hals.

Nimrods Frühstück fiel spärlich aus, bestand es doch nur aus den kümmerlichen Brotresten, die Feuerpelz übrig gelassen hatte. Mürrisch kaute er darauf herum, bis sein Blick auf Mollis' Goldstickerei fiel, da hellte sich seine Miene auf. *Die Elfe und der Kobold*. Wenn er Aura in diesem Moment nur so fest im Arm halten könnte, wie es dieses Bild zeigte! Er schob die Finger unter das seidene Tuch und bewegte sie sacht dabei. Das Flimmern des Fadens, das er auf diese Weise erzeugte, erinnerte ihn an das Sonnwendfeuer und daran, wie schön ...

Plötzliche Schreie, die aus dem Unterholz tönten, unterbrachen seine stille Andacht. „Elben!" Nimrod verdrehte die Augen. „Bloß nicht die schon wieder!" Nun hieß es handeln! Er raffte seine Habseligkeiten zusammen und rannte eilig in die entgegengesetzte Richtung der Schreie davon. Obwohl er schnell war wie der Wind, währte es nicht lang, da flogen ihm Eicheln und Steine um die Ohren. Der Verfolgte schlug Haken wie ein Kaninchen, wollte er doch den Schwarzelben kein leichtes Ziel bieten. Wieder und wieder musste er im aufwirbelnden Laub nach den Verfolgern suchen, um die genaue Richtung ausmachen zu können, aus der sie ihre Angriffe starteten. Unzählige blitzende Augenpaare verrieten ihm, dass anscheinend der ganze Stamm auf Grimwachteln reitend ausgerückt war, um ihn wieder einzufangen.

„Ha, ihr kriegt mich nicht!" Kaum hatte Nimrod das lauthals verkündet, da lief er mit voller Wucht in Feuerpelz hinein. Sie purzelten übereinander und fielen auf die feuchte Erde.

„Das war ein Glanzstück, Feuerpelz!", kreischten die Schwarzelben aus einiger Entfernung. „Wir erheben dich zum Obersklaven. Halt ihn nur gut fest!"

Feuerpelz fackelte auch nicht lange und sprang auf die Brust seines Gefangenen, das eine Auge fest auf ihn gerichtet. Nimrod sah sich selbst darin, sein gequältes Gesicht. Aber plötzlich – und er wusste nachher nicht zu sagen wie – war das Bild fort. Im Auge des Eichhörnchens hatte sich etwas verändert, es strahlte Licht heraus und ein anderes Gesicht erschien darin, ein vertrautes. „Aura?"

Nimrod konnte es kaum glauben. Die Elfe sah ihn an – aus Feuerpelzens Auge heraus. „Wie bei allen Trollen ist das bloß möglich?" Fast vergaß er, in welch misslicher Lage er sich befand. Aber nur fast. „Das ist doch bloß ein Trick, um mich aufzuhalten!", versetzte er und überrumpelte Feuerpelz, indem er ihm die schwarze Binde über das sehende Auge zog. Es war leicht, das nun blinde Eichhörnchen von sich zu schieben. Nachdem das getan war, sprang Nimrod auf. „Jetzt such mich!", rief er, während Feuerpelz tobte.

Weil die Elben tatenlos mit ansehen mussten, wie Nimrod sie erneut austrickste, brüllten sie alle Schimpfwörter, die ihnen auf die Schnelle einfielen, und das waren eine Menge.

Mit einem letzten Blick auf die wütenden Verfolger schlüpfte Nimrod ins Dickicht.

Obwohl Feuerpelz durch den Lappen vor seinem Auge nichts sah, funktionierte seine Nase tadellos. Er fand ohne weiteres die Koboldspur wieder, nahm die Verfolgung auf und kam schnell näher, zu schnell!

Weil er das schon befürchtet hatte, kramte Nimrod die Nussplätzchen aus seinem Proviant heraus und warf sie hinter sich. Bis auf eine kurze Distanz näherte sich ihm Feuerpelz noch, dann stieß er mit der Nase auf die Plätzchen.

„Sie sollten ihn eben besser füttern!", dachte Nimrod noch, bevor er

den Elben ein für alle Mal ein Schnippchen schlug.

Nun drang er tiefer und tiefer in den Wald vor. Nach einiger Zeit des Wanderns kletterte er über einige Baumpilze auf eine abgestorbene Birke und setzte sich in die Astgabel, um auszuruhen. Von hier aus bot sich ihm ein einzigartiger Blick in den Grimwald. Die Bäume ringsum waren wohl Hunderte von Jahren alt und höher als der Kirchturm von Golker. Wahre Urwaldriesen, die einander trotz ihrer Größe Raum zur Entfaltung gelassen hatten. Das Laub fächerten sie auf wie gewaltige Schirme, wovon das Regenwasser perlte, von einem Blatt zum nächsten. Fiel eines dieser Blätter, so konnte man fast dabei zusehen, wie ein neues an seiner Stelle wuchs. Die Bäume dienten unzähligen Tieren als treue Behausung und wehrhafter Schutz. Im knorrigen Geäst lebten sie ihr junges, unbeschwertes Dasein, das sich in beständigem Rascheln und Klopfen äußerte. Unablässig rauschte der Wind in den Wipfeln und eine Fülle von unbekannten Geräuschen durchwebte die Luft mit ihrem Zauber.

Nachdem Nimrod sich satt gesehen hatte, rief er sich zur Eile und stieg von seinem Aussichtspunkt herunter. Anschließend nahm er den Kompass aus der Hosentasche, bestimmte Süden und machte sich wieder auf den Weg. Es war verwunderlich, obwohl er schon den ganzen Tag unterwegs war, zeigte sich ihm der Grimwald unerwartet freundlich. Bisher gab es keine Anzeichen für das Unheil, das in ihm lauerte. Viel eher wirkte der Wald märchenhaft:

Hier und da sangen Vögel und klopften Spechte. Verschlungene Wege führten vorbei an Tümpeln, deren tiefes Wasser dunkelgrün und geheimnisvoll leuchtete und über deren Oberflächen Mückenschwärme einsame Sonnenstrahlen durchtanzten, die ihren Weg bis tief durch das Gehölz gefunden hatten. In großen Baumhöhlen hockten Eulenpaare, die miteinander auf die Dämmerung warteten. Und über all dem lag das immerwährende Grün des Waldes.

Dieser Tag voll neuer Eindrücke verging für Nimrod wie im Flug. Als aber die Schatten der Nacht langsam zwischen den Baumstämmen einherschlichen, die Dunkelheit das Dickicht einhüllte und ihr schwarzes Tuch über den Weg ausbreitete, überkam ihn Furcht. Ihm wurde bewusst, dass er nicht früh genug nach einem sicheren Schlafplatz gesucht hatte. Jetzt war es zu spät dazu. Tastend stolperte er durch die Finsternis, bis er in einiger Entfernung Lichter tanzen sah, Glühwürmchen. Nimrod schlich so nah heran, dass sein Mienenspiel in ihrem Licht zuerst fröhlich, dann ernst und schließlich wild erschien. Als sich eines der Glühwürmchen von den anderen entfernte, sollte es ihm nützlich sein. „Warte auf mich!“, rief er und rannte dem Lichtschein hinterher.

Während Nimrod nur seinen Schlafplatz im Sinn hatte und nach einer Baumhöhle oder einem leeren Kaninchenbau Ausschau hielt, hatte er nicht gemerkt, dass er immer weiter in ein Gebiet des Grimwalds vorgedrungen war, in dem es alles andere als märchenhaft zuging. Langsam erschreckten ihn die Geräusche der Nacht immer mehr. Bedrohlich knackte es in den Zweigen, flüsterte im finsteren Unterholz, unheimlich schrien die Dachse und gluckerten die Wasserläufe. Als er meinte, dumpfe Schritte zu hören, die ihn verfolgten, war er mit einem Schlag hellwach und sicherte sich nach allen Seiten ab.

Aber trotzdem geriet er in die Falle, denn urplötzlich wurde der Boden unter seinen Füßen weich. Beklommen hielt er inne. Im Schein des Glühwürmchens meinte er, in verkrüppelten Weiden Spukgestalten zu erkennen, die ihre Arme nach ihm ausstreckten. In seiner Not sah Nimrod auch noch das Glühwürmchen wie einen Blitz in die Höhe schießen, worauf es erlosch. Es war verschwunden und hinterließ seinem Begleiter nichts als finstere Nacht.

„Ich Trottel!“ Nimrod schlug sich gegen die Stirn. „Das war ein Irrlicht!“

Von einem der umstehenden Nadelbäume erklang ein amüsiertes Quieken: „Hallo, du Nachtschwärmer, die Ameise hält das Glühwürmchen auch für ‘ne große Leuchte!“ Das erloschene Irrlicht saß auf einer Tannenspitze, um zu verfolgen, was als nächstes mit dem Kobold geschehen würde. Und wie erwünscht, trat der beim nächsten Schritt in tiefen Morast.

„Hast du mich etwa in einen Sumpf geführt?“, rief Nimrod, der panisch um sich blickte.

Das Irrlicht zuckte die schattigen Schultern. „Ich kann nichts dafür, es liegt mir im Blut.“

„Aber ich werde versinken!“, schrie Nimrod. „Komm zurück und bring mich hier wieder raus. So kann ich nichts sehen.“

Das Irrlicht sinnierte kurz, dann ließ es sein Licht tatsächlich wieder leuchten.

„Oh, danke!“, rief Nimrod erleichtert.

„Ich bin doch nicht irr!“, sagte das Irrlicht und tippte sich an die funkelnde Stirn. „Dir zu helfen wäre wider meine Natur. Ich würde mein Ansehen als strahlende Eminenz der Irrlichter verlieren, und wäre fortan als Lichtleiter verschrien. Geht nicht, geht gar nicht.“

„Aber ...“ Weiter kam Nimrod mit seinem Einwand nicht, denn das Irrlicht verschwand durch das Blätterdach des Grimwalds. Es flog so weit hinauf, dass es nicht mehr zu unterscheiden war von einem der Lichter am Sternenhimmel. „Du teuflischer Wurm!“, rief er ins Dunkel, wonach er verzweifelt um sich tastete. Doch da war nichts als Wasser, da war nichts als Ungewissheit. Nur ein Plätschern um seine Beine war zu hören. Vorsichtig versuchte er einen Schritt rückwärts, um sicheren Stand bemüht. Doch bei den ersten Versuchen landete er beinahe im Morast. Er ruderte mit den Armen und nach mehreren Anläufen gelangte er glücklicherweise zurück auf festeren Boden. Da er aber nicht einmal mehr die Hand vor Augen sehen konnte, ließ er sich genau hier im feuchten Moos nieder. Er war so erschöpft, dass er auf der Stelle hätte einschlafen können, wäre nicht noch etwas Unerwartetes geschehen:

Der Magoi begann zu schimmern. Schnell klemmte Nimrod sich das Amulett zwischen die Knie. Unter der gravierten Mondoberfläche flossen grüne Nebel ineinander und formten eine Gestalt, bei deren Erscheinen ihm die Augen weit aufgingen. Vorsichtig streichelte er über das Bild. „Aura“, flüsterte er.

Aura, die ein trauriges Gesicht machte, flog über den Wipfeln des

Grimwalds. Sie trug noch das Kleid vom Abend des Sonnwendfeuers, auf dessen Stoff ein Handabdruck prangte wie ein Schatten – Nimrods Handabdruck. Als ihr Blick darauf fiel, strich sie zärtlich darüber und ein verstohlenes Lächeln huschte über ihr Gesicht. Urplötzlich wurde das Bild von Aura schwächer, schemenhaft und verlosch dann ganz, fast wie das Irrlicht.

„Nein, geh doch noch nicht!", flehte Nimrod, der heftig am Magoi rieb, um das Bild zurückzuholen. „Komm zurück!" Doch so sehr er sich auch mühte, das Amulett blieb stumm.

„Warum?", fragte er traurig und starrte eine Ewigkeit auf das Amulett. „Warum hast du mich bloß allein gelassen?"

Erst als ihn die Erschöpfung wieder überkam, löste er den Blick vom Magoi, rieb sich die Augen und aß den letzten steinharten Bucheckerpfannkuchen. Dann kuschelte er den Kopf ins Tuch hinein, deckte sich mit dem Umhang bis zur Nasenspitze zu und träumte von Aura, wie auch in der letzten Nacht. Aber heute – heute tanzte sie mit ihm zwischen den Sternen.

9. Aura

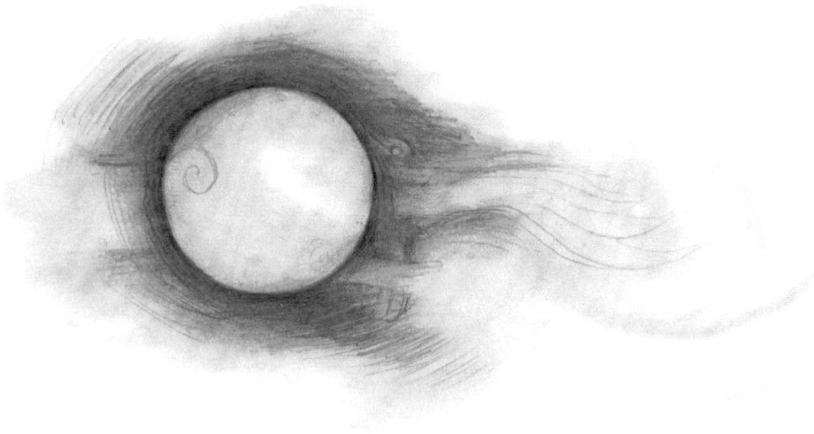

Ein Fest ohne Musik war nicht viel wert, und als sie plötzlich erstarb, zerschlug sich die feierliche Stimmung, die zuvor geherrscht hatte. Alle hielten die Luft an, froren förmlich in der Bewegung ein, nur Jaris nicht, denn der kam mit festen Schritten auf das Tanzpaar zugestürmt. Als er die beiden erreicht hatte, holte er aus und verpasste Nimrod einen solchen Faustschlag an die Schläfe, dass er wie tot umfiel.

„*Das* hast du verdient!", schrie Jaris ihn an, worauf er Aura am Arm packte, sie zu sich herumwirbelte und brüllte: „Warum hast du den Tanz abgebrochen?"

In ihrer Angst, Jaris würde sie ebenfalls schlagen, sank Aura in sich zusammen und hob schützend die Hände vor das Gesicht. Doch glücklicherweise wurde er durch das Heranstürmen der Elfen von ihr abgedrängt. In diesem Tumult wurde sie mit Orakelsprüchen nur so bombardiert: „Bei allen Sturmgeistern! Das ist ja ein Unglück! Nun sind wir verloren!" „Der Winterwolf wird uns holen!"

„Wir werden im ewigen Frost untergehen." „Wir werden erfrieren, sterben wie die Eintagsfliegen!" Und die immer wiederkehrende Frage lautete: „Warum hast du nur den Tanz abgebrochen?"

Nun mussten die Elfen zu ihrem Bedauern feststellen, dass Aura zu all dem nicht viel sagte, vielmehr schwieg sie sich aus. Zudem wirkte sie verstört, was die Vermutung nahelegte, sie sei vom Kobold verwünscht worden oder er habe ihr den Tod an den Hals gehext. Da Aura ihr Verhalten nicht erklärte, zog Jaris sie am Arm hoch, an den aufgebrachten Elfen vorbei. Er schob sie hinter einen Ginster und drückte sie ins Geäst.

„Das Volk erwartet eine Antwort", begann er bitter. „Du hast uns dem Winterwolf ausgeliefert, und nun wollen alle zu Recht wissen: *Warum?* Du gibst mir jetzt eine Antwort und zwar sofort!"

Auras Augen glänzten fiebrig. „Lass mich los!", sprach sie mit schwacher Stimme und wandte ihr Gesicht von ihm ab.

„Was erlaubst du dir eigentlich? Rede schon endlich!" Jaris fasste ihre Schultern und schüttelte sie so heftig, dass ihr Kopf hin und her gepeitscht wurde und ihr die Blüten aus den Haaren rieselten. „Sprich! Sprich! Sprich!"

Als er endlich mit dem Schütteln aufhörte, wurde sein Griff so fest, dass Aura die Oberarme schmerzten. „Nun, ich WARTE!" Jaris' Blicke durchbohrten sie förmlich.

Doch Aura sagte weiterhin nichts, wich seinem Blick aus und starrte in die Sonnwendnacht hinaus.

„Ich erwarte in der Frühe eine Erklärung!", zischte Jaris, der sie nach einem letzten wütenden Ruck in die Zweige endlich losließ. Dann wandte er sich von ihr ab und stapfte raschen Fußes davon.

Da sank Aura zusammen, schlug sich die Hände vor das Gesicht und weinte bitterlich aus Verzweiflung darüber, dass sie Jaris und ihre Familie beschämt hatte. Wie hatte es eigentlich dazu kommen können? Wie sollte sie das bloß erklären? Endlich fand sie einen Ausweg: *Sie musste dem Kobold irgendeine Frechheit andichten! Nur welche, nur welche?* Weiter kam sie mit ihren Gedanken nicht, wurde sie doch ungestüm aus dem Gebüsch gezerrt. „Hier bist du also!“ Delia, ihre Mutter, hatte sie entdeckt. Sie trug ein honigfarbenes Seidenkleid mit hohem Kragen, extra für diesen Festtag für sie gemacht. Sie war unverkennbar zornig. Ihr sonst so schönes Gesicht hatte die Farbe einer Erdbeere angenommen. „Bist du denn völlig verrückt geworden?“, platzte sie heraus. „Wie stehen wir denn jetzt vor dem König da? Du hast unsere Familie zum Gespött gemacht! Willst du etwa, dass der Fluch uns trifft? Überhaupt können wir froh sein, wenn der Hochzeitsreigen ...“

„Er hat gesagt, ich sei hässlicher als jedes Trollmädchen“, rutschte es Aura plötzlich raus.

„WAS?“ Delia schüttelte den Kopf: „Das war alles? Das Gerede eines Kobolds nimmst du ernst? Das ist wieder mal typisch für dich! Es würde mich wirklich nicht wundern, wenn der von seinem Volk ausgewählt wurde, um uns zu schaden, denn damit ist immer zu rechnen. Und du bist ihm auf den Leim gegangen mit deinem falschen Stolz! Worauf nur bildest du dir eigentlich so viel ein, dass du die Tradition mit Füßen trittst, aber was sag ich?“ Sie packte Auras Hände. „Hiermit geschlagen hast du sie.“ Jetzt stieß sie sie von sich. „Aus meinen Augen mit dir! Und pass bloß auf, dass du Hadur nicht in die Quere kommst, er ist nämlich rasend vor Wut!“

Aura lief an der leeren Festtafel vorbei, den Blick auf den Boden geheftet. Sie hoffte, dadurch niemandem aufzufallen. Aber ihre Sorge war unbegründet, kaum jemand war noch zugegen. Die meisten hatten sich kurz nach dem Unglück zurückgezogen. Und wer genau hinhörte, vernahm sorgenvolles Flüstern und Raunen in Alburga. Vor dem verglühenden Feuer hielt die Elfe inne, denn sie fand den Kobold immer noch reglos an der gleichen Stelle liegend vor. Sie fragte sich, wie schwer Jaris ihn wohl verletzt haben mochte und ertappte sich bei dem Wunsch, ihn aufzuheben, um sich zusammen mit ihm im Ginster zu verstecken, bis alle fort waren. Sie schaute sich kurz um. Weil in der Nähe niemand zu entdecken war, kniete sie sich neben den Kobold und lauschte auf dessen Atem. Er schien zu schlafen und der verletzliche Ausdruck, den er dabei im Gesicht zeigte, berührte Aura. Sie bedauerte, dass sie nicht einmal seinen Namen kannte, hatte sie ihn doch längst ins Herz geschlossen. Und sie konnte nicht sagen, dass er hineingeschlichen war – das hatte sie bis dahin gedacht, doch die Wahrheit sah anders aus – sie selbst hatte ihn eingelassen.

Aura rückte näher zu ihm heran, strich über seine verrußten Wangen und kühlte sie ein wenig mit den Händen. Dann neigte sie sich seinem Ohr zu, das genauso spitz war wie das ihre. „Kannst du mir verzeihen?“, flüsterte sie.

Weil sich plötzlich Stimmen aus dem Dunkel näherten, sprang Aura auf und suchte Schutz im Gebüsch.

Vier Oltmannen landeten an der Glut, über der nur noch blaue Flammen tanzten. Sie stellten sich spottend neben dem Ohnmächtigen auf. Und da erkannte Aura zwei von ihnen: Es waren Laurenz und Amber, beides Freunde von Jaris.

„Seht euch den Bastard an! Wie hässlich!“ Sie lachten hämisch.

„Ich finde“, sagte Laurenz, „man sollte ihn in die Flammen werfen. Was meint ihr? Der Holzkopf brennt sicher gut!“

„Ja, wie Zunder!“, grölten die anderen. „Lasst ihn uns lynchen!“

Aura erschauderte. Was würden sie dem Kobold antun? Sie presste sich die Hand auf den Mund, um ein angstvolles Wimmern zu unterdrücken.

„Anrühren werde *ich* den auf keinen Fall, so verkohlt wie der stinkt!“ Amber verzog das Gesicht. „Ich hol mir doch nicht die Pest an den Hals! Das ist eine Aufgabe für Totenelfen.“ Er verschränkte die Arme hinter seinem Rücken und sah auf Laurenz. „Mach du es doch, wenn du dich traust!“

„Ich allein?“ Laurenz sah sich in der Runde um. Als sich keiner der Oltmannen rührte, murrte er enttäuscht: „Ihr seid Spielverderber, ihr feigen Hunde!“ Aber mit einem Mal zeigte sich ein Grinsen auf seinem Gesicht. „Man muss ihn ja auch nicht unbedingt anfassen“, meinte er und spuckte auf Nimrod. Als das geschehen war, gebärdeten sich die Oltmannen wie Tiere, gackerten und blökten. Danach taten sie es Laurenz gleich. Aura wurde übel und sie wandte den Blick ab.

Nach einiger Zeit verloren die Oltmannen die Lust an ihrem bewegungslosen Opfer und zogen von dannen – mit geschwellter Brust wie Hähne.

Als das Gegröle verhallt war, atmete Aura vor Erleichterung auf. Sie wollte nichts lieber tun, als bei ihrem Kobold zu bleiben. Aber die Gefahr, in seiner Nähe gesehen zu werden, war ihr einfach zu groß. Deshalb flog sie in ihre Kammer hinauf. Schweren Herzens und nicht ohne ihm einen letzten Blick zu schenken. Über Nacht tat sie kaum ein Auge zu, weil sie sich ihrer Feigheit schämte. Hatte sie doch den Kobold verleumdet, *den* Kobold, der ihr so aufrichtig begegnet war.

Als Aura bei Sonnenaufgang erwachte, wurden die Worte, die sie dem Kobold in den Mund gelegt hatte, bereits von einem Elfenohr zum nächsten geflüstert: „Hässlicher als ein Trollweib?“, wiederholten die Lauschenden, weil es ihr Missfallen erregte, was sie da hören mussten: „Stellt euch das mal vor! Sie hat ja keinen Verstand im Kopf. Nein wie dumm sie doch ist, um nicht zu sagen: Dämlich!“

Vorsichtig schlich Aura unter den gerümpften Nasen der Elfen einher und achtete darauf, niemandem in die Quere zu kommen. Aber es dauerte nicht lange, da traf sie auf Jaris. Auch ihm war das Gerücht zugetragen worden. Und als er Aura jetzt kommen sah, richtete er warnende Blicke auf sie. Als sie versuchte, ihm auszuweichen, stellte er sich ihr in den Weg.

„Denkst du, dass du ungeschoren davonkommst?“, bellte er. „Mit deiner Verfehlung wird sich jetzt der König befassen. Zweifellos eine Verschwendung seiner kostbaren Zeit für eine, die sich so geistesarm zeigt wie du das gestern getan hast! Du bist nicht einmal seinen Fluch wert! Dein Verhalten war beschämend! Als meine zukünftige Braut erwarte ich von dir absolute Demut – vor dem König, vor mir, meiner Familie und vor dem Volk!“

„Jaris, ich ...“, begann Aura, deren Wangen vor Nervosität glühten.

„Schweig!“, donnerte er und reckte ihr eine Faust entgegen.

Atemlos taumelte sie zurück. So hatte sie Jaris noch nie erlebt!

„Und jetzt komm!“ Er zog sie am Arm hinter sich her.

„Der König wird das Urteil über dich sprechen!“ Das Elfenvolk hatte sich bereits auf den oberen Ästen Alburgas versammelt, um Einzelheiten für die Reise in den Winterhain zu besprechen. Sie hofierten den Elfenkönig Boreas, der von vier Oltmannen in einer Sänfte getragen wurde. So schwebte er über seinem Volk, ohne sich anstrengen zu müssen. Das war auch nötig, denn er war von übelster Laune wegen des Ausgangs des Sonnwendfestes und er brauchte die Kräfte, um seine Volksvertreter beschimpfen zu können. Als Aura nun endlich erschien, machten alle schnell Platz. Beseelt von einer Neugier, der eine schadenfrohe Bitterkeit innewohnte, erwarteten sie das Urteil.

Jaris warf Aura vor dem Herrscher auf die Knie. „Da ist die Unwürdige!“, presste er heraus. „Los, sprich zu deinem König!“

„Majestät, Ihr habt mich rufen lassen!“, stammelte sie.

Während Boreas grollend auf sie herabsah, ergriff Jaris ein weiteres Mal das Wort: „Ich möchte den König daran erinnern, sie empfindlich zu bestrafen. Immerhin wird sie mein Eheweib werden und ihre Schmach soll bis dahin ausgeräumt sein.“ Kaum hatte er das verkündet, mischte er sich unter das Volk.

Aura, deren Flügel wie Espenlaub zitterten, kauerte auf einem kahlen Ast und harrte der Dinge, die da kommen würden. Boreas erhob sich aus seiner Sänfte und richtete sich vor ihr auf:

„Du hörst also“, sagte er, „was dein zukünftiger Bräutigam rät: Empfindlich soll deine Strafe ausfallen. Na, dann sieh mal her!“ Er nickte einem der Oltmannen zu, der ihm etwas überreichte. Als Boreas es Aura unter die Nase hielt, erkannte sie einen haarigen, auf dem Rücken liegenden Borkenkäfer darin. Es war bemitleidenswert, wie er mit den Beinen zappelte.

„Siehst du ihn?“

„Ja“, flüsterte Aura.

„Ja, was?“, donnerte Boreas.

„Ja, ich sehe ihn. Ich sehe ihn!“

„Das ist gut. Ich wollte nur sicher gehen.“ Und mit einem Schlag seiner Hände zerquetschte er den Käfer vor ihren Augen.

Aura fuhr zusammen und schrie auf.

„Bist du still!“, befahl Boreas.

Da wimmerte sie nur noch.

„Meines Erachtens hast du dasselbe verdient, denn nichts anderes als dieser Käfer bist du – ein Schädling! Mit diesen Worten warf er ihr das tote Insekt ins Gesicht.

Das Entsetzen, das sie packte, war kaum vorzustellen. Sie kreischte und kreischte.

„SEI STILL!“

Doch Aura ließ sich nicht mehr beruhigen. Sie war inzwischen ein weinendes und zitterndes Nervenbündel.

Da schritt Andalus ein, der Sohn des Elfenkönigs: „Vater, das ist wohl genug!“, flüsterte er ihm zu.

Aber Boreas gab ihm mit finsteren Blicken zu verstehen, dass er seine Einmischung nicht duldete. Um noch eins draufzusetzen, spuckte er vor Aura aus und rief dann: „Schädlich für unser Volk bist du. Aber Andalus hier, die weichherzigste Brut, die meine Ahnenreihe je hervorgebracht hat, will Gnade walten lassen.“

Im Elfenvolk machte ein aufgebrachtes Murmeln die Runde.

„Das Volk spricht, hörst du es?“, fragte Boreas.

„Ja, ich höre es“, sagte Aura zögerlich.

„Ich glaube, es will, dass mein Fluch dich trifft. Aber mit Rücksicht auf deine angesehene Familie und meinen Neffen Jaris bestimme ich folgendes: Jaris wird selbst eine Strafe für dich finden, die er für angemessen hält. Und du stellst deine Demut unter Beweis, indem du dich danach richtest! Zwischenzeitlich ...“ Er unterbrach sich und blickte auf sein Volk. „Und das gilt für alle hier! Sei ihr Name ungesagt! Damit du weiterhin daran erinnert wirst, dass du mit der Tradition gebrochen hast, wirst du auf der Reise in den Winterhain mit den Krähen fliegen. Außerdem musst du das Kleid der Schande mit dem Rußfleck des Ungeheuers darauf“, der König deutete auf ihre Hüfte, „bis zum Tage deiner Hochzeit tragen!“

Aura blickte an sich hinunter und entdeckte den rußigen Handabdruck des Kobolds an ihrem Kleid. Ein Trost! Oh läge doch seine Hand noch an dieser Stelle! Wie sehr sehnte sie sich nach ihm, und wie sehr fürchtete sie sich vor dem eigenen Volk.

Boreas fuhr donnernd fort: „Und verschone mich mit deinem Anblick. Kommst du mir zu nahe, zermalme ich dich wie den Käfer! Hast du das verstanden? Hast du das verstanden, du Schmeißfliege?“

„Ja, Majestät!“, wimmerte Aura.

„Und jetzt bringt sie fort!“, befahl er den Oltmannen. „Ab mit ihr zu den Krähen!“ Und im Stillen lachte sich der König ins Fäustchen, denn er hatte soeben einen teuflischen Plan geschmiedet.

*

Die Krähen gehörten den Totenelfen. Mithilfe der Vögel beschworen sie bei Totenfeiern den Wind herauf, der die Asche der Verstorbenen in den Himmel geleitete. Außerdem dienten die Krähen als Lasttiere für Vorräte und Gepäck, wenn zweimal im Jahr die großen Umzüge bevorstanden. Beladen allerdings wurden sie nur von Oltmannen, da Totenelfen nicht mit dem Proviant in Berührung kommen durften, weil sie Verstorbene berührten. *Albia, die Weiße* war eine besondere Krähe, die dem Elfenkönig gehörte und deshalb sein Purpurbanner trug.

Heute waren die Krähen von Unruhe vor der weiten Reise erfasst. Sie würden lange unterwegs sein. Allein schaffte es eine Krähe in zwei Tagen, vom Sommerhain in den Winterhain zu fliegen, doch beladen mit Gepäck und Proviant und den Elfen im Schlepptau dauerte das Unterfangen eine Woche, weil oft Rast eingelegt werden musste. Die Nächte verbrachten sie schlafend in den Baumwipfeln. Während die Krähen nun das Gefieder schüttelten, drang lautes Krächzen aus ihren Kehlen. Oltmannen versuchten sie in Schach zu halten und als Aura gebracht wurde, stießen sie sie dazwischen. Erschreckt hielt sie sich die Hände über die Ohren und duckte sich unter den Flügelschlägen, die gerade stürmisch wurden, weil Boreas das Zeichen zum Aufbruch nach Süden gab, ins Hügelland von Anderia.

Nachdem sie nun schon den ganzen Tag unterwegs waren, empfand Aura die Nähe der Krähen nicht mehr als Strafe, fühlte sich ihnen sogar zugehöriger als den Elfen. Sie erfuhr die Namen der Vögel von den Totenelfen, wenn sie ihre Tiere flüsternd begrüßten: *Batu der Schattenjäger, Sasa die Totensängerin und Endor der Graurücken.* Endor war größer als die übrigen Krähen, ein steinalter Rabenvogel. Aura strich ihnen dann und wann übers Gefieder und teilte ihre Mahlzeiten mit ihnen.

Zwar wurde Aura bei allem, was sie tat, von Oltmannen beobachtet – einer brachte ihr sogar aus Mitleid einen Mantel aus Trollhaaren gegen die Kälte – doch niemand kam, um das Wort an sie zu richten.

Erst am zweiten Tag gesellte sich ihre Schwester Hanay während einer Rast zu ihr. Äußerlich glichen sich die Schwestern wie Zwillinge, bis auf eine Zahnlücke, die nur Hanay hatte, Aura jedoch nicht.

„Schreckliche Viecher!“, sagte Hanay.

„Wen meinst du?“ Aura sah sie abschätzend an.

„Na, die Krähen.“

„Sie bringen deine *hübschen Kleider* nach Anderia.“

„Ja, nicht auszudenken.“ Hanay schüttelte sich.

„Willst du sie lieber selbst tragen? Ich zeige dir, wo sie sind. Schattenjäger hat sie.“ Aura deutete auf eine Krähe, die ganz in ihrer Nähe auf einem Ast saß.

„Diese Viecher haben Namen?“ Sie rümpfte die Nase. „Und dabei stinken sie wie die Kobolde! Womit wir schon beim Thema wären ...“

Aura stieg Zornesröte ins Gesicht.

Hanay aber fuhr unbeirrt fort: „Ich frag mich schon die ganze Zeit ...“ Sie kicherte und zischte dabei durch ihre Zahnlücke. „Hat der Kobold wirklich gesagt, dass du hässlicher bist als ein Trollweib?“

„Da beißt du bei mir auf Granit, meine Liebe, dazu sage ich gar nichts!“, fauchte Aura.

„Sehr mitteilsam, wirklich“, sagte Hanay beleidigt. „Kannst ruhig mal mit mir sprechen, wenn ich schon mal so nett bin und zu dir komme. Schließlich hast du uns in eine unglaublich peinliche Lage gebracht.

Mutter weint jede Nacht, Hadur hält sich tapfer und Jaris steht ganz neben sich. Das haben sie wirklich nicht verdient. Du hättest dich doch wohl ein bisschen zusammenreißen können. Ein Kobold ist eben ein Kobold, was hast du denn erwartet, dass er dir einen Antrag macht?" Hanay lachte spitz.

Aura, der die Worte ihrer Schwester ein Stich versetzten, packte der Schwindel. „Lass mich in Ruhe", sagte sie bebend.

Und Hanay, die sich einen vollständigen Bericht erhofft hatte, um ihre Freundinnen informieren zu können, musste unverrichteter Dinge abziehen.

Kaum war es Aura gelungen, sich wieder zu fangen, da kam Jaris. Und um ihm gleich den Wind aus den Segeln zu nehmen, sagte sie: „Ich werde vor dem Ende der Reise nicht mit dir sprechen."

Jaris ballte die Hände zu Fäusten und zischte: „Du hast doch wohl gehört, was der König befohlen hat: Ich habe die Macht über dich! Niemand anderer als *ich* wird deine Strafe festlegen, also mäßige dich lieber!"

„Du magst zwar die Macht über mich haben – ein armseliger Herrschaftsbereich übrigens – dennoch werde ich nicht mit dir sprechen." Zur Verdeutlichung kehrte sie ihm die Flügel zu und fächelte in sein erzürntes Gesicht.

„Du bist es, die hier armselig ist! Eine Schande und eine ...!" Jaris unterbrach sich, denn er hatte plötzlich bemerkt, dass ihr Streit schon die ungeteilte Aufmerksamkeit der Mitreisenden erregt hatte. Da er sich vor ihnen nicht zum Narren machen lassen wollte, verzichtete er auf weitere Beleidigungen, obwohl sie ihm auf der Zunge brannten wie Zitronensaft. Dafür rief er so laut, dass auch alle ihn hören konnten: „Ich bestimme, dass sie heute und morgen nicht essen wird!" Er deutete auf Aura. Darauf wandte er sich von ihr ab, um sich wieder Hanay und ihren Freundinnen anzuschließen. Die steckten die Köpfe zusammen und er flüsterte ihnen etwas zu, worauf sie kicherten und Aura amüsierte Blicke zuwarfen. „Schmeißfliege!", sagten sie und gaben sich keine Mühe, das leise zu tun.

Die nächste Nacht klirrte vor Kälte. Die ferne Silhouette der Elfenschar zeichnete sich vor dem riesigen Vollmond ab, der wie eine geheimnisvolle Laterne bleich über dem Grimwald stand. Zu mitternächtlicher Stunde beschlossen die Elfen, im Wipfel eines großen Ahorns Rast zu machen. Die Hüter leuchteten mit ihren Ewigen Lichtern, während alle dicht zusammenrückten, weil der Frost ihnen zu schaffen machte. Das Fliegen fiel umso schwerer, je kälter es wurde. Durch die zusätzliche Hungerstrafe fühlte Aura sich sehr matt. Sie saß gerade zwischen den Krähen auf einem Ast, als Andalus zu ihr kam, des Elfenkönigs Sohn. Er war von großer Gestalt und das lange, helle Haar fiel ihm über die Schulter, was sein sanftes Wesen unterstrich, das nicht zu vergleichen war mit dem seines Vaters. Im Gegensatz zu Boreas achtete er alle Elfen gleichsam. Aura mochte ihn, auch wenn er immer etwas unzugänglich erschien. Andalus gab den Oltmannen, die in der Nähe Wache taten, ein Zeichen und wartete, bis sie sich entfernt hatten, um ein Stück Gebäck aus seinem Mantel zu holen. Vielmehr war es, als zauberte er es hervor, worüber Aura bloß staunen konnte.

„Iss erst, wenn ich fort bin!", flüsterte er ihr zu mit seiner wärmenden Stimme.

Schnell versteckte Aura die Gabe zwischen den Falten ihres Kleides. Im Gegenzug schenkte sie ihm einen dankbaren Blick.

Andalus sah eindringlich zurück. „Ich habe euren Streit mitbekommen", sagte er, „und ich muss dir einen Rat geben." Er räusperte sich, bevor er weitersprach. „Höre auf Jaris! Tue alles, was er verlangt und zeige dich möglichst untergeben. Er steht dem König weitaus näher als ich; mit ihm ist nicht zu spaßen."

Aura hob die Schultern. „Nein", sagte sie leichthin. „Spaß versteht Jaris nun wirklich nicht."

Da zog Andalus sie fest am Arm zu sich heran. „Nimm meine Warnung ernst, rate ich dir! Vielleicht weißt du es ja gar nicht, aber du hattest furchtbares Glück. Ich habe selbst schon miterleben müssen, was mit Elfen geschieht, die Boreas nicht folgen."

„Ich weiß, sie trifft der Fluch."

„Wenn du meinst, Boreas' Fluch sei das *Schlimmste*, was dich ereilen kann, so irrst du dich. Es gibt weit Schlimmeres, als zur Totenelfe degradiert zu werden."

Aura runzelte die Stirn.

„Weißt du, was Lysander sind, Aura?"

Sie schüttelte den Kopf.

„Natürlich weißt du es nicht, denn über sie wird nicht gesprochen, weil es bei Todesstrafe verboten ist. Aber ich weiß es, Aura, ich weiß es. Lysander sind die Geächteten unseres Volkes. Und ich habe gesehen, was mit ihnen geschieht. Glaube mir eines, Aura, es ist schlimmer als der Tod. Kein zweites Mal kann ich das ertragen. Erspare es mir."

Ihr Atem bebte, als sie die Furcht in Andalus' Gesicht sah. Was um alles in Grim hatte er nur erlebt? Aura, die Mitleid mit ihm hatte, berührte sanft seinen Arm. „Ich werde es beherzigen", versicherte sie. Da zeigte er sich beruhigt, nickte ihr zu und wollte schon zum Volk zurückzukehren, als Aura ihn zurückhielt. Eines musste sie noch wissen: „Warum hilfst du mir eigentlich? Und warum stellst du dich gegen deinen Vater?"

Andalus sah sich forschend um, dann neigte er sich zu ihr vor und flüsterte: „Er ist eine Bestie!"

*

Als der vierte Tag ihrer Reise anbrach und die Vorräte soeben von Oltmannen verteilt wurden, da verkündete Jaris lauthals:

„Aura darf heute wieder am Mahl teilnehmen." Und als er sich der vollen Aufmerksamkeit seiner Mitreisenden sicher war, zeigte er kleines Stück Brot. „Geben wir ihr aber nicht zu viel." Er teilte es noch einmal, lachte verschlagen und sagte: „Damit schicken wir jetzt eine Totenelfe zu ihr, auf dass es ihr gut schmecke!"

Während sich die Elfen amüsiert die Ellenbögen in die Rippen stießen, sah Jaris sich unter ihnen um. So entdeckte er eine Elfe, die nicht mitlachte. Sie hatte dunkles Haar und trug ein blutrotes Kleid unter pechschwarzem Mantel. Blutrot und schwarz, das waren die Farben der Totenelfen.

„Du!“, bestimmte Jaris, der sehr wohl ihren Namen kannte. „Du gehst!“

Susanna setzte einen verächtlichen Blick auf und entriss ihm das Brot. „Schäm dich!“ Dann rief sie in die Runde: „Schämt euch alle!“

Doch sie schämten sich nicht, sie lachten nur noch mehr.

Aura, die von der Aufregung nichts mitbekommen hatte, da sie inmitten der lärmenden Krähen saß, schreckte zusammen, als ihr plötzlich etwas in den Schoß fiel.

„Jaris schickt mich damit“, sagte Susanna mitleidig.

Aura betrachtete ihr Frühstück. „Dich schickt er damit? Das ist ...“

„Ich weiß, ich habe es berührt, und nun wirst du es sicher nicht mehr essen wollen. Dabei musst du sehr hungrig sein. Es tut mir leid.“

Aura war sichtlich betroffen. „Das muss es nicht, nein. Ich finde es unverzeihlich, dass er dich damit beschämt hat. Ich danke dir, wirklich. Ich werde es mit Appetit essen.“ Nachdem sie das gesagt hatte, nahm sie das Brot in die Hand.

„Sei davor gewarnt“, sagte Susanna, „denn ähnlich wie mit Jaris verhält es sich mit diesem Brot. Es ist hart und hat einen faulen Kern.“

Und tatsächlich, als Aura feststellte, dass es verdorben war und zäh, brach der Zorn aus ihr hervor: „Ich will seine milde Gabe nicht!“ Sie donnerte das Brot in die Zweige, worüber sich eine der Krähen so erschreckte, dass sie laut krächzte und eine Runde über dem Grimwald flog. Auf einen Ruf Susannas hin kehrte sie jedoch zurück, um neben ihr zu landen.

„Ruh, Ruh, Sturmfeder ...“, flüsterte Susanna dem Vogel zu, der nur ein Auge hatte. Sie fuhr ihm über die Federn, woraufhin er an ihrem Kleid zupfte.

„Traute Zweisamkeit, hm?“, bemerkte Aura und wischte sich eine Träne fort.

„Krähen leben fünf Jahre mit ihren Eltern zusammen“, erklärte Susanna. „Hast du das gewusst?“

„Wirklich? Wahrscheinlich sind sie deshalb so gutherzig und treu.“ Sie seufzte. „Irgendwie erinnern sie mich an jemanden.“

„Da weiß ich, wen du meinst“, entgegnete die Totenelfe und zupfte an Sturmfeders Zaumzeug. „In letzter Zeit sah ich ihn häufig.“

„Wen?“

„Nimrod. Er hat sich oft in deiner Nähe aufgehalten.“

„Nimrod?“ Aura hörte den Namen zum ersten Mal.

„Na, der Kobold“, erklärte Susanna. „Und seit der Sonnwendfeier geht mir eines nicht mehr aus dem Sinn ...“

„Was denn?“ Aura hielt die Luft an, bis Susanna es endlich aussprach:

„Der Tanz!“

Aura schluckte und sie spürte wie ihr das Blut in die Wangen schoss. „Was war damit?“

„Er hat magisch ausgesehen.“

„Magisch?“ Ihre Überraschung konnte Aura bei aller Mühe nicht verbergen.

„Ja, wirkliche Magie lag darin“, flüsterte Susanna und nach einer kurzen Pause fügte sie hinzu: „Und genau aus diesem Grund verstehe ich das Ende nicht: Diese Ohrfeige ...“

Aura presste die Lippen aufeinander.

„Ich kann mir denken, dass du dich dazu nicht äußern willst. Du magst ihn, nicht wahr?“

Aura holte tief Luft: „WAS? Doch nicht einen Kobold!“

„Sicher nicht.“ Susanna lachte, denn Aura war viel zu leicht zu durchschauen. Keine große Sache für die beste Beobachterin des Elfenvolkes. „Du magst ihn sogar sehr. Und ich weiß, dass er ebenfalls sehr viel für dich empfindet.“

„Wo-Woher weißt du das?“

„Sieh!“, sagte Susanna und deutete auf das rechte Auge ihrer Krähe. „Das andere hat sie im Kampf mit einem Eichhörnchen verloren. Sie haben sich gegenseitig die Augen ausgekratzt und ausgehackt, im Streit um einen Kieselstein. Danach ist etwas Eigenartiges geschehen: Sturmfeder kann sehen, was das Eichhörnchen sieht; so als hätten sie ein magisches Band geknüpft." Aura runzelte befremdet die Stirn.

„Glaubst du mir nicht?"

„Ich weiß nicht recht, das klingt etwas abenteuerlich", gab sie zu.

Die Totenelfe zog sie direkt vor die Krähe hin und wie es der Zufall so wollte, öffnete sich deren Pupille wie eine Linse, und Licht fiel hindurch.

„Das ist ja verrückt!" Aura war ganz aufgeregt. „Aber da ist er ja!", rief sie. „Nimrod!" Sie betrachtete einen Augenblick sein erstauntes Gesicht. „Kann er mich etwa auch sehen?", fragte sie.

„Ich denke schon."

Plötzlich war das Bild fort, und ihr Erstaunen verwandelte sich in Sorge: „Wo ist er?", hauchte sie.

„Er ist im Grimwald. Das habe ich gestern schon gesehen. Das Eichhörnchen war ihm auf den Fersen und nun hat es ihn ..."

Aura unterbrach sie: „Im Grimwald? Aber ... aber ... das ist doch gefährlich! Was macht er denn da?"

Susanna blickte sie verständnislos an. „Verstehst du denn nicht ...?"

„Was meinst du?"

„Na, er ist auf dem Weg zu dir, was sonst."

Aura erbleichte, denn dass dieser Weg vernichtend war, das wusste sie nur zu gut.

10. Wassergeister

Man erzählte sich in Grim, dass im westlichen Sumpfland allerlei Wassergeister und Nixen ihr Unwesen treiben sollten. Außerdem hause dort eine uralte Moorhexe; die Morra sei Herrin über den Nebel, so hieß es. Morra habe ihr Kind ertränkt und sei deshalb dazu verflucht, nach ihrem Tod ewig im Moor zu spuken. Und weil Wassergeister wie die Morra seit Jahr und Tag wehrlose Opfer ins Moor zogen, mieden die Bewohner Grims den Sumpf und seine Ausläufer, die bis in den Grimwald reichten.

Als Nimrod am frühen Morgen erwachte, stellte er mit einiger Beklommenheit fest, dass es neben der Möglichkeit umzukehren, keinen anderen Weg gab, als dieses unheimliche Sumpfgebiet zu durchschwimmen. Auf dem rostbraunen Wasser schlingerten die Spiegelbilder mächtiger Schwarzerlen, die den Uferrand zu beiden Seiten säumten und ein dichtes Blätterdach spannten. Auf leichten Wellen schaukelte brauner Schaum, woraus Wasserpflanzen ragten wie Schwertspitzen.

Der Kobold verzog das Gesicht, nachdem er einen Finger ins Wasser gesteckt hatte, um die Temperatur zu prüfen. Es war eiskalt. Zwar hatte er bereits mit einem Hanfseil die Stiefel und seine Habseligkeiten zu einem festen Bündel verschnürt, zögerte aber jetzt, ins Wasser zu tauchen. Erst nach ein paar tiefen Atemzügen glitt er langsam ins Wasser hinab. Gegen die Kälte anschnaufend, setzte er sich langsam in Bewegung und sah mit dem Bündel auf dem Rücken aus wie eine Schildkröte. Unterwegs zum anderen Ufer wurde Nimrod von silbrigen Fischen umschwärmt, die seine Schwimmbewegungen durch teleskopartige Augen beobachteten, die sie kritisch hin und her bewegten.

„Guckt nicht so! Schwimmt ihr doch mal mit Hosen!“, rief er und spuckte Fontänen in Richtung der Fische, um sie zu verscheuchen. Schließlich verzogen sie sich und er war froh darüber, denn der Geschmack des eisenhaltigen Wassers ließ zu wünschen übrig.

So schwamm er nun also unbehelligt ein weites Stück, nur dann und wann kreuzte eine Wasserratte oder ein Haubentaucher mit Küken auf dem Rücken seinen Weg. Das andere Ufer war schon nicht mehr fern, da wurde Nimrod plötzlich ruckartig abgebremst. Irgendetwas hatte seinen rechten Knöchel mit festem Griff gepackt. Hektisch fing er zu zappeln und zu treten an, zumal die trübe Brühe nicht erkennen ließ, wer sich da an ihm zu schaffen machte. Es war zum Grausen, vielleicht hatte ja Morra die uralten Hände nach ihm ausgestreckt oder ein Wassermann erlaubte sich einen Spaß mit ihm. Was auch immer es war, es ließ nicht mehr von ihm ab. Nimrod schrie aus vollen Lungen, bis ihm Wasser in den Hals lief. Er hustete es aus und schnappte gierig nach Luft. Dann wurde er unter die Wasseroberfläche gezogen. In blanker Not riss er sich das Bündel ab und zerrte an seinem Bein. Aber je fester er zog, desto enger wurde der Griff an seinem Knöchel. Und es war ihm, als packten Eisfinger sein wild pochendes Herz, wollte er doch nichts als atmen! Immer wieder versuchte er zu sehen, wer oder was ihn gefangen hielt, seinen Henker wollte er kennen. Aber seine Kräfte machten nicht mehr mit, deshalb konzentrierte er sich nur noch auf den einen übermächtigen Wunsch: Er wollte atmen! Aber so viel er auch mit den Armen aufwärts ruderte, so wenig bewegte er sich fort. Allmählich verlangsamten sich seine Bewegungen, bis er schließlich ganz still wurde. Nun schossen ihm Erinnerungen durch den Kopf, Erinnerungen an Mollis, an Elias und an Baca. Ein letzter Gedanke an Aura formte sich zu ihrer Gestalt. Sie schwamm vor ihm im Wasser, nahm sein Gesicht in die Hände und küsste seinen Mund, wobei ihr Haar ihn umschmeichelte. Im nächsten Augenblick aber war sie schon wieder verschwunden und es waren bloß Algenfäden, die sein Gesicht streichelten. In dem Moment, da er so hilflos im Wasser trieb, sein Herz langsam schlug und er darüber ganz ruhig geworden war, löste sich der klammernde Griff, gab ihn frei. Nimrod tauchte keuchend auf und atmete, atmete, atmete.

Als er sich gefangen hatte, untersuchte er den schmerzenden Knöchel.

„Was ist das denn?", rief er aus. Er hatte entdeckt, dass sein Fuß mit den Resten einer Wasserpflanze umwunden war. Und zum ersten Mal begann er an seinem Vorhaben zu zweifeln, war er doch von einem Eichhörnchen verletzt, von einem vermeintlichen Glühwürmchen in die Irre geführt und nun von einer Wasserpflanze fast ertränkt worden. Was kam da wohl als nächstes? Etwas Dümmeres konnte er sich nicht ausdenken.

Den Schrecken noch tief in den Knochen, tauchte Nimrod nach dem Bündel mit seinen Habseligkeiten und den Stiefeln. Nachdem er es endlich gefunden hatte, ließ er sich erschöpft auf der Wasseroberfläche treiben. Den Blick hatte er in die Baumkronen der Schwarzerlen gerichtet, während er tief ein- und ausatmete. Nach einer Weile schloss er die Augen und dachte an Aura, die ihm eben, an der Schwelle des Todes, so real erschienen war. Sie hatte ihn geküsst! Er seufzte und begann von ihr zu träumen.

Aber wie er so dahindümpelte, wurde ihm allmählich kalt. Obendrein erkannte er, dass er weit von seinem Ziel abgetrieben war und schwamm zähneklappernd die ganze Strecke zurück. Zwar kam Nimrod dem Ufer bald nahe, war aber so erschöpft, dass ihm alle Kräfte ausgingen. Er kam nicht mehr von der Stelle, weshalb er die Hand nach einem Felsen ausstreckte, der aus dem Wasser ragte. Hierauf wollte er sich ausruhen und bemerkte, dass ein Laubfrosch denselben Gedanken verfolgte.

„Ein guter Platz!", stieß Nimrod zwinkernd hervor. „Für uns beide."

Nachdem der Frosch vor ihm die moosbewachsene Schräge überwunden hatte, geschah etwas Eigenartiges: Das Wasser brodelte auf, der Felsen bewegte sich und aus dem Morast schnellte der pferdeähnliche Kopf eines Kelpies empor. Das faule Gebiss der Kreatur fuhr herum, schnappte sich den Frosch, der es gewagt hatte, ihr auf den Rücken zu krabbeln und verschlang ihn in einem Stück. Danach warf der Kelpie den Kopf hin und her, dass ihm die algenverklebte Mähne vor die Stirn klatschte, worunter milchig blaue Augen schimmerten. Ein schrilles Wiehern gurgelte aus seiner Kehle und erfüllte das Waldgewölbe.

Nimrod, der von dem Geisterschrei aus der Erstarrung erweckt wurde, riss die Hand vom Kelpie zurück und das sumpfige Wasser schlug über ihm zusammen. Sein folgendes Strampeln und Keuchen blieb dem Kelpie nicht verborgen, der auf der Suche nach ihm wie wild die Augen verdrehte und die Nüstern blähte. Nachdem das Ungetüm Nimrod aufgespürt hatte, sog es gierig seinen Geruch ein, worauf heißhungriger Atem über ihn hinwegschoss. Als das Kelpiegebiss dicht hinter ihm zuschnappte, war seine Erschöpfung wie weggeblasen.

Nimrod schwamm so schnell er konnte, bis er Boden unter den Füßen spürte. Da grub er die Zehen in den Sand und schleppte sich voran. Sein durchweichtes Bündel warf er im hohen Bogen ans nahe Ufer. Der Kelpie aber preschte hinter ihm her, dass das Wasser, aus dem sich sein grober, dunkler Körper hob, nur so spritzte. Nimrod, dem vor Schreck alles Blut aus dem Gesicht gewichen war, krabbelte auf allen Vieren ans Ufer. Endlich war er dem Wasser entkommen, noch nicht aber dem Kelpie, der nun ein irres Quieken ausstieß. Blitzschnell griff Nimrod nach einer vorspringenden Wurzel der Uferböschung und zwängte sich in eine Aushöhlung darunter. Sein Herz klopfte wie verrückt, als er den Sand unter den Hufen des Geisterpferdes knirschen hörte. Langsam steckte der Kelpie die Nüstern zwischen die Wurzeln der Böschung und während er nach Koboldfleisch suchte, streiften die drahtigen Haare seiner Nase Nimrod, der sich mucksmäuschenstill in die Höhlung drückte. Für einen Moment hielt der Kelpie inne, weil er den Kobold erschnüffelt hatte. Dann wieherte er und versuchte Nimrod, der vor Angst keuchte, mit den Zähnen zu greifen. Als das dem Ungetüm nicht gelang, ließ es die seifige Zunge vorschnellen, um ihn aus dem Loch zu schälen. Das gab Nimrod den Rest. Neben der Zunge, die ihn zu ersticken drohte, verschlechterte der faulige Gestank, der aus dem Kelpiemaul strömte, seine verteufelte Lage und ihm sanken die Knie weg. Der Ohnmacht nahe, vernahm er dumpf eine himmlische Melodie und es war ihm, als sängen die Totenvögel seine Grabeshymne.

Ehe es aber zu spät war, ließ der Kelpie von ihm ab und trabte davon. *Was war geschehen*? Der Schleimverschmierte rappelte sich auf und lugte zwischen den Wurzeln hervor. Wie klangen ihm da die Ohren? Ein kristallener Singsang schwebte über dem Wasser. Die lichte, klare Stimme beschwor auch das Geisterpferd, das mit gespitzten Ohren und erhobenem Schweif der mystischen Melodie folgte. Tänzelnd verschwand es hinter einer Anhöhe. Nimrod, der unbedingt wissen wollte, wer da sang, sprang aus dem Loch, raffte sein Bündel und seine Stiefel auf, um dem Kelpie zu folgen. Er krabbelte über die Anhöhe und nutzte das dichte Gebüsch als Deckung. Vorsichtig näherte er sich dem Gesang und spähte um einen Baum. Der Anblick, der sich ihm darbot, ließ ihm den Atem stocken:

Auf schwarzem Fels saß eine Wassernixe, deren Haar in dunkelgrünen Wellen bis hinab auf das Gestein fiel. Der Kelpie hatte seinen schlammigen Kopf auf ihren perlmuttenen Fischschwanz gelegt, um ihr zu lauschen. Singend fuhr sie dem Gefährten durch die Mähne und zog Algenfäden heraus, die sie mit sachter Handbewegung ins Wasser gleiten ließ. Der Kelpie schnaufte zufrieden und forderte sie durch stupsen mit seinen Nüstern auf, ihn hinter den Ohren zu kraulen. Belustigt kam die Nixe dem nach, während ihr Gesang erblühte, wie die Wasserlilien im Stillen See.

Im Bann dieses Schauspiels hatte Nimrod gar nicht bemerkt, dass er aus seiner Deckung getreten war. Als die Nixe ihn erblickte, brach sie abrupt ihren Gesang ab. Still sah sie ihn an, aus großen, goldenen Augen; streichelte aber weiterhin die Mähne des Geisterpferdes.

„Komm nur, komm. Komm zu Goldauge!“, lockte sie ihn mit ihrer herrlichen Stimme. „Was tust du hier, Kobold?“

Nimrod trat klopfenden Herzens näher. „Ich will durch den Grimwald hindurch.“ Er räusperte sich, weil seine gewöhnliche Stimme ihn verlegen machte.

„Da bist du ja schon weit gekommen – so weit ...“, summte sie gedankenverloren und streichelte das Fell des Kelpies glänzend. Als Nimrod schon glaubte, Goldauge habe ihn vergessen, sprach sie eine Warnung aus: „Das Herz des Grimwalds kannst du aber nicht ungestraft durchwandeln. Niemand vermag das. Das Verderben droht jedem, der nur in die Nähe des Geheimnisses gelangt, das es in sich birgt. Welcher Anlass sollte dich wohl in diesen Höllenschlund stürzen?“

„Die Liebe!“, erklärte Nimrod und drückte seine Habseligkeiten so fest an sich, dass das Wasser wie aus einem Schwamm herauslief. „Ich liebe eine Elfe.“

Überrascht nahm die Nixe ihre Hand vom Kelpie, der verwundert seinen Kopf hob und die Mondsteinaugen verdrehte.

„Ein Himmel voller Geigen, nicht wahr? Du würdest für sie durch Feuer und Wasser gehen, oder etwa nicht? Aber es ist trotzdem eine hoffnungslose Sache, denn die Andersartigkeit von Kobold und Elfe ist ebenso unüberwindbar wie dieser Wald. Du solltest umkehren!“ Goldauges Stimme hallte walkürenhaft durch seinen Kopf und der Mut sank ihm wie Blei in die Füße. Bedauernd sah sie ihn an. „Komm nur, ich tröste dich, komm! Komm näher zu mir!“, lockte sie und gurrte dann: „Komm, und du wirst nie mehr traurig sein, das verspreche ich dir. Ich werde für dich singen. Na, so ist es recht. Gleich wirst du froh werden. Gleich schon ...“

Doch ein verstohlener Blick hinunter zum Kelpie verriet sie und ließ Nimrod zögern.

„Du willst mich bloß einlullen, um deinem Gefährten einen

Leckerbissen zu verschaffen!", rief er zornig.

„Aber wie kannst du das nur denken?", sagte Goldauge. „Ich mag dich doch – wirklich! Ich will dich schützen und vor bösem Unheil bewahren. Eine aus dem Himmelsvolk liebt doch niemanden wie dich, der aschebeschmiert aus einem Erdloch geboren wird."

„Was kannst du schon wissen?", schleuderte er ihr entgegen.

Da legte sich ein Schatten auf die Goldaugen der Nixe. Und Nimrod kam fast um vor Schreck, als er nun ihre Verwandlung miterlebte: Ihr betörendes Gesicht verzog sich zu einer Grimasse, womit sie ihr wahres Gesicht zeigte, das ledern war wie das einer Moorleiche, gegerbt und ausgemergelt. „Morras Kind bin ich!", rief sie und ihre zarte Stimme zerbarst in tausend Splitter zu einem kehlig rauen Knirschen.

War Goldauge ein Kind der Moorhexe, wie furchtbar musste Morra dann selbst sein?

„Und wenn du nicht auf meinen Rat hören willst, dann sollst du zu Grunde gehen!" Mit einem Deut ihrer skelettartigen Finger hetzte sie den Kelpie auf ihn. „Da ist er, da!"

Nimrod nahm die Beine in die Hand. Und noch bevor der Kelpie sich erhoben hatte, um die Richtung auszumachen, in die er gelaufen war, war der Kobold im Unterholz verschwunden. Das Geisterpferd konnte die Witterung auch nicht wieder aufnehmen, weil Nimrod noch immer nach dessen Speichel roch.

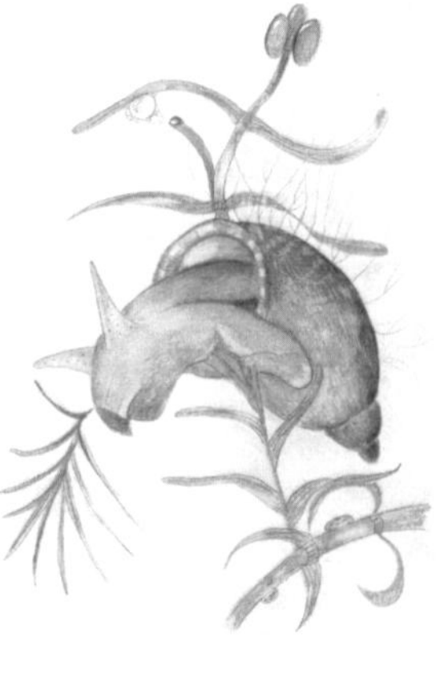

11. Mollis

Nimrod war noch nicht lange fort, da zog der Frost ein in die Ruinen von Golker. Die Ratten froren in ihren Löchern und der Wind erwartete den Schnee. Ibrahim dagegen erwartete niemanden. Er saß bei flackerndem Kerzenschein und las in aller Seelenruhe für Parzival aus Psalm 18 seiner Bibelübersetzung:

Er schwebte auf den Fittichen des Windes. Er machte Finsternis ringsum zu seinem Zelt; in schwarzen, dicken Wolken war er verborgen.

Da geschah es, dass er durch ein plötzliches „Hallo“ erschreckt wurde. Er riss die Arme in die Höhe, sein schweres Buch glitt ihm vom

Schoß und donnerte auf das Bodenmosaik, wobei es Parzival nur um Haaresbreite verfehlte. Piepsend huschte die Maus davon.

„Herrje!“, keuchte Ibrahim, die Hand auf seinem rasenden Herzen. Der Besucher kam näher und blieb vor dem Fenster stehen, durch das die untergehende Sonne ihre letzten Strahlen schickte.

Ibrahim schob sich die Brille, die auf seine Unterlippe gerutscht war, zurück auf die Nase. Danach wischte er an den fettigen Gläsern, um den Störenfried erkennen zu können. Er blinzelte ins Gegenlicht.

„Ah, Mollis!“, rief er erleichtert aus.

Ja, Mollis war es. Sie war seit langer Zeit einmal wieder zu ihm gekommen und brachte etwas mit sich, etwas, das nicht hierher gehörte, etwas, das ganz und gar nicht hierher gehörte. Aber sie ahnte nichts davon, ebenso wenig wie Ibrahim. Sie lief mit gehetztem Blick auf und ab, während sie sich die verfrorenen Hände knetete.

„Verzeih, ich habe dich erschreckt“, begann sie atemlos. „Aber ich kann nicht länger allein in meinem Haus sitzen. Da werde ich noch ganz irre. Ich habe nun beide verloren, nicht? Eigentlich alle drei. Ich habe meine ganze Familie an diesen elenden Wald verloren. Ich kann nicht schlafen, weil sich meine Gedanken ständig im Kreis drehen. Ich musste einfach mit jemandem sprechen! Ich muss endlich was loswerden: Weißt du, bevor Nimrod aufgebrochen ist, war Raban bei mir. Er hat mich ausdrücklich gewarnt. Aber was habe ich getan? Ich sag es dir: Ich hab es ignoriert, einfach ignoriert, weil ich dachte, so sei es das Beste. Jetzt bin ich mir aber nicht mehr sicher, Ibrahim, nicht mehr sicher. Ich hätte Nimrod nicht gehen lassen dürfen, oder? Ich hätte es nicht zulassen dürfen.“

Ibrahim blickte sie voller Sorge an. Mollis, die in einen dicken, grauen Wollmantel gehüllt war, hatte vom Weinen ganz verquollene Augen. Ihr Haar, das ihr in feinen Strähnen vom Kopf abstand, bildete im tief stehenden Sonnenlicht einen wirren Heiligenschein. Und er fand, dass sie aussah wie ein verstörter Engel ohne Flügel.

„Beruhige dich erst mal, Mollis! Ich mache dir einen heißen Tee mit Grimtau, dann geht es dir sicher gleich besser.“ Er erhob sich und schlurfte hinüber an seine Herdstelle, worin noch ein bescheidenes Feuer brannte, in dem er ein wenig mit einem Eisen herumstocherte. Dann legte er zwei Scheite nach und stellte Wasser in einem Kupferkessel auf das auflodernde Feuer.

Derweil setzte sich Mollis in den Lehnsessel, der neben Ibrahims stand und blickte die überladenen Bücherregale empor, die sich bis hinauf zur Glaskuppel erstreckten. Daneben kam sie sich winzig vor. Als Ibrahim zu ihr zurückkehrte, folgte ihm zögerlich eine Maus. Zuerst versteckte sie sich hinter ihm, dann aber zwinkerte sie um seine Beine herum und beäugte den Gast.

Da war Mollis entzückt: „Wer bist denn du?“, rief sie.

„Das ist Parzival!“, antwortete Ibrahim für die Maus. „Parzival von Eschenbach, um genau zu sein. Er hört mir zu, wenn ich lese.“

„Na, du hast ein Glück, du kleines Knopfauge“, bemerkte Mollis und endlich hatte sie fröhlicheres Gesicht.

Ibrahim überreichte ihr einen Becher mit heißem Tee, den sie dankend annahm, um sich als erstes die Hände daran zu wärmen. Offenbar war ihr noch immer kalt, denn sie hatte sich mit ihrem Mantel zugedeckt. Darunter trug sie ein schweres, graues Wollkleid, das bis hinauf zum Kragen mit bezogenen Knöpfen versehen war, an den Ärmeln wanden sich Stickereien. *„Diese Stickereien!“*, dachte Ibrahim bewundernd. *„Wer sich die Zeit nahm, konnte darin lesen wie in einem Buch.“* Er ahnte, warum sie heute dieses Kleid trug, erzählte es doch von Verlust, Traurigkeit und dem Geheimnis, das sie umgab.

Parzival krabbelte zwischen die Sessel und als er nicht viel später eingeschlafen war, kam *etwas* auf leisen Sohlen aus seinem Versteck. Um genau zu sein: Sohlen hatte es eigentlich nicht – noch nicht! Von Mollis Rocksaum, der über Parzival hing wie ein Schirm, tropfte Lebendiges Silber. Es war haften geblieben, als sie über die Verandatreppe ihr Haus verlassen hatte. Die Flüssigkeit breitete sich nun langsam über das Bodenmosaik aus und hielt auf Parzivals Pfötchen zu.

Eine Weile saßen Ibrahim und Mollis nur so da und schlürften den heißen Honigtee. Gelegentlich wechselten sie scheue Blicke, bis Ibrahim schließlich die Stille unterbrach: „Weißt du, Mollis, es ist gut, dass du gekommen bist. Ich mache mir nämlich seit langer Zeit einen Vorwurf.“ Er wackelte leicht mit dem Kopf hin und her. „Könnte sein, dass *ich* deinen Elias ins Verderben geschickt habe – ich allein. Vielleicht habe ich ihm damals nicht den richtigen Magoi ausgewählt, ich hätte schneller laufen oder eher an den Zaubersack denken müssen ...“ Ibrahim starrte ins Leere, den damaligen Augenblick vor dem Grimwald im Geiste: Keinen Schritt hatte er sich vorgewagt.

„Ich war feig'!“, urteilte er über sich selbst.

Mollis ließ das nicht gelten: „Das darfst du nicht denken! Wir müssen damit aufhören, die Schuld bei uns zu suchen.“ Sie lehnte sich zurück und ließ eine Hand von der Lehne sinken, um Parzival hinter dem Ohr zu kraulen.

Die leichte Berührung weckte die Maus.

„Aber ich weiß, es ist nicht so einfach“, gab sie zu. „Überhaupt nicht.“ Seufzend sah sie durch das Fenster auf die funkelnden Sterne, die längst aufgegangen waren. „Mein Nimrod ist jetzt irgendwo da draußen – ganz allein! Weißt du, Ibrahim, als er noch klein war, da habe ich neben ihm wach gelegen. Ich habe ihn fest im Arm gehalten und meine Nase an sein winziges Ohr gedrückt. Stundenlang habe ich seinem Atmen gelauscht, weil ich befürchtete, er könnte einfach damit aufhören. Damals habe ich mir geschworen, Ibrahim, ich habe mir *geschworen,* ihn niemals zu verlassen und alles Übel von ihm fernzuhalten. Wie ist es bloß dazu gekommen, dass ich mein eigenes Wort gebrochen habe? Wie bloß?“

Parzival, der die Aufregung in ihrer Stimme bemerkt hatte, hüpfte auf die Sessellehne und stupste Mollis mit der Nase an. Indes breitete sich das Lebendige Silber von seinen Pfoten über die Lehne aus. Mollis, die das nicht bemerkte, streichelte der Maus über den Kopf, um sich ein wenig zu trösten. Nach einiger Zeit bat sie, an Ibrahim gewandt:

„Liest du vielleicht auch mal für mich?“

„Und ob!“, erwiderte der und stellte seinen Becher beiseite. Er zog das Buch vom Boden zurück auf den Schoß und klappte es an einer

Stelle auf, die er durch einen Goldfaden markiert hatte, Sprüche 24.

„Das hier ist meine Übersetzung der Bibel, eine der heiligen Schriften der Menschen. Aus ihrer Völkertafel stammt, wie du sicher noch weißt, der Name deines Sohnes: Nimrod, der wilde Jäger, der erste Held auf Erden."

„Ja." Sie lächelte. „Die Vorstellung mochte ich: mein kleiner Held, mein Nimrod."

Von ihnen unbemerkt blieb, dass der Knauf des Lehnsessels, der die Form eines Drachenkopfes hatte, urplötzlich die Augen öffnete; in eben dem Moment, da Ibrahim die Worte: *„Nimrod, der wilde Jäger"* ausgesprochen hatte.

Der Alte rückte die Brille zurecht, räusperte sich und begann zu lesen:

Iss Honig, mein Sohn, denn er ist gut, und Honigseim ist gut deinem Gaumen. So ist Weisheit gut für deine Seele; wenn du sie findest, wird dir 's am Ende wohl gehen, und deine Hoffnung wird nicht umsonst sein.

Der Sesselknauf zog eine Grimasse, die offenbarte, dass heilige Schriften gar nicht nach seinem Geschmack waren. Zudem hasste er Honig und ähnlich Süßes, wozu er auch Kobolde zählte, die sich gegenseitig etwas ins Ohr säuselten.

„Hoffnung ...", murmelte Mollis und kam damit wieder auf ihre Lage zu sprechen: „Denkst du, ich werde Nimrod je wiedersehen? Warum war ich bloß so dumm, ihn gehen zu lassen?"

Der Sesselknauf rollte die Augen: „Ha!", feixte er. „Diese Dummheit gefällt mir: Zuerst liefert sie ihn ans Schicksal aus und dann plagt sie das Gewissen."

Ibrahim hakte nach: „Warum du ihn hast gehen lassen, das weißt du sicher selbst am besten, Mollis, oder irre ich mich?"

Sie hob verzweifelt die Schultern: „Aber er ist doch mein Sohn! Ich hätte es eben nicht erlauben dürfen."

„Du hast doch nicht etwa deinen Sohn zu mir geschickt", mutmaßte

Ibrahim etwas säuerlich, „damit ich ihn von seinem Vorhaben abhalte, weil du dazu nicht in der Lage warst?“

„Nein, so war es nicht“, erklärte sie. „Ich dachte, es wäre Nimrod bestimmt hilfreich, vorher mit dir zu sprechen; so wie es auch für Elias hilfreich war.“

„Aber ich konnte Elias doch gar nicht helfen.“

„Doch, das hast du! Als er damals aufbrach, war er voller Zuversicht, denn du hast ihm etwas Kostbares mit auf den Weg gegeben: In unseren schwersten Zeiten warst du uns ein wirklicher Freund.“

„Ein wirklich alter und feiger Freund – das bin ich – alt und feige!“, grummelte Ibrahim.

„Stopp nun!“, warf sie ein. „Berichte lieber von meinem Sohn. Wie hat er sich geschlagen, als er hier war?“

An dieser Stelle spitzte der Sesselknauf die Ohren. Endlich kamen die Kobolde auf ein Thema zu sprechen, das ihn interessierte.

„Einen hübschen Burschen hast du da großgezogen, muss ich sagen. Willensstark. Nicht sonderlich vernunftbegabt, was die Liebe zu dieser Elfe anbelangt, aber durchaus wahrhaft und mutig. Er weiß um die Gefahren des Waldes, dennoch setzt er sich ihnen aus – ihr zuliebe. Darin erkenne ich eine große Ähnlichkeit zum Vater.“

Mollis nickte stumm.

Und während die beiden im Fackelschein des kleinen Feuers saßen, vom guten Tee tranken, die Köpfe zusammenhielten und ihre traurigen Herzen wärmten, da löste sich das Lebendige Silber wieder aus dem Sesselknauf, um den Weg nach draußen anzutreten. Als Ziel hatte es die Zinnen der Bibliothek erkoren. Nachdem es die hohe Mauer überwunden hatte, fuhr es in einen der Wasserspeier hinein: Eine Zeit lang passierte gar nichts, dann aber begannen die Augen des Wasserspeiers aufzuleuchten, hiernach durchlief den Steinkörper ein grässliches Knirschen, so als würde Eis zerbersten. Darauf schüttelte sich der Wasserspeier derart, dass eine dicke schwarze Steinstaubwolke aufstob, die ihn vollkommen einhüllte. Darin entfaltete das Ungetüm fledermausartige Flügel und schoss heraus, um einen Befreiungsschrei auszustoßen, der die von Ratten durchlöcherten Grundfesten Golkers erschütterte. Am Ende einer langen, langen Zeit des Wartens hatte er endlich eine Gestalt. Er, Rangul!

Nachdem er einige Runden um die Glaskuppel der Bibliothek gelaufen war – zum Fliegen taugten die steinernen Schwingen nämlich nichts – da hüpfte er zu einem der anderen Wasserspeier hinüber und legte ihm den Arm um den steifen Hals.

„Grüß dich!" Er fummelte dem Kameraden am Ohr herum, bevor er hineinflötete: „Darf ich mich vorstellen, Verehrtester? Rangul ist mein Name! Nett wohnst du."

Er neigte das Ohr dem Maul des leblosen Gesellen zu.

„Wie meinen ...? Woher ich komme, willst du wissen? Das ist eine lange Geschichte, aber wenn es dich so brennend interessiert, mache ich es kurz: Ich komme aus dem Grimwald. In einem Obsidianspiegel gelangte ich hierher. Wie ...? Wer genau ich bin? Ich bin ein Horl. Horle sind Dämonen, wie du dir sicher denken kannst. Ich bin einer aus der Masse, der losgeschickt wurde mit dem wichtigsten Auftrag seit Jahrhunderten. Dazu bin ich speziell ausgewählt worden, weil ich die anderen in Sachen Wagemut locker in die Tasche stecken kann. Was sagtest du ...?"

Er sah den Wasserspeier von der Seite an.

„Du bist auch ein Dämon?" Rangul prustete. „Das ist lächerlich, wirklich! Du siehst aus wie 'ne glupschäugige Langhalskröte mit Fuchsohren! Ein Horl würde niemals eine solche Form wählen!"

Hätte der steinerne Kamerad darauf etwas erwidern können, so hätte er sicher bemerkt, dass Rangul selbst auch nicht viel besser aussähe, nämlich wie ein Ziegenbock mit Fledermausflügeln auf dem Rücken und einem Kamm zwischen den Hörnern. Rangul stolzierte neben seinem Freund auf und ab.

„Ich fühle mich wie in einem Korsett!" Er ließ die Schultern knacken, dass es krachte. „Aber immer noch besser als im Schuh dieses Trottels. Du kannst dir nicht vorstellen, wie das gestunken hat. Nicht dass ich was gegen Gestank hätte, aber ich mag es eben lieber etwas schwefelig.

Wie? Ach du weißt ja gar nicht, wovon ich rede." Rangul kicherte, bevor er weitersprach: „Unter Trottels Käsefuß reiste ich also – oder besser gesagt – ich wurde entführt in dieses Gotteshaus." Er deutete nach links. „Da saß ich nun, unter lauter Scheinheiligen." Er kratzte sich, als leide er an Windpocken. „Geschmacklos, wenn du mich fragst!" Er schüttelte sich, dass sein Ziegenbart zitterte. „Um ehrlich zu sein: In dem Moment habe ich meinen Auftrag verflucht. In einem Gotteshaus haben solche wie ich einfach nichts verloren. Horle ohne Gestalt werden von Schwäche überfallen angesichts einer göttlichen Macht. Du verstehst das natürlich nicht, denn dich kann nichts erschüttern in deinem steinernen Kleid. Ja, und nun glaub es, oder nicht: Mein Schicksal an diesem Unglücksort nahm doch tatsächlich eine glückliche Wendung, denn der Lehrer des Käsefußes stellte sich als rechter Sauertopf heraus. Du musst wissen: Fluch und Zank ist, was Horle mögen, das nährt uns. Je böser das Wort, desto besser schmeckt's."

Rangul flegelte sich auf den Rücken des anderen Wasserspeiers.

„Und nun wird es spannend, mein Freund: Nach kurzer Zeit hätte ich den Meister in Besitz nehmen können. Wohlgemerkt, den *Meister*! Hatte er doch den Käsefuß so saftig gedemütigt, dass ich darüber ganz gut in Form gekommen bin." Der Horl grinste selbstgefällig und ließ seine steinharten Muskeln spielen. „Ja, mir kann kaum jemand das Quecksilber reichen!" Er fuhr sich mit der Pranke über die Hörner.

„Doch dann", plärrte er, „wir kommen nun zum Haar in der Suppe: Bei einem Ausflug nach Kleeweiden gab der Meister – da habe ich sein Talent ehrlich gesagt etwas überschätzt – seine Vision preis. Ich habe in der Fensterscheibe gesessen und alles gehört. Es hätte nicht viel gefehlt, und der Wilde Jäger hätte Wind davon bekommen. Da sah ich die Horl-Prophezeiung gefährdet, denn der Kobold hätte in den Grimwald stürmen können, ohne den Magoi mitzunehmen. Stell dir das mal vor!" Rangul hielt inne, reckte das Ohr in die Höhe.

„Was sagtest du ...?"

Während er nun dem Wasserspeier mit dem Fuß unter dem Hals kraulte, fragte er: „Was? Du kennst die Prophezeiung nicht? Die kennt doch jeder. Sie lautet: Der Wilde Jäger wird kommen. Er wird die Träger der Gestirne bringen und die Horle von Mandergrimms Fessel befreien! Und weil eben diese Erfüllung der Prophezeiung gefährdet schien, war mein ganzer Einsatz gefordert und es blieb mir nichts anderes übrig, als meine teuer, teuer erworbene Energie wieder zu opfern, indem ich mich in der Fensterscheibe materialisierte." Er ahmte die Grimasse nach, mit der er Aray fast zu Tode erschreckt hatte. „Das Gesicht des Trottels hättest du sehen müssen!" Er gackerte. „Nur leider ging bei diesem Unterfangen meine Energie zum Feuertroll oder sonst wohin; zumindest war sie futsch. Ein Furz war übrig, nicht einmal genug für die Übernahme einer Maus. Da war Planänderung angesagt: Unbelebtes funktioniert auch; fürs Erste zumindest. Immerhin muss man nicht gegen einen Willen ankämpfen, weil keiner da ist."

Rangul stellte die Füße auf den Kopf des Wasserspeiers und räkelte sich genüsslich. „Du weißt schon, was ich meine ..." Er seufzte.

„Aber einen Haken hat die Sache: In dieser Gestalt", erklärte er, auf sich deutend, „kann ich nicht unter die Kobolde gehen, ohne aufzufallen. Mein Auftrag ist nämlich, sie auszuspionieren und die Orte zu finden, an denen die größtmögliche Energieausbeute zu finden ist. Da muss ich mir noch was einfallen lassen. Aber das wird sicher ein Kinderspiel." Er setzte sich auf und klopfte sich auf die Brust, was dumpf klang. „Ich bin die Vorhut, Spion und Wegbereiter für die, die da kommen werden, und ich will hoch hinaus." Er fächelte vergeblich mit den Flügeln, zuckte dann mit den Schultern und bevor er davonkrabbelte, sagte er: „Glaube mir, mein Freund, ich werde meine Sache gut machen!"

Was auch sonst? Die Horl-Prophezeiung würde sich erfüllen. Der Wilde Jäger war auf dem Weg in den Grimwald und hatte den Magoi dabei. Es lief wie am Schnürchen.

Am nächsten Morgen erwachte Mollis im Lehnsessel, da sie von Parzivals feuchtkalter Nase an der Hand angestupst wurde.

„Guten Morgen! Du bist wohl hungrig, oder wie?", gähnte sie, sich die Augen reibend. Die ganze Nacht über hatte sie Ibrahim gelauscht, der bereits das Feuer im Ofen neu entfacht hatte. Als er ihr eine Tasse mit heißem Kamillentee reichte, sagte sie: „Ich muss wohl eingeschlafen sein." Sie nahm ihm die Tasse ab, stellte sie aber schnell auf den kleinen Tisch, weil sie so heiß war. „Du hättest mich wecken müssen!", schalt sie ihn.

Ibrahim grinste, dass sich die Barthaare um seinen Mund spreizten wie Tannennadeln. „Ich habe doch nur selten einen so bezaubernden Besuch." Er stellte seine Tasse neben die ihre. „Bleib' nur, so lange du möchtest", sagte er und nahm ihre Hände zwischen die seinen. Dabei entdeckte er die blasse Kerbung um ihren Finger, wo der Ehering fehlte.

Schnell zog Mollis ihre Hand zurück. „Ich kann deine Gastfreundschaft nicht länger in Anspruch nehmen. Zu Baca gehe ich, an die Sumpfgrenze. Sie wird nicht sehr erfreut sein, mich zu sehen; aber ich werde ja nun lange ausharren müssen, ehe ich Nachricht von Nimrod erwarten kann. Ich danke Dir, mein Lieber. Vielen Dank!" Sie erhob sich, nahm ihren Mantel auf und verließ die Bibliothek, ohne sich noch einmal umzusehen.

Gemeinschaftlich und mit gewissem Bedauern im Blick sahen Ibrahim und Parzival ihr hinterher, denn sie bemerkten, dass Mollis etwas mit sich nahm, das sie vermissen würden. Etwas, das eigentlich hierher gehörte.

Vor dem Tor war es furchtbar kalt. Noch immer war kein Schnee gefallen. Mollis blickte seufzend auf den Grimwald. „Wenn du nur wiederkommst ...", flüsterte sie. Und hinter ihrem Rücken reckten die Wasserspeier ihre Hälse und glotzten aus steinernen Augen auf Mollis herunter, die nicht ahnen konnte, dass einer unter ihnen fehlte.

12. Labyrinth

Nach den Erlebnissen im Sumpfgebiet war Nimrod für zwei Tage in eine Baumhöhle gezogen, um seine Sachen zu trocknen, seinen Proviantbeutel zu füllen und einmal richtig auszuschlafen, um Kräfte zu sammeln. Nachdem er Moos für ein Lager zusammengetragen hatte, suchte er die Umgebung nach Nüssen, Bucheckern, Beeren und Pilzen ab. Danach fand er endlich Zeit, sich mit dem Messer seines Vaters zu rasieren, bis auf den Bart an der Unterlippe, den er stehen ließ. Als er damit fertig war, setzte er sich im Schneidersitz auf das Lager und begutachtete seinen Kompass, dessen Nadel irgendetwas in Unruhe versetzt hatte. Sie drehte sich wie ein goldenes Flohkarussell. Er suchte nach der Ursache, fand aber weder Sprünge im Glas noch Wasser im Gehäuse, also nichts, was auf Schäden hindeutete. Seufzend ließ er ihn sinken, wohl wissend, dass er ohne ihn hilflos war.

Als Nimrod am nächsten Tag mit seinem Bündel aus der Baumhöhle kroch, war der Morgen noch frisch. Nachdem er sich ausgiebig gestreckt hatte, griff er nach seiner Kleidung, die er in einem nahen Bach gewaschen und dann zum Trocknen über Zweige gehängt hatte. Ein Gutes war, dass sie nicht mehr nach Kelpie rochen, aber sowohl das Wams, als auch Hose und Stiefel waren noch immer klamm. Er störte sich nicht lange daran und zog alles an, schließlich wartete Aura auf ihn. Danach war er bereit, weiterzureisen, obgleich er nicht wusste, in welche Richtung er gehen musste, um nach Süden zu gelangen. Weil der Kompass ihm nicht half, berührte er sein Amulett mit dem Wunsch, es möge Zeichen geben. Doch wie erwartet tat der Magoi nichts. In solchen Momenten war er eher eine Last und sein Träger verfluchte die Beliebigkeit, mit der der Magoi ihm dienlich war. Es gab also keine Anhaltspunkte für den weiteren Weg. Eine verzwickte Lage, erstreckte sich doch vor ihm ein düsteres Labyrinth aus Ranken, dessen Wege und Sackgassen gespickt waren mit Dornen. Auf diesen Wirrwarr hatte er schon seit der Zeit seines Aufenthalts geblickt und gerätselt, ob er ohne Hilfsmittel den Weg hindurch finden würde. Er musste es versuchen und trat näher ans Labyrinth heran.

Da entdeckte er die Käfer, stecknadelkopfgroß mit glänzenden Goldpanzern. Sie krabbelten überall herum, hatten aber auch ein Paar Sprungbeine, mit dem sie sich so schnell fortbewegen konnten, dass sie von einem auf den anderen Moment zu verschwinden schienen, um plötzlich an einer ganz anderen Stelle wieder aufzutauchen. Was die Goldspringkäfer zusätzlich auszeichnete, das war ein stattlicher Überbiss mit messerscharfen Zähnen, womit sie in die Ranken bissen, um deren rubinroten Saft anzuzapfen. Aber auch die Blätter ließen sie nicht außer Acht, sie fraßen große Löcher hinein.

„Vielleicht", murmelte Nimrod, „wissen die Bescheid." Es gab ja so allerlei im Grimwald, warum dann nicht auch sprachbegabte Käfer. Und so wagte er eine Frage: „Kennt vielleicht einer von euch den Weg nach Süden?"

Als Antwort folgte ein vielstimmiges Zirpen, das klang wie Gekicher. So war das also: Die Goldspringkäfer trieben Scherze mit ihm und begannen auch noch damit, wilde Loopings vor seiner Nase zu drehen.

„Pah!“ Nimrod wedelte mit der Hand, um sie zu verscheuchen. „Ich schaffe das locker ohne euch, das wäre doch gelacht!“

Das Lachen allerdings verging ihm schon nach kurzer Zeit. Unterwegs im Labyrinth fand er nämlich weder den Eingang wieder, noch einen Ausgang. Inzwischen war er über weite Strecken geradeaus, mal rechts und mal links gewandert. Dabei hatte er die ernüchternde Entdeckung gemacht, dass jeder Weg aussah wie der andere. Er fragte sich, ob er nicht längst im Kreis herumlief. Da wurde ihm klar, dass er in der Falle steckte – sehr tief in der Falle sogar. Zu allem Überfluss hatte sich sein Mut verabschiedet. Sicher war er irgendwo an einem Dorn hängen geblieben genau wie die meisten Teile seines Hemds. Jedenfalls war er nicht mehr aufzufinden – kein Mut weit und breit! Ganz im Gegensatz dazu gab es von Goldspringkäfern genug, mehr als genug, um genau zu sein. Zudem rückten sie ihm immer näher auf den Pelz und quälten ihn dadurch, dass sie unter sein Wams krabbelten oder ihn in die Ohrmuscheln bissen.

„Verdammt, haut ab!“, fluchte Nimrod, der um sich schlug wie ein Wilder. Dabei verfehlte er um Haaresbreite einen Wicht, der ihm unerwartet vor die Füße gehopst war. Er reichte Nimrod bis an die Hüfte, war sonnengelb und trug einen Spitzhut sowie eine kurze Hose in derselben Farbe. Sein breiter Mund reichte von dem einen spitzen Ohr zum anderen. Der Wicht wurde von einem kleinen, grünen Vogel in der Größe einer Hummel umflattert. Er piepste eintönig und schnappte nach den Goldspringkäfern.

„Achtung, Wegegeister!“, rief der Wicht. Er blickte Nimrod aus großen Augen an, verschränkte die Arme hinter dem Rücken und fragte dann streng: „Du hast mich herbestellt?“

„Ich?“ Nimrod runzelte die Stirn. „Nein, ich habe niemanden gerufen“, versicherte er, während er sich einige Goldspringkäfer vom Bein schüttelte.

Der Wegegeist streckte seinen Bauch vor wie ein Seepferdchen, als er sagte:

„Aber natürlich hast du nach mir gerufen. Du fragtest doch nach dem Ort der Verdammten, nicht?“ Nimrod bemerkte erst, dass ihm der Mund offen stand, als ein Käfer die Chance nutzte, um auf seine Zunge zu springen. Hustend spuckte er ihn aus. „Ort der Verdammten? Ohne Frage, da *bin* ich längst.“

„Nein, ich muss dich berichtigen, da bist du nicht“, entgegnete der Wegegeist, auf dessen Hut sich der grüne Vogel niederließ. „Ganz und gar nicht, glaub mir! Aber ich kann dich hinführen.“ Er kräuselte den Mund und nickte bedächtig.

„Klingt ja verlockend!“, jaulte Nimrod nach einem Käfer schlagend, der ihm den Überbiss in seine Wange gegraben hatte.

Der Wegegeist hob die Augenbrauen. „Ist kein Problem für mich, dich hinzuführen.“

„Kann ich mir denken.“

Der Wegegeist entgegnete nichts, weil er längst bemerkt hatte, dass der Kobold angesichts der Käferinvasion, die ihn heimsuchte, bald über sein Angebot ins Grübeln kommen würde. Und so war es auch.

„Also gut“, lenkte Nimrod ein. „Wo soll das denn bitte sein, der *Ort der Verdammten*?“, fragte er ziemlich unhöflich, denn die Käfer reizten ihn bis aufs Blut. „Und wer bist du eigentlich, wenn ich fragen darf?“

„Wer ich bin?“, sprach der Wegegeist und deutete eine Verbeugung an. „Natürlich einer von vier Dienern. Man nennt mich *Wolang* und ich geleite dich ins Reich der Verdammten, wo der Nebel die Sonne besiegt.“

„Ins Reich der Verdammten ...?“, echote Nimrod. „In dem der Nebel die Sonne besiegt ...? Ach so!“ Als ihm ein Licht aufgegangen war, beugte er sich zu dem Kleinen herunter und tätschelte ihm den Kopf, wodurch er den grünen Vogel aufschreckte. „Nach Westen würdest du mich führen, Wolang, stimmt’s? Aber was soll ich im Sumpf, wo ich doch nach Süden will? Ich kann dir nicht folgen. Das finde ich zwar selbst sehr bedauerlich, aber so ist es nun mal.“

„AHA! Dann geh doch da lang, wo lang du willst!“, schrie Wolang und explodierte mit einem ohrenbetäubenden Knall zu gelbem Dunst, der irgendwie beleidigt roch, nach Schwefel.

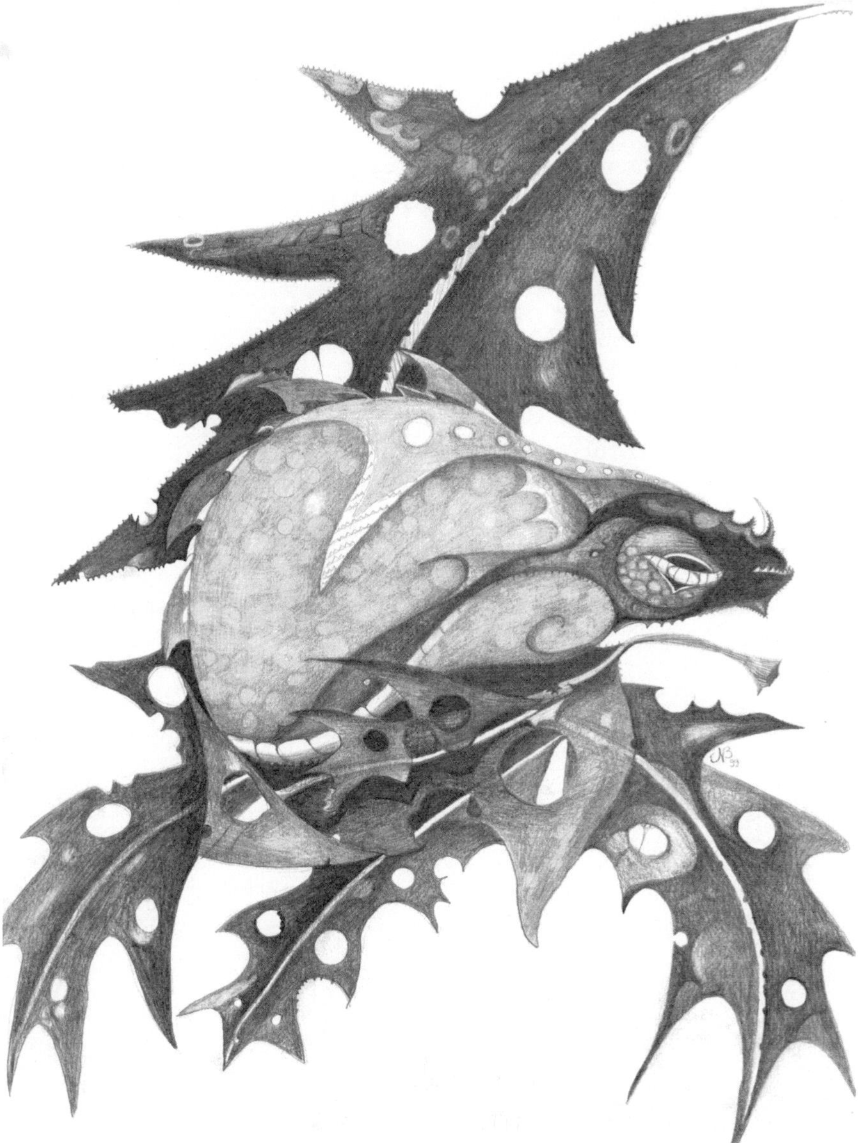

Wolangs Vogel flatterte aufgeregt umher, bevor er im Dunst verschwand.

Die Druckwelle der Explosion hatte Nimrod von den Füßen gerissen, und selbst die Käfer ringsum waren reihenweise auf dem Rücken gelandet und zappelten nun hilflos mit den Sprungbeinen. Kaum war Zeit sich zu wundern, da entstieg dem verbliebenen Dunst ein anderer Wegegeist. Der Zweite unter ihnen, der kalkweiß war, machte eine so tiefe Verbeugung vor Nimrod, dass seine Nasenspitze fast den Boden berührte.

„Ich bin *Weißnicht*!“, sagte er, nachdem er sich vornehm aufgerichtet hatte. Er wurde von einem Schneegestöber umweht, aus dem ein orangefarbener Vogel herausflog, der jodeln konnte. „Weißnicht bringt dich in die Welt des Obersten und des Untersten, wo die schöpferische Kraft des Morgens entspringt.“

Nimrod sprang auf. Das war doch für ihn ein Leichtes! „Im Osten entspringt der Morgen. Du bringst mich ins Reich von Hagar, dem Obersten und Hugur, dem Untersten, in die Trollberge. Aber ich will nach Anderia – so schnell wie möglich sogar“, erklärte er und kratzte sich Käferkribbeln hinter den Ohren weg.

„WAS? DU FOLGST MIR NICHT?“ Weißnicht riss weit die Augen auf, worauf er mit bebenden Mundwinkeln sprach: „Dann hoffe ich, dass die Käfer dich auffressen werden, und zwar *langsam*! Und ich hoffe auch, dass sie nichts von dir übrig lassen werden, nicht den kleinsten Fetzen!“

Nimrod versuchte die Situation zu entschärfen, indem er einen Vorschlag machte: „Ich könnte dir ja folgen ... wenn du mich nach Süden führen würdest.“

„Wo lang willst du?“, kreischte Weißnicht. „Nach Süden? Da lang führe ich niemanden, lass dir das gesagt sein!“

„Wo lang – von hier aus gesehen – liegt denn eigentlich Süden?“

„Guter Versuch! Damit bist du bei mir aber an der falschen Adresse, du Irrläufer!“

„Ach komm schon, könntest du mir nicht wenigstens einen kleinen Tipp geben?“, bat Nimrod.

„Wo denkst du hin?“ Weißnicht zeigte ihm einen Vogel, worauf sein eigener zu jodeln anfing. „Das ist nun wirklich unter meiner Würde! Ich habe genug gehört. SÜDEN? PÄH!“, machte er, als spucke er eine faule Frucht aus. Nachdem er durch ein Hüsteln noch einmal seinen Unmut bekundet und ein Schneehäufchen hinterlassen hatte, verflüchtigte er sich zu einer Rauchwolke, die sich aufwärts durch die Ranken verzog. Nimrod geriet in Wut, stampfte und trampelte, schüttelte sich und schrie gepeinigt auf, denn die Goldspringkäfer saßen bereits unter seinem Wams, das er zwischendurch fester geschnürt hatte.

„ICH WILL HIER RAUS!“, brüllte er. Einem mutlosen Ächzen seinerseits folgte der dritte Wegegeist, der nachtschwarz war und sich geisterhaft aus den Schatten schälte. Er war mit Sicherheit der Unheimlichste unter ihnen, im Gefolge hatte er einen braunen Vogel, der dröhnende Geräusche von sich gab wie eine Rohrdommel.

„Folge *Warfalsch*!“, sagte er. „Ich geleite dich, wohin das Böse gehen wird.“

Nimrod fuhr sich nachdenklich über die Stirn. Beunruhigt war er, weil ihn dieser Wegegeist entweder nach Norden oder nach Süden führen würde. „Wohin geht denn das Böse?“, fragte er nun zaghaft, denn eigentlich wollte er die Antwort nicht hören.

„Bald“, so fuhr Warfalsch fort, „sehr bald wird es hingehen und auf Asche tanzen.“

„Asche?“ Nimrod wurde blass angesichts dieses Orakelspruchs. „Du meinst nach Norden?“, sagte er schwach. „Du würdest mich zurück nach Hause führen, obwohl ich nach Süden will. Aber sag mal, von welch Bösem redest du da?“

„Das weißt du selbst am besten!“, krächzte Warfalsch.

„Das verstehe ich nicht.“

„Noch nicht“, entgegnete Warfalsch. „Aber bald wirst du es verstehen“, fügte er hinzu, bevor er sich in einen Schwarm Fledermäuse verwandelte, in dessen Mitte der braune Vogel flatterte. Auf einen dröhnenden Laut dieses Vogels hin zischten die Fledermäuse in alle Richtungen davon. Nur der Vogel blieb noch einen Augenblick sichtbar, ehe auch er wieder mit den Schatten verschmolz.

Nimrod starrte ins Dunkel. „Das Böse ...", raunte er. Dann stolperte er weiter, schnürte das Wams auf, zog es aus, um es wieder und wieder auf den Boden zu schlagen, damit er die Käfer darin loswerde. Und erst jetzt bemerkte er, dass sein Hemd überall Blutflecken hatte. Da wurde ihm klar, dass die Käfer neben dem rubinroten Saft der Ranken auch Blut tranken und ihm gegenüber deshalb so gnadenlos waren. Diese Erkenntnis verbesserte seine Lage nicht gerade. Schnell warf er sich das Wams wieder über und schnürte es so fest, dass er kaum mehr atmen konnte. Langsam verzweifelte er. Würde ihn doch nur endlich jemand hier herausführen!

Im nächsten Rankentunnel wartete endlich der letzte Wegegeist auf ihn. Dieser war von einem Blau wie Veilchen es sind. Er stand mit verschränkten Armen und geschlossenen Augen da, wie eine Statue. Nimrod schlich froh heran, um ihn aus nächster Nähe zu betrachten, da öffnete der so unerwartet die Augen, dass dem Kobold der Schreck in die Glieder fuhr.

Diese Augen! Etwas stimmte nicht mit diesen Augen. Nimrod konnte nicht sagen, weshalb, doch er meinte, tiefstes Misstrauen in ihnen zu erkennen. Das verwirrte ihn, denn bisher war er selbst derjenige gewesen, der den Wegegeistern nicht über den Weg getraut hatte.

„Nun hast du mich am Ende doch gefunden", sagte er fast bedauernd. „Du lässt dich also nicht so leicht durch Wolang, Weißnicht und Warfalsch täuschen. Aber du täuscht dich selbst und ich kann dir verraten: Das wird dich den Hals kosten! Es ist sicher nicht der richtige Weg, auf den ich dich führe. Lieber hättest du Wolang folgen sollen. Auch Weißnicht hätte dir einen guten Weg aus deiner Lage gewiesen. Warfalsch hätte dich erlöst, indem er dich nach Hause geführt hätte. Aber du willst da lang." Er deutete nach links. „Nun, ich kann nichts daran ändern. Warum bist du gekommen? Stelle deine Frage!"

Nimrod fuhr sich unsicher mit dem Finger über das Bärtchen. „Ähm, ich möchte nach Süden. Wenn du mich leitest, werde ich dir folgen."

Der Wegegeist verneigte sich zwar, ließ jedoch den Kobold dabei nicht aus den Augen. Ein winziger roter Vogel saß auf seiner Schulter und pickte ihm Käfer vom Ohr. „Wähle die Liebe als Geleit und folge *Dalang*", sprach er, auf den Magoi blickend. „Ich weiß, was du vorhast", sagte er dumpf. „Aber ich führe dich trotzdem, denn es ist meine Pflicht. Ich bin bloß ein Diener. Mir steht es nicht zu, ein Urteil zu fällen." Hierauf verneigte sich Dalang erneut, bevor er durch die verworrenen Gänge huschte. Nimrod kam es so vor, als wolle er ihn abhängen, so schnell wie er lief. Der kleine Vogel flog voraus und zwitscherte Liebeslieder, die durch den Irrgarten hallten. Sie klangen so herzzerreißend, dass sie Nimrod traurig stimmten. Allenthalben fiel er zurück, da er in Gedanken bei Aura war.

„Komm! Was trödelst du?", rief Dalang dann jedes Mal. „Die Liebe wartet nicht!" – Nimrod war es, als liefe er stundenlang durch immer dieselben Gänge. Hier lang, dort hin, da lang, wo lang auch immer. Am Ende war er völlig zerschunden von Kratzern, zerbissen von Käfern und sein Hemd war nicht mehr als ein blutgetränkter Fetzen.

Der Wegegeist legte keine Atempause ein, bis sich das Gestrüpp endlich lichtete, da brauchte es nur noch wenige Schritte und sein Begleiter war aus dem Irrgarten befreit. Nun erst blieb er stehen.

„Wie kann ich dir nur danken?", fragte Nimrod, der ganz außer Atem gekommen war.

„Ich musste tun, was meine Aufgabe ist", antwortete Dalang schlicht. Worauf er den roten Vogel sachte zwischen seine blauen Finger nahm. Und dann sagte er etwas, das Nimrod das Blut in den Adern gefrieren ließ: „Willst du mir wirklich danken, dann solltest du Verrat üben an deiner Liebsten. Hörst du? Verrate sie!" Nachdem er das gesprochen hatte, öffnete er die Hände wieder.

Und Nimrod schreckte zurück, denn der Vogel, der auf ihnen lag, war tot.

13. Bei Knox

Ein Schneesturm brauste über Grim hinweg und sorgte dafür, dass im Hause blieb, wer nicht durch die Not hinausgetrieben wurde. Unter der Tonkelbrücke, die einen hohen Bogen beschrieb, war das Wasser der Aue eingefroren. Sie führte das ganze Jahr über Schmelzwasser aus den Trollbergen, jetzt aber sah man im Flussbett eingefrorene Felssteine in Aspik, die nach und nach immer dickere Schneehauben bekamen. Über die Brücke gelangte man zum Haus, in dem sich Knox' Laden befand. Seine leichte Schräglage und zwei große Schaufenster mit Rundbögen erweckten den Eindruck, als blicke es neugierig auf Kundschaft – oder war es eher Schadenfreude, die aus der Fassade sprach? Das konnte man annehmen, weil hier in jedem Winkel Betrug lauerte. Heute kam jemand, dem dieser Umstand nützlich sein sollte, denn wer Zwietracht säen wollte, der war bei Knox an der richtigen Stelle. Streit gab es hier immer; um zu hohe Preise oder mindere Qualität, um schlechten Tauschhandel oder verdorbene Waren. Und Rangul wollte Zwietracht säen, außerdem war er dabei, Erkundigungen einzuziehen. Daher hatte der Horl seine Wasserspeiergestalt hinter dem Laden in einem großen Müllhaufen versteckt, um anschließend in Form des Lebendigen Silbers unter der Ladentür hindurchfließen zu können.

Knox' Laden – das Paradebeispiel für ein *Kabinett des Schreckens* – war bis zum Rand mit Scheußlichkeiten und Kuriositäten angefüllt. Die Regale quollen fast über. Unzählige Dosen und Schachteln warteten darauf, dass jemand ihre Deckel lüften möge, um ihre Geheimnisse zu entdecken. Einer dicken Staubschicht zufolge hatte das bis heute aber niemand lohnend gefunden.

Ein Regal bewahrte Trödel aus ganz Grim. Kleine Pappschilder, die an den Gegenständen hingen, erzählten Legenden von deren Herkunft. Da gab es beispielsweise Trollbrillen und Elfenmonokel mit verbogenen Fassungen, die von einer Sitzung des Rates der Völker stammten. Der Rat hatte ein geheimes Treffen in Grim abgehalten, um die unheimlichen Todesfälle von Golker zu klären, deren Auftreten die Menschen vom Rabenfels vertrieben hatte. Als der Tod auch nicht vor den Weisen haltmachte, die sich versammelt hatten, da flüchteten die Überlebenden in blinder Panik und ließen dabei einige Gegenstände wie diese Brillen und Monokel zurück.

Einem anderen Schild nach zu urteilen, gehörte ein verrosteter Kessel einst der Hexe Runkel Ranunkel aus Halalu, einem Land in den Trollbergen. Die Rückseite des Schildes warnte, man möge keine Kieselsteine hineinwerfen, da sonst schlimme Dinge geschehen könnten.

Aus den Ruinen von Golker stammte so allerlei: Gabeln, die als Forken dienten, Nadelkissen, die als Hocker beliebt waren und Schemel, die als Tische benutzt wurden. Unmengen von Tauschware lag in anderen

Regalen. Mollis' Stickerei beispielsweise tat sich noch prächtiger hervor, da Knox sie absichtlich neben mottenzerfressenem Wollstoff und ausgefransten Socken drapiert hatte. Getragenes Schuhwerk besetzte ein ganzes Regal, größtenteils waren es Stiefel aus Brokks Werkstatt, deren Reparatur nicht lohnte. Trotzdem sahen sie kostbarer aus, als sie es waren, weil Knox das unverkäufliche Exemplar eines Elfenschuhs aus feinster Seide daneben gestellt hatte. Er wusste, das jede Koboldfrau Stiefel tragen wollte, die neben einem Elfenschuh gestanden hatten, weil es das Glück beflügeln sollte.

Diverse Naturalien in dem Regal daneben vermittelten Feinschmeckern den Eindruck echten Mutes, würden sie hier zugreifen: Zum Trocknen auf Schnüren aufgezogene Pilze hingen neben verstaubten Kräuterbündeln von der Decke und eingelegtes Schrumpelobst konkurrierte mit graustichigen Marmeladen und ranzigen Flüssigkeiten um die Furchtlosigkeit eines möglichen Käufers.

Alles, was keine rechte Verwendung mehr fand, gesellte sich hier in trauter Gemeinschaft zu dienlicher Hökerware. Es waren zwar durchaus Kostbarkeiten unter den Waren zu entdecken, als da wären: Schreibfedern mit Tintenfässchen, Pinsel aus Eichhörnchenohrhaar und Pfeifen, die ihre Mundstücke vor dem begehrten Hekapeka verneigten, doch insgesamt schien die Ware schäbig bis furchterregend. Schlicht Plunder.

Eben sinnierte Rangul darüber, wie gut es sich hier doch verstecken ließe, um Kobolde auszuspionieren, da bimmelten die Messingglöckchen über der dunkelgrünen Eingangstür. Kundschaft kam!

Schnell schlüpfte der Horl in die nächstbeste Taschenuhr.

Knox kam aus dem Lager geschlurft und rieb sich die Hände in Erwartung eines guten Geschäfts. Als seine listigen Augen aber erkannten, wer da zusammen mit einem kleinen Schneegestöber hereingewirbelt war, blies er einen knurrigen Laut durch die Nase und zeterte: „Ibrahim, wie schön! Bin entzückt!" Er zog die Mundwinkel herunter, wobei das Kinn nahezu die Nasenspitze anstupste. Knox ahnte bereits, dass Ibrahim nicht einen Kupfernickel in der Tasche hatte.

Meistens brachte er Dokumente mit, parfümiert vom Muff der Zeit; das war seine übliche Tauschware. Im Stillen aber hoffte Knox, dass er zwischen seinen Büchern diesmal etwas Interessantes gefunden habe. Neugierig musterte er deshalb Ibrahims Manteltaschen und fragte in zuckersüßem Ton: „Hekapeka, mein Alter? Oder vielleicht auch etwas Körnchenfutter fürs Mäuschen Marzipan?"

„Parzival!", verbesserte Ibrahim.

„Aber natürlich, *Parziman*! Oder von dem guten Tabak, du weißt schon."

„Genug!", warf Ibrahim ein. „Von deinen ranzigen Bröseln kann ich ein Lied singen. Und ich will lieber gleich zur Sache kommen." Er räusperte sich und setzte ein ernstes Gesicht auf. „Ist es eigentlich noch nicht genug damit getan, dass du ihre Handarbeiten nimmst für deinen Krempel?" Er deutete auf eine Taschenuhr, deren letztes Stündlein bereits vor Jahren geschlagen haben musste. Er stutzte kurz, als einer der Zeiger über das Ziffernblatt holperte, als sei er erschreckt worden. Mit kurzem Achselzucken tat er es ab und fuhr dann fort: „Aber, dass du tatsächlich ihren Ehering versetzt hast ..." Streng blickte er über seine beschlagenen Brillengläser. „Das hast du doch, nicht wahr?"

„Beim Mammon, der alte Uhu beschwert sich ja bloß. Keine Kurre will er offenbar ausgeben!", brummte es durch Knox' Oberstübchen, in dem die gierigen Gedanken aneinander schepperten wie Goldrand-tassen. Er winkte ab: „Keine Ahnung wovon du sprichst!"

Die Taschenuhr gluckste.

Ibrahim schob ein großes Glas *Grimtau* beiseite, stützte sich mit beiden Händen auf dem Ladentisch ab und beugte sich Knox bedrohlich entgegen. „Du hast kein Gewissen, du Lump!"

„Mit einem Gewissen wäre ich in meinem Geschäft auch schlecht bedient!", bemerkte Knox und strich sich eine schmierige Strähne schütteren Haares zurück.

„Du weißt, was er ihr bedeutet!" Ibrahim schüttelte den Kopf. „Du *weißt* es und hast ihn dennoch genommen."

„Was habe ich genommen? Setz mich mal ins Bild, mein Alterchen.

Ich weiß ja gar nicht, was du eigentlich meinst."

„Mollis' Ehering hast du genommen!"

„Genommen soll ich ihn haben?" Und er ereiferte sich, als ob er zumindest das bezahlt bekäme. „Da bist du aber auf dem Holzweg, du alter Besserwisser. Geblutet habe ich dafür! Das Ding ist nichts wert und was habe ich dafür versetzt – na? Weißt du es nicht? Dann sperr mal die spitzen Lauschlappen auf: Den besten Kompass, den ich jemals im Laden hatte, *den* habe ich ihr dafür gegeben."

Über den Kompass muss folgendes berichtet werden: Knox hatte ihn in einem Tauschhandel mit einer Elfe erstanden. Sie wollte nichts als einen Mantel aus Trollhaaren dafür und verriet ihm, dass der Kompass einst zu den Besitztümern des Elfenkönigs gehört habe.

„Deine *besten* Dinge sind mir wohl bekannt!" Jetzt hatte Ibrahim vollends die Streitsucht gepackt.

„Ach und für diesen wirklich ausgefeilten Satz wagst du dich durch das schwere Tor der Gelehrtenwelt runter zum gemeinen Pöbel in den Aschengrund?"

Ibrahim ignorierte das. „Gib ihn Mollis zurück!" Nachdrücklich stampfte er auf den Holzdielen auf. Aber im nächsten Moment überlegte er es sich anders: „Nein, gib ihn mir, den Ring! Ich selbst werde ihn zu ihr bringen, sonst kommt es dir zwischenzeitig noch in den Sinn, ein Geschäft damit zu machen."

„Oh je, Herr Geisteswissenschaft, du spielst dich ja auf! Was soll Mollis denn bloß damit anfangen, ist ihr Ehemann doch längst verrottet. Wozu braucht sie dann noch einen Treue beschwörenden Ring? ‚AUF IMMER UND EWIG!', dass ich nicht lache! Sie könnte ihn nicht einmal mehr für einen neuen Ehemann verwenden. Niemand wird sie wollen. Oder erhebst du dich über den Dünkel und nimmst sie dir selbst?"

„Ich darf doch wohl sehr bitten!"

„Bist auf deine alten Tage noch in Wallung gekommen, was?"

„Schweig bloß endlich, du ...!", donnerte Ibrahim und hob die Hand.

Knox duckte sich hinter den Tresen. „Schon gut, schon gut, du Schürzenjäger! Ich gebe ihn dir ja schon. Aber du gibst mir was dafür:

Ich will fünfzig Silberkurren!"

„Fünfzig?", rief Ibrahim. „Aber gerade hast du noch gemeint, er sei nichts wert. Also rück ihn schon raus!"

Knox kam wieder hoch und sah, wie eben Tropfen geschmolzenen Schnees aus dem Bart des Alten bis auf den Tresen rannen. Während er sie angewidert wegwischte, forderte er noch einmal: „Fünfzig Silberkurren! Außerdem hast du mir eben selbst erklärt, wie *viel* er doch wert sei – rein persönlich und ganz individuell sozusagen. Schließlich werde ich den Kompass ja nicht zurückbekommen, denn die Geschichte wiederholt sich. Es ist doch eine Komödie in ihrer reinsten Form, nicht wahr?"

„Halunke! – Schuft! – Ganove!" Aufgebracht kramte Ibrahim in seinen Taschen. Er angelte einige Silberkurren heraus und warf sie Knox auf den Tresen. „Hier sind vierzig, und nun hurtig!"

Bevor Knox die Schatulle mit den Schmuckstücken durchsuchte, raffte er hastig die Münzen zusammen. Dann wühlte er missfallend – und viel länger als notwendig – in den Geschmeiden herum, nahm den Ring heraus und schob ihn zu Ibrahim hinüber. Eine Weile verharrte sein Gichtfinger, bis er das Kleinod schließlich freigab. Anschließend sah er amüsiert dabei zu, wie Ibrahim versuchte, den Ring vom Ladentisch zu nehmen. Nach drei ungeschickten Anläufen und einigen weiteren Flüchen gelang ihm das endlich. Den Ring in drohender Faust, verabschiedete er sich mit einem letzten: „Strolch!"

„Ja, ja. Beschimpf du dich mal lieber selbst", höhnte Knox hinter ihm her. „Fühlst dich wohl noch schuldig wegen dieser Sache. *Mein* Problem ist das nicht. Hast es dir selbst zuzuschreiben. Warum hast du mich auch damals betrogen? Niemand betrügt Knox, dass hättest du eigentlich wissen müssen. Und nun geh nur mit deinem Ringlein!"

Ibrahim verharrte noch in der geöffneten Ladentür. „Boykottieren werde ich dein Geschäft!", kündigte er mit fuchtelndem Zeigefinger an.

„Ich bin untröstlich!", prustete Knox. „Das wird ja mein Ruin sein, du alter Zausel. Wie heimtückisch von dir!" Er ließ die Silberkurren durch seine Finger klicken. „Wirklich sehr schade", grinste er und schlurfte ins Lager zurück. Als Knox außer Sichtweite war, machte sich die Taschenuhr, in der Rangul steckte, selbstständig und hüpfte in die Auslagen des verschmierten Schaufensters. Von hier aus sah der Horl Ibrahim mit wehendem Mantel im Schneesturm entschwinden.

„Ganz nach meinem Geschmack!“, rülpste der Dämon.

14. Kaskade

Auf seinem Weg war Nimrod an einen Punkt gelangt, der ihn nicht weiterführte, denn er befand sich am Fuß einer Felswand. Aus der Höhe stürzte Wasser in Kaskaden herab, das von Felsbecken zu Felsbecken gurgelte, bis es sich schließlich im größten der Becken am Fuße der Felsen sammelte. Nimrod setzte sich an den Rand dieses Beckens, um auszuruhen. Durch den sprühenden Wasserdunst zogen blaue Libellen zu den Seerosen, die auf der Wasseroberfläche blühten. Eine Zeit lang sah Nimrod einem Eisvogel beim Fischen zu, dann lehnte er sich zurück und war in Kürze eingeschlafen.

Als er wieder erwachte, sah er eine Bewegung unterhalb der Wasseroberfläche. Etwas kam auf ihn zu! Sofort sprang er vom Ufer zurück, um sich hinter einem Felsvorsprung zu verstecken. Von hier aus konnte er beobachten, wie etwas an die Wasseroberfläche tauchte, das aus einer Höhle in der Tiefe des Beckens gekommen war. Inmitten aufsteigender Blasen, die zersprangen wie feines Glas, tauchte eine Hand aus dem Wasser, um das Polster der Seerosenblätter zu teilen. Nimrod hielt den Atem an, als darunter das Gesicht einer Quellnymphe erschien, von dunklem Haar umflossen, das blau und gelb schimmerte wie Nordlicht. Vorsichtig reckte sie den Kopf aus dem Wasser, um einen wachsamen Blick ans Ufer zu werfen. Da sie sich unbeobachtet wähnte, entstieg sie langsam dem Becken. Die Seerosenblätter streiften ihre Arme und wie eine Seerosenblüte selbst, so schön war sie. Den grazilen Körper der Nymphe umhüllte eine Schleppe, die aus nichts anderem gewebt war als aus Wasser. Wie sie nun den Fuß ans Ufer setzte, war sie darauf bedacht, dass die Schleppe immer in Berührung mit der Quelle blieb.

Ungeachtet einer Kröte, die laut quakte, ließ sich die Nymphe auf einem Baumstumpf nieder. Sie klatschte zweimal in die Hände und sobald das geschehen war, bildeten sich Wasserperlen in ihrem Haar, die einzelne Strähnen entlangflossen, um sie zu locken und zu flechten. Auf diese Weise entstand ein feiner schimmernder Haarknoten an ihrem Hinterkopf und darunter formten sich Locken aus, die ihren weißen Rücken hinabfielen. Die Nymphe fuhr sich eben über die Stirn, um eine tanzende Wasserperle zu entfernen, da entdeckte sie Nimrod.

„Hallo, du kleiner Kerl!“, begrüßte sie ihn mit vornehmer Stimme. „Komm heran! Weshalb versteckst du dich?“

Zögerlich kam er zu ihr.

„Ein trefflicher Bursche bist du“, meinte die Nymphe, die aus unergründlichen seefarbenen Augen auf ihn herabsah. „Kommt es dir auch so vor, als seist du schon einmal hier gewesen? Ich kenne diesen Ort irgendwie.“ Sie sah sich um. „Ist das hier eine Verabredung?“

„Verabredung?“, echote Nimrod. „Nein, wir hatten keine Verabredung.“

„Ach so ... hm ... nicht? Dann frage ich mich, weshalb du hier bist." Sie sah ihn eine Weile argwöhnisch an, bevor sie weitersprach: „Belassen wir es dabei, denn Gründe gibt es ja schließlich so viele. Im Grimwald wimmelt es nur so von guten Gründen. Sie sind so zahlreich wie die Knospen an den Bäumen und jeder Tag bringt neue hervor. Heute bringt dich sogar einer von ihnen hierher. Fabelhaft, nicht?"

Nimrod nickte scheu. Ihre geheimnisvolle Schönheit musste jeden berühren, der sie sah. Bei ihm war das nicht anders, obwohl er ihr gerade einmal bis an das zarte Knie reichte. Sie verursachte Herzklopfen bei ihm, was sich noch steigerte, als sie sich hinabbeugte, um ihn unter dem Kinn zu kraulen.

„Du verrätst mir doch sicher, wer du bist, hm?"

Er schluckte. „Ich bin Nimrod ... ähm ... ein Kobold."

„Was ist ein Kobold?"

Sie hatte die Frage nicht ganz ausgesprochen, da bewegte sich etwas zu ihren Füßen. Nimrod sprang einer Schildkröte aus dem Weg, die wie ein lebendes Fossil aussah und gerade die Beine sowie den faltigen Kopf aus ihrem steinernen Panzer geschoben hatte. In müden Augen spiegelte sich die Mühsal ihres arbeitsreichen Lebens. Und in der Tat hatte sie mehr zu tun als ihr lieb war. Stück für Stück schob sie sich vorwärts und ließ dadurch erkennen, was unter ihr gelegen hatte: Ein Tintenfässchen und ein winziges aber dickes Büchlein, auf dessen Einband das Wort *Erinnerungen* stand.

„Sieh nur!", rief die Nymphe entzückt. „Sie bewahrt meine Erinnerungen." Sie nahm das Buch an sich, und als sie es öffnete, trudelte ihr eine kleine Schreibfeder in den Schoß. „So ein kluges Tier! Es ist wohl mein Gedächtnis, dieses ... die ... hm ..." Die Nymphe überlegte, als ihr das passende Wort aber nicht einfallen wollte, blätterte sie auf die erste Seite und las, was dort stand: „Schildköte! Ah nein, verzeih! Es heißt: Schildkröte. Natürlich, dieses freche R! Schildkröte." Sie lächelte. Darauf blätterte sie so lange, bis sie eine leere Seite fand, öffnete das Tintenfässchen, tauchte die Feder hinein und schrieb das Wort KOBOLD hinein. „Du sagst mir doch noch einmal wie du heißt, nicht wahr? Irgendwie ist es mir gerade entfallen."

Nimrod wiederholte seinen Namen, den sie zu ihren Erinnerungen hinzufügte. Dann wartete er, bis sie damit fertig war, ehe er die Nymphe fragte: „Und wer bist du?“

Seine Frage brachte sie sichtlich in Verlegenheit. „Wer? Ich?“ Grübelnd kitzelte sich die Nymphe mit der Schreibfeder an der Nase, während sie ziellos umherblickte, so als könne sie irgendwo eine Antwort finden. „Das habe ich doch sicher aufgeschrieben. Wo hab ich es denn?“ Verwirrt blätterte sie in den Erinnerungen. „Aha, hier ist es ja! Ich – bin eine Nymphe. Mein Name ist Cratale.“ Und es war, als habe sie es zuvor nie gewusst.

Nimrod sah sie fragend an.

„Aber nun wieder zu dir und deinem guten Grund“, fuhr sie fort. „Was bringt dich kleinen Kerl nun in den Grimwald?“

Der Kobold zögerte, ehe er antwortete: „Die Liebe führt mich her.“

„Liebe? Das kenne ich“, sagte sie begeistert und blätterte einige Seiten weiter. „Das ist etwas Schönes, das du für jemand anderen empfindest.“ Neugierig blinzelte sie an ihrem Büchlein vorbei. „Etwa für mich?“

„Ähm ...“ Nimrod druckste herum. „Für-für eine Elfe“, flüsterte er dann.

„Elfe?“ In ihrem Erinnerungsbuch entdeckte Cratale etwas, das ihr einen bekümmerten Ausdruck aufs Gesicht beschwor. Immer wieder schlug sie die Seiten mit ihren Anmerkungen hin und her. Kobold, Elfe und Liebe. Kobold und Elfe – *Liebe*?“ Das, so fand sie, war eine ernste Sache. „Das ist nicht gut! Gar nicht gut!“

Während sie sich gewandt erhob, schob sich die Schildkröte wieder über das Buch, diesmal im Rückwärtsgang. Am Ufer angelangt, ließ Cratale ihren Finger kreisförmig über die Wasseroberfläche gleiten. Das tat sie so lange, bis das Wasser an dieser Stelle zu einem kleinen Eiskelch gefror. Anschließend füllte sie Quellwasser hinein und hob ihn vorsichtig heraus. Dann versicherte sie sich, dass Nimrod nicht sehen konnte, was sie nun tat.

„Weißt du“, sagte sie, während sie sich mithilfe eines Eiszapfens, der vom Rand des Kelchs herunterhing, in den Finger stach. „Wasser will sich – wie auch die Liebe – ständig aus seinem Zustand befreien. Da braucht es einen guten Kleber“, fügte sie hinzu und ließ drei Tropfen ihres Blutes in den Kelch fallen. Nun schwenkte sie ihn, bis sich alles vermengt hatte. Dann erst wandte sie sich zu Nimrod um und reichte ihm den Eiskelch, aus dem Nebel waberte.

„Trink’ hiervon! Danach wird es dir besser gehen!“, sagte sie zuversichtlich.

Nimrod nahm den Kelch in die Hände und sah ihn argwöhnisch an.

„Was zögerst du?“ Cratale lachte fröhlich.

„Ich weiß nicht“, sagte Nimrod.

„Trink schon!“, ermunterte sie ihn. „Es tut gut! Es ist heilendes Wasser. Es heilt dein Herz.“

Da hob er den Kelch an den Mund und spürte plötzlich unstillbaren Durst. Das kühle verlockende Wasser benetzte schon fast seine Lippen, als sich rotes Licht in dem Gefäß brach. Es war der Magoi, der ihn warnte.

Die Nymphe täuschte ihn! Nimrod nahm den Kelch von seinem Mund. „Nein! Ich will nichts von deinem Wasser!“

Der freundliche Ausdruck im Gesicht der Nymphe wich Zornesröte, und bevor er den Kelch ins Becken werfen konnte, riss sie das Gefäß an sich, um es sich selbst an den Mund zu setzen. Mit einem einzigen Schluck hatte sie es ausgetrunken und schlagartig wich die Unergründlichkeit ihrer Augen einer völligen Leere.

„Hallo, du kleiner Kerl!“, säuselte sie. „Wer bist denn du?“

Nimrod begriff, dass die Nymphe heimlich etwas ins Wasser gemischt hatte. Das Rätselhafte bei der ganzen Sache war: Weshalb trank sie es dann selber? Weil er nicht dahinterkam, wollte er für sich nutzen, dass sie offenbar alles vergessen hatte, was ihn betraf. „Vielleicht kennen wir uns“, sagte er. „Ich bin ein Kobold und man nennt mich Elias.“

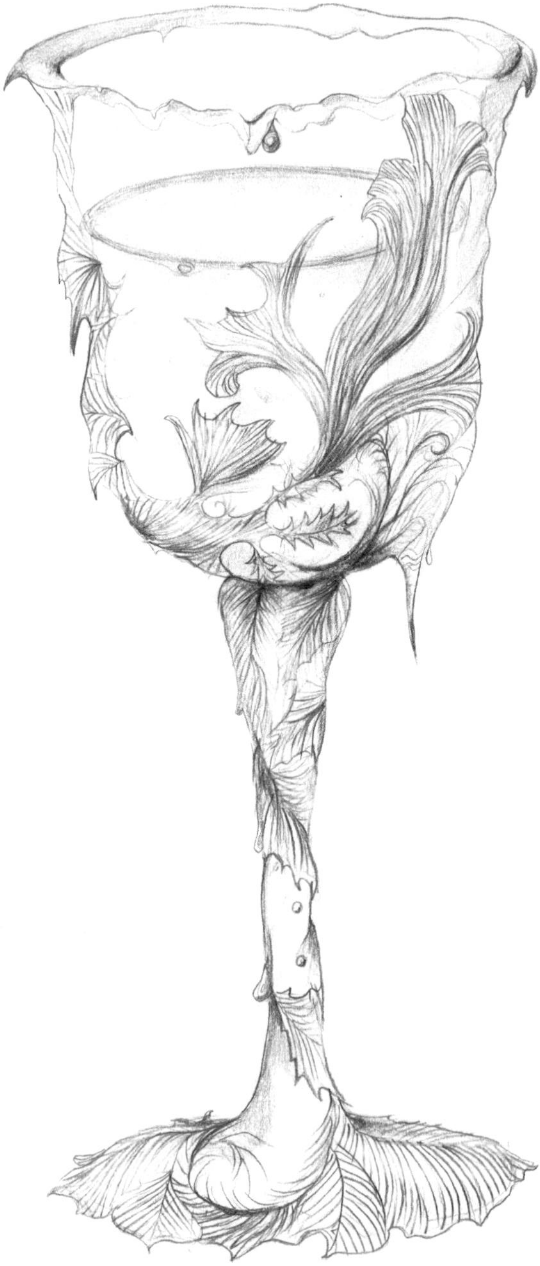

Nun passierte etwas, womit er ganz und gar nicht gerechnet hatte. Cratale wurde blassgrün vor Schreck. „Elias?“ Sie hob den Handrücken zum Mund. „Kann es sein? Du bist doch nicht ...?“ Ihre Stimme bebte. „Du bist doch hier gewesen wegen dieses Weibes, nicht?“ Sie seufzte und begann zu weinen. „Du hast sie mehr geliebt als mich!“

Nimrod runzelte die Stirn. „Wovon redest du da? Ich habe hier doch nach einem Heilkraut gesucht“, sprach er.

Die Nymphe, die ihm gar nicht richtig zugehört hatte, lief unter Zittern und Schluchzen zum Ufer und füllte ihren Kelch. Dieses Mal konnte der Kobold sehen, was sie zuvor heimlich getan hatte: Sie stach sich in den Finger und ließ Blut in den Kelch tropfen. Sie machte sich auch keine Mühe mehr, ihn zu schwenken. Schimpfend kam sie zurück, um sich auf ihren Baumstumpf zu setzen: „Du warst eitel und böse! Kein bisschen lieb hattest du mich. Und nun wagst du es, hierher zurückzukommen?“ Sie schüttelte den Kopf. „Geh lieber!“ Aber auf sein Fortgehen wartete sie gar nicht erst, da stürzte sie schon das Wasser hinunter.

Nimrod sah ihr gebannt zu.

Im nächsten Moment hatte sie wieder alles vergessen. „Hallo, du kleiner Kerl!“, säuselte sie. „Wer bist denn du?“

Und Nimrod hatte die Antwort schon parat: „Ich bin ein Wanderer auf dem Weg nach Anderia.“

„Anderia?“, wiederholte sie. „Was ist Anderia?“

Und die Schildkröte zu ihren Füßen spielte erneut das Gedächtnis.

Wie üblich ging Cratale die Einträge in ihrem Buch durch und hob schließlich die Schultern. „Das wissen nur die Hexen“, sagte sie und platzierte das Buch wieder zu ihren Füßen. „So, da wir alles besprochen haben, kommen wir nun zum erfrischenden Teil ...“ Sie füllte den Eiskelch mit Wasser und Blutstropfen, um ihn Nimrod zu reichen. „Bevor du zur Hexensprechstunde gehst, könntest du einen Schluck von diesem wunderbaren Quellwasser zu dir nehmen. Es schmeckt so klar und frisch. Ganz nebenbei zeigt es dir den richtigen Weg.“

Nimrod, der Mitleid mit ihr hatte, schüttelte den Kopf.

„Dann eben nicht!“, sagte sie, zuckte die Schultern und trank selbst.

Indes bemerkte sie nicht, dass ihr soeben das Gedächtnis gestohlen wurde, weil die Schildkröte ihrer Rolle nicht schnell genug gerecht werden konnte.

Wenn Elias hier gewesen war, so sollte doch eine Notiz darüber in Cratales Erinnerungen zu finden sein. Mit Feuereifer suchte Nimrod danach, aber plötzlich, gerade war er beim Eintrag ELFE angelangt, wurde am Buch gerissen. Er knallte es zu und schlug damit einem alten Weib auf die Finger, die in Lumpen ging. Weil ihr Kreuz so krumm war, trug sie den Kopf auf Höhe der Knie und ihr langes, dünnes Haar schleifte über den Boden.

„Gib es ihr zurück! Du Dieb!“, befahl sie.

„Aber mein Vater! Sie kannte – kennt – meinen Vater!“ Nimrod drückte das Buch an sich, als hinge sein Leben davon ab.

Die Alte sah bedauernd auf die schöne Nymphe, die am Fuße der Kaskade saß und mit sich selber sprach. „Wen oder was kennt sie schon noch? Das Wasser, in dem sie schwimmt, hat mehr Erinnerungsvermögen als sie.“ Bitterkeit lang in ihrer rauen Stimme. „Einst war sie die reinste Versuchung, die alle Mannsbilder um den Verstand gebracht hat. Und wenn ich sage Mannsbilder, dann meine ich Zwerge sowie Trolle und Menschen sowie Zauberer. Keiner war vor Cratales Blut sicher. Als sie alles vergessen hatten, das ihnen jemals wichtig erschien, hat sie sie eingelullt. Einen um den anderen hat sie sich eingefangen. Und glaube mir, wenn ich sage: Sie waren verrückt nach ihr, nahezu besessen. Sie lasen ihr jeden Wunsch von den Lippen ab, was Cratale aber nach kurzer Zeit langweilte. Da verstieß sie sie. Und schau nur genau hin, sie sind noch immer da.“ Die Alte deutete ins Unterholz ringsum.

Und wirklich, dort entdeckte Nimrod die Verstoßenen, die sich tief im Dunkel verbargen.

„Aber warum bleiben sie hier?“, fragte er. „Sind sie denn nicht frei zu gehen?“

Sie antwortete mit einer Gegenfrage: „Warum umschwirren die Motten das Licht, wenn es sie doch verbrennt? Nein, die werden nie mehr frei sein. Jeder Gedanke an das alte Leben oder die wirkliche

Liebe ist dahin. Sie haben alles vergessen. Sie vergessen sogar zu essen und müssen sich laben am Unglück des Nächsten, der ihr in die Falle geht. Sehr viele sind das nicht mehr, und ich muss gestehen, wer ihr heute noch in die Falle geht, der ist schon ein wahrer Tölpel." Die Alte sah Nimrod mit traurigen Augen an. „Weißt du, Cratale war mir eine wirklich ebenbürtige Nachfolgerin."

Nimrods Stimme überschlug sich fast vor Erstaunen: „Nachfolgerin?"

„Ja, Jungchen. Denkst du etwa, ich könnte in meinem Alter noch einen Mann um den Verstand bringen? Vor Angst höchstens, Jungchen, vor Angst. Er würde einen ordentlichen Schreck bekommen und meinen, der alten Sumpfmorra begegnet zu sein. Du denkst das doch auch, nicht wahr? Ich sehe es in deinen Augen, Jungchen. Du kannst es nicht leugnen. Aber glaube es oder nicht: Vor langer, langer Zeit habe auch ich die Männer umgarnt, gelockt und betrunken gemacht vor Glück; bevor sie überhaupt ahnen konnten, das sie Pech hatten. Wirkliches Pech!" Sie lachte boshaft, dann zog sie die Nase kraus und fuhr fort:

„Oh, sieh sie dir nur an, was für ein Bild des Jammers gibt sie ab, so blass und blutleer wie sie ist." Die Alte schüttelte betrübt den Kopf. „Weißt du, Jungchen, eines Tages kam ein Kobold daher, Elias mit Namen. Ein Winzling eben, wie du einer bist. Auf der Suche nach seiner Liebsten verschlug es ihn hierher. Cratale setzte alle Verführungskünste ein: Sie sang und säuselte, sie lockte und lobte, doch es nützte alles nichts. Elias hat ihr widerstanden, ist fortgegangen. Ein festes Herz! Stell dir vor, zum allerersten Mal wurde die Nymphe von der Liebe gequält. Ihr Dasein wurde fortan durch eine Zeit des Leidens bestimmt. Am Ende wusste sie sich keinen Ausweg, als von ihrem eigenen Wasser zu trinken. Sie hatte sich gedacht, sie würde nur einen winzigen Blutstropfen benötigen, um ihn zu vergessen; nur einen winzigen Tropfen!" Die Alte zuckte mit den krummen Schultern. „Nun, Jungchen, was soll ich sagen? Sie hat alles vergessen – bloß ihn nicht! Sehr bedauerlich, wirklich sehr bedauerlich", endete die Alte.

Nimrod wisperte wie in Gedanken: „Mein Vater hat hier doch nicht nach seiner Liebsten gesucht."

„Vater?", echote die Alte, deren helle Augen fast glühten. „So, der Sohn also!" Sie sah ihn vielsagend an, so als wisse er um das Geheimnis, das nur sie kannte. Und da entdeckte sie den Magoi. „Nun willst du deinen Vater finden?", folgerte sie und deutete auf das Amulett.

„Nein, ich – ja, ich – lebt er etwa? Dann könnte ich ja vielleicht *beide* finden!"

„Beide?" Die Alte stutzte, ihr Blick verlor den Halt am Medallion und suchte eine Antwort in des Kobolds Mienenspiel.

„Meinen Vater suche ich und Aura, die aus dem Elfenvolk stammt."

„Eine *Elfe*?" Die Alte lachte, bis Nimrod befürchtete, sie würde ersticken.

„Was ist denn so verdammt lächerlich?", wollte er wissen.

„Der Sohn!" Sie lachte noch einmal auf, verzog dann den Mund, riss ihm das Büchlein aus der Hand und wedelte damit vor seiner Nase. „Lass' ihr diese letzte Würde, du elender, kleiner Dieb! Über deinen Vater wirst du hier drin kein einziges Wort finden, denn er trägt die Schuld daran, dass es geschrieben wird. Und nun setze von mir aus deine Suche fort. Los! Lauf – lauf – lauf." Die Alte scheuchte ihn des Weges und sah ihm kopfschüttelnd und in sich hineinkichernd hinterher. „Der Sohn, der Sohn ..."

15. Hexensprechstunde

Ein windschiefes Fachwerkhaus ragte aus dem Waldesdunkel. Rauch quoll aus dem dicksten der vielen Schlote des alten Schilfdachs, das von einer dicken Moosschicht überwuchert war. Das Moos hatte sich derart mit Regenwasser vollgesogen, dass es unentwegt tröpfelte. Dort, wo die dicken Tropfen auf die Erde trafen, hatten sich tiefe, kleine Pfützenkrater gebildet. Das Haus hatte bunte Glasfenster, auf denen Bilder von Grimbienen zu sehen waren und die Zwischenräume des Fachwerks waren mit Steinen in Wabenform ausgefüllt. Hin und wieder verschwand das Haus in dicken Rauchschwaden. Aus dem Inneren des Gebäudes drang hitziges Geschwätz und es tanzten schemenhafte Gestalten hinter den Fenstern.

Nimrod stand vor der grünen Eingangstür, die mit Rosen bemalt war, warf den Kopf in den Nacken und blickte zum unerreichbaren Messingknauf empor, der die Form eines dicken Käfers hatte. Er klopfte zweimal zaghaft an.

Da kam plötzlich Leben in den Knauf: „Kobolde viermal klopfen!", rief er mit einem Quietschen in der Stimme, das klang, als würde ein rostiger Schüssel im Schloss gedreht.

Nimrod rümpfte widerwillig die Nase, denn Käfer hatte er nach den quälenden Erlebnissen im Labyrinth eigentlich satt. Er murrte, tat dann aber trotzdem die geforderte Anzahl an Klopfern. Kaum war das geschehen, tat sich Unglaubliches: Das Hexenhaus, samt Inventar und Bewohnern, schrumpfte unter lautem Knirschen auf die für ihn passende Größe zusammen. Der Knauf war nun für Nimrod bequem zu erreichen. Aber noch bevor er ihn betätigen konnte, wurde die Tür weit aufgerissen. Dahinter erschien eine lange, dünne Hexe mit hellrotem, schulterlangem Haar, die einen Kochlöffel in der Hand hatte.

„Da bist du ja endlich!", rief sie. „Komm schon, komm!" Am Ärmel zog sie den Besucher ins Haus hinein, vorbei an zwei weiteren Hexen, die wohlwollend dreinblickten. Auf die deutete sie mit dem Kochlöffel, den sie nutzte wie eine Dirigentin ihren Taktstock.

„Darf ich vorstellen: Rosa und Ruth, ich bin Thuja."

„Ich bin Nimrod", sagte Nimrod.

„Das wissen wir längst", informierte ihn Thuja. „Das hat uns der Wind erzählt, der durch die Baumwipfel weht."

„Wirklich?"

„Nein, aber es klingt schön", meinte Thuja. „Komm!"

Das Haus war durchflutet von bernsteinfarbenem Licht, das von den Hauswänden abstrahlte. Nimrod staunte und deutete hin.

„Sind das da echte Waben im Fachwerk?"

„Aber natürlich!", sagte Thuja, die mit spottendem Blick auf die anderen Hexen fortfuhr: „Im Gegensatz zu einigen Mitbewohnerinnen finde ich, dass Haustiere *nützlich* sein sollten. Was taugen schon Katzen? Kannst du mir das verraten? Sie taugen doch zu gar nichts. Meine fleißigen Grimbienen hingegen füllen die Waben mit Grimtau und das ist reinstes Lebenselixier, wenn ich das anmerken darf."

„Grimtau!", wiederholte Nimrod beeindruckt und horchte auf das Summen der bronzefarbenen Grimbienen, die wieder und wieder am Fenster vorüberflogen.

„Dein Besuch hat sie in die Warteschleife gezwungen. Die Einfluglöcher sind nun zu klein."

„Oh, das wollte ich nicht."

„Och!" Thuja tat seine Bedenken mit einer Löffelbewegung ab. „Mach dir keine Gedanken, das kennen sie nicht anders, daran sind sie gewöhnt, wirklich. So, und was stehst du nun hier rum wie ein Ölgötze?" Bevor sie sich an den Herd stellte, dirigierte sie ihn mit dem Kochlöffel zu einem Stuhl, der am Tisch der Hexenküche stand. „Dort hinüber! Setz dich!"

Während Nimrod der Aufforderung nachkam, blickte er sich um. Obwohl er bereits erwartet hatte, dass es in einem Hexenhaus nicht mit rechten Dingen zugehen würde, war er doch überrascht, was dieses hier zu bieten hatte: Neben Hexen und Grimbienen beherbergte es mindestens ein Dutzend Öfen und Kamine. Sicher ein Traum für den alten Köbes, wenn er die hätte sehen können. Und es gab noch mehr zu entdecken: Während ein Besen den Dreck von einer Ecke des Raumes in die nächste beförderte, verfolgten kleine Glasaugen, aus denen der Bodenbelag bestand, jede seiner Bewegungen. Wenn er den Dreck über sie fegte, klimperten sie mit ihren Holzlidern, was eine wilde Melodie erzeugte. Als der Besen vor dem Stuhl angekommen war, auf dem Nimrod Platz genommen hatte, wies er diesen griesgrämig zurecht:

„Latschen hoch, aber sofort!"

Von einem Besen beschimpft zu werden, das passierte nun wirklich nicht alle Tage, und weil es eben so ungewöhnlich war, zog Nimrod die Füße auf die Sitzfläche des Stuhls. Thuja ging mit Kochlöffel und drohenden Worten auf den Besen los: „Der Kobold ist ein Gast, hörst du! Benimm dich gefälligst anständig, sonst kommst du in den Ofen!"

Beleidigt verzog sich der Besen, um vor dem größten Kamin zu kehren. Dabei wirbelte er gehörig Staub auf und störte den schwarzen Kater Lakritze, der friedlich vor dem Feuer geschlummert hatte. Der öffnete die Augen, die leuchteten wie Goldnuggets. Obwohl Lakritze fauchte und angriffslustig mit der weißen Schwanzspitze schlug, ließ sich der Besen nicht beeindrucken. Er setzte sogar noch eins oben drauf und fegte dem Kater die Reiser um die Ohren, was ihm ein ordentliches Gefauche und Gekeife einbrachte. Am Ende hatte Lakritze aber das Nachsehen und er verzog sich. Miauend suchte er Schutz bei seiner Gefährtin Pfefferminz unter dem Küchentisch. Die weiße Katze, so entdeckte Nimrod, hatte eine schwarze Schwanzspitze und leckte Lakritze die schmerzenden Ohren. Den Besen aber bedachte sie mit einem bösen Blick aus Rosenquarzaugen.

Oben auf dem Tisch stapelten sich Unmengen von Kochutensilien. Schüsseln, Töpfe und Teller waren zu krummen, einsturzgefährdeten Türmen aufgereiht, zwischen denen Dunstwolken einherzogen, die ihren Ursprung auf dem urigen Herd der Hexenküche hatten. Während es dort in Kupferkesseln und Messingtöpfen kochte, dass die Deckel nur so klapperten, spritzte heißes Fett in Fontänen über die Ränder von gusseisernen Pfannen, in denen etwas briet, das ungenießbar aussah.

„Hier koste mal, Kleiner! Du musst ja ganz ausgehungert sein!", sagte Thuja und stopfte Nimrod ihren Kochlöffel in den Mund, den sie zuvor in den größten der vielen Töpfe getaucht hatte. „Das sind Moosbeeren und Walderdbeeren in eigener Würzmischung."

Zunächst kaute Nimrod etwas skeptisch darauf herum, bis ein fruchtig-würziger Geschmack zum Tragen kam. Da gingen ihm die Augen weit auf. „Hm!", machte er. Und kaum, dass er alles verzehrt hatte, trat Hexe Rosa mit einem Schöpflöffel zu ihm. Sie beugte sich vor und blinzelte über den Rand ihrer dicken Brille:

„Möchtest du vielleicht auch eine kleine Portion von dieser neuen Geschmacksrichtung? Es ist Taube in Chilisoße mit Felsenbirnen", erklärte sie und hielt ihre faltige Hand unter die Kelle, damit die violette Soße nicht auf ihn tropfte.

Nimrod ließ sich füttern wie ein Koboldbaby.

„Schmeckt's?", fragte sie breit und wischte sich die Hände an ihrer gequilteten Schürze ab.

Die Wangen voll, nickte Nimrod anfänglich; kurz darauf jedoch verzog er den Mund zu einem breiten Grinsen und kniff die Augen zusammen, aus denen feurige Tränen schossen.

„Oha, ist es etwa zu scharf?" Rosa ahnte richtig, warum Nimrods Gesicht feuerrot anlief. Besorgt fuhr sie mit der Hand zum Mund. „Ach ich verhau mich doch jedes Mal mit den Gewürzen!"

„Hier steht: *Chili nur drei gestrichene Teelöffel, nicht drei Suppenlöffel voll!*", erläuterte Hexe Ruth mit rauchiger Stimme, wobei sie sich die fettigen Haare zerzauste. Um Rosas Fehler aufzudecken – was sie im Übrigen zu ihren Lieblingsbeschäftigungen zählte – studierte sie penibel die Mengenangaben in einem dicken, mittelalterlichen Hexenkochbuch. Dabei behilflich war ihr eine Lampe in Form einer Schlange, die dabei war, ein leuchtendes Ei zu verschlucken. Aufgrund ihrer unstillbaren Neugier war diese Lampe immer zur rechten Zeit am rechten Ort.

„Vielleicht solltest du es endlich mal mit einer neuen Brille versuchen", stichelte Ruth. „Könnte uns vor Magenkrämpfen oder schlimmen Vergiftungen bewahren."

„Ach, Schnickschnack! Meine Brille ist doch neu, wenn du dich vielleicht erinnerst. Sie ist sogar von Bries maßgefertigt worden."

„Du hast doch überhaupt kein Maß", sagte Ruth.

„Ach, rede nicht so daher! Teuer war sie übrigens auch, sie hat einen Obsidianspiegel gekos ...", Rosa unterbrach sich, weil Nimrod plötzlich zu Hecheln angefangen hatte:

„Ho,ha,ho,ha!"

„Oh, ich muss vielmals um Entschuldigung bitten!", sagte Rosa, während sie ihn besorgt musterte, und nach einer Weile fragte sie:

„Geht es schon wieder?"

„Ja, es ist köstlich", log Nimrod, „gar nicht so scharf."

Und er würgte die teuflische Speise hinunter, deren Feuer noch tief in seinem Magen loderte.

„Noch sind wir nicht fertig!“, kündigte Ruth an, und servierte ihm sogleich die rabenschwarze Nachspeise auf goldenem Teelöffel. „Eine Creme aus Trolltrüffelschokolade“, hauchte sie. „Eine wirklich samtige Erfahrung, die ich dir unbedingt ans Herz legen muss.“

Nimrod sperrte etwas widerwillig den Mund auf. Die schwere Kleinigkeit klebte am Gaumen und löschte umgehend das Brennen in seinem Magen. Er seufzte erleichtert, verschränkte die Arme hinter dem Kopf, verfiel in ein dümmliches Grinsen und lehnte sich zufrieden schmatzend zurück.

Ruth deutete auf ihn. „Es schmeckt ihm, schaut nur! Na, wenn das keine Freude macht!“ Und ihr Strahlen entblößte eine Reihe blendend weißer Zähne mit Zwischenräumen wie bei Perlen einer Halskette.

Drei fröhliche Hexenaugenpaare und alle Fußbodenglasaugen waren auf Nimrod gerichtet, der überglücklich griente und sich den Bauch hielt, angefüllt mit völlig neuen Gaumenerlebnissen. Und weil er nun alles vertilgt hatte, konnten sich die Hexen an den überfälligen Abwasch machen. Nimrod war überrascht, hatte er doch eine selbstständige Spülbürste erwartet, einen Freund des Besens oder ähnliches.

„Was guckst du so, Kleiner? Das Leben wird schnell langweilig, wenn man sich alles von magischen Kräften abnehmen lässt“, erklärte Rosa und schwang den Spüllappen. „Nun erzähl mal, warum bist du eigentlich zu uns gekommen?“ Sie wandte ihm den Rücken zu, ein mit Kräutermuster besticktes Geschirrtuch über der Schulter. Graue Haarsträhnen waren aus ihrem Dutt gerutscht, den eine violette Spinne mit filigranem Goldmuster zusammenhielt. Eben wusch Rosa einen Teller ab und Nimrod beobachtete, wie die Schleife ihrer Schürze im kreisenden Rhythmus des Spüllappens federte.

Er räusperte sich und sagte dann: „Ich bin auf dem Weg nach Anderia. Deshalb muss ich den Grimwald durchqueren. Aber ich finde den richtigen Weg nicht, weil – mein Kompass ist kaputt.“ Er zog ihn aus der Tasche, doch keine der Hexen würdigte ihn eines Blickes.

„Papperlapapp, nix ist kaputt!", erklärte Thuja, die den Teller abtrocknete. „Hier funktioniert so etwas nicht. Magnetfeld, Schätzchen, Magnetfeld! Ein Kompass ist hier so überflüssig wie ein Kropf!"

„Aber wie soll ich denn ohne ihn meinen Weg finden?" Nimrod sah ihn ratlos an.

Ruth, die angelaufenes Silberbesteck polierte, hatte offenbar nicht zugehört. „Ich hätte mal wieder Appetit auf Waldpilzkessel, hatten wir so lange nicht." Das fertige Besteck ordnete sie kopfüber in einen leeren Blumentopf und setzte hinzu: „Mit Röstbrot." Dann widmete sie sich einem besonders hartnäckigen Fleck auf einem Suppenlöffel.

Im Gegensatz zu Ruth war Rosa sehr neugierig und blickte über ihr Geschirrhandtuch hinweg. „Warum willst du nach Anderia, Schätzchen?" Ein Spritzer Spülschaum haftete an ihrer Nasenspitze.

„Ich suche nach Aura", erklärte er. Sie ist eine Elfe und soll im Winterhain vermählt werden. Aber ich werde das verhindern."

„Und dadurch, dass du ihr die Hochzeit vermasselst, willst du sie für dich gewinnen?", forschte Rosa. „Nicht mit einem Geschenk oder dergleichen?"

„Mein Geschenk an sie ist, dass ich sie vor dem größten Angeber rette, den Grim je gesehen hat."

„Das klingt auch angeberisch!", murmelte Thuja.

„Ach Quatsch, ist doch süüüß, so ein kleiner Retter." Vor Rührung begann Ruth, die anscheinend doch zugehört hatte, zu weinen. „So süß wie gezuckerter *Hooonig*!"

Rosa weinte nicht. Sie warf bloß einen entsetzten Blick auf das Hemd des Kobolds – oder besser auf das, was davon noch übrig war. „Na, hör mal, Kleiner! In *dieser* Aufmachung kannst du deiner Liebsten aber nicht unter die Augen treten!" Entschlossen marschierte sie auf einen dunklen Schrank zu, der gegenüber vom großen Kamin stand. Er hatte drei schwere Türen, von denen Rosa die mittlere öffnete. Dort nahm sie ein Kästchen heraus, aus Perlmutt gefertigt mit kleinen goldenen Scharnieren. Damit kam sie zu Nimrod, hob den Deckel des Kästchens an, nahm eine Nadel heraus und fädelte einen unsichtbaren Faden ein.

„Zieh das Wams aus“, sagte sie. Als der Kobold damit fertig war, schnippte sie mit den Fingern und umgehend war das Blut an seinem Hemd verschwunden. Während Nimrod noch versuchte, das Wunder zu begreifen, nähte sie einen kleinen Riss an seinem Hemd zusammen, wonach sie die Nadel antippte und flüsterte: „Acus iter pergere.“ Und die Nadel – wie von Geisterhand geführt – wanderte über die Reste seines Hemds, wobei sie eifrig stopfte und stickte.

Nun fand Rosa gemeinsam mit Thuja die Zeit, sich einem Kuchen zu widmen, der aus der Form geholt werden sollte. Rosa wollte ihn gerade auf einen Kuchenteller stürzen, da rief Thuja:

„Noch nicht! Pass bloß auf damit!“

„Ist ja gut!“, meinte Rosa.

„Du musst erst in die Mitte vom Teller etwas von der Sorte Zucker streuen, die funkelt und knirscht. Sonst klebt er am Teller fest, zerbröselt und ist nichts als ein Schatten seiner selbst.“

Von einer Hexensprechstunde hatte Nimrod erwartet, dass er angehört und sein Problem ernst genommen würde. Und auf dieses Problem wollte er nun endlich zu sprechen kommen. „Also, wo war ich stehengeblieben? Ach ja, mein ein Kompass! Ich ...!?“

Aber Thuja funkte dazwischen: „Ein kalter Hund ist das, dieser Kuchen.“

„Toter Hund!“, verbesserte Rosa.

„Taxus baccata!“, rief Thuja. „Der ist doch nicht tot, das meinst du wohl, aber das stimmt nicht! Ein fettiger, kalter Kuchen ist er, ein bisschen dunkel und ledern. Er klebt am Gaumen. Aber wenn man ihn lange genug im Mund behält, wird er warm und süß. Da werden Erinnerungen wach an alte Zeiten!“ Sie seufzte und warf den Blick zur Decke, so dass Nimrod ein rotblondes Barthaar an ihrem Kinn erkennen konnte.

Weil eben keiner mehr redete, startete Nimrod einen neuen Versuch: „Wonach kann ich mich denn richten, wenn ich ... wohin soll ich gehen, wenn ...?“

„Sieht irgendwie unappetitlich aus“, sagte Rosa.

„Er wird ja noch mit Schokolade glasiert, dann sieht er schon ganz anders aus", meinte Thuja.

Nimrod stieg die Wut am Hals aufwärts. „Kann ich denn nun mal eine Frage ... AU!", schrie er plötzlich auf, denn die fleißige Silbernadel hatte sich am Faltenwurf getäuscht und in seinen Unterarm gestochen.

Rosa lief herbei. „Retro!", befahl sie und pustete die Nadel an, worauf sie endete. Und Nimrod blieb der Mund offen stehen vor Staunen, als er sah, was die kleine Silbernadel erschaffen hatte: Selbst Mollis hätte dieser schönen Arbeit Beifall gespendet. Das Hemd war geflickt und mit silbernen Mustern versehen, so dass es aussah, als würde er ein feines Kettenhemd darüber tragen. „Wie schön!", rief er aus, zupfte am Ärmel und vergaß prompt alle seine Sorgen.

Mit überschlagenen Beinen saß Ruth auf einem Stuhl und wischte mithilfe ihrer roten Schürze Rührungstränen von der Brille. Als sie die dicken Gläser wieder auf die Nase geschoben hatte, beäugte sie Nimrod, der sich eben das Wams wieder anzog, und krächzte: „Was tut denn der *Falsche Hase* noch hier?"

Was jetzt folgte, verblüffte Nimrod über die Maßen: Thuja zog ihn von seinem Stuhl herunter. „Koblödchen ... ach ... Koböldchen, du musst nun schnell gehen, komm!" Sie drückte ihm ein Haselnussbrot in die Hand, schob ihn nach draußen und ehe er sich versah, wurde ihm die Tür vor der Nase zugeschlagen. Völlig außer sich hämmerte er daran.

„Macht mir sofort wieder auf!", rief er. „Ihr habt mir ja noch keine einzige Frage beantwortet. Macht gefälligst auf!"

Nicht nur die Hexen wollten ihn nicht mehr hören, auch der Türknauf ignorierte ihn. Nachdem das Hexenhäuschen knirschend wieder zu seiner einstigen Größe zurückgefunden hatte und die Grimbienen zischend eingeflogen waren, löste es sich mit einem gewaltigen Knall in Luft auf. Lediglich die winzigen Pfützenkrater zeugten von seinem einstigen Standort.

Nimrod schüttelte wütend den Kopf. „Eine Hexensprechstunde, in der nur die Hexen sprechen, pah! Das war nichts als ein albernes Kaffeekränzchen!" Er trat nach der entschwundenen Tür.

„Das werde ich ja keinesfalls weiter empfehlen!", rief er empört. Darauf stand er noch eine Weile da, den Mund gekräuselt. Weil sein Schmollen aber niemanden interessierte, stellte er es schließlich ein. Immerhin hatte er ein Brot bekommen. Nimrod besah sich den dicken Laib, der sich so warm in seiner Hand anfühlte, und durch den herrlichen Duft des Brotes verflüchtigte sich auch der Rest seines Ärgers. Er löste das Tuch vom Gürtel und wickelte das Brot stramm ein. Dann nahm er seinen Kompass noch einmal in Augenschein. Die Nadel drehe sich wegen eines Magnetfeldes, hatte Thuja gemeint. *Wohin nun*? Er lauschte in sich hinein.

Da bewegte sich plötzlich etwas im Zaubersack. Weil das noch nie zuvor passiert war, wurde Nimrod ganz aufgeregt. Vorsichtig ließ er die Hand hineingleiten und erspürte etwas, das zierlich war und kühl. Gespannt zog er es heraus, und erblickte einen winzigen Silberschlüssel in der Form eines Kochlöffels.

16. Pilzkönig

Ein Schlüssel gehört zu einem Schloss, ganz einfach. Aber je länger Nimrod auf das Schlüsselchen blickte, das er aus dem Zaubersack gezogen hatte, desto weniger Ahnung hatte er, was er damit anfangen sollte. Dieser Schlüssel war viel zu klein, als dass er zu einer Tür hätte passen können, eher zu einem Kästchen, doch wo sollte das versteckt sein? Die Suche danach würde ihn unnötig aufhalten. Seine Ungeduld wuchs mit seiner Ahnungslosigkeit. Das bescherte ihm eine ordentliche Wut im Bauch. Gar kein kleines bisschen hatten sie ihm geholfen, diese Hexen.

„Ein winziger Kochlöffelschlüssel ...? Los, denk nach! Mach schon, denk nach!"

Vielleicht war der Schlüssel ein Hinweis. Er dachte an Gesprächsfetzen zurück: Magnetfeld, Waldpilzkessel, knirschender Kristallzucker, toter – nein, kalter Hund. Aber das brachte ihn auch nicht weiter.

Es war ein bedauerlicher Zustand, in dem er sich befand: keine Idee, kein Kompass und kein Hinweis. Seufzend marschierte er drauflos – was auch sonst sollte er tun? Irgendwo, so hoffte er, gab es sicher Anzeichen für den richtigen Weg.

Nach einiger Zeit gelangte er an einen Ort des Waldes, an dem Buchen wuchsen hoch wie Säulen. Er lehnte sich gegen einen der Bäume und verrenkte sich fast den Hals, hätte er doch zu gern das Blau des Himmels und die darüber ziehenden Wolken gesehen. Aber das Blattwerk zeigte sich undurchlässig für seine Wünsche, es ließ nur winzige lichte Fetzen hindurch. Zu seiner Verwunderung entdeckte Nimrod etwas anderes dort oben. Es handelte sich um ein Irrlicht – um *das* Irrlicht genaugenommen! Zwischen den Himmelsfetzen fiel sein Leuchten kaum auf.

„NAAA ... ", sagte das Irrlicht überheblich. „Spätestens hier müsste dein Kompass versagt haben, stimmt's?" Es gackerte vor Freude wie eine Grimwachtel.

Nimrod stöhnte. „Verfolgst du mich? Oder tauchst du immer zufällig dann auf, wenn man in der Patsche steckt?"

„Ja, du steckst in der Patsche. Und ja, ich verfolge dich. Denkst du denn, das lasse ich mir entgehen?" Das Irrlicht gackerte noch immer. „Obwohl du deine Sache bis hierher sehr gut gemacht hast. Leider. Gern hätte ich gesehen, wie du im Moor versinkst. Wenn jemand nur noch bis zur Nasenspitze rausguckt, *dann* ist es immer am spannendsten. In den allermeisten Fällen kommt ein letztes Aufbäumen, ein erbärmlicher Versuch sich zu befreien. Doch je größer die Anstrengung, desto schneller ist man verschwunden."

Nimrod runzelte die Stirn, wütend über so viel Bösartigkeit.

„Da du aber immer noch da bist", sagte das Irrlicht und hob die Achseln, „kann ich dich ja auch ein Stück führen. Soll ich?"

„Moment", sagte Nimrod wie beiläufig, „ich muss kurz überlegen: Wird mich ein Irrlicht wohl auf den richtigen Weg führen, hm?"

„Das tue ich!" Das Irrlicht breitete freundschaftlich die Arme aus.

„Mach dich doch nicht lächerlich, das kannst du dir sparen, wirklich.

Hab die Nase voll von dir!“ Nimrod wählte kurzerhand den Weg zu seiner Rechten und marschierte drauf los.

„Ähm, aber wenn du dein Elflein retten willst, dann solltest du besser links herum gehen!“, rief das Irrlicht. „Rechts läufst du nämlich direkt ins Zentrum. Das ist sehr, sehr gefährlich, da hättest du dich im Moor gar nicht so anzustrengen brauchen.“

„Klar, klar!“, machte Nimrod. War das zu fassen? Das Irrlicht selbst gab ihm das Zeichen, auf das er gewartet hatte. „Der Dummkopf glaubt doch wohl nicht, dass ich auf ihn reinfalle“, raunte er und blieb seinem Weg treu.

Das Irrlicht hingegen blieb noch eine Weile auf seinem Zweig sitzen, schaukelte ein wenig und sah dem Kobold hinterher. „Ich wusste, dass du nicht auf mich hören würdest!“, flüsterte es belustigt. „Ich wusste, dass du da lang gehen würdest. Ist sowieso egal wo lang du gehst, denn hier führen alle Wege direkt ins Zentrum. Denkst nun, du hättest mich überlistet ...“ Es schnalzte mit der Zunge. „Denkst du!“

Zornig stapfte Nimrod über einen Pfad, den Tiere zwischen Perlgras ausgetreten hatten. Nach einiger Zeit endete der Weg an einer breiten, niedrigen Senke. Nebelschwaden saßen darin fest, aus denen sich seltsame Hütchen reckten. Als Nimrod darin Pilze erkannte, war seine schlechte Laune wie weggeblasen.

„Der Pilzkessel!“, rief er unvermittelt aus, denn davon hatte die Hexe Ruth gesprochen. Nun wusste er, was das Schlüsselchen zu bedeuten hatte. Er war als Hinweis darauf zu verstehen, dass er die Antworten auf seine Fragen erhalten hatte. Durch ihre Andeutungen hatten die Hexen ihm den richtigen Weg gewiesen. Zwar konnte er sich noch immer keinen Reim auf alles machen, aber wenn es an der Zeit war, würde ihm sicher das Entscheidende einfallen. Vorerst stieg er in die Senke hinab.

Pilze waren Zauberkünstler, wenn es darum ging, einen Lebensraum für sich zu erobern. Und wie geschickt sie darin waren, konnte man an diesem Ort besonders gut beobachten: Aus der feuchten Erde oder dem Holz morscher Bäume trieben hochgewachsene Stängel mit winzigen Hütchen, die nach Harz rochen. Daneben fanden sich klobige Pilze von kräftiger Färbung, an denen sich Fraßspuren von Schnecken finden ließen. Die zartesten Pilze waren nahezu durchsichtig, so als bestünden sie aus Feenglas. Manche neigten schüchtern die Hütchen, obwohl sie mit ihrem Gift Bären töten konnten. In dunklen Ecken leuchteten fluoreszierende Schwämme, die gespenstisch aussahen. Andere Arten waren neben derben Einzelgängern zu geselligen Haufen verwachsen, während gelbe Schleimpilze über alles herfielen, was ihnen in die Quere kam, sogar Artgenossen waren nicht sicher vor ihnen. Und wie das Gehirn eines Trolls sah ein Pilz aus, um den Fliegen schossen wie Gedankenblitze.

Ob Totentrompete, ob Hexenröhrling, Nimrod konnte gar nicht genug bekommen vom malerischen Anblick, der ihm geboten wurde. Er strich eben mit den Fingern über die Lamellen eines Steinpilzes, als ihm etwas auf den Kopf tropfte, das sich als die schwarze, stinkende Gallertmasse einer Morchel herausstellte.

„Ääähäähää!“, rief er aus und rannte hinüber zu einem großen Pfifferling, in dessen Trichter sich Regenwasser gesammelt hatte. So tief wie es ihm möglich war, steckte er den Kopf hinein, um sich die Haare auszuwaschen. Das sah ein Wicht, der unter einem großen Fliegenpilz hockte. Er stammte aus dem Volk der Pilzkönige und sein Aussehen erinnerte an einen Jungvogel, weil er ein Blätterkleid trug und seine dürren Arme Vogelbeinchen umschlangen. Einem prüfenden Blick über den großen Schnabel hinweg folgte sogleich eine kritische Bemerkung:

„Zeter und Mordio, wegen so einem bisschen Schleim.“

„Wie?“ Nimrod tauchte überrascht aus dem Regenwasser auf. Durch nasse Haarsträhnen versuchte er zu erkennen, wer da gesprochen hatte.

„Du machst ja ein Theater! Empfindliches Pflänzchen, was?“, flötete der Pilzkönig und da entdeckte Nimrod ihn unter dem Fliegenpilz.

„Das Zeug stinkt ekelhaft!“, stieß er hervor und fuhr unbeherrscht fort mit dem Haarewaschen.

„Das hilft eh nichts“, erklärte der Wicht, „denn der Gestank hält für mindestens fünf Tage an.“

„WAS?", rief Nimrod entsetzt und der Pilzkönig keckerte wie ein Eichhörnchen, als er seine entgleisten Gesichtszüge sah.

„War nur ein Spaß unter Freunden! Wasser genügt, um das Gift abzuwaschen."

„Es ist giftig?" Nimrod spuckte und prustete hastig das Wasser aus, das ihm bei seinem Manöver in den Mund gelaufen war.

Der Pilzkönig zuckte die hageren Schultern: „Kommt vor bei Pilzen. Nie davon gehört? Aber in diesem Fall war das auch nicht ernst gemeint, weder die Morchel noch ihr Myzel ist giftig."

„Ihr was, bitte?"

„Ihr Myzel!", krächzte der Pilzkönig. „Das Myzel ist der eigentliche Pilz, ein Geflecht, das sich unter der Erdoberfläche ausbreitet und gigantische Ausmaße erreichen kann." Er machte eine ausladende Bewegung mit seinen Armen. „Dieses hier ist nur die Frucht, so was wie der Apfel am Baum." Nun schlug er gegen den Stiel seines Fliegenpilzes und störte dabei die Mahlzeit eines wächsernen Würmchens, das sich windend ins Innere des Pilzes verzog.

„Ach *so* ist das." Nimrod fühlte sich belehrt. „Na, wer das nicht weiß."

„Hast doch gefragt, oder? Keinen Schnabel, aber 'ne große Klappe, das hab ich gern."

Nimrod zog die Augen zu Schlitzen zusammen. „Ich habe schließlich nicht um eine Unterhaltung gebeten!"

„Na, bitteschön!", piepste der Schnabelwicht. „Dann eben nicht!"

Nimrod tropfte das Wasser vom Kinn herab. Er sagte nichts mehr. Der Pilzkönig auch nicht. Aber er hielt das Schweigen nicht lange durch, fing aus unerfindlichen Gründen an zu plappern, und zwar lang und breit wie ihm der Schnabel gewachsen war:

„Wir Pilzkönige kultivieren die verschiedenen Arten in diesem Tal. Jeder ist König über eine bestimmte Art, deshalb wimmelt es hier nur so vor Alleinherrschern. Nimm mich zum Beispiel: Ich bin Parasolkönig." Er stand auf und ging hinüber zu einem hohen Pilz mit großem Hut. Darunter brannte ein kleines Feuer, worauf in einer Eierschale Pilzsuppe vor sich hinköchelte. Während der Parasolkönig sie umrührte, sagte er: „Mein Vetter hingegen ist Hallimaschkönig. Der Hallimasch ist ein heimtückischer Pilz mit einem sehr großen Myzel, das sich von innen in Bäume hineinfrisst und sie morsch macht. Und nun darfst du raten, was diese Tatsache über den Charakter meines Vetters verrät." Er nickte bedächtig. „Auf den warte ich hier übrigens schon den lieben langen Tag. Sagte, er habe außerhalb des Tals zu tun, habe eine seltene Pilzart entdeckt, den Kaiserling." Der Pilzkönig tippte sich an die Stirn. „Verstehst du, *Kaiserling*. Will sich ja bloß aufspielen, zum Pilzkaiser. Vor zwei Tagen ist er aufgebrochen, um die *weißen Sporen des Kaiserlings* herzubringen. Doch wo ist er jetzt? Kannst du mir das vielleicht sagen? Also wenn du mich fragst, der spinnt." Er schnarrte ungeduldig, dann steckte er den Schnabel in die Suppe. Der Geruch stellte ihn anscheinend zufrieden, denn als er wieder aus der Eierschale auftauchte, war er versöhnlicher gestimmt:

„Ich glaube, ich war unhöflich. Genau wie mein Vetter, der mich warten lässt und mit dem mich hier niemand vergleichen soll." Nun füllte er die Suppe in zwei Eierschalen und wanderte damit wieder zurück zum Fliegenpilz. Nachdem er sich gesetzt hatte, stellte er eine Suppe auf den Boden und bot Nimrod den Platz neben sich an, indem er mit der Kralle auf den Sand tippte.

Nimrod war zögerlich. „Eigentlich wollte ich ja schnell weiter, aber gegen eine kurze Pause ist wohl nichts einzuwenden."

„Sicher nicht, sicher nicht. Es wäre mir außerdem ein Vergnügen."
Da ließ sich Nimrod neben ihn unter den Fliegenpilz plumpsen, dass die Pilzsporen staubten.

„Nimm dir Suppe!", sagte der Parasolkönig.
Das tat Nimrod. Die Eierschale wärmte seine Hände und die Suppe darin duftete köstlich. Trotzdem wartete er, bis der Pilzkönig selbst davon gegessen hatte. Dem war sein Zögern natürlich aufgefallen. Nach dem ersten Schluck Suppe fragte er deshalb:

„Denkst du etwa, dass sie giftig ist?"

„Ich weiß nicht. Ich habe gehört, das käme vor bei Pilzen."

Der Pilzkönig prostete ihm zu: „Zum Wohl, Parasol!“

„Zum Wohl!“, erwiderte Nimrod.

Die beiden stießen die Eierschalen gegeneinander und ließen es sich schmecken, indem sie die heiße Suppe vorsichtig ausschlürften. Als sie damit fertig waren, aß der Pilzkönig seine leere Eierschale auf. Nimrod sah das mit Verblüffung.

„Kalk, für den Schnabel!“, erklärte der Gastgeber. „Willst du nicht?“

Weil Nimrod keinen Schnabel vorzuweisen hatte, schüttelte er den Kopf und der Pilzkönig packte die Gelegenheit beim Schopfe, schnappte sich auch seine Schale und fraß sie auf. Nach einem tiefen Seufzer lehnte er sich an den Stiel des Fliegenpilzes und sah seinen Gast über den Schnabel hinweg an. Seine Augen, winzig und schwarz, hatten einen schmalen weißen Rand. Er schielte leicht, so leicht, dass sein Blick verunsicherte.

„Hey, das ist aber ein prächtiges Kettchen, da um deinen Hals.“ Er stieß einen Pfiff aus.

„Ähm, ja …“ Nimrod schob den Magoi schnell unter sein Hemd.

„He, bist ja ein richtiges Plappermaul!“, fand der Pilzkönig und verbreitete damit Unbehagen bei seinem Gast. Als er das bemerkte, versuchte er die Stimmung durch eine Frage zu retten: „Sag mal, was hast du eigentlich hier zu schaffen?“

„Ich bin auf Wanderschaft.“

„Wanderschaft durch das Pilztal? Hu, hu!“, gluckste der Parasolkönig und schob sich die Krallen in den Schnabel. „Ist wohl eher ein Abstecher würde ich sagen. Also wohin spazierst du?“

„Nach Süden, und ich *spaziere* nicht, wenn es genehm ist.“

„Ist es, ist es. Bist also ein Held, wie? Woher der Mut?“

Nimrod wollte nicht antworten. Doch sich den Fragen des listigen Kerlchens zu entziehen, stellte sich als geradezu unmöglich heraus. Es entlockte ihm das Geheimnis allein dadurch, dass es ihn mit diesen eigenartigen Augen anblickte.

Als er geendet hatte, zeigte sich der Pilzkönig beeindruckt. „Eine Elfe? Hui! Was für ein Held! Du traust dir was zu! Gefällt mir!“

Er klopfte Nimrod anerkennend auf den Unterarm. Während der dem Pilzkönig nun die ganze Geschichte noch einmal ausführlich erzählte, wickelte er das Brot aus, das er von den Hexen bekommen hatte.

„Hier, etwas Nachtisch?“

„Gern!“ Der Pilzkönig griff zu und warf die Brocken in die Luft, um sie mit dem Schnabel aufzufangen.

„Kennst du eigentlich einen günstigen Weg, den ich einschlagen könnte?“, schmatzte Nimrod.

„Hier gibt es nur ungünstige Wege!“, meinte der Pilzkönig, hob dann einen Krallenfinger und fügte hinzu: „Halte dich weit fern vom Zentrum!“

„Was macht es denn eigentlich so gefährlich, das Zentrum?“, fragte Nimrod und schnippte sich einen Haselnusskrümel vom Schoß. „Was genau weißt du darüber?“

„Sein Geheimnis durchwirkt den Wald wie ein Myzel den Erdboden. Im Herzen des Waldes wächst der Fruchtkörper – wie auch immer er beschaffen sein mag – er ist tödlich und trägt unheilvolle Sporen. Niemand ist jemals zurückgekehrt, der ihn gefunden hat. Ich weiß nur, dass es in seiner Nähe von Gestaltwandlern nur so wimmelt. Nimm’ dich in Acht vor ihnen.“

„Was sind denn Gestaltwandler?“

„Es sind böse Geister“, erklärte der Pilzkönig. „Sie nehmen eine Gestalt an, die dir vertraut ist, die dir nahe steht oder die du besonders hasst. Sie können also zu deiner Liebsten werden oder auch zu deinem ärgsten Feind. Das Schicksalhafte an ihnen ist, dass sie nicht nur ihre äußere Hülle verändern können, sie imitieren auch die Persönlichkeit.“

„Aber wie ist so etwas denn möglich?“, wollte Nimrod wissen.

Da sah ihm der Pilzkönig hypnotisierend in die Augen: „Ganz einfach!“, erklärte er. „Sie zapfen deine Erinnerungen an, um die Gestalt, die sie angenommen haben, bestmöglich imitieren zu können.“

„Und warum tun sie das?“

„So getarnt können sie dich ins Herz des Waldes locken, ohne dass du Verdacht schöpfst.“

„Gibt es denn eine Möglichkeit einen Gestaltwandler zu entlarven?“, fragte Nimrod.

„Die Erscheinungen der Gestaltwandler sind zwar aus deiner Erinnerung entsprungen, das ist aber gleichzeitig ihre Schwachstelle. Sie spiegeln keinesfalls die Wirklichkeit wieder, weil sie nur deine Vorstellung von dieser Person sind. Deshalb können die Erscheinungen vor der Wirklichkeit auch nicht bestehen.“

Nimrod runzelte die Stirn. „Das verstehe ich nicht.“

„Also“, erläuterte der Pilzkönig, „nehmen wir mal an, du hättest deinen Onkel seit Jahren nicht gesehen und er würde dir in Form eines Gestaltwandlers erscheinen, dann wäre er seit eurem letzten Treffen um keinen Tag gealtert, da er in deiner Vorstellung nicht altern konnte.“

„Ach so ist das gemeint.“

„Und ich gebe dir einen Rat zu diesen Kreaturen: Sobald du einen Gestaltwandler enttarnt hast, laufe, wenn dir das Leben lieb ist!“ Die Augen des Pilzkönigs glühten beinahe, als er das sagte. Und völlig unvermittelt schrie er plötzlich auf: „Beim Hallimasch, da kommt ja mein Vetter!“ Freudig sprang er auf. „Übrigens, dass *der* kein Gestaltwandler ist, sehe ich sofort“, gackerte er. „Sein Schnabel ist größer als meiner.“ Er zwinkerte Nimrod zu. „Und das entspricht, ehrlich gesagt, ganz und gar nicht meiner Vorstellung.“

Nimrod blieb unter dem Fliegenpilz sitzen.

Der Hallimaschkönig saß auf Säcken, die sich auf einer großen Schnecke stapelten. Das Kriechtier machte bereits Pause und fraß an der Morchel. Der Parasolkönig lief seinem Vetter entgegen, hielt ihm eine ordentliche Standpauke, griff dann in einen der Säcke und kam zurück, um Nimrod zu verabschieden.

„Dann mach‘s gut, mein Freund!“ Er gab ihm die Kralle und ließ ihm nebenbei ein Stück von einem getrockneten Pilz in die Hand fallen. Nimrod sah es forschend an.

„Ein Zauberpilz, falls dir mal die Kräfte schwinden“, sagte der Pilzkönig und setzte warnend hinzu: „Aber nimm bloß nicht zu viel auf einmal, denn dieser Pilz verursacht starke Nebenwirkungen.“

„Vielen Dank für alles!“, sagte Nimrod. „Besonders für die Auskünfte über Gestaltwandler.“ Dann sprang er auf und entstaubte den Hosenboden von Pilzsporen.

Der Pilzkönig lächelte, wenigstens sah es so aus. „Viel Glück, du Held – eine Elfe!“ Und ein freundschaftlicher Ton flötete durch seinen Schnabel.

17. Winterhain

Trull, die tausendjährige Eiche, war Zufluchtsort der Elfen, ihre Trutzburg vor dem Winter. Auf einem kleinen Hügel unweit des Grimwalds stand die Eiche, deren Stamm nicht einmal von drei Bergtrollen umfasst werden konnte. Trull streckte die knorrigen Äste aus, um die Kälte abzuwehren, die dieses Jahr Anderia heimsuchte. Grimmig blickte sie nach Norden, als wolle sie sich beschweren, dass noch kein

Schnee gefallen war. Kein schützendes, weißes Laken hatte sich über die Hügel gebreitet.

Während die Krähen auf dem obersten Ast Trulls hockten, um das Hügelland nach Feinden auszuspähen, richteten die Elfen ihre Wohnhöhlen in der Eiche wieder her. Kleine hübsche Kammern waren das, die durch schmale Gänge miteinander verbunden waren. Den größten Schutz boten die oberen Räume im Stamm der Eiche, worin die Königsfamilie mit Verwandtschaft residierte. Die beiden unteren Äste, die am wenigsten Schutz boten, bewohnten die Totenelfen. Dazwischen tummelte sich das Volk. Trull wurde wintersüber von den Elfen nur verlassen, um das Ahnenfest zu feiern, in dessen Rahmen alljährlich der Hochzeitsreigen stattfand. Die kleinen Wohnhöhlen waren daher einfacher eingerichtet als diejenigen in Alburga. Hier in Trull sollte alles der Gemütlichkeit dienen, deshalb gab es breitere Betten, kleine Kohleöfen und – um das spärliche Winterlicht am besten ausnutzen zu können – große, runde Fenster. Aber obwohl die Elfen ihre Öfen gut befeuerten, und es aus den langen Schloten – die wie Zweige aussahen – ordentlich räucherte, wollte die Behaglichkeit nicht mit ihnen Einzug halten. Es war bereits so kalt geworden wie schon seit vielen, vielen Jahren nicht mehr. Und es wurde täglich kälter.

Trull knackte unter dem Frost.

Sobald die Nacht hereingebrochen war, rückten sie näher zusammen; ob Krähe, ob Elfe. Nicht so Aura, schlief sie doch allein. In der Stille ihrer Kammer war das Feuer des Ofens fast erloschen, nur eine einsame Flamme tanzte über der Asche. Sie warf ihren Lichtschein auf ein hölzernes Bett, dessen Kopfteil ein großes Blatt darstellte. Die Elfe träumte unter einer gesteppten Decke aus Rosenseide, die zu beiden Seiten des Lagers auf den Boden herabfiel.

Plötzlich wurde Aura durch ein Geräusch geweckt. Bewegungslos lauschte sie dem Raunen einer tiefen Stimme: „Aura ..."

Und wieder: „Aura ..."

Die Flamme des Feuers warf ihr Licht auf eine große Gestalt am Fuße des Lagers. – „Aura ..." – Zwar jagte ihr der nächtliche Besucher Angst ein, aber weil er sich gegen den Befehl des Königs stellte, indem er ihren Namen aussprach, fasste sie Mut, sich aufzurichten. Sie sah den Schatten an und fragte heiser: „Wer ist da? Wer wagt sich zu mir?“

Als die Gestalt nicht antwortete, sondern näher kam, zog Aura erschrocken die Decke bis zur Nasenspitze hoch.

„Hab keine Angst“, sagte die Stimme, die einen wärmenden Klag besaß.

Verwundert ließ sie die Decke wieder sinken und fragte: „Andalus?“

„Leise, bitte“, gab der zurück. „Niemand darf uns hören, oder mich hier entdecken.“

„Was tust du hier?“

Andalus deutete auf die Seite ihres Lagers. „Erlaubst du?“, fragte er.

Als Aura nickte, setzte er sich neben sie.

„Ich musste noch einmal mit dir sprechen.“

„Worum geht es denn?“, wollte sie wissen.

Andalus, dessen Umhang im Feuerschein saphirblau schimmerte, saß reglos da, den Blick auf seine gefalteten Hände gerichtet.

„Weißt du noch, was ich dir über Lysander erzählt habe?“

„Ja“, entgegnete Aura.

Andalus neigte sein Ohr ihr zu und sprach: „Wiederhole es bitte.“

Sie atmete tief ein, bevor sie sagte: „Lysander sind die Verbannten unseres Volkes.“

„Weiter“, raunte er.

„Aber weshalb?“

„Weiter!“, wiederholte er nun dringlicher. „Was erinnerst du noch?“

Aura, die es langsam mit der Angst zu tun bekam, wisperte zaghaft: „Über sie darf nicht gesprochen werden. Und ... hast du mir nicht anvertraut, dass etwas Schlimmeres auf sie warte als der Tod?“

Er blickte sie an. „So ist es, Aura. Ich wollte nur sicher gehen, dass du es noch weißt, und dass du dich an meinen Rat hältst, was Jaris betrifft.“

„Ich habe es doch versprochen.“

„Ja, ich weiß, geschworen hast du es.“ Er schwieg eine Weile nachdenklich, dann griff er in seinen Mantel und sprach:

„Eigentlich bin ich gekommen, dir dies hier zu geben.“

Als Aura nun sah, was er aus den Falten seines Umhangs gezogen hatte, fuhr sie zurück und erhob die Stimme: „Was soll das? Nimm es weg!“

Aber Andalus, der ein Messer mit langer Klinge in der Hand hatte, stieß gepresst hervor: „Bitte sei still und höre, was ich dir zu sagen habe.“

„Was soll ich damit?“, fragte sie bebend. „Was soll ich mit einem Messer?“

„Es ist dein Ausweg“, murmelte er. „Der Tod ist ein guter Ausweg.“

Weil Aura sich sträubte, als er ihr das Messer in die Hände legen wollte, presste er ihre Finger zusammen, bis sie sich endlich um das kalte Metall schlossen. Da begann die Elfe zu schluchzen:

„Was verschweigst du mir ... WAS? Du weißt doch etwas? Du musst doch etwas wissen!“

„Ich kann dir nur eines sagen: Ich kenne Boreas und ich ahne etwas.“

„Was nur? Sag es mir!“, flehte sie.

Doch Andalus schüttelte den Kopf.

„Weshalb nicht?“

Er presste die Lippen aufeinander, dann nahm er sie in die Arme und küsste ihre Stirn. „Verwünscht sei Boreas“, hauchte er und schon im nächsten Moment war er verschwunden – so lautlos wie er gekommen war.

Die Flamme im Ofen erlosch, und überließ Aura den kalten Schatten. In dieser Nacht schlief sie nicht mehr, zu groß war die Aufregung, die Andalus mit seinem Besuch bei ihr verursacht hatte. Sie zitterte und weinte, bis die Kälte sie unter die Decke zwang. Erst als der Morgen graute nickte sie ein. Aber ein lautes Pochen an der Tür weckte sie bald wieder. Noch ganz benommen entdeckte sie das Messer neben dem Kopfkissen und schob es schnell darunter.

Gleich darauf klopfte es wieder, nun ungeduldiger. Nur Sekunden später wurde die Tür aufgeschlagen und im Raum erschien Hadur, der hektische Flecken im Gesicht hatte.

„Ist das kalt hier! Und schläfst du etwa noch?“, rief er. „Ein Bote ist soeben eingetroffen und hat gemeldet, dass Jaris dich heute noch empfangen will.“

Aura blickte ihn verwundert an. „Jaris will mich sehen?“ Auf ihre Frage hin erntete sie ein ärgerliches Stirnrunzeln ihres Vaters, der entgegnete:

„Na, wer denn sonst?“

Jaris, der seit Ankunft in Anderia nicht mit ihr gesprochen hatte, ließ nach ihr rufen. Keine Zeit verblieb, um über die letzte Nacht nachzudenken.

„Das hier sollst du tragen. Der Bote hat es überbracht“, sagte Hadur, wobei er ihr ein Kleid auf das Lager warf. „Mach dich hübsch zurecht, damit du nicht mehr wie eine Vogelscheuche aussiehst!“, sagte er bestimmt. „Es wird Jaris daran erinnern, wie sehr du ihm zur Zierde gereichen wirst, wenn ihr erst vermählt seid.“ Dann stand er einen Augenblick still da und sein Gesichtsausdruck wurde sehr ernst. „Deine Mutter lässt dir ausrichten, dass du uns fernerhin keine Schande mehr machen sollst.“

Aura, die den Blick gesenkt hatte, sagte nichts.

„Und nimm ein Bad!“, fügte er noch hinzu, dann wandte er sich ab und verließ den Raum.

Aura blickte auf das Kleid vor sich, dessen Stoff schilfgrün schimmerte. Es war über und über mit kleinen Perlen derselben Farbe bestickt. Diese Perlen von seltenen Muscheln aus dem Stillen See symbolisierten den Sommer und das Leben. Obwohl das Kleid wunderschön anzusehen war, überlief Aura ein Schaudern, als sie mit der Hand darüberfuhr, weil es sich anfühlte wie die Haut einer Schlange. Bald würde sie in dieser fremden Haut stecken, im Tausch gegen das liebgewonnene Nebelstreifkleid, das sie mit Nimrod verband.

„Nimrod...!“ Der Gedanke an ihn weckte die zarte Hoffnung, er würde kommen. Sie wusste zwar, dass er auf dem Weg zu ihr war, weil sie es im Spiegel des Krähenauges gesehen hatte, aber je mehr Zeit verstrich, desto unwirklicher kam es ihr vor. Sicher war es nur ein Trugbild gewesen.

Es klopfte wieder. Zwei Helferinnen kamen herein, um ihr bei der Badeprozedur zu helfen. Sie machten Feuer und schmolzen Schnee in einem Holzzuber. Als das Bad bereitet und der Zeitpunkt gekommen war, da löste Aura Häkchen für Häkchen des Nebelstreifkleides. Ihre Hände zitterten dabei, denn es war ihr beinahe schmerzlich es abzulegen, wenn sie daran dachte, was alles an diesem Kleid hing: Nimrods Handabdruck, seine Berührungen, der Geruch von Rauch und Spuren von Asche.

Gleich nach dem Bad wurden Aura die Haare von einer Helferin geflochten und kunstvoll aufgesteckt. Als die Frisur fertig war, half sie ihr in das neue Kleid, das schwer war wie Blei. Aura hasste es.

Bevor Hadur kam, um sie abzuholen, war Aura endlich für einen Moment allein. Da huschte sie zum Bett hinüber und griff unter das Kopfkissen, um das Messer zu holen. Nun, bei Tageslicht, erkannte sie, wie kunstvoll es geschmiedet war, und dass ein Flügelornament in den Griff eingelassen war, was darauf hindeutete, dass es aus der königlichen Waffensammlung stammte. Sie versteckte es im breiten Rocksaum, den sie dazu leicht aufschneiden musste, wobei ihr das Herz bis zum Hals klopfte. Wenn jemand das Messer bei ihr entdeckte, war sie verloren; doch wenn sie es nicht mit sich nahm, so war sie vielleicht noch viel verlorener.

Hadur kam nur einen Augenblick später herein. „Bist du endlich soweit?“, fragte er unbeherrscht. „Nimm das andere Kleid mit, diesen Fetzen da!“

„Aber weshalb?“

„Frag nicht lang! Nimm es mit!“

Nachdem Aura das Nebelstreifkleid an sich genommen hatte, legte sie die freie Hand auf den ausgestreckten Arm ihres Vaters. „Wo ist eigentlich Mutter?“, fragte sie.

„Delia will dich erst am Tage deiner Hochzeit wiedersehen.“

„Die Krähen haben ja bessere Eltern als ich!“, murmelte Aura.

Hadur, der ihr die Hand zusammenpresste, bellte:

„Wage es ja nicht, so etwas noch einmal zu sagen – erst recht nicht über deine Mutter. Wo du doch so viel Leid über uns gebracht hast."

„Leid?", höhnte Aura. „Ihr wisst ja überhaupt nicht, was Leid ist."

„Pass auf, was du sagst!", zischte Hadur.

Sie schwieg nun lieber. Um das Verständnis oder die Zuneigung ihrer Eltern wollte sie nicht mehr betteln, nie mehr.

So marschierten Vater und Tochter schweigend nebeneinander den niedrigen Gang hinunter bis zum Stamm der Eiche, der im Laufe der Jahrhunderte hohl geworden war und sich vor ihnen auftat wie ein Palast mit vielen Wohnkammern und Höhlen für Proviant, Stoff, Waffen und Werkzeuge. Über den hohen Innenhof, der von Wendeltreppen und Brücken durchzogen war, welche die Räume miteinander verbanden, gelangte man bis hinauf zum Thronsaal des Königs.

Aura, die in Gedanken versunken war, hatte heute keinen Blick für das bunte Treiben um sich her, weshalb sie nicht bemerkte, dass ein jeder mit der Arbeit innehielt, sobald er sie sah. Ihr Weg führte sie vorbei an den königlichen Gemächern und denjenigen, die Jaris mit seinen Eltern Viola und Bran bewohnte. Inzwischen hatten die sich in einem angrenzenden Raum versammelt, um auf Auras Ankunft zu warten. Vor zwei großen ovalen Fenstern, auf denen sich Eisblumen gebildet hatten, standen drei große Stühle, worauf zur Rechten Jaris thronte, in der Mitte Bran und zur Linken Viola.

Hadur, der zusammen mit Aura eingetreten war, sprach nach einer schnellen Verbeugung: „Wie gewünscht überbringe ich meine Tochter." Anscheinend hatte er es sehr eilig, denn gleich schob er sie vor die Wartenden hin und verließ den Raum wieder. Als Aura ihm verwundert hinterher sah, machte Bran eine ungeduldige Bewegung mit der Hand.

„Komm näher!", rief er. Mit langsamen Schritten kam sie der Aufforderung nach. „Was ist das da?" Er deutete auf das Nebelstreifkleid.

Aura, inzwischen auf die Knie gesunken, streckte ihre Arme mit dem Kleid nach vorne und sprach: „Ich entschuldige mich für das Übel, das ich über alle gebracht habe. Ich werde ein folgsames Mitglied Eurer Familie sein, wenn ihr mich noch annehmen wollt.

Und dieses Kleid hier übergebe ich euch als Zeichen meiner Demut."

Viola rümpfte die Nase. „Beim Elfenstaub, es riecht ja furchtbar!"

„Ich übernehme das schon!", rief Jaris, der mit spitzen Fingern nach dem Kleid griff. Sein Auftreten erweckte den Anschein, als errette er seine Mutter aus unsäglicher Gefahr. Aura, die sich von dem Kleid noch nicht lösen wollte, sah ein letztes Mal auf Nimrods Handabdruck, bevor sie es endlich aus den Händen gleiten ließ.

„Ich sollte den Fetzen gleich verbrennen!", stellte Jaris mit angewidertem Blick auf die Gabe fest. Aura brannten unterdrückte Tränen in den Augen, fürchtete sie doch gleich mit ansehen zu müssen, wie alles, was ihr vom Kobold geblieben war, in Rauch und Asche aufging.

„Aber ich denke, ich habe eine bessere Idee!", sagte Jaris, wobei er das Kleid wie eine Trophäe über seinen Kopf hielt. „Ich werde es als Erinnerung an deine unsägliche Schmach und meine gnädige Vergebung aufbewahren!" Als Aura nun ein erleichtertes Lächeln über das Gesicht huschte, meinte Jaris, sie verstehe seine Idee als romantisches Geschenk an sie.

„Tu damit was du willst, Jaris, nur bring den Fetzen endlich weg!", donnerte Bran. „Wir haben andere Sorgen." An Aura gewandt fuhr er fort: „Es hat sich sicher noch nicht zu dir herumgesprochen, deshalb erfährst du es hier und jetzt: Boreas wird in Kürze nach der Höhle des Winterwolfs suchen lassen." Weil Aura ihn fragend ansah, fuhr er fort: „Der König befürchtet, dass die Bestie bald erwachen wird, um ein Opfer zu fordern. Und Boreas will ihm zuvorkommen. Sein Plan sieht vor, noch heute Jaris und Andalus mit vier Oltmannen auf die Suche nach ihm zu schicken."

Als sie das hörte, fuhr sie zusammen. Andalus! Was immer das alles zu bedeuten hatte, es hatte etwas mit ihr zu tun. Ihre Vorahnung wurde von Bran bestätigt, als er ihr eröffnete:

„Du hast uns die Kälte gebracht, und nun bringen wir die Kälte zu dir." Jetzt wurde Aura klar, weshalb Andalus ihr das Messer gebracht hatte und weshalb sie sich mit dem Kleid hatte schmücken sollen:

„Ich soll dieses Opfer sein!", sagte sie schreckensbleich.

18. Seelenspiegel

Nach Tagen der Wanderung kam Nimrod an einen Ort, den uralte Bäume ringförmig einschlossen. In diesen Bäumen hingen feine Gewebe, die sich bis hinab zum Waldboden erstreckten. Wenn bisweilen ein leichter Wind hineinfuhr und sie aufbauschte wie Segel, dann wurde eine Statue sichtbar, die darunter lag.

Nimrod trat heran und sah in das steinerne Gesicht eines schlafenden Mädchens. Es lag auf der Seite, hatte ein Händchen unter die Wange geschoben und schlummerte inmitten eines Bettes aus blühendem Lerchensporn. Die weißen und rosafarbenen Blüten verströmten einen verlockenden Duft. Über den Stein des Abbildes, von der Witterung grau geworden, zogen sich feine Moosflechten. Andächtig sah er in das engelsgleiche Gesicht, welches ganz ohne Zweifel das friedlichste

Lächeln zeigte, das er je gesehen hatte. Das *Steinerne Kind* schien in einen federleichten Traum versunken.

Dies, so fand Nimrod, war der rechte Platz, um eine Pause von der Wanderung zu machen. Er setzte sich vor die Statue in den Lerchensporn und knotete das Tuch auseinander, worin sich Nüsse, Beeren, Kräuter und Pilze befanden, eben alles, was er unterwegs gesammelt hatte. Er sehnte sich allerdings nach Mollis' Broten und Pfannkuchen; zwar hatte er noch einen Krümel Hexenbrot übrig behalten, den er sich in den Mund schob, doch das war nicht dasselbe, es war einfach nicht dasselbe.

Als Nimrod sich nach dem Essen hinlegen wollte, stieß er mit dem Kopf auf eine verwitterte Steintafel unter dem Lerchensporn. Verwundert schob er das Grün beiseite und entdeckte, dass die Schrift darauf noch leserlich war:

HIER SCHLÄFT ES TIEF
LIEGT AUF STEINERNEN SCHERBEN
IM TRAUM ES RIEF
DES WANDERERS VERDERBEN

„Verderben?" Nimrod schoss in die Höhe und tat einige große Schritte rückwärts. Was sollte das bedeuten? Er sah die Statue aus der Entfernung noch einmal genauer an: Das faltenreiche Nachthemd, den kurzen Zopf, die kleinen Hände. Daran konnte er nichts Verdächtiges finden. Deshalb drehte er sich einmal um sich selbst, dabei horchte er in alle Richtungen auf verräterische Geräusche. Aber das Einzige, was er hörte, war das leichte Rauschen des Windes in den Geweben. Trotzdem – oder eben deshalb – war Nimrod beunruhigt. Was lauerte hier?

Die Vorahnung ließ ihn wieder zurück zum schlafenden Kind schleichen. Schutzsuchend drückte er sich an das steinerne Gesicht. Leicht strich er über die rauen Flechten auf der Wange, so als könnten sie ihm etwas erzählen über das, was er nicht wusste. Dann, als seine Finger die Lippen der Statue berührten, riss er sie plötzlich wieder fort, weil er etwas gespürt hatte: etwas Lebendiges, etwas *sehr Lebendiges.*

Er starrte auf den leicht geöffneten Mund des Mädchens und erkannte dunkle Schatten darin. Langsam tasteten sich haarige Beine daraus hervor. Weiter und weiter, bis *sie* sichtbar wurde: Eine Spinne mit gewaltigen Mundwerkzeugen.

Schreiend fuhr Nimrod zurück. Und es wurde noch grauenhafter für ihn, als der ersten wohl Dutzende dieser Spinnen nachfolgten. Sie strömten über das schlafende Kind aus Stein hinweg in die zarten Gewebe ringsum. Er bemerkte erst jetzt, dass sich bereits viele Insekten darin verfangen hatten. Der berauschende Duft, den der Lerchensporn ausströmte, hatte sie in die Falle gelockt.

In *die* Falle, in der auch er nun steckte.

Mit ausgestreckten Vorderbeinen tanzten die Räuber um zappelnde Käfer, Libellen und Nachtfalter herum. Sie passten einen günstigen Moment ab, um zuzubeißen. Wenn die Opfer sich nach einer Weile nicht mehr regten, spritzten sie nach und nach Verdauungssäfte in sie hinein, um ihr Inneres zu verflüssigen. War das geschehen, so saugten sie ihre Beute aus. Am Ende blieben nichts als transparente Hüllen zurück, die an Sicherungsfäden baumelten.

Nimrod rann ein eiskalter Schauer nach dem anderen über den Rücken, weil die Spinnen nun auch um ihn herum immer engere Kreise zogen. Leises Knistern begleitete die tänzelnden Bewegungen der Achtbeiner, die gierig ihre Mundwerkzeuge spreizten. Verzweifelt sah Nimrod sich um. Doch die klebrigen Netze, die er anfangs für Stoffbahnen gehalten hatte, verdichteten sich zusehends und ein Fluchtweg war nicht auszumachen. Als sie damit begannen, Fäden um ihn zu spinnen und ihre haarigen Beinborsten an seinem Hals kribbelten, da zog er sein Messer.

„Weg mit euch! Verschwindet!“, schrie der Bedrängte, der nach ihnen hieb. Und nur ein Gedanke schoss ihm durch den Kopf: *Er musste hier weg, und zwar schleunigst!*

Im selben Moment sah er etwas in den oberen Netzfäden glänzen. Es war ein großer Schmetterling, der entlang den Gespinsten segelte und ebenfalls nach einer Möglichkeit suchte, zu entkommen.

Seine Flügel, zart wie Mohnblüten, reflektierten die Umgebung wie Spiegel. Etwas Vergleichbares hatte Nimrod noch nie gesehen und in seiner außergewöhnlichen Schönheit erinnerte ihn dieser Schmetterling an Aura. Fortwährend verfing sich der Falter in den gewaltigen Netzen, taumelte dann zu Boden und fächelte vor Aufregung so heftig mit den Flügeln, dass sie blinkten und blitzten. Dadurch erregte er die Aufmerksamkeit der Spinnen, die lautlos zu ihm hinabglitten. Sogar von Nimrod ließen sie ab, damit sie den Schmetterling umzingeln konnten, der Beine und Flügel längst unwiderruflich in ihren Gespinsten verfangen hatte. Nun hätte Nimrod die Gelegenheit beim Schopf packen können. Nun hätte er fliehen können ...

Doch er blieb.

Bewegungslos stand er da, auf das schauerliche Treiben hinstarrend: Zahllose dunkle, haarige Beine wimmelten um den feinen, glänzenden Schmetterling. Die großen Beißwerkzeuge der Spinnen schnappten wie Zangen auf und zu und ihre kugeligen Leiber wippten vor Aufregung. Allem Anschein nach war der Schmetterling ein seltener Leckerbissen für sie. Sein Schicksal schien besiegelt.

Diesen schauderhaften Anblick konnte Nimrod nicht länger ertragen. *Er musste etwas tun*! Also bahnte er sich mithilfe des Messers einen Weg durch die Versammlung der Spinnen, worauf er die Angreifer vom Schmetterling schlug und die klebrigen Fäden von seinen Beinen riss. Kaum war der Spiegelfalter befreit, da gaukelte er um seinen Retter herum.

„Komm mit mir!“, rief der Kobold und lief mit gezücktem Messer voraus, wehrte Angriffe ab und zerschnitt die Netze. Immer wieder kamen ihnen die Spinnen gefährlich nahe. Besonders bedrohlich waren die Achtbeiner, wenn sie von oben kamen, da sie so lautlos hinabglitten. Nimrod kämpfte unerschrocken gegen die Spinnen an, die sich allmählich zurückzogen. Sie verschwanden in den lichter werdenden Gespinsten. Als sich die beiden Flüchtenden endlich in Sicherheit wähnten, landete der Schmetterling vor Nimrod auf dem Boden und faltete die Flügel auseinander. Sein erschöpftes Gesicht spiegelte sich darin, bis sich die

Flügel wieder schlossen, wobei sie raschelten wie Seidenpapier. Als der Schmetterling sie erneut öffnete, sah der Erstaunte nicht mehr nur sich selbst darin, er sah auch Aura, die mit ihm um das Sonnwendfeuer tanzte. Verwundert heftete er den Blick auf das Bild.

„Wie machst du das?“, sagte Nimrod andächtig. „Welche Art von Schmetterling bist du?“

Wie zur Antwort, faltete dieser die Flügel noch einmal zusammen, um sie anschließend für ein weiteres Bild zu öffnen, das wieder Aura zeigte, doch diesmal wurde sie von Oltmannen vor den Elfenkönig gezerrt.

„Was tun sie mit ihr?“, fragte Nimrod erschrocken und als er die Flügel des Schmetterlings halten wollte, um sie am Zuschlagen zu hindern, begannen sie so aufgeregt zu zittern, dass er seine Hände zurückziehen musste. Im nächsten Augenblick flog der Schmetterling auf und umkreiste seinen Kopf.

„Es tut mir leid“, sagte Nimrod verzagt. „Bitte, verzeih mir! Ich werde dich nicht mehr berühren. Aber zeig mir, wo sie ist! Ich bitte dich, zeig mir wo sie ist!“

Da setzte sich der Falter wieder und sah ihn nervös durch seine Facettenaugen an.

„Wirklich! Ich tue es nicht wieder, vertrau mir“, sagte Nimrod sanft. Da raschelte es, denn die Flügel öffneten sich ganz langsam für ihn. Zuerst blendeten die Spiegel, war es doch dichtes Schneetreiben, was sie zeigten. Es brauchte einige Zeit, bis Nimrod erkannte, dass Aura durch das Bild stolperte. Bevor er aber noch mehr sehen konnte, bewegten sich die Flügel wieder aufeinander zu.

Da flehte er: „Bitte nicht so schnell, nicht so schnell. Ich verstehe nicht, was du mir zeigst. Was ist mit Aura passiert? Und warum ist sie allein?“

Weil er jetzt erneut versuchte, die Flügel festzuhalten, klappte der Schmetterling sie mit Macht zusammen. Nimrod fuhr zurück und nahm die Hände hinter den Rücken. Der Wille mehr zu sehen, als es ihm der Spiegelfalter erlaubte, war einfach zu stark.

Er presste die Lippen aufeinander, senkte den Blick und hoffte, der Schmetterling würde nicht davonfliegen. In diesem bangen Moment machte plötzlich der Magoi auf sich aufmerksam. Auf sein Leuchten hin falteten sich die Spiegel auf und Aura sah ihn an, den Tod im Blick. Obwohl Nimrod sich sofort die Hände vor die Augen geschlagen hatte, half es ihm nichts mehr. Das entsetzliche Bild hatte sich längst in sein Gedächtnis gebrannt.

„Was zeigst du da nur? Ist das etwa die Zukunft?“

Als er plötzlich dumpfe Geräusche hörte, riss er die Hände wieder vom Gesicht fort, das nun vom Silber des Schmetterlingsflügels bedeckt war, und erbebte: Einige der Spinnen waren ihnen unbemerkt gefolgt, auf den Falter gesprungen und hatten ihn eingesponnen, als Nimrod eben nicht hingesehen hatte. Und gerade schleppten sie ihn davon.

„Nein, lasst ihn!“ Verzweifelt verfolgte er die Räuber. „Lasst ihn! Tut ihm nichts! Tut ihm nichts!“

Er huschte unter die Netze, schnitt sie mit seinem Messer entzwei und rannte so schnell er nur konnte hinterher, wobei ihm ein Gedanke im Kopf hämmerte: *Du kannst ihn nicht retten! Du kannst ihn nicht retten! Du kannst ihn nicht retten ...!*

Inzwischen waren die Spinnen wieder beim Steinernen Kind angelangt, in dessen Mund sie den Schmetterling schleppten. Er war unwiderruflich verloren!

Keuchend sank Nimrod mit dem Gesicht voran auf den Boden, während all die Spinnen an ihm vorbeiströmten, zurück in ihre seltsame Höhle. Dann wurde es still. Nur der leichte Wind säuselte durch die Netze. Nach einiger Zeit ließ sich die feine Stimme eines Menschenkindes vernehmen.

„Einst spielte ich am Waldesrand ...“, sagte es.

Nimrod hob benommen den Kopf und fand das Steinerne Kind auf seinem Lager sitzend vor. Ein Schreckensmoment! Bevor er aber fortlaufen konnte, begann das Kind seine Geschichte zu erzählen, die ihn so berührte, dass er seine Angst vergaß:

„Einst spielte ich am Waldesrand, da raubte mich eine Trollfrau, die mich herbrachte und sprach: *Geraubt wurdest du, Menschenkind, weil mein eigenes Kind von Menschenhand geraubt wurde. Doch hab keine Angst, du bleibst nur solange hier, bis mein Kind zu mir zurückkehrt. Danach bist du wieder frei.*“

Bevor es weitersprechen konnte, weinte das Kind einen Kieselstein.

„Zunächst wartete die Trollfrau. Sie sah zu, wie ich mit den Spinnen spielte und wie sie ihre Netze webten, ein um das andere. So verging Tag um Tag, bis sie schließlich eine Entscheidung fällte: *Ich habe keine Hoffnung mehr. Mein Herz ist schwer, so als wäre es aus Stein. Und Stein sollst nun auch du sein.*

Da weinte ich und flehte sie an, mich zu verschonen. Aber die Trollfrau sprach: *Aber bedenke doch, ich kann dich nicht mitnehmen in die Berge. Die anderen Trolle würden dich fressen mit Haut und Haar. Ich sorge für dich. Eine Steintafel werde ich aufstellen, damit niemand dich anrühre. Die Spinnen werden dich beschützen. Ewig jung wirst du sein und eine besondere Art von Schmetterling vermag dir das Leben zu schenken für die Zeitspanne von einhundert Flügelschlägen. Seelenspiegel ist sein Name. Die Spinnen kennen diesen Schmetterling, sie werden ihn zu dir bringen, auf dass er deine steinerne Seele berühre*.

Dann ging sie fort und ließ mich hier zurück.“

Das Kind senkte die Augen und sah auf Nimrod hinunter, der mitfühlend zurücksah.

„Du bist traurig?“, fragte es und als er kaum merklich nickte, fuhr es fort: „Gleich wirst du noch trauriger sein, denn lass mich dir sagen: Ich habe die Elfe gesehen, der Schmetterling hat sie mir gezeigt. Sie ist einsamer als ich es bin und wird leerer sein, als ich es je war. Ein armes Geschöpf, das nicht mehr viele Flügelschläge hat. Nicht mehr viele Flügelschläge ...“

Mit diesen Worten legte sich das Kind zurück auf sein Lager aus Stein und flüsterte: „Der Schmetterling gehört nunmehr den Spinnen.“

Dann schlief es wieder ein, auf unbestimmte Zeit.

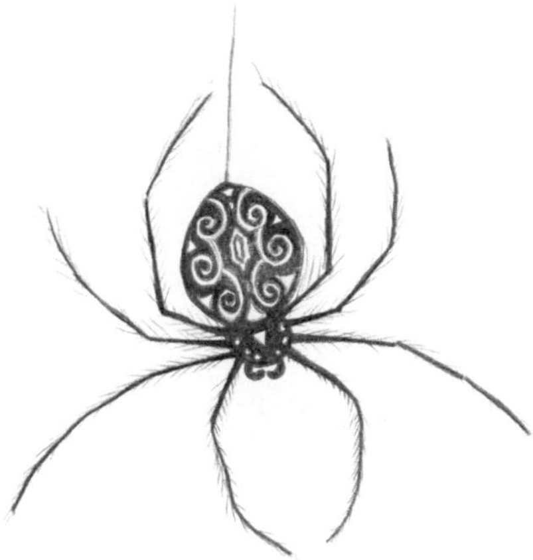

19. Gefährtin

Als das Steinerne Kind wieder in ewigen Schlaf gefallen war, verließ Nimrod es leise, den Duft des Lerchensporns noch in der Nase. Dieser Duft, das wusste er, würde ihn ewig an die verstörende Begegnung erinnern.

Von den Ereignissen dieses Tages fühlte er sich wie gerädert, da kam ihm ein verlassener Bau gerade recht, der etwas versteckt unter einem Holunder lag. Er krabbelte nur ein wenig hinein, um in der Nähe des Ausgangs zu bleiben, weil ihm das mehr Sicherheit gab.

So boten sich ihm Rückzugsmöglichkeiten in den Kessel, in einen anderen Gang oder wieder hinaus. Ein verlassener Bau wurde häufig von Dachsen oder anderen Waldbewohnern genutzt, und einem Dachs wollte er nicht in die Quere kommen, denn das konnten gemeine Biester werden.

Nimrod lehnte sich an die Wand des Ganges, wobei ihm Sand in den Nacken rieselte. Er blickte hinaus ins Dämmerlicht. Wurzeln von Gräsern bildeten vor dem Bau einen zarten Vorhang, durch den die Geräusche des Waldes nur noch gedämpft zu ihm vordrangen. Und ein Geruch wie von Veilchen lag in der Luft.

Er seufzte, denn allenthalben drängten sich ihm Gedanken an das Steinerne Kind auf. Um sie zu verscheuchen, zwang er sich zu essen, obwohl er eigentlich keinen Hunger hatte. Schuld daran war ein Kampf, den er jede Nacht ausfocht: Auf der einen Seite die absolute Erschöpfung und auf der anderen der Wille, so schnell wie möglich zu Aura zu gelangen. Und es dauerte nicht lang, da schossen ihm wieder die entsetzlichen Bilder durch den Kopf, die ihm der Schmetterling von ihr gezeigt hatte. Die Angst um sie schnürte Nimrod die Kehle zu, ihm wurde übel, er sprang auf und würgte alles wieder aus. Danach sank er zitternd auf den Boden, lehnte sich zurück und schlief alsbald im Sitzen ein. Die Erschöpfung hatte gesiegt, wie jede Nacht.

Als etwas Pelziges über sein Gesicht fuhr, schreckte Nimrod auf. Es war inzwischen stockfinstere Nacht, die Hand sah er nicht vor Augen. Er spürte die Wärme eines Tieres, das groß genug war, um den Gang auszufüllen. Der Kobold atmete flach, fürchtete aber, sein wild pochendes Herz würde ihn verraten. In nächster Nähe schmatzte es und zum verstärkten Duft von Veilchen mischte sich ein stechender Geruch, der ihm verriet, dass er in einem Fuchsbau hockte. Ein Fuchs konnte ihm ohne große Mühe den Garaus machen, weshalb er vorsichtig nach seinem Messer tastete. Nimrod war schweißgebadet und der Fuchs musste ihn längst gewittert haben!

Wieder streifte ihn das weiche Fell des Tieres und er hielt sich bereit, um einen Angriff abzuwehren. Doch der Fuchs legte sich bloß in den Höhleneingang, wo er sich zusammenrollte. Jetzt war Nimrods Fluchtweg abgeschnitten und er saß da wie zu Stein geworden, weil schon die kleinste Bewegung den Fuchs auf ihn aufmerksam machen würde. Nach einer Weile schmerzten ihm alle Glieder und er kämpfte gegen bleierne Müdigkeit an. *Bloß nicht nachgeben!*, dachte er. Doch dem Schlaf stand er machtlos gegenüber.

Als das erste Licht des neuen Tages seine Lider streifte, war Nimrod sofort hellwach. Ein Gedanke, laut wie ein Schuss, hatte ihn geweckt: DER FUCHS!

Der lag noch immer schlafend im Eingang, den buschigen Schwanz, die Lunte, um sich gelegt. Seine Ohren zuckten im Wechsel, um eine lästige Fliege zu verscheuchen, die seine Träume störte. Sein Fell schimmerte rostrot, blau und golden, wie Feuer.

Vorsicht war nun geboten. Den Fuchs nicht aus den Augen lassend, nahm Nimrod sein Bündel und stand langsam auf. Neben dem Tier führte noch ein schmaler Wegstreifen hinaus. Schon wähnte er sich draußen, da öffnete der Fuchs plötzlich die Augen. Katzenaugen! Senkrechte Pupillen blickten ihn fragend an. Sein Fluchtversuch schien dem Fuchs nicht zu gefallen, denn er hob schnell den Kopf, um ihn mit der Nase zurück in den Gang zu schieben. Erst als Nimrod, der auf dem Hosenboden gelandet war, keine Anstalten mehr machte, zu fliehen, räkelte sich der Fuchs zufrieden, gähnte und zeigte dabei seine spitzen, weißen Zähne.

Nimrod zupfte sich nervös am Ohr. „Ich ... Wir ... Wollen wir Burgfrieden halten?“, bat er.

Zur Antwort reckte der Fuchs den Kopf zur Seite, und Nimrod entdeckte, dass er ein ledernes Halsband trug, woran ein Glasröhrchen mit einer Nachricht hing.

„Soll ich ... ich soll das darin wohl lesen?“, rätselte er.

Und der Fuchs hielt still.

„Gut, also wenn du meinst, dann ...“ Nachdem er vorsichtig aufgestanden war, streckte er die Hand nach dem Röhrchen aus. Das Tier ließ sich gefallen, dass er den Korken herauszog.

An das Papier zu kommen, stellte sich als schwierige Aufgabe heraus, weil es ständig ins Glas zurückrutschte. Nimrod stieg der Schweiß auf die Stirn, doch der Fuchs ließ sich nicht aus der Ruhe bringen. Als er endlich das brüchige Papier in Händen hielt, legte der Fuchs den Kopf auf die Vorderpfoten und verfolgte aufmerksam, wie der Kobold es entfaltete. Obwohl die Gallustinte durch die Feuchtigkeit, die sich im Glasröhrchen gebildet hatte, verlaufen war, konnte er die Worte entziffern:

Meine Füchsin Ratri fand dich, bevor die Mächte
dich finden konnten.
Folge ihr, denn sie kennt einen sicheren Weg.
Zögere nicht!

Um nach dem Verfasser der Zeilen zu forschen, schaute er auf die Rückseite des Papiers, die außer Tintenflecke nichts zu bieten hatte. Nimrod sah auf. „Eine Füchsin bist du also. Und das hier“, er wedelte mit der Nachricht, „soll wohl bedeuten, dass wir von jetzt an Gefährten sind?“

Unvermittelt schnappte die Füchsin nach der lästigen Fliege und da ließ Nimrod – blass vor Schreck – den Korken fallen. So ging das ein wenig hin und her mit den ersten Annäherungsversuchen. Doch als das Papier endlich wieder im Röhrchen steckte und verkorkt war, da waren sie einander schon sehr nahe gekommen.

„Ratri“, sagte Nimrod und lächelte. „Dir folge ich auf jeden Fall viel lieber als einem Irrlicht!“

Kaum hatte er das ausgesprochen, da sprang die Füchsin auf. Anscheinend wollte sie keine Zeit verlieren. Und auch Nimrod ließ sich nicht lange bitten. Eigentlich hatte er es immer eilig, wartete doch Aura auf ihn.

Obwohl ihm die Füchsin in den nächsten Tagen die größte Last abnahm, nämlich die Suche nach dem richtigen Weg, zerbrach Nimrod sich den Kopf darüber, wer sie geschickt haben mochte und ob der Weg, den sie wählte, der richtige war.

Dann und wann ließ ihn die Füchsin allein, um Mäuse zu jagen. Und als er eben wieder einmal auf sie warten musste, lehnte er sich an einen Baum und ließ die Gedanken schweifen. Sie führten ihn hin zu Aura. Er sah wie sie tanzte und spürte sie nahezu in seinen Armen. Da sehnte er sich so sehr nach ihr, dass es ihn fast zerriss. Er rieb sich fest mit den Händen übers Gesicht und sah sich dann ungeduldig nach Ratri um.

„Wo bleibt sie denn nur? Ich bin ja schließlich nicht zum Spaß hier", sprach er gepresst. Aber bevor er aufstehen konnte, um nach ihr zu suchen, da fiel ein Schatten auf ihn. Erschrocken blickte er auf und sah einen Falken im Sturzflug auf sich niederschießen. Er riss die Arme vor das Gesicht, seine einzige Deckung. Schon spürte er, wie sich scharfe Krallen in seine Schultern bohrten. Schreiend vor Schmerz wand er sich. Er spürte, dass sich der Falke mit ihm erhob, weil er plötzlich den Boden unter den Füßen verlor. Nach einem plötzlichen Stoß von der Seite aber wurde er durch die Luft geschleudert. Der Falke, der ihn aus den Klauen verloren hatte, überschlug sich, wölbte die Schwingen und hackte auf Ratri ein, die im rechten Moment zurückgekehrt war. Während Nimrod den Augenblick der Verwirrung nutzte, um unter einen Weißdorn zu krabbeln, entfuhr der Füchsin ein lautes Jaulen, weil der Falke ihre Schnauze getroffen hatte. Das hielt sie allerdings nicht davon ab, ihn weiterhin anzugreifen. Obwohl der Falke überlegen war, musste er im Kampf mit ihr ziemlich Federn lassen. Als er zudem bemerkte, dass sich seine Beute aus dem Staub gemacht hatte, flog er auf und davon – ebenso schnell wie er gekommen war. Wie ein Geist.

Aufgeregt suchte die Füchsin nach ihrem Freund. Sie schnüffelte bis sie Witterung aufgenommen hatte, da kroch sie unter den Weißdorn, wo sie ihn endlich fand. Aus Freude schleckte sie ihm einmal quer übers Gesicht.

Gelegentlich, das musste Nimrod sich selbst eingestehen, hatte er an Ratri gezweifelt, nach dem Kampf mit dem Falken aber waren seine Zweifel ausgeräumt. Zum Dank für seine Rettung streichelte er ihr über die verletzte Schnauze. Ihm selbst schmerzten die Schultern höllisch, denn die Krallen des Falken hatten sich bis durch sein Wams gebohrt und ihm tiefe Wunden beigebracht. Es war zunächst unumgänglich, dass er sie versorgte – seine wie auch Ratris Wunden – auch wenn es wertvolle Zeit kosten würde.

Weil er die Arme kaum bewegen konnte, fiel ihm das Verarzten sehr schwer, es schien Stunden zu dauern. Als er es geschafft hatte, wurde er plötzlich kalkweiß und sackte mit furchtbarem Schüttelfrost auf dem Boden zusammen. Um ihn zu wärmen, rollte Ratri sich neben ihm zusammen und bedeckte ihn mit ihrem Schwanz. An ein Weitergehen war vorerst nicht zu denken. Nachts überfiel Nimrod das Fieber und er fantasierte:

Fest eingesponnen hing er an einem Sicherungsfaden im Netz der Spinnen, neben ihm schwankte ein weiteres Bündel im leichten Wind. Kaum hatte er voller Entsetzen erkannt, dass Auras Gesicht dort hinausschaute, kamen schon die Spinnen. Tatenlos musste er mit ansehen, wie sie Aura fortschleppten und zu einem Troll brachten, der im Lerchensporn saß. Er nahm sie in seine Pranken, um sie mit wenig Geschicklichkeit aus dem Netz zu befreien.

„Mein Kind“, sagte er und setzte sie auf einem Fliegenpilz ab. „Endlich bist du wieder bei mir.“ Nun nahm der Troll eine der Spinnen, damit sie ihn beiße. Den Zeigefinger, an dem ein Blutstropfen gerann, streckte er Aura entgegen.

„Trink von meinem Blut, kleine Elfe“, forderte er, „damit du den Kobold vergisst. Es ist nur zu deinem Besten, und es ist ja ganz leicht.“

In seinem Kokon zappelnd, schrie Nimrod aus Leibeskräften: „Trink nicht davon, Aura! Bitte, vergiss mich nicht!“

Und Aura sträubte sich, vom Trollblut zu trinken, bis der blaue Wegegeist Dalang erschien.

„Der Kobold verrät dich!“, rief er. „Der Kobold verrät dich!“ Und um die Elfe von der Wahrheit seiner Worte zu überzeugen, öffnete Dalang die Handflächen, worauf ein toter Spiegelfalter lag. „Siehst du? Er ist es, der dir deinen letzten Flügelschlag raubt.“

Da zögerte Aura nicht mehr, trank vom Blut und ward zu Stein.

Ein Kind der Trolle.

Schreiend schreckte Nimrod auf, weshalb Ratri ihn besorgt mit der Nase anstubste.

„War nur ein Traum, war nur ein Traum“, stammelte er, um die Füchsin, aber gleichermaßen sich selbst zu beruhigen.

Als sie wieder unter dem Weißdorn hervorkrochen, ging es Nimrod noch schlecht. Er aber biss die Zähne zusammen und drängte voraus, weil er bereits einen ganzen Tag verloren hatte. Obwohl es mitten in der Nacht war, konnten sie sich auf den Weg machen, weil Füchse ja bekanntlich in der Nacht sehen wie Katzen. Sie legten eine weite Strecke zurück, auf der Nimrod sich keine Pause gönnte, obwohl er sie dringend gebraucht hätte. Den starken Schmerz versuchte er dadurch zu betäuben, dass er Weidenrinde kaute.

Bei Tagesanbruch kam kaum Licht in den Wald. Während meterhohes Farnkraut seine Fächer über ihnen ausbreitete, waren die Baumkronen so dicht, dass nichts als ein fades Dunkelblau den Weg zu ihnen fand. Es schien fast so, als befänden sie sich zwischen Wasserpflanzen auf dem Grund des Gläsernen Meeres.

Allmählich ging es Nimrod immer schlechter, weil die Wirkung der Weidenrinde nicht ausreichte. Aber dennoch – obwohl er bald fieberte, bald fröstelte – schleppte er sich weiter, ganz wie in Trance. Als er zwischendurch einen klaren Moment hatte, fiel ihm auf, dass ringsum Totenstille herrschte. Tiere waren weder zu hören noch zu sehen. Und er beobachtete mit Sorge, dass die Füchsin häufig stehenblieb, um zu lauschen. Sie witterte Gefahr.

Obwohl sie sich größte Mühe gaben, besonders leise durchs Gehölz zu schleichen, waren sie in der leblosen Umgebung eben das einzig Lebendige und dadurch unübersehbar. Er spürte regelrecht, wie sie Mächte auf sich aufmerksam machten, die nicht wissen durften, dass sie hier waren. Alle Anzeichen wiesen darauf hin, dass sie dem Zentrum gefährlich nahe waren: Die verdichteten Baumkronen, die Stille und das Fehlen jeglicher Art von Leben.

Mit dieser Angst im Nacken entdeckte Nimrod bald körperlose Schattengesichter im Farn, die keine feste Form hatten.

Vielmehr flossen sie wie Wasser ineinander, um sich immer wieder neu zu gestalteten, während sie den beiden Wanderern auf Schritt und Tritt folgten, die geisterhaften Augen fest auf sie gerichtet.

Der Magoi half dem Geschwächten, sich gegen sie zur Wehr zu setzten, indem er tat, was er immer in Momenten der Bedrohung tat: Er leuchtete. Nimrod nahm ihn – seinen Trost und seinen Schutz – in die zitternden Hände. Das Amulett fühlte sich warm an. Hoffnungsvoll hielt er es den Schatten entgegen, die heulend vor der Macht des Magois zurückschreckten und sich zusammenrotteten zu einem Schattengebilde, das zunächst aussah wie eine Trutzburg. Doch schon Augenblicke später veränderte sich das Gebilde, worauf Nimrod sich einer Gestalt gegenübersah, die ihn in seinen dunkelsten Kindheitsträumen verfolgt hatte. Es war der Schwarze Kräutermann.

Panik erfasste Nimrod, dessen Finger sich um den Magoi krampften. „Verschwinde!“, schleuderte er dem Kräutermann entgegen: „Ich bin noch nicht dran, mich kriegst du nicht!“ Darauf sackte er zu Boden und Ratri winselte.

Der Schwarze Kräutermann kam näher. Er schwenkte seinen langen knorrigen Stab, worauf sich Schattenvögel von seinen Schultern erhoben. Sie falteten ihre großen Schwingen auseinander, dann sangen sie und ihre Melodie klang trauriger als der Tod. Die Vögel stießen nicht auf Nimrod nieder, wie es der Falke getan hatte, vielmehr zogen sie Kreise um ihn – um ihn und die Füchsin. Langsam, dann immer schneller und schneller, am Ende so schnell, dass sie einen rasenden Wirbelsturm erzeugten. Im Auge dieses Sturms wurde das verzagte Winseln der Füchsin lauter und sie lief mit hängenden Ohren neben Nimrod auf und ab, dass es beklagenswert war.

„Er holt mich“, röchelte Nimrod, der ihr verzweifelt ins Fell griff, um sich an ihr und damit am Leben festzuhalten. Er wollte es nicht aufgeben, jetzt noch nicht, hatte er doch noch eine Aufgabe zu erfüllen.

Der Schattensturm heulte. Aber im nächsten Moment erstrahlte der Magoi wie ein gleißender Stern, um seine Macht zu zeigen. Dagegen tobte brüllend der Sturm an, bevor er in einer gewaltigen Explosion zerbarst. Tausende von Schattenfetzen flüchteten sich ins Gehölz wie die Rattenscharen in die Ruinen von Golker.

Kein Lüftchen regte sich mehr und das Leuchten des Magoi verlosch. Ratri stupste Nimrod an, immer und immer wieder, bis er endlich ein Lebenszeichen von sich gab.

Er öffnete die Augen. „Das war knapp", flüsterte er.

Etwas Erstaunliches war geschehen: Nimrod war zwar noch schwach, dennoch fühlte er sich genesen. Das Fieber war mit einem Schlag von ihm gewichen. Er fuhr über den Magoi, der sich nun kühl anfühlte. „Danke!", wisperte er, wusste er doch nicht, dass er selbst einen großen Anteil an seiner Rettung trug, weil er dem Schwarzen Kräutermann mit wahrhaftigem Mut entgegengetreten war, wobei sein letzter Gedanke nicht seiner eigenen, sondern Auras Seele gehörte, die er bewahren wollte.

Nun half Ratri dem Geretteten auf und bedeutete ihm, sich auf ihren Rücken zu setzen.

„Bist du sicher, dass ich dir nicht zu schwer werde?", fragte Nimrod sie.

Als sie erneut mit dem Kopf nach hinten wies, klammerte er sich in ihr Fell und ließ sich von ihr tragen. Auf ihrem Rücken schaukelte es angenehm, und es dauerte nicht lang, da schlief er ein. So ging die Reise fort, tiefer in den Wald und somit tiefer in die leblose Dunkelheit.

*

Plötzlich fiel Nimrod unsanft auf den Boden, weil Ratri ihn kurzerhand abgeschüttelt hatte, um ihn zu wecken. Noch ganz benommen entdeckte er, dass sie einen Stollen erreicht hatten, der sich gähnend vor ihnen öffnete.

„Was? Du willst da mit mir rein?" Nimrod stand das Entsetzen ins Gesicht geschrieben. „Irrst du dich auch nicht? Gibt es denn keinen anderen Weg? Der Stollen sieht aus, als führte er direkt ins Totenreich."

Und so war es. Er glich einem klaffenden Drachenschlund, woraus ihm grabeskalte Luft entgegenschlug, die nach Moder roch und Nimrod von Kopf bis Fuß mit Nebelperlen überzog. Ihm widerstrebte der Gedanke, sich ins Ungewisse dieses Stollens zu begeben, bebte doch die Erde unter einem eigenartigen Wummern. Aber Ratri schob ihn energisch mit der Nase in den verzweigten Gang, der sich ins Dämmerlicht verlor. Schummrig war es hier, doch nicht finster, denn überall waren Löcher in der Decke, durch die mal mehr, mal weniger Licht hereinfiel. Schwarzes Wasser, das von den Decken tröpfelte, verwandelte den Felsboden in eine gefährliche Rutschbahn. Wechselweise landete Nimrod auf dem Hosenboden oder auf der Nase, was den Weg sehr anstrengend machte. Zudem wurde es immer schwüler, je weiter sie in den Stollen vordrangen. Die stickige Luft machte Nimrod reizbar und ungeduldig. Er fragte sich, warum Ratri ihn hierher gebracht hatte? Langsam ging es ihm wider den Strich, von ihr abhängig zu sein. Was, wenn er sie verlor? Dann würde er hier unten mit absoluter Sicherheit krepieren. Schlimmeres war kaum vorstellbar. Aber – wie er bald erfahren sollte – gab es Schlimmeres:

Nimrod bemerkte plötzlich, wie sich Ratten zusammenrotteten, abgemagert bis auf die Knochen. Sie jagten entlang den ungewöhnlich dicken Wurzeln, die hier überall die Gänge durchwucherten. Ihr Schnüffeln und Kratzen näherte sich ihm unaufhörlich. Und in den Augen der Pelztiere blitzte der Hunger. Als sie Nimrod vom Weg abdrängten, bekam er Angst um sein Leben. Auffressen würden sie ihn, bei lebendigem Leibe auffressen! *Das* war nun wirklich das Schlimmste!

Als er aufschrie, weil eine der Ratten seinen Ärmel erwischt hatte, wurden die übrigen noch unruhiger, fürchteten sie doch, es werde ihnen die Beute streitig gemacht. Das erwartungsvolle Gequietsche der ausgehungerten Meute lockte weitere Ratten an. Ein um die andere purzelten sie aus Löchern in den Wänden. Hunderte mussten es sein, verhängnisvoll viele.

Doch Ratri ließ sich nicht beirren. Sie schnappte sich Ratte um Ratte und warf sie gegen die Stollenwand. Sie war furchtlos. Aber als selbst ihr das Gewimmel zu eng wurde, zeigte sie Nimrod an, wieder aufzusitzen. Zögern kam nicht in Frage, hatten ihr doch bereits einige der Ratten in die Läufe gebissen. Nimrod grub seine Finger in Ratris Fell und zog sich hinauf. Kaum war das geschehen, da sprang sie mit ihm über die Rücken der Ratten, die sich zu einem wuselnden Teppich verdichtet hatten. Das Quieken der Nager verstärkte sich und immer wieder hackten deren gelbe Zähne nach Ratris Läufen, die so verlockend nach Blut rochen. Schließlich biss sich eine der Ratten in Ratris Hals fest, die stehen bleiben musste, um sie abzuschütteln. Nimrod, der eben nach seinem Messer gegriffen hatte, weil er ihr helfen wollte, konnte sich nicht mehr halten und fiel runter. Sofort sprangen die Ratten von allen Seiten auf sie beide, bis sie in einem drängenden Haufen ihrer Leiber verschwanden.

Verloren wären sie gewesen, wären nicht in eben diesem Moment aus der Tiefe des Stollens schieferschwarze Fledermäuse gekommen, zwischen deren Flügel sich unheimliche Geräusche gestohlen hatten. Sobald die Ratten sie hörten, nahmen sie Reißaus. Das war zwar erfreulich, doch ob es wirklich Mut machen sollte, das wusste Nimrod nicht zu sagen. Auf jeden Fall gab es ihm zu denken. Was konnte so schauderhafte Geräusche erzeugen, dass selbst ausgehungerte Ratten ihre Beute sausen ließen?

Er rappelte sich auf und sah den Fledermäusen sowie den Ratten hinterher, wobei ihm mulmig zu Mute wurde. Als er sich wieder umgewandt hatte, fragte er halblaut: „Ratri, worauf bewegen wir uns da zu?“

Der Weg hinab ins Erdinnere wurde merklich heißer und stickiger. Grotten öffneten sich links und rechts des Stollens, worin die Skelette verendeter Tiere lagen, über denen der Geruch von Fäulnis hing wie Bodennebel. Und das Wummern, das Nimrod bereits vor ihrem Eintritt in dem Stollen bemerkt hatte, war stärker geworden.

„Ratri, wo sind wir bloß hier.“ Nimrod war so blass geworden, dass es selbst in der Dunkelheit zu sehen war. „Kommen wir hier auch wieder raus? Ich habe das ungute Gefühl, wir haben uns verlaufen, oder?“

Er ließ die Schultern hängen. „Ich werde Aura nie finden, weil wir hier unten sterben werden. Nie werde ich …“ Er unterbrach sich, denn der Gang, den Ratri soeben gewählt hatte, führte sie aus dem Stollensystem hinaus.

Und ihr Begleiter traute seinen Augen kaum. „Was ist das? Das ist …“ Nun verschlug es ihm vollends die Sprache, denn eine Höhle öffnete sich vor ihnen, die so hoch war wie ein Ballsaal für Bergtrolle. Der Boden und die Wände vibrierten so stark unter dem Wummern, dass die Kristalle klirrten, die vom Gewölbe hingen. Dicht an dicht steckten sie in der Decke wie Riesenlanzen. Auf dem Boden der Höhle dagegen wuchsen winzige dieser Kristalle, wodurch es aussah, als sei er mit funkelndem Zucker bestreut. Als Nimrods Schritte darauf knirschten, erinnerte ihn das an etwas, was in der Hexensprechstunde Erwähnung gefunden hatte: ein besonderer Kristallzucker. Das war ein Hinweis für den richtigen Weg, den er an dieser Stelle gut gebrauchen konnte. Er warf den Kopf in den Nacken und bestaunte die Kristalle über ihnen, die schwaches Licht hindurch ließen, so dass sie schimmerten wie Mondsteine. Da entdeckte er auch hier baumdicke schwarze Wurzeln, die sich mitten durch die Höhle zogen.

Die schauerlichen Töne, die Nimrod im Stollen gehört hatte und ihn nun in Schwärmen überfielen, entsprangen dieser Höhle, denn sie wurden von den Kristallen am Gewölbe verstärkt und in alle Richtungen gestreut. Trafen die Schallwellen dabei auf den Boden, zersprengten sie sich nahezu, wodurch sie zwar sehr leise wurden, jedoch auch vielstimmig. Wieder ans Gewölbe geworfen, wiederholte sich der Vorgang. Nimrod kannte die Legende der Singenden Kristalle, die bei Tage klangen und schwiegen in der Nacht. Und er hatte sich gedacht, es müssten ganz wunderbare Klänge sein, die sie erzeugten. So war es auch: Neben berauschenden Gesängen und sanftem Wispern zogen Klänge durch den Höhlenraum, die sphärisch waren, wie nicht von dieser Welt.

Doch in der Vielzahl waren diese Töne so schauderhaft, dass Nimrod sich immer elender fühlte, je länger er ihnen ausgesetzt war. Und bei jedem Schritt, den er in den Bauch der Höhle tat, änderte sich der Klang: Mal war er so hochtönend und kreischend, dass er seinen Ohren wehtat und sich dem Lauschenden regelrecht ins Hirn bohrte. Dann wieder war er so tief, dass er sich in den Magen grub wie ein Faustschlag, manchmal tönte er so elend und traurig, dass Nimrod darüber in eine Melancholie verfiel, die ihm den Mut nahm weiterzugehen.

Hilflos presste er sich die Hände auf die Ohren, denn neben irren Lauten hörte er nun plötzlich auch noch geisterhafte Stimmen, die so lange auf ihn einredeten, bis er fast wahnsinnig wurde. Als er stolperte, weil er wirbelnden Schwärmen von angriffslustigen Tönen auswich, die seine Ohren bombardierten, hob Ratri ihn schnell wieder auf, um ihn mit der Nase auf den Weg zu schieben. Immer wieder sah er sich um, weil er meinte, man schreie ihm ins Ohr, doch nie entdeckte er jemanden.

Bald war Nimrod zurückgefallen und Ratri eine Strecke vorausgelaufen. Sie senkte den Kopf, weil die lauten Geräusche auch für sie inzwischen kaum noch auszuhalten waren. Und ihr Begleiter, ganz in hektische Bewegungen verfallen, achtete nicht mehr auf den Weg, weshalb er den Höhlenwurm zu spät sah, der direkt vor ihm auf der Lauer lag. Sein madenförmiger, fetter Körper war zudem gut getarnt, weil er die gleiche Färbung hatte wie die Kristalle ringsum. Mit dem einen Auge, das auf seiner Stirn prangte, fixierte er Nimrod, der eben zurückspringen wollte.

Doch da hatte der Höhlenwurm bereits mit seinem kreisrunden Maul und den vier spitzen Giftzähnen nach seinem Bein geschnappt. Nimrod, in dessen Bein der Schmerz bereits Richtung Rücken und Kopf hinaufzog, blickte das Tier fassungslos an. Im nächsten Moment wurde ihm schwarz vor Augen und er sackte zusammen.

Ratri, die seine Lage sofort erkannt hatte, war mit einem Sprung bei ihm, schnappte den Höhlenwurm mit dem Maul und schleuderte ihn gegen die Höhlenwand, was ihn zerplatzen ließ wie eine Wasserbombe. Danach nahm die Füchsin ihren leblosen Gefährten auf, um mit ihm aus der Höhle hinaus und durch ein zweites Stollensystem zu rennen.

Sie lief, als sei ihr der Feuertroll auf den Fersen, blickte weder links noch rechts, mit nichts im Sinn, als ihren Freund zu retten – um jeden Preis. Und jetzt gab es nur noch einen, der ihr dabei helfen konnte.

20. Winterwolf

Der Winterwolf schlief auf dem Teufelszinken zu Füßen des Eistrolls Hagar. Es ging die Sage, nur bitterste Kälte könne ihn wecken, weil sie ihn hungrig mache. Um den Hunger zu stillen, damit er wieder in den verdienten Schlaf finde, fordere er dann ein Opfer. Und die Zeit des Winterwolfs schien nicht fern zu sein, da sich der grausame Frost verstärkte.

Das Licht dieses verhängnisvollen Tages fiel in matten Strahlen in den Innenhof der tausendjährigen Eiche, worin seltsame Stille herrschte. Man hörte nur sorgenvolles Getuschel, denn das Elfenvolk war längst darüber in Kenntnis gesetzt worden, wohin die Reise des zukünftigen Brautpaares führen sollte. Und weil niemand aus dem Volk so recht wusste, ob sie wiederkehren würden, warteten alle auf Balkonen und Brücken, um einen letzten Blick auf das Paar zu erhaschen.

Sobald Aura und Jaris in den Hof einflogen, hörten sie gedämpfte Stimmen und spürten, wie sich die Blicke aller auf sie richteten.

Jaris, der einen grünen Umhang mit großer Kapuze über seine Rüstung geworfen hatte, wusste, es würde kalt werden auf der Reise zum Teufelszinken. Deshalb trug er zusätzlich Stulpenhandschuhe aus seltenem Blaufuchsleder, das allein Oltmannen vorbehalten war. Während seine Rechte auf dem Schwertgriff ruhte, den Flügelornamente zierten, hielt er mit der Linken Auras Hand.

Als sie lautlos an einem Balkon vorüberschwebten, auf dem das Elfenmädchen Flora stand, machte es große Augen. Im Zwielicht schimmerten die Perlen an Auras Kleid ebenso unwirklich wie Jaris Rüstung und Waffen. „Wie schön sie aussehen!“, rief Flora und hopste beglückt. Ihre Mutter aber hielt sie zurück: „Still!“, sagte sie, um dann leise hinzuzufügen: „Das ist kein Freudentag.“

Aura presste die Lippen aufeinander, als sie in das verwunderte Gesicht Floras blickte. Wie sollte dieses Elfenkind denn auch verstehen, was sie selbst nicht verstand. Obwohl Jaris sie plötzlich mit schmerzhaftem Griff zu sich heranzog, versuchte Aura Haltung zu wahren. Sein Gesichtsausdruck machte deutlich, wie wichtig ihm war, was er nun sagen wollte:

„Es wird die Sache aus der Welt schaffen.“

„Du meinst wohl, es wird *mich* aus der Welt schaffen“, verbesserte sie.

„Klage nicht!“, gab Jaris zurück. „Du wirst uns begleiten, ob du nun willst oder nicht. Schließlich hast du ...“

„Weiß eigentlich meine Familie über diese Sache Bescheid?“, warf sie zweifelnd ein.

„Natürlich!“, sagte er schroff. „Deine Familie hat uns sogar zugeraten.“

„Zugeraten? Du meinst, ihr habt über diese Angelegenheit Rat gehalten, ohne mich einzuweihen?“

„Wer will schon einen Beitrag hören, der nicht ernst zu nehmen ist.“

„Nicht ernst zu nehmen? Du hältst mich also für naiv?“

„Wie könnte ich anders, nach dem, was passiert ist."

„Aber wie kannst du mich dann als deine Braut in Betracht ziehen?"

Jaris lachte auf. „Du erwartest also Respekt von mir? Du?" Er musterte sie durchdringend.

Weil Aura fürchtete, was er in ihren Augen ablesen könnte, würde er nur tief genug hineinblicken, wich sie ihm aus, wandte sich Flora zu und winkte ihr. „So ist es", sagte sie. „Ich wünsche Respekt."

„Ach ja, wirklich?" Jaris hob die Brauen. „Dann musst du dir eben meinen Respekt verdienen. Und nichts wäre dazu besser geeignet, als auf der Suche nach dem Winterwolf erfolgreich zu sein. Danach steht einer Hochzeit nichts mehr im Wege. Deine Familie sieht das übrigens genauso."

Aura blickte ihn erbost an. „Für meine Familie bin ich bloß eine Verhandlungssache, ebenso wie für dich."

„Eine Hochzeit verbindet Familien und erweitert den Einflussbereich, sie *ist* Verhandlungssache", sagte Jaris schlicht.

„Und die Verhandlung sieht nun vor, dass jemand dem Winterwolf geopfert wird? Und dieser jemand bin ich?"

Jaris entgegnete nichts, denn sie hatten das Tor zum Krähenast erreicht. Sieben Krähen warteten dort, eine jede angetan mit ledernem Zaumzeug und Sattel. Neben *Albia*, der weißen Krähe des Elfenkönigs, saßen *Endor der Graurücken* und *Sasa die Totensängerin*.

Durch das bewachte Tor gelangten Aura und Jaris nach draußen. Sie blieb im Ausgang stehen, denn eine Windböe fuhr über sie hinweg, die ihr den Atem nahm. Es brauchte nur Sekunden, da war ihr Körper taub vor Kälte.

Jaris, der ihr Zögern bemerkte, riss an ihrem Arm. „Komm!", befahl er und balancierte mit ihr über einen Ast, der dem Krähenast vorgelagert war.

„Aber ich kann doch unmöglich so reisen, nur in einem Kleid."

„Das wirst du auch nicht", sagte Jaris. Weil er ihr den Rücken zugewandt hatte, konnte sie den spöttischen Ausdruck in seinem Gesicht nicht sehen, als er hinzufügte: „Wir haben Vorsorge getroffen."

Eine Gruppe von Wächtern hatte sich bereits bei den Krähen versammelt. Jaris schob Aura am ersten Vogel vorbei. *Albia die Weiße* trug das Purpurbanner des Königs. Auf ihr saß Andalus, der noch denselben saphirblauen Umhang trug wie in der letzten Nacht. Obwohl er in die Ferne sah, um Auras Blick auszuweichen, nahm sie seine schwelende Nervosität wahr. Jaris zerrte sie weiter, die Reihe der Krähen hinab. Auf den Tieren saßen vier Oltmannen, die Aura prüfend ansahen. Genau wie Jaris trugen sie dunkelgrüne Umhänge und Stulpenhandschuhe. Aura erkannte Laurenz und Amber unter ihnen – ausgerechnet! – erinnerte sie sich doch nur zu gut daran, wie sie beim Sonnwendfeuer auf Nimrod gespuckt hatten. Aus welchem Grund schickte Boreas diese Feiglinge auf eine so wichtige Expedition?

Jaris riss sie aus den Gedanken, als er erklärte: „Die hier ist für dich bestimmt." Er stellte sie vor eine Krähe hin, die nur ein Auge hatte, *Rahab die Sturmfeder.* Jaris sprang rechts neben Sturmfeder auf den Ast, half Aura herüber und schob sie auf den Rücken der Krähe. An ihrem Sattel fand sie neben einem Proviantbeutel ein Ewiges Licht, außerdem lagen Stulpenhandschuhe sowie Fellstiefel bereit und ein eigenartiger Umhang. Dieser Umhang war schneeweiß und aus Spinnenseide gewebt – ein Totenlaken! Weil niemand Aura das Grausen anmerken sollte, dass sie erfasst hatte, schlug sie das Totenlaken entschieden um sich, als sei es nichts als ein Mantel. Obwohl die vielen Lagen Stoff ihrem Körper schnell die Wärme zurückbrachten, überkam sie ein elendes Gefühl von Sterblichkeit in dieser Hülle.

„Passt der Umhang?", fragte Jaris wie beiläufig, was die vier Oltmannen zum grunzenden Lachen animierte.

Aura zog die Handschuhe über und antwortete schlicht: „Wie für mich gemacht."

Mit säuerlicher Miene wandte Jaris sich von ihr ab, um sich von der linken Seite auf seine Krähe zu schwingen, *Batu der Schattenjäger.* Während Aura die Stiefel anzog, zwang er Schattenjäger näher an Sturmfeder heran, um sie durch ein Seil miteinander zu vertäuen. „Das dient nur deinem Schutz", erklärte er, als er Auras finsteren Blick bemerkte. Er versuchte sie zu beschwichtigen: „Wenn wir das hier überstanden haben, werden wir ein gefeiertes Paar sein. Alle werden zu uns aufblicken.“

„Sicher“, sagte sie spitz, „ein gefeiertes Paar werden wir sein!“ Hinter der Fassade seines bemüht freundlichen Gesichts erahnte Aura die Gefahr, die von ihm ausging. Er würde alles tun, um seinen Ruf wiederherzustellen – und wenn das ihren Tod bedeutete.

Mit einem Mal fuhr ein schneidender Wind über sie alle hinweg, der Aura das Totenlaken mit Wucht ins Gesicht schlug. Da konnte sie die Tränen nicht mehr zurückhalten, die sie seit Tagesanbruch unterdrückt hatte, doch es bemerkte niemand, weil Jaris zum Aufbruch rief.

Aura umklammerte den Hals ihrer Krähe. „Sturmfeder!“, flüsterte sie. „Sturmfeder, bring mich sicher nach ... nach ...“ Da sie es eigentlich nicht wusste, bat sie nur: „Bleib einfach bei mir, hörst du? Bleib bei mir.“

Die Suche nach dem Winterwolf führte die Gruppe über die Hügel Anderias Richtung Osten, auf die Trollberge zu. Zur Linken lag der Grimwald wie eine grüne Oase. Welch mächtiger Zauber lag nur auf diesem Wald, dass er selbst den Gang der Natur überlisten konnte? Dagegen stellte sich die Landschaft, die sich unter ihnen erstreckte, ganz anders dar: Sie war nichts als eine graue Wüste frostbedeckter Hügel. Heraufziehender Nebel tauchte alles in mattes Licht, so dass bald Himmel nicht mehr von Erde zu unterscheiden war. Die feuchte Kälte zermürbte die Reisenden. Raureif bildete sich an ihrer Kleidung und am Zaumzeug. Rast machten sie nur dann und wann in den wenigen Bäumen auf ihrem Weg.

Nach drei Tagen führte die Suche über eine Felslandschaft, die den Trollbergen vorgelagert war. In Schluchten und Felsvorsprüngen verbargen sich Schatten, die in der Dämmerung herausströmten und wie schwarzes Wasser um die Felsen schäumten. Bevor alles in Dunkelheit gehüllt war, entdeckte die Gruppe eine Höhle. Jaris schickte Amber hinein, um sie auszukundschaften. Der Oltmann nahm sein Ewiges Licht und lief die Höhle ab. Skelettreste, die zwischen dem Geröll auf dem Höhlenboden lagen, wiesen darauf hin, dass es sich um eine Trollhöhle handeln musste. Trolle waren dafür bekannt, dass sie am liebsten rohes Fleisch fraßen. Ob es nun Fleisch von Tieren war oder das von Menschen. Kobolde und Elfen, so hieß es, fraßen sie als Ganzes. Aber diese Höhle schien inzwischen unbewohnt; kein Troll weit und breit. Sobald Amber sie für sicher erklärt hatte, stiegen alle von den Krähen und führten sie weiter ins Innere hinein. Es roch nach Eis und verrottendem Fleisch. Im blauen Licht der Höhle erkannte Aura Skelettreste, die aussahen wie Menschenschädel. Es schauderte sie. Dies war ein Ort der Albträume und Aura konnte sie um sich her spüren, wie sie schattengleich über die Felswände huschten.

„Hier schlagen wir unser Lager auf!“, rief Jaris, zur hinteren Wand deutend. Dort war der Boden eben und Felssteine lagen ringförmig angeordnet im feuchten Sand. Während sie die Ewigen Lichter auf die Felsen stellten, nahm Jaris Holz vom Vorrat, um damit ein Feuer für die Nacht zu entfachen. Darauf bestimmte er die Wachabfolge: Andalus sollte der Erste sein. Der platzierte sich am Feuer, um das herum die Wächter unter ihre Mäntel krochen. Lange dauerte es nicht, da waren sie eingeschlafen.

Aura, die wach geblieben war, hatte sich das erhofft, weil sie die Gelegenheit nutzen wollte, um mit Andalus zu sprechen. Zuvor war er ihren fragenden Blicken beständig ausgewichen, was sie auf die Gegenwart der Oltmannen zurückführte. Unweit von ihm, ins Totenlaken gehüllt, kauerte sie an einem Felsen und flüsterte: „Gibt es den Winterwolf?“

Andalus, der mit einem Stock im Feuer herumstocherte, zögerte mit der Antwort. Zuerst warf er nervöse Blicke auf die Schlafenden, dann sagte er schließlich leise: „Selbst wenn es ihn gibt, sind wir nicht hier, um ihn zu finden.“

„Aber weshalb sind wir dann hier?“

„Ich weiß es nicht.“

„Das glaube ich dir nicht.“

„Das überlasse ich dir“, zischte er und warf den Stock ins Feuer.

Die Schärfe in seiner Stimme verunsicherte Aura. Zögerlich tastete sie sich zu ihm vor. „Bist du mir etwa böse?“, fragte sie dann.

Er sah sie ernst an. „Wie kommst du darauf?“

Mit Traurigkeit im Blick antwortete sie: „Nach dem was ich getan habe, hat das Volk doch nichts übrig für mich als Verachtung. Und nun haben sie mir auch noch dieses Totenlaken gegeben. Vielleicht denken sie, dass ich den Tod verdiene ... Verdiene ich ihn? Denkst du das auch? Ich meine, du hast mir das Messer ...“

Andalus bedeutete ihr zu schweigen, denn unter den Schlafenden rührte sich etwas. Sobald es wieder ruhig wurde, beugte er sich zu ihr herunter. Er nahm ihre Hand, die eiskalt war. „Denke das nie! Du bist nicht die Schuldige an dem, was hier passiert.“

„Und was passiert hier?“

„Ich weiß es wirklich nicht.“

Bevor Andalus ihre Hand wieder losließ, fragte er: „Hast du das Messer dabei?“

„Ja, es ist hier!“, sie deutete auf den Saum ihres Kleides. Und als er nickte, da lag es ihr auf der Zunge, ihn zu fragen, ob er mit ihr fliehen würde. Doch etwas hielt sie zurück: Fernab von allem, was möglich schien, hoffte sie noch immer, Nimrod würde kommen, um sie zu retten. Inzwischen hatte Andalus sich einen anderen Stock genommen, um damit im Feuer zu stochern. Dieses Bild prägte sich Aura ins Gedächtnis: Andalus, die stille Hoffnung des Elfenvolkes. Wie verletzlich er doch wirkte, wie verschlossen, einsam gar. Gestraft von seinem Vater für alles Gute, das in ihm war.

Aura schlief nur kurz. Als sie wieder erwachte, hielt Laurenz am Feuer die Wache – zumindest hatte es den Anschein, weil er kerzengerade dasaß. Doch sie bemerkte bald, dass er schlief. Alle Anzeichen sprachen dafür: Er schwankte ein wenig, schnarchte leise und sein Kopf senkte sich Stück für Stück auf die Brust. Während Aura diese Szene beobachtete, beschäftigte sie wieder und wieder die eine Frage: *Aus welchem Grund waren sie alle hier, wenn es nicht der Winterwolf war?*

Was die Wächter anging, so war das leicht zu erraten: Sicherlich hatte sie die Aussicht auf Ruhm gelockt, denn für sie war das Unternehmen nichts als ein Abenteuer. Jaris war hier, damit alles nach Boreas' Plan verlief, was auch immer dieser Plan beinhaltete. Im Unklaren blieb seine Rolle: War er ihr zukünftiger Ehemann, oder war er ihr Verräter? Und Andalus? Der war nicht freiwillig dabei, was sie aus einem Gespräch zwischen Amber und Laurenz erfahren hatte, das sie in der letzten Nacht belauschen konnte. Demzufolge hatte Boreas Andalus nur für diese Expedition bestimmt, weil der versucht hatte, ihm den Plan auszureden. Obwohl Aura soeben mit Andalus gesprochen hatte, glaubte sie, er verschweige etwas. Ein noch größeres Rätsel gab ihr auf, welche Rolle sie selbst in diesem Spiel innehatte. War sie die Schuldige im Büßerhemd und somit das Opfer für die Bestie? Dagegen sprach, dass Jaris sie offenbar noch immer zur Braut nehmen wollte.

Da der geraubte Schlaf sich weigerte zurückzukehren und Laurenz noch immer döste, anstatt Wache zu halten, erhob Aura sich leise. Sie wickelte das Totenlaken fest um ihre Schultern und nahm das Ewige Licht vom Felsen, neben dem sie gelegen hatte. Sie schaute zum Ausgang hinüber. Vielleicht sollte sie fliehen? Das verwarf sie gleich wieder, denn sie wusste, dass die Krähen einen Aufruhr veranstalten würden, der alle aus dem Schlaf reißen würde. Deshalb schlich sie in die andere Richtung. Möglicherweise fand sich dort ein Ausweg oder ein Versteck, in dem sie die Wächter nicht finden konnten. Das Ewige Licht beleuchtete mit goldenem Schein die Eiswände. Der hohe Gang, dem Aura folgte, führte sie tief in den Fels hinein. Nach einiger Zeit wies der Weg ein starkes Gefälle auf und der Boden wurde so glatt, dass sie einige Male fast gestürzt wäre. Hinter einer Biegung endete der Gang in einer Eisgrotte.

Aura hob das Ewige Licht höher. Dicke Eiszapfen hingen von der Decke herab wie Tropfsteine. Plötzlich ertönte ein leises, dunkles Wimmern. Da bekam Aura es mit der Angst zu tun. Sie trat einige Schritte rückwärts, dabei stieß sie gegen einen Stein und verlor das Ewige Licht. Es polterte hinunter bis zum tiefsten Punkt der Höhle, wo es gegen etwas stieß und liegen blieb. In dem Moment erstarb das Wimmern. Aura lauschte. Doch alles was sie hörte, war der eigene aufgeregte Atem. Ohne das

Licht war sie verloren. Ängstlich stolperte sie durch das Halbdunkel, um es sich zurückzuholen. Doch bevor sie das Licht erreichen konnte, erlosch es. Und im gleichen Augenblick, da sich die Grotte in Finsternis hüllte, vernahm sie direkt vor sich, wie etwas Großes über den Boden schleifte. Der Schreck fuhr ihr in die Glieder und sie fragte atemlos:

„Ist-ist da jemand?“

„Es ist gar nicht heiß!“, sagte eine tiefe, bronzene Stimme.

„Wer ist da?“

„Dein Licht ist schön!“, sagte die Stimme freundlich. Unterdessen leuchtete das Ewige Licht wieder. „Obwohl ich die Dunkelheit mag“, fügte die Stimme hinzu.

Das Licht bewegte sich nun. In dem Moment stieß Aura einen Schrei aus, weil der Schein der Laterne über das Gesicht einer Trollfrau huschte, die auf dem Höhlenboden saß. Sie trug eine braune Wollhose und Fellstiefel, dazu eine zottige Fellweste, die grün geworden war von Algen. Ebenso wie diese Weste sah ihr langes Haar aus. Über eine dicke, runde Nase blickten eng stehende, dunkle Augen. Es schien, als habe die Trollfrau den Schrei der Elfe nicht gehört, denn unbeirrt richtete sie das Ewige Licht, das sie auf ihrem Zeigefinger balancierte, auf Figuren aus Eis.

„Die sind alle ganz hübsch, siehst du. Ich glaub, ich hab sie gemacht. Meine Hände haben in Form gebracht, woran ich mich erinnerte.“ Da waren Eichhörnchen, Marder, Nixen, Vögel, Pilze und ein kleiner Troll, worauf sie deutete.

„Mein Sohn ist das, mein Fenken!“ Sie sah betrübt aus, als sie es sagte. „Wenn Tageslicht in die Höhle fällt, sehe ich seine kleinen fordernden Augen. Manchmal streichle ich ihm über den Kopf, aber das ist alles, was ich ihm geben kann. Ihn auf den Arm zu nehmen, bekommt ihm nicht, weil er dann weint. Nun verstehst du sicher, weshalb ich die Dunkelheit mag. Sie tröstet mich.“ Sie überreichte das Ewige Licht der Elfe, die eben einmal so lang war wie ihr Zeigefinger.

„Danke“, sagte Aura leise.

Nun erst betrachtete die Trollfrau sie näher, indem sie sich zu ihr beugte. Als sie ihre Flügel bemerkte, die aus dem Totenlaken blitzten, fragte sie: „Ist es möglich? Bist du etwa ein Schmetterling und bringst mir Nachricht von meinem Fenken? Wird er zu mir zurückkehren? Ich warte ja schon so lange! So unendlich lange."

„Nein, ich weiß nichts über ihn", gestand Aura, in der der Wunsch erwachte, ihre eigenen Eltern würden sich um sie sorgen, so wie diese Trollmutter sich um ihr Kind sorgte. „Du hast also eben um dein Kind geweint?", fragte sie behutsam.

„Ja", wisperte die Trollfrau und wischte eine Träne fort.

„Wo ist es?"

„Ich glaube, es kommt nie mehr zurück. Weißt du, die Menschen haben es entführt."

„Das tut mir sehr leid", sagte Aura betroffen.

„Ich hab es wohl nicht anders verdient. Hagar, der Eistroll, bestraft mich. Die Berge haben ihm mein Geheimnis erzählt. Und nun verwehrt er mir den Tod, weil ich etwas zu Schlimmes getan habe."

„Etwas zu Schlimmes?" Aura sträubten sich die Haare.

Nun raunte die Trollfrau: „Ich wollte mich rächen, deshalb habe ich ebenfalls ein Kind entführt. Ein Menschenkind."

Aura trat ängstlich einen Schritt zurück. „Wo ist es?", fragte sie.

„Es schläft im Grimwald."

„Es schläft ...?" Aura trat einen weiteren Schritt zurück. „Was heißt das?"

Da hauchte die Trollfrau und es klang unheilvoll: „Ich habe es in Stein verwandelt." Sie blickte auf Aura. Im Ewigen Licht erkannte sie ihre Furcht, und dass sie im Begriff war fortzulaufen. Daher fügte sie rasch hinzu: „Ich weiß, das war nicht recht, und meine Tat hat nichts wieder gut gemacht. Nichts." Nachdenklich strich sie ihrem Fenken aus Eis über den Kopf. Das stimmte Aura traurig. Mit einem tiefen Seufzer wendete sich die Trollfrau ihr wieder zu. „Wenn du mir nichts über meinen Fenken berichten kannst, weshalb bist du dann hier?"

„Genau weiß ich es nicht", gab Aura zu.

„Der König hat uns ausgesandt, den Winterwolf zu suchen."

„Dann sucht ihr den Tod, so wie ich", brummte die Trollfrau.

„Also gibt es ihn, den Wolf?"

„Wenn du daran glaubst."

„Und ist er so furchtbar wie man sagt?", wollte Aura wissen.

„Unvorstellbar."

„Gibt er sich zufrieden mit einem Opfer wie mir?"

„Du meinst, weil du so winzig bist? Nun, darum geht es nicht."

Wieder dieses Rätsel. Das hatte ihr schon Andalus aufgegeben. Was hatte es damit auf sich? „Worum geht es dann?", fragte sie gereizt.

„Das musst du nicht wissen. Es ist nicht wichtig für dich."

Aura wurde zornig. Weshalb dachten alle, sie müsse nicht eingeweiht werden? „Du irrst dich. Es ist sogar sehr wichtig für mich", entgegnete sie scharf.

„Ein Leben wird morgen sein Ende finden", orakelte die Trollfrau. Nach einer Weile fügte sie hinzu: „Wie *ich* mich danach sehne. Wie ich mich danach *sehne.*"

Aura zitterte plötzlich am ganzen Leib und schlang das Totenlaken fester um sich, wobei sie ins Rutschen geriet und stürzte. Die Worte der Trollfrau noch im Ohr, fand sie sich mit einem Mal am Feuer liegend wieder. Laurenz schnarchte noch.

Ein Traum? Die Begegnung mit der Trollfrau war nur ein Traum gewesen? Alles war ihr doch so real erschienen. Aura schreckte zusammen, als Amber plötzlich aufstand, um Laurenz wachzurütteln.

„Hey!", flüsterte er in Hektik verfallen. „Bist du denn verrückt, als Wachhabender einzuschlafen? Wenn Jaris das gemerkt hätte ... Das Feuer ist ja fast ausgegangen."

Während sich die Elfenmänner nun um ein ordentliches Feuer bemühten, schlief Aura ein. Sie träumte nicht mehr. Als sie am folgenden Tag erwachte, blieb ihr Blick am Ewigen Licht hängen, weil ihr an ihm etwas merkwürdig erschien. Aura wusste nicht sofort, was es eigentlich war, denn es stand wie von ihr unberührt auf dem Felsen. Erst als sie es in die Hand nahm, entdeckte sie ein graues Haar, lang und drahtig, das sich am Metallgriff verfangen hatte – Ein Trollhaar! Aura spürte, wie ihr die Knie weich wurden. Die nächtliche Begegnung mit der Trollfrau war also kein Traum gewesen. Und hatte sie die Wahrheit gesprochen, so bedeutete es, das jemand aus der Gruppe heute sterben würde. Eben hörte Aura, wie Jaris alle zur Eile antrieb und da keimte in ihr die Hoffnung, *er* würde dieser jemand sein.

Noch nicht lange war die Gruppe unterwegs, da intensivierte sich das Gefühl der nahenden Bedrohung, je weiter sie nach Osten gelangte. Nicht nur bei den Reisenden wurde die Unruhe größer, auch die Krähen, die des Öfteren versuchten, Reißaus zu nehmen, waren nur mit Mühe voranzutreiben.

Aura klammerte sich an Sturmfeder, weil ihr ganz elend zu Mute war. „Kannst du ihn mir noch einmal zeigen, bevor ich sterbe", flüsterte sie dem Vogel zu, vermisste sie den Kobold doch in diesem Augenblick so sehr, dass sie darüber fast ihre Angst vergaß. „Kannst du mir Nimrod zeigen?"

Sturmfeder wandte ihr zwar den Kopf zu, doch in ihrem Auge konnte sie nur sich selbst sehen. Da blickte Aura betrübt hinab auf die schneebedeckten Gipfel der Trollberge, in deren Schluchten gigantische Gletscherzungen hingen. Sie hielten jetzt auf den Teufelszinken zu, dessen Spitze bis in die Wolken reichte. Dem Glauben der Trolle nach war der höchste Berg der Thron des Eistrolls, von wo aus er über ihr Schicksal wachte. Zu seinen Füßen aber lag der Winterwolf.

Aura zuckte zusammen und presste sich an Sturmfeders Hals, denn mit einem Mal wurden die Wolken um den Teufelszinken düster und Blitze schossen heraus. Die Krähen taumelten im aufkommenden Sturmwind und die Reiter krallten sich am Zaumzeug fest.

„Der Winterwolf ist erwacht. Er kommt", flüsterte Aura voller Entsetzen, als plötzlich die Wolken auseinanderrissen und den Weg freigaben für eine grauenhafte Kreatur, die aus dem Schlaf gerissen worden war vom strengsten Frost, der hier seit Jahren geherrscht hatte. Als Jaris schrie, wurde allen bewusst, dass dies ein Weg ohne Wiederkehr war, denn was sollte auszurichten sein, gegen ein so machtvolles

Geschöpf, das da unbändig aus den Wolken sprang. Seine Pranken erzeugten Donnergrollen, was eine Lawine auslöste, auf der es den Teufelszinken hinab schoss. Der Winterwolf bot einen schrecklichen Anblick mit seinem Fell aus wirbelndem Schnee. Er fletschte die Zähne aus geschliffenem Eis und von seinem kaltem Blut zeugten die blitzenden Augen, die die Gruppe starr ins Visier genommen hatten. Das Furchterregendste aber war sein Heulen, das wie ein gespenstischer Eissturm über sie alle hinwegfegte.

Die Gruppe der Elfen sammelte sich, indem sie die Krähen zueinander trieb.

„Er fordert sein Opfer!", schrie Amber.

„Wir müssen schnell sein, er kommt näher!", kreischte Laurenz und machte den kläglichen Versuch, sein Schwert zum Angriff zu ziehen. Aber der Atem des Winterwolfs ließ seine Hand am Metall des Schwertgriffs gefrieren, nicht einmal der Handschuh konnte sie davor schützen, wie Glas zu zerbrechen. Laurenz schrie wie verrückt, als der Wind ihre Splitter fortriss.

Und näher kam der Winterwolf.

„Einer von uns muss sich freiwillig opfern!", brüllte Jaris mit einem Blick auf Aura, der unbarmherziger war als der der Bestie.

„Das war es!", schoss es Aura durch den Kopf. *„Der Winterwolf will ein freiwilliges Opfer, denn er hungert nach einer tapferen Seele."* Doch sie war nicht tapfer, überhaupt nicht tapfer. Jammernd vor Angst klammerte sie sich an Sturmfeders Hals.

„Mach schon", drohte Jaris, während er sich an dem Seil zu schaffen machte, das sie noch verband. Aber bevor er den Knoten lösen konnte, ging Andalus dazwischen.

„Und du willst ein Held sein, Jaris?", sagte Andalus mit tiefster Verachtung im Blick. *„Sie* muss es nicht tun!", versicherte er. *„Sie gewiss nicht."* Jetzt lenkte er Albia vor die Gruppe. „Ich selbst werde es tun", sprach er, bevor er die weiße Krähe herumriss und mit ihr direkt ins vorschießende Maul des Winterwolfs flog.

Aura schrie auf und die Übrigen der Gruppe sprengten in alle

Richtungen auseinander. Das Seil zwischen Schattenjäger und Sturmfeder spannte sich und Aura, gelähmt vom Entsetzen, wurde mitgerissen. Fast fiel sie aus dem Sattel, an dem sie sich mit letzter Kraft festklammern konnte. Sie kreischte, während das Totenlaken ihr über den Kopf rutschte, sich aufbauschte und ihr entglitt. Es flog dem Winterwolf direkt vor die Augen, was ihn toben ließ. Wild schüttelte er den Kopf. Und als er die Krallen in den Fels grub, um seine Fahrt zu bremsen, lösten sich große Gesteinsbrocken aus dem Teufelszinken, die donnernd mit der Lawine ins Tal stürzten. Es rumpelte und grollte mit unbeschreiblichem Getöse. Vom Sog der Lawine erfasst, taumelten die Krähen dem Abgrund entgegen.

Als die Kreatur es endlich geschafft hatte, das Laken abzuschütteln, verbarg die Flüchtenden eine Wolke aus Pulverschnee, was sie nutzten, um in einem nahen Tannenwald zu verschwinden. In dem Moment, da die Lawine verebbte, kam der Winterwolf unweit von ihnen zum Stehen. Und als er zu suchen begann, hielten die Elfen in ihrem Versteck den Atem an.

„Was will er noch? Reicht ihm das Opfer nicht!“, raunte Laurenz hysterisch, dessen verbliebene Hand sich an den Rand des Sattels krallte. Gelb war sein Gesicht.

„Still!“, gebot ihm Jaris. „Er ist hungrig und er hat uns gesehen.“
Während der Teufelszinken unter seinen Schritten erzitterte, ließ der Winterwolf seinen Blick über die Gletscher schweifen. Aber als er nicht fand, wonach ihn verlangte, da steckte er die Schnauze in die Schneemassen, grub die Krallen tiefer in die Lawine und schob die Felsbrocken mit den mächtigen Pranken beiseite. Als das nichts einbrachte, er weder Elfe noch Krähe fand, ließ er sein Heulen ertönen, das von den Trollbergen zurückhallte. Ein so gespenstisches Echo war es, dass es alle in ihrem Versteck erzittern ließ.

Aura, die inzwischen wieder im Sattel saß, kam fast um vor Kälte.

„Keinen Ton“, drohte Jaris, als er ihr leises Zähneklappern hörte und erschreckte sie mit seinem irren Blick mehr, als die Kreatur, die auf sie lauerte. Aura, die sich ihr Totenlaken zurückwünschte, presste sich flach auf Sturmfeders Rücken und die Krähe hob die Flügel, um sie vor dem schneidenden Wind zu schützen.

Da plötzlich horchte der Winterwolf auf und nahm das kleine Tannenwäldchen ins Visier, denn von hier war soeben ein Krächzen entkommen. *Sasa die Totensängerin* hatte ihrem Namen alle Ehre gemacht und Amber schlug verzweifelt auf sie ein, damit sie Ruhe gäbe: „Willst du uns umbringen, du Untier?“, zischte er.

Der Winterwolf aber setzte zum Sprung an, landete zwischen den beschneiten Tannen, die sich unter seiner Last bogen und schließlich brachen, und fand die Gruppe. Er schnappte nach allen Seiten, um eine der Krähen mit Reiter zu erwischen. Sie stoben auseinander wie Herbstblätter, in die der Sturm gefahren ist. Zuerst rannte der Wolf hinter der einen Krähe her, dann wieder hinter der anderen, schließlich aber entzogen sie sich ganz seinem Blick, indem sie sich durch wilde Pirouetten in die tiefhängenden Wolken schraubten. Aus dem Norden kamen diese Wolken, mit denen milde Luft heranströmte. Der Winterwolf sprang hoch und biss blindwütig um sich. Mehrmals verfehlte er Laurenz nur um Haaresbreite, der durch seine Verletzung nicht so halsbrecherisch fliegen konnte wie die anderen.

„Höher!“, brüllte Jaris, der den Wolfskopf durch die Wolken fahren sah.

Obwohl er sich heulend aufbäumte, und jeder seiner Sprünge den Teufelszinken erbeben ließ, bekam der Winterwolf die Krähen nicht zu fassen. Und weil die milde Luft ihn schläfrig machte, gab er nach verzagtem Winseln auf, um den Gipfel des Teufelszinkens wieder hinaufzutrotten. Dort sprang er in die Wolkenwand und war verschwunden. Mit der Erleichterung darüber kam die Gewissheit über etwas anderes:

Sie hatten einen aus der Gruppe verloren. Andalus hatte sein Leben gelassen. Die Elfen lenkten die Krähen zum Fuße des Berges zurück. Nach einigen Runden über dem Tal, in dem eben die Lawine niedergegangen war, fanden sie das Purpurbanner. Jaris sprang von seiner Krähe, und als er das Banner aufhob, von dem Blut in den Schnee tropfte, fragte sich Aura, ob es für ihn eine Trophäe war, wie ihr Nebelstreifkleid. Eine weitere Trophäe auf seinem Weg zu Ruhm und Ehre – zu einem größeren Einflussbereich, wie er sich gern ausdrückte. Sie verachtete ihn.

„Nimm das!“, blaffte Jaris und warf ihr das Banner um.

Aura erschrak, als dieser Mantel des Schreckens sie umfing. Sofort spürte sie den Drang, ihn sich wieder vom Körper zu reißen. Aber weil sie nicht erfrieren wollte, wickelte sie das Banner fest um sich, während sie wie wild zu schluchzen begann. Das Tuch wärmte wenig und das Blut, wovon sie nicht wusste, ob es das der weißen Krähe oder das des Elfenkönigssohnes war, verschmierte ihr Kleid. Vom Geruch, den es verströmte, wurde ihr so übel, dass sie fast die Besinnung verlor.

„Wir machen uns auf den Heimweg!“, bestimmte Jaris.

„Aber suchen wir denn nicht nach Andalus?“, fragte einer der Wächter.

„Du hast doch wohl gesehen, was mit ihm passiert ist!“, blaffte Jaris. „Warum also sollten wir nach ihm suchen?“

„Es ist doch wichtig. Er braucht eine Feuerbestattung, sonst kann er nicht wiederkehren!“, sagte der Wächter aufgeregt.

„Wiederkehren?“ Jaris Augen verengten sich zu Schlitzen. „Der Wolf hat ihn gefressen, da gibt es nichts zu bestatten.“

Ein anderer Wächter mischte sich ein: „Aber vielleicht können wir ihn finden. Das Banner lag doch auch hier im ...“

„Wir brechen sofort auf!“, sagte Jaris mit solcher Härte in der Stimme, dass niemand mehr einen Widerspruch wagte. Er sprang auf Schattenjägers Sattel und schlug auf die Krähe ein, bis sie sich erhob.

Die Übrigen folgten.

Nach ihrem Aufbruch begann es zu schneien. Aura war bereits blau vor Kälte. Sie spürte ihre Finger und ihre Zehen nicht mehr. Während sie das Banner so fest um ihren Körper knotete wie nur möglich, fasste sie einen Entschluss. Sie musste nur warten, bis es dunkler wurde. Solange wärmte sie sich an Sturmfeders Körper, indem sie Arme und Beine unter deren Federkleid schob.

Als es endlich dämmerte, tastete Aura den Saum ihres Kleides nach dem Messer ab. Als sie es gefunden hatte, zog sie es heraus. Die Klinge, die sie nun unter das Seil schob, glänzte schwach. Kurz hielt sie in der Bewegung inne, als Jaris ihr einen flüchtigen Blick zuwarf.

„Wir suchen gleich ein Lager!", rief er.

„Das kannst du dir allein suchen!", dachte Aura und schnitt am Seil. Das Messer war so scharf, dass sie kaum Kraft aufbringen musste, um es durchzuschneiden. Bald riss es mit dumpfem Geräusch. Sturmfeder, die sofort verstand, was geschehen war, drehte ab. Aura nahm das Messer zwischen die Zähne und krallte sich am Sattel fest, während Sturmfeder hinauf in die Schneewolken ruderte.

Jaris bemerkte erst, dass Aura fort war, als das Seil längst von Schattenjägers Sattel baumelte.

„Was zum Troll ...?", brüllte er und riss Schattenjäger auf der Stelle herum. Er hetzte die Krähe hinter der anderen her.

Sturmfeder segelte hoch und immer höher. Und die Kälte verlangte Aura so viel ab, dass sie sich kaum mehr halten konnte. Doch als sie plötzlich Jaris' Stimme hinter sich hörte, kehrte ihre Kraft zurück. Sie trieb Sturmfeder an, das Messer immer noch zwischen den Zähnen.

„Komm sofort zurück!" Jaris hieb auf Schattenjäger ein. „Schneller!", schrie er.

Sie rasten durch dichtes Schneetreiben, wobei Sturmfeder so urplötzlich in einen Sturzflug überging, dass Jaris nicht mehr reagieren konnte. Die Krähen stießen mit den Flügeln zusammen und gerieten ins Trudeln. Im Handumdrehen hatte Jaris Schattenjäger wieder unter Kontrolle, war er doch ein geübter Flieger. Als auch Sturmfeder sich wieder gefangen hatte, zog er seine Krähe zu dieser heran. Nun schwebte er direkt über Auras Kopf. Sturmfeder schwenkte nach rechts, Schattenjäger folgte. Dann zog Jaris einen Pfeil aus dem Köcher und spannte seinen Bogen, den er auf Sturmfeder ausrichtete.

„Kehr um!", rief er bebend vor Zorn. „Runter! Ich erschieß deine Krähe, wenn du es nicht tust. Keine falsche Bewegung mehr."

Die Gejagte, am Ende ihrer Kräfte, zog an Sturmfeders Zaumzeug und sie gingen in den Sinkflug über. Kaum waren sie gelandet, stand Schattenjäger schon neben ihnen. Aura, die das Messer zwischen ihren Zähnen nicht mehr bemerkte, sackte auf ihrer Krähe zusammen. Jaris sprang von Schattenjäger, erfasste Aura bei den Schultern und riss sie vom Sattel.

„Was sollte das?"

Sie wehrte sich selbst dann nicht, als er ihr das Messer abnahm. Ihre Mundwinkel bluteten.

„Woher hast du das?", fragte er mit prüfendem Blick. „Das ist ein Messer aus der Schatzkammer des Königs! Bist du etwa dort gewesen? Sag mir sofort, wie du daran gekommen bist!"

Aber sie sagte nichts.

„Also schön. Du hast es nicht anders gewollt. Ich weiß schon, wofür ich es verwenden werde!" Er hielt es Aura an den Hals. Und einen furchtbaren Augenblick verharrte er so. Den Zorn konnte er kaum bändigen, das spürte sie am Druck des Messers, unter dem ihre Ader pulsierte. Dann endlich fing er sich. „Bald schon ...", raunte er, bevor er die Klinge fortnahm. Er steckte sie in seinen Gürtel und vertäute die Krähen wieder miteinander. Aura, die inzwischen am Boden kauerte, zog er hoch, um sie zurück in den Sattel zu werfen. Und es dauerte nicht lang, da hatten sie die Gruppe wieder erreicht.

„Die Krähe hatte sich losgerissen", erklärte Jaris kurz. „Ich musste meine Braut retten."

*

Die Gruppe reiste noch einige Tage, bis sie Trull erreichte. Unter der Schneelast ließ die Eiche die Zweige hängen. Und es war, als sei die Nachricht vom Tod des Thronfolgers ihnen vorausgeeilt. Boreas hatte den Oltmannen aufgetragen, Jaris zu ihm zu bringen. Aura, die nicht mehr gesprochen hatte, nachdem er ihre Flucht vereitelt hatte, nahm er mit sich. Boreas empfing die beiden in seinem Beratungsraum, den er nach allen Seiten abschotten ließ. Im Dämmerschein zweier Ewiger

Lichter stand er da, der Herrscher. Aura hatte sich noch nie so sehr vor ihm gefürchtet. Wie würde er reagieren, wenn ihn die Todesnachricht erreichte? Ihr war elend. Sie zitterte unter dem Purpurbanner.

Jaris fiel vor dem König auf die Knie. „Ich bringe schlimme Kunde ... Andalus ... ist tot."

Boreas sagte vorerst nichts, zog Jaris zurück auf die Füße und umarmte ihn. Über seine Schulter hinweg sah er Aura an, wie sie so dastand im blutverschmierten Purpurbanner.

„Ein zerrupfter Lockvogel! Du solltest ihr das Kleid der Schande zurückgeben. Purpur steht ihr nicht zu."

Nun warf auch Jaris ihr einen Blick zu und bleckte lachend die Zähne. Aura durchfuhr das blanke Entsetzen, als Boreas weitersprach:

„Ich wusste es immer: Andalus war einfach zu weich, und nun ist ihm sein Aufopferungswille zum Verhängnis geworden. Wie bedauerlich!"

Aura verstand. Endlich hatte sich ihr der bestialische Plan offenbart: Der Lockvogel bei Boreas' Intrige war niemand anderer als sie selbst gewesen. Für Andalus sollte es den Anschein haben, als solle sie – die Elfe im Büßerhemd – dem Winterwolf geopfert werden, bloß damit er zur rechten Zeit einschreiten würde, um sich selbst zu opfern.

Bevor der Schwindel kam und sie ohnmächtig wurde, da wünschte sie sich, sie wäre tapfer gewesen.

21. Mathilde

Durch Golker sauste ein scharfer Winterwind, der Schneeflocken durch die Gassen der Ruinen trieb. Selbst durch die Ritzen des Kirchenportals blies er den Schnee. Dahinter, auf allen Vieren, hockte Raban. Während er mit Kreide Zeichen und Formeln auf den Sandstein malte, knurrte er vor sich hin: „Nicht einmal hier oben ist man sicher. Muss man eigentlich auf den Teufelszinken auswandern, um nicht ständig behelligt zu werden? Ich wünsche keinen Besuch, schon gar nicht von Weibsbildern. Sie stören meinen Weitblick. Allein schon deshalb will ich sie hier nicht haben, verstanden?“

Aray, der neben ihm stand, sah dumm aus der Wäsche.

„Ich erzähle dir das“, erklärte der Meister und blickte ihn von unten herauf an, „weil eine von denen auf dem Weg hierher ist.“

„Was bedeuten denn diese Zeichen?“, wollte Aray wissen und

deutete auf die rätselhafte Malerei. Im Eifer bemerkte Raban nicht, dass er Kreide an der Nasenspitze hatte. „Das ist ein Abwehrzauber."

„Abwehrzauber?" Aray fuhr sich nachdenklich über den spitzen Hut. „Ich wusste ja gar nicht, dass ein Abwehrzauber etwas gegen Weiber ausrichten kann." Er lachte nervös. „Ich dachte, Abwehrzauber helfen nur gegen Geister."

„So ist es auch, Jungchen!" Raban ließ die Kreide fallen und erhob sich umständlich. „Stell dir mal vor, sie *ist* sogar ein Geist. Aus meiner Vergangenheit. Ein böser Geist ist sie." Mit diesen Worten humpelte Raban am Schüler vorbei: „Sollte sie aber dennoch reinkommen, schick sie einfach weg, Aray."

„*Ich*?" Aray sah dem Meister entgeistert nach. „Aber wie ...?"

Raban drehte sich nicht einmal zu ihm um. „Dir fällt schon was ein, du bist doch sonst so ein lebenstüchtiger Bursche", sagte er und machte eine lässige Handbewegung. „Sicher fällt dir was ein. Ist doch ganz leicht."

Ein großes Stück der Raulintreppe lag noch vor Mathilde, und bisher hatte sie keine Stufe genommen, ohne einen Fluch auszustoßen, der sich gewaschen hatte. Das erleichterte ihr den Aufstieg zwar ungemein, trotzdem – oder gerade deshalb – kam sie gehörig außer Atem, weshalb sie für einen Moment pausierte.

Sie lehnte sich an die Felswand, um sich gegen den Wind abzuschirmen, der unablässig an ihrem Mantel riss. Sie schloss die Augen, atmete tief ein und ließ den Schnee mit ihren rostfarbenen Locken spielen, bis sich auf einmal direkt neben ihr Gesteinsbrocken aus der Felswand lösten und die Treppenstufen herunterpolterten.

Mathilde erschrak heftigst und es war ihr, als höre sie ganz in ihrer Nähe ein hohles Lachen. Sie lehnte sich vorsichtig über das brüchige Geländer, um nach allen Seiten blicken zu können.

„Ist da wer?", rief sie.

Nichts! Nur der Wind antwortete, er heulte. Zögerlich, mit dem unguten Gefühl im Nacken, dass da jemand um sie wäre, stieg sie weiter und klammerte sich so fest wie möglich an das Geländer. Die Stufen waren teilweise vereist, was ihre Furcht noch vergrößerte und sie schweigsam machte. Mathilde fluchte nicht mehr. Wiederholt sah sie sich um, ohne etwas zu entdecken.

„Irgendwann wird diese verfluchte Treppe ihr Opfer fordern!“, orakelte sie. „Und ich hoffe, dann wird er es selber sein, dieser alte Dickschädel!“

Rangul, dessen Wasserspeiergestalt immer dann mit dem Schieferfels verschmolz, wenn es nötig war, gackerte verhalten. Er hatte am Fuß der Raulintreppe gelauert, bis Mathilde vorbeigekommen war. Sie hatte seine Aufmerksamkeit erregt, weil sie einen so entschlossenen Gesichtsausdruck hatte und dabei fluchte wie ein alter Kesselflicker. Da war der Horl ihr gefolgt und fühlte schon nach einiger Zeit in ihrer Nähe, wie seine Lebenskraft aufgeladen wurde. Nur bedauerte er, dass sie inzwischen nicht mehr fluchte, was seine eigene Schuld war. Er hätte eben nicht stolpern dürfen! Nun konzentrierte er sich auf ihr Vorhaben. Rangul krabbelte neben ihr die Felswand hinauf, um sich auf die Mauer des Vorhofs zu setzen. Von dort aus glotzte er Mathilde hinterher, bis sie durch das Portal entschlüpft war.

„Hallo?“, rief Mathilde, deren Stimme zwischen den Mauerresten hin und her hallte.

Aray, der sich hinter einer Kirchenbank versteckt hatte, bemerkte, dass sie ungehindert über die Kreidemalerei seines Meisters schritt.

„Verdammt, der Zauber wirkt nicht!“, flüsterte er bei sich und blickte sorgenvoll auf die von ihrem Rocksaum verwischten Formeln. Als er noch über den nächsten Schritt in Sachen Besucherabwehr grübelte, wurde er plötzlich am Kragen aus seinem Versteck gezogen.

„Dein hübsches Hütchen hat dich verraten!“ Mathildes grüne Augen sahen ihn abschätzend an. „Wo ist er?“

„W-wer?“, stotterte Aray.

„Der, der meinen Mann zu Tode erschreckt hat. Ich habe eine Grimwachtel mit ihm zu rupfen.“

„Der M-Meister ist s-sehr b-beschäftigt.“

Mathilde runzelte die Stirn. Aray gefielen ihre Sommersprossen.

„Beschäftigt? Ha, dass ich nicht lache! Der sitzt den lieben langen Tag hier rum und versteckt sich hinter Talismanen. Er hofft wohl, die Zukunft finde ihn hier nicht. Doch da irrt er, der alte Trottel! Denn die Zukunft kommt eben durch die Tür hereinspaziert, um ihn daran zu erinnern, dass er eine Vergangenheit hatte. Also, wo ist er? Ich weiß, er hat vorausgesehen, dass ich komme. Das war immer so."

„Ich ... Also ... Er ... Er will nicht gestört werden."

„Soll ich etwa alles durchsuchen?" Mathilde wurde ungeduldig, was ihr ungeheuer gut zu Gesicht stand, wie Aray fand.

„Ich bin hier!" Raban hielt den Vorhang zur Seite und zeigte sich. „Ich hätte es wissen müssen! Man kann sie nicht aufhalten, wenn sie sich etwas in den Rotschopf gesetzt hat!"

„*Da* bist du!", sagte sie und ihr Blick war durchdringend.
Aray bemerkte die starke Spannung zwischen ihr und dem Meister; sie knisterte regelrecht wie Elmsfeuer.

„Geh ihr lieber aus dem Weg, Aray! Sie ist gefährlich. Sie spricht mit scharfer Zunge."

„Aray bist du also? Na, wie hältst du es aus bei dem alten Griesgram?" Der Lehrling wollte lieber nicht darauf antworten und tat, als jucke es in seinem rechten Ohr. Aber Mathilde achtete schon gar nicht mehr auf ihn, stattdessen ließ sie Raban nicht aus den Augen.

„Hier lebst du also nun? *Sehr* anheimelnd!" Sie rümpfte die Nase.

„Du brauchst gar nicht zynisch zu werden, nachdem du es dir ja bei Brokk so *gemütlich* gemacht hast."

Selbst Aray begriff langsam, was hier gespielt wurde.

„Doch nur, weil du mich vertrieben hast!", sagte sie aufgebracht.

„Vertrieben?" Raban kam näher zu ihr. „Davongestohlen hast du dich! Bei Nacht und Nebel."

Die beiden standen nun fast Nasenspitze an Nasenspitze. Und ohne jede Vorwarnung hob Mathilde die Hand, um ihm mit schneller Bewegung über den Nasenrücken zu fahren. Raban wich vor ihrer Berührung zurück, als habe ihn der Blitz getroffen.

„Es war nur Kreide daran", sagte sie. „Siehst du?"

Und zur Überprüfung hielt sie ihm den Zeigefinger entgegen. „Ein wirksamer Abwehrzauber wäre gewesen, du hättest meinen Brokk in Ruhe gelassen. Denn dann wäre ich niemals auf die Idee gekommen, dich aufzusuchen." Sie verrieb die Kreide zwischen den Fingerspitzen.

„Brokk hat mir Wasser über den …"

„Ach, sei still!", fuhr sie ihm ins Wort. „Davon will ich gar nichts hören. Ohne Frage hast du jeden einzelnen Tropfen verdient! Sobald du eine Gelegenheit siehst, setzt du Brokk zu. Ich erinnere da nur mal an letzten Winter."

„Davon", warf Raban hastig ein, „will hier niemand was wissen."

„Warum?" Mathilde warf den Lockenkopf zurück. „Soll dein Schüler doch nur wissen, mit was für 'nem Giftmischer er es hier zu tun hat."

„Giftmischer? Pah! Die paar Kräuter im Färberbottich … Anstelle von gelbem Leder hatte ihr eben welches in rosa. Was soll's? Haben euch die Weibsbilder sicher aus den Händen gerissen."

„Apropos Hände! Brokk hat von deinen Zusätzen – was auch immer es war – einen furchtbaren Ausschlag bekommen; seine Haut hat sich in Fetzen von seinen Händen abgeschält."

Entsetzt sah Aray auf seinen Meister.

Der räusperte sich. „Was willst du eigentlich hier, Mathilde?"

„Du kannst doch Brokk nicht ins Gesicht sagen, dass er sterben wird! Niemandem sagt man so was, nicht einmal dem ärgsten Feind. Du ahnst ja nicht, wie schlecht es ihm jetzt geht."

„Er sagte, er würde mir sowieso nicht glauben", meinte der Seher leichthin. „Das war ja nur ein Test."

„In Wirklichkeit ist es dir doch völlig egal, ob er dir Glauben schenkt oder nicht. Es geht hier überhaupt nicht um Brokk, habe ich recht?"

„Ja, du hast recht. Ich wollte nie etwas zu tun haben mit diesem hässlichen Vogel!"

„Wie kannst du so über ihn sprechen?"

„Na ganz einfach, weil er es ist: ein fetter, hässlicher Vogel ist er. Und nicht zu vergessen ein Paradebeispiel für den *ordentlichen* Kobold, ein rechtes Wichtelmännchen, so fleißig wie der flickt und schustert. Wie konntest du ihn mir nur vorziehen? So einen ..."

„Genug!", fuhr Mathilde ihn an. „Ich habe genug gehört. Du bist ein eitler Gockel! Wen wundert es da, dass du im Aschengrund nicht gern gesehen bist? Nicht einmal dein Vater lässt ein gutes Haar an dir."

„Ach der alte Corvin", knurrte Raban, „was weiß der schon?"
Mathilde kräuselte die Lippen. „Durch deine Überheblichkeit machst du dir nichts anderes als Feinde. Nur wer verblendet ist, sieht nicht, wie armselig du bist."

Aray, der sich durch ihre Äußerung angegriffen fühlte, zwinkerte heftig und setzte an, um etwas zu sagen. „Ähm, ähm, ähm, also ich finde der Meister ist ..."

„Misch dich nicht ein!", fuhr Mathilde ihm über den Mund und der Meister half gleich beim Austeilen:

„Halt dich zurück, Söhnchen!"

Da wurde Aray wütend und er rief: „Führt doch euren Krieg ohne mich aus! Aber wenn's Verluste gibt, dann fühl ich mich nicht zuständig!"

Da die beiden solche Inbrunst von dem Schüler gar nicht erwartet hatten, verstummten sie. Sein kleiner Wutausbruch brachte Mathilde sogar dazu, sich den Schüler genauer zu besehen. Sie nahm sein Gesicht in die Hände und betastete es mit forschendem Blick.

Dem Lehrling war das unheimlich.

„Du meine Güte", sagte sie urplötzlich. „Das ist doch nicht möglich. Raban, kann ich mit dir sprechen? Allein?" Als Raban nicht gleich antwortete, fuhr sie fort: „Es ist dringend."

„Also schön", knurrte der Seher und hob widerstrebend den Vorhang zum Allerheiligsten zur Seite. „Komm rein."

Mathilde hob eine Augenbraue und trat ein. Der schwere Vorhang fiel hinter ihr wieder herab und sperrte Aray aus.

„Immer wenn es spannend wird", flüsterte der beleidigt.

Hinter ihm kam Rangul zähnebleckend durch das Kirchenportal gekrochen, die Augen leuchtend vor Begeisterung. Vielleicht war es schon so weit und er konnte sich eine lebendige Gestalt zu Eigen machen. Aray, der gerade am Vorhang lauschte, hielt er dafür als besonders gut geeignet, denn niemand würde es verdächtig finden, wenn der Dummheiten anstellte. *Und was für Dummheiten er in dieser dürren Gestalt anrichten könnte* ... Den Gedanken hatte der Horl noch nicht zu Ende gedacht, da trat er auf die Reste der Kreidezeichnungen, die Raban auf den Boden gemalt hatte und verbrannte sich die Steinpfoten. Sein Gejaule erschreckte Aray, der herumfuhr wie von der Tarantel gestochen. Da er aber nichts entdeckte, vermutete er, es sei das Heulen des Windes gewesen, was er gehört hatte.

Im Allerheiligsten war es dunkel und es roch nach erkaltetem Räucherwerk. Das Licht einer dicken Kerze ließ Talismane, Kristallkugeln und Messingapparate glänzen.

„Was ist das alles?“, wollte Mathilde wissen.

„Alles für die Mantik.“

„Für die was, bitte?“

„Die Wahrsagerei.“

„Damals brauchtest du dieses ganze Zeug dafür nicht.“ Während sie sich umsah, berührte sie die Talismane mit den Fingerspitzen und strich über eine Kristallkugel. „Es ist irgendwie beängstigend“, meinte sie.

„Aber mich beruhigen diese Dinge. Mit ihrer Hilfe kann mir nichts Wichtiges mehr entgehen. Nie mehr wird mir das passieren.“

Mathilde sah ihn nachdenklich an. „Wie macht er sich, dein Lehrling?“

„Na, es ist wie einer Nachtigall das Singen beibringen, bloß umgekehrt.“

„Wenn du meinst, er tauge nichts, warum ist er dann hier, hm?“ Sie wartete nicht auf Antwort, weil sie es wusste. „Weil er dich an Elias erinnert, hab ich Recht?“

Und weil Raban schwieg, fuhr Mathilde fort: „Mollis war vor kurzem bei uns, um ein Wams und Stiefel für Nimrod zu kaufen, von allem das Beste. Das ist sonst gar nicht ihre Art, ist sie doch so sparsam. Sie wirkte zerstreut, hat wirres Zeug geredet. Und dann hat sie mir verraten, dass du bei ihr gewesen bist, um sie zu warnen. Danach entschuldigte sie sich dafür, dass sie nicht anders handeln könne. Raban, was hat sie damit gemeint?“ Sie sah ihn durchdringend an.

Der Seher erbleichte. „Was hat sie noch gesagt?“

„Nichts weiter. Aber kurze Zeit später sah ich Nimrod die Raulin hinauf zur Bibliothek steigen. Als er zurückkam, trug er ein Amulett um den Hals. Es war so eines, wie Elias es damals auch getragen hat.“

„Elias? Wovon redest du? Was sollen das für Amulette gewesen sein?“

„Drachenamulette.“

„Beim Bart des Feuertrolls! Das darf doch nicht wahr sein! Warum habe ich davon nichts gewusst?“ Das Wichtigste war ihm entgangen, schon wieder. Die Magoi waren die ganze Zeit in der Nähe gewesen, bei Ibrahim. „Wann war das?“, fragte er schnell. „Wann hast du Nimrod mit dem Amulett gesehen?“

„Vor zwei Wochen.“

„Verdammt!“ Raban schlug derart mit der Faust auf den Tisch, dass sich unter der Erschütterung ein Tintenfass über ein Dokument mit Schriftzeichen und Rechenformeln ergoss.

Mathildes Augen füllten sich mit Tränen. „Bedeutet es das, was ich befürchte?“ Ihre Lippen bebten und der kleine Schimmer Hoffnung, der noch in ihren Augen lag, erlosch, als Raban antwortete:

„Er ist im Grimwald.“

„Aber warum?“, stieß sie hervor. „Was sucht er da bloß?“

„Eine Elfe und unser aller Unheil!“

„EINE ELFE?“ Mathilde schlug sich die Hände vors Gesicht, bevor sie schluchzend auf dem Boden zusammensank.

Raban stand daneben. Er versuchte gar nicht erst, sie zu trösten. Darin war er noch nie besonders erfolgreich gewesen.

„Er wird den Tod finden, nicht?“ Mathilde war sich sicher. „Nimrod wird im Grimwald den Tod finden, genau wie Elias. Und er wird niemals zurückkehren wie mein einziger Sohn. Wie unser Sohn, Raban. Wie unser Sohn.“

Rangul war an der Außenwand der Kirche hochgekrochen und durch das offene Dach geklettert. Nun saß er in der dunkelsten Ecke des

Allerheiligsten und seine Augen glühten auf. „Es geht voran!“, grunzte er, sich an der vorherrschenden Trauer labend. Der Horl hatte zwar wieder einiges an Kraft eingebüßt, nachdem er auf die Kreidezeichen getreten war, doch einen Versuch war es wert: Auf ihrem Rückweg nach Kleeweiden würde er sie überfallen, diese traurige Koboldfrau.

22. Eisenbart

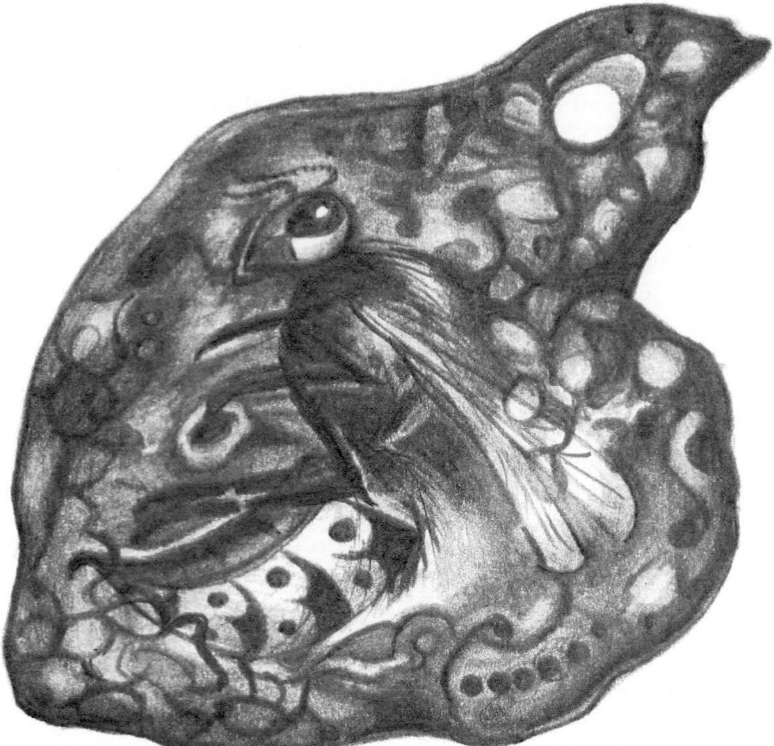

Östlich der Trollberge lag das Bernsteinland, an dessen Strände das Gläserne Meer brandete. Neben einer unvorstellbaren Menge an Quarzsand spülten die rauschenden Wogen Bernsteine in Hülle und Fülle ans Ufer. Die Zwerge, die im Bernsteinland lebten – ein bewaldetes und felsiges Gebiet – brauchten bloß einen Strandspaziergang zu machen, um die Kostbarkeiten aufzulesen. So kam es, dass sie allesamt Kunsthandwerker wurden und die schönsten Dinge aus Bernstein fertigten.

Natürlich gibt es Ausnahmen von der Regel, auch bei den Zwergen:

Eisenbart war anders als all die anderen seines Volkes. Während die meisten Zwerge Wert darauf legten, in gläsernen Betten zu schlafen, von Bernsteintellern zu essen und in Quarzsandburgen zu wohnen, stand Eisenbart der Sinn nach Forschung. Er wollte in die Welt hinaus ziehen, um ihren Geheimnissen auf die Spur zu kommen. Für die Reise nahm er leere Glasflaschen und Röhrchen mit, um interessante Fundstücke darin unterbringen zu können. Außerdem trug er immer einen besonderen Bernstein bei sich, den er gefunden hatte, war er doch der einzige, der sein Interesse wecken konnte, weil darin eine Grimbienenkönigin eingeschlossen war.

Zuerst überwand Eisenbart die Trollberge, was kein leichtes Unterfangen war für einen Zwerg, denn die Trolle waren immer hungrig und sie witterten Zwerge schon auf weite Distanzen. Doch er machte seinen Weg; vielleicht stand der Wind einfach zu dieser Zeit besonders günstig. Nachdem Eisenbart also die Trollberge hinter sich gelassen hatte, kam er in den Grimwald, wo ihm eine solche Vielfalt an Leben begegnete, dass er sein Lager aufschlug, um Untersuchungen anzustellen.

Den Forschergeist brachten seine Entdeckungen unausweichlich dem Herzen des Grimwalds nahe. Aber erst als er den Stollen zur Tönenden Höhle entdeckte, fand er eine Möglichkeit, diesen Ort unbeschadet zu umgehen. Auf einem seiner Streifzüge durch das Stollensystem fand er eine junge Füchsin, von der Mutter verlassen. Er nahm sie mit sich, gab ihr den Namen Ratri, was *Göttin der Nacht* bedeutet, und machte sie zu seiner rechten Hand. Seither bestand ihre Aufgabe darin, Hilfesuchende durch das Stollensystem zu führen.

Nach all den Jahren im Grimwald war Eisenbarts Lager einer festen Hütte aus Ästen und Birkenrinde gewichen, worin er seine umfangreiche Sammlung untergebracht hatte. Am Boden lagen Stapel von Pflanzenstudien, die er mit Tinte auf gepresste Blätter gezeichnet oder in frische Rinden geritzt hatte. Gegen allerlei Krankheit hatte er verschiedene Mittel, ob es nun Harzsalbe gegen Geschwulste war, oder

Pulver aus Quittenkernen, ein blutstillendes Mittel. Gegen Fieber gab es wahlweise Stoffbeutel gefüllt mit Schafgarbe, Pulver aus Maikäferköpfen oder Tee aus Schlüsselblumen und Schlehenblüten. Getrocknete Pflanzenteile und Samen häuften sich in Körben oder Holzschalen und überall standen Glasfläschchen, befüllt mit Kräuterauszügen, Lebenselixieren und Giften. Am Korken jeder Flasche wies ein Schild auf Inhalt, Wirkungsweise und Dosierung der Mittel hin.

In einem breiten Käfig, der unter dem Dach hing, hockten Grimwachteln und schnatterten.

Inmitten dieses Sammelsuriums saß Eisenbart auf dem Fell eines Wildschweins, das ebenso borstig war wie sein Bart. Während er in der rechten Hand, die mit Zeichen aus Ruß bemalt war, eine rauchende Pfeife hatte, sortierte er mit der anderen getrocknete Holunderbeeren und Vogelbeeren in Schalen – hier schwarz, da rot. Er genoss das Feuer neben sich im Lehmkamin, bis es plötzlich an der Tür kratzte und vernehmbares Jaulen ertönte.

„Ratri!" Mißmutig vor sich hin murmelnd klopfte er die Pfeife aus. Dem Verhalten der Füchsin nach zu urteilen, war es eilig, da blieb keine Zeit für Gemütlichkeit.

Der Zwerg steckte den Kopf aus der Tür: „Hast du mal wieder so einen Unglücksvogel hier angeschleppt?", brummte er. „Aha, wohl einen Kobold? Lange keinen mehr aus dem Volk getroffen. Was ist los mit ihm, Ratri?"

Die Füchsin stieß Nimrod, den sie vor sich auf den Boden gelegt hatte, mit der Schnauze an. Weil er sich nicht bewegte, hob der Zwerg ihn vorsichtig auf, um ihn in die Hütte zu bringen. Ein Kinderspiel, denn Nimrod war nur halb so groß wie er selbst. Um Platz zu schaffen, trat er die Schalen beiseite, dass die Beeren nur so in alle Richtungen über den festen Sandboden kullerten. Nachdem er den Kobold auf das Wildschweinfell gelegt hatte, untersuchte er ihn eingehend und fand oberhalb des Stiefelschafts an seinem rechten Bein die Bissverletzung, die bereits stark angeschwollen und scharlachrot war.

„Höhlenwurm!", knurrte er. „Hoffe, warst schnell genug, Ratri."

Die Füchsin ihrerseits war draußen geblieben und winselte leise.

„Bist sicher gerannt wie ein roter Wirbelwind." Während er das sagte, zog er dem Patienten mit Mühe den Stiefel aus. Anschließend stellte er dessen Bein ruhig. Erst dann suchte er unter den Elixieren nach einer speziellen Flasche.

„Wo ist sie denn hin? Hagars Donner! Mir kocht gleich der Topf über, wenn ich's nicht find!" Dann sah Eisenbart sich kurz zum Kobold um, und weil der röchelte und mit den Gliedmaßen zuckte, suchte er hitzig weiter. „Finsteres Loch! Stockdunkel wie in 'nem Trolla... Ah! Da ist es ja! Oh nein, Schierling, der alte Staubfänger. Nichts zu finden. Und hier? Drachenkraut, auch 'n Fehlgriff."

Langsam geriet er ins Schwitzen. „Ist das Höhlenwurm-Gegengift etwa in der Versenkung verschwunden? Alles andere stellt sich zur Schau, lüftet das Hütchen, hier die Dame Tollkirsche, da der Herr Teufelskralle und hier ...? Eberwurz! Aber nicht was ich suche..." Plötzlich, er hatte einen Geistesblitz, schlug er sich vor die Stirn. „Jetzt weiß ich's ...!" Er lief hinüber zu einem großen Bottich mit Wasserpflanzen, in dem Blutegel schwammen, olivfarben mit roten Längsstreifen. Daneben stand ein schlankes Fläschchen mit der Aufschrift:

Hirudin, Höhlenwurmgegengift. „Heute doch erst abgezapft!", sagte er zu sich selbst, während er die Dosierung überdachte: „Höhlenwurm-Gegengift, drei Tropfen unverdünnt ... drei Tropfen? Da nehme ich für dich wohl lieber einen Tropfen."

Vorsichtig träufelte er Nimrod das Gegengift in den Mund. Und jetzt fehlte nur noch eines: Von den Steinen, die auf dem Kaminsims lagen, nahm er sich den Serpentin, der grün war und schwarze Punkte hatte. Eisenbart warf ihn in die Glut, wartete kurz, um ihn anschließend mit einer kleinen Eisenschaufel wieder herauszuholen. Der Serpentin sollte dem Patienten zusätzlich Linderung verschaffen. Nach einigen Augenblicken prüfte er, ob die richtige Temperatur erreicht war. So war es und er konnte ihn dem Kobold auf die Bissverletzung legen.

Nun hieß es abwarten und Pfeife rauchen. Eisenbart stopfte neuen Tabak und schon nach kurzer Zeit sammelte sich so viel dicker, würziger

Rauch unter dem Rindendach, dass sich die Grimwachteln trillernd und pfeifend beschweren mussten.

„Gebt Ruhe!“, murrte da der Zwerg und zwischen kräftigen Zügen an der Pfeife flößte er dem Kobold Lebenselixier ein. So verbrachte Eisenbart Stunde um Stunde bei seinem Patienten. Allmählich, die Nacht war längst hereingebrochen, besserte sich sein Zustand. Als er nun endlich ruhig und gleichmäßig atmete, warf Eisenbart neue Holzscheite in den Kamin, gab den Grimwachteln Vogelbeeren und holte Ratri herein.

„Ich suche etwas Essbares, der Kobold braucht es, wenn er aufwacht. Bin vor Tagesanbruch zurück. Achte auf ihn!“ Mit den Worten verließ er die Hütte. Die Füchsin aber legte sich zum Kobold, um seinen Körper mit ihrer Lunte zu wärmen, so wie sie es auch in den letzten Nächten immer getan hatte.

Als Nimrod am nächsten Morgen die Augen aufschlug, fand er sich zu seiner Verwunderung in einer Hütte auf einem Wildschweinfell liegend wieder. Über ihm im kalten Rauch standen ein paar Schwebfliegen.

„Ratri? Wo bist du?“, keuchte er, sich langsam aufrichtend. Aber so sehr er sich mühte und schaute, er sah sie nicht.

„Hat dir‘s Leben gerettet“, erhielt er zur Antwort von einer rauchigen Stimme und aus einer Ecke der Hütte trat ein Zwerg zu ihm hin. „Sie ist hungrig, auf Jagd.“

„Das Leben gerettet?“ Verwirrt fuhr Nimrod sich mit der Hand an den Kopf und ließ sich wieder auf das Fell sinken. „Was ist denn passiert?“ Er hustete.

„Kann ich dir verraten: Hast die Bekanntschaft mit einem Höhlenwurm gemacht.“

„Höhlenwurm?“ Nimrod runzelte die Stirn und erntete blitzartige Kopfschmerzen.

„Mit seinem Biss hat er dich lahmgelegt. Warst schon mit einem Fuß im Grab. Aber Ratri, die hat Mumm, war schnell genug für‘s Gegengift.“

„Wo bin ich hier eigentlich?“, wollte Nimrod wissen. Er spürte, wie der Boden leicht vibrierte. Auch hier war das dumpfe Wummern zu hören, das ihn in den letzten Tagen verfolgt hatte.

„In Eisenbarts Hütte."

„Ich erinnere mich kaum an etwas."

„An deinen Namen vielleicht?"

„Nimrod."

„Warst bewusstlos, Nimrod. Außerdem ist Gedächtnisverlust eine Nebenwirkung des Wurmgifts. Erinnerst dich bald. Wie sieht die Wunde aus? Lass sehen!" Als sich nun Eisenbart zu ihm hinunterbeugte, um den Zustand seines Beins zu untersuchen, da rutschten ihm zwei Amulette aus dem Hemdkragen, die vor Nimrods Nase baumelten. Das erste war ein Bernstein mit einer Grimbienenkönigin darin, das zweite aber war ein ihm wohl bekanntes Ding. Danach griff Nimrod.

„Was machst du denn mit meinem Magoi?", rief er aufgeregt. Schlagartig war seine Schwäche wie weggeblasen und die Erinnerung explodierte regelrecht in seinem Kopf.

Eisenbart riss ihm den Magoi aus der Hand, um ihn wieder in seinem Kragen zu verschwinden zu lassen. „Dir gehört er nicht!", sagte er barsch.

„Sehr wohl gehört er mir", ereiferte sich Nimrod. „Und du hast ihn mir gestohlen, als ich wehrlos war! Als ich hier am Boden lag und mit dem Tod kämpfte."

Eisenbart zog ärgerlich die Stirn in Falten: „Teufelszinken noch mal! Ich war es doch, der mit dem Tod um dein Leben gerungen hat, du undankbarer Nickel!"

„Ich will das Amulett zurück! Es ist meins. Und wenn du einen Lohn für meine Rettung willst, dann müssen wir uns auf etwas anderes einigen."

„Sagte schon: Es gehört mir. Außerdem hattest du kein Amulett bei dir!"

„Ich hatte den Magoi in mein Bündel gesteckt, das hier liegt." Nimrod griff neben das Fell, nahm das Tuch und während er am Knoten zerrte, erklärte er: „Hier drin war er …" Und wie, um ihn zu verspotten, purzelte der Magoi heraus. „Hier *ist* er?" Fragend nahm er ihn an sich.

Und als er sich das Rätsel beantwortet hatte, fragte er: „Was für ein Amulett ist es denn, das du da um den Hals hast, Eisenbart?"

Weil der Zwerg nicht antwortete, wiederholte er die Frage mit Nachdruck: *„Was für ein Amulett hast du da um den Hals?"*

In dem Moment, da Eisenbart es nun wortlos zeigte, bewahrheitete sich Nimrods Befürchtung: Es war der Sonnenmagoi!

Ohne zu wissen, was er eigentlich tat, ging er auf den Zwerg los, boxte ihn in den Bauch, denn höher reichte er nicht heran. „Was hast du mit ihm gemacht!", schrie er. „Was hast du mit ihm gemacht?"

„Halt an dich, du Verrückter!" Eisenbart schob Nimrod von sich und drückte ihn auf das Wildschweinfell herunter. „So was wie dich hat der Feuertroll noch nicht gesehen!"

Nimrod, der fast erstickte unter Eisenbarts Gewicht, presste noch einmal hervor: „Was hast du mit ihm gemacht?"

„Von wem redest du?", rätselte Eisenbart.

„Was hast du mit dem gemacht, von dem du dieses Amulett hast!", ächzte Nimrod.

„Hab's von einem Toten."

„VATER IST TOT? HAST DU IHN UMGEBRACHT?"

„Dein Vater?" Eisenbart ließ von ihm ab und deutete mit rußgeschwärztem Zeigefinger auf den am Boden Liegenden. „Wenn er dein Vater war, sage ich jetzt nichts darüber ... Später ... Ruh dich erst aus!"

„Ausruhen?", schrie Nimrod auf. „Wie kommst du denn bloß darauf, dass ich ausruhen könnte? Jetzt, da ich von seinem Tod erfahren habe. Du sagst mir jetzt sofort, was es mit der ganzen Sache hier auf sich hat!"

Der Zwerg fuhr sich über den Bart. „Erst beim Essen! Du musst essen!"

Weil Eisenbart sich weigerte, noch irgendetwas zu sagen, setzte Nimrod sich an den Tisch. Aber er ließ den Zwerg nicht einen Moment aus den Augen. Er beobachtete, wie Eisenbart zwei Teller auftrug mit Froscheiern, Nüssen, Beeren und Fledermausfleisch darauf, sich hinsetzte und mit Heißhunger aß. Als er fertig war, steckte er den Tabak in seiner Pfeife an und paffte in aller Seelenruhe Rauchringe, so als sei gar nichts geschehen. Nimrod, dessen Kopf eben über den Tellerrand reichte, wandte endlich den Blick von ihm ab und starrte auf das Fledermausfleisch vor sich.

„Sei nicht zimperlich, greif zu!", sagte Eisenbart.

Weil Nimrod aber nach essen wirklich nicht zu Mute war, schüttelte er bloß den Kopf.

„Willst wissen," schmauchte Eisenbart, „warum dein Vater mir das Amulett gegeben hat."

Nimrod schnaufte verächtlich. „Von *geben* kann wohl kaum die Rede sein, *stehlen* trifft es da wohl eher."

„Keine solchen Behauptungen! Habe es gegen ein Heilkraut getauscht, das ihm mehr Wert war."

„Mehr Wert? Es kostete ihn sein Leben!", warf Nimrod ein. „Wusstest du denn nicht, dass er mit dem Kraut meine Schwester retten wollte? Was sollte es ihm wohl nützen, ohne den Magoi? Weißt du, was *ich* glaube? Ich glaube, du lügst."

„Aufgedrängt hat er es mir, weil er mich für das Kraut unbedingt entlohnen wollte. Als ich die Ausrüstung zusammenpackte, um ihn durch die Stollen zu führen, sollte er warten. Aber der? Hals über Kopf ist er losgerannt, geradewegs in den Tod, ins Herz des Grimwalds. Von da ist noch nie jemand zurückgekehrt."

Obwohl Nimrod es schon lange geahnt und Mollis ständig vorgebetet hatte, traf es ihn doch mit ungebremster Wucht: Elias war tot ... Er wurde leichenblass, begann zu zittern und fühlte sich mit einem Mal von unendlicher Müdigkeit erfasst.

„Leg dich hin! Hast ja nichts gegessen! Dauert noch, bis es dir besser geht."

„Ich muss aber weiter", sagte Nimrod schwach.

„Bleibst gefälligst da!", befahl Eisenbart.

„Ich denk ja gar nicht dran." Nimrod stand schon vom Stuhl auf, was ihn zuviel Kraft kostete. Seine Augäpfel drehten sich nach innen und er fiel der Länge nach hin.

Erst mitten in der Nacht wurde er wieder wach, denn der Hunger machte sich bemerkbar. Eisenbart schlief auf seinem Lager und als die Glut im Kamin zusammenfiel, züngelten neue Flammen empor. Dieses Licht nutzte Nimrod, um leise aufzustehen und nach seinen Habseligkeiten zu suchen. Als er alles gefunden hatte, entdeckte er auf dem Tisch noch die Reste des Essens, von dem er schnell noch Nüsse, Beeren und Brot einpackte. Ein Stück zähes Fledermausfleisch stopfte er hastig in sich hinein, und ignorierte den aufkommenden Würgreiz, denn der Hunger brachte ihn fast um. Seit drei Tagen hatte er nämlich nichts gegessen. Als er noch auf dem Fledermausfleisch herumkaute, machte sich Eisenbart durch lautstarkes Schnarchen bemerkbar. Er lag auf dem Rücken und auf seiner Brust, im schwächer werdenden Feuerschein, glänzte der Sonnenmagoi.

Nimrod schlich heran, um zu sehen, ob es eine Möglichkeit gab, unbemerkt an das Amulett heranzukommen. Vorsichtig streckte er die Hand aus, berührte den bronzenen Drachenkörper und bemerkte ebenda, dass dieser Magoi etwas größer war als der eigene – was Ibrahims Vermutung bestätigte, dass sie sich ihrem Träger anpassten. In diesem Fall war das zwar Eisenbart, doch Nimrod war der Ansicht, dass es ihm nicht zustand, ihn zu besitzen. Und er wusste, dass er die Hütte nicht ohne diesen Magoi verlassen wollte. Bloß wie sollte er herankommen an ihn? Das war nicht im Handumdrehen zu machen. Nur eine Möglichkeit gab es: Eisenbart musste noch tiefer schlafen. Vielleicht fand er ein passendes Elixier, um das zu erreichen. Er schlich auf Zehenspitzen in der Hütte herum und entdeckte nach einer Weile eine wässrige Lösung in einem eckigen Fläschchen, das er zwischen denen auf der Fensterbank gefunden hatte. Es schien ihm das geeignete Mittel für seinen Plan, da es *Schlafnuss* hieß.

Weil das Feuer schon weit heruntergebrannt war, konnte Nimrod die Schrift auf der Rückseite des Zettels, der am Fläschchen hing, nicht mehr entziffern. Und es war ihm unmöglich die Tropfen zu zählen, die er Eisenbart in den Rachen träufelte. Er gab bloß Acht darauf, dass der Zwerg die Flüssigkeit auch hinunterschluckte.

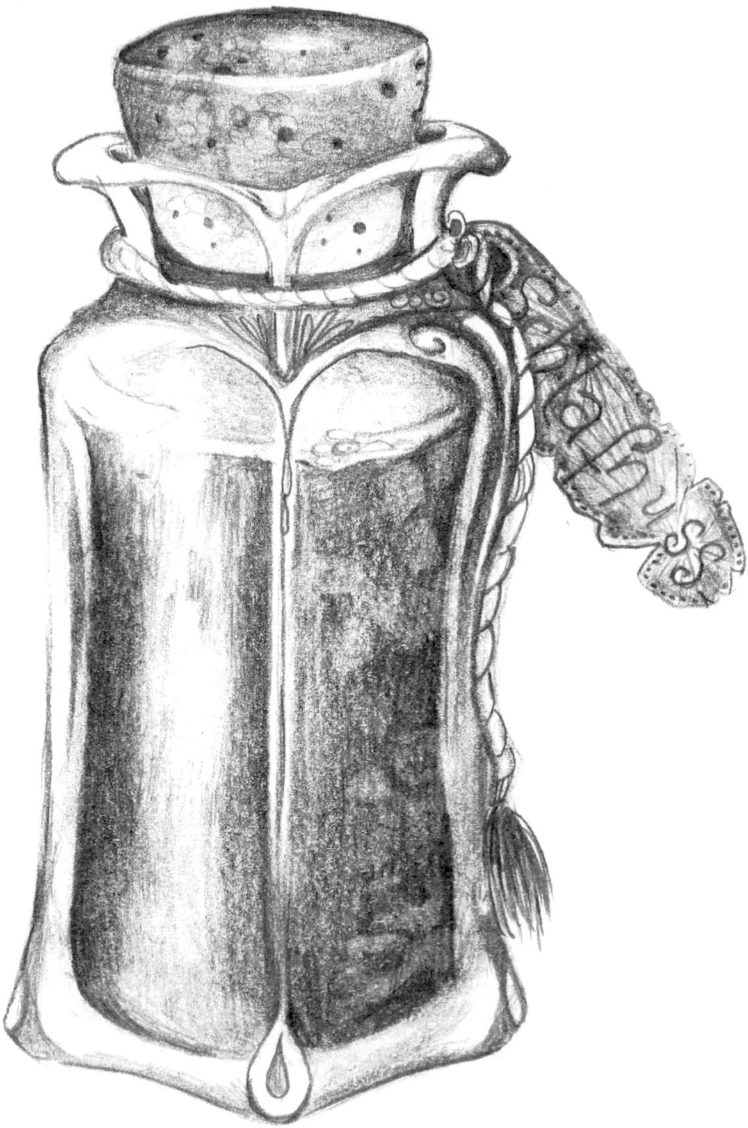

Danach stellte er das Fläschchen auf dem Boden ab, wartete einen Moment, bis er den Magoi schließlich von der Brust des Zwerges zu nehmen wagte. Das Amulett war schwerer als gedacht und er hatte Mühe, es über Eisenbarts Kopf zu heben. In der Bewegung fror Nimrod aber plötzlich ein, als das Schnarchen des Zwerges verebbte.

War er etwa wach geworden?

Bebend wartete Nimrod ab. Zu seiner Erleichterung setzte Eisenbart bald wieder mit dem Schnarchen ein und er konnte die Kette des Amuletts langsam unter seinem Hinterkopf hervorziehen. Gerade glaubte er das Kleinod sicher, da öffnete der Zwerg die Augen und packte seine Hand. Der schmerzhafte Griff durchzuckte Nimrods gesamten Arm und er ließ den Magoi wieder fallen.

„Du Trollbraten!", gurgelte Eisenbart, der ihn weit von sich schob. Nimrod geriet ins Straucheln, fing sich aber schnell wieder. „Es ist falsch, dass du ihn hast! Er gehört dir nicht!" Kaum hatte er das ausgerufen, da fiel Eisenbart ihm vor die Füße. Umständlich kam er wieder auf die Knie, zitternd vor Schwäche. „Was ... Was hast du mit mir gemacht?" Obwohl er so schwach war, konnte er noch eins und eins zusammenzählen:

„Hast du mir etwa Gift gegeben?"

Nimrod presste die Lippen aufeinander. Er wollte nicht antworten. Schließlich aber murmelte er: „Nein." Er deutete auf das Fläschchen am Boden, das umgestürzt und ausgelaufen war. „Das da."

Eisenbart riss es an sich und roch daran. „Bittermandel!", sagte er heiser. „Ist das etwa Schlafnuss? Hast du gedacht, Schlafnuss sei ein Schlafmittel, ja?" Inzwischen hatte der Zwerg panikweite Augen. „Wie viel? Wie viel davon hast du mir gegeben?"

„Was weiß denn ich?", schrie Nimrod gepresst. Sein Hals schnürte sich zusammen, vor lauter Scham darüber, was er angerichtet hatte.

„Zu viel Blausäure, viel zu viel Blausäure! Lausiger Nickel!" Eisenbart atmete, als habe er Steine auf der Brust. Nachdem er aufgestanden war, schwankte er durch die Hütte, wobei er ein Regal umriss. Die Fläschchen, die er darin aufbewahrt hatte, stürzten in Scherben. Und im Nu erfüllte ein beißender Geruch den Raum, weil einige der austretenden Flüssigkeiten sofort miteinander reagiert hatten.

„Meine Arbeit von Jahrzehnten!", sprach Eisenbart verzweifelt, während er sich an den Bottich mit den Blutegeln klammerte. Und bevor er zu Boden stürzte, ließ er den Magoi hineinfallen.

„NEIN!", rief Nimrod. Ohne nachzudenken, hängte er sich über den Rand des Bottichs, der fast so hoch war, wie er selbst lang. Die Blutegel erspürten sofort seine Bewegungen im Wasser bei seinem Versuch, an den Magoi zu gelangen. Als er kopfüber zwischen ihren schlängelnden Körpern steckte, hatte sich einer von ihnen im Nu mit dem Saugnapf an sein Gesicht geheftet. Nimrod wühlte im Schlamm auf dem Grund des Bottichs herum, bis er das Amulett endlich zu fassen bekam. Da fuhr er aus dem Wasser hoch, warf den Magoi auf den Boden, riss sich mit beiden Händen einen Blutegel von der Wange, bevor der die Zähne hineingraben konnte und warf ihn zurück in den Bottich. Keuchend und triefend hob er den Magoi auf, rannte dann an Eisenbart vorbei zur Tür. Als er sie öffnete, sprang Ratri zur Seite, die dahinter gelegen hatte. Offensichtlich war ihr nicht entgangen, dass in der Hütte etwas Ungewöhnliches passiert war, was ihr verzweifelter Blick verriet.

Tiefe Schamesröte schoss Nimrod ins Gesicht, als er sagte: „Ich muss weiter. Ich kann nicht mehr hier bleiben, verstehst du?" Unsicher sah er sich nach Eisenbart um, der sich kaum noch rührte. „Es wird ihm schon nichts passiert sein. Sicher wacht er morgen mit Kopfschmerzen auf und das war's. Er kennt sich doch aus mit seinen Elixieren."

„Aber du nicht!", las er in den Augen der winselnden Füchsin.

Nein, er konnte es ihr nicht antun, sie mit all dem allein zu lassen. „Ach! Na also schön, du hast ja recht." Er ließ die Schultern hängen und marschierte zurück.

Weil einige der Flüssigkeiten durch ihre Reaktion miteinander ein phosphoreszierendes Leuchten hatten entstehen lassen, konnte Nimrod nun das volle Ausmaß der Bescherung erkennen, die er verursacht hatte: Überall zerschlagene Flaschen und Gefäße, deren Inhalte über den halben Hüttenboden verstreut waren, umgestürzte Möbel. Lachen von Flüssigkeiten, die bestialisch stanken, und inmitten dieses Höllendurcheinanders wurde Eisenbart von einem Krampfanfall geschüttelt. Insgesamt machte das alles keinen harmlosen Eindruck mehr auf Nimrod. Er hatte den Zwerg vergiftet, der ihm das Leben gerettet hatte. Aus Reue fasste er den Entschluss, ihm nun ebenfalls zu helfen, mit allem, was in seiner Macht stand. Um bessere Sicht bemüht, rannte er zum Kamin und nahm einen Stock aus dem Holzvorrat, den er in die Glut steckte. Er brannte gerade lang genug, um eine Laterne ausfindig zu machen, die er damit anzünden konnte. Mit dem Licht in der Hand ging er zögerlich zu Eisenbart hinüber und setzte sich neben ihn auf den Boden. Die Laterne stellte er ab und hielt mit beiden Händen den Kopf des Zwerges fest, bis der Krampf endlich vorüber war.

Ein Versuch ihn aufzurichten, schlug fehl, weil der Zwerg zu groß und zu schwer für Nimrod war. Es musste eine andere Möglichkeit geben, ihm zu helfen. Mit der Hoffnung, die Kiste in der Ecke beinhalte ein Gegengift, schleifte er sie zu sich heran und suchte so hitzig, dass die Fläschchen klimperten. Nichts. Wahrscheinlich war das Gegengift unter den Elixieren, die auf dem Boden zerflossen waren. Oder es gab schlicht und einfach keins. Nimrod rieb sich über das Gesicht.

„Ich sollte auch lieber keine Medizin mehr verteilen“, dachte er bei sich, war doch sein erster Versuch nicht gerade von Erfolg gekrönt gewesen. Verzagt nahm er die Laterne hoch und richtete ihr Licht auf das Zwergengesicht. Inzwischen war Eisenbart ohnmächtig und hatte Schaum vor dem Mund.

Nimrod griff sich an die Stirn. „WAS MACH ICH DENN JETZT? WAS BLOß?“, rief er aus.

Einfach alles war aus den Fugen geraten.

Ratri, die draußen geblieben war, lief jaulend vor der Tür auf und ab, nachdem sie den panischen Ruf des Kobolds gehört hatte.

„Ist schon gut! Es wird schon“, raunte Nimrod ihr zu. In Wirklichkeit aber, das musste er sich eingestehen, war nichts gut. Eisenbart starb hin, und er war sein Mörder. Er, Nimrod, ein Mörder! Wie hatte es bloß dahin kommen können?

„Verdammt!“, schrie er und hämmerte auf Eisenbarts Brust ein.

„Wach auf! Wach verdammt nochmal auf!“ Eisenbart hustete noch einmal, bevor sein Kopf zur Seite fiel, die Augen starr.

„NEIN!“, flehte Nimrod. „STIRB NICHT! Was hab ich bloß gemacht? Und das alles wegen ...“

Da kam ihm plötzlich ein Gedanke:

„Der Sonnenmagoi! Er ist ein Heiler“, murmelte er und legte ihn vorsichtig auf Eisenbarts Brust. „Dann mach schon, heile ihn!“

Aber alle Hoffnung schien umsonst, denn nichts tat sich.

„Bitte heile ihn! Mach schon, heile ihn!“

Der Sonnenmagoi aber tat noch immer nichts – wie zu erwarten, war dieser ebenso unzuverlässig wie sein eigener – deshalb legte Nimrod auch den noch dazu. Vielleicht machten die Magoi gern gemeinsame Sache.

„Ich habe Eisenbart Unrecht getan. Bitte heilt ihn, denn ich allein bin machtlos“, sagte er halblaut.

Nach bangen Momenten des Wartens setzte Eisenbarts Atmung schließlich ganz aus.

Nimrod war wie vom Donner gerührt. Sein Retter war tot! Gestorben durch seine Hand ...

Da stürzte alles Unglück Grims auf den Kobold ein. Er fühlte sich, als würde er zerdrückt von der Last und auf die Größe einer Erbse zusammengepresst. DU BIST EIN MÖRDER hallte es durch seinen Kopf. DU BIST EIN MÖRDER!

Aber schon einen Augenblick später kam die Erlösung, denn es tat sich etwas. Die Magoi erglühten!

Während der größere Sonnenmagoi ein wärmendes rotgoldenes Licht verströmte, ließ der Mondmagoi sein grünes beruhigendes Leuchten so lange über den starren Körper Eisenbarts fließen, bis endlich seine Atmung wieder einsetzte.

Bald erwachte der Zwerg mit heftigen Kopfschmerzen, sonst fehlte ihm nichts.

Und Nimrod? Der heulte vor Erleichterung.

„Gib!“, stöhnte Eisenbart, den glasigen Blick auf ihn gerichtet. „Gib mir Salmiakgeist! Schnell! Da ist er, im Kasten."

Und Nimrod gab ihm das Mittel. Nachdem der Zwerg davon getrunken hatte, setzte er sich auf, lehnte sich an sein Lager, sah den Kobold an und sagte hohl: „Ich mach das hier nicht zum Spaß. Die Abgründe im Grimwald sind tief. Gibt viele wie dich, die übers Ziel hinausschießen. Ich predige zu tauben Ohren. Auch du wirst zurückkommen, um den Tod zu finden, obwohl ich dir das Leben gerettet habe. Du hast in Kauf genommen, dass ich sterbe, du dummer Nickel! Ich weiß, dass dich die Liebe antreibt. Bist nicht anders als dein Vater. Aber schau links und rechts des Weges, sonst wirst du – auch nicht anders als dein Vater – ins Verderben rennen. Und die Abgründe im Grimwald sind tief, wie ich sagte, tief." Eisenbart holte Atem. „So, jetzt machst du die Hütte sauber. So gründlich, dass sich Ratri wieder hereintraut. Und bedenke: Sie hat eine feine Nase."

Ohne Widerspruch räumte und scheuerte Nimrod alles sauber, fegte und polierte, tat was er konnte, um den Schaden, den er angerichtet hatte wenigstens etwas einzudämmen. Als am Ende des Tages alles geschafft war, steckte sich der Zwerg eine Pfeife an, schenkte sich einen Wermut ein und rief ihn zu sich. Er musterte ihn quälende Augenblicke lang. Dann legte er die Magoi auf den Tisch und sprach: „Kobold, nimm sie hin!"

„Was?", sagte Nimrod, denn er glaubte nicht, was er gehört hatte. „Wirklich? Ich meine, bist du ..."

„Red' nicht lang!", donnerte der Zwerg. Und da nahm Nimrod sie an sich. Zuerst den Mondmagoi, den er sich sogleich umlegte, darauf – etwas zögerlicher – den Sonnenmagoi. Und siehe da! Wie von Geisterhand schrumpfte er auf dieselbe Größe wie der Mondmagoi. Nun gehörte er rechtmäßig ihm. Er blickte glücklich zu Eisenbart auf, den Sonnenmagoi in der Hand schmeichelnd, dann hob er an, um etwas zu sagen: „Ich dank ..."

Doch er wurde jäh unterbrochen durch einen Zornesausbruch des Zwerges: „Weder erwarte ich Dank noch Entschuldigung, nur eines erwarte ich: Lass dich hier nie wieder blicken! Hast du mich verstanden?"

23. Grillen

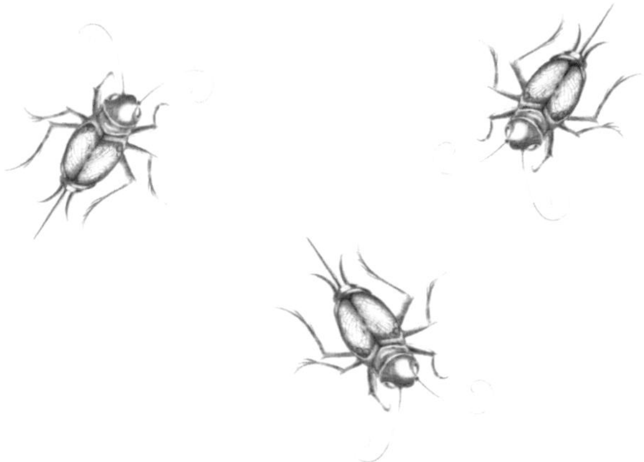

Der Alte wunderte sich sehr, war doch wohl eine neue Sitte aufgekommen, die hieß: Stell-dich-ein bei Ibrahim. Gegen alles Zutun war er vom Einsiedler zum willkommenen Gesellschafter geworden. Baca hatte Randan mit der Zwergziegenherde über den Winter allein gelassen, damit sie Mollis beistehen konnte.

Um sich nun aber vor einer längst überfälligen Aussprache zu drücken, hatten sie beschlossen, den Alten in der Bibliothek zu besuchen. Man ahnt vielleicht, wie sehr Ibrahim darüber in Hektik geriet – gleich zwei Besucher auf einmal! Er besaß nicht einmal so viele Sitzgelegenheiten. Also musste er ein aus einer Ruine stammendes Nadelkissen herausräumen, das er als Fußhocker benutzt und inzwischen längst in Pension geschickt hatte. Baca störte sich nicht daran, zumindest tat sie so. Als sie nun so beisammen saßen, bemerkte er die gespannte Wortlosigkeit zwischen den Koboldfrauen. Intuitiv wusste er, dass hier nichts anderes gefragt war, als sein Erzähltalent. Nach einem tollkühnen Sprung aus dem Sessel schlug er vor: „Ich mache eine Lesestunde für euch, was meint ihr?“ Auf dem Weg zum Regal rief er: „Womit könnte ich euch erfreuen? Vielleicht mit einer Ballade?“ Gar nicht erst auf Zustimmung wartend, zog er ein Buch hervor, das so groß war wie er selbst. Nachdem er es auf den Boden hatte stürzen lassen, verschwand er zeitweilig in einer Staubwolke. Das folgende Gekicher der Koboldfrauen war ein Ohrenschmaus für den Alten, der dadurch zu seiner Höchstform auflief. Er verschränkte die Finger gegeneinander und ließ sie knacken, bevor er das Buch aufblätterte, als sei es die größte Kostbarkeit unter der Glaskuppel. Dann räusperte er sich und begann zu lesen. Zwischendurch improvisierte er ein kleines Schauspiel, was einen kaum zu überbietenden Applaus erntete.

Sobald Ibrahim geendet hatte und wieder bei Mollis und Baca saß, wurde die Stimmung nachdenklich, fast still. Vielleicht waren die Grillen zurückgekommen, vermutete er. Und er vermutete richtig: Die Grillen, das waren Grübeleien, die Baca wiederholt plagten. Und Ibrahim fand, dass sie so gar nicht zueinander passen wollten, diese hübsche Koboldfrau und ihre finsteren Grillen. Manchmal sah man sie regelrecht, wenn sie die Haare offen trug, so wie heute. Sie waren wie Schatten, die sich unabhängig von Baca um ihren Kopf bewegten, und er meinte vier von ihnen gezählt zu haben.

Als Baca bemerkte, dass sie von Ibrahim mit dieser gewissen Frage im Blick angesehen wurde, begann sie: „Seit Vater tot ist, habe ich viel über etwas nachgedacht ...“ Sie deutete die Regale hinauf. „Kennt eines dieser Bücher den Sinn des Lebens?“

„Ehrlich gesagt, sind sie darum bemüht, dem Leben einen Sinn zu verleihen oder einen Sinn zu finden“, sprach Ibrahim, der im Sessel herunterrutschte. „Die Erklärungsversuche sind zahllos.“ Er fuhr sich über den Bart. „So zahllos wie ...“ – Parzivals Piepsen unterbrach ihn. Die Maus streckte eben die Nase um ein dickes Buch.

„AH!“ Ibrahim richtete sich auf, um über die Armlehne zu sehen. „Ihr entschuldigt sicher! Ich habe die Zeit ganz verschwitzt, das Raubtier wartet auf Futter.“ Er erhob sich und schlurfte in die Küchennische.

Dort zog er den Vorhang am Regal beiseite und machte sich auf die Suche nach der Papiertüte mit Parzivals Körnchen. Dabei fiel sein Blick auf ein noch ungeöffnetes Glas Grimtau, das er in die Hand nahm. Das verlockende Schimmern des bernsteinfarbenen Saftes, verleitete ihn dazu, den Koboldfrauen einen heimlichen Blick zuzuwerfen. Weil sie von Parzival abgelenkt waren, nutzte Ibrahim den unbeobachteten Moment, um den Deckel des Glases zu öffnen, aus dem süßer Duft strömte. Ibrahim tauchte den Finger bis auf den Boden des Glases, bevor er ihn langsam wieder herauszog und der Grimtau in appetitlichen Fäden herunterhing. Der Alte fing sie mit der Zunge auf, wonach er den Finger ganz in den Mund schob. „Hm!", machte er. Als er mit der Nascherei fertig war, schraubte er das Glas wieder zu und stellte es zurück, bevor er die Papiertüte aus dem Regal holte.

Die Maus, die das Knistern kannte, quiekte auf und hüpfte Ibrahim um die Beine. Sie beobachtete genau, wie er die Körner in eine Holzschale gab, die zwischen den Sesseln stand. Dann zwängte Parzival sich an seinen Beinen vorbei, schnupperte am Futter und legte zuerst zwei Körner zur Seite, worauf er eins nach dem anderen aufknabberte. Nachdem Ibrahim ihm behutsam den Kopf getätschelt hatte, setzte er sich wieder.

„Wo waren wir stehen geblieben ...?", fragte er. „Ah ja, es gibt zahllose Antworten auf die Frage nach dem Sinn des Lebens. So viele wie ..." Als sein Blick nun wieder auf Parzival fiel, endete er: „So viele Antworten gibt es wie Körner auf dem Feld."

„So viele?", rief Baca.

„Ach jetzt kommen die Grillen schon wieder", beschwerte sich Mollis, die auf die Armlehnen schlug, dass sie staubten.

„Für mich ist das eben wichtig", sagte Baca verstimmt. „Du machst dir ja über nichts Gedanken, ganz so, als gäbe es weder Vergangenheit noch Zukunft."

„Die gibt es für mich auch nicht!", sagte Mollis kurz und wandte den Blick Parzival zu.

Ibrahim stutzte. Mollis' Antwort war ihm ein Rätsel.

Nachdenklich kraulte er sich den Bart, doch diesmal brachte ihn das nicht weiter, weil seine Finger kleben blieben – an Grimtautropfen. *„Diese verfluchten kleinen Verräter!“*, dachte er.

Aber was beschwerte er sich? War er nicht selbst schuld? Verstohlen wischte er die Finger an der Hose ab. Die Vergangenheit holte ihn gerade ein. Die Schuld klebte an ihm wie der verflixte Grimtau. Und das alles nur wegen seiner Heimlichtuerei. Irgendwann musste er die Karten auf den Tisch legen.

Schweigend sahen nun alle drei auf Parzival, der inzwischen seine Mahlzeit fast beendet hatte, denn die Schale war leer. Mit Genuss fraß er gerade die zwei Körner, die er sich aufgespart hatte. Danach legte er sich zwischen die Sessel, um zu schlafen. *„Diese Maus ist einfach zu beneiden!“,* dachte Ibrahim. *„Sie lebt nur im Hier und Jetzt.“*

„DAS HIER UND JETZT!“, platzte er mit einem Mal heraus. „Möglicherweise hast du Recht, Mollis. Vielleicht ist das die Antwort, ganz einfach. Das *Hier und Jetzt,* mehr existiert nicht ...“ Und er blickte abwesend zum Fenster hinaus, wobei ihm die beiden Koboldfrauen aufmerksam zusahen. „Dieser Zustand, den wir Leben nennen, ist eigenartig“, flüsterte er beinahe, „weil er einfach nicht zu fassen ist. Eben Erlebtes ist schon im nächsten Augenblick Erinnerung; es ist geheimnisvoll, nicht wahr? Aber das Leben hat nicht bloß Geheimnisse, es hat diese eine – bisweilen verstörende, bisweilen tröstliche – Gewissheit: Es ist endlich, und das Wissen darum macht es kostbar.“

„Das soll ein Lebenssinn sein?“, fragte Baca, die mutlos ihre Schultern hängen ließ, um die herum die Grillen krabbelten. „Ich kann es nicht kostbar finden, das Leben.“

Jetzt wurde Mollis ärgerlich: „So denkst du, Baca? Wenn das dein Vater hören könnte, dann wäre er sicher sehr enttäuscht von dir.“

„Enttäuschung hier, Enttäuschung da! Mein ganzes Leben besteht doch bloß aus Enttäuschung und Schuld. Was könnte mir deiner Meinung nach daran wohl gefallen?“

„Baca! Ist es noch nicht genug?“, entgegnete Mollis. „Fang doch nicht wieder damit an. Niemand gibt dir an irgendetwas die Schuld.

Wir wollten dich retten, denn nichts war uns wichtiger als dein kleines Leben."

„Mein kleines Leben, ich verstehe!"

„Ist das noch zu fassen? Du weißt doch, was ich damit meine. Ibrahim, sag du doch mal was!"

„Was soll *ich* denn ...?" Weil die Aussprache endlich in Gang kam, wurde Ibrahim unruhig und er versuchte die Wogen durch einen ungeschickten Versuch wieder zu glätten: „Ähm, ähm Baca, hör lieber auf deine Mutter!"

Baca sah ihn giftig an, um nicht zu sagen gefährlich. Sie machte ihm Angst mit ihren Grillen. „Ja, zieht nur an einem Strang, ihr beiden", schimpfte sie. „Tut nur fein so, als sei ich noch ein Koboldbaby, dann müsst ihr euch auch nicht mir auseinandersetzen."

„Was soll man dazu noch sagen?", schnaufte Mollis.

Ibrahim schwitzte, obwohl es kalt war. Vielleicht sollte er noch etwas vorlesen? Aber den Gedanken verwarf er gleich wieder. Stattdessen fingerte er nach Mollis' Ehering, der in seiner Manteltasche steckte. Dann hielt er in Gedanken ein Zwiegespräch mit sich ab:

„Los, Ibrahim! Gib Mollis den Ring und sag ihr alles! Was kannst du schon verlieren? Mach dem Ganzen ein Ende. Schließlich hattest du schuld. Sag es Baca, mach schon!"

Stattdessen aber sagte er bloß: „Nun vertragt euch mal wieder!"

„Ich weiß doch, was alle denken", sagte Baca. „In Kleeweiden zeigen sie mit dem Finger auf mich und flüstern hinter vorgehaltener Hand. Ich hörte einmal, was sie mitleidig über mich sagen. Wisst ihr, was sie sagen? Tränensaat nennen sie mich."

„Was?", Mollis legte die Stirn in Falten. „Das hast du mir ja noch nie erzählt."

„Warum auch? Hörst ja nie zu. Jetzt kannst du dir wohl denken, warum ich mich da seit jeher fremd fühle. Fremd und unerwünscht. Niemand spricht mit mir und niemand interessiert sich wirklich für mich. Man geht mir sogar aus dem Weg. Wenn mir die Dorfgemeinschaft nicht die Schuld an Vaters Tod gibt, aus welchem Grund sollte sie mich meiden? Ich jedenfalls weiß es nicht.“ Ein fast unmerkliches Zucken ging um Mollis‘ Mundwinkel. Und da wusste Ibrahim, dass er nicht der Einzige in dieser Runde war, der ein Geheimnis bewahrte.

24. Fledermaus

Nun hatte Nimrod Eisenbart und Ratri verlassen, war gerade zwei Tage unterwegs, da meinte er, die größte Gefahr hinter sich zu wissen. Das dies nicht der Wirklichkeit entsprach, sollte er sehr bald erfahren. Vorerst suchte er sich einen guten Platz für eine Rast und wählte dafür das dicke Wurzelgeflecht eines Baumes. Nachdem er sich gesetzt hatte, zog er die Stiefel aus und gönnte seinen geschundenen Füßen ein warmes Bad im Regenwasser, das sich zwischen den Wurzeln gesammelt hatte. Nun lehnte er sich gegen den Stamm und schloss für einen Moment die Augen. Aber kaum hatte er sich entspannt, da schossen ihm Bilder von Eisenbart durch den Kopf, der sich wie ein Fisch auf dem Trockenen herumwälzte und nach Luft schnappte. Da fragte er sich nur einmal mehr, wie er es so weit auf die Spitze hatte treiben können. Er öffnete die Augen wieder und rieb sich über das Gesicht, bevor er nach dem Mondmagoi an seinem Hals griff. Er versuchte sein Gewissen zu beruhigen, indem er zu ihm sprach:

„Ich habe es doch eigentlich nur gemacht, weil der Sonnenmagoi meinem Vater gehört hat und er ihn nicht haben sollte. Nur deshalb. Und um Aura zu retten natürlich." Sobald das gesagt war, leuchtete der Mondmagoi brennend rot auf, und Nimrod überblickte sofort, weshalb dies seine Antwort war.

„Ja, ich weiß ja, du hast recht. Ich mach mir was vor. Besitzen wollte ich den Sonnenmagoi. Und weder Aura noch Elias waren mir in dem Augenblick wichtig." Nach diesen Worten wechselte der Stein in seinem Magoi die Farbe in gewohnte Smaragdgrün.

„Weißt du", hauchte Nimrod resigniert, „ich kenne mich selbst nicht mehr." Nun nahm er das Amulett langsam ab, betrachtete es aufmerksam und endete: „Ich sollte dich nicht ablegen, weil du mein einziger Schutz bist, aber es mag sein, dass du einen zu großen Einfluss auf mich hast."

Und nachdem er noch einmal über den Drachenleib gestreichelt hatte, steckte er ihn zu dem Sonnenmagoi in den Zaubersack. Als er beide zusammen verstaut hatte, wollte er die Erinnerungen an die unglücklichen Geschehnisse in Eisenbarts Hütte endgültig vertreiben, indem er sich mit etwas anderem beschäftigte: mit Essen.

Er durchwühlte den Proviant nach dem Fledermausfleisch, das Eisenbart ihm zum Abschied noch wortlos in die Hand gedrückt hatte. Es war trauerschwarz und zäh wie eine Schuhsohle. Für Leckermäuler war es zwar nichts, aber für Ausgehungerte schon. Und als er lang genug darauf herumgekaut hatte, schmeckte es sogar etwas süßlich.

Und eine kleine Darbietung mit der er nicht gerechnet hatte, erfreute für einige Momente seine Seele: Aus einer tiefen Höhlung im Baumstamm hinter ihm flogen einige Mücken heraus, die vor ihm in der frischen Waldluft einen Reigen tanzten. Ihr Summen war die Begleitmelodie.

„Sie sehen wie Elfen aus", dachte Nimrod noch, bevor sie sich mitleidlos über seine nackten Füße hermachten. Da spuckte er im hohen Bogen das Fledermausfleisch aus, zog die Füße aus dem Wasser und schlug nach den Mücken, ohne auch nur eine von ihnen zu treffen. Während er damit beschäftigt war, entdeckte er etwas im Augenwinkel,

das ihn in seiner Gegenwehr erstarren ließ. Mit einem Schlag hatte er die angriffslustigen Mücken, die zerstochenen Füße, ja selbst den nagenden Hunger vergessen.

Er riss den Kopf herum und entdeckte genau an der Stelle, wohin er das Fleisch gespuckt hatte, ein unheimliches Geschöpf, das in einen Mantel gehüllt war, der aus den Flugmembranen von Fledermausflügeln bestand. Das fremde Wesen war auf einen langen Stab gestützt, an dem klimpernde Knochen hingen und die Kapuze, der Kopf einer Großen Mausohr-Fledermaus, hatte es sich tief ins Gesicht gezogen. Es war, als habe sich das *Mausohr* soeben an diesen Platz gezaubert, dabei hatte es schon eine Weile dort gestanden, um Nimrod zu beobachten. Und nun, da das Wesen vom Kobold entdeckt worden war, streckte es den Stab wie eine Lanze in seine Richtung.

Nimrod, der über das Erscheinen des Wesens so erschrocken war, ließ den Zaubersack mit den Magoi, die Stiefel und den Proviant wo sie waren, und flüchtete. Gleich setzte auch das Mausohr, aus dessen Kehle ein bedrohliches Fauchen drang, zu schnellem Lauf an. Nimrod kam nicht sehr weit, da hatte ihn das Mausohr eingeholt, das ihn mit dem Stab zu Boden stieß, sich sein Bein schnappte und ihn über Baumwurzeln hinweg unter eine Eibe schleifte. Umschattet von der ausladenden Krone lag eine Tür im Stamm, die das Mausohr krachend aufschlug. Ein finsteres Loch öffnete sich vor ihnen, in das der Kobold vom Fledermausgeschöpf hineingezogen wurde. Drinnen ließ es endlich von Nimrod ab, der sich in der Mitte eines rauchgeschwärzten Raumes wiederfand, in dem er sich verängstigt umsah.

Im Laufe von Jahrhunderten war der Kern der Eibe hohl geworden. Während ihre Rinde hohe Wände bildete, bestand das Dach aus einer dichten, dunkelgrünen Krone, an deren Äste Vogelkrallen und Rattenskelette aufgehängt worden waren. Vor Nimrod auf einem Tisch hatte das Fledermausgeschöpf zerborstene Federkiele, blutige Felle und Köpfe von Mardern zu einem makaberen Stillleben drapiert. Mit einem entsetzten Blick darauf musste Nimrod unwillkürlich an Rattenjorde denken, der ohne Zweifel ein gewissenloser Jäger war, seine Opfer aber nicht auf so bestialische Weise zurichtete, wie es hier geschehen war. Unbeschreiblich, was ihnen angetan worden sein musste. Nimrod packte das Grausen. Schwelende Lichter aus Tranlampen belebten die Relikte und ließen ihre Schatten spukhaft an den Wänden tanzten. Zum Schneiden dick war die Luft und es stank derart nach ranzigem Öl, dass es kaum auszuhalten war. Im Ganzen glich das Innere des Baumes einer von Schattengeistern bewohnen Räucherkammer. Weil Nimrod sich das vernebelte Reich des Schwarzen Kräutermannes so vorgestellt hatte, kam ihm langsam eine Befürchtung. Während er sie äußerte, wagte er nicht, den Entführer anzusehen:

„Was wirst du mit mir tun?"

Einen bangen Augenblick lang geschah nichts, dann stieß das Mausohr ihm den Stab so hart in den Magen, dass er ächzend auf einem Hocker zusammensackte.

„Bleib da!", befahl das Mausohr, dessen Stimme klang wie von fern her. Dann wirbelte es herum, verließ die Eibe und knallte die Tür hinter sich zu. Fast gleichzeitig, der Schall war noch nicht verklungen, war Nimrod aufgesprungen, um sich gegen die Tür zu stemmen, doch sie war schon so fest verriegelt, als sei sie Teil des Eibenstammes.

„Lass mich raus! Lass mich raus!", schrie Nimrod, während er gegen die Tür hämmerte. Danach spähte er durch ein Astloch und sah zwar den Entführer nicht, hörte aber seinen rasselnden Atem ganz in der Nähe.

„Ich will hier raus!", brüllte Nimrod erneut und spähte dann wieder nach ihm. Da sauste mit gewaltigem Knall der Stock auf die Tür nieder, was den Gefangenen vor Schreck zurückfahren ließ.

„Du bleibst da drinnen, ob du willst oder nicht!", rief der Fremde, bevor er im Wald verschwand.

Nimrod, der wartend lauschte, bekam aber nichts zu hören, als die gewöhnliche Stimme des Waldes: Das Singen der Vögel, das Klopfen der Spechte, das Rauschen der Blätter und das Surren von Insekten. Alles klang wie zuvor. Genau das aber beunruhigte ihn, denn *nichts* war wie zuvor. Er saß in der Falle. Und ihm wurde klar, dass er fliehen musste, ehe das Mausohr zurückkam, um ihn zu räuchern.

In rasender Hetze tastete er nun die Eibe ab, die sich seltsam weich anfühlte, so als habe sie Fleisch, nicht Rinde. Nimrod griff in Spalten der hölzernen Haut, zog sich daran hoch und suchte nach sicherem Stand. Mit nackten Füßen gelang das besser als vermutet und so wurde er zu wagemutig, wollte noch schneller vorankommen und hangelte bereits über der mumifizierten Ratte, da rutschte er ab, bekam gerade noch den Hals der Ratte zu fassen und klammerte sich daran fest. Bruchteile von Sekunden schaukelte er hin und her, dann gab das Skelett unter seinem Gewicht nach und krachte mit ihm zusammen zu Boden.

Ehe er sich gänzlich aus den Knochenresten gegraben hatte, löste der Fäulnisgestank einen schrecklichen Würgereiz bei ihm aus, der auch dann nicht stoppte, als plötzlich die Tür wieder entriegelt wurde und das Mausohr hereinstürzte mit dem Flügel einer weißen Taube unter dem Arm.

„Was geht hier vor?“, rief es und schlug mit dem Taubenflügel nach dem am Boden Liegenden. „Du entkommst mir nicht!“, brüllte es entschieden, während lose Federn wie Schneeflocken durch die Eibe wirbelten.

„Wenn du fliehst, frisst dich Mandergrimm“, sagte das Mausohr und warf den Taubenflügel fort, um den Kobold gewaltsam auf die Füße zu stellen. „Du solltest froh sein, wenn ich kurzen Prozess mit dir mache, bevor Mandergrimm dich findet. Aber vielleicht“, fuhr das Mausohr fort und stieß ihn gegen die Eibenrinde, „bist du einer von denen, die Mandergrimm bis in alle Ewigkeit dienen wollen.“

Nimrod, dem das Herz wild im Leib hämmerte, fragte: „Was – Wer ist denn Mandergrimm?“

Das Mausohr ballte die knochige Hand zur Faust. „Mandergrimm ist das *Schwarze Herz* oder der *Hungrige Rachen*. Viele Namen gibt es für das, was es ist.“ Je näher das Mausohr kam, desto lauter wurde sein rasselnder Atem. „Weil Mandergrimm ohne Mitleid ist, verleibt er sich alles ein, was sich ihm in den Weg stellt.“ Die Faust des Entführers öffnete sich knackend und bewegte sich jetzt auf Nimrods Hals zu.

„Glaube mir, du solltest den schnellen Tod wählen, den ich dir anbiete, weil ich sein schreckliches Maul kenne."

„Bitte!", flehte Nimrod und wand sich aus seinem Griff. „Ich will doch nur raus aus dem Grimwald!"

Da lachte das Mausohr erstickt. „Denkst du, du könntest hier so mir nichts dir nichts herumspazieren und auf die Regeln pfeifen? Keiner kommt hier wieder raus, möge er auch noch so faule Tricks anwenden. Wer es trotzdem versucht, der endet früher oder später wie diese hier." Er deutete auf die Überreste von Kadavern auf dem Tisch. „Mit oder ohne meine Hilfe enden sie so. Und wenn du Mandergrimm gegenübertreten solltest, bist du bis in alle Ewigkeit verloren, denn du musst ihm deine Haut verkaufen. Sag schon, was wählst du?"

„Nichts von alledem."

„Dann wähle ich für dich." Das Mausohr nahm entschlossen seinen Stab auf und hob ihn hoch über seinen Kopf. Ehe aber Schlimmeres geschehen konnte, riss Nimrod die Arme hoch und schrie gellend:

„ICH WÄHLE MANDERGRIMM!"

Das Fledermausgeschöpf ließ den Stock sinken. „Du Unwissender!", sprach es matt.

„Lass mich doch einfach gehen", flehte Nimrod. „Und ich verspreche dir, ich werde niemals nach Mandergrimm suchen. Daran habe ich wirklich gar kein Interesse. Ich will doch nur nach Anderia, um eine Elfe zu finden." Als er das ausgesprochen hatte, geschah etwas Unvorhersehbares:

Das Fledermausgeschöpf begann mit einem verstörenden Schauspiel, indem es tierähnliche Laute ausstieß und sich krümmte wie unter einer schlimmen Folter. Nimrod, der das befremdet beobachtete, bekam einen Todesschrecken, als es plötzlich wieder in die Höhe schoss. Bevor er wusste, wie ihm geschah, packte ihn das Mausohr, riss ihn zu sich herum und drückte ihn auf den Tisch hinunter, zwischen die Marderköpfe. „Sag dieses Wort nicht!", brüllte es. „Verlass von mir aus die Eibe, nur sag dieses Wort nicht!"

„Was denn für ein Wort?", ächzte Nimrod kreideweiß geworden.

„Halt bloß den Mund, du!“, tobte es. „Langsam ist es mir gleich, was es mich kostet, hörst du? Ich entscheide einfach in deinem Namen und nehme Mandergrimm das Vorrecht.“

Ohne weitere Umschweife packte er Nimrod am Hals und würgte ihn, bis er röchelte und purpurrot anlief. In seiner Not bekam der die Tranlampe zu fassen und schlug sie dem Mausohr an die Schulter. Brennender Tran lief über den Fledermausmantel und entzündete den Ärmel des Entführers, welcher endlich vom Hals seines Gefangenen abließ, um die Flammen auszuschlagen. Nimrod nutzte die Gelegenheit, wand sich unter ihm heraus, ließ sich vom Tisch fallen und krabbelte durch die Tür nach draußen ins fahler werdende Licht des Waldes. Doch im Nu war das Mausohr ihm wieder auf den Fersen. Und es war noch erschreckender anzusehen als zuvor, weil sein Mantel räucherte und es nach verbrannter Haut roch. Als es Nimrod am Bein zu fassen bekam, zog es ihn grunzend zu sich heran.

In seiner Todesangst trat Nimrod mit dem freien Fuß nach ihm. Als das nichts half, zog er sein Messer aus dem Gürtel, aber es rutschte ihm aus den tranverschmierten Fingern. Währenddessen schleifte ihn das Mausohr über den Boden wieder in Richtung der Eibe.

Würde er erst wieder durch diese Tür geschleppt, dann könnte er da lebend nicht mehr herauskommen, das wusste er. Also brachte Nimrod noch einmal alle seine Kräfte auf, um sich zu befreien, doch das genügte nicht. Und ein gequälter Schrei entfuhr ihm:

„LASS MICH DOCH LOS!“

Das Mausohr aber schleifte ihn unbarmherzig weiter, was dazu führte, dass Nimrod mit dem Kopf gegen eine Baumwurzel stieß und seine Gegenwehr verebbte. Jetzt wimmerte er nur noch leise: „Bitte lass mich doch los! Ich will doch nur zu Aura ... zu meiner ...“

Da fiel es ihm wie Schuppen von den Augen, was er zu tun hatte. Jetzt wusste er plötzlich, welches Wort ihm das Mausohr verboten hatte. Und er nutzte seine Erkenntnis, indem er seine Stimmbänder wie einen Bogen spannte, um dieses Wort zu feuern: „ELFEEEEEEE!“

Da stieß das Mausohr einen Schrei aus, als habe tatsächlich ein

Pfeil sein Herz getroffen. Es riss die Arme vor Schmerzen in die Luft und Nimrod war befreit. Er rappelte sich hastig auf und rannte los, so schnell ihn die nackten Füße tragen konnten. Sein Ziel war der Ort, wo er zuerst auf das Mausohr getroffen war. Unterwegs wischte er sich den Tran von den Händen und schnappte sein Messer. Ängstlich sah er sich nach dem Mausohr um und stellte zu seiner Erleichterung fest, dass es ihm nicht mehr folgte. Er schnappte sich all seine Habseligkeiten und verschwand im Dauerlauf, ohne die Stiefel anzuziehen.

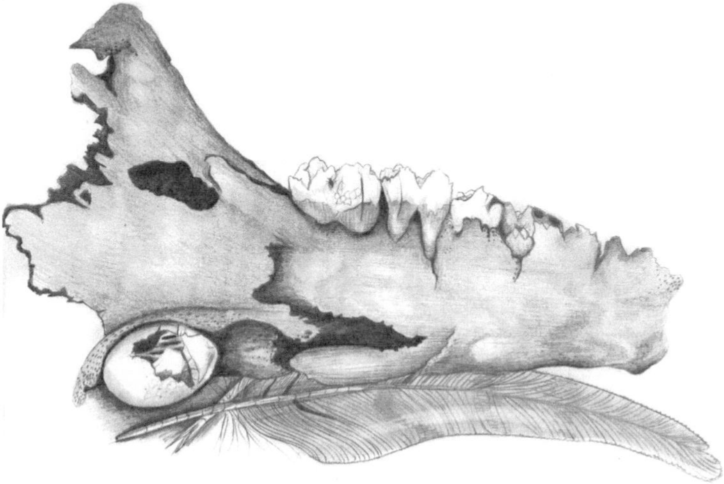

25. Irrungen

Auf Reisen tickt die Zeit anders: Gelegentlich rast sie davon, verharrt kurze Zeit später in Ewigkeit, um nur Minuten darauf rückwärts zu laufen. Für Nimrod dehnte sich die Zeit wie ein Gummiband. War er bereits Tage unterwegs, Monate oder gar Jahre? Manchmal wusste er es nicht. Das einzige Indiz dafür, dass er vorwärts kam und sich damit Anderias Wintertal näherte, war die Kälte.

Schneeluft.

Eigenartigerweise zeigte der beginnende Frost keine Auswirkungen auf die Pflanzenwelt des Grimwalds. Vor Nimrod schlängelte sich der Pfad durch einen Teppich aus Buschwindröschen, die bekanntermaßen

Frühlingsboten sind. Er wunderte sich darüber nicht, zeigte es doch nur einmal mehr, welch wirkender Zauber den Grimwald beherrschte. Die schönen weißen Blüten, über die er behutsam mit den Fingern strich, reichten ihm bis an die Hüfte. Er mochte ihren feinen Duft. Und als er sich einem Schlehengebüsch näherte, das verschwenderisch blühte, mischte sich ein weiterer Duft nach Mandeln hinzu. Nimrod griff nach einem Schlehenzweig und schüttelte daran, damit es Blüten schneite. Auf einmal schoss ein Vogel aus dem Gebüsch hervor, den er dadurch aufgeschreckt hatte. Es war eine Elster, die ihr schwarz-weißes Gefieder auffächerte und mit lautem „Jäck, jäck!“ davonflog.

Weil Nimrod ihr nachblickte, übersah er eine am Boden kauernde Gestalt, stolperte darüber und landete mit dem Gesicht zwischen den Buschwindröschen. Gleich setzte er sich wieder auf und spuckte im hohen Bogen Erde aus. „Was zum Feuertro ...?“ Er unterbrach sich.

„Wo ist er denn bloß?“, fragte die Gestalt vor ihm. „Hast du ihn vielleicht gesehen? Der, der mir den Weg zeigen sollte, ist weg. Ich kann ihn nicht wiederfinden. Ich habe ja schon überall gesucht.“

Nimrod traute seinen Augen kaum, denn es konnte nicht sein, was er sah! Sein Herz raste wie wild. „Aura“, flüsterte er.

Die Elfe erhob sich. Der Saum ihres Nebelstreifkleides floss raschelnd über den Boden und hielt seinen Blick gefangen.

„Wie ... wie kommst du bloß hierher?“, fragte Nimrod leise. Weil sie keine Antwort gab, erhob er sich, um ihr zu folgen.

„Er muss doch irgendwo sein ...“, meinte Aura, während sie den Waldboden absuchte. Hier und da hob sie die Blätter der Buschwindröschen an, um darunter zu blicken.

Nimrod sah ihr fragend dabei zu. *Erkannte sie ihn denn nicht?* Er hob an, etwas zu sagen, schwieg dann aber, weil er sich vor dem fürchtete, was sie entgegnen könnte. Als er nun in einem sicheren Abstand hinter ihr ging, begann eine Hoffnung in seiner Brust zu flattern wie ein Spiegelfalter. Die Hoffnung, die böse Ahnung, die ihn beschlich, möge sich nicht bestätigen. Nach einiger Zeit in Auras Nähe verschloss er sich dem Zweifel, denn er wollte der Elfe folgen, wohin und wie weit sie auch ging. Endlich blieb sie stehen und wandte sich zu ihm um.

„Du bist es doch? Mein tanzender Kobold. Du kommst, um mich zu retten, ist es nicht so?"

Nimrod, der ihr behutsam eine Hand reichte, nickte. „Ja, so ist es. Nur deinetwegen bin ich hier."

„Weißt du, ich habe den Weg verloren. Aber jetzt, da wir beieinander sind", sie drückte seine Hand ganz fest, „finden wir ihn sicher wieder."

„Ja, das werden wir...", versicherte er und zog sie zu sich heran. „Das werden wir." Und als er sie nun fest in die Arme schloss, da fiel alle Last von ihm ab. Er hatte sie gefunden! Das war ein seltsames Rätsel, dennoch hatte er sie gefunden.

„Ich bringe dich heim. Ich bringe dich nach Kleeweiden", flüsterte Nimrod, der mit einem Mal seinen größten Wunsch erfüllt sah. Und er spürte, dass die Elfe vor Erleichterung weinte. So standen sie eine Weile, bevor er versicherte: „Ich lass dich nie wieder los! Niemals."

Aber was für ein Betrug seine Worte waren, das sollte sich bereits Augenblicke später zeigen.

Aura, die sich vorsichtig aus seinem Griff wand, um sich die Tränen aus den Augen zu wischen, sagte: „Weißt du, vielleicht müssen wir da entlang." Sie deutete in die Richtung, die sie ihn führen wollte, nahm ihn bei der Hand und zog ihn ein kleines Stück des Weges.

Doch plötzlich wurde Nimrod unschlüssig. Die böse Ahnung war zurückgekommen. „Wohin führst du mich denn, Aura?", fragte er, obschon er die Antwort kannte:

Sie führte ihn zu Mandergrimm!

„Kann es denn sein ...?", flüsterte er traurig und blieb stehen, denn es war ihm etwas in den Sinn gekommen: War sie etwa einer der Gestaltwandler, wovor ihn der Pilzkönig gewarnt hatte? Er musterte sie argwöhnisch.

Aura bemerkte die Veränderung an ihm, deshalb nahm sie ängstlich seinen Arm, an den sie sich klammerte. „Was ist mit dir?"

„Ich muss aus dem Grimwald raus und nicht noch weiter rein!", erklärte Nimrod, der sich gegen ihren Griff stemmte.

„Ich? Du sagst: *Ich*? Willst du denn nicht mit mir zusammen gehen?" Nimrod konnte sich von ihr befreien und trat einen Schritt zurück.

„Geh' nicht weg!", flehte die Elfe da. „Lass mich hier nicht allein! Ich fürchte mich!" Sie stürzte ihm um den Hals, da gerieten sie ins Straucheln und fielen zwischen die Buschwindröschen. Aura landete auf ihm. „Halt mich, mir ist so kalt!", jammerte sie. „Mich friert so!" Als sie mit eisigen Fingern sein Gesicht erfasste, umklammerte er schaudernd ihre Handgelenke.

Sie flüsterte nun: „Bitte hilf mir, meinen Weg zu finden, unseren Weg."

Es gelang Nimrod, sich etwas aufzurichten. Er sah sie durchdringend an. „Aber du bist so wirklich!", raunte er. Darauf ließ er ihre Handgelenke wieder frei und sie fiel zurück auf seine Brust. Das Herz wurde ihm schwer. Konnte er sie hier allein lassen, was oder wer sie auch immer war? „Wie bist du nur hierhergekommen? Und weshalb?"

„Ich bin gekommen, um dich zu finden, um mit dir heim zu gehen. Weißt du noch: Halt dich an die Weiden ... und ich habe mich an die Weiden gehalten. Ich habe gut aufgepasst", erklärte sie.

Nimrod streichelte zuerst über ihr Haar, dann grub er sein Gesicht hinein, in die warme Unzählbarkeit, die nach Maiglöckchen duftete. Bebend fuhr er mit den Fingerkuppen ihre Schultern entlang und ihren Rücken hinab. Leise raschelte ihr Kleid unter seiner Berührung. Im nächsten Moment aber, das Wunder hatte ihn fast gänzlich in Bann gezogen, da hielt er in der Bewegung inne.

„Aber du konntest doch gar nicht wissen, dass ich hier bin." Während er das sagte, starrte er auf seine Hand hinunter, die noch auf ihrem Rücken ruhte. Und da erkannte er, was falsch war an ihr:

Sie hatte keine Flügel!

Voller Grausen zog er die Hand zurück von ihrem trügerischen Ebenbild. Sie war ein Gestaltwandler, da war er nun sicher.

Keine Flügel!

Das konnte man nur auf eine Art erklären: Der Gestaltwandler hatte sich von Nimrods Wunsch täuschen lassen und Aura dem Kobold ähnlicher gemacht, indem er ihr die Elfenflügel nahm.

Bevor die Elfe überhaupt wusste, wie ihr geschah, hatte Nimrod sie weggeschoben von sich und war beinahe schon auf und davon.

„Nein, bitte bleib hier!", rief sie. „Nein, es ist furchtbar hier, oh nein!" Sie sprang auf und stolperte weinend hinter ihm her. Als sie ihn eingeholt hatte, grub sie ihre Finger in sein Hemd. „Nein!", rief sie heiser.

Nimrod war elend zumute, denn er konnte nur mit Gewalt ihre Finger von seinem Ärmel reißen. Dabei kam sie ihm trotz allem doch so wirklich vor. Ihm wurde speiübel und er musste alle Kraft aufbringen, sie nicht wieder anzusehen.

„Willst du mich denn nicht mehr?", fragte Aura flehend und hängte sich erneut an ihn.

„Geh endlich, geh! Lass mich in Ruhe!", schrie Nimrod, dessen Augen sich wie im Irrsinn weiteten. „Du bist ein Gestaltwandler! Dass du nicht Aura bist, weiß ich! Ich weiß es!" Mit zitterndem Finger deutete er auf sie.

Da ließ die Elfe ab von ihm, und er stürmte davon, dem Ruf des eigenen Zweifels folgend.

Bald sah sie ihn nicht mehr, denn er war eins mit dem Dickicht geworden. Nimrod sauste eine Böschung hinab und verschwand in einer Dachshöhle. Darin rollte er sich zusammen und zitterte, wie er nie zuvor in seinem Leben gezittert hatte. So verbarg er sich, bis ihr wehes Klagen leiser wurde. Die Hände über den Ohren flüsterte er: „Sie ist es nicht, sie ist es nicht, sie ist es nicht ..."

26. Störenfriede

Störenfriede sind Leute, die – wie das Wort schon sagt – Frieden stören. Manche machen das unbewusst, es ist einfach ihre Natur, die muss man nehmen, wie sie sind. Aber da gibt es welche, die bewusst den Frieden stören. Und zu dieser Sorte zählte Raban den Schustermeister Brokk. Aber auch Brokk zählte Raban zu dieser Sorte. Im Folgenden zeigt sich, was geschieht, wenn solche aufeinandertreffen:

Aray war eben dabei, das Kirchenschiff zu fegen, als Brokk unvorhergesehen hereinstürmte. Sein Gesicht war puterrot vor Anstrengung und blau seine Nase, wodurch er schnaufte wie ein wild gewordenes Wiesel. „Ich bringe ihn um, diesen alten Lumpen!“, schrie er.

„Ich quetsche ihm die Luft ab, bis er schwarz ist wie Schiefer!" Hastig trabte er zum Allerheiligsten, riss den Vorhang beiseite und fand, wen er suchte.

Raban sah von dem Spiegelsystem auf, an dem er gerade herumtüftelte. „Offenkundig ist die Raulintreppe nicht hoch genug!", empörte er sich. „Hast du eine Ahnung davon, weshalb ich hier lebe und nicht in Kleeweiden, hm? Hab' gewiss keine Schwäche für Besucher. Ist doch kein Rummelplatz hier!"

„Was hast du mit ihr gemacht?", schrie Brokk, als er zu Atem gekommen war.

„Mit wem?"

Statt Antwort zu geben, ging Brokk auf den Seher los, um ihn zu erwürgen, wie er es soeben angekündigt hatte. Mitsamt dem Drachenstuhl fiel Raban hinten über und sein Angreifer landete auf ihm.

In dem Moment schaltete sich Aray ein. „Was macht ihr denn da?", rief er und schlug aufgeregt mit dem Besen nach Brokk. So eröffnete er seinem Meister die Möglichkeit, sich zu befreien. Aber Brokk ließ sich nicht lange in Schach halten. Er krähte wie die Winde von Golker, und entriss Aray den Besen. Mit hohem Bogen warf er ihn in die Ecke, worauf er sofort wieder auf Raban losging.

„Was willst du denn, du alter Wichtelmann?", protestierte Raban, noch auf dem Rücken liegend.

„Ich will wissen, was du mit ihr gemacht hast!" Brokk beugte sich zu ihm herunter und hielt ihm die Faust unter die Nase.

„Mit ihr?", echote der Seher.

„Tu doch bloß nicht so blöd!", drohte Brokk.

„Meinst du Mathilde? Warum, was ist mit ihr?"

„Was mit ihr ist? Was mit ihr ist?" Er riss Raban auf die Beine und schubste ihn von sich. „Na, sie benimmt sich, als wäre sie nicht ganz bei Trost!"

„Ist das wahr? Wirklich?" Der Seher strich sich über den Schnauzbart und griente. „Lange her, dass ich so eine Wirkung auf sie hatte."

„*DU*!" Wieder hob Brokk die Fäuste.

„Ist ja gut, Dickerchen“, wehrte Raban ab. „Mathilde war hier, um Beschwerde einzulegen. Du weißt schon, es ging um Kräuter. Kräuter hier und Kräuter da, Kräuter im Färberbottich und am Ende ging es noch um den Kräutermann ... lauter so Sachen.“

„Du gibst es also zu! Du gibst zu, dass du gelogen hast?“

„Na, ein wenig geschwindelt höchstens“, flötete Raban.

„Habe ich's doch gewusst!“

„Hört, hört! Gescheiter Bursche! Bist ja so klug wie Ibrahim. Also Mathilde war bloß hier, um sich zu beschweren. Das war's.“

Brokk presste durch die Zähne: „Ich glaub dir kein Wort!“

„Da bist du nicht der Einzige, denn kaum einer glaubt mir, obwohl ich immer recht behalte. Komisch, wie? Aber inzwischen denke ich, dahinter gekommen zu sein: Es ist kein Geheimnis. Es ist schlicht und einfach Selbstschutz.“

„Ist mir egal was es ist“, grunzte Brokk. „Du kommst jetzt mit und redest mit ihr!“ Während er das sagte, zog er Raban am Biberfell hinter sich her. Und als Aray einschreiten wollte, schlug Brokk ihn kurzerhand nieder. Mit blutender Nase kroch der Lehrling unter eine der Kirchenbänke und nahm sich vor, sich demnächst lieber rauszuhalten aus den Streitereien des Meisters. Es hatte ja keinen Nutzen.

Brokk war so wütend, dass er enorme Kräfte entwickelt hatte und Raban keine Möglichkeit sah, seinem Griff zu entrinnen.

„Was machst du? Lass mich sofort los!“, schrie er, während Brokk ihn so schnell unter dem Kirchenportal hindurchschleifte, dass er sich den Kopf anstieß. Vor Schmerz schrie Raban auf und hielt sich die pochende Stirn.

Dann waren sie draußen. Der Himmel war genauso bleigrau wie die Schieferplatten auf dem Vorhof, über die Brokk ihn bis zur Raulintreppe schob.

„Du bringst uns beide noch um“, ächzte der Seher.

„Und wenn wir zusammen in den Aschengrund stürzen, damit lass ich dich nicht durchkommen!“ Brokk schob ihn auf die erste Stufe. und brüllte: „GEH! Sonst stoß ich dich runter!“

„Ich habe meinen Stock nicht!“, jammerte Raban.

„Du morscher Knochen, willst du etwa getragen werden?“

„Es wird eben nicht so schnell gehen, meine ich!“

„Mach dir mal keine Sorgen, es wird schneller gehen, als du denkst!“ Mit diesen Worten stieß Brokk ihn vorwärts.

Und Raban murrte: „Wenn ich die Gelegenheit bekomme, werde ich dich umbringen!“

„Halt lieber das Maul, sonst bist du selber tot, und zwar noch bevor du das erste Mal in deinem jämmerlichen Leben das Wörtchen Wahrheit sagen kannst.“

Raban sagte nichts mehr. Er kämpfte nun wirklich mit der Angst, denn manche Stufen waren so verwittert, dass sich große Lücken zwischen ihnen gebildet hatten. Und ohne Stock war der Abstieg schwieriger als gedacht, weil der Winter die Treppe mit Eis überzogen hatte. Ein ums andere Mal wäre er beinahe gestürzt. Und auf der Raulintreppe zu stürzen, bedeutete den sicheren Tod.

Nach einiger Zeit kam ihnen jemand auf der Treppe entgegen.

„Das darf doch nicht wahr sein! Noch so einer!“, platzte Raban heraus, als er den Rattenjorde in ihm erkannte. Der Jäger hatte Waffen geschultert, echte Mordwaffen! Den Seher schauderte es, denn bei ihrer Betrachtung taten ihm die Ratten schon im Voraus leid.

„Na, macht ihr eine Rundreise?“, sagte Jorde spottend zu den beiden, die sich an den Fels drückten, um ihn vorbeizulassen.

„Ja, immer talabwärts!“, gluckste Brokk. „Und du willst Ratten nachstellen, wie ich sehe.“

„Und Wieseln“, fügte Jorde hinzu. „Außerdem soll es da oben einige Besserwisser geben. Es heißt, sie arbeiteten nicht viel; könnten also feines Leder abwerfen für ein Festtagswams.“ Er zwinkerte gehässig.

Der Schuhmacher wieherte vor Lachen, während Jorde sich wieder auf den Weg machte. Brokk konnte nicht ahnen, dass Raban das kurze Wortgeplänkel genutzt hatte, um das längste Messer aus Jordes Waffensammlung an sich zu reißen. Und als er es ihm plötzlich an den Hals presste, war Brokk so überrascht, dass er sich an seinem

Lachen verschluckte, ins Schlingern geriet und einige Stufen abwärts segelte. Jorde bemerkte erst, dass etwas passiert war, nachdem er den dumpfen Aufschlag von Brokks Körper auf der Treppe gehört hatte. Hastig wandte er sich um, und was er da sehen musste, vergnügte ihn überhaupt nicht: Raban hatte seine wertvollste Waffe und bedrohte Brokk damit. Der rappelte sich eben mühsam wieder auf.

„EH! Was machst du mit meinem Langmesser!", rief Jorde.

Der Seher richtete die Spitze des Messers nun auf den Rattenjäger.

„Du hast ja keinen blassen Schimmer, wie man damit umgeht!", schnauzte der ihn an.

„Das macht mich ja so gefährlich!", grunzte Raban. „Pass auf! Ich *könnte* plötzlich damit rumfuchteln. Und das *könnte* ins Auge gehen. In deines, wohlgemerkt. Also bleib weg von mir!"

Jorde aber dachte gar nicht daran. Mit einem Satz ging er auf Raban los und Brokk kam von der anderen Seite. Ein Mordsgeschrei gab das. Und Raban hantierte so wild mit der Waffe herum, dass er sich sogar selbst damit am linken Arm verletzte.

„Weg mit euch! Lasst mich", jaulte er.

Nah am Abgrund entstand jetzt ein gefährliches Handgemenge. Das Eis knirschte unter den Füßen der Balgenden und Gesteinsbrocken polterten die Stufen hinunter. Mit knapper Not bekam Brokk Rabans Handgelenk zu fassen, schüttelte es wie verrückt, damit er das Messer loslasse. Dadurch verlor der Seher das Gleichgewicht, was ihn rückwärts zwang, und es geschah das Unvermeidliche:

Er trat ins Leere.

Vor Schreck ließ er das Messer fallen, das klirrend den Abgrund hinunterwirbelte. Nun ging alles in Sekundenschnelle vonstatten:

Raban rutschte ab und brach rudernd durchs Geländer, aber zum Glück hatte Brokk sein Handgelenk noch so fest im Griff, dass er den Fall aufhalten konnte. Und da baumelte er nun an des Schuhmachers gutem Willen. Das war, wie man sich denken kann, ein seidener Faden!

Der Seher ächzte, den sicheren Tod vor Augen: „Zieh mich rauf! Du kannst mich doch hier nicht einfach krepieren lassen!"

„Das hast du wohl nicht vorhergesehen, hm, dass der Tag kommen würde, an dem du von mir abhängig sein würdest, buchstäblich abhängig. Armer alter Narr."

„Mach schon, zieh mich rauf!"

Als die Reste des Geländers, worauf Brokk sich stützte, vernehmlich zu knirschen begannen, durchfuhr Raban das blanke Entsetzen. Der Schuhmacher aber lachte nur spöttisch:

„Na, gefällt dir die Aussicht?"

Raban schwitzte Blut und Tränen. Das hier war nun wirklich kein Spaß mehr! Er japste nach Luft. Aber es musste das Geländer einbrechen – sodass Brokk durch Rabans Gewicht ebenfalls abzustürzen drohte – da erst wich der Spott aus des Schuhmachers Gesicht und er entwickelte eine gewisse Ernsthaftigkeit für die Lage. Hätte nicht Jorde im letzten Moment seinen Heldenmut unter Beweis gestellt, indem er auf der vereisten Treppe einen Kunstsprung hinlegte, um Brokk zu packen, so hätte diese Geschichte einen wahrlich traurigen Verlauf genommen.

Bald hatten alle wieder relativ festen Boden unter den Füßen.

„Was sollte dieser Dreck?", schnauzte Jorde Raban an. „Hast du Häcksel im Kopf? Dich reitet wohl der Feuertroll, du alter Kaffeesatzleser!"

Raban – noch zitternd vor Aufregung – fand nur langsam die Sprache wieder: „Der Wichtelmann da!" Er deutete auf Brokk. „Der hat mich entführt!"

Jorde lachte hohl: „Willst du etwa bedauert werden, du Elfenprinzessin?" Darauf zog er ein kleines, gefährlich scharfes Messer aus der Gürteltasche und reichte es dem Schuhmacher. „Damit dir der Jammerlappen nicht entwischt. Und solltest du ihm das Biberfell über die Ohren ziehen, denk dran: Es gehört mir!"

Der Abstieg in den Aschengrund dauerte quälend lange. Brokk genoss es, Oberhand zu haben und knuffte Raban immer wieder in den Rücken. Ab und zu spielte er mit dem neuen Messer vor seiner Nase herum und sagte dann immer etwas wie: „Schneller, du lahme Krücke!", oder: „Ich weiß wenigstens, wie man mit Messern umgeht!"

Und Raban lag es auf der Zunge, zu antworten: *„Mit Messern vielleicht, aber mit Weibern nicht."* Aber er verkniff es sich, weil ihm die bisherige Aufregung genügt hatte. Also knirschte er bloß mit den Zähnen und versank in Gedanken. In Gedanken an Mathilde.

*

Auf dem Marktplatz von Kleeweiden zeigte sich kaum jemand. Die Kobolde waren vor der Kälte geflohen, saßen an ihren offenen Kaminen und werkelten. Die Koboldfrauen nähten oder sie klöppelten Spitze, während die Koboldmänner schnitzten oder Messer schliffen. Gemütlich sah das aus, wenn man von außen durch die Fenster blickte – und friedvoll.

Nicht mehr weit, da hatte der Schuhmacher mit Raban die Werkstatt erreicht. Als sie den Laden betreten wollten, wurde ihnen der Weg durch einen Haufen Schuhe versperrt.

„Was für ein Saustall!", brummte der Seher.

„Mathilde war das!", erklärte Brokk und hob resignierend die Achseln.

Während sie über die Schuhe kletterten, ließ Raban den Blick schweifen. An Lederschnüren hingen Leisten von der Decke und aus Schnürbändern war ein riesiges Spinnennetz geknüpft worden, darin hingen Papierflieger gefaltet aus Fußumrisszeichnungen. Überall auf dem Boden lagen Werkzeuge, unvollendete Schuhe und Holzmodelle.

„Wo ist sie denn?", wollte Raban nun wissen, als er am Tresen lehnte, um aus seiner Sohle einen Schusternagel zu ziehen, in den er getreten war.

Brokk deutete voraus. Hinter dem Tresen war eine Türöffnung, die zum Lager führte. Im Licht, das durch eine Dachluke hereinfiel, erkannte Raban dort eine Gestalt auf einem Schusterbock sitzend.

„Aber sei vorsichtig, sie hat den Verstand verloren", wisperte Brokk, der stehenblieb, wo er war.

„Mathilde!", murmelte Raban und trat näher, um sie zu betrachten.

Ihr Haar loderte wie Feuer, an den Füßen trug sie blaue Stiefel, mindestens fünf Nummern zu groß und verkehrt herum. Mathilde hob den Kopf. Als sie sah, dass Raban gekommen war, riss sie die Augen weit auf und lachte verschlagen.

„Da bist du endlich, mein Retter!“, säuselte sie. „Siehst du, was der alte Schuster mit mir gemacht hat? Nur weil ich ihm sagte, dass ich zurück zu dir wolle, da hat er mich gefesselt. Er will mich zwingen, hier zu bleiben ... bei seinen Leisten.“

Raban entdeckte die Lederschnüre, mit denen sie an den Schusterbock gefesselt war.

„Glaub ihr kein Wort!“, krächzte Brokk aus dem Hintergrund.

„Raban“, flüsterte sie. „Raban, binde mich los. Wenn du mich losmachst, dann komme ich mit dir.“

Und der Seher trat noch näher. Ihr Anblick war zu verlockend: Auf ihrer hellen Stirn tanzten die Sommersprossen umeinander, ihre Locken schlängelten sich wie Vipern um den Kopf und der Blick ihrer grünen Augen war tief wie das Gläserne Meer.

„Nimm mich mit“, hauchte sie.

Raban schluckte. Er streckte die Hände aus in der Absicht, die Knoten zu zerreißen, die Mathilde hielten.

„Vorsichtig!“, säuselte sie.

Und als er nach kurzem Zögern wirklich damit begann, an den Riemen zu zerren, da huschte ein triumphierendes Lächeln über Mathildes Gesicht und sie leckte sich verführerisch über die Lippen.

Aber da! Weil Raban meinte, etwas Eigenartiges gesehen zu haben, hielt er inne. Er starrte auf ihren Mund. War ihre Zunge etwa gespalten wie die einer Schlange?

Mathilde aber zeigte sie nicht mehr und wartete ab. Sie taxierte ihn.

„Zurück zu mir?“, schnaufte Raban jetzt, der plötzlich abließ von den Riemen. „Wohl kaum! Wankelmut ist eine Eigenschaft, die du nicht besitzt, meine Liebe. Und ich fress ‘ne Schlingnatter, wenn das hier alles mit rechten Dingen zugeht!“ Er kannte Mathilde. War sie sich einer Sache sicher, dann war sie nicht mehr umzustimmen. So fest im

Willen war sonst niemand, den er kannte. Obwohl ihr Starrsinn ihn oft zur Verzweiflung brachte, hatte er sie gerade dafür am meisten geliebt. Sie ließ sich nicht verdrehen.

Aber die, die er nun hier vor sich sah, das war nicht Mathilde. Hinter der plötzlichen Veränderung ihres Wesens musste eine böse Hexerei stecken oder eine schlimme Krankheit. Und sogar ein Dummkopf wie Brokk hatte das erkannt.

„Du bist nicht du selbst", sagte Raban nur und stellte sich Brokk zur Seite.

Und in diesem Moment zeigte sich das Wesen, das in ihr hockte: Es war Rangul und er brüllte, was Mathildes Lungen hergaben. Er ärgerte sich wie wahnsinnig, hatte er doch erwartet, dass die Kontrahenten im Berserkerzorn übereinander herfallen würden. Wenigstens ein ordentliches Wortgefecht oder ein echtes Duell mit Waffen hatte er sich gewünscht. Alles hatte er erwartet, bloß nicht, dass sich diese Kobolde in gemeinsamer Sorge verbrüdern würden. Und jetzt saß er auch noch fest in diesem Körper – unausweichlich fest!

Um das zu verstehen, muss man wissen, dass es für einen Horl nicht so leicht ist, aus einem Körper aus Fleisch und Blut herauszukommen, ist er denn erst einmal hineingefahren. Nun, das konnte Vorteile haben, doch in diesem Fall war das ein Nachteil. Eine gewisse Abscheu machte sich in ihm breit, als die sorgenvollen Blicke der beiden Koboldmänner den Körper betasteten, in dem er eingesperrt war. Das war irgendwie anzüglich. Und je schlimmer er sich gebärdete, desto fürsorglicher sprachen die Kobolde zu ihm. Es war ekelerregend! Er musste hier weg! Rangul-in-Mathilde zerrte an den Lederriemen, bis sie in ihre Arme schnitten und diese zu bluten begannen. Doch wie er auch wütete, der Wille des Horls überstieg Mathildes Körperkräfte bei Weitem. Er kam nicht frei.

„Beim Kräutermann!", rief Raban voller Entsetzen aus. „Das ist ja furchtbar! Jetzt verstehe ich langsam, warum du mich gerufen hast, Brokk. Uns bleibt nichts anderes übrig: Wir müssen sie irgendwie zu Archimedes schaffen, und zwar auf dem schnellsten Weg!"

„Ich hole einen Karren!“, rief Brokk. Und als er schon losgerannt war, ihn zu beschaffen, brüllte Raban hinterher:

„Und bring ein stärkeres Seil mit!“ Danach war der Seher allein mit Mathilde. Allein im Halbdunkel.

Rangul hatte natürlich in Mathildes Erinnerungen geforscht und beschloss noch ein Letztes zu versuchen, und das stellte er geschickt an, fast war es ein Geniestreich. Der Horl beruhigte sich, um Mathilde sprechen zu lassen. Fast sang sie, so zart war ihre Stimme:

„Bitte, Raban ... Erinnerst du dich denn nicht mehr daran, wie glücklich wir waren? Er ist irr, der Alte. Er hat das ganze Durcheinander selbst angerichtet, nachdem ich ihm eröffnet habe, dass ich zurück zu dir wolle. Bitte glaube mir! Er hat gewütet wie der Feuertroll! Verrückt ist *er,* nicht *ich*. Bitte lass mich nicht allein mit ihm! Ich habe Angst vor ihm. Ich will zu dir. Bitte glaub mir doch!“

Während Mathilde sprach, trat Raban vor Unruhe von einem Bein auf das andere. Wenn sie nicht gleich aufhörte, konnte er für nichts garantieren. Der Horl witterte diese Gedanken und ließ Mathilde das Folgende sprechen:

„Ich liebe dich so. Ich liebte dich immer und nur dich allein.“

„Hör damit auf, Mathilde“, sagte Raban schwach, fast ging er in die Knie.

„Ich kann nicht, weil es wahr ist.“ Nun begann sie auch noch zu weinen. Bittere, quecksilberne Tränen.

Raban holte tief Atem. „Lass das.“

„Ich kann nicht, es ist furchtbar hier. Ich bin verloren, Raban. Verloren ohne dich!“

Der Seher ächzte. Vielleicht stimmte, was sie sagte. Er kam näher. Stimmte es? Warum nur zögerte er so lange? Dem alten Schuhmacher konnte er es doch jetzt ein für alle Mal heimzahlen: Er riss die Riemen mit einem heftigen Ruck ab und hob Mathilde auf. Sie ihrerseits schlang die Arme um seinen Hals und vergrub das Gesicht in seinem Bart.

„Endlich“, sagte sie. Aber plötzlich rutschte ihre Stimme einige Oktaven tiefer, als sie wiederholte: „Endlich!“

Raban erschrak darüber so furchtbar, dass er sie fallen ließ. Im gleichen Moment flog ein dickes Seil um ihren Körper. Brokk war gerade rechtzeitig gekommen, um das Schlimmste zu verhindern. Er wickelte das Seil fest um Mathilde, die sofort mit Gegenwehr begonnen hatte, indem sie mit den riesigen Stiefeln nach ihm trat. Raban tat nichts, so starr vor Schreck war er.

„Ich hab's ja gewusst!", krähte Brokk angestrengt. „Nicht zwei Minuten kann man dich mit ihr allein lassen, du alter Narr! Du lebst doch in 'ner Zauberwelt!"

Raban sah schuldbewusst drein und half endlich dabei, Mathilde auf den Karren zu schaffen und festzubinden. Sie trat um sich und schrie aus Leibeskräften. Am Karren steckte eine Fackel, die Brokk anzündete, weil es bereits dunkel geworden war.

Dann machten sie sich auf, zogen gemeinschaftlich das rumpelnde Gefährt mit der schreienden Mathilde über den Dorfplatz und gaben dabei ein beunruhigendes Bild ab. Entlang dem Weg zu Archimedes wurde allenthalben ein Fenster oder eine Tür aufgerissen. Da sahen Kobolde heraus, zunächst mit einem Blick, der zeigte, dass ihr Auftritt ihnen ein gewisses Grausen eingeflößt hatte. Kaum aber hatten die Neugierigen die Lage durchschaut, sagten sie so etwas wie: „War klar, dass es irgendwann soweit kommt!" Dann schlossen sie artig wieder das Fenster oder die Tür, damit sich die Kälte nicht hereinstahl wie ein Dieb. Helfen wollte niemand. Wer so spät am Abend den Frieden störte, durfte das auch nicht erwarten. Auch beim nächsten Haus war es nicht anders und beim übernächsten ebenso.

*

„Was ist denn los?", rief Archimedes, der Mathildes Geschrei schon von weitem gehört hatte und ihnen entgegen geeilt kam.

„Ihr Verstand ist ausgeflogen wie ein Kuckuck", erklärte Brokk aufgeregt.

„Na, dann nichts wie rein mit ihr. Sehen wir uns die Sache mal an."

Mathilde zu untersuchen, stellte sich als schwierig heraus. Ihre Schläge und Fußtritte hämmerten auf Archimedes ein. Glücklicherweise hatte sie sich bald heiser gebrüllt, doch eine Erleichterung war das nicht, da sie stattdessen versuchte, ihren Arzt zu beißen.

„So eine blinde Raserei ist mir nicht mehr untergekommen, seit meine Mutter mich aus dem Haus gejagt hat." Er kratzte sich am Kopf. „Vielleicht hat sie eine Form der Fallsucht. Wenn dem so ist, könnte ich sie mit Eisenkraut behandeln, das habe ich vor kurzem in Grimtau angesetzt. Auf jeden Fall braucht sie Nahrung für den Verstand, etwas Süßes."

Er schaffte das Glas und einen Löffel herbei und öffnete den Deckel. Aber der Versuch, Mathilde etwas von der Medizin einzuflößen, scheiterte an ihrem Gezappel. Irgendwann wurde Archimedes so ungeduldig, dass er sich einfach ihr Gesicht schnappte und ihr gewaltsam einen großen Löffel voll Grimtau in den Mund stopfte. Darauf verschloss er ihre Lippen mit seinem wurstigen Daumen.

Es dauerte keine Minute, da wurde Mathilde bleich wie ein Höhlenwurm und ein Zittern durchlief ihren Körper vom Kopf bis zu den Füßen. Schließlich fiel sie in sich zusammen und aus ihren großen Stiefeln sickerte Lebendiges Silber. Als Archimedes das entdeckte, steckte er den Zeigefinger hinein, aber die Flüssigkeit benetzte ihn nicht. Auch nicht beim zweiten Versuch. Er konnte nur zusehen, wie sich die Flüssigkeit zu einer Pfütze sammelte und anschließend langsam durch die Ritzen des Holzbodens rann; hinab zwischen Staub und Dunkelheit.

„Was war das?", fragten Raban und Brokk wie aus einem Munde. Sie hatten das Phänomen auch beobachtet.

„Jedenfalls kein Grimtau", entgegnete Archimedes besorgt. „Es sah wie Quecksilber aus und hat sonderbar gerochen, irgendwie nach Schwefel. Merkwürdig, sehr merkwürdig."

Während die drei Koboldmänner auf die Fußbodenritze starrten, kam Mathilde zu sich und seufzte zaghaft.

„Was ...?", fragte sie schwach. „Was ist denn passiert?" Da begann sie herzzerreißend zu weinen, wobei sie sich dem erstbesten Koboldmann an den Hals warf. Und das war Raban.

Der tätschelte ihren Rücken und schob sie dann sachte in Brokks Arme hinüber.

„Ich gehe jetzt besser", sagte er dann. „Es ist schon dunkel und ich habe noch einen gefährlichen Weg vor mir."
Als er sich zum Gehen wandte, da erfasste Brokk ihn mit der freien Hand bei der Schulter.

Raban sah zurück.

„Danke!", knurrte der Schuhmacher.

Raban nickte ihm zu und bevor er noch recht nachgedacht hatte, sagte er: „Lass uns fortan Frieden halten, du alter Wichtelmann!" Dann fügte er schnell noch hinzu: „Jedenfalls bis die Maikäfer fliegen."

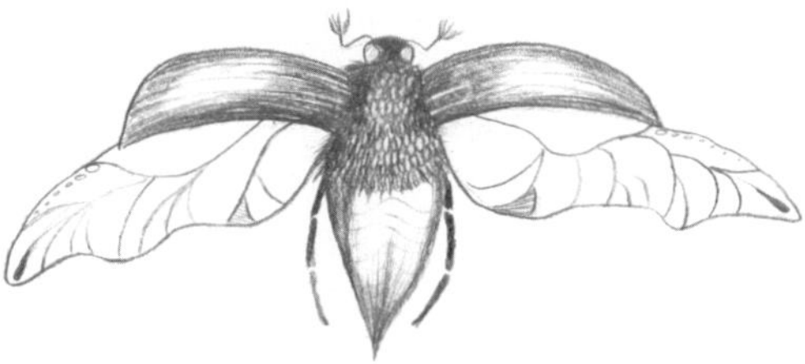

27. Albdrücken

Erst nach Stunden wagte Nimrod sich wieder aus der Dachshöhle hervor. Er sah sich unsicher um und zum ersten Mal hatte er das ungute Gefühl, seine Reise könne sinnlos sein. Das Ziel schien ihm unerreichbar fern und Aura löste sich in seinem Geiste buchstäblich auf. Er vergaß wie sie aussah, versuchte sich mühsam an ihr Gesicht zu erinnern und empfand große Traurigkeit, wenn es ihm nicht gelang. Es half ihm auch nicht, dass er seinen Magoi wieder umlegte. Und den Zweiten zu tragen, das traute er sich gar nicht erst, da ließ er ihn lieber wo er war, im Zaubersack.

Erst als er von Müdigkeit, Schwäche und Hunger ganz zermürbt war, fiel ihm ein, dass er eine Medizin gegen Erschöpfung bekommen hatte: Den Pilz des Parasolkönigs. Er durchsuchte seine Reiseapotheke, bis er ihn gefunden hatte. Unappetitlich sah der Zauberpilz inzwischen aus, dunkelbraun und vom Trocknen verschrumpelt, dazu roch er ganz muffig. Irgendwie erinnerte er an eine von Knox' Leckereien. Nimrod dachte nicht weiter darüber nach, hob beiläufig die Schultern und stopfte ihn sich ganz in den Mund. Zuerst war es, als kaue er auf Gummi, wobei sich ein bitterer, pelziger Geschmack auf seiner Zunge ausbreitete. Je länger er allerdings kaute, desto würziger wurde der Pilz. Dass er ihn jedoch in kleinen Stücken einnehmen sollte, daran erinnerte er sich nicht, selbst dann nicht, als ihn plötzlich Halluzinationen heimsuchten. Er hatte eine lackschwarze, riesenhafte Schabe herbeifantasiert, die seine Verfolgung aufnahm. Mit ihren Antennen kitzelte sie ihn im Nacken und Drüsen an ihrem Hinterleib verbreiteten einen furchtbaren Gestank.

„Komm bloß nicht näher, bleib' mir vom Leib!", schrie Nimrod, der kopflos durchs Unterholz rannte. Auf seinem Fluchtweg peitschten ihm Zweige ins Gesicht. Er lief und lief und konnte doch die Schabe nicht abschütteln. Wie hätte er auch seiner Einbildung entfliehen können?

„WEG! Geh weg von mir! Geh schon!", zischte er wie toll, warf immer wieder den Kopf herum und bemerkte nicht, dass er bereits Schaum vor dem Mund hatte. Auf einmal, er war eben durch ein unwegsames Gebiet gelaufen und durch einen Busch geschlüpft, da löste sich das Trugbild in Nichts auf. Was blieb, war ein scheußlicher Nachgeschmack auf seiner Zunge. Er ließ sich vor einem umgestürzten Baum fallen, fuhr sich mit dem Ärmel über den Mund und starrte ins Blätterdach.

„Wenn ich doch bloß einen Stern sehen könnte!", flehte er. „Bloß einen winzigen Stern, den allerkleinsten meinetwegen!" Kaum hatte er diesen Wunsch geäußert, da fielen die Blätter von den Bäumen ringsum. Sie taumelten auf ihn herab und gaben den Blick frei in den Himmel. Unzählige Sterne leuchteten da, die im Zeitraffer um den Zenit wirbelten, bis alles mit einem Mal wieder Tintenschwärze annahm.

Da richtete sich Nimrod fragend auf. „Warum bin ich eigentlich hier? Ich habe es doch eben noch gewusst." Er lachte wie irr und raufte sich die Haare. „Ich weiß es nicht mehr. Ich weiß es einfach nicht mehr." Er sah auf seine Handflächen, so als könne er dort Antwort finden. Aber das einzige, was er dort fand, waren die Haare, die er sich soeben ausgerissen hatte.

„Ich kann nicht mehr ... kann einfach nicht mehr ... bin so müde, so müde ..." Während er das sagte, sank er langsam auf den Waldboden, schlief ein und begann zu träumen:

Ihm gegenüber entdeckte er Raban, der ihm mit voller Wucht einen grünen Feuerball entgegenschleuderte und rief:

„Trugbilder, alles Trugbilder!"

Nimrod fing zwar den Feuerball, der war jedoch so heiß, dass er ihn sofort wieder fallen lassen musste.

„Du bist ein Dummkopf!", höhnte Raban. „Wirklich ein Dummkopf, wenn du denkst, du könntest nach der Wahrheit greifen, ohne verletzt zu werden. Und nun, da du dich verbrannt hast, musst du fliehen! Aber eines rate ich dir ..." Er hob den Zeigefinger. „Nimm den richtigen Weg!"

Und da lief Nimrod, dem unterdessen weiße Taubenflügel gewachsen waren. Als er bemerkte, dass er damit schnell und federnd vorankam, machte er große Sprünge, achtete gar nicht mehr auf die Richtung. Und es kam, wie es kommen musste: Er wählte den falschen Weg.

Bald sah er sich dem Fledermausgeschöpf gegenüber und versuchte ihm durch einen gewagten Hakenschlag auszuweichen, doch das Mausohr fing ihn ab, riss ihm die Flügel aus und rupfte die Federn, die durch den Wald stoben. Bald war der Boden von ihnen bedeckt wie von Schnee.

„Jetzt kommst du hier niemals wieder raus!", brüllte das Mausohr. „Die Elfe führt dich in Mandergrimms Rachen!" Darauf riss es sich die Kapuze vom Kopf und Mollis' Gesicht kam darunter zum Vorschein, die ihn aus blinden Mondsteinaugen ansah und flüsterte:

„Du kommst zu spät!"

Schweißgebadet erwachte Nimrod, um sich direkt dem nächsten Albtraum gegenüber zu sehen:

Er blickte in zwei riesige Nasenlöcher eines gedrungenen Wesens, das auf seiner Brust hockte wie eine Kröte. Dabei war es steinschwer und seine glitschige Haut war mit dicken Pocken und stachligen Haaren bedeckt. Der Kopf des Wesens, aus dessen Überbiss lange Eckzähne ragten, wovon Speichel in langen Fäden auf Nimrods Hals tropfte, glich dem einer Bulldogge.

„Na, habe ich dir nicht einen furchtbar schönen Traum geschenkt?", fragte das Wesen, bevor es die Unterlippe schlürfend über die Hauer zog.

„Der Traum war ganz und gar nicht schön", schnaufte Nimrod. „Und könntest du von mir runtergehen?" Als er Anstalten machte, das Biest von sich zu schieben, da klammerte es sich mit messerscharfen Krallen im Wams fest.

„AAAAAHHH!", schrie Nimrod, dem eine Kralle in die Schulter stach, die zuvor vom Falken verletzt worden war.

„So leicht, wie du denkst, lässt sich ein Alb nicht abschütteln."

„Ich krieg' keine Luft. Außerdem besabberst du mich." Nimrod versuchte, den dicken Kopf zur Seite zu drücken, der sich zugleich starr und schwabbelig anfühlte.

„Netter Versuch", fand der Alb und schnappte nach seinen Fingern, die Nimrod blitzschnell zurückzog. „So ist es brav. Und nun kommen wir zu deinem Traum zurück. Am besten, muss ich sagen, hat mir der Feuerballwerfer gefallen. Sag, wer war das? Los, erzähl!" Der Alb hopste auf der Brust des Kobolds herum.

„Nicht!", krähte der. „Du bringst mich ja um!"

„Erzähl schon!"

„Kann mich nicht erinnern!", fauchte Nimrod.

„Nein? Dann mache ich dir selbstverständlich einen neuen Traum", versprach der Alb, woraufhin er ihm seinen stinkenden Atem ins Gesicht hauchte.

Und Nimrod würgte ein „Hör auf!" hervor.

„Erzähl mir zuerst was über deinen Traum!"

„Kommt gar nicht infrage, zuerst gehst du von mir runter!"

„Och!", zeterte da der Alb, hopste aber endlich auf den Boden, worauf Nimrod sich keuchend zur Seite drehte, gierig einatmete, hustete und prustete.

Der Alb verdrehte die Augen. „Tu doch bloß nicht so …“

Der Gequälte setzte sich auf, lehnte sich an den umgestürzten Baum und dann wischte er sich mit dem Ärmel ausgiebig den Sabber von Hals und Kinn. „Ist ja widerlich, ehrlich!“

„Nun?“, fragte der Alb ungeduldig. „Der Feuerballwerfer?“ Er rieb erwartungsvoll die Pranken aneinander.

„Ich weiß nicht – ich kann mich gar nicht richtig erinnern. Und wozu soll das eigentlich gut sein? Da ist doch nichts dahinter.“

Während sich der Alb gespannt zu ihm vorbeugte, um die Einzelheiten zu hören, trat schon wieder der Geifer aus seinen Mundwinkeln. „Komm mir nicht mit Larifari! Jeder Traum bedeutet was. Aber wenn es dir schwerfällt zu plaudern, mach ich dir einen Vorschlag: Du deutest deinen Traum und ich erzähle dir über dich, was du noch nicht weißt.“

„Was für ein Köder! Ich habe Aussicht darauf, dass mir ein sabbernder, haariger, hässlicher Alb ein Geheimnis über mich verrät. Was soll das sein? Schnarch ich etwa?“

„Gut gekontert“, fand der Alb, ließ aber nicht locker: „Also, wer war der Feuerwerfer, na?“

Nimrod hob resignierend die Schultern. „Das war mein Großvater.“

„Und was hat er gemeint? Von welcher Wahrheit sprach er da?“

„Das war doch bloß ein Traum“, erwiderte Nimrod. „Ich weiß nicht, was er gemeint hat.“

Der Alb schnalzte mit der Zunge. „Etwas mehr Mühe, wenn ich bitten darf!“

„Er sprach von Trugbildern. Ich bin auf dem Weg nach Anderia zu einer Elfe und mir ist kürzlich ein Gestaltwandler begegnet, der aussah wie sie. Das war wohl das Trugbild, von dem er gesprochen hat.“

„Sie können sehr real sein, diese Gestaltwandler, echte Verwandlungskünstler, nicht?“

Nimrod nickte stumm.

„Weiter! Warum hattest du Flügel in deinem Traum?“

„Vielleicht, weil ... weil ich wie sie sein möchte. Ich wäre ihr gern ähnlicher, dann wäre sicher alles leichter!“

„Wie? Was?“ Der Alb kniff abschätzend ein Auge zu. „Du willst ‘ne Elfe sein?“, wieherte er. „Das erinnert mich haargenau an den Traum einer Elfe, die davon träumte, einen Kobold zu küssen – am Feuer. Sie küsste ihn besonders innig und bemerkte dabei gar nicht, dass er sich bereits in ein Häuflein Asche verwandelt hatte. Die Ärmste! Und wie sie geschluchzt hat im Schlaf!“

„Wann und wo hast du diesen Traum gesehen?“, fragte Nimrod wie vom Donner gerührt.

Der Alb wischte die Tränen seiner überschäumenden Freude aus den Augenwinkeln. „Vielleicht zehn Tage ist es her.“ Wieder wieherte er. „In einem Kämmerlein der dicken Trull. Ziemlich frostig war es. Und wie das Elflein so zitternd da lag, dachte ich mir, ich sollte sie mal aufwärmen.“ Er kicherte. „Kommen wir nun zu dem Geheimnis über dich: Wenn ich es nämlich recht bedenke, dann sah das Aschengesicht aus ihrem Traum genau so aus wie ... DEINS!“, er prustete los, dass der Sabber nur so schäumte.

„Du hast es gewagt ...? Das will ich mir nicht vorstellen, du widerwärtiges Biest!“ Ebenfalls schäumend, aber vor Wut, griff Nimrod in seinen Zaubersack, worin er neben dem Sonnenmagoi etwas anderes erspürte. „Wenn du also den Weg zur Elfensiedlung kennst, dann bring mich hin!“ Er hielt dem Alb das Ding unter die Nase, das er soeben aus dem Zaubersack gezogen hatte. „Und zwar augenblicklich!“, drängte er.

Der Alb schielte auf ein Geflecht aus Fäden, Perlen und Federn. Er zuckte zurück: „Nimm dieses Dingsda weg!“

Es war ein Traumfänger!

„Hör mir gefälligst zu!“, befahl Nimrod. „Wenn du mir nicht hilfst, dann ist es ein für allemal aus mit deinem feinen Zeitvertreib. Keine Albträume mehr, nur noch Träume von Glockenblümchen, Gänseblümchen und Löwenzähnchen.“ Ein überlegenes Lächeln umspielte seine Lippen.

„Berühr mich ja nicht damit, klar?“, sagte der Alb, der drohend mit den Klauen aufstampfte. Aber Nimrod ließ sich davon nicht beirren.

„Also, welchen Weg nehmen wir?“

„Da lang!“, sagte der Alb hauerknirschend. Dann lief er voraus, richtete aber immer wieder ein Auge nach hinten – sicherheitshalber.

28. Hochzeitsreigen

Das Unterholz lichtete sich langsam, aber stetig. Zwar gab es niemals Frost im Grimwald, doch die Kälte des Winters war längst auch hier spürbar geworden. Eisiger Wind blies Schnee zwischen die dunklen Baumstämme. Bis hierher hatte der Alb Nimrod bereits geführt und weil er fand, das sei weit genug, blieb er stehen. Nur noch Zentimeter trennten seine Pranken von der Schneegrenze.

„So!“, schnaufte er. „Da gehst du lang und bist schon da. Ganz leicht! Kann ich jetzt endlich abhauen?“

Nimrod stoppte neben ihm. „Nein!“, sagte er streng. „Ich traue dir nämlich nicht.“

Der Alb lief grün an und bleckte Zähne sowie Hauer.

„Dem dämlichen Kobold werde ich in den Hintern beißen“, das war so sein Gedanke. Schnell aber besann er sich eines besseren, allein aus Furcht vor dem Traumfänger, den Nimrod jetzt so plötzlich aus dem Gürtel gezogen hatte wie man das mit einer Pistole macht, wenn man sich duellieren will. Reumütig schob der Alb die Unterlippe wieder über die Hauer, in seinen Augen aber flammte der Zorn:

„Man sieht sie doch schon!“, blaffte er. „Da ist die Grenze des Grimwalds. DA!“ Er deutete hin mit seiner Kralle.

Und Nimrod traute seinen Augen kaum, als er in die angegebene Richtung blickte. „Tatsächlich!“, entfuhr es ihm. Nach einer kleinen Weile des Staunens wandte er sich wieder um. „Ich habe es geschafft. Ich habe es tatsächlich ge...“

Er unterbrach sich, denn der Alb, an den er seine Worte gerichtet hatte, war fort. Aber das war ihm jetzt einerlei. Nimrod warf den Traumfänger in den nächsten Busch und rannte drauflos. Er ließ den Grimwald hinter sich und mit ihm die Dunkelheit und die Furcht. Einfach so. Mit ausgebreiteten Armen lief er dem Licht entgegen, auf ein freies Feld hinaus. Blinzelnd betrachtete er die Sonne, vor der feine Dunstschleier wirbelten. Sie war riesig und verhalten weiß.

„ENDLICH! ICH BIN DA! ENDLICH!“, jauchzte er, machte Luftsprünge und sog die herrlich eisige Luft ein.

Nur einen Augenblick später entdeckte er Trull. Die Tausendjährige Eiche hatte die Äste ausgebreitet wie Nimrod die Arme und es war, als wolle sie ihn willkommen heißen.

Tag für Tag hatte er danach gestrebt, diesen Ort zu erreichen. Und nun stand Trull, Sitz der Elfen, und das Ziel seiner beschwerlichen Reise, direkt vor ihm. Jetzt war nur noch eines zu tun: Jetzt musste er Aura finden. Ob die Elfe wohl an einem der kleinen Fenster Trulls stand, die auf den Grimwald hinblickten, und an ihn dachte? Ob sie wohl auf ihn wartete, auf ihn hoffte? Obgleich er es nicht wusste, schmälerte das nicht die Freude, die er empfand. Er verbat sich jeden Zweifel, denn das Unmögliche hatte er geschafft, da war das Übrige sicher ein leichtes Spiel. Einige Tage lang beobachtete er Trull, die uralte hölzerne Dame.

Schwarzgefiederte Späher saßen zuoberst, die Alarm schlagen würden, sobald sie ihn entdeckten. Und weil er im Schnee für die Krähen weithin sichtbar war, hielt Nimrod sich bei einem Steinkreis versteckt.

Der größte Fels war gespalten und von Regenwasser unterspült worden. In der kleinen Höhle, die sich dadurch gebildet hatte, fristete er die nächsten Tage und fror erbärmlich, weil er sich darin kaum bewegen konnte. Aber das war nicht zu ändern, denn er konnte nicht herumlaufen, wie es ihm gefiel. Er musste im Schutz der Steine bleiben. Eingewickelt in seinen Umhang saß er dort und vertrieb sich die Zeit damit, dass er die beiden Magoi betrachtete, sie erforschte. Der Drache des Sonnenmagoi hatte einen Bronzeleib und der Stein, den er fasste, war klar und flammenfarben. Aber so sehr er versuchte, ihrer beider Geheimnisse zu ergründen, er kam nicht dahinter.

Bedauerlicherweise gingen auch seine Vorräte, die aus dem Grimwald stammten, langsam zur Neige. Alles was noch übrig war, Mehlbeeren und Bucheckern, passte in seine Hand.

Die Zeit verging, doch nichts tat sich. Außerhalb der Eiche ließ sich niemand aus dem Elfenvolk blicken. Stille beherrschte das Anderia dieser Tage, aber hin und wieder ertönte ein trauriger Glockenton, den Nimrod kannte. Fast jedes Jahr erklang das Geläut am Stillen See und der Wind trug es bis hin zum Aschengrund. Wenn das Elfenvolk trauerte, zog es sich zurück, hisste weiße Banner und läutete stündlich diese Totenglocke. Die Frage, wen die Sturmgeister abberufen haben mochten, beschäftigte Nimrod nur kurz, denn andere Sorgen plagten ihn. Zu seinem Verdruss hatte die Beobachtung der Tore ergeben, dass sie ständig bewacht wurden.

In der dritten Nacht, als die Ewigen Lichter die Elfenresidenz beleuchteten, wagte er sich näher. Trull schien auf eigenartige Weise lebendig, so als könne sie jeden Moment aus der hölzernen Starre erwachen. Fast war es verwunderlich, dass sie sich nicht rührte. Es war unheimlich.

Oltmannen standen sogar vor dem massivsten Tor, das sich zwischen den dicken Wurzeln Trulls befand. Nimrod musste Vorsicht walten lassen, denn durch den Schnee wurde es auch nachts nie wirklich dunkel und er konnte leicht entdeckt werden. Deshalb wartete er bis zur Wachablösung. Die kurze Unachtsamkeit der Oltmannen nutzte er, um zum Stamm des Baumes vorzudringen. Dort sprang er über eine dicke Wurzel und verkroch sich dahinter. Wieder wartete er einen Moment ab. In dieser Zeit fand er neben sich einen Stein, groß wie seine Faust, mit dem er sich bewaffnete.

Während er den untersten Ast musterte, war ihm der Gedanke gekommen, er könne vielleicht durch eines der Fenster einsteigen. Immerhin senkte sich dieser Ast an einer Stelle fast bis zum Boden herab. Nimrod sah sich kurz um. Als die Luft rein war, die Oltmannen hatten ihm gerade den Rücken zugekehrt, rannte er dorthin, in der Faust den Stein. Aber das Fenster erwies sich als zu eng zum Einsteigen, denn es war bloß ein Astloch, das mit einer Scheibe versehen worden war. Er ließ die Hand mit dem Stein sinken und warf einen Blick ins Innere einer Kammer. Hier saß eine Totenelfe, gebeugt über eine Handarbeit. Und vor ihr in einem Kessel brodelte Teewasser. Bei ihrem Anblick überkam Nimrod ein Heimweh, wie er es im Wald nur selten gespürt hatte. Er legte die freie Hand auf das Glas. Es war kalt.

Durch die polierte Oberfläche des Kessels sah die Elfe die Bewegung des Kobolds. Erschrocken ließ sie die Nadel sinken und blickte zum Fenster. Doch da war Nimrod schon verschwunden.

Der saß inzwischen auf dem Ast oberhalb des Fensters und hatte einen Entschluss gefasst: Um Aura zu finden, würde er den Baum hinaufklettern und nach ihrer Kammer suchen. Als er nun leise den Ast Richtung Stamm hinaufkrabbelte, ertönte wieder die Totenglocke.

Und die Oltmannen unter ihm am Tor, es waren Laurenz und Amber, sprachen darüber miteinander.

„Ich kann das langsam nicht mehr ertragen!“, stöhnte Laurenz, der ein Ewiges Licht in der linken Hand hatte. Es war das erste Mal nach der Reise zum Winterwolf, dass er zur Wache eingeteilt worden war. „Stunde um Stunde dieses Geläut! Das ist zynisch. Als ob der König trauere, als ob irgendjemand trauere. Der Einzige, der Grund zum

Trauern hat, das bin ich." Als er das sagte, hob er den Arm hoch, an dem die Hand fehlte, die ihm beim Angriff des Winterwolfs abgefroren war.

„Red nicht so über den König!", zischte Amber.

„Warum?", fragte Laurenz und leuchtete Amber ins Gesicht. „Weiß doch jeder, dass sie sich nicht besonders grün waren."

„Ich weiß davon nichts! Jetzt sei still und nimm die Laterne weg!"

„Was für einen Thronfolger hätte der abgegeben? Gleiches Recht für alle, dass ich nicht lache", fuhr Laurenz fort. „Am Ende hätte er die Totenelfen begnadigt und nicht nur das, vielleicht hätte Andalus sogar die Lysand ..."

„Sprich nicht von ihnen! Niemand soll über sie sprechen!", fuhr Amber ihm ins Wort und sah sich hektisch um. „Wenn dich jemand gehört hat, dann geht es uns an den Kragen."

„Ist ja schon gut", beschwichtigte ihn Laurenz. „Ist ja niemand da."

„Andalus?", raunte Nimrod, der noch immer auf dem Ast über ihnen hockte. Andalus, wer kannte ihn nicht, den Elfenkönigssohn? Die Kunde von seiner Ehrenhaftigkeit hatte die Runde gemacht, sogar im Aschengrund. Doch scheinbar hatte ihn eben diese Tugend beim eigenen Volk unbeliebt gemacht.

Nimrod hatte genug gehört und setzte vorsichtig seinen Weg fort, indem er auf den nächsten Ast kletterte, um von dort aus in zwei Fenster zu blicken. Beide Male hatte er kein Glück. Die erste Kammer war leer und in der zweiten schärfte ein Wächter sein Schwert. Als nächstes entdeckte er eine der Speisekammern. Als er die Nase an die Scheibe drückte, lief ihm das Wasser im Mund zusammen, denn hier lagerten die höchsten Gaumenfreuden. Er entdeckte kandierte Lindenblüten, Grimtau, getrocknete Beeren, polierte Nüsse und Fläschchen mit kostbaren Ölen.

Nimrod schluckte. „Reiß dich zusammen!", rügte er sich selbst. „Erinnere dich lieber, warum du hier bist!"

Und so kletterte er weiter, bis er an ein Fenster gelangte, das ihm groß genug erschien, um hindurchzusteigen. Er tastete nach dem Stein, den er in einer Tasche seines Umhangs verstaut hatte, doch dann stoppte er plötzlich.

Was er sah, rührte ihn so, dass er von seinem Plan Abstand nahm. Hier konnte er nicht einsteigen, das war ihm unmöglich, denn in der Kammer lag in einem Bettchen ein kleines Elfenmädchen, das ihn an das Steinerne Kind erinnerte. Die öde Winterzeit hatte sich dieses Elfenkind damit vertrieben, die Wände und die Decken seiner Kammer mit Kreide zu bemalen. Verspielte Zeichnungen waren es. Blumen, Sonnenschein und Schmetterlinge, eben alles, was einem fehlte, wenn Schneestürme die Landschaft beherrschten. Doch die Szene, die das Elfenkind über sein Bett gemalt hatte und Nimrod so gefangen nahm, zeigte etwas anderes. Sie zeigte eine lange Festtafel an einem großen Feuer, dem Sonnwendfeuer. Und daneben, direkt über dem Kopf des schlafenden Elfenkindes, tanzte ein Paar: Eine Elfe mit einem Kobold.

„Wovon träumt wohl dieses Elfenkind?“, fragte sich Nimrod, der forschend auf den Zehenspitzen stand und sein Gesicht an die Scheibe presste, um alles genau sehen zu können.

Doch da schlug plötzlich jemand nach ihm. Im Dunkel konnte er den Angreifer zwar nicht erkennen, warf aber mit voller Wucht den Stein in seine Richtung. Worauf das Krächzen einer Krähe ertönte, die wieder und wieder mit dem Schnabel auf ihn einhieb. Nimrod wich aus, so gut er konnte und geriet darüber heftig ins Rudern. Als er eben wieder Halt gefunden hatte, begann die Krähe wie wild zu krächzen und steckte damit ihre geflügelten Freunde an, die noch auf dem Krähenast weilten. Nun war guter Rat teuer! Und gar nicht lang dauerte es, da hörte Nimrod die Oltmannen von überall her rufen:

„Was ist bloß wieder mit den Krähen los?“

„Stopft ihnen allen die Schnäbel!“

Wieder hackte die Krähe nach Nimrod, der strauchelte und kopfüber von der Eiche herunterfiel. Zu seinem Glück war der Schnee tief genug, um seinen Sturz abzumildern.

„Was war das?“ Amber war hellhörig geworden, nachdem der dumpfe Aufprall von Nimrods Körper an sein Ohr gedrungen war, und er riss Laurenz das Ewige Licht aus der Hand, um damit die Umgebung abzuleuchten.

„Was soll das?", beschwerte sich Laurenz. „Willst du mir den anderen Arm auch noch abreißen?"

„Sei ruhig!", zischte Amber, der beobachtete, dass die Krähe im Sturzflug vom Baum segelte. „Was macht das Vieh da?"

„Die Krähen streiten sich um 'ne Ratte, was sonst? Sie sind eben ein bisschen verrückt geworden nach der Winterwolfsache. Die Totenelfen müssen sich darum kümmern", meinte Laurenz leichthin.

„Wir sollten trotzdem mal nachsehen", drängte Amber, nahm aber gleich wieder Abstand von seinem Plan, weil sich der Vogel unerwartet wieder auf den Krähenast zurückzog.

„Siehst du", meinte Laurenz und nahm Amber das Licht wieder ab. „Hat sich erledigt. Die Ratte ist dahin." Damit kehrten die Oltmannen wieder zurück auf ihre Wachposition.

Nimrod aber zog sich schleppend aus dem Schnee heraus. „Das war wohl nichts", murrte er. „Keine Aura weit und breit!" Er seufzte betrübt. Und sobald die Wächter abgelöst wurden, humpelte er in sein Versteck zurück.

Glücklicherweise hatte das Leuchten seines Magoi die Krähe vertrieben. Einmal mehr hatte das Amulett seine Magie eingesetzt, um ihn vor Schlimmerem zu bewahren. Der Vogel hätte ihn übel zurichten können, so hatte er noch Glück gehabt. Nur sein rechtes Knie schmerzte, denn es hatte einen Schnabelhieb abbekommen. Zurück im Versteck vergrub er sich in seinem Mantel, holte den Sonnenmagoi aus dem Zaubersack, legte ihn sich aufs Knie und schlief so bis zum Morgengrauen.

Als er erwachte, rieb er sich den Schlaf aus den Augen und blies sich in die verfrorenen Hände. Der Magoi hatte seinem Knie gut getan; es schmerzte nicht mehr und die Wunde war schon fast verheilt. Er steckte den Sonnenmagoi zurück und spähte durch den Felsspalt auf Trull. Etwas war anders. Die weißen Banner waren ersetzt worden durch die des Elfenkönigs, die in sattem Purpur leuchteten.

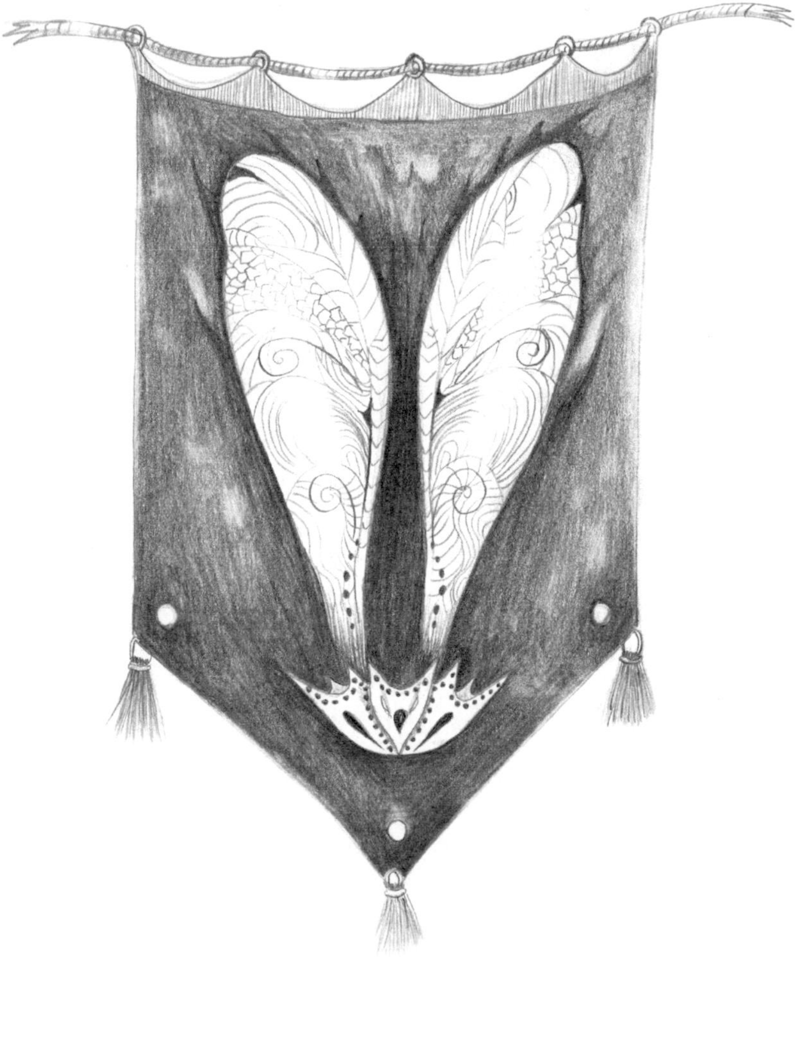

Und fast vermisste Nimrod den Klang der Totenglocke, der ihn durch die letzten Tage begleitet hatte. Beendet war die Trauerzeit um den Elfenkönigssohn.

Sobald die Sonne über die Trollberge blitzte, flogen Oltmannen aus und hielten auf das steinerne Rund zu, deshalb schob Nimrod so schnell er konnte den Proviant unter den Felsen in ein Erdloch, schaufelte so viel Schnee wie möglich davor und kroch dann hinterher. Mit dem restlichen Schnee dichtete er das Erdloch ab so gut es ging, da hörte er auch schon die Schritte eines Wächters auf seinem Stein. Er erstarrte. Der Oltmann war vom Fels gesprungen und zwängte sich nun in den Spalt. Nimrod sah seine Stiefel, als er sich bückte, um eine Mehlbeere aufzuheben.

„Hier drinnen!“, schrie er den anderen zu, als er Kratzspuren im Schnee entdeckte.

Nimrod griff nach seinem Messer. Da es in seinem Versteck aber zu eng war, konnte er es nicht erreichen.

„Hier drinnen ist was!“

„Wohl ein Schneehase!“, rief ein anderer zurück.

Der Oltmann schnüffelte. „Riecht aber eher nach Dachs.“

„Der wird uns am Tag schon nicht stören“, meinte ein dritter Wächter und fügte voller Ungeduld hinzu: „Können wir jetzt vielleicht endlich anfangen! Hier hinten ist nämlich alles klar.“

Als die Oltmannen sich daraufhin zurückzogen, schob Nimrod keuchend den Schneepfropfen aus dem Loch. Er atmete durch und grub sich langsam wieder aus. Als er damit fertig war, setzte er sich auf die Knie und blickte durch den Spalt, der sich zum Steinkreis hin verjüngte, wodurch er wenig später sah, dass die Elfen mit den Vorbereitungen für ein großes Fest begonnen hatten: Die Elfenhochzeit.

Über Elfenhochzeiten erzählte man sich in Grim, sie seien an Glanz nicht zu übertreffen. Und dieser Tag mit seinem hellblauen Himmel schien wie geschaffen für dieses Fest. Solche Himmel gab es nur im Winter, wenn die Sonne tief stand, um das Strahlen des riesigen Sternes zu zeigen, der sie war. Durch ihr Licht erwärmte sie die Steine im Rund

und ließ die Schneekristalle in den Bäumen funkeln, die vereinzelt auf den Hügeln standen. Ein weißes Tuch aus Pulverschnee lag über Anderia, das raschelte wie Seide, wenn der Wind leicht darüber hinfuhr. Und um den Weg zu weisen, von Trull bis hin zum Steinkreis, stellten die Hüter der Ewigen Lichter ihre Laternen auf. Geheimnisvoll mutete es an, wie der Schein der Lampen durch vorüberziehende Bodennebel gedämpft wurde. Und es gab wohl niemanden in Grim, der widerstehen könnte, diesen Weg zu beschreiten, den gerade Elfenfrauen gingen, um die Sträucher mit Seidenbändern und Blüten zu schmückten. Andere brachten große Kissen, die sie auf die Steine legten. Als alles bereit war, flogen sie zurück und Ruhe kehrte wieder ein.

Unterdessen saß Nimrod da und drückte sein Gesicht an den Stein. Erinnerungen kamen auf an den Moment, da er im Haselstrauch gesessen hatte, um Aura anzusehen. Dieses Mal würde alles anders sein. Sobald Aura in seiner Nähe war, würde er aus seiner Deckung hervorspringen. Oh wie würden die Elfen schreien und quietschen! Die Feierlaune wäre ihnen gründlich verhagelt. Der Reihe nach würden die Elfenfrauen in Ohnmacht fallen, nur Aura nicht. Ohrfeigen würde sie ihn auch nicht, sie würde die Arme um seinen Hals schlingen. Und er – ihr Retter – würde sie schnurstracks in den Wald hineintragen. Er würde weder über eine Maus stolpern noch würde sie jemand verfolgen – da war er sich sicher – denn sogar die Oltmannen fürchteten den Grimwald. So sollte es sein.

Als die Sonne am höchsten stand, da flogen die Elfen aus der Eiche heraus. Sie sahen aus wie ein Schwarm seltsamer Vögel. Sie trugen prächtige Festgewänder und herrliche Umhänge, die sich aufbauschten im Wind. Nur zwei Farben sah man nicht an diesem Tag. Und das waren die Farben der Totenelfen, blutrot und schwarz. Bei Festen waren sie nicht gern gesehen. Niemand wollte an solchen Tagen an seine Vergänglichkeit erinnert werden, deshalb mussten sich die Totenelfen zurückziehen. Und derweil sie nun im Dunkel Trulls ausharrten, ließ sich das übrige Elfenvolk im Steinkreis auf den großen, weichen Kissen nieder. Vorfreude lag in der Luft und von Trauer war kaum etwas zu spüren.

An den Tod des Thronfolgers dachte niemand, bis zu dem Augenblick, da Jaris erschien. Unter dem Spalier aus Schwertern der Oltmannen, die sich längs des Weges zwischen den Ewigen Lichtern postiert hatten, marschierte er in den Steinkreis ein. Da ging ein Raunen um unter den Festgästen; es bestand aus einem Wort, hundertfach gewispert. Und dieses Wort war: PURPUR!

Nimrod reckte sich in seinem Versteck. Purpur, so war es! Über der Uniform trug Jaris einen Umhang in der Königsfarbe. Sein Auftreten empfanden viele als Kränkung, immerhin ward eben noch um den Thronfolger getrauert. Das war auch der Grund, weshalb die Königsfamilie dem Fest fernblieb. Und da tauchte plötzlich Jaris im Purpurgewand auf. Es war, als habe er die Königswürde eigenmächtig an sich gerissen, doch da selbst er das nicht ungestraft wagen durfte, wussten es alle sofort:

Es war Zeichen dafür, das Boreas Jaris zu seinem Nachfolger bestimmt hatte, und dies, ohne Rat darüber zu halten. Das war zwar sein Recht, denn immerhin war er der König, trotzdem regte sich leiser Protest unter den Festgästen. Laut zu werden wagte aber niemand. Das Volk hatte die Entscheidung des Königs zu respektieren.

Jaris genoss sichtlich die Verwirrung, die er erzeugt hatte. Wie er einherstolzierte! Nimrod entflammte vor Zorn. Er war drauf und dran das Versteck zu verlassen, um den Thronfolger in den Boden zu stampfen. Aber urplötzlich verrauchte sein Ärger – nicht anders erging es den Gästen – denn es erklang die Eisglocke. Ein vollkommener, gläserner Ton, der das Erscheinen der Elfenbraut ankündigte.

Zuerst flogen alle Elfenkinder in rauchblauen Kleidern herab vom Krähenast und vier von ihnen trugen einen Baldachin. Ein erstauntes Wispern ging durch das Elfenvolk, als darunter die Braut sichtbar wurde. Auch Nimrod sah sie. Wie ihm das Herz schlug! So sehr, dass es ihm vor Aufregung fast aus der Brust sprang.

Aura trug ein silbernes Kleid aus gewirkter Seide, in dessen Stoff irisierende Eiskristalle gewebt waren, ein jedes unvergleichlich. Im offenen Haar der Braut glitzerten Eisperlen. Um sie her schwirrten

Elfenkinder, die Blüten aus zarter Seidenspitze in den Händen hatten, um sie über dem Steinkreis fallen zu lassen. Der Wind spielte noch eine Weile mit den Blüten, bevor er sie zu Boden sinken ließ. Was für ein Schauspiel! Nimrod hatte Ähnliches nur einmal auf einem Bild in Ibrahims Buch gesehen und der Alte meinte dazu, es seien die Engel im Himmel. Vor Staunen vergaß Nimrod ganz, weshalb er gekommen war. Aura näherte sich. Aber erst als sie in den Steinkreis schwebte, um Jaris' Hand zu nehmen, schoss es ihm durch den Kopf:

„Was hier passiert, ist falsch!"

In der Mitte des Steinkreises schwebte einer der Altväter, der ein schlichtes Gewand aus violetter Seide trug. Der Wind bewegte sein langes, weißes Haar, als er mit dem Verlesen einer Schriftrolle begann:

„Seit Jahrhunderten ist es Tradition des Elfenvolkes, die Verbindungen im Winter zu feiern, als eines der höchsten Ahnenfeste. Über der Verbindung in diesem Jahr hing ein dunkler Schatten. Wir denken mit Schmerz an den Verlust des Thronfolgers. Wie wir alle sehen können, wurde heute vom König ein Zeichen für die Zukunft gesetzt. Wir begrüßen seine Wahl und haben uns versammelt, um nun Brans Sohn, den neuen Thronfolger, mit Hadurs Tochter und deren Familien in Gemeinschaft zu verbinden."

„Zeichen für die Zukunft – pah! – Aus dieser Verbindung wird nichts werden!", murmelte Nimrod um den Stein linsend, doch zu seinem Leidwesen schirmte der Baldachin Aura vor seinen Blicken ab.

Und schon begann der Altvater damit, den Treueschwur zu verlesen: „Gemeinsam seid ihr in den Steinkreis der Altväter gekommen, um euch vor ihnen, den Ahnen und euren Familien ein Versprechen zu geben: Ehrenvoll wollt ihr miteinander leben." Er wandte sich Jaris zu: „Brans Sohn, willst du das Band mit deiner Braut eingehen? Willst du sie ehrenvoll und treu annehmen?"

Jaris verneigte sich vor dem Altvater und antwortete: „Ja, ich will sie treu und ehrenvoll annehmen!" Nun wandte sich der Altvater Aura zu:

„Hadurs Tochter, willst du das Band mit deinen Bräutigam eingehen? Willst du ihn treu und ehrenvoll annehmen?"

„JETZT!", sagte sich Nimrod und sprang neben den Stein. Da war er für den Bruchteil einer Sekunde zu sehen – oder besser – er wäre zu sehen gewesen, hätte jemand zu ihm hingeschaut. Doch sie alle verfolgten die Zeremonie. Und was nun geschah, damit hatte Nimrod nicht gerechnet:

Ein fester Griff zog ihn hinter den Stein zurück. Unter dem Schnee war eine Falltür verborgen gewesen, die sich vor kurzem unmerklich geöffnet hatte. Nimrod strauchelte und in dem Moment, da er Aura das „Ja" sprechen hörte, fiel er hinab in die gähnende Tiefe.

29. Wahrheiten

Es gibt wohl Dinge im Leben eines jeden, die man Geheimnisse nennt. Geheimnisse, die man selbst bewahrt, sind dabei die uninteressantesten. Interessant sind nämlich die, die andere verbergen, zumindest wenn sie Sprengkraft besitzen. Die interessantesten Geheimnisse aber sind diejenigen, die etwas über einen selbst erzählen, von dem man bisher nichts geahnt hatte. Diese sind an Sprengkraft nicht zu überbieten. Sie können das Leben in der Sekunde der Enthüllung in einen Trümmerhaufen verwandeln.

Bevor Nimrod in der Dunkelheit aufschlug, spürte er die Anwesenheit von jemandem, der die Falltür wieder schloss.

„WER IST DA? WER WAR DAS?“, schrie er und war wirklich fuchsteufelswild.

Eine weibliche Stimme sprach besänftigend auf ihn ein. „Beruhige dich! Sei ganz ruhig!“

Aber er ließ sich nicht beruhigen, denn all seine Pläne waren soeben durchkreuzt worden. Alles dahin! Er hatte eine Stinkwut, und wer immer für den Fehlschlag verantwortlich war, den würde er zur Rechenschaft ziehen! Als nun plötzlich eine Fackel hinter ihm aufflammte, wirbelte Nimrod herum und riss sie an sich. Da erkannte er im Feuerschein eine Elfenfrau in einem blutroten Kleid, eine Totenelfe. Sie stand mit ihm in einem niedrigen Gang.

„WER BIST DU?"

„Ich bin Susanna", sagte sie ruhig.

Nimrod griff nach ihrer Schulter. „Geh mir aus dem Weg!", fauchte er wie ein Wilder. „Auf der Stelle!"

„Ich denke ja gar nicht daran!" Susanna stemmte sich gegen ihn.

„Was fällt dir eigentlich ein?", herrschte er sie an. „Du weißt ja nicht, was du da gerade gemacht hast!"

„Und ob ich das weiß!", gab sie zur Antwort. „Ich habe dich davor bewahrt, einen großen Fehler zu machen!"

Er schob die Elfe rückwärts, denn sie stand ihm im Weg bei der Suche nach der Falltür, die ihn wieder nach oben führen sollte. „Was weißt du denn schon ...?"

„Du bist Nimrod", sagte sie darauf.

Er stoppte und ließ sie los. „Wie kannst du das wissen?"

„Ich habe dich beobachtet", sagte Susanna, und als sie merkte, dass ihre Antwort seine Wut noch steigerte, fügte sie hinzu: „So wie du Aura beobachtet hast."

„Aura?", fragte er argwöhnisch und beleuchtete ihr Gesicht.

„Ja, Aura! Um sie anzusehen, hast du im Busch gesessen."

Nimrod zog die Augen zu Schlitzen zusammen. „Woher weißt du das, hm? Sag schon!"

„Das *habe* ich bereits gesagt", fuhr sie gereizt fort, während sie sich an ihm vorbei schob. „Folge mir lieber, wir haben keine Zeit zu verlieren."

Er runzelte die Stirn. „Wohin gehst du?"

„Wir", verbesserte sie und entriss ihm die Fackel wieder. „Wir gehen in die Eiche. Dieser Gang führt uns dorthin. Und wenn dir wirklich etwas an Aura liegt, dann solltest du mir folgen, und zwar schnell."

Unschlüssig stand er da, sah sie in der Dunkelheit verschwinden.

„Komm!", drängte sie.

„Warum sollte ich dir trauen?", rief er.

„Weil ich eine Fackel habe und du nicht, weil jemand auf dich wartet in Trull und weil ich dich zu ihr führe."

Nimrod ließ die Schultern hängen und stöhnte auf: „Na schön ... also gut ... na schön! Aber denk ja nicht, dass ich vergessen werde, was du eben getan hast. Du bist mir was schuldig."

Da hatte er sie wohl auf dem falschen Fuß erwischt, denn sie hob die Fackel und zischte: „Eines werde ich dir jetzt klipp und klar sagen, und du solltest gut zuhören: Eine Totenelfe ist niemandem was schuldig, verstanden! Und nun komm endlich!"

Im Gang war es nicht nur finster, sondern auch stickig. Unmengen von weißblauen Mücken flogen darin herum, die zwar nicht stechfreudig waren, Nimrod aber trotzdem bis auf das Blut reizten. Seine Gedanken begannen Purzelbäume zu schlagen und vom Qualm der Fackel tränten ihm die Augen. Überreizt rieb er sich das Gesicht.

„Wer soll da eigentlich in Trull auf mich warten?", wollte er wissen.
„Sicher niemand! Das alles hier ist nämlich ein Ablenkungsmanöver, damit ich den feinen Hochzeitsreigen nicht störe. Ich hätte nie und nimmer auf dich hören dürfen, immerhin bist du es gewesen, die meinen Plan durchkreuzt hat."

„Sicher, deinen *Plan*!", sagte Susanna spöttisch und duckte sich vor einer Wurzel, die in den Gang gewachsen war. „Worin bestand denn wohl dein Plan?"

„Worin wohl! Ich wollte Aura davon abhalten, diesen groben Angeber zu heiraten!"

„Das hab ich mir gedacht!" Susanna lachte erstickt.

„Was gibt's denn da jetzt zu lachen? Du weißt ja gar nicht, was ich alles auf mich genommen habe, um rechtzeitig hier zu sein. Und dann kommst du und, und ..."

„Rechtzeitig? Klar, fast noch vor Tau und Tag." Sie wandte sich zu ihm um und leuchtete in sein Gesicht. „Damit du es weißt: Du bist nicht rechtzeitig."

„Ja, weil du es vermasselt hast." Er schob energisch ihre Hand mit der Fackel fort.

„Hast du denn nicht richtig hingesehen?", wollte Susanna wissen.

Nimrod zog die Stirn kraus. „Was meinst du?"

„Das dort oben", sie deutete hinauf, „ist die Hochzeit von Jaris und Hanay."

„Hanay?", echote er.

„Auras Schwester."

„Ich weiß, wer sie ist", sagte er verunsichert. „Aber ... ich meine, sie sind sich sehr ähnlich ... aber das hätte ich doch sicher bemerkt."

„Anscheinend nicht. Blind vor Liebe, sag ich nur."

„Aber dann", kam ihm die Erkenntnis, „dann hätte ich ja beinahe ..."

„... die falsche Braut entführt", endete Susanna für ihn.

Nimrods Herz tat gleich zwei Sprünge, einen aus Freude darüber, dass nicht seine Aura den Angeber geheiratet hatte, und einen aus Sorge. Und er fragte sie:

„Aber wo ist dann Aura?"

Die Elfe blickte ihn ernst an. „Komm!", sagte sie. „Legen wir einen Schritt zu, die Zeit drängt." Und sie lief weiter voraus.

Nach einiger Zeit deutete sie nach oben. „Hier hinauf!"

Schemenhaft erkannte Nimrod eine Wendeltreppe, die im Inneren einer abgestorbenen Wurzel verlief und bis in den Stamm der Eiche führte. Er folgte der Elfe, deren Flügel die Wände der Wurzel streiften und musste sich vorsehen, nicht auf den Saum ihres Kleides zu treten, der vor ihm über die Stufen glitt. Ein schmaler Gang führte in den untersten Ast der Eiche. Hier hörte man nur leises Gemurmel aus Wohnkammern, aber niemand zeigte sich. Trotzdem zog Susanna ihn mit größter Wachsamkeit hinter sich her, bis sie zu einer Tür gelangten, durch deren Ritzen Licht in den Gang fiel. Die Elfe klopfte nicht, öffnete leise die Tür, erfasste Nimrods Hand und nahm ihn mit hinein.

Das Quartier, in dem sie sich nun befanden, war eben jenes, vor dem

Nimrod in der letzten Nacht gestanden hatte. Er erkannte es am Ofen mit dem blanken Teekessel darauf.

„Mutter", flüsterte Susanna, nachdem sie die Tür geschlossen hatte. „*Er* ist da."

Die Elfe, die in einen schwarzen Umhang gehüllt war, sah von ihrer Handarbeit auf und schenkte ihm ein freundliches Lächeln. Ihr Haar, das sie locker aufgesteckt hatte, war ebenso schwarz wie das Susannas, nur war es durchzogen von silbernen Strähnen.

„Habe ich mich also doch nicht geirrt", sprach sie. „Du bist es wirklich gewesen, der gestern vor meinem Fenster gestanden hat. Susanna wollte es mir nicht glauben. Doch da haben wir dich, Nimrod. Und stattlich bist du geworden."

Während er darüber nachdachte, woher die Elfe ihn kannte, warf diese den Umhang ab. Darunter trug sie ein fuchsrotes Seidenkleid, dem der Feuerschein Goldschimmer gab.

„Zur Feier des Tages", sagte sie. „Ich hasse dieses ewige Schwarz." Und sie zuckte die Schultern über ihre Schandtat. Das verbotene Kleid hellte ihre Stimmung noch weiter auf. Sie klatschte in die Hände und dirigierte die beiden auf zwei Stühle am Bett. „Setzt euch, ihr beiden! Das ist wirklich ein Feiertag. Nicht auszudenken, wie lange es her ist, dass ich dich das letzte Mal sah."

Nimrod kam aus dem Grübeln nicht raus. Woher kannte sie ihn? Je länger er die Elfe beobachtete, desto mehr drängte sich ihm ein Vergleich auf, der ihn verwirrte. Es war ihm, als habe er sie schon einmal vor langer, langer Zeit gesehen. Nur wo das gewesen sein könnte, fiel ihm nicht ein.

„Ich bin Revenda", sagte sie, als sie bemerkte, dass Nimrod sie so tiefgehend musterte. „Und ich muss dir etwas erzählen."

*

Zur gleichen Zeit machte sich jemand aus Golker auf den Weg in den Aschengrund, der auch etwas zu erzählen hatte, der schon seit langer

Zeit etwas zu erzählen hatte.

Die Dunkelheit kam nun immer früher. Durch die Fenster von Mollis' Haus fielen Kreise goldenen Lichts auf den blauen Schnee. Hier, wo Kälte und Wärme sich vereinten, entstand ein Geflimmer aus Schneesternfunken. Ibrahim zögerte. Bevor er die Veranda betrat, fühlte er in seine Manteltasche. Den Ring hatte er bei sich und er war mit der festen Absicht gekommen, sein Schweigen zu brechen. Er klopfte.

Als Ibrahim am Feuer saß, Seite an Seite mit Mollis, da tat er sich plötzlich schwer damit. Schweigend streichelte über den grünen Samt seines Sessels. Er horchte auf Baca, die mit Geschirr hantierte, um Tee zuzubereiten. Bisweilen starrte er in die Flammen, bisweilen sah er Mollis an und lächelte dann scheu, wenn sie seinem Blick begegnete.

Das machte sie unruhig. „Hast du etwa ...? Hast du Schlimmes über Nimrod erfahren?"

Und endlich fand Ibrahim die Sprache wieder: „Nein Mollis. Und ich wollte dich sicher nicht beunruhigen." Unterdessen tastete er nach dem Ring, beugte sich vor und sah verstohlen um die Lehne. Er wollte sichergehen, dass Baca nicht hörte, was er nun sagte: „Weshalb ich eigentlich hier bin, das ist ..." Er räusperte sich. „Mollis, hast du ...?" Sie sah ihn erwartungsvoll an. „Hast du es deinen Kindern jemals erzählt, Mollis?", raunte er.

„Was meinst du?"

„Na, ich meine deine Geschichte, du weißt schon."

„Nein", flüsterte Mollis. „Nicht ein Wort davon." Während sie das sagte, spürte sie, wie ihr Herz wild zu klopfen begann. Es gehorchte ihr nicht mehr.

„Dann", sagte Ibrahim feierlich, „ist es wohl an der Zeit, es zu wagen." Mit diesen Worten legte er den Ring auf ihre Sessellehne.

Oh wie sie staunte! „Was ... wie ... woher? Woher hast du denn meinen Ring?" Sie nahm ihn an sich. „Ich glaubte ihn verloren bis in alle Ewigkeit." Sie warf Ibrahim einen dankbaren Blick zu, der ihn in die Richtung lenkte, aus der Baca eben ein Tablett brachte. „Du hast wohl recht", gestand Mollis, als sie sich den Ring auf den Finger schob.

Nachdem vom Kuchen nur noch ein Anstandsstück verblieben war und sich der Feuerschein in Teepfützen spiegelte, da fasste sich Mollis ans wilde Herz. Wenn es sich doch beruhigte! Nun war es also soweit.

„Baca, ich habe dir etwas Wichtiges zu sagen“, begann sie.

„So?“, fragte Baca heiter. „Was denn?“ Ihre Fröhlichkeit verging bald, weil sie bemerkte, dass es Mollis sichtlich schwer fiel weiterzusprechen. Nervös begann Baca an ihrem Zopf zu zupfen, der ihr über die Schulter in den Schoß fiel. „Was willst du mir sagen?“

„Es geht um deinen Vater“, fuhr Mollis fort. „Er ... Er ist schon einmal zuvor im Grimwald gewesen, und von dem Abenteuer ist er auch zurückgekommen.“

Was sie sagte, brachte Baca durcheinander. Sie zwinkerte heftig. „Was meinst du?“ Als Mollis ihr nicht gleich antwortete, wurde sie rot vor Zorn. „Willst du mir etwa sagen, dass du ...“ Sie unterbrach sich und sah nun zu Ibrahim. „Das ihr alle mich belogen habt? Wo ist er denn nach seiner Rückkehr hingegangen?“ Ihr Zopf hatte sich aufgelöst und die Grillen waren los. „Wo ist Vater? *Wo*?“ Sie schlug mit der Hand auf den Tisch, was ein kleines Beben verursachte, bei dem die Teetassen klirrten.

Ibrahim, der sich erschreckt im Sessel aufgerichtet hatte, blinzelte verlegen über den Tisch, weil er eine Antwort nicht parat hatte.

Wutentbrannt sprang sie auf und blickte von einem zum anderen. „Nun sagt schon was!“

Mollis reichte über den Tisch und erfasste ihre Hand. „Bleib ruhig und hör zu! Es ist sehr wichtig!“

Baca setzte sich wieder und schlang sich die Arme um den Körper, denn ihr wurde angst.

„Als Elias damals auf die Reise ging, um ein Heilkraut für dich zu finden, da war er bereits das zweite Mal im Grimwald. Er war ...“

„Das zweite Mal?“, unterbrach Baca sie. „Das hast du mir ja nie erzählt!“

„Ich wollte euch schützen, Nimrod und dich.“

„Schützen?“ Baca war außer sich. „Wovor denn?“

„Also“, fuhr Mollis fort, „der Grund dafür, dass dein Vater zum ersten Mal in den Grimwald gegangen ist …“ Sie biss sich auf die Unterlippe. Gleich würde Baca alles erfahren. Viel zu spät, sicher viel zu spät. Aber den rechten Zeitpunkt gab es nicht für Geheimnisse, die Geheimnisse bleiben sollten.

Als Ibrahim sie durch Zunicken ermunterte weiterzusprechen, da sah sie Baca fest an. „Ich – Ich war der Grund.“

„Mutter, was? Warum du?“

„Er hat mich gerettet. Ich wurde von meinem Volk verbannt, nachdem jemand unsere Liebe verraten hatte.“

„Liebe? – Verraten?“ Baca wunderte sich. „Seit wann scheren sich Kobolde um die Liebesangelegenheiten anderer? Das wäre mir ja ganz neu.“

„Wir sind nicht von einem Volk, dein Vater und ich.“ Sie schluckte. „Ich bin ... ich bin ...“ Und ihr glitt eine Träne über die Wange, so schwer fiel es ihr. „Ich bin eine Elfe, eine Lysander, geächtet von meinem Volk, weil ich einen Kobold liebte ...“ Ihr Blick schien der Zeit entrückt. „Weil ich ihn noch immer liebe.“

Baca starrte Mollis an. Was hatte sie nicht alles hinterfragt? Von der Schuld am Tod des Vaters, bis hin zum Sinn des Lebens, doch nie hatte sie in Zweifel gezogen, dass ihre Mollis etwas anderes sei als das, was sie war: Eine Koboldfrau. Wie bloß war es ihr gelungen, das zu verbergen?

Mollis wischte sich mit der Schürze übers Gesicht. „Dein Vater musste noch einmal in den Grimwald, um Halbelfenkraut zu finden. Du und dein Bruder, ihr seid Halbelfen.“

Baca atmete heftig. Wieder eine neue Wendung, die sie bis eben noch nicht bedacht hatte. Ihr altes Leben zersprang mit einem Schlag in tausend Scherben. Ihre Geschichte musste neu geschrieben, die Bruchstücke neu zusammengefügt werden. So viele verwirrende Erinnerungsfetzen stürmten jetzt auf sie ein, dass ihr vor Schwindel ganz übel wurde. Wortlos sprang sie auf und rannte zur Treppe. Oben angekommen, schlüpfte sie in ihre Kammer und knallte die Tür zu.

„BACA!“ Bevor Mollis hinterherlaufen konnte, hielt Ibrahim sie zurück: „Lass sie doch erst mal darüber hinwegkommen. Du kannst jetzt nichts für sie tun. Sie beruhigt sich schon wieder."

Nachdem Mollis sich widerstrebend gesetzt hatte, fügte er hinzu: „Es gibt da auch etwas Wichtiges, das *ich* dir erzählen muss. Es hat zu tun mit diesem Ring." Er deutete auf Mollis' Hand. „Mir ist nicht bekannt, ob du es wusstest, aber dieser Ring stammt von meiner Mutter Theodora. Ich hatte ihn einmal bei Knox gegen Tinte versetzt. Als ich ihn wieder einlösen wollte, stellte sich raus, dass er den Ring an Elias verkauft hatte. Knox mutmaßte damals, Elias habe eine Liebste."

„Ach wirklich, mutmaßte er das, der alte Knox?" Mollis' Ton hatte etwas Spöttisches angenommen und ihr Blick wanderte immer wieder die Treppe hinauf. Sie war nicht ganz bei der Sache und fragte sich, was Baca jetzt wohl tat, dort oben.

Ibrahim ließ sich davon nicht beirren. Heute nicht. „Mollis, hörst du?" Er wollte diese Geschichte loswerden. Als sie ihn wieder ansah, sprach er weiter: „Gleich am nächsten Tag habe ich Elias auf dem Rabenfels gesehen. Er kam die Raulintreppe herauf und schlug den Weg zum Friedhof ein. Weil ich wissen wollte, wo er den Ring hat, bin ich ihm gefolgt."

Mollis verriet leise: „Ja, auf dem Friedhof haben wir uns immer heimlich getroffen."

„Und eben da habe ich *euch* zusammen gesehen. Da habe ich *dich* gesehen – zum ersten Mal – und mir gewünscht, dass niemand außer dir diesen Ring tragen sollte! Warum auch sollte er bei mir in einer dunklen Ecke verstauben, wenn er doch an deinem Finger funkeln konnte. Zufrieden bin ich heimgegangen. Was ich gesehen hatte, wollte ich anstelle des Rings verwahren. Genauso sollte es sein, das musst du mir wirklich glauben, Mollis! Aber es ist anders gekommen."

Bevor die Bedeutung der Worte gänzlich zu Mollis durchdringen konnte, fuhr der Alte schon fort:

„Es hat nicht lange gedauert, da ist Knox zu mir in die Bibliothek gekommen. Natürlich hatte er sich gemerkt, dass ich eine Goldlohe besitze. Die wollte er haben. Aus diesem Grund hat er einen Samtbeutel mitgebracht und darin die Magoi. Anscheinend war ihm der wahre Wert dieser Amulette nicht bekannt, deshalb wollte ich ihn an der Nase herumführen. Ich habe so getan, als wäre ich gar nicht interessiert an ihnen, bis er mich förmlich angebettelt hat. Da erst habe ich mir den Mondmagoi genommen, um ihn zu betrachten. Und genau in dem Moment hat Knox diese verhängnisvolle Frage an mich gestellt, eben die Frage nach dem Ring und an welch zartem Händchen er denn nun stecke. Jedenfalls habe ich ihm natürlich nicht geantwortet – nicht ich. Aber der Magoi hat es getan, indem er ein Bild von einem Kobold und einer Elfe gezeigt hat: Elias und du waren da zu sehen, Hand in Hand. Und Knox, der hat es gesehen."

„Tag der Heimlichkeiten, wie?" Die beiden fuhren zusammen, denn Baca stand urplötzlich vor ihnen. Sie hatte einen dicken, braunen Wollmantel angezogen und trug eine große Ledertasche, die sie mit beiden Händen halten musste. Sie hatte nämlich alles hineingepackt, was übrig war von ihrem alten Leben.

„Du willst einfach fort?", sagte Mollis verzagt.

„Was sonst? Hier gibt es nichts mehr für mich. Ihr seid Lügner! Alle zusammen!" Damit lief Baca zur Tür hinaus, die Verandatreppe hinunter, und stapfte durch den Schnee davon.

Der Nordwind schlug die Tür in den Angeln hin und her.

Mollis, deren Körper sich taub anfühlte, versuchte gar nicht erst, ihr nachzulaufen. Sie murmelte bloß: „Jetzt habe ich sie schon wieder verloren ..."

„Sie wird sich schon erholen!", versicherte Ibrahim. „Es war sicher richtig, es ihr endlich zu sagen." Womit er aber eigentlich versuchte, sich selbst zu beruhigen und nicht Mollis.

„Knox hat mich verraten?", sprach sie tonlos und nahm damit den Faden wieder auf.

„Aber ich trage die Schuld daran, dass er überhaupt von Elias und dir erfahren hat, Mollis!", sagte Ibrahim.

„Das begreife ich nicht. Wie meinst du das?"

„Na, auf Knox' Frage hin, an wessen Finger der Ring denn nun stecke, habe ich mir ersehnt, ich selbst hätte dir den Ring gegeben. Der Magoi, auf den ich dabei gesehen habe, kannte aber die Wahrheit genauso gut wie ich. Er wollte mich durch euer Bild einfach mit der Nase darauf stoßen, dass du doch längst vergeben warst!"

Langsam verstand Mollis. „Und jetzt noch einmal von vorn", begann sie. „Du bist also nur mit dem Rat hierher gekommen, Baca die Wahrheit zu beichten, weil du später nach deiner eigenen Beichte besser dastehen wolltest? Das ganze Theater sollte mir deutlich machen, dass ich eine Geheimniskrämerin bin und mich dadurch in nichts von dir unterscheide, du alter Heimlichtuer?" Sie runzelte wütend die Stirn. „Nie hast du einen Ton gesagt! WIESO? Du hättest Elias warnen können. Er war doch dein Freund. Aber kein Wort hast du gesagt. Und habe ich dich richtig verstanden?" Sie beugte sich drohend zu ihm vor. „Du liebtest mich?"

„Mollis, ich ... weiß nicht, was ich sagen soll. Irgendwie hast du alles in den falschen Hals gekriegt ... ich ..." Er fuhr sich nervös über den Bart. „Verstehst du, ich wollte unbedingt, dass du endlich alles erfährst. Damals bin ich doch davon ausgegangen, dass Knox das Bild im Magoi nicht gesehen hatte."

„Du musstest es aber annehmen! All die Jahre warst du unser Vertrauter und Freund. Was willst du nun, eine Absolution? Eine kleine Warnung und ... all die Schmerzen, Ibrahim! Dieser endlose unsägliche Kummer ..."

Die Glut im Kamin sackte zusammen mit Mollis' letzten Worten, es wurde kalt und finster im Zimmer.

Der Nordwind knallte die Tür zu.

Ibrahims Augen mussten sich erst an das schwache Licht gewöhnen. Weil er in der Dunkelheit Mollis' anklagendes Gesicht nicht sehen konnte, fand er den Mut weiterzusprechen:

„Ich habe immer Zuneigung für dich und deine Familie empfunden. Seinerzeit machte ich einen Fehler und seither vergeht kein Tag, an dem ich ihn nicht bereue."

„Vielleicht hast du dir sogar *gewünscht*, Elias würde nicht zurückkommen." Mollis' Stimme überschlug sich vor Aufregung. „*Hast du dir das gewünscht?*"

„Aber Mollis, du bist ungerecht gegen mich!", fand Ibrahim. „Ich habe dir einfach den Ring bringen und dir alles, was an ihm hängt, erzählen wollen."

„Jetzt hast du mir den Ring gewissermaßen selbst angesteckt. Mit anderen Worten: *Ich kann in Verbindung mit diesem Ring an nichts anderes mehr denken, als an deine Geschichte, Ibrahim!* Deshalb musst du ihn zurücknehmen!" Mollis zog den Ring ab und bevor sie ihn wieder auf die Sessellehne legte, hörte er sie sagen:

„Nun habe ich weniger als nichts von Elias übrig behalten!"

Ibrahim fühlte sich so elend wie noch nie zuvor in seinem Leben. Und es kam schließlich dahin, dass er die Wahrheit verfluchte.

Ein Klopfen an der Tür erlöste beide aus ihrer freudlosen Lage. Mollis sprang aus dem Sessel hoch und rannte zur Tür, um sie aufzureißen. Als sie Baca dahinter erkannte, fiel sie ihr erleichtert um den Hals.

„Randan!", schluchzte Baca erstickt. „Ich kann ja überhaupt nicht mehr zu ihm zurück. Er kann Elfen nicht ausstehen! Außerdem denkt er sowieso bloß an seine Zwergziegen; Zwergziegen hier und Zwergziegen da. Diese Viecher mochte er schon immer lieber als mich. *Ich kann ihn auch überhaupt nicht ausstehen.*"

Während Mollis Baca tröstete, schlich Ibrahim an ihnen vorbei, mit hochgezogenem Kragen und einem Ring in seiner Manteltasche, der alles an Wert verloren hatte.

*

Etwas gewonnen hingegen hatte Nimrod, und zwar eine Erkenntnis. Während Revenda über die Stickereien an seinem Ärmel strich, spürte er ihr Zittern. Und auf einmal fand er etwas in ihren Gesichtszügen, das er zuvor nicht gesehen hatte: „Du siehst Mollis so ähnlich. Und du kennst mich. Was hat es damit auf sich?"

Revenda war um Fassung bemüht: „Mollis ist meine Schwester!"

30. Lysander

Da Mollis' Geheimnis nun enthüllt war, verwandelte sich Nimrod so schnell wie es sonst nur ein Gestaltwandler vermochte, und zwar von einem Kobold in einen Halbelfen. Sein Blick begann hektisch durch den Raum zu schweifen. Ihm platzte fast der Kopf, weil seine Gedanken buchstäblich Karussell fuhren. Er rieb sich fahrig mit dem Handballen über die Stirn und stöhnte: „Es tut zwar weh, aber es erklärt mir auch vieles."

„Nimrod", sagte Revenda sanft. „Denk später darüber nach. Ich habe dir noch mehr zu sagen, hörst du?" Sie nahm seine Hand und sah ihn fest an. „Es ist schwer, das weiß ich wohl, aber du musst jetzt weiter zuhören." Sie wartete, bis sein Blick ihr nicht mehr auswich und dann erzählte sie: „Weißt du, als Mollis und dein Vater sich ineinander verliebt hatten, trafen sie sich heimlich. Doch jemand muss davon gewusst und es gesehen haben. Und derjenige hat sie an Boreas verraten. Da war sie verloren und wir mit ihr.

Boreas hat Mollis verbannt und uns traf sein Fluch. Die ganze Familie wurde daraufhin zu Totenelfen degradiert."

„Das ist schlimm ... nicht wiedergutzumachen", krächzte Nimrod, dem sich vor Erschütterung mehr und mehr die Kehle zuschnürte.

Revenda fuhr fort: „Du musst dir darüber keine Gedanken machen. Brauchst du vielleicht ein Glas Wasser?"

Schnell schenkte Susanna ihm einen Becher voll ein und Nimrod trank alles in einem Zug aus, wobei er sich verschluckte.

„Das ist doch alles nur ein böser Traum!", sagte er hustend. „Der Alb hockt auf mir und haucht ihn mir ein."

„Komm zu dir, Nimrod!", zischte Susanna und nahm ihm schnell den leeren Becher ab.

„Seid ihr wirklich zu Totenelfen geworden, durch das, was Mollis getan hat?", fragte er mit rauer Stimme.

Revenda antwortete: „Glaube ja nicht, Mollis trage die Verantwortung für unser Schicksal. Schuld sind die alten Traditionen. Vor allem aber ist es der König. Boreas' Herz ist kälter als die Gletscher am Teufelszinken. Am Ende sind wir alle Teil des Volkes und haben zugelassen, dass es so weit kommt. Und jetzt, da unsere Hoffnung auf eine bessere Zukunft mit Andalus gestorben ist, haben wir noch traurigere Zeiten zu erwarten." Sie seufzte. „Ich wünschte, es wäre alles anders gekommen."

Nimrod hatte die ganze Zeit eine Frage auf der Seele gebrannt, die er nun nicht mehr zurückhalten konnte:

„Wo ist denn eigentlich Aura?"

Revenda blickte Susanna sorgenvoll an, und weil Nimrod das nicht entging, wurde er noch mehr von Unruhe gepackt.

„Wo ist sie denn nun?", fragte er erregt.

Susannas Bericht über das, was sich in den letzten Wochen in Anderia zugetragen hatte, ließ nichts aus, weder die Reise ins Winterlager noch den Tod des Thronfolgers und schließlich kam sie auch zu Folgendem:

*

Einen Tag, nachdem ihn die Nachricht von Andalus' Tod erreicht hatte, ließ Boreas das ganze Volk zusammenrufen. Alle waren gekommen, bis auf Ava. Die Elfenkönigin hatte der Tod ihres Sohnes so schwer getroffen, dass sie in ihren Gemächern geblieben war, um zu trauern. Deshalb wartete der Elfenkönig Seite an Seite mit Jaris auf dem großen Balkon. Bei ihnen war Aura samt Familie. Boreas schaute auf die betrübte Menge, in der sich die Trauerbotschaft schon wie ein Lauffeuer verbreitet hatte. Dann hob er an:

„Ich habe eine Ankündigung zu machen. Ich beklage den Tod meines Sohnes Andalus, des Thronfolgers. Der Todesfall erfordert eine vierzehntägige Trauerzeit, in der ihr die weißen Banner hissen und stündlich die Totenglocke schlagen sollt. Weiterhin will ich euch sagen, dass nach Ablauf dieser Trauerzeit das Ahnenfest der Tradition gemäß stattfinden wird. Es wird mit einem Hochzeitsreigen beginnen. Wir feiern in diesem Jahr die Verbindung von Brans Sohn Jaris und Hadurs Tochter ..." Boreas warf einen Blick hinter sich, denn da stand Aura mit der Familie. Dann ergriff er Hanay bei der Hand und zog sie nach vorn zur Brüstung und ins Licht. „... Hadurs Tochter Hanay!"

Aura, die von den Änderungsplänen des Königs zuvor nichts erfahren hatte, sah mit Entsetzen, wie ihre Familie gemeinsam mit dem Volk applaudierte. Sie war verraten worden und wusste im gleichen Moment, dass dies kein gutes Ende für sie nehmen würde. Obwohl ihr nach den Geschehnissen der letzten Wochen nicht mehr der Sinn nach einer Verbindung mit Jaris gestanden hatte – im Gegenteil – hatte sie doch darin den einzigen Weg gesehen, nicht unterzugehen. Anscheinend sah das ihre Familie anders, sie hatte sie bereits aufgegeben. Aus Angst, an Ansehen zu verlieren, ließen ihre Eltern sie im Volkszorn ertrinken. Hadur und Viola, die Hanay mit Überschwang gratulierten, würdigten Aura keines Blickes. Warum auch? Hatten sie ihr Ziel doch erreicht: Die Verbindung mit der königsnahen Familie war gesichert. Während sie nun gemeinsam Aufstellung nahmen, um dem Elfenvolk zu winken, wurde Aura, die hinter ihnen stand, ganz schlecht vor Angst. Sie begann unkontrolliert zu zittern. Plötzlich wurden ihre Arme gegriffen.

Laurenz und Amber hatten sie gepackt. „Deinetwegen habe ich meine Hand verloren“, zischte Laurenz, der sie mit der linken Hand umso fester drangsalierte. „Dafür wirst du nun büßen.“

Amber sagte nichts, seine Augen aber verrieten böse Absichten.

Jetzt trat Boreas wieder vor die Menge: „Kommen wir zu etwas anderem ...“, sagte er und wartete, bis Jaris sich mit Hanay und ihren Eltern zurückgezogen hatte, dann fuhr er fort: „Hier haben wir die Schuldige am Tod des Thronfolgers!“ Nachdem das ausgesprochen war, zitierte er die beiden Oltmannen mit einem Wink zu sich heran. Sie zerrten Aura nach vorn.

Da wurden Stimmen laut im Volk, die riefen: „Mörderin!“, die riefen: „Meuchlerin!“

Und Boreas fuhr fort: „Seit der Zeit des Sonnwendfeuers hat sie uns nichts als Unglück gebracht. Und nun starb durch ihr Verschulden mein *geliebter* Sohn. Da bleibt nur eines: GEÄCHTET soll sie sein!“, brüllte er. „Jedem hier wird bei Todesstrafe verboten, mit ihr zu sprechen, ihr zu helfen oder in der Gemeinschaft je wieder ihren Namen zu nennen! Bevor noch der Tag zur Neige geht, soll sie von Jaris gezeichnet werden! Und jetzt holt die Totenelfen!“

Nun ging alles sehr schnell. Bevor Aura wusste wie ihr geschah, da hoben sie die Oltmannen an den Armen über den Balkon und flogen mit ihr hinauf zum Krähenast. Draußen war der Himmel eintönig grau und es schneite leicht. Laurenz und Amber flogen mit Aura hinunter zum Grimwald, im Gefolge fünf bewaffnete Oltmannen. Vor dem Wald stellten sie sie ab, wo sie im Schnee zusammensackte. Ihre Beine trugen sie einfach nicht mehr. Nachdem die Oltmannen sie im Halbkreis umstellt hatten, flogen drei Totenelfen heran, die hinter ihr Aufstellung nahmen. Danach trat eisiges Schweigen ein und Aura wurde fast ohnmächtig vor Angst. Schließlich bahnte sich Jaris, dessen Gesicht eine unheimliche Kälte zeigte, den Weg in den Kreis der Oltmannen.

Als er Aura erreicht hatte, zog er langsam ein Messer aus dem Gürtel. Es war Andalus‘ Messer, das Jaris ihr bei ihrem Fluchtversuch abgenommen hatte. Schon blitzte seine scharfe Klinge über ihrem Kopf.

„WAS TUST DU?“, schrie sie gellend auf. „Was hast du vor?“ Aura warf den Kopf herum. Auf der Suche nach Hilfe entdeckte sie nur mitleidlose Gesichter. Da blickte sie zum Grimwald. „Nimrod“, flüsterte sie kaum vernehmbar und begann zu weinen.

Jetzt war es soweit, die Totenelfen traten einen Schritt vor.

„Was tut ihr mir an?“, stammelte Aura heiser. „Was nur ...?“

„Was du verdienst!“ Jaris‘ tonloser Stimme folgte ein schneller Streich mit dem Messer.

Und da lagen sie im Schnee – Auras Flügel.

*

Nimrod, der reglos zugehört hatte, saß kerzengerade auf dem Stuhl.

„Das ist es, was sie Lysandern antun“, endete Susanna. „Bevor die Totenelfen sie in den Grimwald treiben müssen, nehmen die Oltmannen ihnen die Flügel.“

„Sie hat keine Flügel mehr?“, echote Nimrod. „Und sie ist im Grimwald?“ Es war ihm, als spüre er seinen Körper nicht mehr.

„Sie ist auf dem Weg zu dir. Sie liebt dich. Sie hat es mir gesagt, als ich ihr einen Mantel, Proviant und das Amulett in den Wald brachte.“

„Was für ein Amulett?“

„So eines.“ Sie deutete auf den Magoi an Nimrods Hals.

„Den Sternenmagoi?“

„Ja. Ich habe ihn aus der Schatzkammer gestohlen, als ...“

Nimrod fiel ihr plötzlich lauthals ins Wort: „WANN? Wann war das alles?“

„Vor zwei Wochen schon.“

Nimrod sank vom Stuhl auf die Knie und schlug die Hände über dem Kopf zusammen. „Der Gestaltwandler ...!“, rief er heiser. „Er hatte keine Flügel! Deshalb dachte ich, sie wäre ein Gestaltwandler. Susanna, ich hab etwas Schreckliches gemacht! Ich hatte sie schon gefunden. Aber ich hab sie weggejagt. Ganz allein ist sie jetzt und den Stern, den hat sie verloren. *Der, der mir den Weg zeigen sollte, ist fort*, so sagte sie zu mir.

Ohne ihn wird Mandergrimm sie fressen!"

Revenda beugte sich zu ihm vor. „Leise, Nimrod! Du verrätst uns noch!"

„Ich muss hier weg!" Er rappelte sich auf und stolperte zur Tür.

„Bleib ruhig!" Susanna hielt ihn am Arm fest. „So hilfst du niemandem. Lass uns in Ruhe nachdenken, was wir tun können."

Er riss sich von ihr los. „Du hast keine Ahnung, was im Grimwald auf sie wartet."

„Da hast du Recht."

„ABER ICH WEIẞ ES!", brüllte er.

„Sei endlich still!", zischte Susanna. „Niemand weiß es."

„Verstehst du denn nicht, sie ist da gewesen. Ich habe sie gesehen und ich habe ... Ach, es ist alles hoffnungslos!" Er atmete heftig und lehnte sich auf den Türgriff, der nachgab. Die Tür öffnete sich einen Spaltbreit.

Susanna hielt den Atem an, denn sie hörte plötzlich Stimmen im Gang und das Klirren von Schwertern. Oltmannen! Wenn Nimrod nun aus der Tür stürzte, würden sie ihn entdecken, dann wären sie alle verloren. Bevor alles außer Kontrolle geriet, legte Revenda, die einige schnelle Schritte auf ihn zu gemacht hatte, ihre Hand auf seine.

„Bitte, Nimrod! Lieber Nimrod. Du musst ruhig werden." Sie zog die Tür leise wieder zu. Und nur Sekunden später liefen die Oltmannen im Gang auf und ab. Sie waren angetrunken und grölten etwas Unverständliches. Zuletzt hämmerte einer von ihnen mit der Faust so stark gegen die Tür, dass sie bebte.

Die Totenelfen in der Kammer hielten die Luft an und Nimrod bewaffnete sich mit einem Schemel.

„Ein schönes Fest habt ihr verpasst, ihr Unglücksvögel!", bellte einer der Oltmannen. „Rabenschwarzer Tag für euch, wie?", johlte ein anderer. „Ihr wisst es ja noch nicht, ihr wart ja nicht dabei, aber Jaris ist der neue Thronfolger, einer von uns! Wenn er König sein wird, dann werdet ihr nichts mehr zu lachen haben. Der wird euch schon zeigen, wo der Hase im Pfeffer liegt!" Sie lachten und machten sich davon.

Nimrod stand im Raum, den Schemel über den Kopf erhoben und starrte auf den Türgriff und starrte und starrte. Erst als Revenda seinen Arm berührte, stellte er den Schemel wieder ab.

„Was für ein barbarisches Volk!“, sagte er angewidert.

„Trotzdem“, sagte Revenda und zog ihn von der Tür weg, „sind wir alle drei Teil dieses Volkes. Also muss es auch gute Anteile haben. Die gilt es zu stärken. Aber noch ist es nicht an der Zeit.“

„Warum hat Mollis mir denn bloß nie ein Wort erzählt?“, wollte er nun wissen.

„Sie hat es dir verschwiegen – und ich hätte es sicher genauso gemacht – weil es zu gefährlich ist, darüber zu sprechen. Zu ihrem Schutz schweigen die Kobolde, denn wenn Boreas erfahren würde, dass sie noch lebt, dann ...“

„Was dann?“, fragte er schnell.

„Weißt du, Nimrod, Lysander sind vogelfrei. Das bedeutet, sie haben das Recht auf Leben verloren. Wenn sie die Gefahren des Grimwalds überleben, so werden sie auf der Stelle von Oltmannen getötet, falls man sie entdeckt.“

„Mollis!“, hauchte Nimrod.

Was für ein Jammertal war doch ihr Leben, das ihr einen Verlust nach dem anderen beschert hatte. Zuerst verlor sie die Flügel und damit das Elfendasein, dann den Mann und schließlich die Kinder. Und jetzt war sie allein im Aschengrund unter den Kobolden, wohin sie eigentlich gar nicht gehörte. Er hätte ganz einfach auf sie hören sollen, als sie ihm sagte, dass es gefährlich sei für Elfen, sich mit Kobolden einzulassen.

„Aber sie hätte mir die Wahrheit sagen müssen, dann hätte ich mich von Aura ferngehalten.“

„Wirklich?“ Susanna zog die Brauen hoch. „Hättest du das?“

„Vermutlich nicht ...“, gab er zu und ließ die Schultern hängen.

„Nun verliere nicht den Mut!“, sagte Revenda. „Noch ist nicht aller Tage Abend. Du findest sie sicher und dann werdet ihr glücklich und ...“

„*Mutter*!“ Susanna schnitt ihr das Wort ab. „So einfach ist die Sache auch wieder nicht. Du weißt, dass ernste Gefahren im Grimwald lauern.“

Nun wandte sie sich an Nimrod: „Trotzdem solltest du erst in der Nacht aufbrechen, weil die Hochzeitsfeierlichkeiten erst spät in den Thronsaal verlegt werden. Ich würde dich gern mit Sturmfeders Hilfe in den Grimwald bringen, aber die Oltmannen bewachen die Krähen in diesen Tagen besonders gut. Sie sind sehr schreckhaft geworden, nach der Reise zum Winterwolf. Die Furcht geht um bei ihnen."

Revenda hob einen gut gefüllten Korb auf ihr Lager: „Wir haben vorsorglich schon Proviant besorgt."

„Danke!", sagte Nimrod und knotete sein Bündel auseinander, in dem bloß noch zwei Bucheckern waren. Er legte sie beiseite, um die grüne Seide glattzustreichen, worauf der Goldfaden ungebrochen schimmerte.

„Das Tuch!", rief Revenda aus und fuhr mit der Hand darüber.

„Das sind Aura und ich", erklärte Nimrod und lächelte für einen Moment.

„Das stimmt so nicht", erklärte Revenda, „das sind Mollis und Elias. An dem Tag, da sie verraten wurden, hat sie es ihm zum Geschenk gemacht. Ich sehe sie noch darüber sitzen: Vor Eifer war sie ganz rot im Gesicht. So glücklich habe ich sie nie wieder gesehen." Sie strich sanft über die Elfe auf dem Bild. „Oh, Mollis, ich vermisse dich wie der Tag die Sonne." Der Goldfaden reflektierte das Feuer des Ofens und legte für einen kurzen Moment ein Strahlen auf Revendas Gesicht.

Als es dunkel wurde, führte Susanna Nimrod wieder die Wendeltreppe hinab unter die Erde. Dort angekommen, schlug sie die nördliche Richtung ein. Der Gang endete am Grimwald unter einem jungen Baum, dessen Stamm sich neigte, als mache er eine höfische Verbeugung.

„Da wären wir, Halbelf", sagte sie.

„Danke." Er kratzte sich verlegen am Ohr. „An den Halbelfen muss ich mich erst mal gewöhnen. Das fühlt sich noch komisch für mich an."

„Ist irgendwie ein Rückschritt, finde ich", murmelte Susanna. „Ich hab mir schon manchmal gewünscht, Kobold zu sein."

Nimrod musterte sie, dann sagte er: „Bestimmt wird die Zeit kommen, da du froh sein wirst, genau das zu sein, was du bist."

„Ich weiß auch, wann das sein wird. Denn auf ein Ereignis warte ich: Ich ersehne den Tag, an dem Boreas stirbt und wir – die Totenelfen – gerufen werden, um ihn in den Himmel zu geleiten. Aber da werde *ich* die Krähen mit seiner Asche in den Hugurkessel schicken – zum Feuertroll, wo er hingehört.

31. Wiedersehen

Zwischen hohen Stämmen fielen hellgrüne in dunkelgrüne Blätterkaskaden, die jeden Gedanken an den Winter vertrieben, der das Land außerhalb des Grimwalds beherrschte. Nimrod, den die Sorge um Aura antrieb, schlief nachts so gut wie gar nicht. Zwar musste er in der Dunkelheit Rast einlegen, weil er den Weg nicht mehr sehen konnte, aber kaum war das erste Licht des Tages zu sehen, stürmte er wieder los.

Irgendwann passierte es – vielleicht hatten die Blätter seinen Wunsch schneller voranzukommen abgefangen wie Regentropfen. Dann könnten sie ihn von Blatt zu Blatt geschickt haben und so war wohl die Nachricht verbreitet worden – jedenfalls traf Nimrod auf die Hexen.

Gerade als er keinen Proviant mehr hatte, fand er das Hexenhaus. Es hatte die Ausmaße der Kirchenruine von Golker. Eben als Nimrod den Kopf in den Nacken warf, um die gewaltige Tür zu bestaunen, da wurde sie aufgerissen und kreischte in den Angeln wie ein Grimgeier. Im Nu hüpfte Nimrod hinter einen Strauch. Von diesem Versteck aus konnte er beobachten, dass ein Troll, die Hände über den Ohren, aus dem Haus schlurfte.

„Haltet die Luft an!", schimpfte der. „Man sollte euch einen Maulkorb verpassen! Ihr würdet selbst dem Eistroll noch ein Ohr abquatschen! Zum Narren haltet ihr mich. Was interessieren mich denn Drei-Minuten-Eier oder wie lange der Tee ziehen muss, wenn ich meine Familie verloren habe? Hexensprechstunde – im wahrsten Sinne des Wortes! So eine Zeitverschwendung! Was höre ich auch auf den Ratschlag eines Irrlichts und komme hierher?" Nachdem der Troll seinem Ärger Luft gemacht hatte, wankte er unter donnernden Schritten in den Wald hinein, während rechts und links seines Weges die Bäume abknickten wie Streichhölzer. Als das Rumpeln endlich leiser wurde, trat eine Riesen-Rosa aus der Tür, die Arme vor der Brust verschränkt.

„Not und Elend, was für ein dummer Troll!", meinte sie und betrachtete missbilligend die Schneise, die der in den Wald geschlagen hatte. „War es nicht so, dass wir ständig von der Zeit gesprochen haben? Eindeutiger ging es ja wohl nicht mehr, wir konnten ihn doch nicht mit der dicken Nase darauf stoßen, das verbietet uns die Hexenehre." Sie schüttelte mit dem Kopf und schnalzte mit der Zunge. „Also gut, Mädels! Er ist weg und wir können uns für den nächsten Gast fein machen." Nachdem sie das gesagt hatte, ertönte plötzlich ein so durchdringendes Quietschen, selbst dass Rosa sich die Ohren zuhalten musste. Das Hexenhaus schrumpfte, bis es ihr nur noch bis ans Knie reichte.

„Oh, wir erwarten jemanden, der winzig ist!", erkannte sie mit Schrecken. „Hoffentlich bin ich nicht schon draufgetreten." Sie nahm wechselweise die Füße hoch. „Hallo? Ist da jemand?“, fragte sie.

„Ja, ich bin hier!“, rief Nimrod, der mit einem Satz aus dem Busch sprang und winkte.

„Wo?“ Die Hexe schob die Brille zurecht und kräuselte die Nase.

„Hier unten!“

„Ach da.“ Sie ging in die Knie. „Wie putzig!“, sagte sie und stupste Nimrod mit dem Finger an, worauf er der Länge nach hinstürzte. „Oh, Verzeihung! Das war nicht meine Absicht. Ich sollte …“ Sie schnipste mit den Fingern und war sogleich klein wie er. „Ich sollte dir mal lieber aufhelfen.“ Als sie das getan hatte, Nimrod klopfte sich eben den Sand von der Hose ab, erkannte sie ihn endlich.

„Ach du bist es! Das bestickte Hemd, ich erinnere mich! Sieh mal einer an!“ Sie blinzelte in alle Richtungen. „Noch ganz ohne Liebste, waaas?“ Eingehend betrachtete sie ihn über die dicke Brille hinweg, wobei sie die Arme in die Hüften stemmte und ihr Kreuz nach hinten wölbte. „Schön!“, sagte sie dann kurz und wandte sich zum Holzvorrat um, nahm einen Weidenkorb von den gestapelten Scheiten und packte ihn voll bis zum Rand.

„Darf ich vielleicht behilflich sein?“, fragte Nimrod.

„Sehr gern, da sag ich nicht nein.“

Rosa trat beiseite und überließ es ihm, den steinschweren Korb in die Hexenküche zu bringen. Keuchend und pustend wuchtete er ihn neben den Herd, an dem Thuja stand und ihm zunickte. Sprechen konnte sie nicht, weil sie ihren Kochlöffel zwischen die Zähne geklemmt hatte. Nimrod sah sich in der Hexenküche um, worin es nach Beerenmus mit Zimt roch. Es sah noch alles so aus, wie er es in Erinnerung hatte, nur eines war anders: Der Glasaugenfußboden glänzte prächtig, denn er wurde geschrubbt von einem kleinen Schwarzelben mit grünen Funkelaugen.

Thuja nahm den Kochlöffel aus dem Mund und deutete auf ihn: „Unser Knecht! War etwas vorlaut, der Kleine, da haben wir ihn nach der Sprechstunde gleich hier behalten. Macht sich ganz gut.“

Der Schwarzelb maulte: „Schon wieder so einer, der nur Dreck mit reinbringt!“ Er sah gar nicht auf und bewegte die Bürste so hastig über den Boden, dass es nur so schäumte, kleine Seifenblasen aufstiegen und die Glasaugen wie wild zwinkerten.

„Wie eine Spitzmaus, so winzig ist er. Sieht aus, als könne er kein Wässerchen trüben, aber ein Mundwerk hat er, da kann er dem Troll die Hand reichen!“ Sie schüttelte den Kopf. „Aber lassen wir Trolle und Mäuse mal beiseite. Wie schön, dass du wieder zu uns gefunden hast!“

„Ja“, stimmte Rosa zu. „Erzähl uns doch mal, was geworden ist aus dem Plan Elfenbefreiung!“

Ruth, die unterdessen aus der Kellertür unter der Treppe gekommen war, hatte ein halbes Dutzend Flaschen im Arm. „Hallo, Kleiner! Begrüßungstrunk gefällig? Hekapeka!“ Sie stellte die Flaschen auf einen niedrigen Tisch am Kamin. „Setzt euch alle. Ich hol noch Gläser.“

Die Hexen versammelten sich auf einem großen Flickensofa und holten Nimrod zu sich in die Mitte. Auf einem fliegenden Teppich, der vor dem Kamin schwebte, raspelten Pfefferminz und Lakritze Süßholz, indem sie sich gegenseitig die Pfoten leckten und behaglich schnurrten.

„Erzähl, Kleiner, mach schon, wir sind neugierig!“

Während die Hexen also Nimrods Erzählung lauschten, betranken sie sich mit Hekapeka und gackerten wie Grimwachteln. Zwischendurch wurde er in die Wange gezwickt, meistens von Thuja, die so richtig aus sich herauskam und mal keinen Kochlöffel in der Hand hatte. Dadurch vergaß sie ganz und gar die militärische Strenge. Als aber Nimrod von seinen Erlebnissen in Anderia erzählte, da wurde es ganz still im Hexenhaus. Das einzig Hörbare war das Summen der Grimbienen in der Warteschleife und das Schrubben der Elbenbürste.

Rosa fand als erste die Sprache wieder: „Das du ein Halbelf bist, das wussten wir bereits. Du erinnerst dich sicher an den *Falschen Hasen,* von dem wir sprachen.“ Sie räusperte sich und sah schuldbewusst drein. „Aber dass dein armes Elflein verbannt worden ist ...“

Nimrods Blick wurde unstet, verzweifelt versuchte er vor den Hexen nicht in Tränen auszubrechen. Aber sie machten es ihm nicht gerade leicht, sahen sie ihn doch so mitleidig an.

„Seht mal! Er ist ja ganz traurig!“, sagte Rosa und wuschelte ihm durch die Haare.

„Er weiß weder ein noch aus“, sagte Thuja. „Armer Kerl.“

Rosa, die einen ordentlichen Schluckauf bekommen hatte, meinte: „Wir *müssen* ihm *helfen!“

„Aber das machen wir sonst nicht“, säuselte Thuja.

„Das können wir nicht machen!“, ertönte Ruths Stimme, die lauter und rauchiger klang als sonst.

Als Nimrod sich wieder gefangen hatte, beteuerte er: „Das braucht ihr auch gar nicht, ehrlich. Ich schaffe das auch allein. Kein Problem. Am besten ich ...“

„Wer * verbietet es * uns denn?“, warf Rosa ein, deren Gesicht vom Schluckauf die Farbe einer Erdbeere angenommen hatte.

„Wir selber!“, sprach Ruth. „Wir haben ihm das letzte Mal schon zu viele Tipps gegeben, und dabei hat er nicht mal den *Toten Hund* gefunden.“

„Guter Einwand, doch erinnere dich mal genau, es war der *Kalte Hund!*“, meinte Rosa, die endlich den Schluckauf losgeworden war, weil Thuja ihn weggeschnipst hatte.

„Wohl eher ein *Heißer Hund*!“, quietschte Ruth lachend.

„Außerdem *hat* er ihn gefunden“, sagte Rosa. „Habt ihr etwa nicht richtig zugehört?“

„Was habe ich gefunden?“, wollte Nimrod da wissen.

Ruth wurde langsam ungeduldig. „Hört ihr, er weiß es nicht mal, der Kobold.“

„Der Halbelf!“, berichtigte Rosa, was bloß zur Folge hatte, dass Ruth sie wütend ansah.

„Wenn wir ihm überhaupt helfen, dann nur dabei, den wie-auch-immer-Hund zu finden“, schloss Thuja.

Rosa erhob ihr Glas. „So machen wir das.“ Sie warf den Kopf nach hinten, streckte die Zunge raus und ließ sich den letzten Tropfen Hekapeka in den Mund fallen. Darauf gähnte Nimrod ganz ungeniert.

„Der ist zu müde, um hier noch länger rumzusitzen“, erkannte Thuja und fand zum militärischen Ton zurück: „Richte das Gästebett her, Elb!“

Als der das hörte, sprang der Schwarzelb zu Pfefferminz und Lakritze auf den fliegenden Teppich, deutete auf Nimrod und rief: „ETWA FÜR DEN DA?“

Weil der Elb Widerworte wagte, explodierte Thuja fast: „Siehst du sonst noch einen Gast?“

„KOMMT GAR NICHT IN FRAGE! Da weiger‘ ich mich“, quietschte er. „*Seinetwegen* bin ich erst hierher geraten und *seinetwegen* ist in meiner Sippe fast ein Krieg ausgebrochen!“

Erstaunen machte sich breit in der Hexenrunde. „Sieh an, sieh an! Was hast du getan? Einen Krieg angezettelt? Das hätten wir dir gar nicht zugetraut.“

„Ich weiß von nichts“, sagte Nimrod müde.

„Also das Gästebett für den Kriegstreiber“, murmelte Rosa schmunzelnd, „das mache ich lieber selber. Lieber mach *ich* das. Der Elb soll mal weiter schrubben. Ich trau dem Funkelauge sowieso nicht übern Weg. Der verdirbt es uns noch mit dem einzigen Übernachtungsgast seit – immer – also seit – kann ich nicht ausrechnen – puh! Ihr wisst schon.“ Sie erhob sich ganz langsam und torkelte zur Treppe, wo sie sich mit beiden Händen am Geländer festklammerte. An den Aufstieg machte sie sich aber erst, nachdem sie grazil die Hand über den Kopf gestreckt hatte.

„Komm Kleiner!“, flötete sie. Oben angekommen, bezog sie das Bett einer gemütlichen weißen Kammer. Mit dem Blick auf Nimrods Kleidung sagte sie naserümpfend:

„Die muss gewaschen werden, da geht kein Weg dran vorbei, Schätzchen. Gib mal her!“ Im Gegenzug reichte sie ihm ein gequiltetes Nachthemd, verziert mit einem großen Spitzenkragen. Die Müdigkeit war zu groß, als dass Nimrod sich lange daran störte, wie dämlich er darin aussah.

„Hübsch!“, fand Rosa und zog das Ü so lang, dass es wie ein Ö klang. Dann gab sie ihm einen ordentlichen Schubs in die Daunenkissen.

Nimrod nuschelte nur etwas daher wie:

„*Dankeschön*" und war sofort eingeschlafen.

Als Rosa wieder unten angekommen war, sagte sie: „Der Kleine schnarcht schon. Habt ihr euch denn jetzt endlich mal entschieden, wohin wir ihn bringen sollen?"

Thuja, die mit dem Kopf auf der Armlehne eingedöst war, schreckte auf: „Wer – Wo – Was? Bin ich müde! Ameisenkribbeln ..." Sie rieb sich die Wangen und bevor sie wieder einschlief, sagte sie: „Wir bringen ihn zum Taxus Baccata."

Rosa stutzte: „Zur Eibe? Er sucht doch seine Elfe, was soll er denn dann beim Mausohr?"

„Na, denk mal nach, was er da soll!", zischte Ruth, die an einem Flicken des Sofas kratzte.

„Was denn? Warum bist du denn jetzt so gereizt?"

„Erstens hast du selbst vorgeschlagen, dass wir ihn dorthin bringen sollen – *zum Toten Hund* – und zweitens gefällt es mir eben nicht, dass wir unsere Regeln brechen für diesen Kobold."

„Halbelf!"

„Halb elf ist es schon?", fragte Thuja, die zwischendurch im Traum kurz hochgeschreckt war.

„Na, dann gefällt es mir eben nicht", blaffte Ruth, „dass wir unsere Regeln brechen für einen Halbelfen."

„Aber das macht doch Freude!", sagte Rosa wie selbstverständlich. „Versteh' ich jetzt nicht. Waren wir uns nicht einig?"

Einen Moment sprach keine ein Wort.

„Der Kalte Hund ist also das Fledermausgeschöpf?" Rosa grübelte. „Hatte ich vergessen."

„Ich glaube eher", vermutete Ruth, „dass du es noch nie gewusst hast. Du hast immer was anderes im Kopf."

„Was denn?"

„Kraut und Rüben!"

Da mussten plötzlich beide so laut loslachen, dass Thuja davon aufwachte. „Na, also gut!", gluckste Ruth. „Wir machen es. Aber wie wäre es vorher mit ein wenig Musik?"

„Oh ja!“ Thuja klatschte in die Hände. „Wäre mir recht.“

Ruth zog ein schwarzes Samttuch von einem kleinen Tisch neben dem Sofa. Da erglühte der Singende Kristall, der darunter gelegen hatte. Jetzt stand sie leise auf, um aus dem Schrank eine Geige zu holen, womit sie sich neben den Tisch stellte. Ihr zarter Strich über die Saiten erzeugte Klänge, die den Kristall flimmern ließen. Die Töne hallten von ihm wieder, wanderten die Tonleiter auf und ab, änderten den Takt, überholten einander im Tempo oder tanzten in Harmonie zusammen. Die Hexen lehnten sich zurück und genossen die mehrstimmige Melodie, die auf diese Weise entstand.

Der Schwarzelb beobachtete das Ganze mit Missfallen. „Dieses Gefiedel ist ‘ne echte Jammermusik!“ Er rümpfte die Nase und ließ die Bürste fallen. „Wer soll denn bitte bei diesem Lärm hier arbeiten? Is‘ ja zum davonlaufen!“ Er hüpfte auf die Füße, rannte zum Sofa hinüber, schob die Schlangenlampe weg, die auch gelauscht und das Ei im Maul hin und her gewiegt hatte, dann streckte er ihr die Zunge heraus. „Verschwinde, du Eierwurm!“, rief er und sprang auf den kleinen Tisch mit dem Kristall. Während er sich selbst die Ohren mit den Daumen zustopfte, bedachte er das Instrument mit schrillem, quietschendem Geschrei, das in die hinreißende Melodie einfiel wie ein Heer Plünderer in eine Schatzkammer.

Pfefferminz und Lakritze fuhren die Krallen aus, machten Katzenbuckel, sträubten die Schwänze und purzelten vom Teppich herunter.

Ruth schrie ein lautes „DU!“, das gleich zehnfach wiederhallte. „ELB! Ich steck dich mit dem Kopf in die Suppe!“

Suppe-ich-mich-du-Elb-dich-du-steck-du-rrrrr-mit-iiiijjjjjjjjjuuuuu-

aaaa-rrrrr-opf-sssssszzzzz-iiiiiau

Weil der Kristall inzwischen schrie wie eine gequälte Katze, brachten sich Pfefferminz und Lakritze verängstigt unter dem Küchentisch in Sicherheit.

„Ich krieg einen Hörsturz!“, kreischte Ruth, die nach dem Samttuch griff. Und sobald sie damit den Kristall zugedeckt hatte, brach das furchtbare Gejaule ab. „Was für eine Wohltat!“, jammerte Rosa, sich die Stirn haltend, während Ruth den Kopf herumwarf, den Elben mit dämonischem Blick anstarrte und schrie: „VERHEXT SEIST DU!“

Der Elb schob das Kinn nach vorn, verschränkte die Arme und hüpfte von Tisch. Er war zufrieden. Zielstrebig marschierte er zurück zu seinem Wischeimer, verpasste bei der Gelegenheit der Schlangenlampe einen Tritt, dann hockte er sich wieder hin. „Endlich Ruhe!“, sprach er und schrubbte, dass es schäumte.

„Dafür polierst du die Kupfertöpfe! Und zwar alle vierunddreißig!“, befahl Thuja, was dem Schwarzelben allerdings ganz egal zu sein schien. In dem Moment kamen die Hexen dahin, darüber nachzudenken, ob sie nicht ohne einen Knecht besser dran wären.

Nach diesem unerfreulichen Ereignis befeuerten die Hexen die Öfen, alle zwölf. Sie warfen Scheit für Scheit hinein, und schon bald, es war inzwischen so heiß im Haus wie in einem Backofen, begann sich der Boden unter ihren Füßen zu drehen. Zuerst nur langsam, doch schon nach kurzer Zeit schnell und immer schneller. Ein Wirbel zog das Haus in die Länge. Farben sowie Formen verschmolzen zu einer bunten, taumelnden Einheit.

*

Am nächsten Morgen donnerte jemand gegen die Tür.

„Hä?“ Rosa schlurfte durch die Küche, die Hand vor die Stirn gepresst. „Oh, au, au Hekapekaschmerz, Hekapekaschmerz!“ Sie räusperte sich. „Wer-Wer ist denn da?“ Nachdem sie die Tür geöffnet hatte, rief sie verdutzt aus: „Hä? Eine Fledermaus am helllichten Tag?“

Es war das Große Mausohr. „Ich will in mein Haus!“, zürnte es.

Rosa runzelte die Stirn. „Das ist *unser* Haus!“

„Ihr steht mit eurem Haus vor dem Eingang zur Eibe!“ Die langen Ohren der Fledermauskapuze wippten vor Aufregung.

Die Hexe lugte um die Ecke, wo sie die schwankenden Äste der großen Eibe sah, deren Beeren giftrot leuchteten: „Oh, stimmt wohl!“

„Weg mit euch!" Zeterte die Fledermaus ungeduldig.

Rosa aber blieb wo sie war.

„Freu dich lieber, denn wir bringen einen Besucher zu dir."

Das Mausohr kam ihr bedrohlich nahe. „Wie kommt ihr denn dazu, Hexenpack? Ich will niemanden sehen, schon gar nicht euch!" Und um das zu verdeutlichen, streckte er die Hand nach ihrem Hals aus. In der Bewegung aber erstarrte er plötzlich, weil Rosa mit den Fingern geschnippt und einen Zauberspruch gemurmelt hatte.

„Schauderhaft", rief sie und warf die Tür mit lautem Knall ins Schloss. Darauf rannte sie wie eine aufgescheuchte Grimwachtel durch die Hexenküche und rief: „Mädels! Wir haben uns falsch stationiert!"

Der Schwarzelb beobachtete sie. Er saß Beine baumelnd neben der Kaminsimsuhr, die ein Häuschen darstellte, das dem Hexenhaus verblüffend ähnelte. Davor standen zwei Trollkinder, die sich viertelstündlich Ohrfeigen verabreichten, und das abwechselnd. Aus einem Fenster über der Tür wurden sie von der Trollmama als „Hohlköpfe!" beschimpft, passend häufig zur Stundenzahl. Tatsächlich hallte eine Ohrfeige in ihren Köpfen auch etwas nach. Als Rosa an ihm vorbeihuschte, warf der Elb ihr seinen bösesten Blick zu. Dieser wurde vierunddreißigfach von den Kupfertöpfen gespiegelt, die er nachts hatte polieren müssen. Unterbrochen wurde das Zorngefunkel erst durch eines der Trollkinder, als es dem anderen eine Watsche verpasste. Da wandte der Elb nun *ihnen* den bösesten Blick zu. Im Stillen hoffte er, sie wären verzauberte Trolle, denn so hätten sie ein noch erbärmlicheres Leben zu führen als er selbst. Er baute sich vor ihnen auf und machte seinem ganzen Ärger Luft:

„So einfach geht es also. Habe ich doch eben gerade gesehen. Sie können mit ihren Gichtkrallen schnippen und schon ist alles erledigt – sicher auch der Haushalt! Aber was wünschen die Damen? Sie verlangen, dass ich alles schrubbe und poliere ... *Ich*!" Er fuchtelte mit seinen von Schrunden übersäten Händen vor den dicken Nasen der Trolle herum. „Das muss ein Ende haben! Schlagt doch meinetwegen diesen alten Heckenreiterinnen weiterhin die Stündlein. Aber was mich angeht: Ich hab's satt! Soll mich doch einer ihrer billigen Flüche treffen! Bitteschön! Ist mir so schnipp, schnapp, schnuppe!" Und er fuchtelte vor den kleinen, glasigen Augen der Trollkinder herum, erwartete er doch, sie würden sich durch ein Blinzeln verraten. Aber sie standen ganz starr da.

„Holt den Kleinen!", sagte Rosa, als Ruth und Thuja aus den Zimmern stürzten.

„Wieso machst du denn so einen Lärm?", gähnten sie.

„Na, weil es eilig ist. Weckt den Kleinen! Seine Sachen sind gewaschen, die hängen auf dem Dachboden. Ich hole meine Brille."

Während Ruth es übernahm, Nimrod zu wecken, begab sich Thuja in die Küche.

„Katerfrühstück!", sagte sie verschlafen. Dann begann sie zu summen wie eine Grimbienenkönigin und stellte eine Kristallschale auf den Tisch, in die sie Sahne goss. Das Geräusch, das dabei entstand, kannte Lakritze. Bis dahin hatte er auf der Sofalehne geschlummert. Nun räkelte der Kater seine samtschwarzen Glieder und gähnte, dass alle seine Zähne sichtbar wurden. Dann machte er einen geschmeidigen Satz auf den Küchentisch, um den sich inzwischen die Hexen versammelt hatten. Er kauerte sich vor die Schale und schleckte mit rauer Zunge die Sahne aus, die Thuja inzwischen mit einem Löffel Grimtau verfeinert hatte. Die Hexen sahen Lakritze zu, und es ist anzumerken, dass sie verkatert aussahen. Nicht lang dauerte es, da sprang auch Pfefferminz auf den Tisch, maunzte, schleckte Lakritze über ein Ohr und steckte dann gleichfalls ihren Kopf in die Schüssel. Die Hexen seufzten und gähnten abwechselnd.

Plötzlich unterbrach Rosa die stille Andacht: „Wisst ihr eigentlich ..." Sie blickte über den Rand ihrer Brille. „Das Mausohr! Es steht draußen!" Sie deutete zur Tür.

„Dann ist es wirklich und wahrhaftig eilig", unterstrich Ruth. „Die Sache wird Ernst. Wir sollten auch ein Kobold – äh – ein Halbelfenfrühstück machen. Danach überlassen wir ihn seinem Schicksal. Was denkt ihr?"

„Er mag Bucheckerpfannkuchen!", wusste Thuja.

„Die übernehme ich selber.“ Sie stand auf und machte sich gleich an die Arbeit. Es dauerte nicht lang, da zog ein verführerischer Duft durchs Hexenhaus.

Als Nimrod die Treppe herunterkam – angetan mit frisch gewaschenen Sachen, gefetteten Stiefeln und frisch rasiert – da kraulte Ruth gerade Lakritze, der dem Gast einen giftigen Blick zuwarf. Der Kater beobachtete jede seiner Bewegungen. Man konnte annehmen, er sei eifersüchtig, weil auch er ein Frühstück bekam, was in diesem Hause selten war. Vermutlich hatte er Angst um seinen Lieblingsplatz unter dem Küchentisch.

Als Nimrod die Pfannkuchen aß, ergriff Thuja das Wort. Ihr gewohnt militärischer Ton ließ aber auf sich warten, anscheinend war es noch zu früh dafür:

„Wir haben eine Überraschung für dich, Kleiner. Du bist nicht mehr weit von Mandergrimm entfernt. Während du im Schlaf versunken warst, haben wir uns erlaubt, dich herzubringen. Ob unsere Entscheidung nun richtig war, muss sich erst noch zeigen. Aber wir dachten, du würdest deine Elfe von hier aus sicher schneller finden.“

Nimrod machte große Augen.

„Und für deine Weiterreise haben wir dir auch etwas eingepackt.“ Sie deutete auf sein Tuch, das bis zum Bersten vollgestopft war.“

Er machte noch größere Augen.

Thuja, die seine Aufregung bemerkt hatte, schlug vor: „Wirf doch ruhig mal einen Blick auf alles!“

Und Nimrod tat, wie ihm geheißen. Unter den Sachen fand er sogar einen Singenden Kristall, der in ein schwarzes Samttuch eingewickelt war.

„Ich danke euch“, murmelte er, vor den schönen Dingen hockend. „Aber tut mir noch einen Gefallen, ja?“ Er sah plötzlich sehr nachdenklich aus.

„Welchen denn?“ Alle blickten ihn erwartungsvoll an.

„Schmeißt mich schneller raus als das letzte Mal. Am besten jetzt sofort, sonst gehe ich womöglich nie von hier weg.“

So gerührt hatte man die Hexen noch nie gesehen. „Oh, Kleiner, wenn es unbedingt sein muss.“ Und nach wehmütigen Küssen auf Stirn, Nase und Wangen öffneten sie ihm die Tür. Nimrod trat rückwärts hinaus mit all seinem Gepäck im Arm.

„Wir werden dich vermissen!“, sagten sie und sogar Ruth schluckte eine Träne herunter.

Das Haus begann zu vibrieren, fand zu seiner normalen Größe zurück, die Grimbienen schossen in die Einfluglöcher und im nächsten Moment war das Haus verschwunden.

„Daran werde ich mich nie gewöhnen“, dachte Nimrod noch, da materialisierte es sich plötzlich wieder vor ihm. Die Tür sprang auf, Rosa streckte die Finger raus, schnippte und murmelte etwas wie: „Das war nun wirklich keine Absicht. Das habe ich ganz einfach vergessen.“

„Kraut und Rüben“, hörte man Ruth aus dem Hintergrund rufen. „Ich sag ja, nichts als Kraut und Rüben hast du im Kopf.“

Und hinter Nimrod erwachte das Mausohr aus seiner Starre. Ihm fuhr der Schreck in die Glieder. Warum hatten ihn die Hexen ausgerechnet hierher gebracht, wo er doch nichts im Grimwald so sehr fürchtete wie dieses Geschöpf.

„Vergiss nicht ...“ Thuja hatte ihren Rotschopf noch einmal aus der Tür gesteckt. „Du bist beim Taxus Bacca ...“ Noch bevor sie zu Ende gesprochen hatte, löste sich das Haus in Wohlgefallen auf. Und er war allein mit dem Mausohr. Bloß ein Nachhall war zu hören. Ein fernes Echo von Thujas Stimme: „Bac-ca, bac-ca, bac-ca ...“

„Bac-ca ...?“, raunte das Mausohr. „Ich habe sie gefunden, meine Perle. Baca ist ihr Name. Meine Tochter! Ich habe sie endlich wiedergefunden, aber es tut weh – so weh!“ Er sank zusammen, ächzte: „Ich habe sie gefunden.“ Und auch Nimrod hatte gefunden, was er verloren glaubte.

32. Fundstücke

Findet man etwas, das man verloren hatte, so ist dieser Moment ein kleines Freudenfest. Aber entdeckt man jemanden lebend, den man gestorben glaubte, dann ist das nicht so eine einfache Sache, weil es die Welt auf den Kopf stellt.

Nimrod sah auf die Gestalt, die vor ihm auf dem Boden hockte, bedeckt von dem schweren Mantel aus Fledermausflügeln. „Vater?" Das Wort kratzte in seinem Hals, war es doch eigenartig, dieses Wesen so anzusprechen. Aber zweifellos musste Elias unter der erschreckenden Maskerade stecken.

„Baca ist meine Perle", sagte er. „Wie es schmerzt. Wie es unerträglich schmerzt, wenn ich an sie denke, denn sie ist tot, weil ich nicht nach Hause gekommen bin."

„Baca lebt", erklärte Nimrod, aber er wusste nicht, ob seine Worte Gehör gefunden hatten, denn der Angesprochene rührte sich daraufhin nicht. „Sie ist schon erwachsen, so wie ich." Nach einer Weile des

Wartens fügte er hinzu: „Ich bin Nimrod, dein Sohn. Willst du mich gar nicht ansehen?"

Elias verbarg das Gesicht unter der Kapuze; bloß die Fledermausaugen glotzten Nimrod an. „Ich kenne dich nicht!"

Nimrod setzte sich auf die Knie, um das Gesicht seines Vaters anzusehen, weil er Gewissheit haben wollte. „Wir vermissen dich schon so lange, Baca und ich."

Der unter der Kapuze presste die Hände auf die Ohren. „Hör auf, das zu sagen! Komm mir nicht zu nahe und sieh mich bloß nicht an!"

„Du freust dich nicht, dass ich hier bin?"

„BLEIB WEG!"

„Was ist bloß mit dir passiert?"

„Das, was auch mit dir passiert, wenn du mich drängst, es dir zu zeigen!"

„Aber vielleicht kann ich dir helfen."

„Du kannst mir nicht helfen, denn du wirst blind sein, wenn du mich erblickst."

„Was meinst du damit?"

„Du darfst nicht so viele Fragen stellen. Fragen sind gefährlich. Ich bin gefährlich für dich. Geh!"

„Ich gehe doch jetzt nicht, da ich dich gefunden habe. Außerdem suche ich nach Aura, sie muss hier ganz in der Nähe sein. Vielleicht ist sie Mandergrimm zu nahe gekommen. Du kennst doch den Weg dahin. Du kannst mir doch sicher helfen, sie zu finden."

Völlig unvermittelt sprang das Mausohr auf, packte Nimrod so hart bei den Schultern, dass sie knackten und es wehtat. „Zu Mandergrimm kannst du nicht! Ewige Verdammnis wartet da auf dich. Ein Leben wie ich es führen muss!"

„Hilf mir, sie zu retten!", jammerte Nimrod, während er nach den knochigen Händen griff, die sich immer weiter in seine Schultern bohrten. „Lass mich doch los! Es eilt! Und ich trage die Schuld daran, dass sie hier ist. Ich muss sie unbedingt finden!"

„Wenn deine Liebste da ist, wo ich war, dann kommen wir zu spät.

Rette dich und lass uns hier! Mandergrimm ist ein Kerker, der alles Gute und alles Sehnen gefangen hält; raus lässt er nur Bosheit, denn davon hat er genug in seinem furchtbaren Rachen. Wenn deine Aura geworden ist, was ich bin, dann willst du sie nicht zurück. Dann willst du ihr nicht nah sein. Befürchte nicht, dass sie tot ist – *hoffe* es. Denn wir sind nicht, wer wir waren, nicht im Geringsten."

Nimrod sackte unter dem Druck, den er auf seine Schultern ausübte, in sich zusammen.

„Aber vielleicht musst du es erst sehen, bevor du es begreifst." Er zog Nimrod wieder auf die Füße. Dann ließ er ihn los und riss sich mit einem Ruck die Kapuze herunter. „Siehst du, mein Sohn! Was sagst du also hierzu?"

Außer Stande sich zu regen, starrte Nimrod auf das Gesicht, das sich soeben enthüllt hatte. Obwohl es seine Züge hatte, war es nicht das von Elias. Das Gesicht war grau und an einigen Stellen mit Silberpulver überzogen, so als habe ein Seelenspiegel es berührt. Zudem wurde es von einer schmerzverzerrten Rohheit entstellt, in der sich weder Gewissen noch Sehnsucht finden ließ. Das Grauenhafteste aber waren die schwarzen Spiegelaugen, die denen des Kräutermanns glichen. Wie sehr es Nimrod sich auch wünschte, dieses Gesicht konnte ihm durch nichts liebenswert erscheinen. Und das Wissen darum, dass es seinem Vater gehörte, machte es noch bedrohlicher, weil er ihn nicht mehr darin entdecken konnte.

„Na, mein Sohn, liebst du denn deinen alten Vater nicht mehr?" Mit diesen Worten trat Elias einen Schritt näher. Und wie auf wundersame Weise verwandelte sich sein abschreckendes Gesicht in das des geliebten Vaters, voller Herzlichkeit in eisgrauen Augen.

Nimrod stockte der Atem. „Wie ist das möglich?"

„Ich kann mich sehen in deiner Erinnerung!"

„Dann bist du ein Gestaltwandler?"

„Das beschreibt nur meinen Zustand. Eigentlich bin ich ein Diener Mandergrimms. Als er mich fraß, stahl er alle guten und sehnsüchtigen Erinnerungen meiner Seele und ließ mir den Rest. Aber da Mandergrimm keine Ahnung hat von einem Herzen, findet er nie die schmerzlichste Erinnerung, denn die ist eben da verborgen, im Herzen." Er legte sich die Hand auf die Brust. „Deshalb leiden die Gestaltwandler auch so unsäglich, wenn man an diese Erinnerungen rührt, und du hast es getan."

Nimrod wusste, was er meinte: „In der Eibe ..."

„Ich weiß nicht, welche Erinnerung es ist. Ich kann sie nicht allein hervorholen. Ich weiß nur, dass sie unauslöschlich in mir steckt wie ein Stachel. Und ich habe Angst vor der Qual, die diese Erinnerung hervorruft."

Nach einiger Zeit fuhr er fort: „Es ist tröstlich, die Erinnerungen anderer zu spiegeln, weil sie so leicht sind, sie berühren Gestaltwandler nicht. Und wer durch seine Erinnerung betrogen wurde, der lässt sich arglos zu Mandergrimm führen wie ein Lamm zur Schlachtbank." Elias deutete auf seine Schläfe. „Ich verrate dir jetzt was: Ich habe nicht nur in meinem Herzen etwas verborgen, ich habe auch hier etwas vor Mandergrimm verborgen, mein Mitgefühl. Ich wollte anderen mein Schicksal ersparen. Da habe ich mir den Mantel gemacht, zur Abschreckung und als Schirm. Niemand sollte mir zu nahe kommen und niemand sollte sehen, was ich in seiner Erinnerung fand. Und wer sich trotzdem zu nahe wagte, den habe ich wählen lassen: Ewiger Diener oder Tod? Eigentlich wählten sie immer das Falsche, also musste ich für sie entscheiden."

Nimrod dachte an sein Auftreten in der Eibe, was ihm einen Schauder über den Rücken jagte. Bei der Vorstellung, was sein eigener Vater ihm beinahe angetan hätte, legte sich Trauer über ihn wie ein schwarzes, nasses Tuch. „Wir dachten, du seist tot. Aber jetzt habe ich dich gefunden und ich ..."

„Ich erinnere mich nicht an dich", unterbrach er ihn. „Und siehst du es nicht? Elias *ist* tot!", sagte er und stand dabei so lebendig und so stark vor ihm wie jeher.

„Nein, ich sehe es nicht!", sagte Nimrod zornig.

Elias schloss die Augen und schon wandelte sich sein Gesicht wieder in das eines Monsters. Und da sah Nimrod es – in seinem Gesicht, in seinen Augen, in seinen Gesten – Elias *war* tot. Aber etwas von ihm war doch lebendig, das hatte er selbst gesagt. Mitgefühl habe er noch. Und Nimrod spürte, dass da noch mehr war, insbesondere Furcht. Hatte er Angst vor Mandergrimm und deshalb gelogen, als er sagte, er habe keine Erinnerung an ihn? Erwuchs seine Ablehnung in Wirklichkeit aus der Angst eines Vaters um seinen Sohn? Wenn es das war, dann musste Nimrod es herausfinden.

„Du willst mir nicht helfen? Dann werde ich eben allein nach Mandergrimm suchen."

Ein nahezu unmerkliches Zucken um die schwarzen Augen seines Vaters verriet, dass er sich das nicht wünschte.

„Hilf mir doch und wir werden einen Weg aus dem Grimwald finden", bat Nimrod, und leise fügte er hinzu: „Ich bringe dich heim, zu Mollis!"

„AAAAAAH!", schrie Elias, den der Schmerz der Erinnerung überwältigt hatte. „SPRICH ES NICHT AUS! SAG ES NICHT!" Er streckte seine Hände aus und legte sie um den Hals des Sohnes, der zu Boden ging, die Augen schreckensweit. Natürlich, das war sie: Seine schmerzlichste Erinnerung hatte zu tun mit Mollis, der Elfe.

Elias Hände waren wie ein Galgenstrick, unter deren Druck Nimrod zu röcheln begann. Glücklicherweise leuchtete der Magoi an seinem Hals und zeigte Elias ein Bild von Mollis, die den Ehering vom Finger zog und sagte: *„Nun habe ich weniger als nichts von Elias übrig behalten."* Danach verschwand das Bild.

„Oh doch!", sagte Elias, der plötzlich den Griff lockerte. „Sie hat dich noch, sie hat dich noch! Steh auf mein Junge, steh auf." Er zog ihn am Kragen hoch und stellte ihn auf die Beine.

Nimrod, dessen Gesicht sich inzwischen dunkelrot verfärbt hatte, keuchte: „Lass mich gefälligst los! Und geh weg von mir!" Er hustete.

Und Elias ließ ihn los, klopfte den Sand von ihm ab und sagte anschließend: „Komm! Ich führe dich. Das tue ich. Komm, komm!" Er zog sich die Kapuze wieder über den Kopf und rannte voraus, während Nimrod versuchte, Schritt zu halten.

Bei jedem Atemzug stach ihn der Schmerz im Hals und er wusste: *Von jetzt an musste er auf der Hut sein vor Elias. Kein zweites Mal durfte er ihn so nahe an sich heranlassen, denn er war wie ein verwundetes Tier, unberechenbar und gefährlich.*

Und es kam dahin, dass er sich wünschte, nicht ihn, sondern nur seine Gebeine gefunden zu haben. Einen toten Vater hätte er betrauern können, nicht aber dieses Wesen, das aus ihm geworden war. Diese Erkenntnis schürte die Furcht, er könnte dasselbe über Aura denken, wenn er sie fand. Nimrod seufzte und dachte an den Sonnenmagoi im Zaubersack. Vor seinem Angriff hatte er erwogen, ihn seinem Vater zu geben, damit ihm das Amulett nützlich wäre. Nun aber nahm er an, er würde damit bloß Schaden bei ihm anrichten, anstelle ihm Heilung zu verschaffen. Deshalb entschloss er sich dazu, den Magoi vor seinem Vater geheim zu halten.

Nimrod folgte ihm in sicherem Abstand, bis er sich nach einiger Zeit vorsichtig näherte und bat: „Mit der Suche nach Aura will ich an dem Ort anfangen, an dem ich sie das letzte Mal gesehen habe. Vielleicht finde ich eine Spur, die mich zu ihr bringt. Kannst du mich zu dem Ort führen, wenn ich ihn dir beschreibe?"

Der Fledermauskopf nickte.

Tausendfach war Nimrod den Weg in seiner Erinnerung zurückgegangen, weshalb es nach seiner Schilderung für Elias ein leichtes war, den Ort zu finden: Ein lichter Teil des Waldes, mit einem Meer aus Buschwindröschen. Nimrod, der das letzte Stück alleine ging, holte sich alle Einzelheiten zurück ins Gedächtnis: Den verschlungenen Weg durch die Buschwindröschen, das verschwenderisch blühende Schlehengebüsch, die aufgeschreckte Elster, Aura, die auf dem Boden hockte und nach dem Sternenmagoi suchte ...

Da plötzlich fiel es ihm wie Schuppen von den Augen: „Die Elster!", rief er. „Die Elster hat ihn gestohlen!" Vielleicht musste er bloß die Nester der Umgebung durchsuchen, um den Magoi zu finden.

Unglaubliche Zufälle gibt es zwar, doch in diesem Fall hatte einfach die Kraft des Zaubersacks zur rechten Zeit denjenigen gezwickt, der in ihm saß. Darum fing es jetzt an, darin zu zappeln. Nimrod griff ganz unbedacht hinein und bereute es schon im gleichen Augenblick.

„Au!“, schrie er und zog die Hand schnell wieder heraus. Beim zweiten Mal ging er nun vorsichtiger zu Werke und bekam etwas Lebendiges zu fassen, das er langsam an einem Bein herauszog. Da war sein Erstaunen groß, denn es war der Schwarzelb!

„Na sieh mal einer an! Das Grünauge, ein blinder Passagier.“

Der Elb zappelte mit Armen und dem freien Bein. „Bloß keine dummen Späße auf meine Kosten, ja!“

„Was machst du da drinnen?“

„Blöde Frage, wollte abhauen, was denkst du denn!“

„Warum?“

„Noch blödere Frage! Habe mich natürlich so *wohl* gefühlt bei den alten Schachteln, den Fellmonstern und der ganzen Schufterei.“

„Ich hörte, das sei eine Strafarbeit gewesen!“

„Strafarbeit? Ein echtes Zuchthaus war das, Fußkugel und Halseisen! Das ist wirklich ein Todesurteil, mit denen in einem Haus leben zu müssen, eine Folter.“

„Tja, kleiner Drückeberger, war doch nur gerecht, dass du mal nicht das Kommando hast.“

„Ja, ich habe aber nun mal entschieden, die ganze Sache an den Nagel zu hängen, immerhin ging das gegen meine Ehre! Und du? Du nimmst mich gefälligst mit! Das bist du mir schuldig.“

„Warum denn das?“

„Ich bin zum Mittelpunkt des Gelächters geworden, weil du mir abgehauen bist! Habe versucht, dich wieder aufzutreiben und deshalb die Hexen um Rat gefragt. Das hatte ich dann davon!“

„Aber eigentlich haben sie dir doch geholfen. Du hast mich gefunden, oder?“

Dem Elb, der eben noch etwas erwidern wollte, gingen die Argumente aus. Er verschränkte die Arme und schob die Unterlippe vor. „Soll ich etwa noch dankbar sein? Ein Loblied singen? Verzichte! Und ich verzichte auch auf dich. Ja, ja! Ich verzichte!“

„Na dann!“, sagte Nimrod und ließ ihn zu Boden plumpsen.

Da kreischte der Elb, als er sich wieder aufgerichtet hatte: „Du wirst mich zurück nach Hause ins Schwarzelbendorf bringen und meinen guten Ruf wiederherstellen!“

Nimrod grinste von einem spitzen Ohr zum anderen. „Ich nehme dich mit – unter einer Bedingung!“

„Eine Bedingung?“, fragte der Elb argwöhnisch. „Welche soll das bitte sein?“

„Du suchst die Elsternester ab und findest darin ein solches Amulett.“ Er deutete auf sein eigenes.

Der Elb stellte sich auf die Zehenspitzen, um den Magoi anzusehen. „Ich hab doch die ganze Zeit auf so 'nem Ding gesessen. Hab bestimmt noch den Abdruck davon am Hintern.“ Er drehte sich um und deutete darauf. „Suchst du das vielleicht?“

Nimrod lachte. „Nein, es gibt noch ein drittes.“

„Warum bitte, sollte ich dir helfen, das zu finden?“

„Weil ich dich sonst den Hexen hinterher trage. Die wundern sich sicher schon, wo du geblieben bist.“

Aus den Augen des Elben schossen zornige grüne Blitze. „Pfui Troll!“, schrie er, kaute noch ein wenig auf seiner Unterlippe herum, bevor er biestig sagte: „Also gut.“ Dann deutete er mit dem kleinen schwarzen Finger auf Nimrod und sagte wie eine Beschwörungsformel:

„Aber – du – nimmst – mich – mit!“

Obwohl der Schwarzelb ein geübter, flinker Kletterer war, brauchte es einige Zeit, bis er das Nest einer Elster in der Nähe gefunden hatte. Es lag hoch oben in einem Eichbaum, war groß und aus Reisern gefertigt. Der Elb, der durch den seitlichen Eingang geschlüpft war, prüfte es auf Festigkeit und Bauweise. Dabei entdeckte er den funkelnden Sternenmagoi in der festen Nestmulde aus Lehm und Erde. Er leuchtete, als sei er eben vom Himmel gefallen.

Urplötzlich aber kam die Elster nach Hause, deren blauschwarzer Rücken bronzegrün und purpurn schillerte. Sie war ein prächtiges Geschöpf und schrie: „Jäck, jäck, jäck!“, während sie mit ihrem langen

Schwanz auf und ab wippte. Mit gurgelnden, schwatzenden Lauten beschwerte sie sich über den kleinen, schwarzen Dieb. Der Elb blickte auf die Elster, die sich über seine funkelnden Augen erschreckt zeigte und wieder in dem Gewirr aus Zweigen und Blättern verschwand, aus dem sie eben gekommen war. Nun konnte der Elb ohne weiteres an den Sternenmagoi gelangen.

„Hast du ihn?", rief Nimrod hinauf, der ungeduldig auf ein Zeichen wartete.

Aber der Elb zögerte noch, denn es ging ihm etwas durch den Kopf: *„Warum sollte ich einem vertrauen, der mich schon einmal reingelegt hat? So ein Sklave bringt mir nichts ein, selbst wenn ich ihn nochmal anschleppte."*

Soeben hatte sich ihm ein besserer Weg eröffnet, die Anerkennung seines Stammes im Handumdrehen zurückzubekommen: Er griff nach dem Magoi.

Nervös stakste Nimrod am Waldboden herum. Zu gern hätte er gewusst, was da oben vor sich ging. In einiger Entfernung schrie die Elster. Und er konnte durch die Reiser des Nestes etwas funkeln sehen. Waren es etwa die Elbenaugen oder war es der Sternenmagoi? Nach einiger Zeit flog die Elster auf und landete wieder im Nest. Dann passierte quälende Momente lang nichts.

„Hallo? Was ist denn da los, verdammt? Warum sagst du nichts?" Und gerade als er meinte, die Elster habe den Elben gefressen, da schrie es wieder: „Jäck, jäck, jäck!" Zur gleichen Zeit, da die Elster herabstieß, ertönte das Jubelgeschrei des Elben, der auf ihrem Rücken saß. Die Kette des Sternenmagoi hatte er ihr um den Hals gelegt wie ein Halfter.

„Mach's gut!", rief der Elb. „Was sagst du nun: Ein wunderbarer Sklave, oder nicht? Ein prächtiger Vogel! Er liebt das Funkeln meiner Augen, und obendrein ist er ein hervorragender Nestbauer. Wir sind schon jetzt ein unschlagbares Team! Findest du nicht? Wenn ich mit dieser Elster komme, werde ich Stammesführer!" Er johlte und die Elster segelte im Sturzflug über Nimrod hinweg, der in Deckung ging.

Was für ein Spaß für den Elben! Er kostete seinen Triumph aus, indem er eine weite Schleife flog und immer noch eine Schleife.

Nimrod sprang auf. „DER MAGOI!", brüllte er, dass die Adern seines Halses heraustraten.

„Ach dieser Tand", entgegnete der Schwarzelb mit leichtem Schulterzucken. „Kannst du haben, aber die Kette brauche ich." Er flog jetzt eine enge Schleife, um ihm den Anhänger zuzuwerfen. Treffsicher, wie es die Natur der Elben mit sich brachte, landete er in Nimrods ausgestreckter Hand. Und ihm war es, als finge er eine Sternschnuppe. Solange er dem Elben auf der Elster hinterher sah, drückte er den Magoi an sich.

„Wenn ich doch bloß selbst auf so einfache Weise einen Ausweg finden würde!", dachte er und seufzte.

Danach verstaute er den Sternenmagoi im Zaubersack, beim Sonnenmagoi. Hier fand er sie gut aufgehoben, denn die Magie des Zaubersacks schien die Magoi nicht nur zu verbergen, sondern auch ihre Macht einzuschränken, solange er sie nicht brauchte. Nun, da er die drei Magoi besaß, war er bereit, den letzten Schritt zu tun. Aber zuvor suchte er nach Elias, der unter einer jungen Eibe saß und auf ihn wartete.

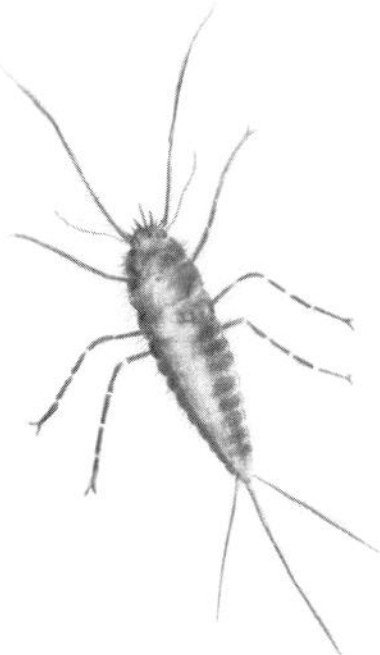

33. Mandergrimm

Tag für Tag im Wald zu sein und über den Gleichklang der Schritte nicht das Ziel zu vergessen, war häufig schwer für Nimrod. Die Zeit kroch dahin wie eine Schnecke über den Weg. Aneinandergereihte Tage in grauer Landschaft, die nichts verriet über das, was auf ihn wartete, auf ihn lauerte. Um Aura zu finden, hatte Nimrod den Sternenmagoi aus dem Zaubersack geholt und ihm aufgetragen, ihn zu ihr zu führen. Der Stern gab ihm Hinweise, in welche Richtung er sich bewegen musste, indem jeweils einer seiner acht Strahlen aufleuchtete. Dass der Weg zu Aura ihn immer näher zu Mandergrimm führte, hatte Elias im verraten. Er lief vor ihm her und seine Mausohren wippten im Takt der dumpfen Schritte. Sie rasteten eigentlich nie. Ab und an steckte Nimrod sich etwas von seinem Proviant in den Mund, aber rechten Hunger hatte er nicht, weil er zu aufgeregt war. Inmitten des gemeinsamen Trotts blieb Elias so plötzlich stehen, dass Nimrod ihm in den Rücken stieß.

„Ich geh nicht weiter", sagte er, nachdem er sich zu seinem Sohn umgewandt hatte.

„Was? Warum?", fragte Nimrod, der noch ganz benommen war.

„Wenn ich Mandergrimm begegne, dann kann ich für nichts

garantieren. Ich weiß nämlich nicht, was dann mit mir passiert. Geh lieber allein weiter!" Er deutete voraus. „Dort muss sie sein, deine ... deine ... dort muss sie sein. Aber ich muss dich warnen, sie wird dich zum Geschenk machen! Zum Geschenk an die Mächte, die Mandergrimm bewohnen."

„So weit wird es nicht kommen", beteuerte Nimrod. „Bevor das passieren kann, werde ich mit euch fliehen, das verspreche ich."

„Dieses Versprechen kannst du nicht halten, denn du kennst die Bedingungen nicht, an die es geknüpft ist. Du solltest dich allein davonmachen, solange es dir noch möglich ist."

„Wie könnte ich das, *ohne euch*?"

Der unter der Fledermaus hob die Schultern. „*Mit uns* kannst du es auch nicht." Und nachdem er sich umgedreht hatte, raunte er: „Wohin würdest du mich auch schon führen? An einen Ort, den ich nicht mehr kenne."

„Du wirst schon sehen, ich bringe dich nach Hause", wisperte Nimrod, als er weiterging. Den Blick hatte er fest auf den Sternenmagoi gerichtet, dessen acht Strahlen nach einiger Zeit flimmerten. Das musste das Zeichen dafür sein, dass er am Ziel angelangt war. Aura war hier ... Er schluckte, steckte den Sternenmagoi zurück in den Zaubersack und sah auf.

Da saß auf einer dicken Moosschicht inmitten eines Hexenringes aus schuppigen Pilzen eine magere, graue Gestalt, deren langes Haar ihr wie ein Schleier über das Gesicht fiel. Sofort erkannte er, dass es Aura war. Sie wirkte wie ein Kind, in ein Spiel versunken. Während sie rote Blüten abzupfte, die aus dem Moos sprossen, summte sie ein Lied vor sich hin, das ihm seltsam bekannt vorkam. Es glich dem Lied seiner Kindheit. Nein! Es *war* das Lied seiner Kindheit! Ein Wiegenlied, das Mollis für ihn gesungen hatte, wenn er nachts durch Angstträume erschreckt worden war. Dadurch hatte er wieder in den Schlaf finden können, ohne dass der Angsttraum zurückkehrte. Nun allerdings war sein schlimmster Traum Wirklichkeit geworden: Aura war ein Gestaltwandler, denn Mandergrimm hatte sie vor ihm gefunden. Er war zu spät gekommen.

„Aura", hauchte Nimrod, der sie zögernd ansah.

Wenn er rechtzeitig gewesen wäre, wie gehofft, dann *hätte* er sicher etwas von ihr zu hören bekommen. Etliche verdiente Ohrfeigen *hätte* er geerntet. Das alles *hätte* er auch liebend gern über sich ergehen lassen. Vielleicht *hätte* sie irgendwann eingelenkt und gelächelt, froh über sein Erscheinen. Am Ende wären sie sich sicher um den Hals gefallen und *hätten* sich geküsst.

Aber als er sie jetzt so sah, wollte er am liebsten davonlaufen. Sein Unbehagen wuchs bei jedem Schritt, den er sich näherte, aber er riss sich zusammen, weil er die Schuld ihres Elends ganz allein bei sich sah. Nachdem er tief Atem geholt hatte, kam er in den Hexenring und setzte sich vor sie auf die Knie. Sein Herz hämmerte aus Furcht, ihr Gesicht zu sehen. Zaghaft streckte er die Hand aus, um ihr über das Haar zu streicheln, das sich glasiert anfühlte.

„Aura", begann er mit bebender Stimme, obwohl sie ihn gar nicht zu bemerken schien und weiterhin ihr unheimliches Spiel spielte. „Als wir uns zuletzt begegnet sind, da dachte ich, dass du ein Gestaltwandler bist. Ich war blind. Ich hatte ja keine Ahnung. Das war einfach unverzeihlich von mir. Aura, du sollst wissen, dass ich dir beistehe, was es auch kosten mag." Er rückte näher zu ihr heran. Sie sah so verloren aus, dass es ihn tieftraurig stimmte.

„Was hab ich bloß gemacht?"

Da sie auch nach längerer Zeit auf seine Worte und Zuwendung keine Regung zeigte, nahm er die Hand wieder zurück. Um ihr dennoch nah zu sein, wagte er es, den Kopf in ihren Schoß zu legen, wie der Kelpie das bei der Nixe getan hatte. Wie der Kelpie, genauso blind war er gewesen und genau wie die Nixe so verhängnisvoll war Aura für ihn, die nun an seinen Haaren zupfte. Er schloss die Augen und horchte auf ihr Lied, das ihm Trost spendete.

Mit einem Mal tropfte etwas Warmes auf sein Gesicht.

„Weinst du etwa?", fragte er und wischte sich mit der Hand über die Wange. Als er die Augen öffnete, sah er nicht wie erwartet Tränen daran, sondern Blut. Er blickte zu ihrem Gesicht auf und der Schrecken hätte nicht größer sein können: Aura weinte blutige Tränen, aus dunklen Spiegelaugen. Sie hatte ihren Kopf ganz weit über den seinen geneigt und deshalb sah er es erst jetzt: Es war gar nicht Aura, in deren Schoß er lag, es war Jaris! Als er das erkannt hatte, schnellte Nimrod auf wie der Blitz.

„Wo ist Aura?“, ächzte er, sich die Hände ans Herz pressend. „Was hast du mit ihr gemacht?“

„Was sie verdient hat!“, krächzte Jaris.

Da wurde Nimrod derart von Zorn überwältigt, dass er auf den Gestaltwandler losging und ihn würgte, bis er käsebleich wurde und sich wieder in Aura umbildete. Sie sah jetzt so hinreißend aus, wie vor Zeiten am Sonnwendfeuer, mit schimmernden Flügeln und im Nebelstreifkleid. Aber die Verwandlung ging so schnell vonstatten, dass Nimrod nicht sofort ihren Hals loslassen konnte. Darüber lachte sie ganz unbeschwert, so als sei gar nichts geschehen.

„Komm, wir tanzen“, sagte sie.

Nimrod ließ von ihr ab, wich zurück und stolperte über die Pilze.

„Oh, ich glaube, du willst lieber zu Mandergrimm“, sprach sie. „Denn du bist sicher den weiten Weg gekommen, um ihn zu sehen. Aber wenn du ihn siehst, wird auch er dich sehen. Ich werde dich hinbringen, es ist nicht weit.“

Wie sie so dastand, ihm die Hand reichend, so lieblich wie sie nur noch in seiner Erinnerung lebte, da wusste Nimrod, dass sie zu einem Todesengel geworden war, zu seinem Todesengel.

„Ich führe dich“, sagte sie.

Und als er nun seine Hand in die ihre legte, spürte er Furcht. Furcht vor dem, was auf ihn wartete und Furcht auch vor ihr. Dennoch stand er auf, um ihr zu folgen. Er musste Mandergrimm kennen, wenn er ihr helfen wollte.

„Hier lang!“ Aura leitete ihn die steile Flanke eines Hügels hinauf, halb so hoch wie der Rabenfels, hier und da bewachsen mit Efeu und Farnkraut, vor allem aber mit Moos und Flechten. In die lockere Erde grub sich ein Geflecht aus rauen Felsen und ein unangenehmer Geruch von Schwefel lag in der Luft. Während die Elfe ihn über diesen unebenen Weg drängte, bemerkte Nimrod wieder dieses tiefe Wummern, spürte es gleichfalls durch seinen Körper fließen. Je weiter sie den Hügel hinaufstiegen, umso heftiger wurde es, am stärksten vibrierte es an der Kuppe des Hügels, die sie nach einiger Zeit erreichten. Hier blieb Aura für einen Moment stehen, um Nimrod einen Blick über ihre Schulter zu gewähren.

„Was ist das?", fragte er atemlos vor Staunen, denn was er sah – so dachte er – konnte sich sicher der Kühnste nicht vorstellen.

„Das ist Mandergrimm", sagte sie. *„ER ist der Wald."*

Der Hügel auf dem sie standen, war der Rand eines Vulkankraters, in dessen Tiefe Mandergrimm wuchs: ein Baum aus Obsidian, der die Glutkammer des Vulkans unter sich verschloss wie ein gewaltiger Pfropfen. Das Wummern, das inzwischen wie ein mächtiger Herzschlag klang, wurde vom aufwallenden Magma unterhalb seiner Wurzeln erzeugt. Mandergrimm streckte sich mit seinen Ästen bis hoch hinauf ins Waldgewölbe, und mit seinen Wurzeln aus Bimsstein wuchs er bis über den Krater hinaus.

Nimrod blickte in Mandergrimms schwarzgraue Krone empor, worin es durch herumflatternde Spiegelfalter blinkte und blitzte. „Von diesem Ort also kommen sie!", murmelte er überrascht, trat neben Aura hin und deutete hinauf. „So einen Schmetterling habe ich schon einmal gesehen, und er hat mich an dich erinnert."

„Seelenspiegel", erklärte sie und senkte den Blick, bevor sie fortfuhr: „Diese Schmetterlinge sind gute Geister ... und das bin *ich* nicht."

„Was bist du dann?", fragte Nimrod, obwohl er die Antwort fürchtete.

Sie entgegnete nichts und deutete stattdessen auf die Falter. „Sieh nur." Er folgte ihrem Blick und beobachtete, wie die Schmetterlinge ihre perlgrauen Eier an der Unterseite der Blätter ablegten. Aus denen schlüpften die Glasweber, hungrige Raupen, die glommen wie Magma. Kaum hatten diese ein Blatt abgefressen, da wuchs ein neues an seiner Stelle – *eben wie im ganzen Wald die Blätter nachwuchsen, sobald eines abgefallen war.*

Aus Drüsen an ihrem Hinterleib sprühten die Raupen feinen Nebel, der die Baumkrone in eine bernsteinfarbene Wolke hüllte und die Blätter benetzte.

Je größer die Glasweber wurden, umso häufiger sie sich häuteten, desto schwächer leuchteten sie, bis sie schließlich ihre Färbung den Blättern angeglichen hatten. Wenn die Raupen sich am Ende mit gläsernem Faden zu Puppen einspannen, da waren sie von den Blättern kaum mehr zu unterscheiden.

War die Verwandlung abgeschlossen, so entstieg der farblosen Puppe des Glaswebers der Seelenspiegel, der vom Bernsteinsaft naschte.

„Ist Mandergrimm nicht bestaunenswert?", sagte Aura leise, und nach kurzer Zeit fügte sie hinzu: „Ich habe anfangs auch gestaunt, bis ich hinter sein Geheimnis gekommen bin, da verabscheute ich ihn. Komm, sieh ihn dir genauer an!"

Bevor sie ihn langsam in den Krater hinunterzog, versteckte Nimrod den Mondmagoi in seinem Hemdkragen. Dann folgte er ihr, obwohl ihm Zweifel kamen: *Würde er vor Mandergrimm bestehen können?*

Denn während er sich immer schwächer fühlte, je näher sie dem Baum kamen, desto stärker wurde Aura. Nicht bloß deshalb war der Abstieg quälend, auch die Luft, die in der Höhe kühl und süß gewesen war, erwärmte sich mehr und mehr. Vom Geruch des Schwefels, der sich mit dem des Nektars mischte, wurde Nimrod ganz übel. Zudem benetzte der Bernsteinsaft alles mit einem harzigen Überzug und erschwerte das Vorankommen. Als Nimrod sich mit der Zunge über die klebrigen Lippen fuhr, die nach Grimtau schmeckten, zauberte ihm das kurzzeitig ein Lächeln aufs Gesicht. Dieser Geschmack ließ ihn an die Bucheckerpfannkuchen von Mollis denken. *Wenn er jetzt mit Aura und Elias nur bei ihr sein könnte!*

Aber sogleich erstarb sein Lächeln wieder und auch jeder Gedanke an zu Hause, denn sie hatten den Grund des Kraters erreicht. In dieser Sekunde wurde ihm klar, dass es nun kein Zurück mehr gab. Dabei war es nicht Aura, die ihn daran hinderte wegzulaufen, denn sie hatte ihn längst losgelassen. Vielmehr versperrte er sich selbst den Rückweg. *Welcher Held flüchtete schon, sobald er den Gegner aufgespürt hatte?*

Das Abenteuer, Mandergrimm zu trotzen, wollte er durchstehen bis zum Ende.

Entschlossen stellte er sich vor den Stamm aus Obsidian, auf dessen Oberfläche er sich schemenhaft sehen konnte, so als blicke er in einen dunklen Tümpel. Allmählich aber hellten sich seine Umrisse zu einem deutlichen Spiegelbild auf.

„Was geht hier vor sich?", flüsterte er.

„Das macht das Lebendige Silber, es schimmert durch die Glasrinde", erklärte Aura.

„Das Lebendige Silber?"

„Das ist eine Substanz, der Magie innewohnt und die Mandergrimm belebt. Beim Fressen der Blätter nehmen die Glasweber das Lebendige Silber auf, wodurch die Schmetterlinge später ihre Spiegelflügel erhalten."

Nimrod starrte auf sein Spiegelbild, das sich durch den Fluss der Silbermasse bewegte. Es hatte den Anschein, als durchliefe er ein Spiegellabyrinth. Manchmal hatte er einen winzigen Kopf, der auf einem langem Hals steckte, danach stand sein kugelrunder Körper auf kurzen Beinen. Obwohl das lustig aussah, animierte es ihn nicht zum Lachen, denn er hatte etwas entdeckt:

„Aura!", begann er furchtsam. „Warum sehe ich dein Spiegelbild nicht?"

„Du siehst es nicht, weil ich ein Teil von Mandergrimm geworden bin, als ich die magische Hülle bekam. Ein Spiegel ist eben nicht sichtbar im Spiegel."

„Wie ...?" Er sah sie unsicher an. „Wie hast du diese Hülle bekommen?"

„Du wirst es bald selbst erfahren", sagte sie.

„Bitte weiche mir nicht aus, sag es mir!"

„Durch die spiegelnde Oberfläche gewinnt Mandergrimm seit Jahr und Tag Energie, für das Lebendige Silber, womit er die Guten Geister versorgt, die seine Wächter sind. Das Lebendige Silber, woraus die Glasweber den Bernsteinsaft herstellen, ist also die nährende Milch der Seelenspiegel."

„Was soll das bedeuten? Sie bewachen ihn?", fragte Nimrod verblüfft.

„Eigentlich bewachen die Seelenspiegel nicht den Baum, sondern eine dämonische Macht, die Horle. Sie wurden einst durch Mandergrimm im Glutkessel des Kraters eingeschlossen."

„Also ist Mandergrimm ein Gefängnis?"

„Ein Horlgefängnis", ergänzte sie.

„Aber dann ist Mandergrimm doch etwas Gutes", folgerte Nimrod.

„Eigentlich ist er das. Aber durch das Bestreben der Horle – das seit jeher ist, eine eigene Gestalt zu entwickeln, um Mandergrimm zu entkommen – ist es ihnen geglückt, die Form eines Myzels anzunehmen. Dieses Myzel hat das Lebendige Silber im Inneren des Baumes durchsetzt."

„Wie ein Pilz, ein Hallimasch", erkannte Nimrod.

Aura nickte. „Aber die nährende Milch wird sauer. Der Befall des Lebendigen Silbers ist bereits so weit fortgeschritten, dass Mandergrimm nun Energie sammelt für die Horle in seinem Inneren. Und dies, ohne es zu wollen. Vielleicht spürst du es bereits, denn nun sammelt er auch deine Lebenskraft."

„Aber Aura ..." Er fasste sie bei den Schultern. „Wenn du das alles wusstest, warum hast du es zuvor nicht gesagt? Und warum hast du mich hierher gebracht?"

Sie sah ihn nicht an, als sie antwortete: „Magie kennt weder richtig noch falsch, sie will nur dienen."

Nimrod, den plötzliche Schwäche überfiel, fragte: „Und wem dienst du, Aura?"

Sie blickte ihn noch immer nicht an. Und längst hatte sich die Furcht in seinem Herzen ausgebreitet, wie das Myzel im Lebendigen Silber.

„Dienst du Mandergrimm?"

Aura legte ihm die Hand auf die Wange, und die Stelle, an der sie ihn berührte, brannte wie Feuer. Er ächzte. Obwohl der Schmerz schier unerträglich war, wich er nicht ab von seiner Frage:

„Dienen die Gestaltwandler Mandergrimm?"

„NEIN!", sprach Aura, bildete sich im gleichen Moment in ihre furchtbare Gestaltwandlerform um und gab ihm einen kräftigen Stoß.

Nimrod, der ins Taumeln geriet, hörte sie noch sagen:

„Ich übergebe dich den Horlen!"

Anschließend spürte er eine gewaltige Anziehungskraft von Mandergrimm ausgehen, die seinen Körper dazu zwang, sich auf den Stamm zuzubewegen. Je näher er kam, desto stärker wurde dieser Sog. Bevor er mit den Händen in Mandergrimm eintauchte, dessen Rinde plötzlich flüssiges Vulkanglas geworden war, hatte er noch versucht, sich daran abzustützen. Schnell war er schon bis zum Ellenbogen darin verschwunden. Als ihm das verzerrte Spiegelgesicht zu nahe kam und plötzlich anfing zu ihm zu sprechen, da beugte sich Nimrod so weit zurück, wie es ihm nur möglich war.

„Willkommen in Mandergrimm!", krähte der unheimliche Doppelgänger, mit dem er sich inzwischen Nasenspitze an Nasenspitze sah. Verzweifelt versuchte Nimrod, den Kopf abzuwenden vor dem Bruderkuss, der unausweichlich war, verschwand doch sein Gesicht langsam im Obsidian wie in einem Harz. Er musste die Augen schließen, weil er förmlich spürte, wie seine Erinnerungen ihm aus dem Kopf gesogen wurden wie von Nymphenwasser.

Als er schon meinte, Mandergrimm habe ihn für immer an die Kette gelegt, berührte der Mondmagoi, der unter seinem Hemd steckte, den Stamm. In diesem Moment wurde Nimrod mit solcher Wucht in die Luft geschleudert, dass er im hohen Bogen davonflog und unsanft auf den Wurzeln landete. Den Magoi musste er abreißen. Er war so heiß geworden, dass er begann, sich auf seiner Brust einzubrennen.

Sein Spiegelbild, sich nun ganz unabhängig von ihm bewegend, rannte auf und ab vor Aufregung.

„DIE MAGOI? DU? Bist du etwa der Wilde Jäger?" Es warf Nimrod, der sich benommen aufrichtete, ein nicht endenwollendes Hohnlachen entgegen. „Sieh an, ein denkbar unbedeutender Wurm bringt die

Magoi zu uns? So weit ist es also gekommen mit der Prophezeiung, da lachen doch die Schieferfresser!“

Auf die Worte des Spiegelbildes hin erklang ein wieherndes Lachen aus tausend gurgelnden Horlkehlen. Und Nimrod, dem ein eiskalter Schauer über den Rücken lief, bekam einen vagen Eindruck davon, was da in Mandergrimm hauste und wie teuflisch es war.

„Wo sind die anderen Magoi?“, fragte das Spiegelbild zerfressen von Gier und sah hektisch herum. „Gib sie den Horlen, den HORLEN!“

Nun kam der Gestaltwandler wieder ins Spiel. Von der Seite stürzte er auf Nimrod zu. Unterdessen hatte er Auras Gestalt abgelegt und die von Raban angenommen, der die Hände nach dem Mondmagoi ausstreckte. „Gib ihn lieber mir, denn mit Magie ist nicht zu spaßen!“

Blitzschnell sprang Nimrod ihm aber in den Weg und hob das Amulett selbst vom Boden auf.

„Niemand bekommt ihn!“, sagte er und steckte ihn hastig zu den anderen Amuletten in den Zaubersack. „Die Magoi sind kein Geschenk, nur im Tausch gegen die Freiheit von zwei Gestaltwandlern werde ich sie herausgeben. *Ich fordere, dass Aura und Elias ihre ursprüngliche Form zurückerhalten. Zersprengt ihre magischen Hüllen!*“

„Jammerschade“, sagte das Spiegelbild, auf den Gestaltwandler deutend. „Er ist schön wie ein Schmetterling, und du willst die Raupe zurück?“

„Da kannst du Gift drauf nehmen! Und mit ihnen an meiner Seite will ich anschließend ungehindert gehen können.“

„Für jeden Magoi ein Seelchen, sagst du? Das scheint mir billig. Wenn es weiter nichts ist.“

Darüber, das es so einfach sein sollte, kamen Nimrod Zweifel:

„Betrügst du mich auch nicht?“

„Betrügst du mich etwa?“, gab das Spiegelbild zurück.

„Nein“, sagte Nimrod fest.

„Du musst sie uns aus freien Stücken geben“, hörte er das Spiegelbild sagen. „Dabei sprichst du, Wilder Jäger, die folgenden Zauberworte:

Die Macht der Magoi
Ich widme sie neu
Den Horlen zur Freud'
Der tobenden Meut'
Im glühenden Kessel
Aus Mandergrimms Fessel!"

Dies war also das ganze Geheimnis? Er musste die Magoi aufgeben, bevor sie ihre Macht entfalten konnten. Andernfalls dienten sie, wie es ihnen passte, vollkommen beliebig.

Völlig unerwartet erschien Warfalsch, der schwarze Wegegeist, vor Nimrod. Es dauerte eine kleine Weile, bis er verstand, dass es nur der Gestaltwandler war, der klagte:

„Bald wird das Böse hingehen und auf Asche tanzen." Nachdem er diese Worte ausgesprochen hatte, bekam sein schwarzes Gesicht einen langen, grauen Bart und Ibrahims Züge. Er sagte:

„Das könnte unser aller Verderben bedeuten!" Fließend ging nun sein Gesicht in das von Mollis über, die bat:

„Sei bloß vorsichtig, mein Junge!" Dazwischen zeigte sich immer wieder Aura im Nebelstreifkleid, die flehend die Hände nach Nimrod ausstreckte:

„Geh nicht weg ohne mich!" Am Ende nahm er Elias Gestalt an, der sprach:

„Mach mich stolz und lass uns hier."

Nimrod presste sich die Hände auf die Ohren und brüllte:

„HÖR DAMIT AUF! DU MACHST MICH VERRÜCK! HÖR DAMIT AUF!"

In diesem Durcheinander erschien das Mausohr, das sich den Mantel vom Leib riss, um diesen dem anderen Gestaltwandler überzuwerfen. Da hatte das Verwirrspiel endlich ein Ende, und Nimrod konnte für einen Moment aufatmen. Er bedachte Elias mit einem dankbaren Blick, der ihn aber nicht erreichte. Er hatte die Augen geschlossen, um die Erinnerungen seines Sohnes nicht sehen zu müssen, damit er ihn nicht auch noch mit eigenen Verwandlungen verwirrte.

Das Einschreiten seines Vaters zeigte Nimrod, dass er doch mehr Erinnerungen bewahrt hatte, als zugegeben. Es machte außerdem deutlich, dass Elias sich danach sehnte, den Wald zu verlassen, und damit Mandergrimm.

Nimrod, der sich mit neuer Kraft beseelt dem Spiegelbild zugewandt hatte, rief: „Der Handel gilt! Ich gebe euch die Magoi im Tausch gegen unsere Freiheit." Er band den Zaubersack los und streckte langsam die Hand mit ihm nach vorn.

Aber als die Horle umgehend in erwartungsvolles Quieken ausbrachen, hielt er die Amulette noch zurück. „Zuerst will ich sie wiederhaben!" Er deutete auf die beiden Gestaltwandler, die nun rechts und links von ihm standen. Links Aura im Fledermausmantel, in dem sie sogar im Spiegelbaum sichtbar wurde und rechts Elias in seiner magischen Hülle mit geschlossenen Augen.

Der Horl lachte zynisch und zischte dann: „Sobald du die Zauberworte gesagt hast, gehören sie dir."

Nimrod presste die Lippen aufeinander und warf noch einen langen nachdenklichen Blick auf den Zaubersack, schließlich aber sprach er:

„Die Macht der Magoi
Ich widme sie neu
Den Horlen zur Freud'
Der tobenden Meut'
Im glühenden Kessel
Aus Mandergrimms Fessel!"

Nachdem das gesagt war, fing das Zeichen der drei Gestirne auf dem Stoff des Zaubersacks an zu kreiseln. Nimrod, zwischen den beiden Gestaltwandlern, beobachtete das mit Sorge, nahm die Fledermaus bei der Hand und flüsterte für beide vernehmlich: „Bleibt wo ihr seid."

„Falls du ein falsches Spiel treibst", sprach der Horl, dem sein Zögern prompt aufgefallen war, „will ich dich daran erinnern, dass wir Horle ohnehin bald die Freiheit erlangen – mit oder ohne Hilfe der Magoi."

Schnell konterte Nimrod: „Aber ohne ihre Macht wird es länger dauern – viel länger. Sie gehören euch erst in der Sekunde, da mein Wunsch erfüllt ist."

Sein Spiegelbild fletschte die Zähne. „Sie gehören uns doch schon, weil du sie uns versprochen hast. Sie dienen dir längst nicht mehr."

„Das haben sie sowieso nie wirklich getan."

„Weil du ein Unwissender bist", bekam er zur Antwort vom Spiegelbild, das langsam die Geduld verlor.

„Daher kann ich sie auch einfach behalten, oder nicht? Etwas Gepäck mehr oder weniger auf dem Weg nach Hause ... Sie sind bloß Tand in meiner Hand!" Er versteckte den Zaubersack hinter seinem Rücken und setzte sein bestes Pokergesicht auf.

„Glaube ja nicht, dass du die Horle bezwungen hast. Wir halten lediglich unsere Versprechen", sagte der Dämon spitzzüngig. Und während seine Augen Gift und Galle spien, fuhr er fort: „Wir geben die Gestaltwandler frei!"

Nimrod, dessen Herz schneller schlug, richtete nun im schnellen Wechsel die Blicke auf Aura und Elias. Ihre Verwandlung ging nun ganz schnell vonstatten: Es ertönte ein vernehmliches Knirschen, worauf die elastischen Glaspanzer der beiden Gestaltwandler zersprangen, ja fast explodierten. Scherben fielen aus dem Fledermausumhang, als Aura die Kapuze abnahm und ihr blasses, erschöpftes Gesicht darunter erschien. Und Elias? Der war mit einem Schlag um Jahrzehnte gealtert, trotzdem sah er Nimrod fest an, mit eisgrauen Augen.

Wie froh dieser war, dass er sie wiederhatte! Aber er durfte sich nicht von seiner Freude ablenken lassen, denn noch war der Handel nicht abgeschlossen, noch konnte alles schief gehen. Nun war Fingerspitzengefühl gefragt. Ehe die Befreiten begreifen konnten, was geschah, raunte Nimrod ihnen wagemutig zu:

„Geht zurück! Ich fühle mich Dämonen, die euch quälen, nicht zur Treue verpflichtet. Lieber breche ich mein Ehrenwort, als Unheil zu stiften." Während sie sich nun gemeinsam mit langsamen Schritten rückwärts bewegten, steckte Nimrod sich mit schneller Bewegung den

Zaubersack, in dem sich merklich etwas bewegte, ins Hemd.

In dem Moment verebbte das Wummern unter ihren Füßen, so als blieben alle steinernen Herzen der Horle gleichzeitig stehen. Und dann gab es einen Aufschrei unter den Dämonen, der sogar den fernen Teufelszinken zum Erbeben brachte.

Alle Bäume des Grimwalds zitterten, und alles Leben darin stand für den Augenblick still.

„VERRAT!", schrie das Spiegelbild, das zwar Mandergrimm nicht verlassen konnte, um an die Magoi zu gelangen, jedoch so weit herausfahren konnte, wie Nimrod zuvor darin gesteckt hatte. Mehr ließ die magische Hülle nicht zu, die dehnbar, jedoch nicht durchlässig war. Glücklicherweise hatte sich die kleine Gruppe bereits zu weit entfernt, als das der Horl sie hätte erreichen können.

„WEG VON HIER!", brüllte Nimrod. „HINTER MIR HER!"
Und so geschah es: Alle drei wirbelten im gleichen Moment herum. Aber da schlug Schicksals Tücke zu, denn der Horl bekam den Fledermausmantel zu fassen, in dem Aura steckte.

Gellend war ihr Schrei, als er sie unbarmherzig zu sich heranzog und in seine gläsernen Arme sperrte.

„OH NEIN!", rief Nimrod fassungslos, der sie bereits sterben sah wie den Seelenspiegel in den Fängen der Spinnen. „Bitte tut ihr nichts. Sie kann doch nichts dafür. Ich bin der Wortbrüchige gewesen, nicht sie."

„Das hättest du dir eher überlegen müssen!", bellte sein Spiegelbild, worauf es *sein wahres Ich* offenbarte, indem es zu einem steingrauen, sehnigen Wesen wurde, aus dessen wespenähnlichem Kopf kleine Teufelshörner sprossen. Als seine tiefliegenden, kaltblütigen Augen auf die Elfe in seiner Klauenhand starrten, verlor sie die Besinnung.

„Jetzt ist ihr nicht mehr zu helfen", sagte Elias matt.

„Doch!", schrie Nimrod. „Ich gebe ihnen, was sie wollen!" Er zog den Zaubersack hervor. Das Zeichen darauf kreiselte nicht mehr, es glühte nun im schillernden Farbspektrum.

„Was tust du?", rief Elias und fasste sich an den Kopf vor Entsetzen. „Erkennst du denn nicht, wem du diese Macht übergibst? Wenn du es tust, bedeutet es für Grim und alle, die es bewohnen, den Tod!"

„Du hast den Tod riskiert, um Baca zu retten und ich riskiere den Tod, um Aura zu retten!" Mit diesen Worten schleuderte er dem Horl den Zaubersack entgegen, der danach schnappte wie ein Grimgeier nach seiner Beute.

Damit hatte sich die Prophezeiung erfüllt!

Was für ein Triumph für die Dämonen! Der Horl, der den Zaubersack in der linken und Aura in seiner rechten Obsidianklaue eingeschlossen hatte, begann einen Jubel anzustimmen, in den die anderen Horle tobend einfielen, weil der Zaubersack sogleich zu wachsen begonnen hatte.

Nimrods Verzweiflung kann man sich nicht vorstellen. „UND JETZT LASS SIE LOS!", schrie er was seine Lungen hergaben. „AURA! GEBT SIE MIR! SIE KANN NICHTS DAFÜR! GEBT SIE MIR DOCH ZURÜCK!" Immer und immer wieder rief er dies, und eben als er meinte, sie sei verloren, da schoss die Dämonenklaue vor, in der Aura steckte.

„Eine kleine Anerkennung für deine Bemühungen", feixte der Horl. „Aber sie soll nicht der einzige Preis sein. Immer, wenn du sie ansiehst, sollst du daran erinnert werden, dass du uns den Gehorsam gekündigt hast." Jetzt öffnete er die Klauenhand und wartete, von wieherndem Hohngelächter der anderen Horle begleitet, bis Nimrod die ohnmächtige Aura aufgehoben hatte. Dann bellte er: „Und du sollst ein weiteres Versprechen von uns bekommen: Schon bald werden wir die *Dämonische Jagd* auf dich und deinesgleichen eröffnen. Und du weißt ja, auf uns kann man zählen." Sturmtösendes Teufelsgeschrei verfolgte Nimrod, der zu Elias hinüberrannte. Der stand in einiger Entfernung und starrte in die Krone Mandergrimms hinauf.

„Komm!", rief er ihm ächzend zu. „Komm schon!"

Aber Elias stand wie angewurzelt da, hinauf deutend. Nimrod folgte seinem Blick und so groß war der Schreck, dass er Aura an sich drückte, als gäbe es kein Morgen. Aus dem Zaubersack war inzwischen ein Bronzedrache geschlüpft, der im Nu zu riesenhafter Größe angewachsen war. Auf der Stirn hatte er ein großes Sonnenmal, seine Augen flammten und die Zacken seines Rückens waren flackernde Lohen. Er warf brüllend den Schädel herum, wobei er schwefelgelben Atem ausspie, der die guten Geister vergiftete. Alle Wächter Mandergrimms trudelten zu Boden, der bald von Tausenden toten Seelenspiegeln bedeckt war.

Während das geschah, krabbelten ein Silberdrache und ein Kupferdrache aus dem Zaubersack. Noch waren sie klein wie Echsen, doch im Handumdrehen wuchsen auch sie zu stattlicher Größe heran. Der Silberdrache, der das Sternenmal auf der Stirn trug, umschlang das Horlgefängnis wie eine Würgeschlange, während gebündelte Strahlen gleißenden Lichts aus seinen Augen, aus runden Öffnungen seines Rückens und aus seinen Klauen fluteten. Schließlich legte sich der Kupferdrache zu Füßen Mandergrimms. Zwischen seinen Augen, die in gespenstischem Grün glommen, prangte das Mondmal und aus seinem Rachen spie er rubinfarbenes Feuer, womit er die Wurzeln versengte. Er überwand die Barriere zwischen dem Glutkessel des Vulkans und der schützenden Obsidianhülle, indem er die Klauen in den Boden rammte. Es geschah nun, dass feinste Magmakügelchen langsam in den Stamm aufstiegen wie in einem umgekehrten Stundenglas. Sie vermischten sich nach und nach mit dem Lebendigen Silber.

Mandergrimm, das schwarze Herz des Waldes, würde zu schmelzen beginnen. Nicht sofort, doch es würde geschehen und es war nicht mehr aufzuhalten.

Durch ein Brüllen des Kupferdrachens, der eine rubinrote Stichflamme über den Boden schickte, wurde Nimrod aus seiner Starre gerissen. Er hob Aura höher und stieß Elias an.

„LOS!", brüllte er. Ihre Flucht den Krater hinauf führte sie über ein Polster aus toten Spiegelfaltern. Und es folgte ihnen das Triumphgeschrei der Horle, deren Ausbruch in greifbare Nähe gerückt war.

Erst auf dem Rand des Kraters wagte Nimrod einen Blick zurück, der von den gleißenden Augen des Silberdrachen getroffen wurde, was ihn kurzzeitig erblinden ließ. Er sah den Weg nicht mehr und schrie auf vor Schmerz, der begleitet wurde von einem einzigen verzweifelten Gedanken: „Was habe ich getan?"

34. Retter

Weil Parzival seit Tagen nicht mehr aufgetaucht war, lag es nahe zu glauben, Turmfalken oder Eulen hätten ihn erwischt. Ibrahim aber nahm an, dass er ihn schlicht und einfach satt hatte. Er konnte es der Maus auch nicht übel nehmen, denn seit er vom Besuch bei Mollis heimgekommen war, gab er eine jämmerliche Figur ab. Im Lehnsessel sitzend, knetete er die hageren Knie, tiefe Falten zerfurchten seine Stirn und der Bart fiel ihm fast bis auf die erfrorenen Zehen. Nur der Ofen stand ihm bei in seinem Elend, indem er ihn durchs trübe Glasauge beglotzte. Ein Gleichgesinnter, dessen innere

Kälte der ähnlich war, die ihn selbst erfüllte. Ein Feuer hätte es besser gemacht – für beide – doch Ibrahim fand keinen Mut aufzustehen. Immer wieder kreisten seine Gedanken um Mollis, und darum, wie nur eins zum anderen gekommen war, hatte er es doch eigentlich ganz anders geplant. War er ein Feigling, wie Mollis es behauptet hatte? So war es wohl. Zumindest hatte sie es geschafft, dass er sich selbstsüchtig und verlogen vorkam. Er bewegte ihren Ring durch die Finger. Als sie fast steifgefroren waren, legte er ihn neben sich auf die Tischplatte und starrte so lange darauf, bis seine kurzsichtigen Augen zwei daraus machten. Die Brille hatte er verlegt und keine Kraft, danach zu suchen.

Als mit einem Mal das Bibliothekstor knallte, strömte eine Welle noch kälterer Luft ins Innere des Saales und brandete an die Buchrücken der alten Schriften. Ibrahim hörte und spürte nichts, so taub war er geworden. Da brauchte die fremde Stimme einige Zeit, bis sie ihn erreichte:

„Ich bin es!“

Nach einer Weile erst wandte der Alte den Kopf und es war ihm, als quietsche sein Hals dabei wie ein eingerostetes Scharnier. „Wer ist da?“, fragte er verwirrt und zwinkerte.

„Hallo, Ibrahim.“

„Ich kenne dich nicht“, sagte der Alte fast erschrocken.

„Aber natürlich kennst du mich, ich bin Susanna.“ Sie lachte ein bisschen.

„Du meine Güte. Du bist aber ...“

„Du meinst sicher, ich sei groß geworden?“, folgerte sie und setzte sich neben ihn in den zweiten Sessel. „Brrr! Es ist ja bitterkalt hier ... oh ...!“ Hastig sprang sie wieder auf und reichte Ibrahim, worauf sie sich gesetzt hatte. „Entschuldigung, das ist mir sehr unangenehm!“, hauchte sie. „Ich hoffe, sie ist nicht kaputt gegangen.“

„Da ist ja meine Brille, hab ich schon gesucht.“ Er schob sie auf die Nase und verlor keinen Gedanken daran, dass sie verbogen war, denn als er durch die Gläser auf die Elfe in ihrem roten Kleid blickte, ging ihm etwas anderes durch den Kopf: Er fühlte sich alt – so alt wie

Methusalem. „Du meine Güte...", raunte er noch einmal.

Da Susanna seinen Blick unbehaglich fand, lenkte sie das Thema auf das Wetter: „Wir werden wohl erfrieren, wenn ich nichts dagegen unternehme!" Sie stand auf, machte sich am Holzvorrat zu schaffen und öffnete das Glasauge des Ofens. Nicht lang und ein kleines Feuer züngelte darin.

Ibrahim tat gar nichts, er saß nur weiterhin so da. Als das Feuer heiß genug war, stellte die Elfe einen Kessel mit Wasser darauf, holte aus ihrer Gürteltasche einen Kräuterbeutel hervor, warf etwas vom Inhalt ins Wasser und ließ es eine Zeitlang köcheln. Anschließend gab sie Ibrahim davon zu trinken, was nach und nach seine Lebensgeister weckte.

„Susanna", fing er an, „warum kommst du diesen weiten Weg hierher? Der Winter ist nicht halb vorüber. Es ist doch nicht etwa ... es ist doch Nimrod nichts passiert? Hast du ihn vielleicht gesehen? Er wollte zu Aura."

Sie warf Holz nach. „Um Nimrod brauchst du dir keine Sorgen zu machen. Er hat den Weg durch den Grimwald bis nach Anderia geschafft, stell dir das vor." Sie lächelte anerkennend. „Es ging ihm gut, als ich ihn das letzte Mal sah."

„Den Jungkräutern sei Dank!", warf der Alte ein, der den Becher beiseite stellte, um in die Hände zu klatschen. „Dieser Bursche hat es tatsächlich geschafft! Sag, hat er Aura gefunden?"

„Es verlief etwas anders als geplant."

Was er hörte, lenkte Ibrahim vom Eigentlichen ab, weil er prompt an Mollis denken musste. „Man sollte einfach keine Pläne schmieden." Er beobachtete Susanna, wie sie die Holzscheite mit dem Eisen an die richtige Stelle im Ofen bugsierte. „Wie konntest du eigentlich unbemerkt fortkommen von Anderia?"

„Ich kenne geheime Wege und gehe wann und wohin es mir passt. Eine Totenelfe wird sowieso nicht vermisst."

„Eine Totenelfe?" Ibrahim kratzte sich die Wange.

„Damals, nach Mollis' Verbannung, hat Boreas den Fluch über uns verhängt“, erklärte Susanna dem verwunderten Alten.

„Einen Fluch sagst du? Was bedeutet das?“

„Der Fluch“, begann sie, und blies ins Feuer, bis es wieder hell brannte, „das war sein Richtspruch, der uns zu Totenelfen degradierte.“

„Wenn Mollis das wüsste ...“, sagte Ibrahim mit belegter Stimme.

„Was wäre dann, außer dass sie noch mehr leiden müsste?“ Sie schloss den Ofen und sah Ibrahim über die Schulter hinweg an. „Wünsche es ihr nicht, denn sie hat schon schwer genug zu tragen. Der Fluch hat mich auch nur anfänglich getroffen. Am Ende musste ich feststellen, dass er mich befreit hat. Ich kann sagen und tun, was ich will.“ Sie kam zu ihm herüber. „Weißt du, ich binde die Toten in Spinnenseide, die kostbarste Seide, die es gibt. Sie wird in der Schatzkammer aufbewahrt.“

Ibrahim sah sie fragend an.

„Ich erzähle dir das, weil ich, als ich das letzte Mal in der Schatzkammer war, nicht nur die Spinnenseide geholt habe. Die Oltmannen waren abgelenkt.“ Ihre Stimme wurde leise. „Und da ist es mir gelungen den Sternenmagoi zu stehlen.“

„Wie? Der Sternenmagoi ist im Besitz der Elfen? Natürlich ... Ist ja interessant! Wo ist ...“

Susanna unterbrach ihn: „Hast du zugehört? Ich habe ihn *gestohlen.* Der König aber glaubt, Aura habe es getan. Und nun will er ihn zurück. Ich habe ihr das Amulett gegeben, damit es ihr hilfreich sei auf ihrem Weg durch den Grimwald. Nun hat Boreas die Oltmannen dorthin ausgeschickt, dass sie nicht damit entkommt. Jaris, der sicher nicht zimperlich sein wird, ist ihr Anführer. Sie werden – wenn sie Aura finden, werden sie ...“

„Warum zum Eistroll ist Aura denn nun auch im Grimwald?“

„Sie wurde verbannt. Sie ist nun eine Lysander, wie Mollis.“

„Wie Mollis ...“, flüsterte Ibrahim und wurde totenbleich. „Was ist in Anderia vor sich gegangen, Susanna? Du musst mir alles genau erzählen!“

„Das Ganze war eine Intrige gegen Andalus, den Elfenkönigssohn.

Boreas hat Aura dazu benutzt, seinen eigenen Sohn in die Falle zu locken. Andalus ist tot, der Winterwolf hat ihn gefressen." Ihre Lippen bebten. „Danach haben sie Aura die Schuld an seinem Tod gegeben und sie verbannt. Das alles hat stattgefunden, bevor Nimrod uns erreichte."

Während Ibrahim den Kopf schüttelte vor Entsetzen, ließ Susanna sich auf den Sessel fallen und vergrub das Gesicht in der Armlehne. Er nahm an, dass sie weinte, denn ihre Flügel zitterten. Der Saum ihres Kleides floss über den Boden, bis vor seine Pantoffeln, die er ein Stück zurücknahm, um nicht draufzutreten.

„Ich verachte, was sie einander antun. So ein elendes Volk!" Als sie das sagte, sah der Alte sie berührt an. Und da er nicht wusste, wie er ihr Trost spenden sollte, saß er einfach nur da, bis sie sich wieder gefangen hatte. Lang dauerte es nicht, denn Susanna war stark, seit jeher. Außerdem wollte sie endlich zum Grund ihrer Reise kommen. Sie wischte die Tränen mit einer Handbewegung fort und sagte:

„Ich habe einen Plan."

Kaum hatte sie ihn unterbreitet, da packte Ibrahim die Abenteuerlust und seine Wangen erglühten. Weil er die Möglichkeit zur Wiedergutmachung sah, wollte er mitgehen in den Grimwald, um zu helfen. Nach solch kühner Tat, so dachte er, konnte er Mollis gewiss wieder ohne Scheu unter die Augen treten. Aber schon vor dem Bibliothekstor sah er sich einem unüberwindbaren Hindernis gegenüber:

In der Dämmerung wartete eine einäugige Krähe, angetan mit Zaumzeug und Sattel.

„Ich steig doch nicht auf dieses Vieh! Bist du denn ganz verrückt?" Er wedelte mit der Hand wie ein Krieger mit seinem Schwert vor einem ungleich stärkeren Feind.

Susanna zog die Stirn kraus. „Aber was hast du denn gedacht?"

„Na, dass wir zu Fuß gehen."

Sie sah ihn an, als sei er nicht bei Trost. „Zu Fuß? Es ist eiliger als eilig und ohne Sturmfeder ist das eben nicht zu machen."

„Sturmfeder, der halbblinde Pechvogel?" Mit einem Mal fiel Ibrahim ein, dass er etwas Wichtiges vergessen hatte: „Ich bin zu alt für so was!"

„Glaub mir“, sagte Susanna, „ich wäre wirklich froh darüber, wenn ich einen Jüngeren und Stärkeren zur Seite hätte, den ich um Hilfe bitten könnte. Aber den gibt es nicht.“

Ihre Worte verfehlten die Wirkung nicht, die sie haben sollten: Ibrahim fasste kurzerhand den Entschluss, ihr zu beweisen, was noch alles in ihm steckte. Daher krabbelte er ohne weiteres Murren auf das schwarze Ungetüm.

„Sie wird schon sehen!“, dachte er bei sich.

Der Weg war sehr weit, auch auf dem Rücken einer Krähe. Zu allem Übel zog ein Unwetter auf, das bis zum Morgengrauen anhielt. Es erhellte den Nachthimmel mit unheimlichem Wetterleuchten. Während schwarze Federn Ringelreihen um Susanna und Ibrahim tanzten, fragte sich der Alte wieder und wieder, wie er bloß in dieses Abenteuer geraten sein konnte. Er krallte die Finger fester ins Kleid der Elfe, die unerschrocken ihren Krähenvogel antrieb. Sie segelten mit rasender Geschwindigkeit über wogende Baumkronen dahin, die rauschten wie die sturmgepeitschten Wellen des Gläsernen Meeres. Als eine Windböe sie traf, schwankte die Krähe hin und her, und Ibrahim quiekte:

„Ich werde sterben, sicher werde ich gleich sterben! Geschieht mir wohl auch ganz recht!“

Kaum hatte Sturmfeder sich wieder gefangen, da setzte sie auch schon zum Sinkflug an und Susanna warf Ibrahim einen schnellen Blick zu, wobei ihr die Haare um das Gesicht peitschten. „Wir sind da, Sturmfeder spürt es!“, rief sie.

Und als sie nun so plötzlich in die Tiefe stürzten, war es Ibrahim, als müsse er besonders Acht geben auf seine Seele. Er atmete so flach wie möglich, damit sie ihm nicht einfach durch den Mund entwischte. Die Krähe taumelte und wirbelte zwischen den Wipfeln des Waldes hindurch, dass es Ibrahim ganz elend wurde. Endlich aber fing sie sich wieder, segelte längs des Stammes einer riesigen Buche abwärts und landete mitten im Grimwald. Während Susanna gleich nach der Landung vom Vogel sprang, klammerte sich Ibrahim noch immer fest ins dunkle Gefieder, die Arme zitternd wie Espenlaub.

„Komm!“ Susanna streckte ihm die Hand entgegen, die er dankbar ergriff.

„Du meine Güte, bin ja ein furchtbarer Anfänger!“, keuchte er. Als er endlich festen Boden unter den Füßen hatte, spürte er seine Beine kaum. „Und ich dachte schon, das sei mein Ende! Wirklich und wahrhaftig mein Ende ...“ Während er über seinen zerrauften Bart strich, blickte er sich nach etwas um.

„Suchst du was?“, fragte Susanna.

„Meine Brille! Sie hat es wohl nicht bis hierher geschafft.“

Da funkelten ihre Augen belustigt. „Und was ist das?“ Sie deutete auf seine Nasenwurzel.

„Oh, da ist sie ja noch. Wunderbar! Habe ich gar nicht gemerkt.“ Ein verlegenes Lächeln rutschte unter seinem Bart hervor, verlor sich jedoch gleich wieder, als ihm klar wurde: „Wir sind wirklich mitten im Grimwald, im Schlund des Ungeheuers. Wir müssen übergeschnappt sein – wirklich total übergeschnappt. Was machen wir denn jetzt eigentlich hier?“

„Wir suchen Nimrod und Aura, schützen sie vor den Oltmannen und bringen sie in Sicherheit. Wir werden sie retten!“

„Wenn es weiter nichts ist“, sagte Ibrahim und schob die Ärmel hoch. „Wo sollen wir anfangen?“

35. Finsterhain

Wenn Nimrod gewusst hätte, wie ernst die Lage war, er hätte sicher kein Feuer gemacht. Aber woher hätte er wissen sollen, dass Oltmannen durch den Grimwald streiften, um Aura zu finden und mit ihr den Sternenmagoi. Der Elfenkönig hatte den Auftrag erteilt, auf der Suche nach der Diebin erfolgreich zu sein. Und weil sie eine Lysander, eine Rechtlose war, hatte sie vor allen Dingen Gnade nicht zu erwarten. Das Feuer war in der Nacht durchaus zu entdecken, obwohl der Wald sehr dicht stand. Zwar brannte es für Aura und Elias, schien sie aber gar nicht zu erreichen – weder mit seinem Licht noch mit seiner Wärme. Ähnlich erging es auch Nimrod mit seinen Bemühungen um die Befreiten. Obgleich sie zusammen waren, waren sie dennoch nicht bei ihm, weder in Gedanken noch in Gesten. Es war als habe Mandergrimm sie mit einer unheilvollen Krankheit infiziert, von der sie nicht gesunden konnten, selbst jetzt nicht, da sie ihm entkommen waren. Scheinbar noch immer in seiner Gewalt, wurden sie sogar schwächer, je weiter sie sich von ihm entfernten. Aura, die seit ihrer Befreiung nicht mehr gesprochen hatte, saß da und starrte vor sich hin. Als Nimrod ihr seinen Becher geben wollte, in dem er mühevoll aus Kräutern eine stärkende Brühe gewonnen hatte, wandte sie den Kopf ab.

„Trink doch schon, bitte!", flehte er sie an, doch sie schloss bloß die Augen.

„Verdammt noch mal!", rief er zermürbt und warf das Gefäß an den nächsten Baum, so dass sich der dampfende Sud über den Stamm ergoss. „Ich weiß ehrlich nicht, wie ich euch heil aus diesem Wald bringen soll! Wir kommen ja überhaupt nicht von der Stelle!" Er funkelte die beiden wütend an, deren Zustand sich einfach nicht bessern wollte. Weil sie noch nicht einmal auf seinen Ausbruch reagiert hatten, verstärkte das seine Verzweiflung noch.

„Was soll ich denn bloß tun?", klagte er, worauf er davonjagte. Weg wollte er, fort von ihnen, in deren Nähe er ständig das Gefühl hatte, versagt zu haben. Die Sorge, ohne die Hilfe der Magoi dem Tod ausgeliefert zu sein, wurde so übermächtig, dass sie sich wie eine eiserne Kralle um seinen Brustkorb schloss und ihn am Atmen hinderte. Und so tobte Nimrod seine Wut aus, indem er mit voller Wucht gegen alles schlug, was ihm in die Quere kam. Als er keine Kraft mehr hatte und ihm der Schweiß in die Augen rann, ließ er sich keuchend neben einer dicken Wurzel fallen. „Verdammt, verdammt, verdammt ...", fluchte er, bis ihm vor Erschöpfung die Augen zufielen.

Durch ein Geräusch wurde er aus dunklem Traum gerissen; mit einem Schlag hellwach sprang er auf. Wie lange hatte er geschlafen? Wie lange hatte er die anderen allein gelassen? Waren es Minuten oder waren es Stunden? Er huschte zurück zum Feuer, an dem er erleichtert zwei Schlafende entdeckte. Als er aber genauer hinsah, war er alarmiert, denn nur Elias lag da. Das andere Bündel war nicht die schlafende Aura, sondern bloß Nimrods eigener Umhang. Wo war sie? Nimrod lief in Hektik um die Feuerstelle, fand die Elfe aber nicht.

„Elias!" Er schüttelte ihn wach. „Wo ist sie denn? Hast du gesehen, wo Aura hingegangen ist?"

Als Elias den Kopf wandte, wurde eine große Platzwunde auf seiner Stirn sichtbar.

„Himmel! Was ist denn hier passiert?", schrie Nimrod auf, den der Schreck von Kopf bis Fuß durchströmte wie siedendes Wasser. „Und wo ist Aura?"

„Oltmannen!", stammelte Elias. „Oltmannen haben uns überfallen, konnte sie nicht aufhalten. Sie haben sie mitgenommen. Sie haben sie! Sie haben sie! Sie ..."

„ACH!", sagte Nimrod und wollte sich der Schwäche ergeben, die ihn überfiel. Wissend, dass dies das Ende für sie alle bedeuten würde, riss er sich zusammen und drückte stattdessen seinen Vater fest an sich, bis der sich beruhigt hatte. Darauf hielt Nimrod Ausschau nach einem Ort, an dem er ihn verstecken konnte, bis er Aura gefunden hatte. Eine trockene Baumhöhle ganz in der Nähe der Feuerstelle kam ihm da gerade recht. Nachdem er Elias darin untergebracht hatte, lief er zurück, um den Fledermausumhang zu holen, wobei sein Blick auf das Lagerfeuer fiel. Da kochte plötzlich der Zorn in ihm hoch. Das Feuer! Sicher hatten die Oltmannen zuerst dieses Feuer und dann Aura entdeckt. Während Nimrod es austrampelte, als habe es eigenmächtig gezündelt, ließ ihn eine Frage nicht los:

Was *noch* wollten sie von Aura, hatten sie ihr doch bereits alles genommen.

Als Nimrod die Stirnwunde seines Vaters mit Kräutern versorgen wollte, nahm Elias überraschend seine Hand und sprach mit belegter Stimme:

„Gestern, als du klein warst, hast du Knox einen Streich gespielt.

Du bist in sein Schaufenster gekrabbelt, um die Waren darin zu einem Haufen aufzuwerfen. Dann hast du Bergtroll gespielt. Wie man sich erzählte, warst du der furchterregendste Bergtroll weit und breit. Knox hat ein Heidenspektakel veranstaltet, als er es bemerkte. Da hast du Reißaus genommen, bist aber unterwegs auf der Tonkelbrücke hingefallen. Zwar bist du Knox entkommen, bevor er dir den Hosenboden stramm ziehen konnte, aber eine Wunde hatte es dir eingebracht. Hier." Er strich über die rechte Augenbraue seines Sohnes.

Nimrod schluckte. „Ich erinnere mich. Mir ist das Blut nur so in die Augen gelaufen und ich hatte furchtbare Angst, weil ich dachte, ich würde sterben. Aber da bist du mir entgegen gekommen, hast mich auf den Arm genommen und ganz ruhig gesagt: *Das kriegen wir schon wieder hin.* Da warst du für mich der Größte."

„Das kriegen wir schon wieder hin", sagte Elias und strich Nimrod über die Stirn.

„Das hoffe ich", wisperte Nimrod, zog die Nase hoch und rieb sich eine Träne aus dem Augenwinkel. Er schenkte Elias ein Lächeln, das seine Verzweiflung nicht verbergen konnte und gab ihm den Proviantbeutel. Dann deckte er ihn mit dem Fledermausumhang zu und sagte: „Rühr dich nicht vom Fleck, hörst du! Ich bin bald wieder da, um dich zu holen." Nimrod drückte seine Hand, die kalt war, viel zu kalt. Lange durfte er ihn nicht allein lassen, dabei wusste er überhaupt nicht, wo er Aura suchen sollte.

Im Wechsel von Mut und Verzweiflung hastete er zur Feuerstelle zurück, an der noch immer stechender Rauch in der Luft lag. Weil er keine hilfreichen Spuren fand, lief er bald ziellos durch das Unterholz, nach Aura rufend, in der Hoffnung auf ein Echo, das seinen Namen kannte.

„AURA!", rief er und immer: „AURA!" Aber es war ihm, als reiche das Wort nicht weiter als eben über seine Lippen. Noch nie war ihm der Wald so undurchdringlich erschienen, nie so unbarmherzig in seinem Gedränge von Ranken und Stämmen, von Blättern und Zweigen. Auch wuchs es noch dichter, trieb aus, je mehr er sich Einblick in die dunklen

Winkel wünschte. Wo wurde sie versteckt? Und warum half dieser elende Wald sie zu verbergen mit all seinen heimlichen Orten?

„AURA! ... AURA! ... AURAAAAAAAAAA!“

Immerfort nichts. Wer sollte da nicht verzweifeln? Er sank auf die Knie und schluchzte, dass es zum Herzerweichen war. Als er gegen alle Erwartungen bei der Schulter gepackt wurde, schreckte er auf: Hatten die Oltmannen ihn gefunden? Keine Frage, sicher war es so! Durch Tränenschleier blind, schlug er um sich.

„Na, na! Du Jungkraut, beruhige dich! Wir haben schon lange nach dir Ausschau gehalten, bis wir jetzt endlich dein Rufen gehört haben.“

Diese Stimme ... das konnte doch nicht sein!

„Ibrahim?“ Nimrod rieb die Augen vor Verblüffung, als er ihn erkannte. „Bitte!“, flehte er, „Sag, dass du wirklich bist, Ibrahim! Sag, dass du es selbst bist und nicht ein Gestaltwandler!“

„Ich bin so wirklich wie du. Hast wohl nicht mit mir gerechnet, oder?“ Er zuckte die Achseln. „Also, um ehrlich zu sein, ich habe auch nicht mit mir gerechnet“, gab der Alte zu, dann deutete er auf Susanna. „Sie hat mich dazu gebracht. Ohne sie würde ich noch auf meinem Sessel sitzen und nach meiner Brille suchen.“

Erst als Nimrod die Elfe hier und jetzt wiedersah, wurde ihm bewusst, wie ähnlich sie seiner Schwester war – wie Baca so ernst und so unbeugsam. Und Ibrahim, der mutige Alte ... Nichts hätte ihn froher stimmen können, als diese beiden Freunde bei sich zu wissen.

„Was ist mit Aura?“, fragte Susanna ohne Umschweife.

„Oltmannen haben sie verschleppt. Ich weiß nicht, warum sie hier im Grimwald sind. Weiß nicht, was sie von ihr wollen.“

„Ich weiß es“, erklärte die Totenelfe. „Die Oltmannen wollen den Sternenmagoi. Ich habe dir doch in Anderia erzählt, dass ich Aura das Amulett gegeben habe, damit es ihr den Weg zu dir weise. Vor einigen Tagen wurde mein Diebstahl entdeckt. Boreas hat ganz Trull durchkämmen lassen. Als sich nichts finden ließ, da fiel Jaris plötzlich ein, dass Aura ihm verheimlicht hatte, wie sie an das Messer aus der königlichen Waffensammlung herangekommen war. Das legte die Vermutung nahe, dass sie einmal in der Schatzkammer gewesen und bei der Gelegenheit den Sternenmagoi und das Messer gestohlen haben musste. Weil Boreas das für sehr wahrscheinlich hielt, hat er Oltmannen ausgeschickt, um sie zu finden."

„Solange sie ihnen den Magoi nicht aushändigt, ist sie also einigermaßen sicher?", meinte Nimrod.

„Vermutlich", sagte Susanna. „Wo ist der Magoi denn? Du hast erzählt, sie habe ihn verloren. Habt ihr ihn gefunden?"

„Ja, wir haben ihn gefunden. Aber er ist nicht mehr in unserem Besitz. Weder dieser noch die anderen."

„Die anderen Magoi?", sagte Ibrahim eindringlich und fand, während er Nimrods verschlossenes Gesicht musterte, seine Furcht bestätigt: „Was hast du getan, Bursche?"

„Was ich tun musste!"

Ibrahim zog die Brille zur Nasenspitze herunter, über deren Rand hinweg er Nimrod streng anblickte: „Wenn du die Amulette in falsche Hände gegeben hast, stehen wir alle am Abgrund, ist dir das klar? Dann ist alle Anstrengung vergebens."

„Das war der einzige Weg", erklärte Nimrod. „Und ich bin ihn nicht erfolglos gegangen, denn nur so konnte ich Aura retten – und meinen Vater."

„Was?" Ibrahim rutschte die Brille von der Nasenspitze und mit der Strenge war es dahin. „Sag das noch einmal, Bursche! Deinen Vater?"

„Ich habe ihn gefunden!"

„Was machst du dann für ein ernstes Gesicht? Du hast doch allen Grund zur Freude!", meinte Ibrahim.

Nimrod legte ein flüchtiges Lächeln auf. „In dem Fall schon."

„Donnerwetter, das ist ja eine Neuigkeit!" Ibrahim schüttelte staunend den Kopf. „Das wird aber Aufsehen erregen, wenn wir ihn zurückbringen. Ganz Grim glaubt bis heute, er sei tot ... Bringst du uns wohl gleich zu ihm?"

Es dauerte eine Weile, bis Nimrod den Weg zurück zur Baumhöhle gefunden hatte. Elias, der sich inzwischen zusammengerollt hatte, schlief. Die Neuankömmlinge blieben vor der Höhle stehen und blickten scheu zu ihm hinein. Durch den Fledermausumhang sah es so aus, als läge er in einem seltsamen Nest. Keiner wagte sich so recht zu ihm. Selbst Nimrod blieb wo er war. Immer schwelte die Angst in ihm, Elias könne sterben, jeden Moment sterben, so schwach wie er war. Ibrahim war der Erste, der sich zu ihm hockte.

„Mein alter Freund", sagte er und berührte sein Gesicht. „Beim Schwarzen Kräutermann, du bist ja ganz kalt!"

Nimrod bekam eine Gänsehaut. War es so weit? Er stürzte herbei. Aber weil Elias kurzzeitig die Augen aufgeschlagen hatte, beruhigte er sich wieder. Auch Susanna war näher gekommen, die seine Stirn betastete. „Onkel, hörst du?", sie lauschte auf seinen Herzschlag. „Es steht gar nicht gut um ihn!", erkannte sie und griff nach seinem Umhang. „Was ist denn das überhaupt?", fragte sie.

„Das waren Fledermäuse", erklärte Nimrod.

„Dieser Umhang hält ihn gar nicht warm, deshalb ist er unterkühlt. Tausche mit ihm, Nimrod." Und als das geschehen war, bat sie: „Ibrahim, würdest du vielleicht bei ihm bleiben, solange wir nach Aura suchen."

„Das tue ich", sagte der Alte, der schon in die Baumhöhle schlüpfte.

„Wir machen uns jetzt auf den Weg. Wünsch uns Glück, Ibrahim", sagte Susanna.

Der Alte nickte ihnen zu, worauf die Totenelfe Nimrod hinter sich herzog. Er ließ es einfach geschehen, weil er trotz der Freude über ihre Hilfe den Mut verloren hatte. Denn bis zu dem Augenblick, da seine Freunde aufgetaucht waren, hatte er die Verantwortung allein tragen müssen, für sich, für Aura und für Elias. Und jetzt konnte er nur noch die Schultern hängen lassen vor Erschöpfung.

„Komm! Lass dich nicht so gehen", drängte Susanna. „Hier lang!" Sie deutete voraus und ging mit ihm ein Stück.

„Wo sollen wir sie denn nur suchen?", fragte er matt.

Sie bedeutete ihm, still zu sein. Dann sah sie sich um, auf Verdächtiges lauschend. Als sie sich versichert hatte, stieß sie einen kehligen Laut aus. Schon bald darauf folgte als Antwort ein lautes Krächzen und

Sturmfeder schoss aus einer Baumkrone hervor. Sie landete vor ihnen. Da wurde Nimrod bleich vor Schreck, weil er an seine letzte Begegnung mit einer Krähe erinnert wurde, die alles andere als herzlich verlaufen war. Er dachte, sie würde auf ihn einhacken, wie die Krähe auf Trull es getan hatte. Und riss die Arme vor sein Gesicht.

„Sie wird uns helfen", beruhigte ihn die Totenelfe.

Sturmfeder äußerte ein leises: „Krah."

„Wie das denn?", fragte Nimrod angespannt, während er die Arme wieder senkte.

Susanna zog den Kopf der Krähe am Zaumzeug zu sich heran: „Sei ihm nicht böse, Sturmfeder", sagte sie. „Was weiß der Kobold denn schon?"

„Halbelf!", verbesserte Nimrod.

„Wenn du Wert darauf legst ... Aber das ändert nicht viel. Du bist trotzdem bloß zur Hälfte informiert. Totenelfen beschwören den Wind mithilfe der Krähen. Nur wir können das, weil wir ihren wirklichen Namen kennen."

Nimrod runzelte die Stirn. „Ihren wirklichen Namen?"

„Sieh nur zu, dann verstehst du es." Susanna wandte sich jetzt ganz der Krähe zu. „Rahab", sprach sie. „Rahab, eile, hol den Wind."

Und *Rahab die Sturmfeder* breitete die Schwingen auseinander. Flügelschlag um Flügelschlag trug sie höher, über die Baumwipfel hinaus. Dort flog sie in weiten Kreisen dahin, um den Wind unter ihre Schwingen zu locken. Als er mit ihr zu spielen begann, spreizte sie die Federn und lenkte den Flug langsam wieder abwärts. Der Wind folgte ihr – die Baumkronen belebend, an Zweigen rüttelnd – um sie nicht zu verlieren, die Spielgefährtin. Während sie hinflogen über Tannen und über Sträucher, forderte Rahab den Wind auf, suchend und stöbernd zu fahren in jeden Winkel des Waldes, die Elfe zu finden. Er sauste und brauste durch das Gehölz, über das Laub am Boden und unter die dichten Blätter, bis er fündig wurde. Wie ein heiteres Spiel war es dem Himmelskind, das nichts wusste von Hoffnung und das nichts wusste von Sorge. Mit mahnendem Krächzen musste Rahab erbetteln, was er verschwieg. Und endlich verriet der Wind sein Geheimnis. Nur ein leiser Hauch war es, aber Rahab verstand, was er sagte. Erst da wurde es windstill und Sturmfeder konnte zurückkehren zu den Wartenden.

Sie stieß herab, landete im Laub und zupfte der Totenelfe am Kleid, bevor sie ihr sachte ins Ohr krächzte. Susanna antwortete ihr mit einem leisen „Danke“, worauf sie dem Vogel über den Schnabel strich.

Dann kam sie zu Nimrod und nahm ihn kurz bei der Hand: „Ich weiß, wo Aura ist“, berichtete sie. „Der Wind hat sie gefunden.“

Nimrod jagten ihre Worte Schauder über den Rücken. „Gefunden?“, sagte er und es klang wie ein fernes ahnungsvolles Echo. „Bedeutet das was Schlimmes? Ist sie tot?“ Er wusste es nicht, denn immerhin war sie eine Totenelfe, mit deren Ritualen er nicht vertraut war. Er wusste nur, dass die Beschwörung des Windes Teil ihres Totenbrauchs war.

„Sie lebt“, sagte sie kurz.

Nimrod, dem ein Stein vom Herzen fiel, rief: „Jetzt hole ich sie mir zurück, und dann lass ich sie nie mehr los!“

Susanna hob eine Augenbraue über seinen plötzlichen Feuereifer. „War das nicht von Anfang an dein Plan?“, bemerkte sie.

Nimrod überhörte ihre Spitzfindigkeit, denn er wollte sich davon nicht aufhalten lassen. „Wohin müssen wir?“, fragte er, von einem Bein auf das andere tretend. Die Erschöpfung, die ihn zuvor geplagt hatte, war wie weggeblasen.

„Zuerst sorgen wir dafür, dass Elias wohlbehalten zu Hause ankommt.“

„Was? Wie sollen wir das denn anstellen? Und was wird in der Zwischenzeit aus Aura?“

„Hab Geduld, alles der Reihe nach! Ibrahim wird deinen Vater mit Sturmfeders Hilfe in den Aschengrund bringen.“

„Ibrahim? Das sagst du ihm wohl lieber selbst.“

„Das werde ich schon machen, keine Angst.“

„Das habe ich erwartet“, hörte sie Nimrod noch sagen, dann war sie bereits auf dem Rückweg zur Baumhöhle, wo sie Ibrahim auch gleich den Plan unterbreitete. Und der fiel, wie Nimrod es bereits geahnt hatte, aus allen Wolken: „Was, ich? Ich soll dieses Federvieh da fliegen? Allein? Ich kann sie ja gar nicht dirigieren. Am Ende fliegt sie mit uns noch – hops! – auf den Teufelszinken. Das hab ich mir schon immer gewünscht, vornehmlich im Winter: Zum Tee beim Eistroll, zum Eistee!", rief er und kräuselte den Mund.

„Ibrahim", hielt sie ihn an, „besinn dich! Es geht hier schließlich um deinen Freund!"

„Der Letzte, dem du *das* sagen musst, bin ich!"

„Dann tust du es also?", folgerte sie.

„Was bleibt mir denn anderes übrig?", schnaufte er.

Susanna lächelte. „Dann schnell!", sagte sie.

Gemeinsam hoben sie Elias, der erschreckend leicht war, auf den Rücken der Krähe. Sie schnürten den Bewusstlosen mit Hanfseilen zuerst in den Wollmantel und anschließend an Ibrahim, der sich hinter seinen Freund setzte, um ihn zu halten.

„Und wenn er mir nun runterfällt?"

„Das wird er nicht!" Susanna sah ihn fest an, während sie ihren Bogen vom Sattel der Krähe löste. „Und Sturmfeder tut das Übrige."

Ibrahim versuchte, ruhig Blut zu bewahren, als Susanna der Krähe etwas zuflüsterte, denn er wusste, dass sie ihr das Zeichen zum Abflug gab.

Nimrod konnte bloß noch ein kurzes: „Du-Du schaffst das schon, Ibrahim" stammeln, da waren sie bereits in der Luft. „Wenn das nur gut geht", murmelte er und stand da im Mantel des Vaters mit zurückgeschlagener Kapuze. Weil die Ohren des Fledermauskopfes ihm über den Rücken hingen wie Flügel, erntete er Susannas spöttischen Blick:

„Und willst du jetzt etwa Wurzeln schlagen, du Halbelf?"

Er wandte sich zu ihr um. „Nein, eigentlich nicht."

„Na, dann los!" Susanna schulterte ihren Bogen und flog voraus.

Um ihr in nichts nachzustehen, heftete er sich an ihre Fersen. Er rannte so schnell, dass seine Lungen zu schmerzen begannen und sein Herz wild pumpte. Irgendwie, fand er, war es ein gutes Gefühl, das Herz im Leib zu spüren. Endlich kam die Sache in Gang, vergessen war die Aussichtslosigkeit der letzten Tage. Er sprang über Wurzeln und niedrige Sträucher, achtete nicht auf ihm ins Gesicht peitschende Zweige und huschte über umgestürzte Bäume. Ins Schwitzen kam er kaum, denn der Fledermausmantel kühlte.

Nach einiger Zeit, gerade hatte sich Nimrod ans Laufen gewöhnt, ging Susanna plötzlich hinter einem Baumstamm in Deckung. Er blieb hinter ihr, versuchte sich das Keuchen zu verbeißen und linste über ihren Kopf hinweg. Was ihm da ins Auge sprang, sah mehr als unheimlich aus: An einem schwarzen, stinkenden Tümpel stand eine Ulme, alt und versteinert wie die Trollberge. Und wenn Trull ein Winterhain, Alburga ein Sommerhain war, so war dies ein Finsterhain. Wie ein geköpfter Troll sah die Ulme aus. Ihr Stamm stand fest auf dicken Wurzeln, zwei seitliche Äste aber hingen matt ins Wasser wie leblose Arme. Und oben, durch den Abbruch der mächtigen Krone, war eine Art Plattform entstanden. Auf deren Mitte flackerten zwei Dutzend Elfenfackeln, die zu einem Ring angeordnet waren. Darin saß eine zarte Gestalt, gehüllt in einen Trollhaarmantel.

„Aura!“, entfuhr es Nimrod. „Da ist sie ja!“

Susanna fuhr herum. „Still!“, zischte sie. „Oltmannen sind hier überall.“

Und so war es. Nicht nur neben Aura waren zwei Oltmannen postiert, auch über ihnen kreisten einige mit Fackeln am Waldgewölbe und sicher streiften einige durchs Gesträuch.

Beide duckten sich, und nach längerer Beobachtung der Umgebung wagten sie sich vor. Leise tappten sie um den Tümpel herum, immer darauf bedacht, in Deckung zu bleiben. Nimrod übernahm die Führung, bis plötzlich ein Oltmann über seinem Kopf auftauchte, da zerrte Susanna ihn, noch bevor das Licht der Fackel ihn streifen konnte, in die Brennnesseln. Nimrods Dankbarkeit hielt sich in in Grenzen, hatte er sich doch an den grob gezähnten Blättern Wange und Ohr verbrannt. Innerhalb von Sekunden schwoll sein Gesicht an diesen Stellen schmerzhaft an. „Beim Feuertroll, das brennt ja höllisch!“, stöhnte er.

Viel lieber aber hätte er geschrien.

Susanna zog ihm prompt den Fledermauskopf über das Gesicht. „So sehe ich die Qual nicht. Obwohl das auch nicht besser aussieht“, bemerkte sie. „Wer nur macht aus Fledermäusen einen Umhang?“ Sie schüttelte sich.

Nimrod, der nicht zu Scherzen aufgelegt war, schlug einen ernsteren Ton an: „Vielleicht können wir mal weiter.“

Aber das zeigte keine Wirkung. Susanna lachte bloß noch mehr, weil es ihr schien, als spräche die Fledermaus zu ihr.

„Dann geh ich eben allein!“, sagte Nimrod, der den Eindruck gewann, Susanna sehe Baca nicht nur verteufelt ähnlich, sondern benehme sich auch so. Sie forderte seine Geduld heraus, ebenso wie seine Schwester das immer getan hatte, solange sie beieinander gelebt hatten. Er schob sie beiseite und huschte auf den Finsterhain zu. Binnen kurzem erreichte er den Schutz seiner dicken Wurzeln. Er zog das Messer, wartete, bis ein Oltmann mit Fackel vorübergeflogen war, und sprang auf die Wurzel, um von dort aus den Stamm hinaufzuklettern. Als er unterhalb der Plattform hangelte, hörte er die Stimme eines der beiden Oltmannen, die Aura bewachten:

„Ich hörte, soeben sei Jaris angekommen. Ich hole ihn. Er will sicher das Täubchen sehen, das uns in die Fänge geraten ist. Vielleicht kriegt der etwas aus ihr raus.“

Nimrod, dem sich vor Wut alles zusammenkrampfte, klammerte seine Finger um den Griff des Messers. Um Auras Rettung nicht zu gefährden, musste er sich beherrschen. Tief atmete er ein und kaum war der Oltmann verschwunden, da warf er einen heimlichen Blick über die Plattform. Er sah Aura dasitzen, mit dem Oberkörper schaukeln und hörte wie sie flüsterte:

„Ich sag euch nicht, wo er ist ... Sag euch nicht, wo er ist ...“

Das brachte den Wächter in Wut, der ihr ein Knie den Rücken stieß.

„Sag es endlich!“, grunzte er.

Aber Aura wimmerte nur erschöpft.

Jetzt zögerte Nimrod nicht mehr, sprang auf die Plattform, zog sein Messer und brauchte nur einige Schritte, bis er Auras Bewacher erreicht hatte. Bevor der Oltmann, der ihn sofort entdeckt hatte, handeln konnte, sackte er plötzlich in sich zusammen, denn ein Pfeil mit schwarzer Befiederung hatte ihn getroffen. Er steckte in seiner Brust. Nimrod ließ das Messer sinken. Susanna war ihm zuvorgekommen. Er hielt kurz Ausschau nach ihr, konnte sie aber nicht entdecken. Da nahm er den toten Oltmann bei den Armen, schleifte ihn zum Rand des Finsterhains und warf ihn hinunter. Als er den dumpfen Aufschlag seines Körpers auf dem Waldboden hörte, fragte er sich düster: *„Was mache ich eigentlich hier? Bin ich noch ich?“* Da meldete sich plötzlich ein Wimmern, das ihn daran erinnerte, weshalb er gekommen war:

„Aura!“

Sie saß noch am Boden, ohne etwas vom Geschehen bemerkt zu haben.

„Aura“, sagte er noch einmal und trat an ihre Seite. „Ich bin es.“ Er hob die Kapuze an, damit sie sein Gesicht sehen konnte. „Ich bringe dich weg von hier.“

„Nimrod?“, flüsterte sie, fiel ihm um den Hals und weinte vor Erleichterung.

Und er drückte sie fest an sich, war er doch doppelt froh, dass er sie wiederhatte, denn zum ersten Mal seit ihrer Flucht vor Mandergrimm hatte sie seinen Namen gesagt.

„Nie wieder“, sagte Nimrod bestimmt, „wird dir einer von denen zu nahe kommen, das schwöre ich. Und jetzt bring ich dich nach Hause.“

„Oh, ein hübsches Paar!“, tönte Susanna, die plötzlich hinter ihnen aufgetaucht war. „Die Elfe und die Fledermaus.“ Sie lachte. „Na ja, auf jeden Topf passt ein Deckel.“

Die Angesprochenen fuhren zusammen.

„Habe ich euch etwa erschreckt?“ Sie stützte sich auf ihrem Bogen ab.

„Susanna?“, sagte das Paar wie aus einem Mund. Beide sprangen auf. Die Totenelfe beäugte Aura. „Ich konnte dich doch nicht einem Halbelfen, einer Fledermaus und einem Purpurgockel mit seinem Heer von blutrünstigen Dummköpfen überlassen. Ich dachte, ich sollte dir da lieber raushelfen." Sie zwinkerte. Aber gleich darauf fuhr sie herum.

„Ich höre Stimmen! Schnell!", sagte sie.

„Aura", raunte Nimrod, „gib mir deinen Mantel, schnell!" Das tat sie und in Windeseile warf er ihn sich über. Während er nun die Mausohren darunter nach hinten klappte, sagte er: „Wir müssen hiermit Zeit schinden." Er zog den Singenden Kristall aus dem Gürtel und hob ihn Aura vor das Gesicht.

„Was ist das?", fragte sie.

„Was ist das – was ist das – was ist das ...?", echote der Kristall und sie verstand. Daraufhin schob er ihn in den Ärmel, damit er verstumme.

„Sprich jetzt etwas hinein, damit sie denken, dass du noch hier bist."

Als sie nickte, holte er den Kristall wieder raus.

„Ich sage euch nicht, wo der Magoi ist", sprach sie.

Und der Kristall tönte: „Ich sag euch nicht, wo der Magoi ist - Ich sag euch nicht ..."

Nun ging alles wortlos vonstatten. Nimrod umarmte Aura, küsste sie und im nächsten Augenblick presste Susanna sie schon an sich, um mit ihr in die Dunkelheit zu gleiten.

Als sie fort waren, sprang Nimrod in den Fackelring, platzierte den Kristall vor sich und schaukelte ein wenig mit dem Oberkörper, genau wie Aura es zuvor getan hatte. Die Täuschung war perfekt.

Kurz darauf kamen zwei Oltmannen mit Jaris von unten heraufgeflogen und landeten außerhalb des Fackelrings.

„Da ist sie!", sagte der eine und deutete auf die Gestalt in den Feuern. „Bevor wir aus ihr herausbringen, wo sie den Magoi versteckt hat, wird Andalus wieder lebendig."

„Die Sturmgeister bewahren uns davor!", bellte Jaris, der sich den Purpurmantel zurechtzupfte. Dann schob er die Oltmannen beiseite.

„Warum bewacht sie niemand?"

„Wir haben einen Wächter abgestellt, vielleicht ist er irgendwo über uns." Nach einem prüfenden Blick ins Waldgewölbe richtete Jaris seine Aufmerksamkeit auf die Gestalt im Fackelring, deren monotone

Bewegungen seinen Zorn schürten.

„Da bist du also!“, knurrte er. „Und ich dachte, du seist längst das Futter wilder Tiere geworden. Wie man sich irren kann. Wo ist also der Sternenmagoi, den du gestohlen hast?“

„Ich sag euch nicht, wo der Magoi ist!“, echote der Kristall.

„Aber ich werde es jetzt aus dir herausbringen! Egal wie!“ Mit einem Satz war er im Fackelring, neben der vermeintlichen Aura, nach der er bereits die Hände ausgestreckt hatte, als ihn das plötzliche Echo seiner eigenen Stimme zögern ließ: „Egal wie – egal wie ...“ Dazwischen vernahm er bruchstückhaft Auras Stimme, die flüsterte: „Ich sag euch nicht – egal wie – wo der Magoi ist.“

Aus dem Hintergrund tönte einer der Oltmannen: „Jetzt ist sie wirklich total übergeschnappt!“

Jaris, dem klar wurde, dass es hier nicht mir rechten Dingen zuging, blickte auf die gekrümmte Gestalt vor sich. „Was ist hier los?“, fragte er argwöhnisch.

Sofort setzte wieder das Echo ein: „Was ist hier los? – Ich sag nicht - egal wie – was ist hier los – wo der Magoi ist ...“

„Schweig, du!“ In blinder Wut zerrte Jaris die Gestalt auf die Füße und riss ihr den Trollhaarmantel herunter, der im Feuer landete und sogleich lichterloh brannte. Als er im hellen Aufflammen an der Stelle von Aura ein Fledermausmonster entdeckte, stieß er einen kurzen tiefen Schrei aus. Bevor er recht wusste, wie ihm geschah, stülpte sich die Hand des Monsters über sein Gesicht und schob ihn rückwärts auf die Fackeln zu.

Die Oltmannen standen da wie vom Donner gerührt.

„Ich zeig dir jetzt, wie ein richtiges Feuer aussieht“, sagte die Fledermaus. Und da erkannte Jaris die Stimme:

„DU!“, brüllte er angestrengt.

„Ja, ich!“, zischte Nimrod, der Jaris mit aller Kraft weiterschob, so dass er sich bog wie ein Schilfhalm im Wind. „Für all das, was du Aura angetan hast, mache ich jetzt Asche aus dir!“ Um irgendwo Halt zu finden, krallte Jaris seine Hände um Nimrods Handgelenk, worauf er zu den Oltmannen hinüberbrüllte: „Was ist los ihr Idioten! Tut doch was!"

Da kam Leben in die Wächter, die eben zum Sturm gegen das Monster aufbrechen wollten, als sie aus der Luft beschossen wurden. Sie versuchten gleichzeitig den Pfeilen sowie den Fackeln auszuweichen. Das war ein kurzer, ungeschickter Tanz ums Feuer, dem der eine zum Opfer fiel, denn sein Umhang fing zu brennen an. In blinder Panik stürzte er sich vom Finsterhain hinunter in den Finstertümpel. Weil der andere sich nun allein dem Beschuss ausgesetzt sah, ergriff er die Flucht, um Verstärkung zu holen.

„Jetzt sind nur noch wir beide übrig!", sprach Nimrod mit einer seltsamen Ruhe in der Stimme, während er Jaris Schritt um Schritt dem Feuer näher schob. Der Bedrängte startete den Versuch, an sein Schwert zu gelangen, doch Nimrod war schneller: Er entriss es ihm samt Halfter und schleuderte es den Finsterhain hinunter, dem inzwischen gelöschten Oltmann hinterher.

„Du verfluchter Kobold!", ächzte Jaris, dem es langsam zu heiß wurde.

Nimrod machte die Hitze nichts aus, denn er war durch den Fledermausmantel geschützt. „Verflucht, sagst du? Verflucht bist du selbst, Herr von Königswürden." Damit stieß er ihn dem hungrigen Feuer entgegen.

Jaris, der ins Schwanken geriet, wirbelte herum und es gelang ihm bloß, einen flachen Sprung hinzulegen, so dass die Feuerzungen an seinem Purpurmantel leckten. Außerhalb des Feuerrings wurde der qualmende Thronerbe in Spe bereits erwartet, von einer Elfe in blutrotem Kleid.

„Die, deren Namen du nicht kennst, führt dich zum Totentanz", sagte sie und schlug ihm ins Gesicht. Der Schlag hatte gesessen und Jaris ging nieder.

Nimrod kam hinzu. Eine Weile blickte er auf ihn hinunter. „Dein zukünftiger König", sagte er dann, „geht heute in Sack und Asche."

„Jämmerlich!", bemerkte sie, während sie sich die Hand rieb, die vom Schlag schmerzte.

„Wir sollten ihn aber nicht unterschätzen“, entgegnete Nimrod, der Susanna den Bogen von der Schulter genommen und einen Pfeil eingespannt hatte, den er nun auf des Thronfolgers Herz richtete. „Er ist zu allem fähig.“ Bevor er aber den Pfeil abschießen konnte, schob Susanna den Bogen beiseite.

„Nimrod, halt dich fern vom Töten“, riet sie ihm. „Mich hat der Tod längst berührt, aber auf dich wartet das Leben. Und Jaris zu töten, würde nichts ändern. Ein anderer würde seinen Platz einnehmen, von ebenso hartherziger und eitler Art, denn vergessen wir nicht: Boreas wird ihn wählen. Solange die Elfen Boreas folgen, wird sich nichts ändern. Andalus ist verloren und es gibt keinen zweiten.“ Und obwohl sie es zu verbergen suchte, sah Nimrod es:

„Du hast ihn geliebt? Du hast Andalus geliebt?“ Er ließ den Bogen sinken und berührte sie am Arm. Aber sie entzog sich dieser Berührung mit den Worten:

„Sprich nicht von ihm, denn das Feuer hat ihn nicht bekommen, der Wind hat ihn nicht getragen und deshalb wird er nie mit dem Schnee wiederkehren. Was wäre er für ein König geworden! Doch nun ... Was heute ist, wird morgen nicht anders sein.“ Sie blickte auf Jaris. „Aber ich werde dafür sorgen, dass er seine gerechte Strafe bekommt. Dies hier ist zu einfach. Ich will, dass er verstoßen wird, ein König ohne Würde und ein König ohne Volk soll er sein. Nur dann wird er leiden.“

Plötzlich waren die Oltmannen zu hören, die der Geflohene alarmiert hatte. Das Geklirr ihrer Schwerter erklang in der Nähe.

„Los!“, rief Nimrod, rannte zum Ende der Plattform und sprang. Im Flug warf er die Fledermaushülle ab, die sich flatternd davonmachte. Als er glücklich auf dem Boden gelandet war, schoss Susanna über seinen Kopf hinweg.

„Aura ist, wo dein Vater zuletzt war“, raunte sie ihm zu.

So verschwanden sie in der Nacht und kein Oltmann hat sie mehr gesehen, nicht einmal der, der soeben aus dem Finstertümpel gekrabbelt war.

Zurück in der Baumhöhle umfingen sich Aura und Nimrod ganz so, wie Mollis es auf das Tuch gestickt hatte. Sie ließen sich, während sie einen vollen Tag warteten, auch nicht mehr los. Schließlich hatte Nimrod das ja auch geschworen. Und Aura hatte endlich zu ihm gefunden, aus dem nirgendwo. Als Susanna die beiden so sah, begann es ihr plötzlich in der Nase zu kitzeln. *Sicher bekomme ich einen Schnupfen*, mutmaßte sie, rieb sich die Augen und hielt Ausschau nach Sturmfeder.

36. Seelengras

Es war noch früher Nachmittag, da hatte der letzte Patient das Haus verlassen. Und Archimedes ging eben zum verdienten Feierabend über, indem er sich seiner Lieblingsbeschäftigung widmete: der Schnapsbrennerei. Am liebsten brannte er Hekapeka, doch heute stand ihm der Sinn nach etwas Stärkerem. Er goss Hekapeka selbst in die gläserne Brennblase, die in einem Gestell aus Kupfer hing und fügte neben blauen Blüten des Natternkopfs eine ordentliche Portion Grimtau dazu. Feierlich zündete er die Kerze darunter an, und es dauerte gar nicht lang, da stieg der Alkoholdampf in die Kondensationsspirale auf. Der schönste Moment für Archimedes war es, wenn der erste Tropfen in sein Schnapsglas fiel. Der *Gute Tropfen,* wie er ihn nannte. Erwartungsvoll beobachtete er, wie sich das Kondensat sammelte, mehr und mehr wurde und langsam eine Tropfenform bildete. Eben bevor aber der *Gute Tropfen* herabfallen konnte, klopfte es an der Tür.

Archimedes verzog das Gesicht zu einer Grimasse. Man störte einen Künstler eben nicht bei der Arbeit. „Wer wagt es …“, bellte er, als er die Tür aufriss. „RABAN!“, schrie er fast. „Sag nichts, du schickst mir meinen Sohn zurück. Habe ich es doch gewusst, der Kerl ist nicht mal für deinen Humbug zu gebrauchen.“ Während er sprach, blickte er Raban suchend über die Schulter. „Hm, wo ist er denn?“

„Muss dich leider enttäuschen“, meinte der Seher. „Ich bin nicht wegen Aray hier.“

„Bist du dann etwa krank?“, fragte Archimedes schnoddrig und ließ zu, dass Raban ihn aus dem Weg schob, um einzutreten. Er blickte ihm forschend hinterher.

„Nein“, sagte Raban.

„So? Warum kommst du dann?“

Des Sehers Antwort war nichts als ein Schulterzucken.

„Du kommst doch nicht etwa auf einen Besuch? Nur weil du meinen nichtsnutzigen Sohn unter die Fittiche genommen hast, sind wir noch lange keine Freunde. Ich kann dir zu nichts raten, was ihn betrifft. Du hast es dir selbst eingebrockt. Hab dich schließlich nicht dazu gezwungen, ihn dir ans Bein zu binden.“

„Ich sagte doch bereits, dass es nicht um Aray geht.“ Raban blieb mitten im Raum stehen und deutete mit seinem Stock auf die Brennvorrichtung. „Brennst du etwa einen Blindmacher? Stinkt ja zum Himmel. Die Spinnen werden von den Wänden fallen.“

„Das wird ja immer besser!“, knurrte Archimedes, der inzwischen auf einer Bank am Feuer Platz genommen hatte. „Schnüffel hier nicht rum! Das kann ich noch weniger leiden als ein Furunkel aufzuschneiden. Setz dich her! Du machst mich nervös mit deiner Rennerei!“

Raban tat, wie ihm geheißen und schnaufte, als er sich neben dem Arzt auf die Bank fallen ließ.

Archimedes sah den Seher fragend an, als der aber keine Anstalten machte, den Grund für seinen Besuch zu verraten, brummte er: „Was denn? Meinen Feierabend hast du schon zu Grabe getragen, sollen wir uns nun den Rest des Tages auch noch anschweigen?

Warum belästigst du mich?“

Raban räusperte sich. „Ich bin hier, weil ich es gesehen habe.“ Wieder folgte dieses Schulterzucken.

„Was hast du gesehen?“, fragte Archimedes, der die Uhuaugen zu Schlitzen zusammenzog.

„Ich habe gesehen, dass ich hier bin, wenn etwas geschieht!“

„Red nicht so dumm rum. Was hast du gesehen?“

„Nur etwas Vages. Aber es ist wichtig, dass ich hier bin, denn es betrifft mich.“

„Verkohlst du mich?“

„Natürlich nicht!“, gab Raban zurück. „Für wen hältst du mich?“

„Na, für den, der du bist.“

„Womit wir ja wieder beim alten Problem wären. Ich denke mir nichts aus, klar! Aber du wirst schon sehen. Wart‘s nur ab.“

Und sie warteten; saßen da mit verkniffenen Gesichtern, mal Däumchen drehend, mal seufzend vor Langeweile. Das Flackern des Feuers, das ihre einzige Unterhaltung darstellte, tanzte Pirouetten.

Plötzlich erschrak Raban, weil Archimedes ohne Vorankündigung aufgesprungen war, um sich einen Schluck Hekapeka zu genehmigen. Kaum hatte er sich aus einer Flasche etwas eingeschenkt und das volle Glas an den Lippen, da sagte Raban:

„Das Zeug solltest du mal besser aus dem Hals lassen!“

„Was denkst du, wer du bist?“, schnauzte Archimedes, der in einer aufbrausenden Bewegung etwas von dem Hekapeka verschüttete. „In meinem eigenen Haus willst du mir das Trinken verbieten, oder was?“

„Lass es stehen! Es ist wichtig.“

Archimedes machte ein mordlüsternes Gesicht.

„Guck nicht so, du alter Uhu! Du kannst später noch so viel saufen wie du willst, meinetwegen ein ganzes Fass.“

„BESTENS!“, bellte Archimedes und stellte das Glas auf dem Kaminsims ab, dass es rumste und noch mehr Hekapeka verschüttet wurde. Daraufhin nahm er sich ein paar Scheite und warf sie mit solcher Wucht in die Glut, dass Feuerfunken in den Raum wirbelten und die Lohen aufhörten zu tanzen. Er setzte sich wieder, um seine Unzufriedenheit dadurch zum Ausdruck zu bringen, dass er auf das Glas mit dem Hekapeka starrte. „Und jetzt?“, zischte er. „Soll das ‘n Teestündchen werden, oder was?“

„Es wird sicher nicht mehr lange dauern, denn es dunkelt bereits“, meinte der Seher und wie auf ein Stichwort hin polterte es plötzlich an der Tür.

Da sprang Archimedes wieder auf. „Hoffentlich ist das nicht noch so ein *Trunkenbold* wie du. Wäre ja nicht zum Aushal ...!“

Jäh wurde er unterbrochen.

„Zur Seite!“, rief derjenige, der in die eben von ihm aufgestoßene Tür stürzte. Es war Ibrahim und er trug jemanden auf dem Arm herein, der ganz und gar in einen dicken Wollmantel gehüllt war. „Ich bringe“, ächzte Ibrahim, der sich gleich darauf auf die Zunge biss, als er Raban sah. „Seine ... seine Lebensgeister sind fast erloschen. Archimedes! Wir brauchen all dein Wissen und all dein Talent.“ Er legte den Patienten neben das Feuer und hielt den Seher davon ab, einen Blick auf ihn zu werfen. „Raban, vielleicht sollte Archimedes erst einmal nach ihm sehen. Komm lieber zur Seite!“

„Warum denn? Wer ist das?“ Er stand auf und versuchte einen Blick auf das Gesicht zu erhaschen. „Wen hast du da gebracht? – Ist er es? Ist es Nimrod?“

Ibrahim aber legte ihm die Hand auf die Schulter, hielt ihn zurück. „Nein, denn siehst du, Raban ...“, seufzte er. „Es ist Elias.“

„Was sagst du? Du bringst meinen Sohn? Und er lebt?“ Nun war kein Halten mehr. Raban wand sich aus Ibrahims Griff und drängte zum Patienten hin. Doch er sah nichts, denn Archimedes hatte sich über ihn geworfen und sagte:

„Wir dürfen keine Zeit verlieren. Wir brauchen Felle. Raban, hol sie! Sie liegen im Nebenraum.“ Er deutete auf eine Tür, die zum hinteren Teil des Hauses führte. „Ich koche Wasser auf. Und Ibrahim, ich brauche frisches Seelengras. Du gehst! Es wächst am Waldrand bei der alten Birke. Unterwegs machst du einen Abstecher zu Mollis und holst sie!“

„*Ich*?", schnaufte Ibrahim, noch ganz außer Atem. „Zu Mollis? Aber ... aber vielleicht sollte lieber Raban zu ihr gehen. Sie ist nicht besonders gut auf mich zu sprechen."

„Keine Zeit für Animositäten! Außerdem muss ich Raban schicken, um Mathilde zu holen."

„Das habe ich befürchtet", murmelte der Seher.

„Wie ich schon sagte, keine Zeit für Animositäten. Eine Mutter sollte ihren Sohn sehen."

„Ach das sind ja ganz neue Töne von dir", meinte Raban. „Willst nur nicht, dass wir im Weg stehen."

„So ist es. Und nun verschwindet!"

Und die Koboldmänner trotteten davon. Während Raban den Weg zur Dorfmitte einschlug, stapfte Ibrahim durch den Schnee Richtung Waldrand. Es war kurz vor der Dämmerung, die Sonne warf lange blaue Schatten auf den Weg. Als er am Waldrand bei der alten Birke angekommen war, stocherte er im Schnee herum.

„Keine Zeit für Animositäten!", schimpfte er vor sich hin. „Was weiß der denn schon davon, der alte Kurpfuscher! Nichts weiß der." Und endlich, als seine Finger schon fast erfroren waren, fand er es – *das Seelengras*. Eigentlich fand er es ganz hübsch. Es erinnerte an Grasnelken mit seinen samtenen Stängeln und weißen, gefüllten Blüten. Ibrahim rupfte alles aus, was er davon finden konnte, und machte sich danach auf den Weg zu Mollis. Die Dämmerung tauchte ihr Haus in einen Sepiaton und die Veranda wurde von Laternen erleuchtet. Unentschlossen stampfte Ibrahim auf ihrer Treppe von einem Bein auf das andere, bis er sich schließlich zur Eile antrieb: „Na, mach schon Alterchen! Du hast doch eine gute Nachricht zu überbringen."

*

„Mollis!" Baca lugte durch die kleine Fensteröffnung der Tür. „Ibrahim steht da draußen – mit einem großen Blumenstrauß. Er sieht verlegen aus. Bestimmt will er sich entschuldigen."

Mollis kam heran. „Das glaub ich nicht."

„Dann schau doch selbst."

Und tatsächlich, da sah sie ihn. Hastig schob sie ihre Tochter aus dem Weg. „Geh' schnell nach oben, Baca! Lass dich weder sehen noch hören!"

Während Baca also die Treppe aufwärts stürmte, warf Mollis einen prüfenden Blick auf ihr Spiegelbild in der Fensterscheibe. Sie richtete das Haar, strich die Schürze glatt und atmete einmal tief durch, wonach sie die Tür sperrangelweit aufriss, noch bevor Ibrahim überhaupt anklopfen konnte.

Des Alten Herz setzte einen Schlag aus vor Schreck.

„Hallo Ibrahim!" Mollis faltete die Hände vor Entzücken.

„Himmel, Mollis, ich ..." Ibrahim konnte sie nur den Bruchteil einer Sekunde bewundern, da beschlug die warme Luft, die aus ihrem Haus strömte, seine Brillengläser.

„Ich war gemein zu dir", hörte er sie sagen.

„Mollis, ich ..." Er wischte mit einem Finger an den Gläsern.

„Du trägst ja überhaupt keine Schuld an dem, was damals passiert ist. Ich habe bloß nicht auf Raban gehört, das war alles."

„Ich bin hier weil ..."

„Lass mich mal eben zu Ende sprechen, sonst sage ich das möglicherweise nie." Sie holte tief Luft. „Ich habe einen Entschluss gefasst: Ich will mein Leben ändern. Ich habe mich lange genug dem Kummer überlassen. Ich darf nicht länger trauern."

„Mollis! Elias ist ..."

„Ich hab die Nase voll von den ewigen Schuldgefühlen!", sagte Mollis, stürzte vorwärts und küsste Ibrahim auf den Bart.

Das Seelengras purzelte auf die Veranda.

„Mollis!", sprach er atemlos. „Das Kraut! Ich muss es schnell aufheben. Ich brauche ... brauche es."

„Lass nur, ich mach das schon", sagte Mollis heiter und hob es geschwind auf. „Danke für die schönen Blumen." Sie roch daran. „Oh, etwas streng, aber hübsch. Komm doch bitte rein!"

Das fehlte ihm noch! „Mollis, ich – wir haben keine Zeit für so was. Ich bin hier, weil – Mollis, es ist ernst! Was ich dir sagen muss ist …“ Er atmete durch. „Elias ist wieder da!“ Und endlich war es heraus. „Er ist bei Archimedes und das Seelengras hier ist für ihn.“ Er deutete auf die Pflanzen in ihrem Arm. „Und ich bin nur gekommen, um dich zu holen.“ Ibrahims Worte brauchten einige Zeit, bis sie zu Mollis durchdrangen, aber dann trafen sie sie nur umso stärker.

„WAS?“, fuhr sie ihn an. „Und dann lässt du zu, dass …? Und dann küsst du mich?“

„Was hat er getan?“, rief es plötzlich von oberhalb des Treppengeländers, über das Baca sich gebeugt hatte, um zu lauschen. „Er hat dich geküsst?“

Und von dem einen auf den anderen Augenblick war Ibrahim ein tragischer Held. Sein Glück war ihm noch nie so fassbar und noch nie so fern erschienen.

„Weibsbilder!“, knurrte er, den Blick nach oben gerichtet, auf Baca. „Dein Herr Vater ist zurück. Er ist bei Archimedes, es geht ihm schlecht und er braucht *das hier*!“ Er nahm Mollis unsanft das Kraut ab und stürzte davon.

Ohne zu zögern riss Mollis ihren Umhang vom Haken neben der Tür und rannte hinter ihm drein. Baca folgte ihr mit einer Laterne, die sie von der Veranda mitgenommen hatte. So lief die kleine, wortlose Karawane durch den Schnee in die einsetzende Dunkelheit.

Als Archimedes die Laterne flackern sah, stellte er sich in die Tür. „Schnell! Schnell herein!“, rief er und riss Ibrahim förmlich das Seelengras aus den Händen, um es in den Kessel zu werfen. Als das Wasser bereits schäumte und er kräftig rührte, kamen die drei langsam herein. Zuerst entdeckten sie Mathilde, die sich über Elias gebeugt hatte. Es war als stünde ihr Haar in roten Flammen und sie wirkte weit jünger als ihr Sohn, dessen Hand sie hielt.

Mollis blieb mitten im Raum stehen, wie vom Donner gerührt, genauso Baca. Da war er, Elias, der Geliebte, der Vater. Einfach so war er wieder da. Sie erkannten ihn fast nicht, denn er war mager, fast wie tot.

Mathilde sah zu ihnen herüber. „Kommt heran", sagte sie leise. „Habt keine Angst, er schläft nur."

Als Mollis das hörte, begann sie zu weinen vor Erleichterung, lief zu ihm, streichelte und küsste sein Gesicht. Baca indes rührte sich nicht. Starrte auf den, der ihr Vater sein sollte und fragte:

„Wie kommt er denn hierher?"

Archimedes hatte im Kessel zu rühren aufgehört. „Ibrahim hat ihn mithilfe einer Krähe aus dem Grimwald hergebracht."

Baca sah zweifelnd auf Ibrahim. „Ist das etwa ein Scherz?"

„Nein", sagte Ibrahim, der ein bisschen verlegen in der Gegend herumstand.

„Wie ist es denn dazu gekommen?"

„Nimrod hat Elias und Aura gerettet", begann Ibrahim, der nun die ganze Geschichte erzählte, der alle mit frohem Herzen lauschten. Als er geendet hatte, schlug Baca die Hände vor das Gesicht. Und langsam, ganz unmerklich passierte etwas Wunderbares mit ihr:

Sie verlor ihre Grillen, vier schwarze Schatten, die durch ihre Finger entschlüpften und zwischen den Dielenbrettern verschwanden. Als sie fort waren, schlich Baca zu Elias hinüber und legte ihm die Hand aufs Herz. „Es schlägt", hauchte sie und das erste Mal seit vielen Jahren sah sie glücklich aus.

„Das Seelengras muss noch ziehen", sagte Archimedes nach einem prüfenden Blick in den Sud. „Die Herren Kobolde! Ich denke, wir lassen die Weiber solange allein mit dem Patienten." Er schnappte sich das Glas unter der Brennblase, das inzwischen voll war. Draußen teilte er den Inhalt auf zwei weitere Gläser auf. „Jetzt ist der rechte Zeitpunkt für einen guten Tropfen Marke Natterntau!", bemerkte er.

„Da muss ich dir ausnahmsweise Recht geben", sagte Raban, der sich auf seinen Stock gestützt hatte. „Selbst ich würde jetzt zu einem ordentlichen Schluck nicht nein sagen." Archimedes gab ein Glas an ihn weiter. Doch kaum hatte der Seher den ersten Schluck probiert, da schüttelte er sich und rief: „Das Zeug zieht einem ja den Biberpelz aus! Bei allen Schlingnattern, was hast du da reingetan?"

„Das macht die geheime Zutat," verriet Archimedes grinsend.

Ibrahim, der seit Stunden nichts gegessen hatte, bekam allein vom Geruch des Getränks eine rote Nase und begann schon nach einem kleinen Schluck zu kichern. „Also ich finde, es schmeckt nicht schlecht." Dann zuckte er die Achseln und trank den Rest in einem Zug aus. „Ein bisschen Wärme kann ich gut gebrauchen, nach dieser Reise. Und bei dem, was ich noch vorhabe."

„Ich hatte ja keine Ahnung, was für ein Rumtreiber du bist!", sagte Raban. „Meinen Respekt hast du dir verdient dafür, dass du meinen Sohn zurückgebracht hast. Ich verstehe nicht, weshalb ich nie gesehen habe, dass er lebt und wo er ist." Und nachdenklich fügte er hinzu. „Ich habe sogar für ihn geräuchert, obwohl er noch lebte."

Lispelnd sagte Ibrahim: „Der Schwarze Kräutermann wird's dir vergeben!"

„Ich sag ja immer: Räuchern taugt nichts!", warf Archimedes von der Seite ein. „Besser man macht guten Schnaps aus den Kräutern." Er nahm noch einen Schluck.

„Und Mollis hatte recht", fuhr Raban fort. „Was nützt einem eigentlich die Wahrsagerei am Ende, wenn sie so launenhaft ist wie ein Weib? Sie teilt einem nie das mit, was man wissen will."

„Heulst du etwa, du alter Wahrsager?", grunzte Archimedes, die Uhuaugen aufreißend. „So geht es unsereins jeden beschissenen Tag, mit den Weibern und mit dem Schicksal! Eins wie das andere. Denkst du der Blick in den Brunnen ändert da was? Ist eh alles längst geschrieben. Kannst es auch nicht besser machen, wenn du vorher alles weißt. Vielleicht wollte das Schicksal, dass du etwas vorher siehst, damit es passiert, nicht damit es nicht passiert. Hast du darüber schon mal nachgedacht?"

„Um ehrlich zu sein, nein", gab Raban zu. „Aber das beleuchtet die Sache natürlich von einer ganz anderen Seite."

„Siehst du." Archimedes klopfte ihm auf die Schulter. „Ich werde mal wieder reingehen. Das Seelengras ist soweit." Er öffnete die Tür, trat ein, und schloss sie leise wieder.

„Und ich werde mich mal wieder auf den Weg machen", sagte Ibrahim. Er stellte sein leeres Glas umständlich auf eine Bank neben der Tür ab.

„Wo ist denn eigentlich die Krähe?", fragte Raban und blickte in die Nacht hinaus.

„Ich weiß nicht, aber sie kommt gleich, wenn ich sie rufe. Ich laufe zum Wald hinunter, denn sie macht gern Spektakel." Er machte eine verwerfende Handbewegung und kicherte wieder. Dann ging er ein paar Schritte, bis er sich noch einmal zu Raban umdrehte und äußerte:

„Sobald Nimrod Aura gefunden hat, kommen wir zurück."

„Fall mal nicht runter, so angetrunken wie du bist!"

„Sturmfeder kennt ja den Weg", säuselte Ibrahim, worauf er verschwand.

Raban seufzte und sah durchs Fenster in das Haus hinein. Archimedes war eben dabei, Elias etwas von der Medizin einzuflößen und Mathilde half ihm, indem sie seinen Kopf aufrichtete. *Mathilde!*

Als er bei ihr war, um sie zu holen, als er ihr das Unglaubliche, das Unbegreifliche gesagt hatte, da war sie ihm um den Hals gefallen vor Freude. Das hatte ihm einen Stich versetzt, der ihn fast in die Knie gezwungen hatte. Er wusste, er hatte ihre Nähe zu meiden, wenn sein Herz nicht vor ihm sterben sollte. Er trampelte mit den Füßen vor dem Fenster im Schnee, weil es ihm langsam zu kalt wurde. Aber das Haus wollte er nicht mehr betreten.

Da hörte er plötzlich eine Stimme aus der Dunkelheit nach ihm rufen: „Meister!"

„Aray?", sagte Raban erschrocken und gleichzeitig erfreut. „Was zum Feuertroll machst du hier?" Und er war noch nie zuvor so froh gewesen, seinen Lehrling zu sehen.

„Meister, ich habe etwas gesehen. Du musst schnell kommen."

Raban ließ sich nicht lange bitten, er warf sein Glas in den Schnee, ohne es ausgetrunken zu haben, und folgte Aray hinunter zum Marktplatz. Dort angelangt deutete der Lehrling auf den Brunnen. Raban strengte die Augen an, bis er erkannte, worum es sich handelte, das da auf dem Brunnenrand hockte. Es waren vier Grillen in der Farbe von Quecksilber. Der Schnee um sie her war geschmolzen und sie zirpten ihr eintöniges Lied, mitten im Winter.

37. Von Dingen, die was taugen

Leeres Papier war etwas, das in einer Bibliothek Seltenheitswert hatte. Deshalb hatte Ibrahim es sich zur Aufgabe gemacht, unter den kostbaren Büchern sogenannte Scharteken zu entlarven: Bücher, das Papier nicht wert, auf dem sie gedruckt waren. Wenn er eine dieser Scharteken fand, zerriss er mit Genuss die Seiten, um neues Papier daraus zu schöpfen, für eigene Bücher. Alter Karton oder altes Leder, wovon sich bereits ein stattlicher Vorrat angesammelt hatte, fand ebenfalls Verwendung. Als er daraus ein großes Buch zusammengefügt hatte, nahm er für den Einband einen schönen Stoff herzu, der aus Spinnenseide gewebt war und glänzte, wie eben Spinnweben in der Sonne glänzen. Von Mollis hatte er diesen Stoff bekommen, den sie eigens für das Buch bestickt hatte, mit feinem, grauem Faden, wodurch die Stickerei wie eine Zeichnung aus Graphit wirkte. Die Bilder zeigten Nimrod und Aura, den Mondmagoi, Sturmfeder und allerlei andere, die wichtig waren für die Geschehnisse der jüngsten Tage. Als Ibrahim den Stoff zurechtlegte, bemerkte er zu seiner Enttäuschung, dass er eben um einen Streifen zu breit war. Wie er es auch drehte und wendete, immer verblieb dieser eine Streifen. Und genau der zeigte Parzival. Aber gerade auf seinen kleinen Freund wollte er nicht verzichten. Er grübelte ein bisschen, dann nahm er eine Schere und schnitt den Streifen ab. Nun konnte er den Stoff um den Einband kleben. Als er damit fertig war, nahm er sich wieder Parzival her, schnitt ihn samt einem Stück Pappe kreisrund aus, nahm ein dunkelblaues Bändchen aus der Scharteke, die dort als Lesezeichen gedient hatte, und klebte Parzival daran. Anschließend fügte er das Lesezeichen ins neue Buch ein. Zufrieden besah er sich sein Werk. Immer wenn er die Seiten aufschlug, fiel Parzival heraus und dann schmunzelte der Alte.

„Die Stolperfalle!", flüsterte er und tippte die Maus an, die daraufhin am Bändchen schaukelte. Er seufzte: „Wenn ich doch nur wüsste, wo du bist." Eine Weile sah er Parzival wehmütig an, dann steckte er ihn zwischen die Seiten zurück. Jetzt wollte er mit der Arbeit beginnen. Dazu legte er das Buch vor sich hin, schlug die erste Seite auf, tauchte eine von Sturmfeders Federn in Gallustinte und begann, eine Chronik der Ereignisse in Grim zu schreiben, die sich in der letzten Zeit zugetragen hatten.

Als er nun bereits Tage an den Aufzeichnungen gesessen hatte und gerade mit der Feder über die Seiten des Buches kratzte, da knallte das Bibliothekstor. Darüber erschrak er so sehr, dass ein *M* bei seiner Schreiberei herauskam, obwohl er eigentlich ein *N* schreiben wollte.

„Schöne Bescherung!", murmelte er sich missmutig in den Bart und spitzte die Ohren, weil er einen heranhumpeln hörte. „Na, wer kann das sein?", rätselte er vernehmlich. „Jemand, der mit dem Feuertroll im Bunde ist? Mag es vielleicht Raban sein? Das weiß ich sogar ohne Kristallkugel." Als tatsächlich Raban im Licht erschien, das durch die Glaskuppel hereinfiel, fragte er ihn: „Was willst du denn?"

„Ich frage mich, wie du die Magoi vor mir verstecken konntest."

Ibrahim legte die Feder weg und zuckte die Achseln. „Keine große Sache. Das geheime Fach habe ich mit Spiegeln ausgekleidet. So konntest du sie nicht sehen."

„Geschickt!" Raban schlug mit der Spitze seines Stocks auf das

Bodenmosaik. „Wirklich geschickt, alter Junge! Ich frag mich, was noch so alles in dir steckt." Er sah ihn eindringlich an.

„Ich wollte die Amulette in Ruhe studieren", erklärte Ibrahim.

„Und?" Rabans Stimme bekam einen Unterton, der Ibrahim nicht gefiel. „Was hast du herausgefunden, du Student?"

„Dass sie nichts taugen", gab er zur Antwort.

„Sie taugen nichts? So, so. Wie kamst du überhaupt zu dieser weisen Erkenntnis?"

„Schließlich kam Elias ja damals nicht zurück."

„Ah, und nun wird es interessant", meinte Raban, „denn einige Jahre später kommt Nimrod daher, fragt um Rat und du ...? Du gibst ihm einen Magoi mit auf den Weg, wider besseres Wissen. Mit Verlaub, aber das erscheint mir schwachsinnig!"

Ibrahim starrte ins Leere. „Aberwitzig, nicht?", sagte er, als sei es ihm gerade selbst aufgegangen.

„Sag einmal, was ist denn eigentlich mit dir los?", wollte Raban wissen. Die Frage stand einen Augenblick im Raum, dann antwortete Ibrahim:

„Ich werde alt!"

„So? Und das soll eine Entschuldigung sein?"

„Vielleicht."

„Etwas Besseres fällt dir nicht ein?"

„Doch, schon. Aber du würdest denken, ich wolle mich aus der Verantwortung stehlen."

„Das Denken überlass lieber mir."

Ibrahim deutete ins Buch. „Erst jetzt, da ich diese Geschichte aufschreibe, gewinnt etwas an Klarheit: Ich glaube, dass das Geschehene von langer Hand geplant wurde. Und wir sind, ohne es zu wissen, die Ausführenden des Ganzen."

Raban runzelte die Stirn. „Worauf willst du eigentlich hinaus?"

„Wenn ich das wüsste. Wenn ich das nur wüss ..."

Er unterbrach sich, um dann erstaunt auszurufen: „Na, sieh mal einer an! Wer kommt denn da?"

Raban folgte seinem Blick und sah hinter sich. Da kam eine Maus daher.

„Parzival!", jauchzte Ibrahim. „Oh, Parzival! Ich hatte schon die Befürchtung, dich nie wieder zu sehen. Wie ich mich getäuscht habe! Da bist du!"

Und Parzival huschte zu Ibrahim heran, aber nicht ohne Raban mit Argwohn zu mustern.

„Hab keine Angst, kleiner Freund. Der alte Hinkefuß ist völlig ungefährlich. Und dir sogar ein bisschen ähnlich, siehst du?" Ibrahim deutete auf Rabans Biberfell. „Genauso pelzig!" Er gluckste.

„Sehr witzig, du Possenreißer!", sagte Raban mürrisch.

Die Maus aber schien beruhigt. Als sie nun ein leises Piepsen kundtat, kamen vier kleine Mäuse unter einem Regal hervor; wollige Mäuse mit großen Augen. Erst als sich die lustige Schar vor seinen Pantoffeln balgte, da kam Ibrahim die Erleuchtung: „Na, ist das denn die Möglichkeit? Parzival! Da habe ich mich aber gründlich in dir getäuscht!" Er klatschte in die Hände und lachte auf eine Weise, die sogar Raban ansteckte.

„Na, Alter! Wenn du nicht einmal Männlein von Weiblein unterscheiden kannst, dann spar dir in Zukunft alle Erklärungsversuche." Und er beobachtete Ibrahim mit der neuen Familie.

„Ihr habt sicher Hunger, ja?"

„Sehe ich richtig", staunte Raban, „oder hast du eine Träne im Knopfloch?"

Ibrahim, der ihn gar nicht hörte, weil er ganz versunken war in den Anblick des putzigen Nachwuchses, schüttelte ungläubig den Kopf.

„Ich merk schon", murmelte Raban, „einer ist hier mehr als überflüssig. Ich lass euch mal besser allein." Und während er sich zum Gehen wandte, äußerte er: „Mäuse! Ich dachte, bloß ihr Fell tauge was, um Koboldbabys den Popo zu wärmen. Und was muss ich nun feststellen? Da taugen die Mäusebabys was, um dem Alten das Seelchen zu wärmen."

Nach Betätigung des Hebels zum Öffnen des Tores trat der Seher hinaus. Draußen war es nasskalt und die Sonne stand tief, fast berührte sie die Baumkronen des Grimwalds. In der Luft lag der beginnende

Frühling. Raban schlug den Weg zur Kirchenruine ein. Unterwegs schirmte er die Augen gegen die Sonne ab und blickte auf den Wald. Was immer von dort kam, es war nicht aufzuhalten, das wusste er, das wusste er schon lange. Zum ersten Mal wünschte er, sich geirrt zu haben mit seiner Voraussicht.

„Hol dich der Eistroll, du verflixte Gabe!“, raunte er, zog sich das Biberfell fest um die Schultern und verschwand unter dem Kirchenportal, denn Aray wartete auf seine nächste Lektion. Die würde er nutzen, um ihm noch einmal ins Gewissen zu reden, doch lieber ein Handwerk zu erlernen. Ein ordentliches Handwerk, das wäre sicher eine gute Sache. Er könnte von sich reden machen, als Wegbereiter zur Besiedlung Golkers, indem er das Geländer der Raulintreppe instand setzte mit ordentlichem Eibenholz. Als er nun aber vor Aray stand und in sein schmales Gesicht sah, dass dem seines Sohnes in jungen Jahren so ähnelte, da sagte er bloß:

„Aray, feg das Kirchenschiff! Ist mal wieder nötig. Und trödel nicht wieder so rum.“

*

Im gleichen Moment, da Raban in der Kirchenruine verschwunden war, flog eine Krähe auf, die im Glockenturm gesessen hatte. Sie schlug den Weg ein zur Weide bei Mollis‘ Haus. Dort ließ sie sich im Geäst nieder und blickte aus einem Auge auf die Veranda hinunter.

Mollis‘ Haus hatte sich äußerlich nicht verändert, aber das Leben wohnte wieder darin. Doch noch verhielt es sich seltsam damit, denn es war, als brauche es noch einen Anstoß, um es mit Leben auch zu erfüllen. Obwohl Aura sich bereits in ihrem neuen zu Hause eingefunden hatte, war sie sehr still. Und Mollis wurde das Gefühl nicht los, dass sie etwas suchte, was sie hier nicht fand, was sie hier nicht finden konnte, weil sie es für immer verloren hatte: Ihr Elfendasein. Es war ihr zusammen mit den Flügeln geraubt worden. Und niemand konnte die Leere, die sie beherrschte, besser nachempfinden als Mollis. Aber als sie Aura eben mit einem Messer in der Hand vorfand, erschrak selbst sie.

„Was tust du?“, fragte sie.

Aura stand vor dem grünen Seidentuch, das Nimrod im Wald so gute Dienste geleistet hatte und nun an der Wand zu ihrer beider Kammer hing. „So ist es besser“, sagte sie und ließ Goldfäden auf den Boden rieseln. „Sie sind doch nicht wichtig.“

Mollis trat bekümmert näher und sah, dass sie der Elfe die Flügel entfernt hatte.

Aura wandte sich zu ihr um und blickte sie fest an: „Ich will nicht ständig daran erinnert werden.“

Da nahm Mollis ihr das Messer aus der Hand und steckte es in die Tasche ihrer Schürze. „Ich habe das Tuch bestickt, als sie noch Teil von mir waren.“

„Wie ist es damals vor sich gegangen?“, fragte Aura zaghaft.

Mollis aber schüttelte langsam den Kopf. „Not und Elend, noch ist es nicht an der Zeit, darüber zu sprechen, nein.“

„Wie kann man nur so leben?“

„Du gewöhnst dich daran. Vergessen wirst du nie, was dir passiert ist, doch du gewöhnst dich daran.“ Und nachdem sie ihr den Arm um die Schulter gelegt hatte, ging sie mit ihr die Treppe hinunter, nach draußen zu den anderen.

Elias, der sich nur sehr langsam erholte, schlief im Schaukelstuhl auf der Veranda. Baca wich selten von seiner Seite. Gerade als Mollis sich zu ihr stellte, hatte sie ihm die Wolldecke sorgsam bis zum Hals hinauf gezogen.

Aura, die ihre Arme um sich geschlungen hatte, ging ein Stück die Veranda entlang, denn sie wusste, dass Nimrod dort war. Er erzählte wenig von seinem Abenteuer, denn als er einmal Revenda und Susanna erwähnte, bemerkte er, wie sehr Mollis ihr Schicksal mitnahm, für das sie sich verantwortlich fühlte. Da behielt er lieber für sich, dass Susanna nun, da sie Aura und ihm geholfen hatte, nicht mehr zu ihrem Volk zurückkehren konnte. Immerhin hatte sie einen Oltmann getötet und den zukünftigen Elfenkönig niedergeschlagen. Wohin sie nun gegangen war, wusste er nicht, denn sie wollte es nicht sagen. Tag für Tag stand er nun hier und beobachtete die Veränderungen des Grimwalds. Das Laub hatte sich verfärbt – das Laub des immergrünen Waldes. Mitten im Frühling hatte dort der Herbst eingesetzt und die fallenden Blätter kündigten Verhängnisvolles an.

„Ich habe das gemacht!“, sagte er nachdenklich. „Hast du eigentlich gewusst, Aura, dass mitten darin ein Menschenkind schläft auf einem Bett aus Stein?“

Aura schüttelte den Kopf.

„Ein Mädchen. Sie ist von einer Trollfrau entführt worden, die sie anschließend in Stein verwandelt hat. Nur die Spiegelfalter konnten ihr das Leben zurückgeben, für die Dauer von einhundert Flügelschlägen.“

„Das ist kurz“, bemerkte Aura, „eine wirklich kurze Zeit.“ Und wenn nicht die Elfe, wer konnte dann beurteilen, wie lang ein Flügelschlag ist?

Nimrod nahm den Blick nicht fort vom Grimwald und seufzte. „Aber selbst das ist nun vorbei, weil es sie nicht mehr gibt, die Falter. Es schläft jetzt für immer.“ Er presste die Lippen aufeinander, denn stetig mehrte sich die Erkenntnis der Konsequenzen seines Handelns. Das quälte ihn, weshalb es ihm schwer fiel, Freude zu empfinden über das, was er dadurch erreicht hatte.

Aura, die näher kam, um seine Wange zu berühren, spürte die Zerrissenheit in ihm. „Du hast das Kind erlöst, Nimrod. Glaub mir. Und du konntest deinen Vater nach Hause bringen.“ Nach einer Weile fügte sie hinzu: „Und du hast mich nach Hause gebracht. Endlich können wir zusammen sein und wir sind in Sicherheit.“

„Aber die Sicherheit ist trügerisch.“ Nimrod lehnte sich auf das Geländer und seine Stimme bekam einen ahnungsvollen Klang. „Dunkle Zeiten stehen uns bevor.“

„Ich weiß“, entgegnete sie, „aber dunkle Zeiten hat es schon für uns gegeben und wir haben sie gemeistert. Ohne die Hoffnung, dass wir auch dieses Mal einen Ausweg finden, müssen wir nicht sein.“

„Dann“, sagte er und wandte sich Aura zu, „hoffe ich, dass es so ist.“

„So wird es sein!", versicherte sie. Und ein Funkeln lag in ihren Augen, das ihn zurück ins Hier und Jetzt katapultierte. Ihr gehörte sein Herz. So war es. Er sollte die Zeit an ihrer Seite nicht mit Grübeleien vergiften, selbst wenn diese Zeit nur einhundert Flügelschläge lang andauern sollte – dann erst recht nicht. Aufrecht stellte er sich vor sie hin und sagte:

„Darf ich bitten?" Daraufhin öffnete er die Arme.

„Ich weiß nicht. Man erzählt sich in Grim, du wärst ein Halbelf."

„Wohl eher ein halber Kobold."

„Auch noch ein Kobold, ein Späher wohl?"

„Und ob ich spähe, und zwar nach einer Elfe, die mit mir tanzt."

„Ich glaube damit kann ich nicht dienen, denn ich bin wohl eher eine *halbe* Elfe."

„Genau das, was ich suche. Wir ergänzen uns."

Da legte Aura ihre Hand in seine. „Aber nicht so wild, sonst landen wir im Feuer."

„Ich sehe, was sich machen lässt!" Nimrod zog sie leise lächelnd zu sich. „Aber keine Ohrfeigen, wenn ich bitten darf."

„Das wird mir zwar nicht leicht fallen, aber ich sehe, was sich machen lässt!", gab sie zurück.

Und so nahm er sie in den Arm und führte sie in leichtfüßigem Tanz die Veranda entlang, auf die anderen zu.

Baca knuffte Mollis in die Seite. „Schau mal!", sagte sie und deutete auf die beiden. „Woher kann der denn tanzen?"

„Habe ich ihm beigebracht", sagte Mollis und einen gewissen Stolz in ihrer Stimme konnte sie nicht leugnen. „Von der harten Arbeit, die mich das gekostet hat, sieht man allerdings nicht viel."

„Nein, tatsächlich", staunte Baca. „Sie sehen aus, als schwebten sie."

„Wie beflügelt", wisperte Mollis und warf einen sehnsüchtigen Blick auf Elias. Da rief sie plötzlich: „Er ist aufgewacht! Elias ist aufgewacht!"

Nimrod und Aura wirbelten heran und kamen eben vor dem Schaukelstuhl zum Stehen. Fast wären sie auf Elias' Schoß gelandet. Schnell hockten sie sich hin und blickten in sein ausgezehrtes aber frohes Gesicht. Eisgraue Augen ruhten auf ihnen.

„Da seid ihr, meine Kinder, meine Mollis!“ Das Sprechen kostete ihn Mühe und sie alle hingen an seinen Lippen. „Ich dachte mir, es wäre doch eine gute Sache, wenn wir Bucheckerpfannkuchen hätten.“ Er legte ein verschmitztes Lächeln auf. „Ich weiß nicht wie es kommt, aber ich habe großen Appetit darauf. Doch wir brauchen Grimtau dazu, sonst rühr ich sie nicht an.“

„Das lässt sich doch wohl machen?“ Mollis warf einen fröhlichen Blick in die Runde.

„Natürlich!“, sagten alle wie aus einem Munde. Und als Nimrod voller Tatendrang aufsprang, da bemerkte Mollis: „Übrigens habe ich noch ein Glas Gelee.“ Sie zwinkerte ihm zu. „Von ganz besonderen Preiselbeeren.“

„Ja“, warf Aura ein, „ich hörte, die wachsen am Haselstrauch.“

„Genau! Jetzt fällt‘s mir wieder ein! Die habe ich im Schweiße meines Angesichts geerntet.“

Baca verzog das Gesicht. „Klingt ja appetitlich.“

„Appetit!“, erinnerte Elias. „Ihr solltet euch jetzt aber beeilen, weil ich wirklich riesigen Appetit habe.“

„Ich brate die Pfannkuchen“, rief Nimrod und wandte sich zur Tür. Dann stoppte er plötzlich und sagte: „Aber nur unter einer Bedingung.“

„Was kommt denn jetzt?“, fragte Baca.

„Ich will den dicksten Pfannkuchen des Tages.“

„Auf keinen Fall!“, gab Baca zurück. „Der ist für mich!“

Und so liefen sie gleichzeitig – Geschwister waren und blieben eben Geschwister – durch die Haustür. Derweil Baca den Teig rührte und Bucheckermehl in die Furchen der Tischplatte stäubte, rückte Nimrod einen Stuhl am Tisch zurecht, den Stuhl für Aura. Auf diese Weise hielten alte Gewohnheiten Einzug in Mollis‘ Haus. Die Tage verliefen wie in einem seltsamen Traum, ohne Sorge und ohne Kummer, obwohl sie alle wussten, dass das Böse unausweichlich näher rückte. Aber noch war es nicht so weit. Es war die berühmte Ruhe vor dem Sturm und etwas stellte sich ein, das man als Glück bezeichnen kann.

Draußen gingen die Grillen auf die Lauer. Ihre Zeit würde schon noch kommen, und solange würden sie sich hinter den Schieferhalden verbergen.

Die Sonne ging langsam unter und von den reifen Fruchtständen der Weide bei Mollis‘ Haus flogen die Samen wie Schnee mit dem Wind davon. In der Weide saß still die Krähe. Im Schnabel hatte sie einen Kieselstein. Sie hatte das Geschehen im Haus genau verfolgt und nun sprang sie in den Wind, segelte über Kleeweiden, den Aschengrund und den Stillen See dahin, bis hinauf zu den Trollbergen. Dort verschwand sie in den Wolken, die wie dichter Nebel um den Teufelszinken hingen.

Ende

Danke an ...

Lion, dem dieses Buch gewidmet ist. Du bist das Geschenk meines Lebens – Peter für das Geschenk meines Lebens – Familie und Freunde einfach dafür, dass es euch gibt – Mama, die immer an meine Geschichte geglaubt hat und selbst zum Schreiben gekommen ist und Papa, der alles ringsum in Schuss hält, während wir in die Traumwelt abtauchten – Petra Liedtke, die so viel Interesse an der Geschichte gezeigt hat – den freien Lektor Sebastian Liedtke, der das Exposè zu Mandergrimm geschrieben hat – Kerstin, die Nymphe, für die Tage an Wasser und Sand. Eine bessere Freundin kann man sich nicht wünschen – Hans-Dieter dafür, dass ich ihn selbst um 3.00 Uhr nachts anrufen kann und für die lange Freundschaft – Carmen für ihre Belesenheit, ihre Freundschaft und für so lebhafte braune Augen, die sonst keiner hat – Anja, meine Testleserin, für manchen Kaffeeklatsch – Annett, die neben den drei S noch Zeit findet für drei K, nun Sherlock? – Britta, Katharina und Katrin, die über die Jahre ein offenes Ohr für die Entwicklungen dieser Geschichte hatten oder einfach für mich. Katrin außerdem für die ersten zehn Vorbestellungen – Sinnikka und Moritz für tolle Berlintage und Inspiration – den Schwestern Gerlinde und Gundula, die immer wichtig für mich sein werden – Anna, die kurz vor Ende des Buches nicht weiter lesen wollte, weil, wie sie sagte, die Geschichte ja sonst schon zu Ende sei – die Geus für Tee in ihrem verzauberten Haus, es würde mich nicht wundern, wenn sich unter den bunten Teppichen ein Fußbodenbelag aus Glasaugen befände. Helga hat mit Kritik dazu beigetragen, das Mandergrimm heute ist, was es ist – Randolf, für zwei Endkorrekturen und eine tolle Piratenschlacht mit einem Kapitän, der nicht verlieren konnte – Kirsten Hoberg für den letzten Schliff des „Diamanten" – Tara, meinen Winterwolf, dafür, dass sie eigentlich Parzival Charaktereigenschaften verliehen hat – Gunnar Heinsohn dafür, dass er Ibrahim Züge verlieh, ohne mit der Wimper zu zucken – Walid Hamdard dafür, dass er Nimrod sein Gesicht gegeben hat. Viel Glück mit deiner Musik – die „Hexen" Jutta, Kaja und Friederike für ... ach, wenn ihr zugehört habt, dann wisst ihr schon – die ersten Testhörer Adrian und Luis im Leseklub. Ich werde nie vergessen, wie ich mit euch auf dem Schulhof über das Manuskript gebeugt saß und ihr Nimrod durch den Grimwald gefolgt seid – die Kinder und die Kollegen sowie die Chefin der Ganztagsgrundschule Schwarme, die Interesse gezeigt haben für die Wesen, die Grim bewohnen, ob in Geschichten oder in Bildern – die Kinder und Kollegen im LOS Verden von 2000 bis 2010 – das Portofino in Verden, in dem einige Teile des Buches entstanden sind – alle im Café Kornau, in dem sicher die meisten Teile des Buches entstanden sind, für die freundliche Bewirtung und dafür, dass Feuerpelz ihnen bei der Arbeit zusehen darf – alle in der Buchhandlung Meyer in Bruchhausen-Vilsen, in der man einfach alles bekommt, was wichtig fürs Überleben ist: leeres Papier, Stifte, Knetradiergummis, Michael Ende, Harry Potter und sogar Kaffee – Magnum für „On a storytellers night" und einige andere Alben – Subway to Sally für ihre Version von „Erdbeermund" – Maltracio für „Die Rabenballade", schade, dass du so früh gehen musstest – alle Leser meiner Geschichte.

Und einen Dank an DICH, ich wusste, dass ich einen vergessen habe, denn einen vergisst man immer.

Ein besonderer Dank gilt meinem Verleger Joachim Varoß mit Susanne Hartmann, die sofort an meine Geschichte geglaubt haben.

Gelöste und ungelöste Mandergrimm-Rätsel

- Woher kommt der Begriff *Horle*? Wer das wissen will, muss die Speisekarte vom Cafe Kornau studieren. Wahlweise geht auch jede andere Speisekarte. Sicher ist der Begriff da versteckt.

- Wer herausfindet, was das Wort *Aray* bedeutet, der kann Schlüsse ziehen, was das für den folgenden Band *Mandergrimm 2, Das Buch Runkelstein* bedeutet.

- *Mollis* ist zu finden im lateinischen Wörterbuch, *Baca* ebenfalls.

- *Taxus baccata* ist der lateinische Name für welchen Baum? Wer aufmerksam gelesen hat, der weiß es so.

- *Mandergrimm*: Echium Vulgare, Gemeiner Natternkopf (heißt in Kärnten Mandergrimm)

- Was bedeuten die Namen: *Corvin, Golker, Raban*?

- Der Name *Rahab* findet sich in der Bibel. Was bedeutet er?

- *Grimwald* : Grim oder Krim bedeutet Maske oder Larve. Der Grimwald maskiert sozusagen Mandergrimm, wobei das Wort Grim gleichzeitig in Mandergrimm steckt.

- Wo nennt man die Hagebutte oder Heckenrose *Hekapeka*?

- Wovon leitet sich das Wort Oltmann ab?

Inhalt

Nicole Blome

Die Autorin wurde 1972 in Thedinghausen geboren. Sie hat einen Sohn, lebt in Schwarme und ist Koordinatorin an einer Ganztagsgrundschule. An der Universität Bremen studierte die Sozialpädagogin neben ihrem Hauptfach auch Religion, Geschichte und Philosophie. Bei der Recherche zu ihrer Diplomarbeit (*Bauopfer - Zur Bedeutung des Kindes im Volksglauben),* stieß sie in Märchen und Sagen auf einen wahren Schatz inspirierender Ideen. Da war der Wunsch geboren, eine Fantasy-Geschichte zu schreiben, die auf dem alten Volksglauben fußt.

Also begann sie damit, eine fantastische Welt zu zeichnen – in Worten sowie Bildern. Mandergrimm ist eine vierteilige Geschichte über Elfen, Kobolde und Trolle und eine sie miteinander verbindende dämonische Prophezeihung.

Was ihr am Herzen liegt:

- Der Wald mit all seinem Getier, vom größten bis hin zum kleinsten
- Die kindliche Vorstellungskraft
- Zeichnen
- Der alte Volks- oder Aberglaube, Mythen, Sagen und Märchen
- Ein Tag am Meer und die Taschen voller Kieselsteine, weil man nie weiß, was in ihnen steckt

Anderia
Trull
Steinkreis
Trollberge
Grimwald
Teufelszinken
Halalu
Elfenhain
Alburga
Bruchend
Stiller See
Tonkelbrücke
Knox
Aue